中國古代書畫鑑定組 編

中國美術分類全集

中國法書全集

2

魏晉南北朝

凡例

一　《中國法書全集》以中國古代書畫鑑定組在全國巡迴鑑定中遴選的法書精品為基礎，酌收大陸內外博物館所藏的部分重要作品編輯而成。

二　本書收錄以甲骨、銅器、玉石、磚陶、竹木簡牘、絹（含帛、綾）、紙等為質地的中國古代法書作品，各個歷史時期的碑刻、法帖等將分別另編全集。

三　本書按中國的歷史朝代編排，各朝代中以作者的生存年代為序。同一作者的作品，按自署的創作年代先後排列。無名款的作品，按時代風格排在各該朝代的後部。

四　許多流傳久遠，宋元明清以來一向被稱為真蹟的著名法書，盡量沿用原題原名。對經研究、考訂重新確定時代、作者的作品，據歷代著錄在圖題後的括號內加注「舊題……」，以備檢閱。對少數鑑定意見不一致的作品，在圖版說明中加以注述，便於研究參考。

五　為反映各歷史時代的面貌，個別作品雖係摹本，亦仍置於底本所處的時代內，在作品圖題後的括號內注明為何時摹本。

六　合卷、合冊中的作品，分別編排於各自作者的作品中。合作的作品，僅列於諸作者中一人名下，其他作者在圖版說明中注明。

七　本書所選作品，除楷書、行楷書或字數較多者，均附有釋文。

八　本冊內容分四部分，一為序言，二為概述，三為圖版，四為圖版說明。

目錄

序

中華民族的文化，從時間久遠來講，已有五千多年歷史，這是中外人士都知道的；從覆蓋的面積來講，可有若干萬平方公里的區域，也是中外人士都已看到的；若從它的構成因素來講，恐怕瞭解的人士就比較不太多了。

無論研究中華文化史或欣賞由此文化所構成的美術品的人，沒有不驚歎它的燦爛、豐富而有應接不暇之感的。如果探討其原因所在，就會理解到絕不可能僅僅是某一時代、某一地區、某一民族所能獨自創造完成的。中國是個多民族的國家，各族之間自古即隨時隨處互相習染，互相融合，才有現在所見的驚人燦爛的文化及其成果。

世界歷史上有不少幾千年前已建立的文明古國，但至今已不存在或雖仍存在卻曾中斷過一段時間的並不少見。而我們中國則綿延數千年歷史未曾中斷，甚至某個事件的日期，古史書上的記載可以和出土文物銘刻相吻合。中國的歷史長河中，雖也曾有些小段為某些兄弟民族掌了政權，但他們都是中華民族大家庭的組成部分，沒有割斷中華文化傳統，所以說中華文化是五千多年綿延未斷的文化，可稱當之無愧的。

幾年前，中央宣傳部組織了眾多的文化、文物工作的專家，編成《中國美術全集》六十大冊。出版以來，讀者眼界大開，這六十冊書起到了現有的任何博物館及任何文化藝術史的論著都無法取得對人民的啟發、教育作用。事實很簡單，無論哪個博物館，哪部研究、介紹這類學術的著作，都不可能同時擁有這些陳列品和實物的直觀插圖。凡有過閱讀、研究這類書籍的人都知道，讀千百字的文字說明，不如看一眼實物，那麼能一次流覽這些圖片，豈不「勝讀十年書」！

現在我國文化、教育事業隨著經濟的發展而不斷地擴充、提高。文史書籍的搜集、重印，以及從種種角度加以整理傳播，已取得普及與提高的極大效果，而美術方面也不容無所擴展、充實。由於原六十冊的內容難以盡納各個時代的代表作品，而且新發現的文物珍品也有待補充，更有些近、現代的優秀作品，反映中國文化藝術新發展的，過去還未及選編，現在亦應納入。於是領導上再次組織羣力，在以前六十大冊的基礎上翻成幾倍，編為《中國美術分類全集》，預計約有三百餘冊。這部新編巨著中，藝術種類雖然變動不大，但在每一種類中並非只數量加多，重要在盡力增加具有代表性的名品。

本書所收各類藝術名品，以國內、境內公、私所藏為主，國外、境外藏品中最重要的名品具有代表性的，也酌量收入。至於近期最新發現以及最近出土的，由於編輯印刷工序關係未及補充，俱有待於續編工作。

這部巨著成書，我們雖然足以自慰，但從中華文化中美術類的全部來說，還有很大的距離，希望本書的讀者，尤其是世界的廣大專家，能把它看成是中華文化中美術部分的扼要介紹，才較符合實際。現在我們全體工作人員共同敬願廣大讀者予以指正。

啓功

一九九七年四月

魏晉南北朝法書述略

王靖憲

魏文帝曹丕黄初元年（二二〇），至隋文帝楊堅開皇九年（五八九）滅陳止，共計三七〇年，史稱魏晉南北朝。

魏晉南北朝時期，全國除西晉短暫的統一外，是長期分裂的時代，是戰亂頻繁封建王朝不斷更迭的時代。魏晉南北朝雖是社會大動蕩時期，但在中國文化史上是一個轉型時期，其代表文化的重要部分文學藝術，卻在這時期得到飛躍地發展，特别是書法藝術，在中國書法史上是一個輝煌的時代。

魏晉南北朝思想極為活躍，隨着漢政權的覆滅，儒學的經學已失去獨尊的地位，哲學思想上玄學的興起，老莊思想的風行，佛學的輸入，使士大夫的精神面貌發生了變化，清議品談之風的盛行，人們從不同角度尋求個體存在的價值和意義。因此處於這一時代的藝術家往往將書法作為寄託和表現自己思想情感的手段。於是書法從實用價值中，進入藝術表現的新領域，從漢代注重表現形和勢的外在形式，上升到重視藝術內在的神和韻的表現，書法因而得到劃時代的變化。

魏晉南北朝又是各種書體、字體交相發展和成熟的時代。一度盛行於漢代的隸書逐漸由輝煌走向衰落；楷書走向成熟；草書經章草的盛期發展到今草階段；行書達到登峰造極的境界。所以魏晉南北朝的書法藝術是各種書體、字體競相爭豔的時代。

魏晉南北朝造就了一大批卓有成就的書法大家。當時帝王和門閥士族，愛好書法成為一種風氣，他們重視書法作品的搜集和收藏，他們不僅是書法的愛好欣賞者，也是書法藝術的創作者。如王、謝之族，郗、庾之倫，父子祖孫授受，相互染習，其家族子弟幾乎無不擅長書法。由於帝王的愛好重視，書法家的地位也因此提高，大批士大夫進入書法隊伍，他們的才華、智慧、高度的文化修養，將書法藝術推向前所未有的高峰。

魏晉南北朝道教和佛教的廣泛傳播，道士的書寫符咒，佛教僧侶、信士的抄寫經書，間接上對書法也起了一定的影響。而佛教的開窟造像，刻銘題記，鑿石刻經，更為民間書家提供展示書藝的園地，魏晉南北朝的寫經，傳至今天是研究這一時期書法墨蹟的重要資料。

書法用具的改進和提高，特別是紙的廣泛應用，是魏晉南北朝書法藝術發展的重要因素。戰國至秦漢時期，書寫主要是竹木簡牘和絲織品，竹木簡形狀狹長，不甚受墨，書藝的發展有很大的局限。絹素等織品，雖面積較簡牘為寬廣，但量少而價昂，無法普遍使用。到兩晉時期，紙的普遍使用（近百年晉代殘紙在西北大量的發現，足證兩晉時期紙已普遍使用），同時紙的品種增多，性能多樣，給書家的揮寫提供了廣闊的天地。此外，筆、墨的改進提高，紙、墨、筆、硯的求精求美，彼此相得益彰，使書法藝術更臻精妙。

魏晉南北朝書法藝術的成就，促進書法藝術理論的發展。在書法理論上除技法的探討外，更提出藝術表現的問題。這些書法藝術問題的探討和研究，對魏晉南北朝書法的發展和提高又起互相促進作用。①

魏晉南北朝書法作品流傳至今天有墨蹟、刻帖和碑刻等，法帖、碑刻已有專門全集編輯，本文專介紹這一時期的墨蹟作品。

魏晉南北朝的書法藝術可分三個時期：即曹魏至西晉時期（其中包括三國）；東晉及十六國時期；南北朝時期。

三國至西晉是各種字體相雜並用時代，這是因為各種不同的場合，它運用不同的字體，如正式公文、碑版，仍沿用漢代的習慣，採用小篆書和隸書。民間的交流，應用章草書和行書。民間往來應用的隸書，也在慢慢變化，它出現一種新隸體，這種字體介乎隸書和楷書之間，隸書中的波磔逐漸泯滅了，於是楷書逐漸形成，這種字體是隸楷遞變過程的字體，這種字體逐漸發展為楷書。

公元二二〇年至二六五年是歷史上三國和魏時代。三國時期的墨蹟，有一九九六年十月湖南長沙市走馬樓古井出土的簡牘，總數約十萬片左右，有明確紀年為三國孫吳前期，集中于孫權稱吳王的黃武（二二二——二二八）、及孫權稱帝的黃龍（二二九——二三一）、嘉禾（二三二——二三七）時期的書法。內容為地方官府檔案文書，走馬樓吳簡不僅俱有很高的歷史價值，也是研究三國時期書法的寶庫。② 走馬樓木牘行數和文字都較竹簡為多，如「錄事掾潘琬」小字八行，「東卿勸農掾番琬」等，都能窺見當時書法藝術的面貌。其書蹟為隸楷遞變時期的字體，書法風格自然淳樸。走馬樓簡中有少數名刺，字蹟較大，如黃朝名刺等，字體隸筆較多，橫畫左右開張，這是為了增加書法的裝飾效果，是繼承東漢隸書的傳統。③ 由於字蹟較大，可以見其用筆的特點。孫吳簡牘近年安徽、湖北、江西等地均有零星出土。一九八四年安徽馬鞍山三國吳朱然墓出土朱然名刺，朱然是東吳名將，其名刺字蹟雖有隸書的痕蹟，但其中有一些字已俱有典型的楷書特點，如「問起居」的「居」字，其形體結構，筆劃的提按頓挫，和成熟的楷書非常接近。這類書體還有史綽、高簡，和西晉吳應等墓出土的名刺。如果拿這些字蹟和曹魏出土的鮑捐、鮑寄等神坐相較，顯然孫吳書蹟有濃郁的楷體書風。東吳書法風格和中原的書風存在着不同。據晉葛洪《抱樸子》記載：「吳之善書則有皇象、劉纂、岑伯然、朱秀平，皆一代絕手，如中州有鍾元常、胡孔明、張芝、索靖各一邦之妙。」說明孫吳之書法有自己的傳統，它不同于中原的書風，所謂各一邦之妙，孫吳書家除葛洪所列外，還有張昭、張紘、蘇建等，可惜這些書家沒有墨蹟流傳下來。

日本書道博物館藏有一卷《譬喻經》，卷末有「甘露元年三月十七日於酒泉城內齋叢中寫訖」，這是曹魏書法作品惟一有紀年的墨蹟。此「甘露」據中村不折考證應為魏高貴鄉公的正元三年六月改元的甘露紀年。[4]此卷書法為隸楷過渡時期的字體，筆劃尚保留部分隸筆，書法工整典雅。古代佛經的書寫者，有和尚和信士，此外還有專門從事抄寫佛經的專業書手「經生」和「經手」。「經生」受顧於人，以寫經為生，有的書法水準很高；但也不乏水準一般的書寫手。因為「經生」多以寫經為生，書寫時往往要求字字工整和書寫速度，難免影響其藝術性的發揮，可以形成一種體式。南齊王僧虔《論書》謂：「謝靜、謝敷並善經，入能境」。又梁陶弘景《與梁武帝論書啟》謂：「惟《叔夜》《威輦》二篇是經書體式。」可見當時經生的書法有一定的體式，有的祇能列入「能品」。

曹魏書家衆多，其著名者有鍾繇、邯鄲淳、衛覬、胡昭、韋誕、蘇林、張揖、劉廙、鍾會等。鍾繇（一五一——二三〇）字元常，潁川長社（今河南許昌）人。他官至尚書僕射，封武亭侯。書法與東晉王羲之並稱「鍾王」。劉宋羊欣《采古來能書人名》謂：「鍾有三體：一曰銘石之書，最妙者也；二曰章程書，傳秘書，教小學者也；三曰行狎書，相聞者也。」可見鍾繇各體皆擅長。鍾書今見於各種刻帖外，其墨蹟傳世有《薦季直表》。此表墨蹟唐初入內府。繼又入宋內府，有貞觀、淳化、大觀、宣和及宋米芾、賈似道等印記。元時為陸行直所得，明代為沈周、華夏等遞藏，華氏曾刻入《真賞齋帖》中。清入內府，一八六〇年因圓明園被焚掠，為英兵所劫，輾轉為裴景福所得，後遭偷竊，埋入土中，及至掘出時已腐爛，現僅存照片一紙。有的學者對此表的真偽有疑，因表末「黃初二年（二二一）八月司徒東武侯臣鍾繇表」銜款，與《三國志・魏書・鍾繇傳》不合，疑為宋人偽作，也有學者表示異議。但此表書法風格古雅茂密，俱有淵懿錯落之趣，可與刻本鍾書《宣示表》相互映發，為歷代書家所珍視。

魏元帝曹奐咸熙二年（二六五），司馬炎取代魏為晉。晉太康元年（二八〇）滅吳，全國歸於統一，至三一六為西晉時期。

西晉著名書家有衛瓘、索靖、陸機等。衛瓘未有墨蹟流傳。近年出現的所謂索靖書《出師頌》，宋米友仁鑑定為隋人所書。流傳另一本稱宣和內府本，字蹟不佳，可能出於後人臨摹。晉陸機傳世有《平復帖》，故宮博物院藏，此帖宋時藏宣和內府，著錄于《宣和書譜》。陸機為晉著名文學家，此帖章草書，書法和近代新疆古樓蘭遺址出土簡牘和殘紙章草書相近，筆劃很少用波勢，用筆勁健，風格質樸。

西晉全國統一，疆土西至葱嶺，西域長史府轄區有龜茲、疏勒、于闐、鄯善、焉耆等地，樓蘭原是漢代經略西域的重鎮，中間曾一度衰微，至晉武帝重興西拓之策，此地又得到重視。近百年在西北出土大量漢晉簡牘殘紙，為研究西晉時期書法提供豐富的材料。[5]古樓蘭遺址出土西晉紀年的簡牘如《泰始四年簡》（文為「月七日詣督泰始四年閏月六日己已言」），《泰始五年殘簡》（文為「泰始五年十二月廿八日」等字，簡背「主簿梁鸞」等字）。泰始晉武帝司馬炎年號，簡新疆古樓蘭遺址出土，簡文行書，書寫流利，與東晉書家行書不同，可見魏晉南北朝前期行書的面貌。此外有的簡文近於楷書，但有行筆成分，封檢寫的大都是楷書。

殘紙內容豐富，有信劄、有簿記、有經籍寫本，有啟蒙字書，書體也比較多樣。《急奇觚》殘紙，內容為古代兒童啟蒙的識字書籍《急就篇》，漢代即以此教兒童識字，此殘紙分列楷、隸、草等字體，說明識字同時要學會同一字的不同字體。出土的西晉殘紙有不同的字體，這是由於不同的地方，應用不同字體的原因，如抄寫經籍用隸楷遞變時期的楷書。[6]

晉代留存今天的墨蹟，除簡牘、文書殘紙外，還有各種書籍寫本的殘卷。其中有史書《三國志・吳書・虞翻傳》殘卷，此殘卷一九二四年新疆鄯善出土，現在日本。《三國志・吳書・孫權傳》殘卷，一九六五年新疆吐魯番英沙古城附近佛塔遺址出土，現藏新疆維吾爾自治區博物館。西晉佛經寫本有：《諸佛要集經》殘卷，元康六年（二九六），現在日本。《摩訶般若波羅密經》殘卷，永嘉二年（三〇八年），《妙法蓮華經》殘卷，《摩訶般若波羅密經卷十四》殘卷，同藏國家博物館。二種《三國志》寫本，書體相同，即由隸楷遞變時的書體，其結體綿密，橫畫起筆尖鋒收筆滯重，捺筆滯重下按，與隸書挑筆不同。寫本工整少變化，書風和文書殘紙稍異。

西晉末年，王室內亂，北方少數民族乘機入侵，晉室南遷，公元三一七年，琅琊王司馬睿，在南渡的北方士族和南方士族的擁護下重建晉政權，都建康（今南京市）史稱東晉。在中國書法史上，東晉是書法藝術的飛躍時代，特別是行書和草書的成就是劃時代的，流風所及，對後世的影響極為深遠。嚴格地說，文字在長期的書寫中，有意識地表現書者的思想感情，將書法作為一種藝術來創作，在東晉書法家得到淋漓盡致的發揮。

書法為什麼到東晉得到升華，原因是：一，東晉整個歷史是門閥政治的歷史，當時最為顯赫的門閥士族為王、郗、庾、謝四大家族，他們左右着東晉的政治和文化。這些門閥士族的子弟，個個身居高官，他們都有很高的文化修養，特別是書法，世代相傳，他們相互標榜，互相影響，在東晉士族中形成一種特殊的現象，因此東晉的書法異常繁榮。魏晉以前，書寫多為一種職業，如書佐、典籤，官職地位比較低下，地位高的高官、士大夫似乎不屑為之，這種情況到東晉徹底改變了。

二，春秋戰國以來，地域間的文字和書寫有着不同的風格，江南地區受楚和吳越的影響。南齊王僧虔在《論書》中說晉陸機的書法為「吳士書」，說明他和中原的書法風格存在着差異。東晉的統治除依靠中原過江南的門閥外，也必須依靠江南的士族。江南的士族如吳郡的陸氏、顧氏，以及會稽的孔氏，也都有很高的文化修養，北方士族到南方後，文化的相互影響是必然的，江南吳郡的「吳士書」也會影響中原的書風，地區風格的融合，促進了東晉書法藝術的提高和發展。

三，魏晉之際，哲學思想上玄學取代了兩漢的經學，玄學思想始于魏正始間，至東晉暢行不衰，成為當時的主要思潮。東晉官僚、士大夫多「唯玄是務」，以反正統姿態出現，聚衆清談，放浪形骸，酗酒服藥，蔑視禮教，追求個性自由。他們不以為文字書寫的家法是不可逾越，以我主宰文字，以文字的書寫為表達自己的思想服務。近人宗白華說：「晉人風神瀟灑，不滯於物，為優美的自由的心靈找到一種最適宜於表現他自己的藝術，這就是書法中的行草」（《論〈世說新語〉和晉人的美》）。玄學對藝術的意義是啟發人對個性的尊重，玄風喚醒士族文人的意識，他們努力從自己的真率的性情中發掘人生的意義。所以晉人的書法表現了晉人的風度，這種風度就是晉人的風韻，後世論晉人的書法為「晉尚韻」，就是這一道理。

四、東晉書家多優遊於大自然之中，他們從大自然中吸取營養，他們從北方來到江南，優美的山川景色陶冶了他們的心靈和審美觀。謝安隱居東山，王羲之初度江浙便有終老之志。會稽多佳山水，名士多居之，他們出則漁弋山水，入則言詠羣山。晉人把審美情趣投入到自然懷抱之中，把山山水水，一草一木都看做是同自己具有同等品格的物件加以欣賞，用山水來淨化自己的心靈，並移情于書法創作之中，使書法不再單純是表達語言的工具。

晉人好寫信劄，無論是通訊問侯，眠食服藥，弔喪賀慶……，通過書信來表達情意。故宋文學家歐陽修說：「余嘗喜覽魏晉以來筆墨遺蹟，而想前人之高致。所謂法帖者，其事率皆吊哀候病，敘睽離，通訊問，施于家人朋友之間，不過數行而已。蓋其初非用意，而逸筆餘興，淋漓揮灑，或妍或醜，百悲橫生，披卷發函，燦然在目，使驟見驚絕，徐而視之，其意態無窮盡，使後世得之，以為奇觀，而想見其為人也。」

東晉人好寫行草書，行草書最能表現晉人的風神和韻度。宗白華謂：「行草藝術純系一片神機，無法而有法，全在於下筆時的點劃自如，一點一拂皆有情趣，……這種超妙的藝術，只有晉人瀟散超脫的心靈，才能心手相應，登峰造極」（《論〈世說新語〉和晉人的美》）。總之，中國書法由魏及西晉，從重視形式結構，到東晉追求風韻，從外表形式升華到內在的情和韻，表現作者的情感，使書法藝術到達一個全新的時代。⑦

東晉書家輩出，唐竇臮在《述書賦》中有「博哉四庾，茂矣六郗，三謝之盛，八王之奇」之贊。東晉著名書家有：郗鑒、王導、衛鑠、王廙、庾翼、桓溫、郗愔、王羲之、王獻之、王洽、王薈、王珣、王徽之等等。其中以王羲之、王獻之父子最為突出，世稱「二王」。這些書家的墨蹟除王氏父子有少數摹本和墨蹟傳世外，其餘大都無蹟流傳。

王羲之（三〇三——三六一）⑧字逸少，琅邪臨沂（今山東臨沂）人。《晉書》有傳，他父親王曠是著名書法家。羲之少有美譽，曾官臨川太守、征西幕府參軍、江州刺史、右軍將軍，因此後世稱他為「王右軍」。他最後任會稽內史。永和十一年（三五五）辭官誓墓不仕，定居會稽山陰，放浪形骸，悠游於大自然，以書畫自娛，五十九歲病卒。王羲之早年隨叔父王廙學書，王廙的草、隸、飛白受法於魏鍾繇，後又從衛夫人（衛鑠）學筆法，衛是西晉大書家衛恒的堂妹，衛家也是傳鍾繇法的，可見王羲之的書法曾受鍾、衛的影響。鍾書質樸，王早年書風也比較質樸，遼寧省博物館藏有一卷唐摹《萬歲通天帖》，摹的是王氏一門書蹟，中有王羲之《姨母帖》和《初月帖》。《姨母帖》用筆圓勁，風格較為質樸，可能是他早年的作品。梁虞龢

《論書表》云：「羲之始未有奇殊，不勝庾翼、郗愔。迨其末年，乃造其極。」在東晉初年，書家皆以張芝、鍾繇、衛瓘等為法，王羲之也不例外。記載說後來王羲之接受其子獻之的建議進行改革，脫盡行楷傳統的古樸書風，以敧側取妍，用筆宛轉遒麗，豐神瀟灑，韻致卓絕的新風格。從此後東晉到隋唐，學他的書法成為一種風氣，這種風氣在當時竟引起過去曾和王羲之齊名的庾翼的不平，說：「小兒輩乃賤家雞，愛野鶩，皆學逸少書。須吾還，當比之」⑨。可見王羲之新體在當時的影響。

王羲之的新書風為什麼會受當時這麼大的歡迎呢？梁虞龢以為「古質而今妍，數之常也。愛妍而薄質，人之情也。」其實這僅是問題的一面，如果從時代的特點和書法發展的規律來看，首先，王羲之的新體充滿着時代的特點，代表着當時代的精神；其次，他的行草書創造出全新的面貌。使今草書達到成熟的階段，拿它和帶有章草味的舊草書相較，便可見其端倪。再者，從藝術技巧來說，他將文字的書寫推到高層次，即到達藝術的境地。東晉人的書法以表現情深勝，王羲之的書法充滿着感情，和鍾繇舊傳統，僅以質樸為勝的書風大不相同，這是時代賦予王羲之的。

王羲之的書法已無真蹟傳世，只能從為數不多的摹本和臨本來研討。代表王羲之流麗妍美書法風格的摹本有：《平安》《何如》《奉橘》三帖，臺北故宮博物院藏。此三帖風格相近，行筆秀勁峻利，側媚而多姿致。《快雪時晴帖》是清乾隆帝所珍視「三希」之一，用筆比較圓轉流利，風格妍媚。此帖藏臺北故宮博物院。《寒切帖》天津博物館藏，用筆流動遒勁，勾摹精細。《喪亂帖》《二謝帖》《得示帖》，三帖摹在一紙上，日本皇室藏。帖上有「延曆敕定」印，是唐時流入日本的唐摹本。此帖風格雄強，正如梁蕭衍所說「羲之書字勢雄逸，如龍跳天門，虎臥鳳閣」。《頻有哀禍帖》《孔侍中帖》，日本前田育德會藏。此帖載唐《右軍書目》，帖上有「延曆敕定」印，亦唐時流入日本的唐摹本。以上都是比較優秀的唐摹本。此外臺北故宮博物院藏有《遠宦帖》，此帖筆致轉折多姿，風格雄強典雅，有些字保留章草遺意。《上虞帖》上海博物館藏。《袁生帖》日本京都藤井有鄰館藏。《游目帖》摹本藏日本已被毀，僅有照片傳世。《七月・都下》二帖臺北故宮博物院藏。《行穰帖》美國普林斯頓美術館藏。《此事帖》原為張伯英藏，有印本。《長風帖》傳唐褚遂良摹，藏臺北故宮博物院。《大道帖》藏臺北故宮博物院。以上摹本有的學者有存疑，著錄於此供研究參考。其中《大道帖》所謂「一筆書」，不類王羲之書風，學者以為宋米芾所臨。敦煌藏經洞發現王羲之《瞻近帖》《龍保帖》和《旃罽帖》前二帖藏英國博物館，後一帖藏法國巴黎國立圖書館，此三帖為唐人所臨，筆鋒起迄轉折清晰，是研究王羲之書法的寶貴資料。

《蘭亭序》是王羲之行書的巨蹟，永和九年（三五三）三月，王羲之和謝安、孫綽等名士及親友四十一人在會稽山陰蘭亭集宴「修禊」，飲酒賦詩，王羲之在詩前寫了一篇序言，即著名的《蘭亭序》。此序是一篇草稿，流傳有摹本數種：一「神龍本」，傳唐馮承素所摹，故宮博物院藏，帖前後有唐中宗「神龍」二字半印。二黃絹本，傳唐褚遂良所摹，臺北故宮博物藏。三傳唐虞世南摹本，故宮博物院藏。四傳唐褚遂良摹本，故宮博物院藏。五清梁章钜藏本，湖南省博物館藏。

《行楷千字文》，故宮博物院藏。前署名「右軍將軍王羲之奉勑書」，此卷雖經宋宣和、金、清等內府收藏，但非王羲之所書，有的學者認為是唐人集王羲之書而成。

王獻之（三四四——三八六）字子敬，王羲之第七子。他少有盛名，而高邁不羈，以選尚新安公主。曾為謝安長史，又出任吳興太守，徵拜中書令，因此後人稱他為「大令」。獻之書法少時學父，後又學張芝，他將王羲之所創造的流美行草書，經過他的發展，成為一種筆蹟流懌，婉轉妍媚的新體裁。唐張懷瓘說：「子敬才高識遠，行草之外，更開一門。夫書非草非真，離方遁圓，在乎季孟之間。兼真者，謂之真行；帶草者，謂之行草。子敬之法，非草非行，流便於草，開張於行，草又處其中間，無藉因循。寧拘制側，挺然秀出，務於簡易，情馳神縱，超逸優遊，臨事制宜，從意適便，有若風行雨散，潤色開花。筆法體勢之中，最為風流者也」（《書議》）。王獻之的行草常筆劃牽絲引帶，連綿不斷。

魏到兩晉書法，是古樸美向妍麗美發展的時代。唐李嗣真說：「右軍肇變古質」（《書後品》）。所謂肇變古質，就是變張芝、鍾繇的古質為妍媚流美，但二王相較，從妍媚來看，王羲之又不及王獻之。所以南齊羊欣說王獻之「骨勢不及父，而媚趣過之」（《采古來能書人名》）。劉宋虞龢也說：「獻之始學父書，正體乃不相似，至於絕筆章草，殊相擬類，筆蹟流懌，宛轉妍媚，乃欲過之」（《論書表》）。自王羲之後，追求妍美成為時尚，王獻之順着當時妍媚的審美觀，進一步發展了王羲之的新體。自王獻之的新體流行後，書家都仿效獻之的書法，王羲之的體法似乎不被重視，這種風氣一直影響到整個南朝。梁陶弘景說：「比世皆尚子敬書，元常（鍾繇）繼以齊代，名實脫略，海內非惟不復知有元常，於逸少亦然」（《與梁武帝論書啟》）。這種狀況到唐代始改變，唐太宗李世民酷愛王羲之書法，竭力提倡大王書，廣泛搜集大王書蹟，並在《晉書》中親為撰寫王羲之傳論，於是在唐代又興起學大王書的浪潮，其餘波直至宋代。

由於唐太宗尊大王，輕小王，對大王的書蹟廣為搜集摹搨，而對小王書則不甚顧惜，故獻之書蹟流傳較羲之為少。今天傳世王獻之的墨蹟有：《鴨頭丸帖》，上海博物館藏。此帖宋時入內府，有「宣和」、「政和」印，元天曆三年（一三三〇）文宗賜柯九思。明代又入內府，是一件流傳有緒的真蹟。因為寫在絹上，用墨有濕有燥，行筆使轉頓挫，自然靈動，筆絲上下牽連，筆劃剛柔相濟，風格風流妍美，體勢、結字均有新意，很能代表王獻之書法的風貌。《廿九日帖》遼寧省博物館藏，唐武則天時摹入《萬歲通天帖》中。帖行楷書，用筆秀麗瀟灑，風格妍美。《新婦地黃湯帖》摹本，現在日本書道博物館。宋時入內府，有「宣和」、「政和」印，南宋時曾為賈似道收藏。此帖書法用筆流暢，風骨圓勁。清孫承澤以為此帖為宋米芾所臨。《中秋帖》，故宮博物院藏，為清乾隆帝「三希」之一，此帖書法筆筆連綿不斷，所謂「一筆書」。《中秋帖》多數學者認為為宋米芾所臨，宋《寶晉齋法帖》中《十二月帖》和此帖相較，有節臨的痕蹟。此外，傳世稱王獻之的墨蹟尚有《鵝群帖》《舍內帖》《送梨帖》《東山帖》等。這些墨蹟有的是後臨寫的，也有為後代所摹搨的。

東晉書法家衆多，今就有墨蹟傳世者簡述於次：王薈（生卒不詳）字敬文，王導第六子。曾官吳國內史、會稽內史、鎮軍將軍，加散騎常侍。善行書，傳世有《癤腫帖》，唐摹本，在《萬歲通天帖》中。此帖筆鋒挺拔剛健，和當時流行妍媚書風小異。王珣（三五〇——四〇一）字元琳，王導之孫，王洽之子，王羲之從侄，王泯之兄。一門俱以書法著稱。王珣雅好典籍，與殷仲堪、徐邈、王恭、郗恢等，以才學文章受知于晉武帝，曾官尚書令。傳世有真蹟《伯遠帖》，故宮博物院藏。此帖宋時藏宣和內府，清乾隆以此帖與王羲之《快雪時晴帖》、王獻之《中秋帖》辟「三希堂」置藏之。此帖風格峭勁秀逸，與王獻之新體稍異、東晉真蹟流傳至今，極為難得。王徽之（？——三八八）字子猷，王羲之第五子，傳世有《新月帖》，摹本，在《萬歲通天帖》中。帖為行楷書，筆鋒流動圓潤，結體綿密端莊。《宣和書譜》說他的書法以韻勝。

傳世《曹娥誄辭》小楷墨蹟一卷，遼寧省博物館藏。此卷四周有南朝滿騫、懷充、僧權等書押，和唐懷素觀款，卷上部和後部有唐韓愈、樊宗師、盧仝、馮審、王仲倫、楊漢公、劉鈞等觀款。拖尾有南宋高宗趙構跋（具損齋款）。卷尾有元人郭天錫、趙孟頫，康里巙巙、虞集等題跋。郭天錫跋以為王羲之所書，但無確據。此卷流傳有緒，書風古樸，可能是晉人所書。

東晉墨蹟，除上述之外，尚有寫經，但多為殘卷和殘片。《妙法蓮華經》殘卷，國家博物館藏，此卷存卷第一序品一，是殘存比較長的一卷。書寫尖鋒下筆，捺筆滯重，帶有隸意，為隸楷遞變時的書體，全卷工整，當為晉經生所書。

當東晉偏安南方時，北方從公元三〇四年劉淵建立漢國起，至四三九年北魏統一中原的一百三十餘年間，入居北方的匈奴、羯、鮮卑、氐、羌等少數民族，先後在北方和巴蜀地區建立大小十六個割據政權，史稱「十六國」⑩。十六國是中國歷史上大混戰時期，各民族統治者相互攻殺，戰爭不斷，社會動蕩不安，人民顛沛流離，文化受到摧殘，繁榮的中原地區，成為一片廢墟，十六國時期的書法也受到極大的影響。但相對而言，十六國的書法以河西走廊的五涼為較盛，其地向有書法傳統，西晉時敦煌索靖為當時書法大家。西晉永寧初，張軌為護羌校尉，涼州刺史，振興文化，地方安定，晉末「天下方亂，避亂之國維涼土耳」（《晉書·張軌傳》）。所以十六國戰亂時，河西走廊相對比較安定，中原有一些文士多避亂到此安居，中原文化也隨之傳入五涼。近年新疆、甘肅等地出土簡牘，寫經及文書殘紙，屬於五涼時代的為數不少，這不是沒有原因的。

一九〇八年至一九〇九年間，日本大谷探險隊在新疆羅布泊發掘出土一批文書殘紙，其中以《李柏文書》最為著名。《李柏文書》完整的有二件，文書為西域長史李柏寫給焉耆王的書信，李柏是涼州牧張駿的西域長史、關內侯，是有史書可證的人物。文書為草稿，用行楷書書寫，文字有修改，其行筆和王羲之《姨母帖》有相通處，是研究中國書法發展的一件重要墨蹟資料。

從一九五七年至一九七五年，新疆博物館文物考古隊在吐魯番縣火焰山公社阿斯塔那村北、哈拉和卓村東進行十三次發掘，出土一批文書，其中一部分於屬十六國時期。這些文書有部分以文書形式直接隨葬的，如衣物疏、地券、功德疏，以及一些契約較為完整外，其餘多是當作廢紙被用來製成死者的服飾、枕衾、以及俑的構件，故多殘缺。吐魯番地區古為「國車師前部」，西漢時以有「高昌壁」得名，其政治、經濟、文化中心在今高昌故城。故城遺址在今阿斯塔那東南，哈拉和卓的西南。東晉咸和二年（三二七），前涼張駿于此置高昌郡，其後前秦、後涼、西涼、北涼因之。現擇要其地出土墨蹟數件，以見十六國西部地區書法的概況。

前涼《王宗上太守啟》[11]殘紙，前涼《王念賣駝券》殘紙，升平十一年（三六七，升平為東晉穆帝年號，前涼張氏承用東晉年號）。這二件都是十六國早期的楷書，稍帶行筆，書法和十六國寫經和北涼《且渠安周造寺碑》及北涼《田弘造石塔柱發願文》的隸楷遞變的書體不同，可見當時民間實用流行的是比較通行的新楷體，而碑版、寫經仍在用帶隸意的楷體。《韓甕辭為自期召弟應見事》殘紙，前秦建元二十年（三八四）、西涼《秀才對策文》，建初四年（四〇八）、西涼《嚴福願賃蠶桑券》，建初十四年（四一八），這些都是民間流行的日常應用書體。北涼《倉曹貸糧》殘紙，北涼神璽三年（三九九），此紙書法用筆流暢純熟，俱有較高的藝術水平。北涼《殘文書》，義和二年（四三二），用筆爽利，雖殘存三字，可見楷書的來龍去脈，其書已脫盡隸筆，楷書趨向成熟。

十六國墨蹟有部分是古籍和佛經的寫本，寫本的書法和文書不同，文書是民間通行便捷的行楷書，書寫比較隨意，有的接近東晉書家的書劄，而經籍寫本則比較矜持工整，字劃常帶隸意，這是繼承西晉寫本的傳統。十六國的寫本有：北涼《賢劫九百佛品第九》，安徽省博物館藏。北涼《優婆塞戒經》殘卷，國家博物館藏。書寫都比較謹嚴工整，是當時的寫經體。前涼《道行品法句經第三十八》《泥洹經品法句經第三十九》，兩卷均為前涼升平十二年（三六八）時寫，後有「升平十二年沙彌淨明」

題記。敦煌藏經洞發現，甘肅省博物館藏。用筆沉著，起筆尖鋒，捺筆重按，渾厚而有力度，風格樸茂。西涼《十誦比丘戒本》，敦煌藏經洞發現，現藏英國大不列顛博物館。此卷兩面書寫，署名比丘德祐，書法自然。結構富於變化，用筆有粗有細，提按頓挫分明，雖似不甚經意，卻極俱意趣。

十六國簡牘發現不多，一九八五年甘肅武威旱灘坡十九號前涼墓出土木牘五塊，其三塊分別有建興卅三年、卅四年、卅八年紀年，又一塊有「升平十三年七月十二日涼故駙馬都尉建義奮節將軍長史武威姬瑜隨身物疏令三十五種」等內容，另一塊有「咸康四年（三三八）」紀年，後二塊為衣物疏，前三塊據考證為「任命書」[12]。前三塊書法屬隸楷遞變時的書體，筆劃左右開張，和名刺書風相似。

公元四二〇年至五八九年，為南北朝時期。南朝宋取代東晉，經歷宋（四二〇——四七九）、齊（四七九——五〇二）、梁（五〇二——五五七）、陳（五五七——五八九），至隋滅陳共四個朝代。北朝經歷北魏（三八六——五五〇），後分裂為東、西魏，東魏（五三四——五五〇），西魏（五三五——五五七）。繼東魏又為北齊所取代，北齊（五五〇——五七七）。西魏為北周所代替，北周（五五七——五八一）。因南方四朝政權和北方五朝政權相對立，故史家稱為南北朝。

六朝時期（南朝四朝加吳與東晉皆都建康稱六朝），南方相對比較安定，經濟和文化連續得到發展。南朝文化繼承東晉的傳統，雖玄談之風依舊盛行，放達不羈之行不改，但晉人的風度已遜一籌，故唐詩人杜牧謂：「大抵南朝都曠達，可憐東晉最風流。」南朝帝王多愛書法，廣泛搜集名家墨蹟，君臣書啟往來探討，縱論二王遺蹟，使書法得以繼續發展。與東晉書法相比，南朝書法進入另一種境界。宋歐陽修說：「南朝士人氣尚卑弱，字書工者，率以纖勁清媚者為佳」（《集古錄》）。東晉人

「字勢雄逸」，南朝人「纖勁清媚」，這和當時文學中講求聲律，追求唯美，不免流於纖弱不無關係。

南朝著名書家據唐代竇泉《述書賦》記載：宋二十五人，齊十五人，梁二十一人，陳二十一人。南朝書家除東晉諸門閥士族的後代外，還有一些寒門士夫。南朝書家大多無墨蹟傳世，除少數刻在宋《淳化閣帖》外，流傳至今寥若晨星，其中僅有：王僧虔（四二六——四八五），琅邪臨沂人，仕宋、齊兩朝。王僧虔曾祖王洽是東晉大書法家，他自已書法學王獻之。梁武帝蕭衍謂：「王僧虔書如王、謝家子弟，縱然不端正，奕奕皆有一種風流氣骨」（《古今書人優劣評》）。唐張懷瓘說他書法「述小王尤尚右，宜有豐厚淳樸，稍乏妍華，若溪澗含冰，岡巒被雪，雖甚清肅，而寡於風味」（《書斷》）。王僧虔墨蹟傳世有唐摹《太子舍人帖》，在《萬歲通天帖》中。王慈（四五一——四九一）字伯寶，王僧虔之子。曾官冠軍將軍、東海太守。傳世墨蹟有唐摹《得柏酒帖》《尊體安和帖》《郭桂陽帖》，均在《萬歲通天帖》中。三帖均為草書，筆勢峭利雄強，縱橫恣肆，起落奔放，有一種雄渾利落的趣味。梁王志（四六〇——五一三）字次道，亦王僧虔之子。尚宋武帝女安固公主，梁初為散騎常侍、中書令，金紫光祿大夫。《梁書》說他善草、隸，為當時楷模。傳世墨蹟有唐摹《一日無申帖》，亦在《萬歲通天帖》中。此帖用筆豐厚犀利，如疾風之於勁草，無一點南朝卑弱之氣，《述書賦》說「逸速毫奮」，很能道出此帖的風貌。

南朝著名書家有羊欣、孔琳、薄紹之、謝靈運、蕭思話、陶弘景、蕭衍、蕭子雲、庾肩吾等，雖書名甚著，均無墨蹟流傳，僅在歷代刻帖中見其大概。

南北朝統治者和民衆多信奉佛教，他們除修建佛寺，開窟造像外，譯經之風大盛。當時佛經的傳播、流通，主要依靠抄寫經書，佛教信衆將寫經作為一種奉佛的功德，南朝寫經較北朝為少，這是因為今天所見寫經多出自敦煌藏經洞，南北朝政權分隔，南朝寫經流傳北方自然不多，但從少量的南朝寫經來看，南北寫經風格稍異，南朝風格俊逸秀麗，北朝渾厚質樸。南朝寫經以梁代為盛，梁武帝篤信佛教，身體力行，故存世寫經以梁最多。梁寫經工整秀麗，一絲不苟，南齊寫經如《佛說歡普賢經》，日本書道博物館藏，尾有「永明元年」（四八三）題記。此卷筆勢峻厚，風格質樸。

自西晉八王之亂後，北方地區進入十六國戰亂之中，直至公元四三九年，鮮卑族拓拔氏統一北方，結束了長期混亂的局面，建立魏王朝，史稱北魏或後魏。晉室南遷，大批門閥士族遷徙江南，而一部分門閥士族仍留居中原，或避居當時比較安定的隴右地區。北涼亡後，在河西走廊的士族多到北魏平城（今山西大同），他們對北魏文化的興盛起了很大作用。

留在北方的士族，以崔氏、盧氏、江氏為最著，這些士族亦均世代善書。清河崔氏如崔浩、崔玄伯父子，范陽盧氏如盧諶、盧偃、盧邈祖孫，都是傳習鍾繇、衛瓘、索靖的書法⑬。他們對書法「世不替業，故魏初重崔、盧之書」（《魏書·崔玄伯傳》）。此處還有從河西走廊回來的江氏，其中以江式最為著名⑭。

北朝書法較南朝為質樸，它仍保留鍾繇的傳統，南朝書風則較妍媚，這是受二王的影響。由於地理環境的不同，南北習俗的不同，也影響到書法的風格。北齊顏之推謂：「南方水土和柔，其音清舉而切詣，失在浮淺，其辭多鄙俗；北方山川深厚，其音沉濁而鈋，得其質直，其辭多古」（《顏氏家訓》）。說明由於地理環境，風俗民情的不同，也影響到藝術風格的不同。

北朝墨蹟傳世絕少，可能是由於南朝「江左風流，疏放妍妙，長於啟牘。」啟牘形式短小，便於收藏，而南朝群臣上下又有搜集墨蹟的傳統，故流傳墨蹟較多。北魏早期書蹟有《司馬金龍墓漆屏風畫題字》，屏風作於北魏太和八年（四八四），一九六五年山西大同出土。漆畫分四層，上畫歷史人物故事，每幅都有榜題，說明漆畫人物故事的內容。書法和北魏寫經不同，筆劃纖細勁健，風格質樸中露秀麗之氣。

北朝寫經書法質樸粗獷，早期頓挫分明，起筆多用尖鋒，然後鋪毫，收筆多滯重，結構綿密，隸意較濃。這些寫經如北魏《大般涅槃經如來性品第四之三》，敦煌文物研究所藏。北魏《摩訶般若波羅密照明品第十》，敦煌市博物館藏。晚期楷意多，而隸筆已漸泯滅，如西魏《賢愚經卷第二》，甘肅省博物館藏。北齊《羯磨經卷》，天津博物館藏。北朝晚期《大般涅槃經卷第六》，甘肅省博物館藏。北周《入楞伽經楒品第十八》，甘肅省博物館藏。北周《大般涅槃經卷第九》，國家圖書館藏。

一九一〇年至解放後，在新疆吐魯番遺址陸續出土墓磚三百餘方，其中有大涼且渠氏王國，有鞠氏高昌王朝，以及唐代的紀年。磚方形，每磚上書寫，或墨筆，或白粉，或寫後鐫刻再填朱，內容為死者里籍、埋葬年月，和生時官職⑮。這些書法的特色及演變情況，和中原書法的演變相一致。

魏晉南北朝書法，是中國書法史上重要時期，是承前啟後時期，它呈現出各種字體、書體的演變。它產生了被稱為「書聖」的王羲之。它留下了為數不少輝煌的書法作品，由於魏晉南北朝書法的成就，從而開拓唐代書法的新局面。

①拙著《中國書法藝術——魏晉南北朝》，一九九六年文物出版社出版。

②詳見《長沙走馬樓三國吳簡・嘉禾吏民田家莂》，一九九九年文物出版社出版。

《長沙走馬樓三國吳簡・竹簡（壹）》，二〇〇三年文物出版社出版。

③見漢《馮煥闕》《沈君闕》等隸書筆劃。

④日本中村八折著，李德范譯《禹域出土墨寶書法源流攷》二八頁至二九頁。二

○○三年中華書局出版。

⑤見英斯坦因《西域攷古圖記》，二○○○年廣西師範大學出版社將此書重譯分冊出版。文書出土情況見其中《路經樓蘭》頁一○八「樓蘭遺址的漢文文書」。

⑥日本書蹟名品叢刊《木簡殘紙》第三冊，二玄社刊行。日本書道教育會議編《樓蘭發現殘紙木牘書法選》。

⑦關於東晉書法的藝術成就的原因，可參閱拙作《中國書法藝術——魏晉南北朝》，頁一二二「東晉行草書的新成就」，文物出版社出版。及拙作《晉唐書法》，刊《中國書法家協會書法培訓中心全國書法教學學術論文集》，二○○○年解放軍文藝出版社出版。

⑧關於王羲之的生卒年有四說，此據王汝濤《王羲之生卒年辨證》，文刊《王羲之志》，二○○一年山東人民出版社出版。

⑨見南齊王僧虔《論書》。

⑩史稱十六國其實不止十六國，其民族和興亡為：漢（三○四——三二九，又稱前趙，匈奴，滅于後趙）；成漢（三○四——三四七，巴氐，滅於東晉）；前涼（三一七——三七六，漢，滅于前秦）；後趙（三一九——三五一，羯，滅于冉魏）；冉魏（三五○——三五二，漢，滅于前燕）；前燕（三三七——三七○，鮮卑，滅于前秦）；前秦（三五○——三九四，氐，滅于西秦）；後秦（三八四——四一七。羌，滅於東晉）；後燕（三八四——四○七，鮮卑，滅于北燕）；西燕（三八四——三九四，鮮卑，滅於後燕）；西秦（三八五——四三一，鮮卑，滅于夏）；後涼（三八六——四○三，氐，滅于後秦）；南涼（三九七——四一四，鮮卑，滅于西秦）；南燕（三九八——四一○，鮮卑，滅於東晉）；西涼（四○○——四二一，漢，滅於北涼）；夏（四○七——四三一，匈奴，滅於吐谷渾）：北燕（四

〇七——四三六，漢，滅於北魏）；北涼（三九七——四三九，匈奴，滅於北魏）。其中冉魏和西燕不計在十六國中。

⑪此啟無紀年，同墓出土有建興三十六年柩銘。建興為西晉愍帝年號，僅存四年，西晉亡，前涼張氏仍用建興年號，直至四十九年。建興三十六年（三四八）為東晉永和四年。見《吐魯番出土文書（壹）》，一九九二年文物出版社出版。

⑫詳見何雙全《簡牘》頁七九——八七《前涼將軍的名片——木牘刺書》，二〇〇四年敦煌文藝出版社出版，又張俊民《武威旱灘坡十九號前涼墓出土木牘考》，刊二〇〇五年第三期《考古與文物》。

⑬《魏書・崔浩傳》：「浩書體勢及其先人，而巧妙不如也。」《魏書・崔玄伯傳》：「尤善草隸、行押之書，為世摹楷。玄伯祖悅與范陽盧諶並以博藝著名。諶法鍾繇，悅法衛瓘，而俱習索靖之草，皆書其妙。諶傳子偃，偃傳子邈，悅傳子潛，潛傳玄伯，世不替業，故魏初重崔、盧之書。」《北史・盧玄傳》：「伯源六世祖諶父志，法繇書，子孫傳世，累世有能名。至邈以上，兼善草蹟，伯源習家法，代京宮殿，多其所題。白馬公崔宏亦善書，世傳衛瓘體。魏初工書者，崔、盧二門。」《北史》記載崔氏家族擅長書法者尚有：崔挺、崔辯、崔鴻、崔亮等。

⑭《魏書・江式傳》：「江式……六世祖瓊，晉馮翊太守，善蟲篆、訓詁，永嘉大亂，瓊棄官西投張軌，子孫因居涼土，世家傳業。……式篆體尤工，洛京宮殿諸門板題，皆式書也。」

⑮詳見黃文弼《高昌磚集》，一九五一年增訂本。侯燦主編《吐魯番墓磚書法》一書中「前言」和「高昌墓磚書法藝術概說」二〇〇二年重慶出版社出版。又侯燦、吳美琳著《吐魯番出土磚誌集注》一書中「吐魯番出土磚誌及其研究綜述」二〇〇三年巴蜀出版社出版。

圖版

一　嘉峪關魏晉墓朱書題字　三國・魏晉

蘭迦葉是眾華中天蘭迦葉弟子五百人

是故一一猴王普愛子堅尺不蘭荊此生傳

我若為頂幸飛自投眾決群華絕斯種令渡

誹謗盡沒汪河池對使幽思劫無眼王朗

信解作花而去

怛大聖之靈遵念至教實亙值之大惑則哭

世何飛隻感覺列慈案微知形忌

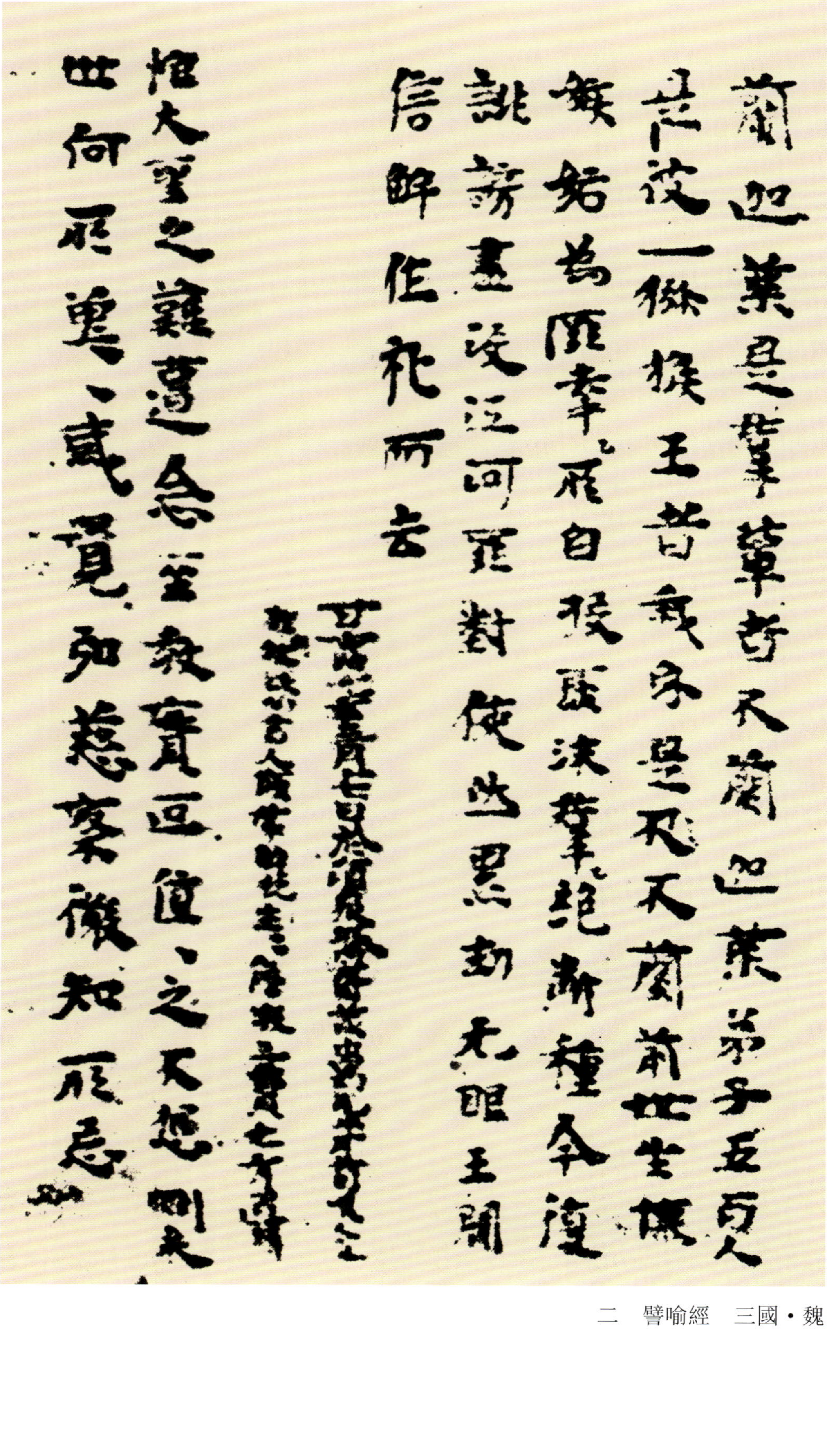

二　譬喻經　三國·魏

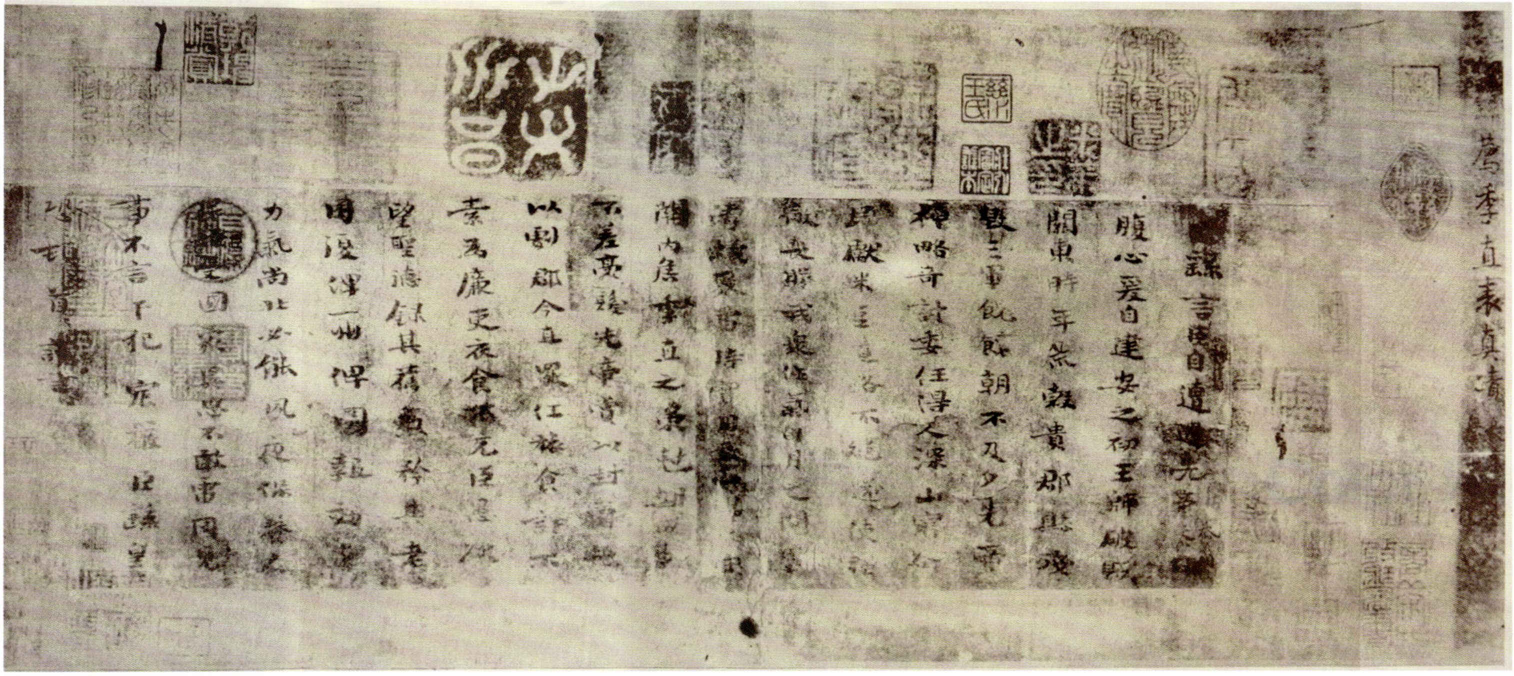

三　薦季直表　三國・魏　鍾繇

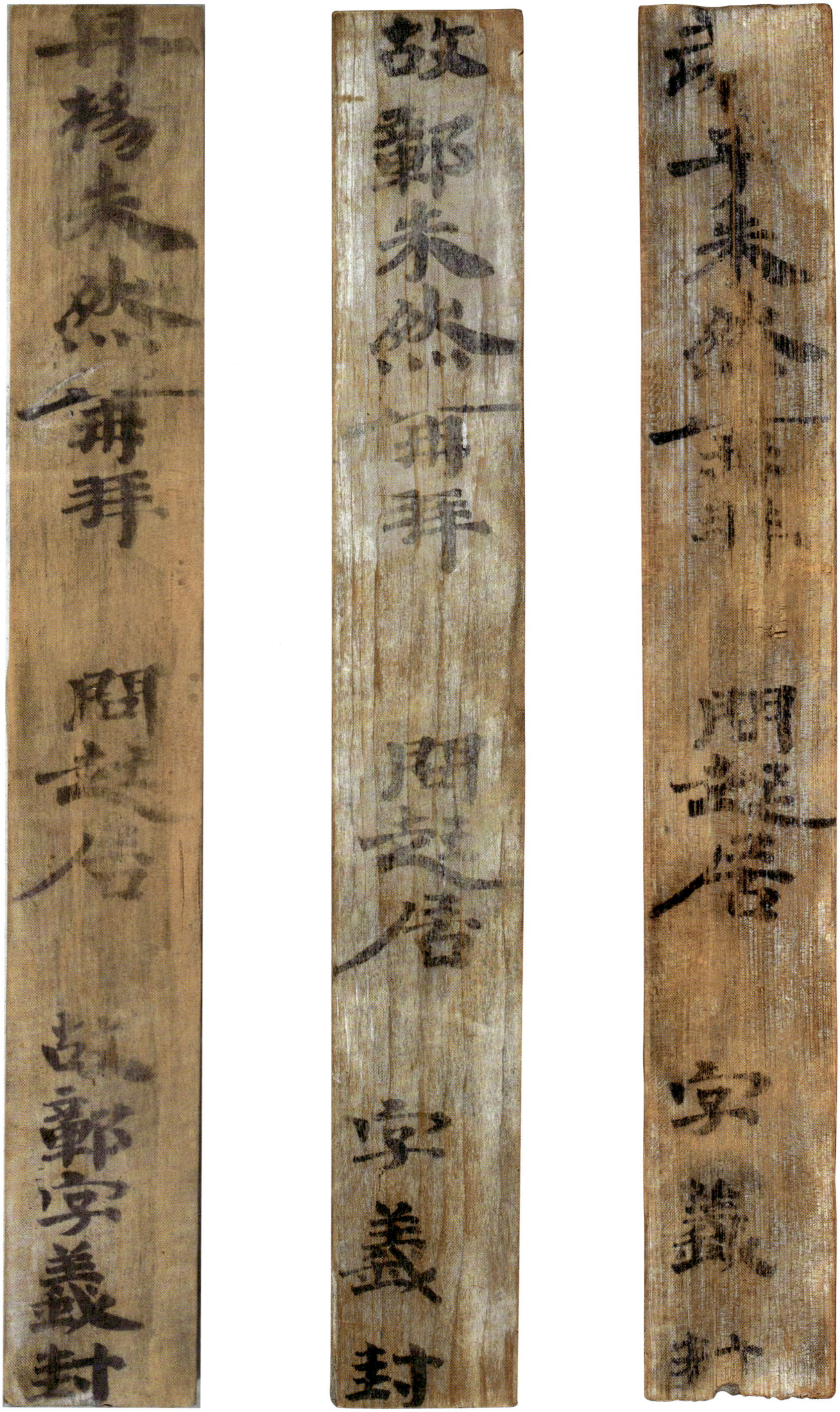

四　朱然名刺　吴

四　朱然名刺　吳（局部）

五　史綽名刺　吳

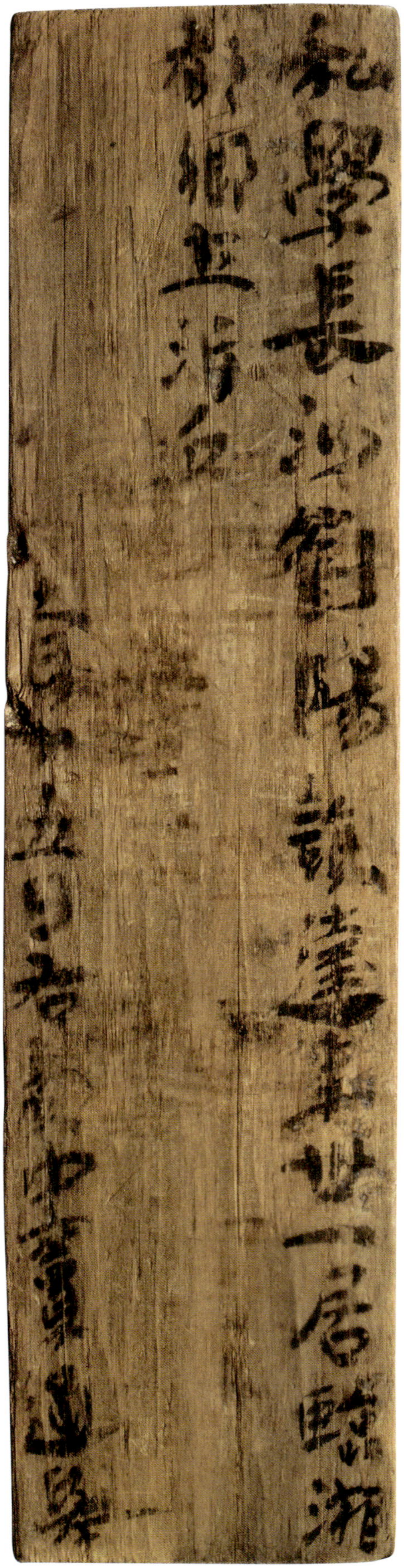

六　謝達木牘　吳

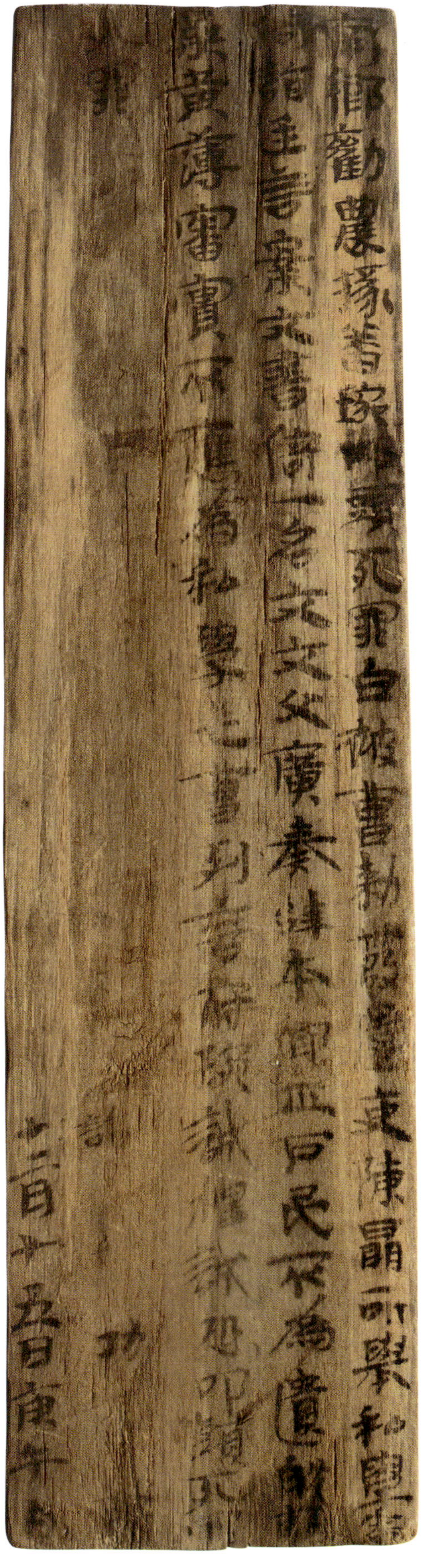

七　奏陳晶所舉私學木牘　吳

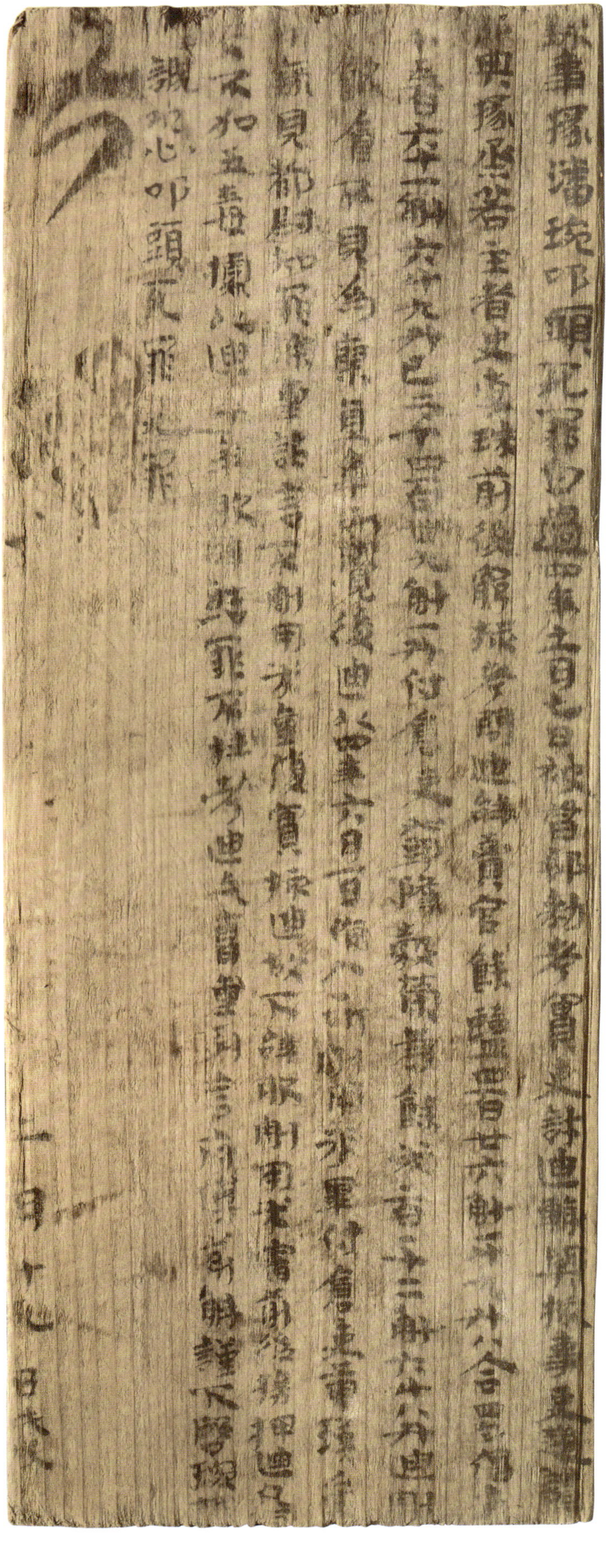

八　奏許迪賣官鹽木牘　吳

（背面）（正面）

九　黄朝名刺　吴

一〇　書信木牘　吳

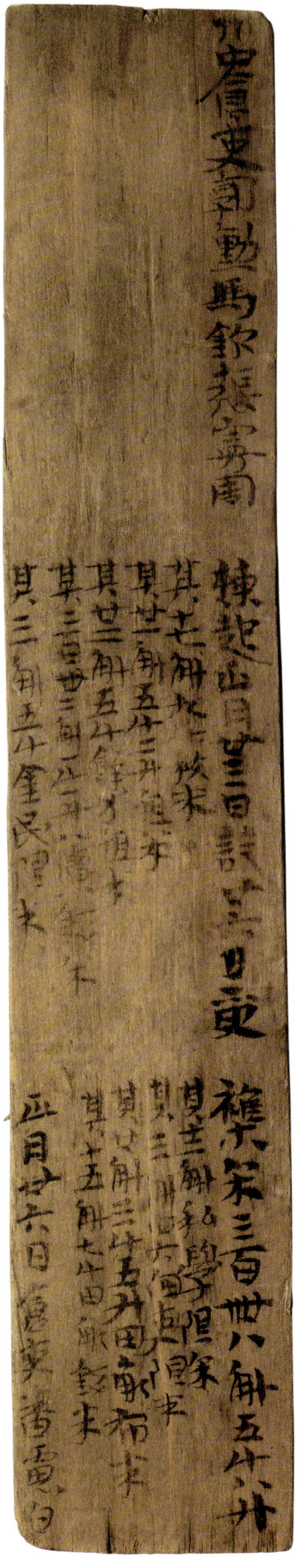

一一　賦税總帖木牘　吳（之一）

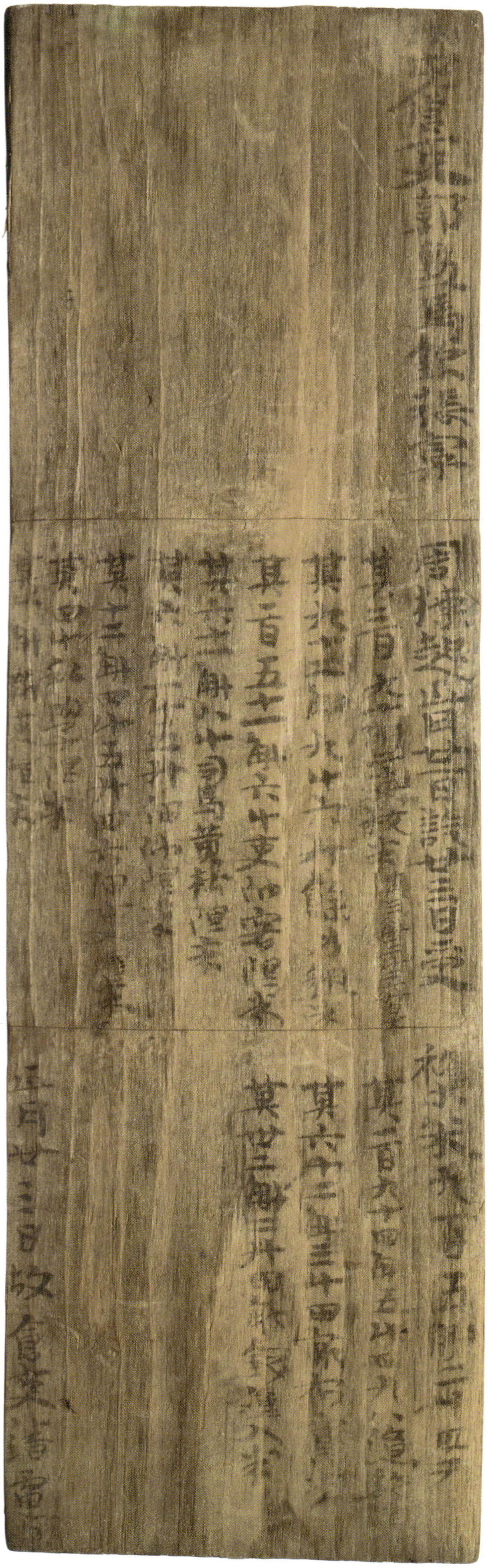

一一　賦稅總帖木牘　吳（之二）

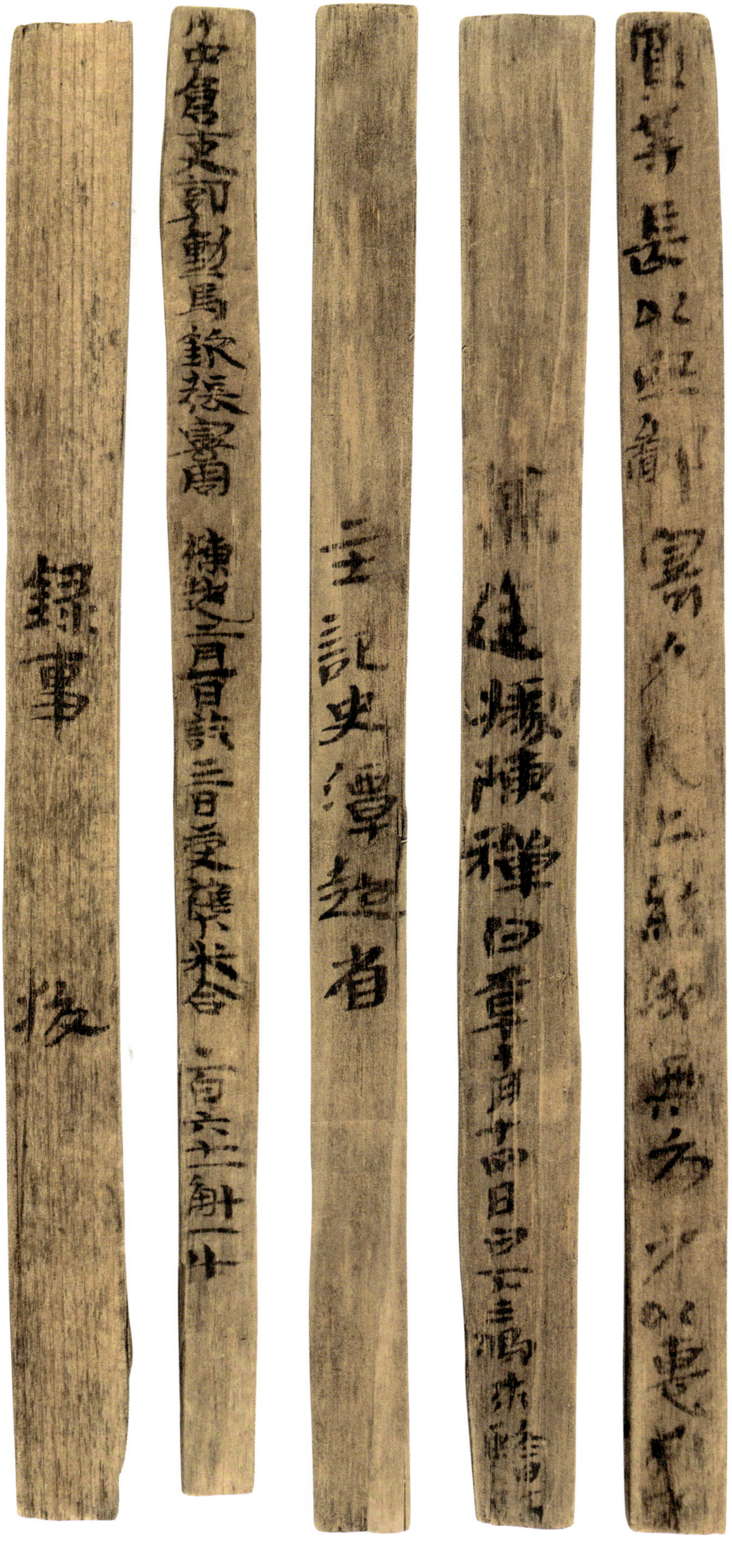

一二　木牘（五枚）　吳

（背面）

（正面）

一三　中倉籤牌　吳

一四　兵曹籤牌　吴

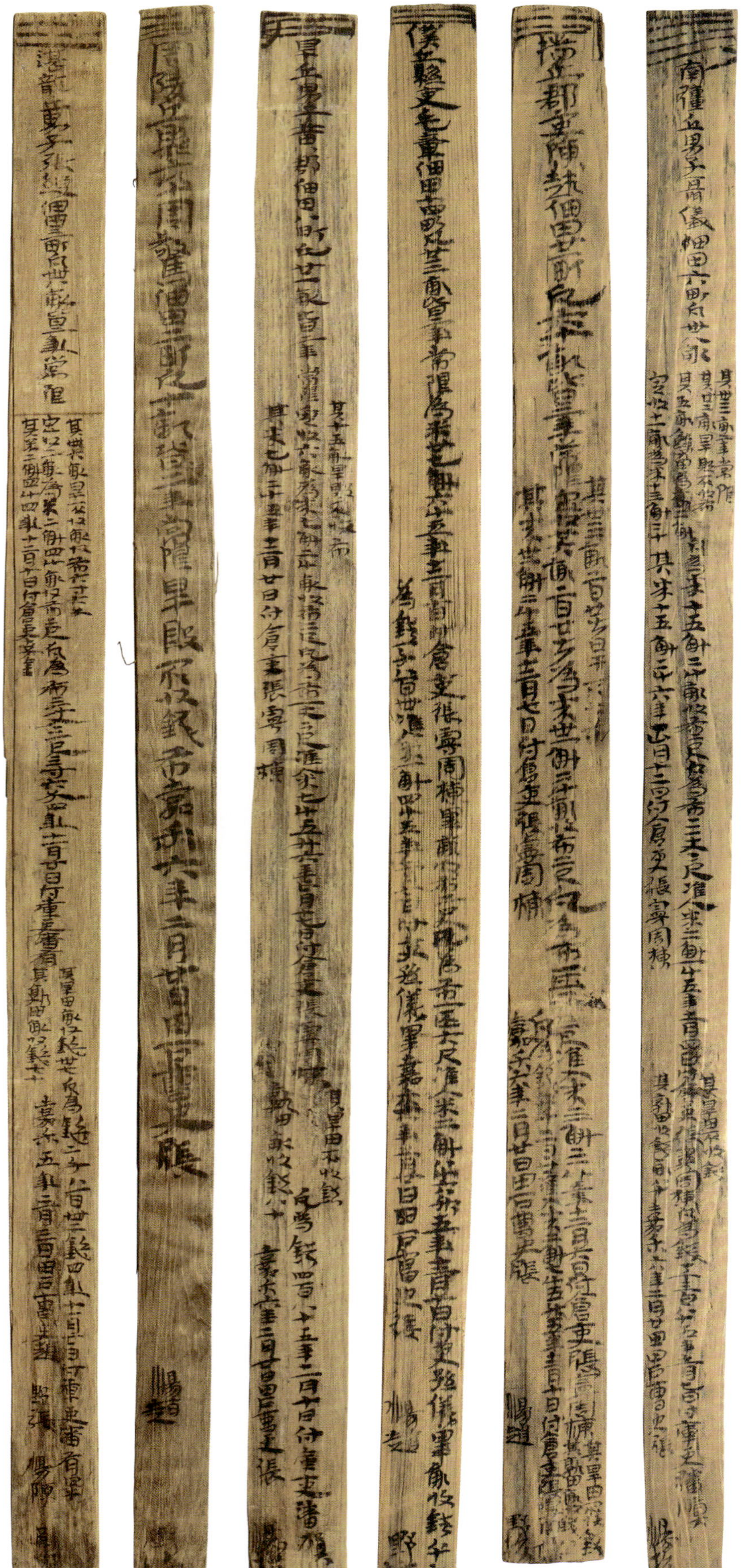

一五　木簡（六枚）　呉

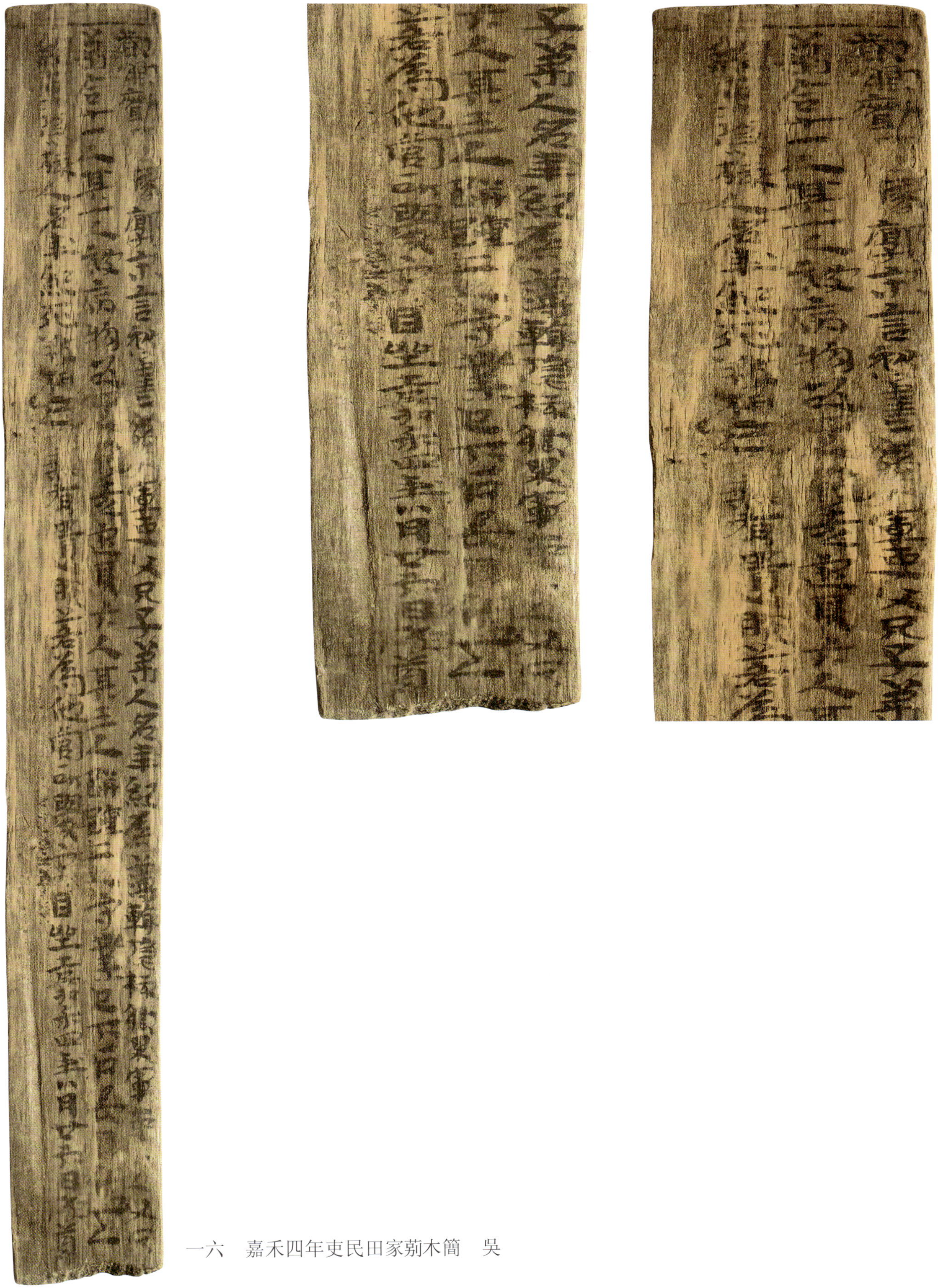

一六　嘉禾四年吏民田家莂木簡　吳

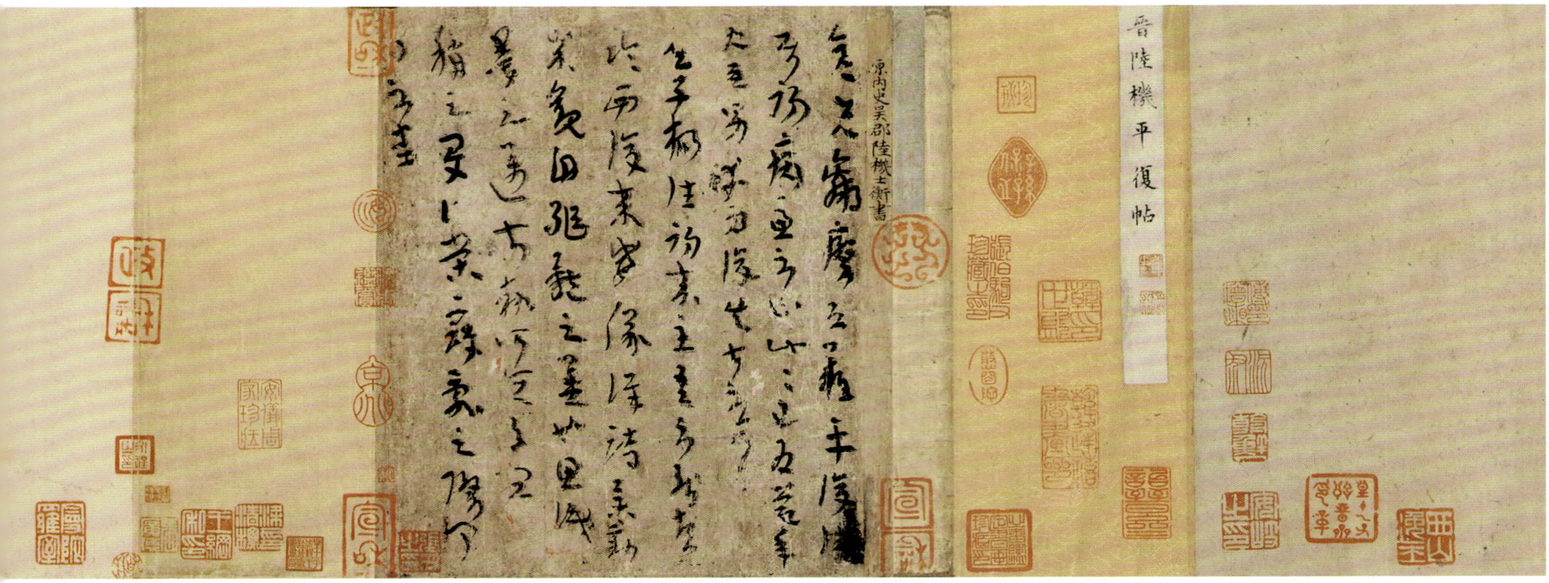
晉陸機平復帖

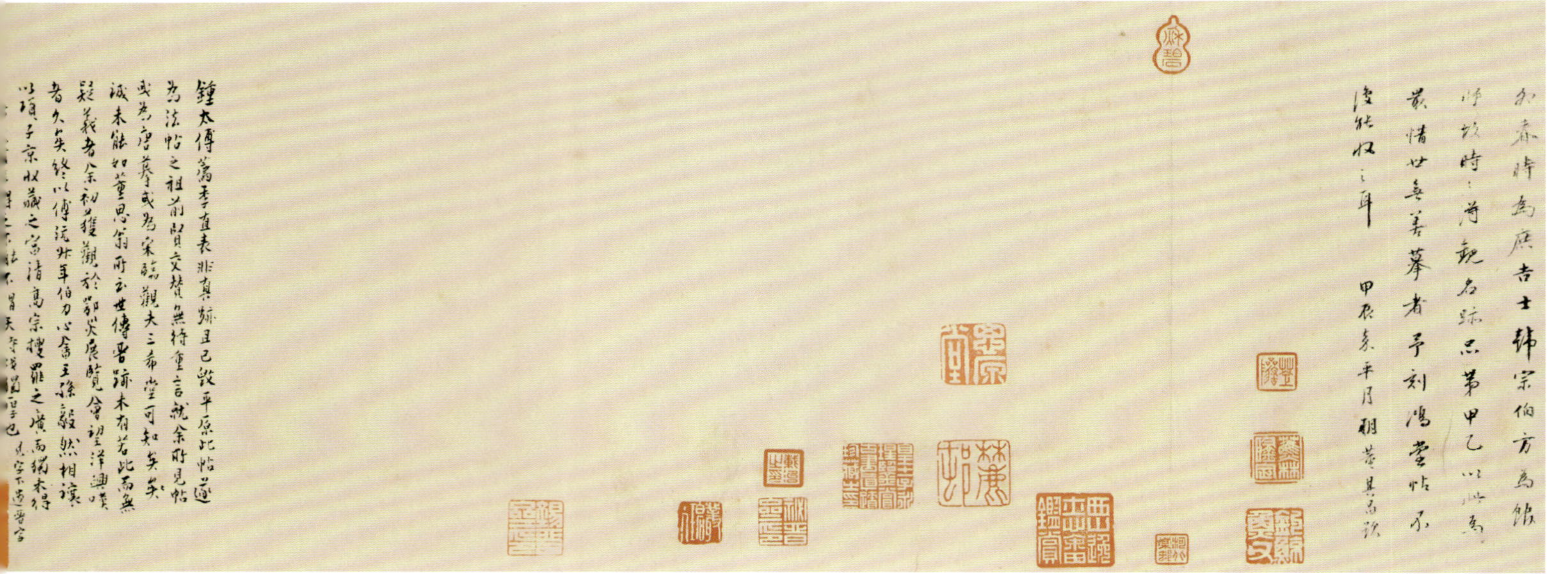

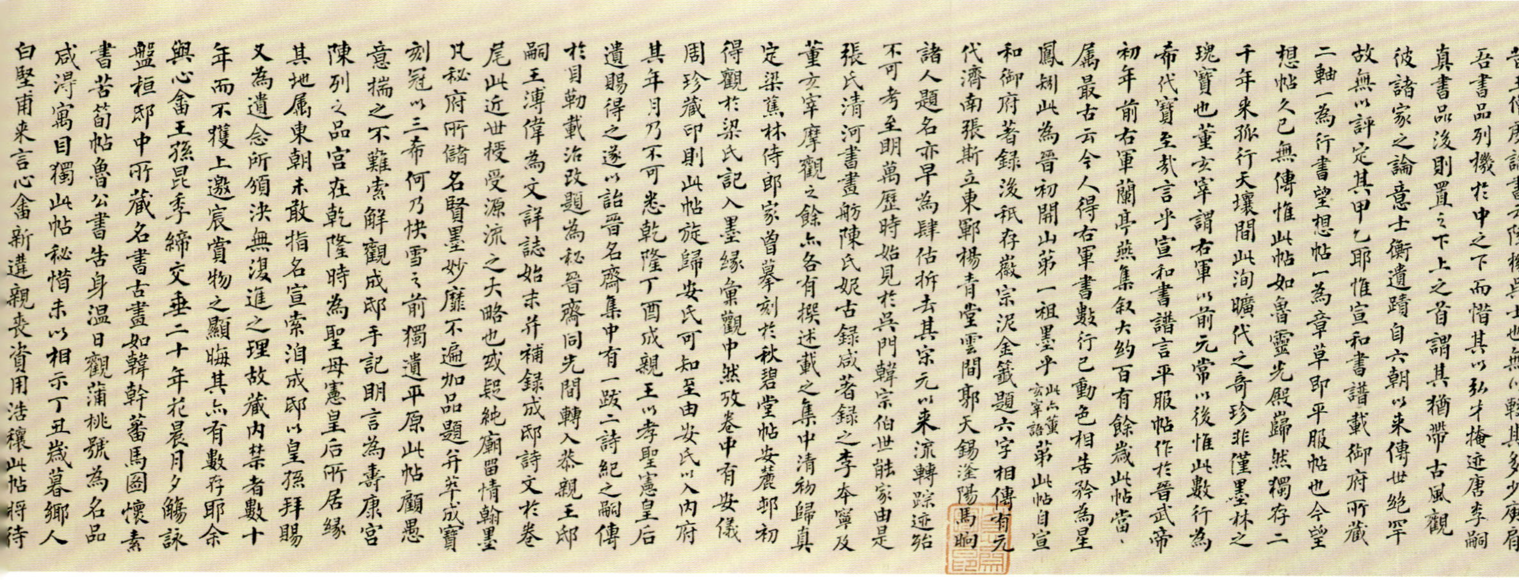
昔王僧虔論書云陸機吳士也無以較其多少庾肩
吾書品列機於中之下而惜其以弘才掩迹唐李嗣
真書品後則置之下上之首謂其猶帶古風觀
彼諸家之論意士衡遺蹟自六朝以來傳世絕罕
故無以評定其甲乙耶惟宣和書譜載御府所藏
二軸一為行書望想帖一為章草即平服帖也今望
想帖久已無傳惟此帖如魯靈光殿巋然獨存二
千年來孤行天壤間此洵曠代之奇珍非僅墨林之
瑰寶也董玄宰謂右軍以前元常以後惟此數行為
希代寶至哉言乎宣和書譜言平服帖作於晉武帝
初年前右軍蘭亭燕集叙大約百有餘歲此帖當
屬最古云今人得右軍書數行已動色相告矜為星
鳳矧此為晉初開山第一祖墨乎（此亦董玄宰語）第此帖自宣
和御府著錄後祇存徽宗泥金籤題六字相傳有元
代濟南張斯立東鄆楊青堂雲間郭天錫滏陽馬昫
諸人題名亦早為肆估析去其宋元以來流轉蹤迹殆
不可考至明萬歷時始見於吳門韓宗伯世能家由是
張氏清河書畫舫陳氏妮古錄咸著錄之李本寧及
董玄宰摩觀之餘亦各有撰述載之集中清初歸真
定梁蕉林侍郎家曾摹刻於秋碧堂帖安麓邨初
得觀於梁氏記入墨緣彙觀中然攷卷中有安儀
周珍藏印則此帖旋歸安氏可知至由安氏以入內府
其年月乃不可悉乾隆丁酉成親王以孝聖憲皇后
遺賜得之遂以詒晉名齋集中有一跋二詩紀之嗣傳
於貝勒載治改題為秘晉齋同光間轉入恭親王邸
嗣王溥偉為文詳誌始末并補錄成邸詩文於卷
尾此近世授受源流之大略也或疑純廟留情翰墨
凡秘府所儲名賢墨妙靡不遍加品題并萃成寶
刻冠以三希何乃快雪之前獨遺平原此帖顧愚
意揣之不難索解觀成邸手記明言為壽康宮
陳列之品宮在乾隆時為聖母憲皇后所居緣
其地屬東朝未敢指名宣索洎成邸以皇孫拜賜
又為遺念所頒決無復進之理故藏內禁者數十
年而不獲上邀宸賞物之顯晦其亦有數存耶余
與心畬王孫昆季締交垂二十年花晨月夕觴詠
盤桓邸中所藏名書古畫如韓幹蓄馬圖懷素
書苦筍帖魯公書告身溫日觀蒲桃號為名品
咸得寓目獨此帖祕惜未以相示丁丑歲暮鄉人
白堅甫來言心畬新遘親喪資用浩穰此帖將待

一七　平復帖　西晉　陸機

右平原真跡有藏宋縿字及宣和小璽蓋右軍以前元常以後唯存此數行為希代寶余所收藏在辛卯春時為庶吉士韓宗伯方為館師故時時得觀名跡品第甲乙以此為最惜世無善摹者予刻鴻堂帖不復能收之耳 甲辰春平月 明董其昌識

晉陸士衡平復帖一卷凡九行章草書如篆籀多不可識有瘦金籤及雙龍宣政諸璽元人曾跋其後不知何時入於內府乾隆間以之賜成哲王王受而寶之名其齋曰詒晉且為題記頗詳惜未書之卷中今僅有董氏一跋案宣和書譜收陸士衡書惟章草想帖與此帖而已在當時已屬希有況右軍以前之書傳至今日其寶重為何如耶 偉所藏晉唐以來名蹟百二十種以此帖為最謹以錫晉名齋用誌古懽且深惜諸跋佚去使考古者無所譏乃補書 詒晉諸題於後俾資鑒定時宣統庚戌夏日 恭親王溥偉識

詒晉齋記平復帖

陸機平復帖一卷在壽康宮陳設乾隆丁酉大事後頒遺賜孫臣永瑆拜受敬藏按國朝新安吳其貞書畫記曰卷後有元人題云至元乙酉三月己亥濟南張斯立東鄆楊青堂同觀又云郭天錫拜觀又滏陽馬昫同觀後武將元人題字折售於歸希之配在偽本勘馬圖尾帖歸王際之售於馮涿州得值三百緡云云此卷宣和金字籤其貞則未記載至帖字與董其昌跋校之梁清標秋碧堂刻無毫髮異其入內府年月不可考

詒晉齋題平復帖詩

傖父何能擅賦才殊邦羈旅事堪哀夢中黑幰功名盡身後丹砂著作推丞相有來生二俊將軍無命到三台鍾王之際存神物緬邈千年首重回 家藏有二俊集

詒晉齋紀書詩

平復真書北宋傳元常以後右軍前慈寧宮殿春秋閱拜手擎歸丁酉年 丁酉夏上頒孝聖憲皇后遺賜永得

右一記二詩共二百八十一字 溥偉謹記

晉陸機平復帖墨蹟

昔王僧虔論書云陸機吳士也無以較其多少庾肩吾書品列機於中之下而惜其以弘才掩迹唐李嗣真書品後則置之下上之首謂其猶帶古風觀彼諸家之論意士衡遺蹟自六朝以來傳世絕罕故無以評定其甲乙耶惟宣和書譜載御府所藏二軸一為行書望想帖一為章草即平服帖也今望想帖久已無傳惟此帖如魯靈光殿巋然獨存二千年來流行天壤間此洵曠代之奇珍非僅墨林之瑰寶也董玄宰謂右軍以前元常以後惟此數行為希代寶至哉言乎宣和書譜言平服帖作於晉武帝

遠投海外流落不歸尤堪嗟惜乃走告張君伯駒慨擲鉅金易此寶翰視馮涿州當年之值殆騰昂百倍矣嗟乎黃金易得絕品難求余不僅為伯駒賡得寶之歌且喜此秘帖幸歸雅流為尤足賀也翊日賫來留案頭者竟日晴窗展翫古香馣藹神采煥發帖凡九行八十四字字奇古不可盡識紙似蠶繭造年深頗渝敝墨色有綠意筆力堅勁倔強如萬歲枯藤與閣帖晉人書不類昔人謂士衡善章草與索幼安出師頌齊名陳眉公謂其書乃得索靖筆或有論其筆法圓渾如太羹玄酒者今細衡之乃不盡然惟安麓村所記謂此帖大非章草運筆猶存篆法似為得之矣余素不工書而嗜古成癖聞有前賢名翰恒思目玩手摩以窺尋其旨趣不意垂老之年忽覯此神明之品歡喜贊歎心懌神怡半載以來閉置危城沈憂煩鬱之懷為之渙釋伯駒家世儒素雅擅清裁大隱王城古懽獨契宋元劇蹟精鑑靡遺卜居城西與余衡宇相望頻歲過從賞奇析異為樂無極今者鴻寶來投蔚然為法書之弁冕墨緣清福殆非偶然從此牙籤錦褭什襲珍藏且視在在處處有神物護持永離水火蟲魚之厄使昔賢精魄長存於尺幅之中與日月山河而並壽寧非幸歟

歲在戊寅正月下澣江安傅增湘識

此帖本末沅叔同年之跋言之詳矣顧尚有軼聞可補者翁文恭日記辛巳十月初十於蘭翁處得見陸平原平復帖手迹紙墨沈古筆法全是篆籀正如先管鋪於紙上不見起止之迹後有香光一跋而已前後宣和印安岐印張丑印宋高宗題籤董香光籤成親王藏此卷為成哲親王分府時其母太妃所手授故曰詒晉名齋後傳至治貝勒貝勒死今歸恭邸邸以贈蘭孫相國文恭所言如此辛巳為光緒七年是在李文正廚矣何曰又歸恭邸詢之文正長公子符曾侍郎始知帖留數月即曰還邸故今仍自邸出也伯駒屬為記此不使後之讀文恭日記者有所疑也惟據詒晉齋詩帖為孝聖憲皇后遺賜而文恭言分府時母太妃手授則傳聞之誤當為訂正戊寅九月莒進趙椿年識於北京漢魏五碑之館時年七十有一

高宗為徽宗之誤 [illegible]又識

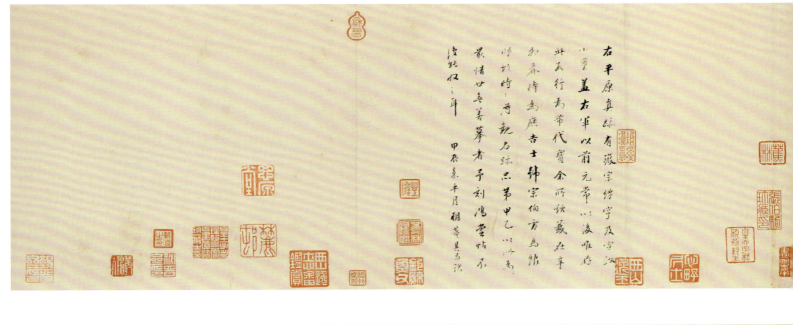

一七　平復帖　西晉　陸機（之一）

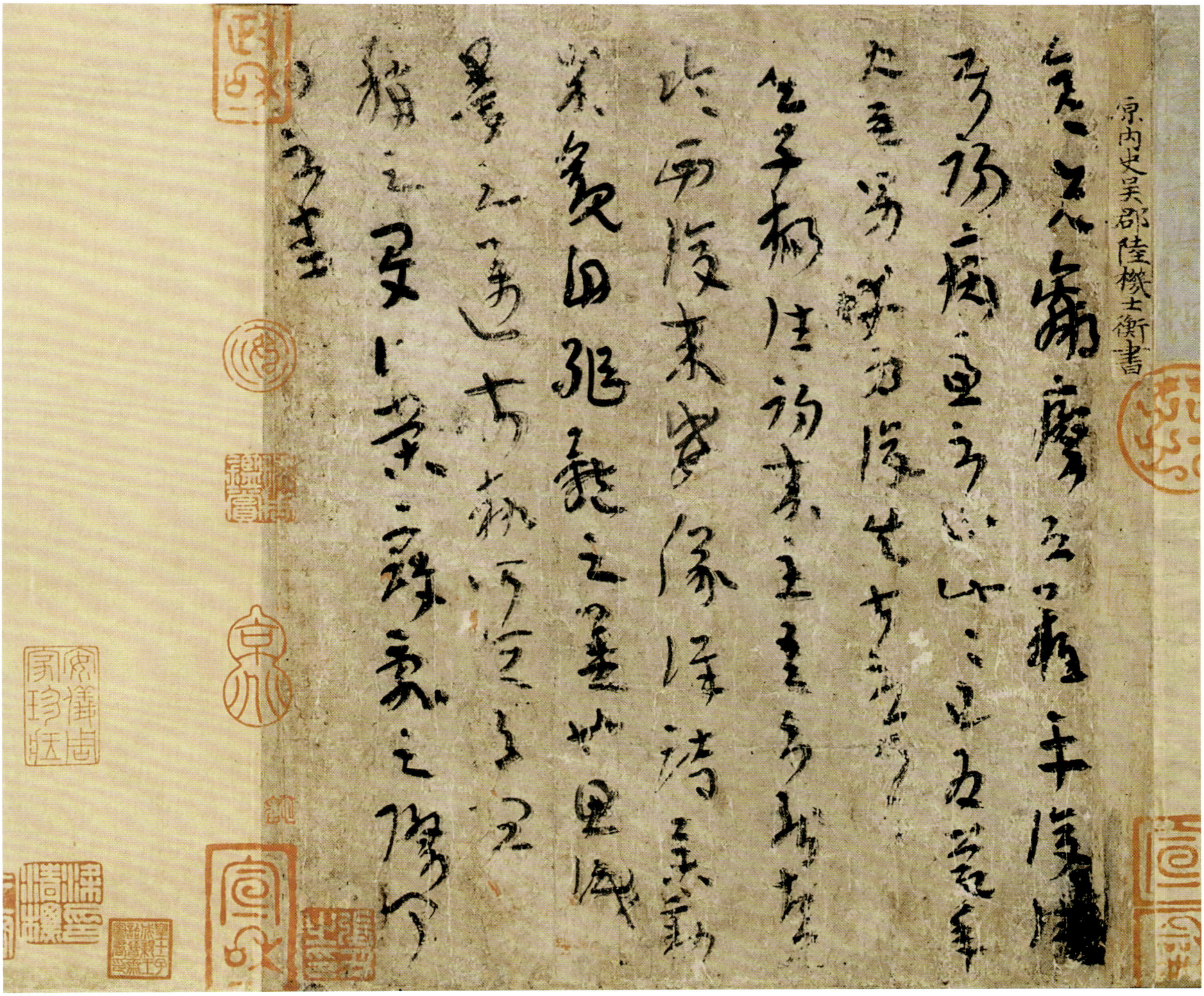
京内史吴郡陸機士衡書

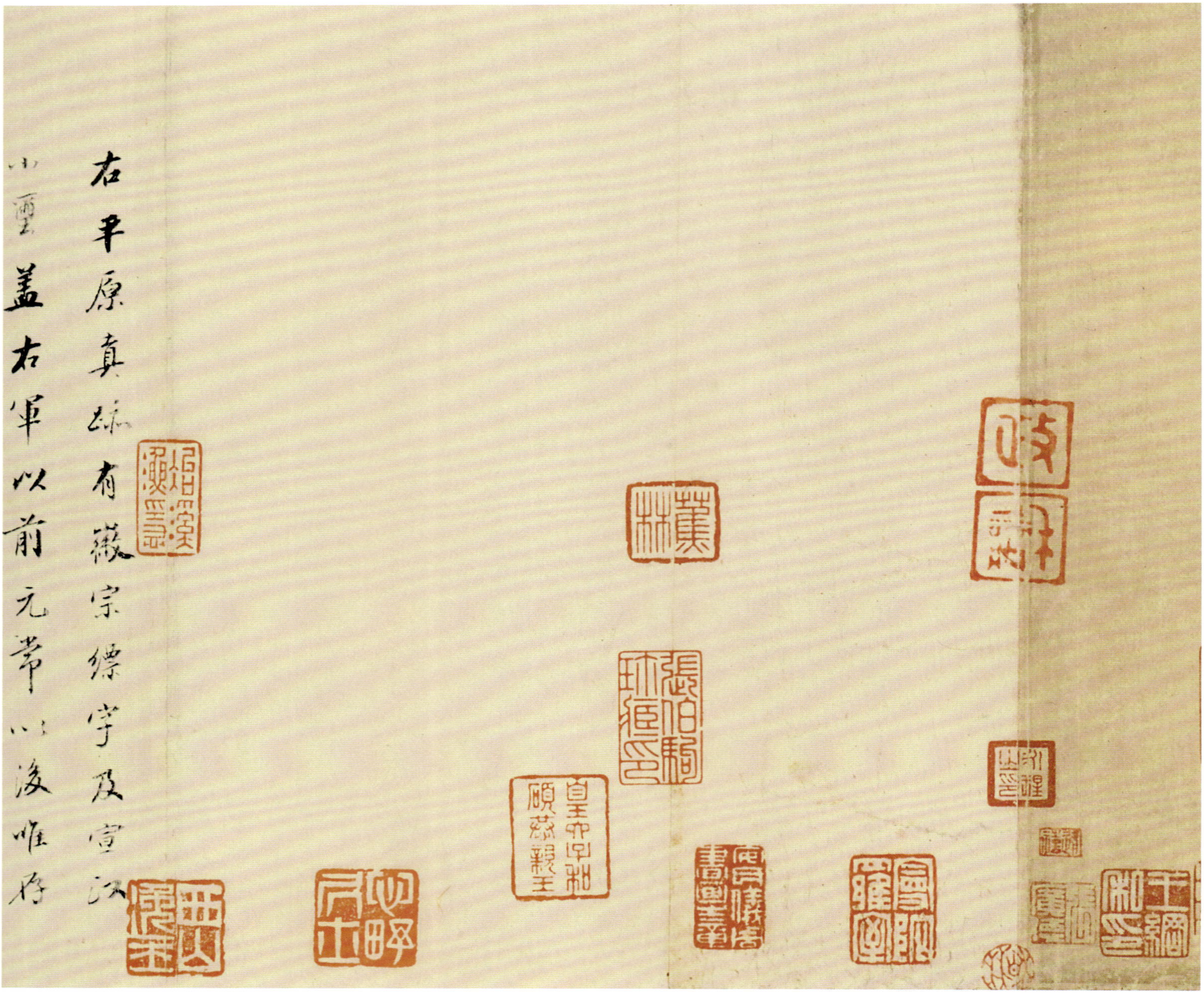

一七　平復帖　西晉　陸機（之二）

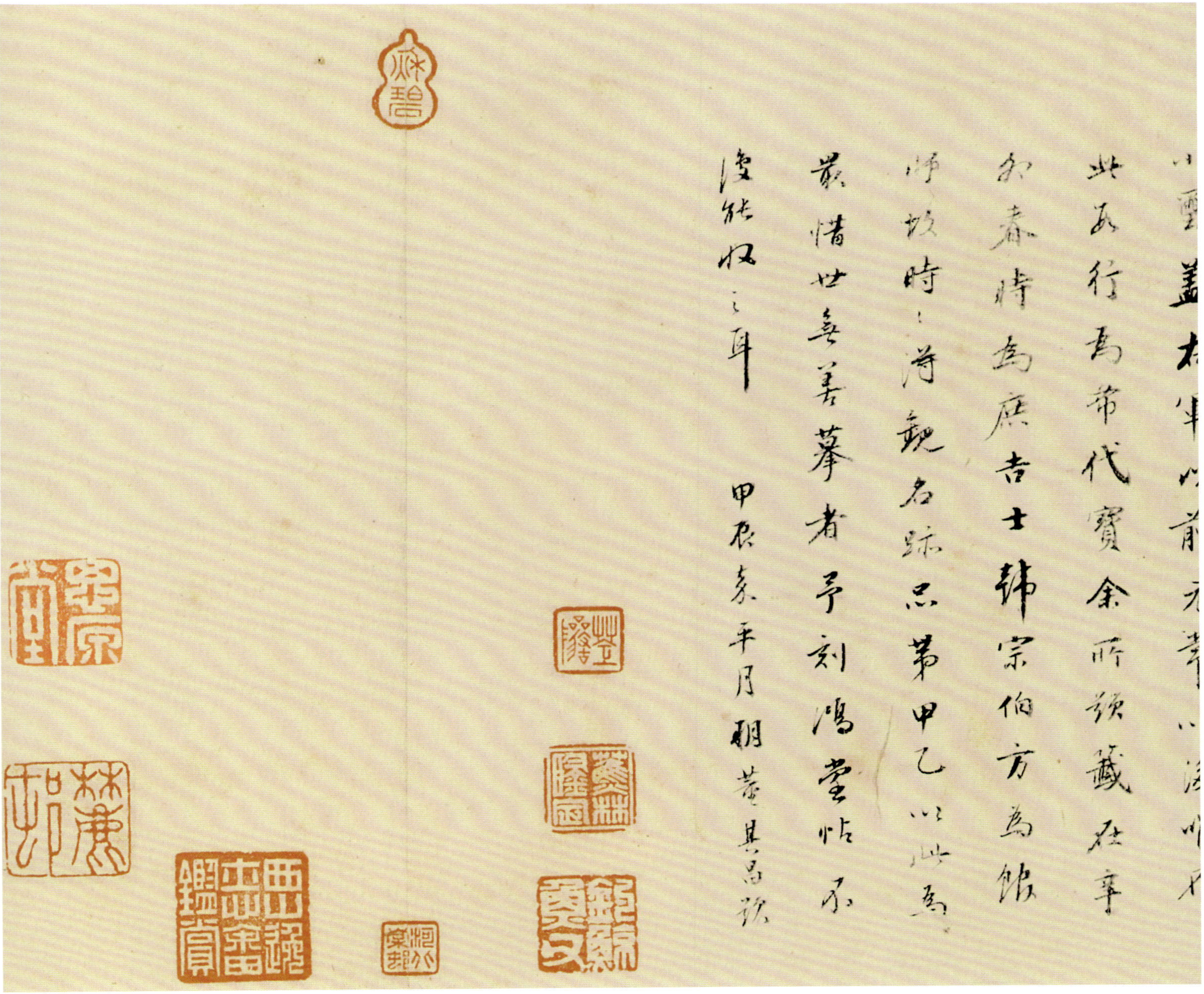

此卷行為希代寶，余所藏在辛卯春，時為庶吉士，韓宗伯方為館師，故時時得觀名跡，品第甲乙，以此為最。惜世無善摹者，予刻鴻堂帖，不復能收之耳。
甲辰冬平月朔董其昌跋

一七　平復帖　西晉　陸機（之三）

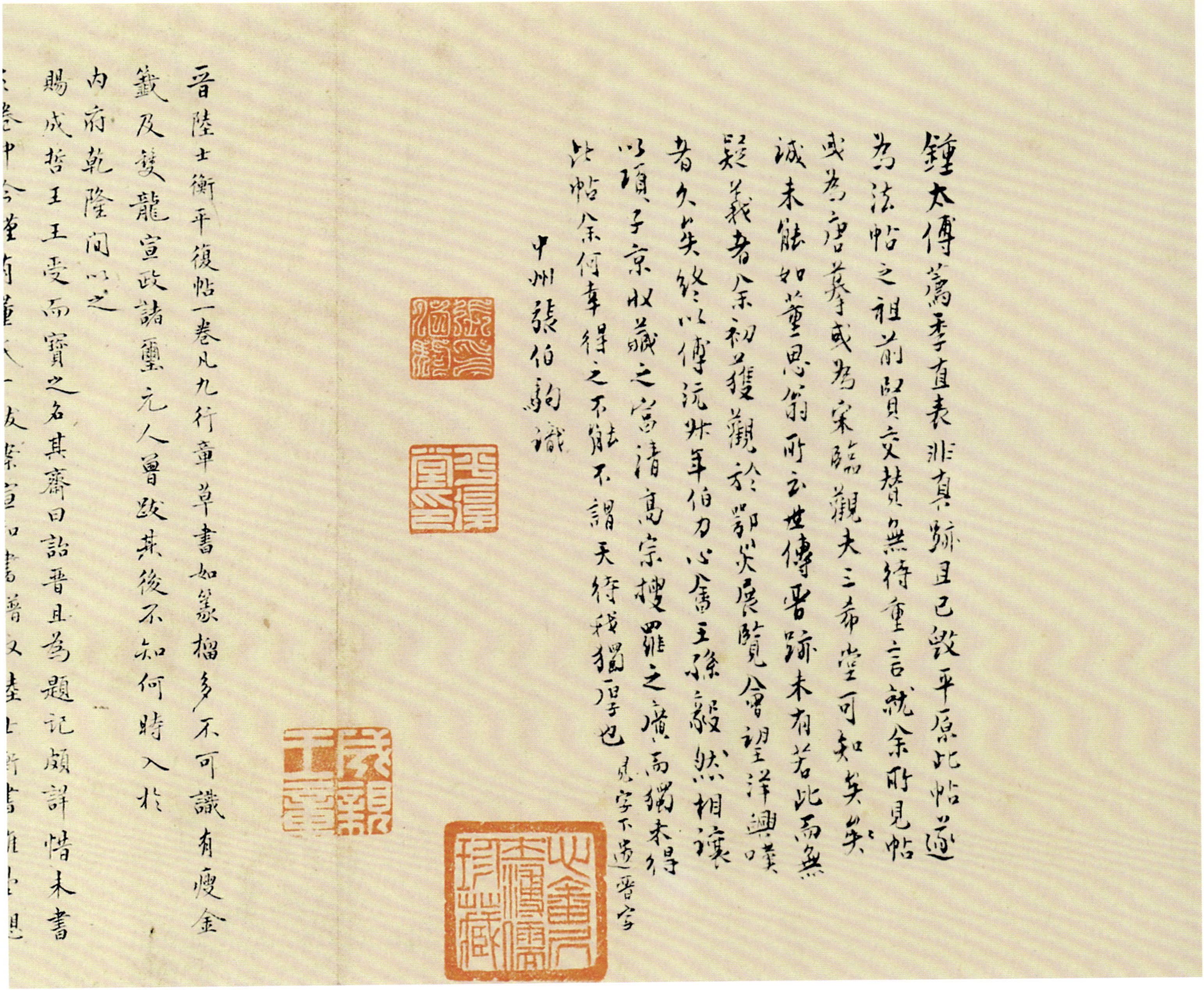

鍾太傅薦季直表非真跡且已毀平原此帖遂
為法帖之祖前賢文贊無待重言就余所見帖
或為唐摹或為宋臨觀夫三希堂可知矣
誠未能如董思翁所云世傳晉跡未有若此而無
疑義者余初獲觀於鄂災展覽會望洋興嘆
者久矣終以傅沅叔年伯力心畬王孫毅然相讓
以項子京收藏之富清高宗搜羅之廣而獨未得
此帖余何幸得之不能不謂天待我獨厚也 見字下遺晉字
中州張伯駒識

晉陸士衡平復帖一卷凡九行章草書如篆籀多不可識有瘦金
籤及雙龍宣政諸璽元人曾跋其後不知何時入於
內府乾隆間以之
賜成哲王王受而寶之名其齋曰詒晉且為題記頗詳惜未書

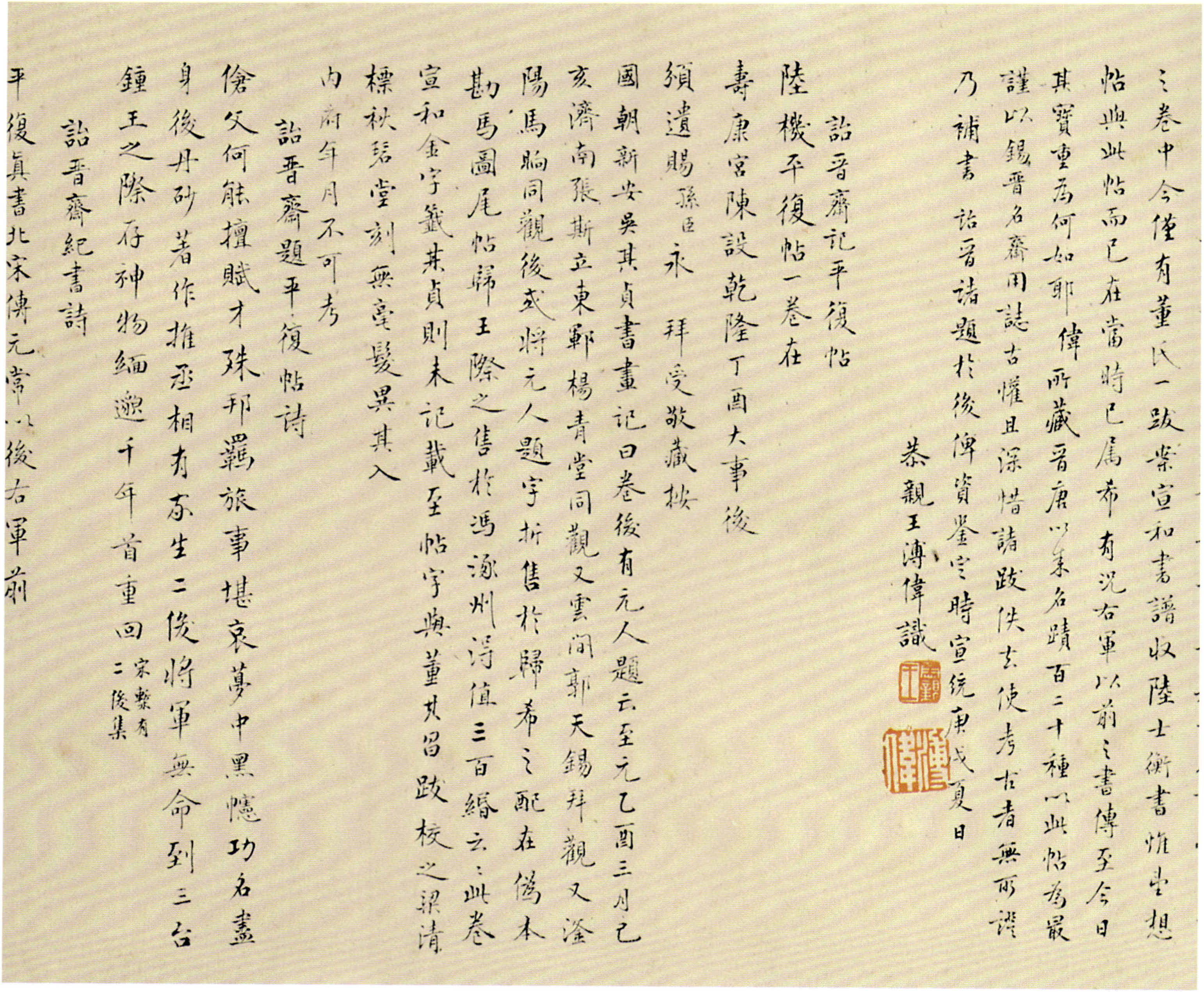
之卷中今僅有董氏一跋案宣和書譜收陸士衡書惟是想
帖與此帖而已在當時已屬希有况右軍以前之書傳至今日
其寶重爲何如耶 偉所藏晉唐以來名蹟百二十種以此帖爲最
謹以錫晉名齋用誌古懽且深惜諸跋佚去使考古者無所證
乃補書 詒晉諸題於後俾資鑒定 時宣統庚戌夏日
恭親王溥偉識
詒晉齋記平復帖
陸機平復帖一卷在
壽康宮陳設乾隆丁酉大事後
頒遺賜孫臣永 拜受敬藏按
國朝新安吴其貞書畫記曰卷後有元人題云至元乙酉三月己
亥濟南張斯立東郵楊青堂同觀又雲間郭天錫拜觀又滏
陽馬昫同觀後或將元人題字折售於歸希之配在偽本
勘馬圖尾帖歸王際之售於馮涿州得值三百緡云云此卷
宣和金字籤其貞則未記載至帖字與董其昌跋校之梁清
標秋碧堂刻無毫髮異其入
内府年月不可考
詒晉齋題平復帖詩
儉父何能擅賦才殊邦羈旅事堪哀夢中黑幰功名盡
身後丹砂著作推丞相有求生二陸將軍無命到三台
鍾王之際存神物緬邈千年首重回 宋犖有二陸集
詒晉齋紀書詩
平復真書北宋傳元常以後右軍前

一七　平復帖　西晉　陸機（之四）

平復真書北宋傳元常以後右軍前
慈寧宮殿春秋閱拜手擎歸丁酉年丁酉夏上頒孝聖憲皇后遺賜臣永得

晉陸機平復帖墨蹟

右一記二詩共二百八十一字 溥偉並記

昔王僧虔論書云陸機吳士也無以較其多少庾肩吾書品列機於中之下而惜其以弘才掩迹唐李嗣真書品後則置之下上之首謂其猶帶古風觀彼諸家之論意士衡遺蹟自六朝以來傳世絕罕故無以評定其甲乙耶惟宣和書譜載御府所藏二軸一為行書望想帖一為章草即平服帖也今望想帖久已無傳惟此帖如魯靈光殿巋然獨存二千年來孤行天壤間此洵曠代之奇珍非僅墨林之瑰寶也董玄宰謂右軍以前元常以後惟此數行為希代寶至哉言乎宣和書譜言平服帖作於晉武帝初年前右軍蘭亭燕集敘大約百有餘歲此帖當、屬最古云今人得右軍書數行已動色相告矜為星

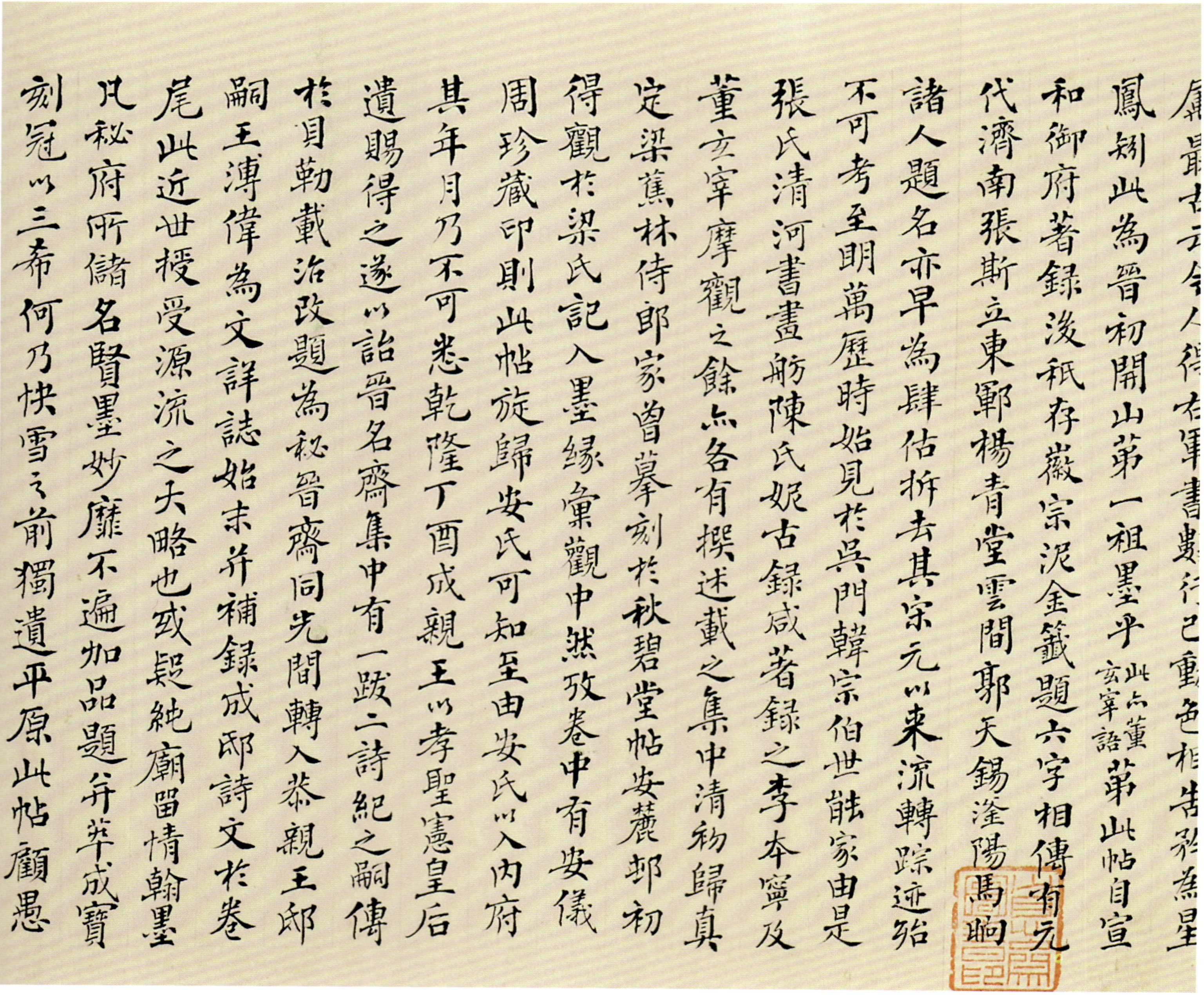

一七　平復帖　西晉　陸機（之五）

[illegible]以三希何以快雪前獲遺平原山帖顧愚
意揣之不難索解觀成邸手記明言為壽康宮
陳列之品宮在乾隆時為聖母憲皇后所居緣
其地屬東朝未敢指名宣索洎成邸以皇孫拜賜
又為遺念所須決無復進之理故藏内禁者數十
年而不獲上邀宸賞物之顯晦其亦有數存耶余
與心畬王孫昆季締交垂二十年花晨月夕觴詠
盤桓邸中所藏名書古畫如韓幹畫馬圖懷素
書苦筍帖魯公書告身温日觀蒲桃號為名品
咸得寓目獨此帖秘惜未以相示丁丑歲暮鄉人
白堅甫來言心畬新遭親喪資用浩穰此帖將待
價而沽余深愳絕代奇蹟倉卒之間所託非人或
遠投海外流落不歸尤堪嗟惜乃走告張君伯
駒慨擲鉅金易此寶翰視馮涿州當年之值殆
騰昂百倍矣嗟乎黃金易得絕品難求余不僅
為伯駒賡得寶之歌且喜此秘帖幸歸雅流為尤
足賀也翊日賫來留案頭者竟日晴窗展翫古香
馣藹神采煥發帖凡九行八十四字字奇古不可盡

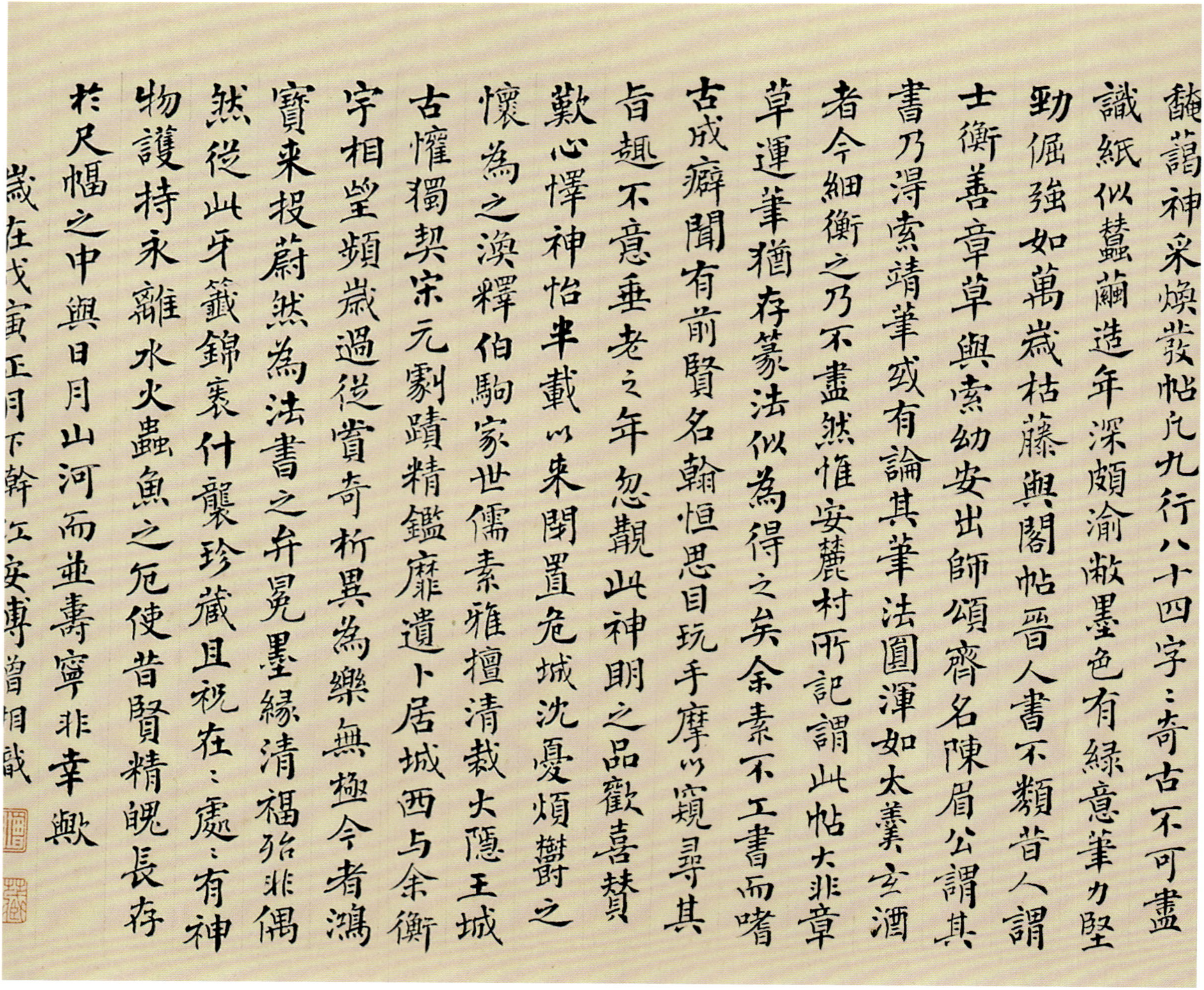

黯黮神采煥發帖凡九行八十四字字奇古不可盡
識紙似蠶繭造年深頗渝敝墨色有綠意筆力堅
勁倔強如萬歲枯藤與閣帖晉人書不類昔人謂
士衡善章草與索幼安出師頌齊名陳眉公謂其
書乃得索靖筆法有論其筆法圓渾如太羹玄酒
者今細衡之乃不盡然惟安麓村所記謂此帖大非章
草運筆猶存篆法似為得之矣余素不工書而嗜
古成癖聞有前賢名翰恒思目玩手摩以窺尋其
旨趣不意垂老之年忽覯此神明之品歡喜讚
歎心懌神怡半載以來閉置危城沈憂煩鬱之
懷為之渙釋伯駒家世儒素雅擅清裁大隱王城
古懽獨契宋元劇蹟精鑑靡遺卜居城西與余衡
宇相望頻歲過從賞奇析異為樂無極今者鴻
寶來投蔚然為法書之弁冕墨緣清福殆非偶
然從此牙籤錦裹什襲珍藏且視在在處處有神
物護持永離水火蟲魚之厄使昔賢精魄長存
於尺幅之中與日月山河而並壽寧非幸歟
歲在戊寅正月下澣江安傅增湘識

一七　平復帖　西晉　陸機（之六）

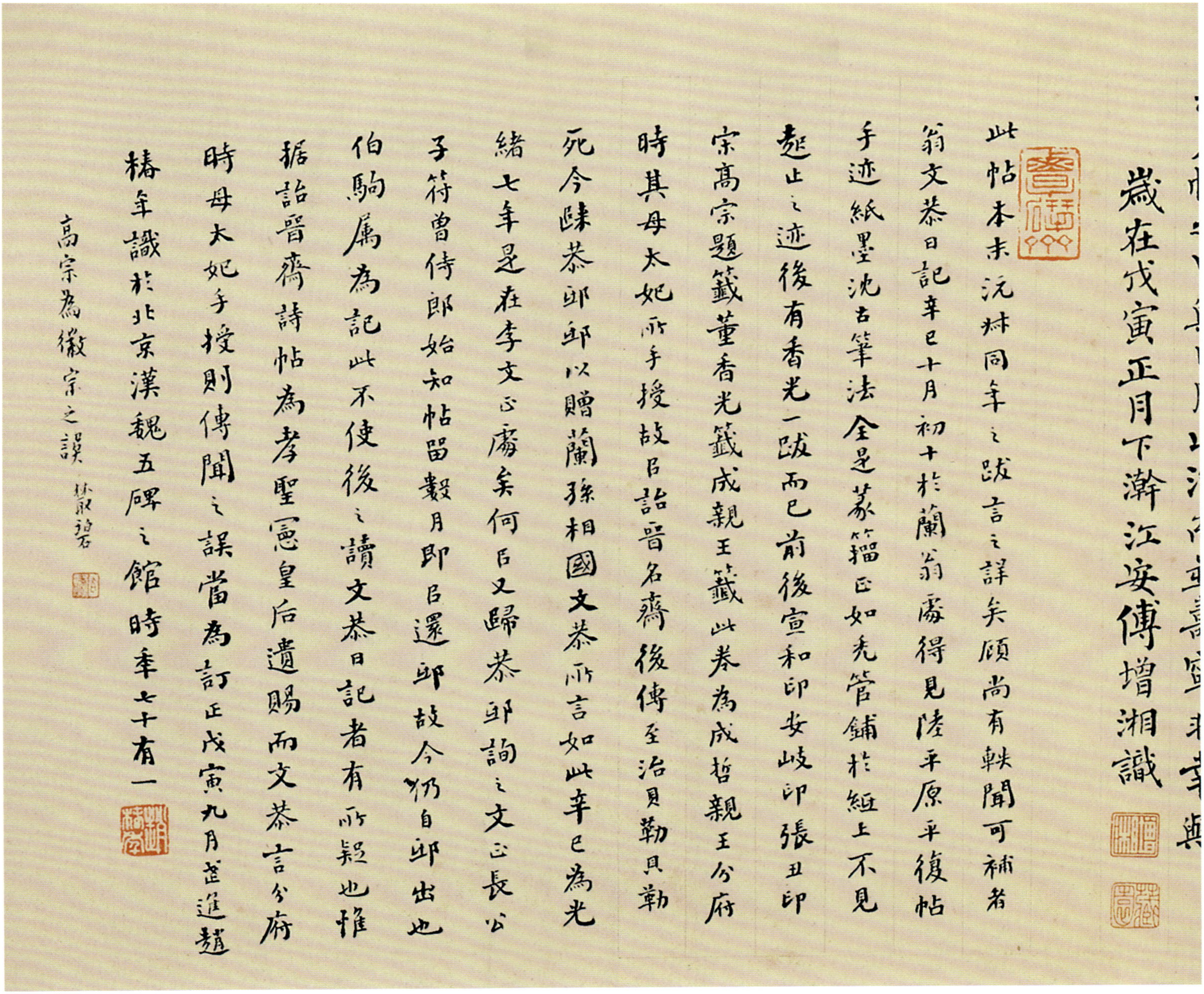

歲在戊寅正月下澣江安傅增湘識

此帖本末沅叔同年之跋言之詳矣顧尚有軼聞可補者翁文恭日記辛巳十月初十於蘭翁處得見陸平原平復帖手迹紙墨沈古筆法全是篆籀正如禿管鋪於絚上不見起止之迹後有香光一跋而已前後宣和印安岐印張丑印宋高宗題籤董香光籤成親王籤此卷為成哲親王分府時其母太妃所手授故以詒晉名齋後傳至治貝勒貝勒死今隸恭邸邸以贈蘭孫相國文恭所言如此辛巳為光緒七年是在李文正處矣何以又歸恭邸詢之文正長公子符曾侍郎始知帖留數月即以還邸故今仍自邸出也伯駒屬為記此不使後之讀文恭日記者有所疑也惟据詒晉齋詩帖為孝聖憲皇后遺賜而文恭言分府時母太妃手授則傳聞之誤當為訂正戊寅九月武進趙椿年識於北京漢魏五碑之館時年七十有一

高宗為徽宗之誤 叢碧

一八　《三國志・吳書・虞翻傳》殘卷　西晉

人弟四子記軍知名永安初[redacted]遷[illegible]
郎為散騎中常侍後為監軍使者
討扶嚴病卒記弟中宜都大守楚
騎校尉晃達尉
陸績字公紀吳郡吳人也父康漢末
為廬江守績年六歲九江見袁術
出橘績懷三枚去拜[illegible]地術謂
陸郎作賓客而懷橘乎績跪答曰欲
歸遺母術大奇之孫策在吳張昭
紘秦松為上賓共論四海未泰唯當

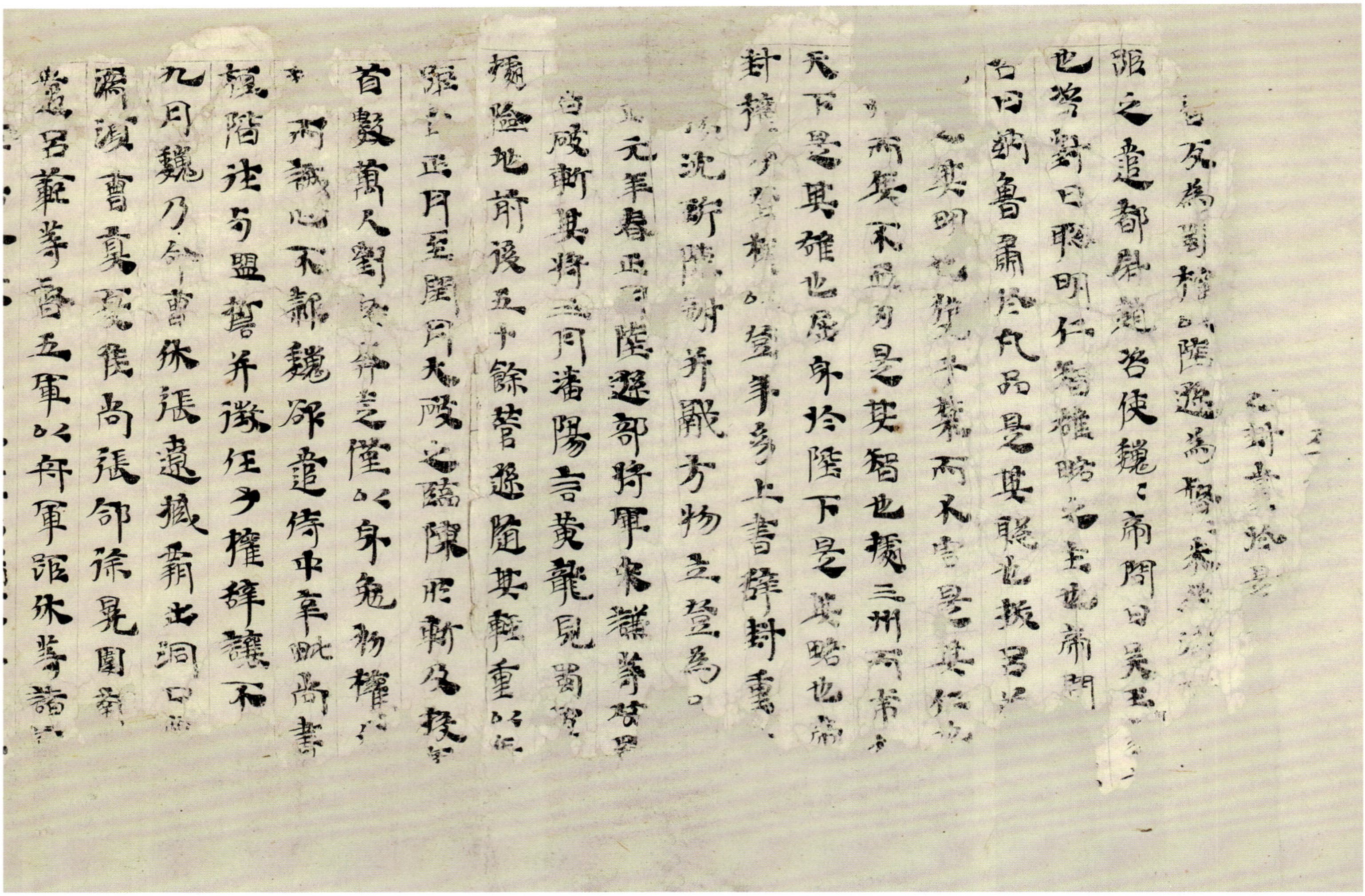

拒之追都尉趙咨使魏魏帝問曰吳王[illegible]
也咨對曰聰明仁智雄略之主也帝問
其[illegible]咨曰納魯肅於凡品是其聰也拔呂[illegible]
[illegible]其明也[illegible]于禁而不害是其仁也
[illegible]不血刃是其智也據三州虎視[illegible]
天下是其雄也屈身於陛下是其略也帝
封權[illegible]上書辭封[illegible]
[illegible]沈珩陳謝并獻方物立登為[illegible]
[illegible]元年春正月陸遜部將軍宋謙等攻[illegible]
[illegible]破斬其將三月蒲陽言黃龍見蜀[illegible]
[illegible]險地前後五十餘營遜隨其輕重以[illegible]
[illegible]正月至閏月大破之臨陳所斬及投[illegible]
首數萬人劉[illegible]僅以身免初權[illegible]
[illegible]誠心不款魏乃遣侍中辛毗尚書
桓階往與盟誓并徵任子權辭讓不
九月魏乃命曹休張遼臧霸出洞口[illegible]
[illegible]濡須曹真夏侯尚張郃徐晃圍南[illegible]
[illegible]呂範等督五軍以舟軍拒休等諸[illegible]

一九　《三國志·吳書·孫權傳》殘卷　西晉

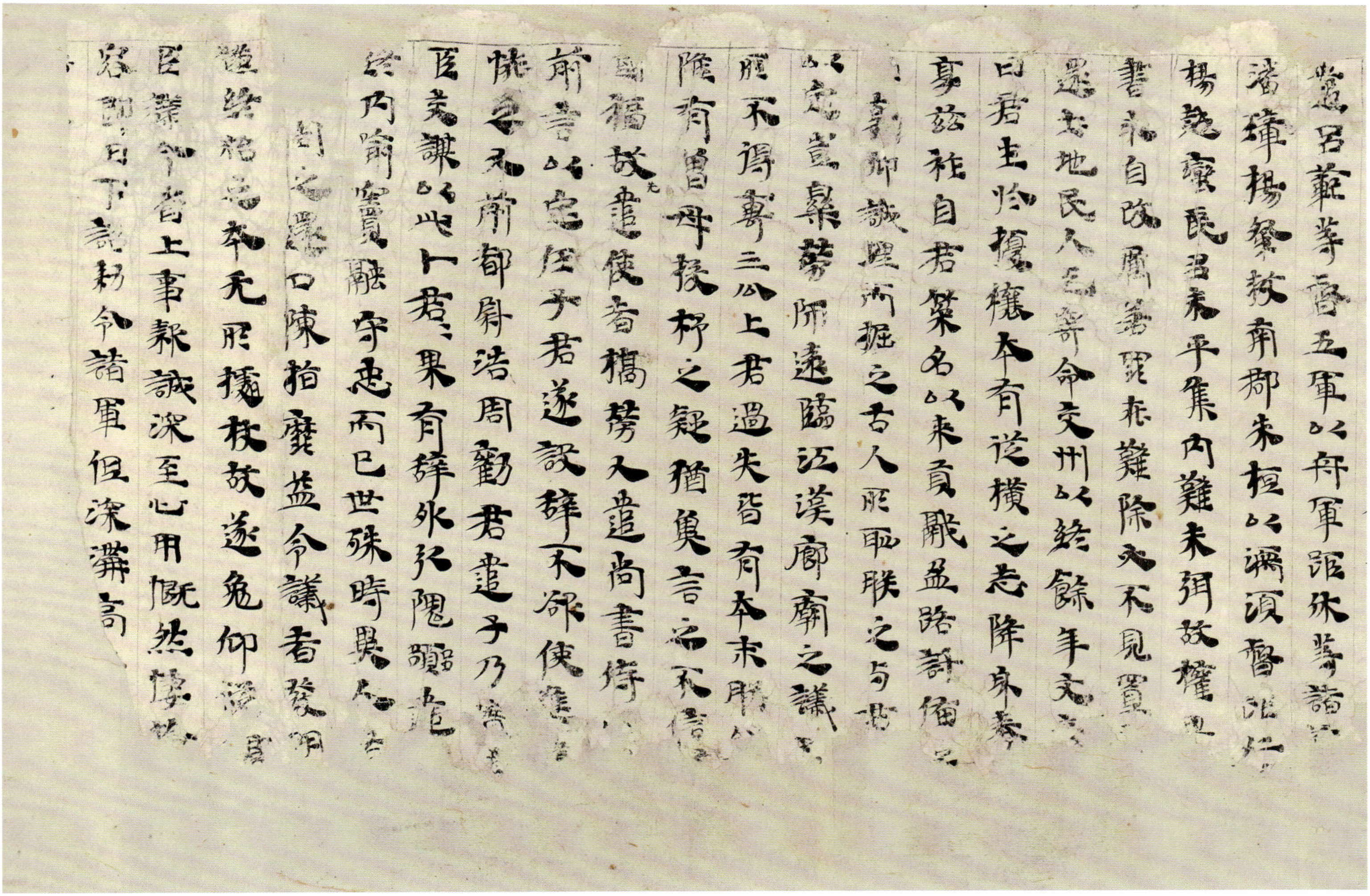

遣呂範等督五軍以舟軍距休等諸
潘璋楊粲救南郡朱桓以濡須督距仁
揚越蠻民多未平集内難未弭故權卑
書求自改厲若罪在難除必不見置當
還土地民人乞寄命交州以終餘年文帝
曰君生於擾攘本有從横之志降身奉
享茲祚自君策名以來貢獻盈路討備之
卿誠埋所掘之古人所恥朕之与君
已定豈樂勞師遠臨江漢廊廟之議王
所不得專三公上君過失皆有本末朕以
雖有曾母投杼之疑猶冀言者不信
國福故先遣使者犒勞又遣尚書侍
前言以定任子君遂設辭不欲使進議
怪之又前都尉浩周勸君遣子乃實
臣交謀以此卜君君果有辭外引隗囂遣
終内喻竇融守忠而已世殊時異人各有
周之還口陳指麾益令議者發明
嫌終始之本无所據杖故遂俛仰從羣
臣議今省上事款誠深至心用慨然悽愴
容即日下詔敕諸軍但深溝高

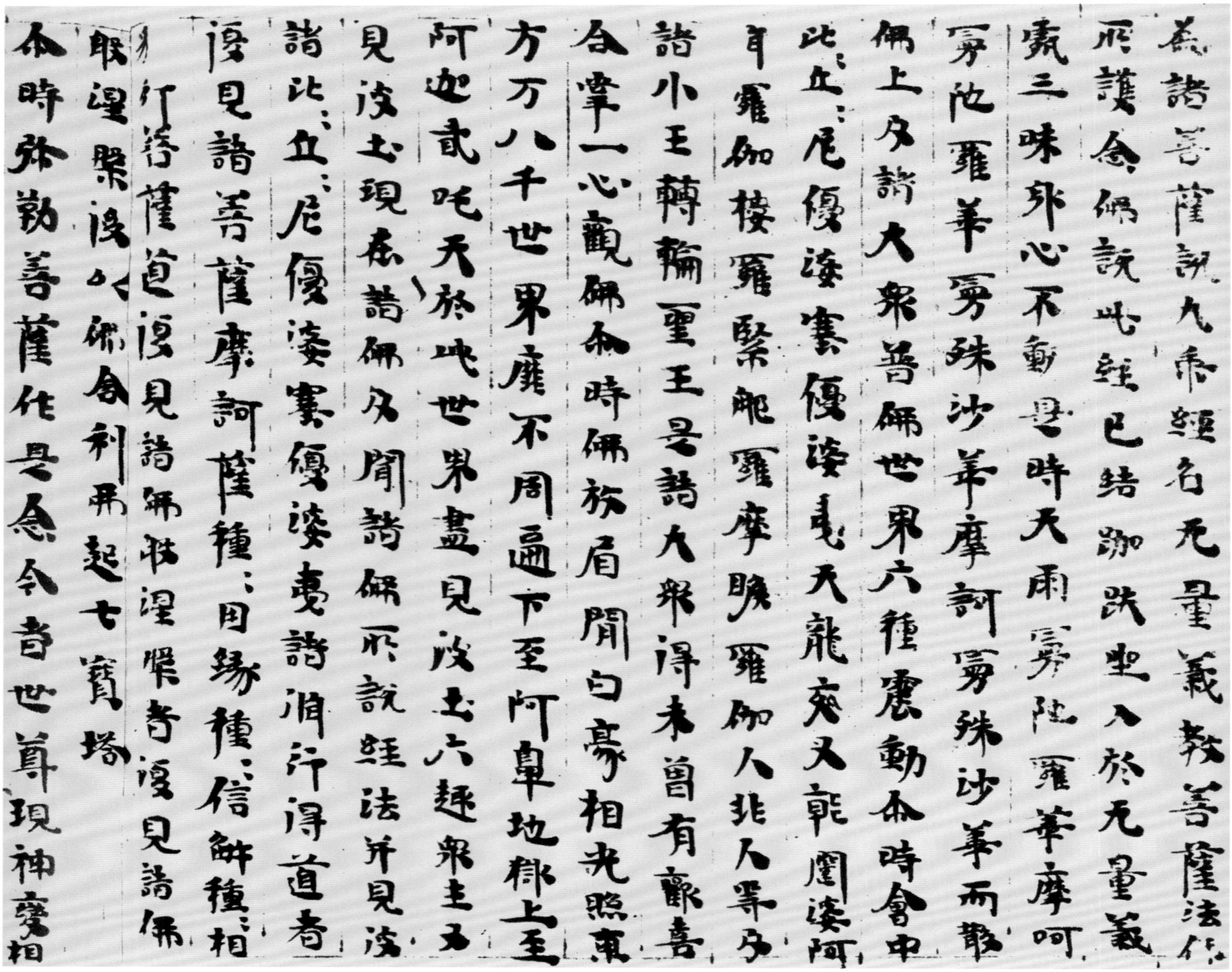
為諸菩薩說大乘經名無量義教菩薩法佛
所護念佛說此經已結跏趺坐入於無量義
處三昧身心不動是時天雨曼陀羅華摩訶
曼陀羅華曼殊沙華摩訶曼殊沙華而散
佛上及諸大眾普佛世界六種震動爾時會中
比丘比丘尼優婆塞優婆夷天龍夜叉乾闥婆阿
修羅迦樓羅緊那羅摩睺羅伽人非人等及
諸小王轉輪聖王是諸大眾得未曾有歡喜
合掌一心觀佛爾時佛放眉間白毫相光照東
方万八千世界靡不周遍下至阿鼻地獄上至
阿迦膩吒天於此世界盡見彼土六趣眾生又
見彼土現在諸佛及聞諸佛所說經法并見彼
諸比丘比丘尼優婆塞優婆夷諸修行得道者
復見諸菩薩摩訶薩種種因緣種種信解種種相
貌行菩薩道復見諸佛般涅槃者復見諸佛
般涅槃後以佛舍利起七寶塔
爾時彌勒菩薩作是念今者世尊現神變相

二〇　法華經殘卷　西晉

諸小王轉輪聖王是諸大衆得未曾有歡喜
合掌一心觀佛尒時佛放眉間白豪相光照東
方万八千世界靡不周遍下至阿鼻地獄上至
阿迦貳吒天於此世界盡見彼土六趣衆生又
見彼土現在諸佛及聞諸佛所說經法并見彼
諸比丘比丘尼優婆塞優婆夷諸脩行得道者
復見諸菩薩摩訶薩種種因緣種種信解種種相
貌行菩薩道復見諸佛般涅槃者復見諸佛
般涅槃後以佛舍利起七寶塔
尒時弥勒菩薩作是念今者世尊現神變相
以何因緣而有此瑞今佛世尊入于三昧是不
可思議現希有事當以問誰誰能荅者復作此
念是文殊師利法王之子已曾親近供養過
去无量諸佛必應見此希有之相我今當問
尒時比丘比丘尼優婆塞優婆夷及諸天龍鬼神
等咸作此念是佛光明神通之相今當問誰尒

摩訶般若波羅蜜船喻品第十四
爾時佛告須菩提譬如大海中船卒破其中
若不取木若板若浮囊死尸當知是人不
到彼岸沒水而死須菩提其中人若取木板
浮囊死屍當知是人不沒水死安隱無㝵得
至彼岸須菩提菩薩亦如是於阿耨多羅三
耶三菩提有信有忍有[illegible]有[illegible]有
欲有解有捨有精進不取般若波羅蜜當
知是人中道退沒墮聲聞辟支佛地須菩提
若菩薩於阿耨多羅三耶三菩提有信有忍[illegible]
樂有淨心有深心有欲有解有捨有精進取般若
波羅蜜為是諸法般若波羅蜜所守護故
中道不退墮聲聞辟支佛地當住般若波羅

二一　摩訶般若波羅蜜經卷十四　西晉

摩訶般若波羅蜜大如品第十五

爾時須菩提白佛言世尊新發意菩薩云何應
學般若波羅蜜佛告須菩提新發意菩薩若
欲學般若波羅蜜當親近善知識能說般
若波羅蜜者是人如是教善男子來汝所有
布施皆應迴向阿耨多羅三藐三菩提汝善男
子亦莫貪著阿耨多羅三藐三菩提者謂色
是者謂受想行識是何以故善男子是薩婆
若非可著者汝所有持戒忍辱精進禪定智
慧皆應迴向阿耨多羅三藐三菩提勿生貪著
者謂色是者謂受想行識者是之何以故善男子薩
婆若非可貪著者汝善男子亦勿貪著聲聞
辟支佛道須菩提新發意菩薩應如是漸漸
教令入深般若波羅蜜中世尊諸菩薩發何

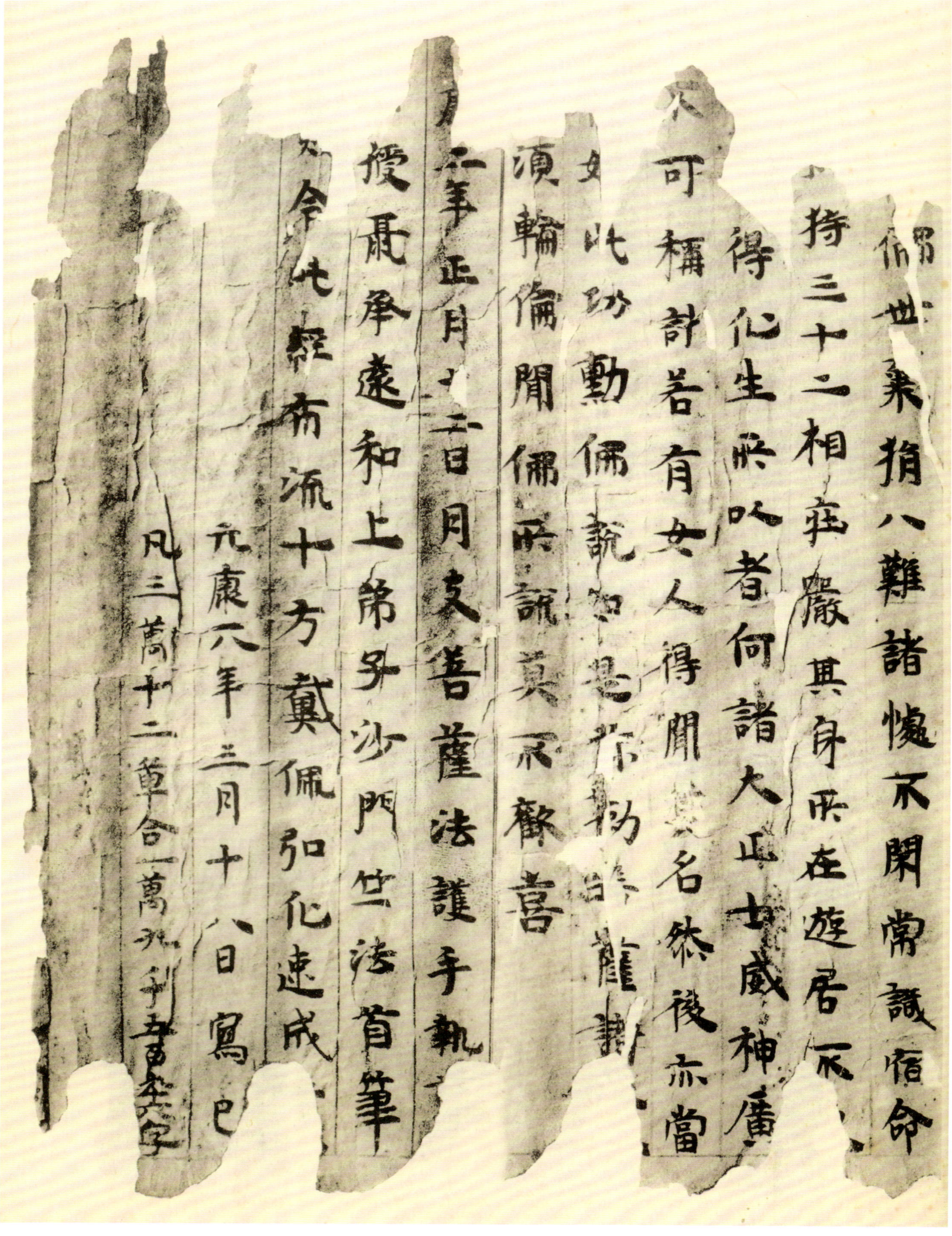
佛世界捐八難諸懷不閑常識宿命
持三十二相莊嚴其身所在遊居不
得化生所以者何諸大正士威神所
不可稱計若有女人得聞其名然後亦當
如此功勳佛說如是[illegible]揚[illegible]天龍鬼
須輪倫聞佛所說莫不歡喜
康三年正月十二日月支菩薩法護手執
授聶承遠和上弟子沙門竺法首筆
令此經布流十方戴佛弘化速成
元康六年三月十八日寫已
凡三萬十二章合一萬九千五百九十六字

二二　諸佛要集經殘卷　西晉

二三　朱書墓券　西晉

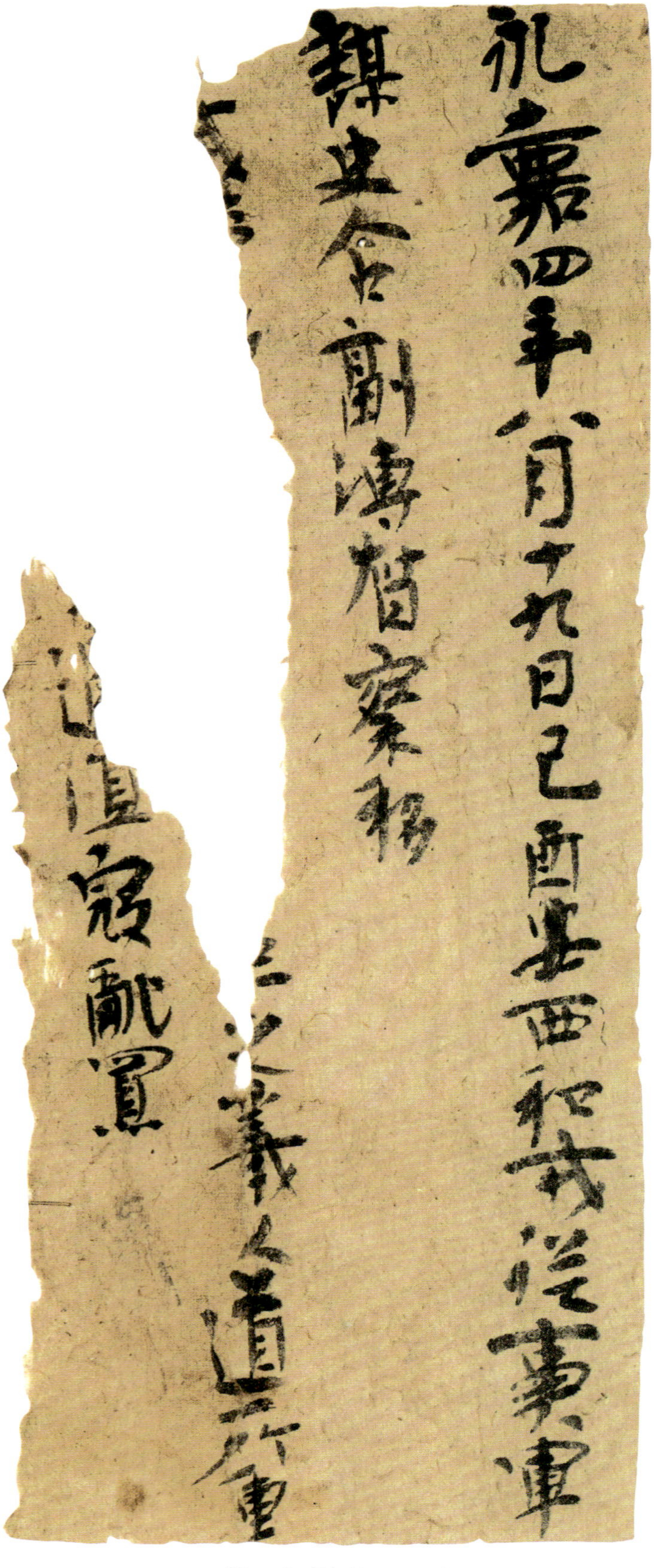

二四　永嘉四年八月十九日殘紙　西晉

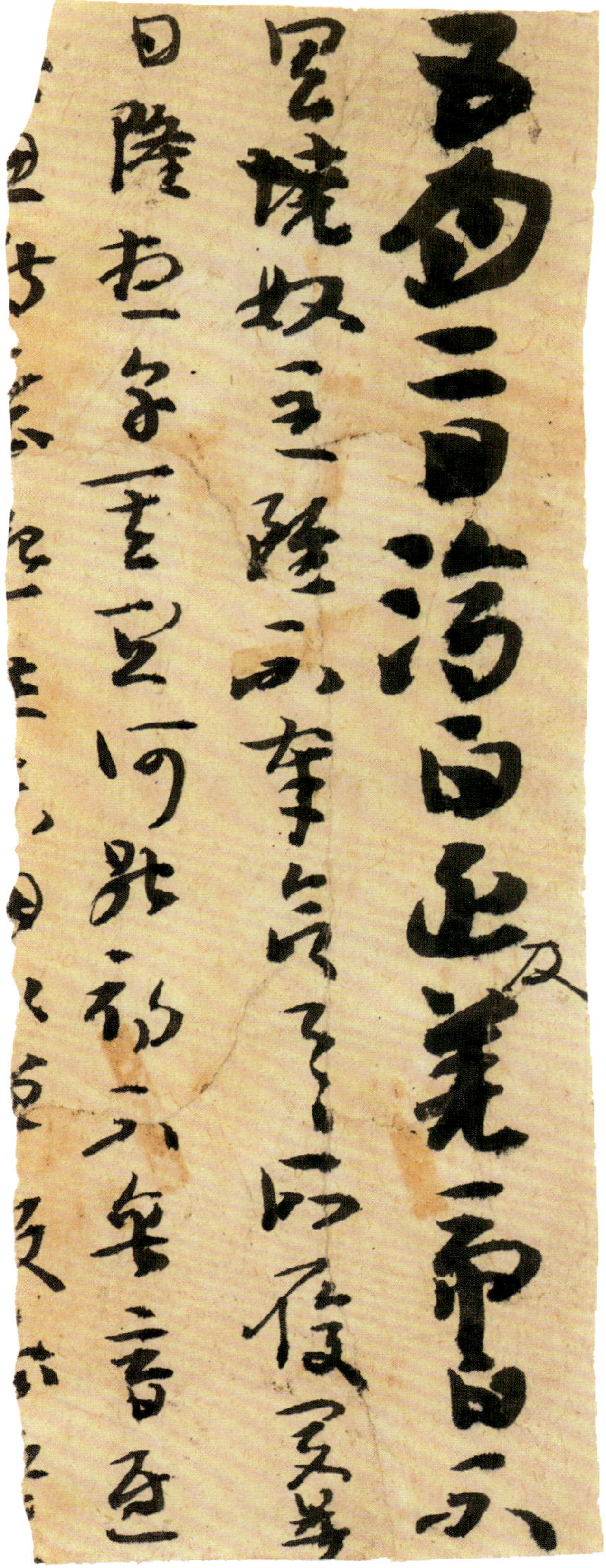

二五　五月二日濟白近及羌帝等字殘紙　西晉

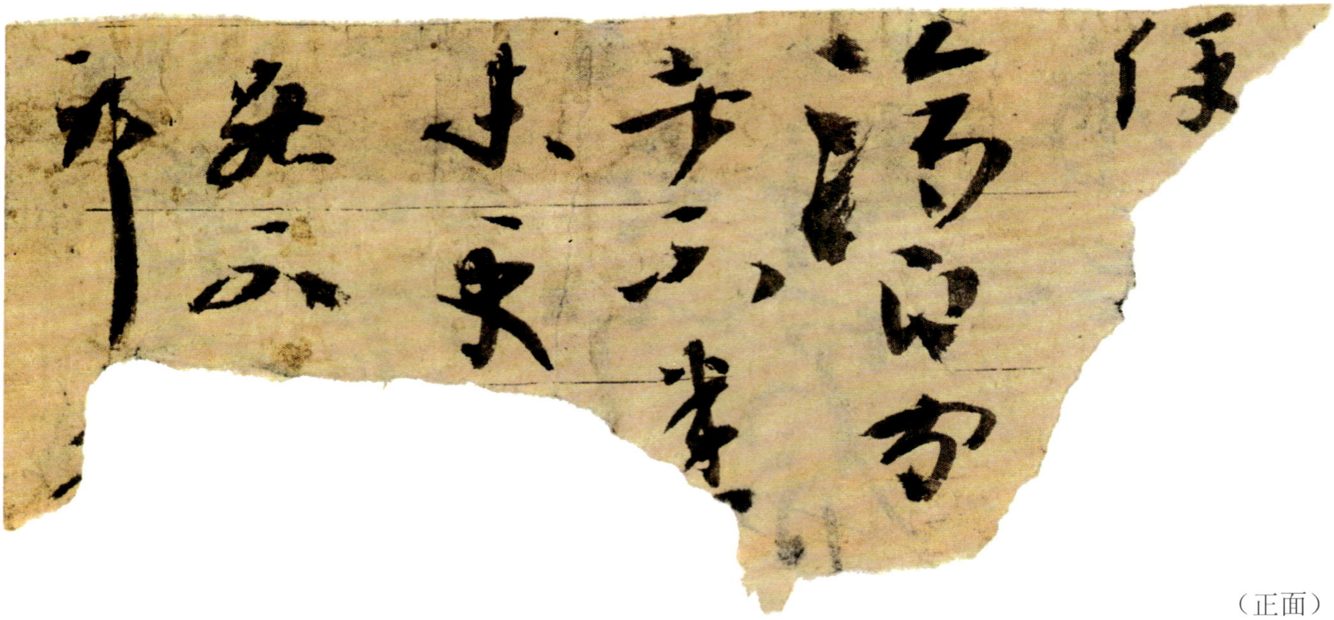

（正面）

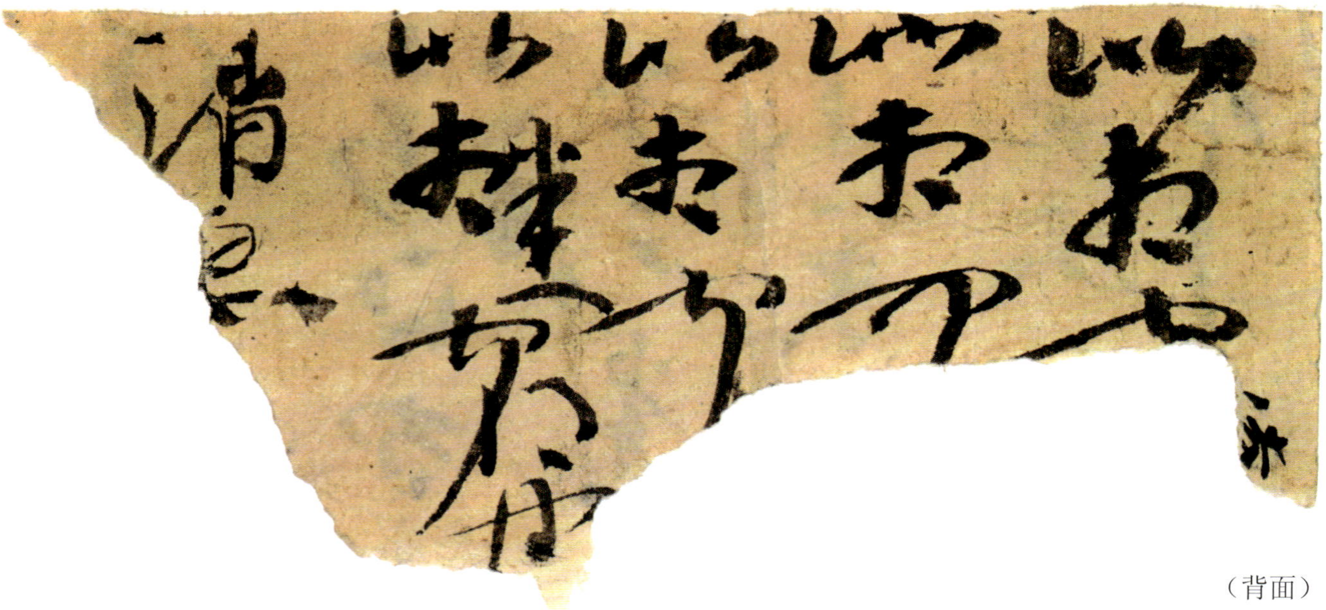

（背面）

二六　濟白守等字殘紙　西晉

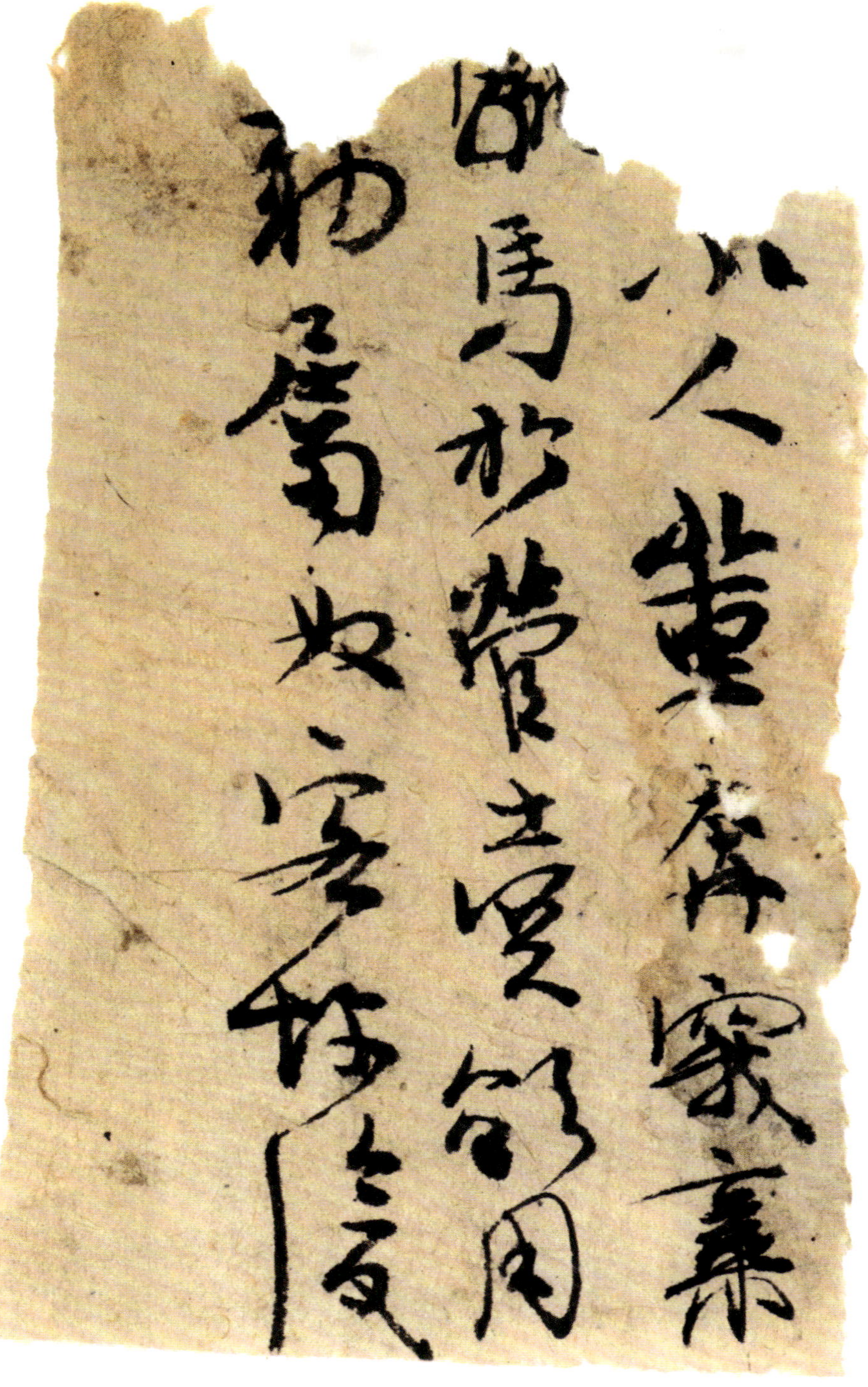

二七　小人輩奔等字殘紙　西晉

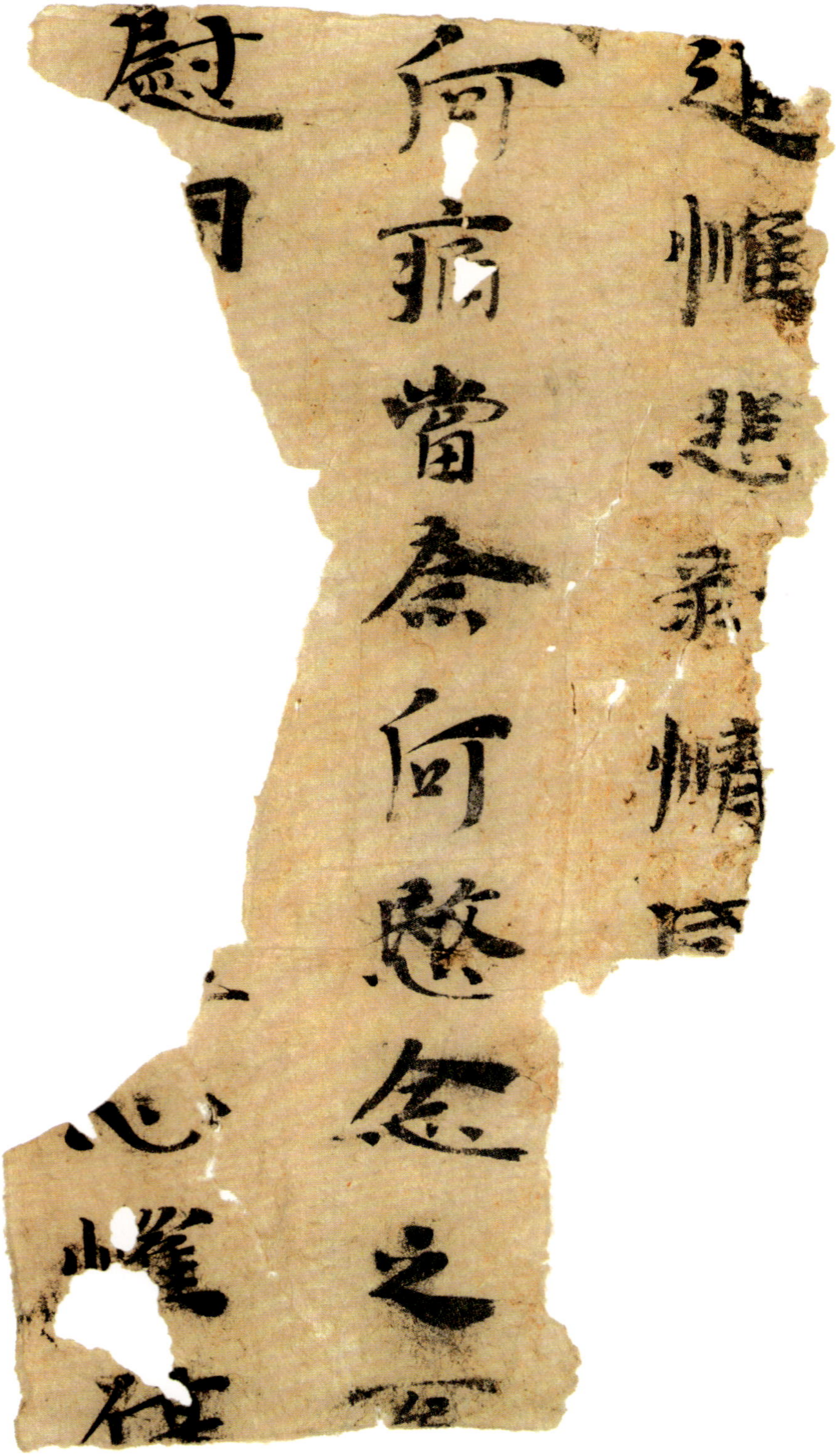

二八　追惟悲剝情感等字殘紙　西晉

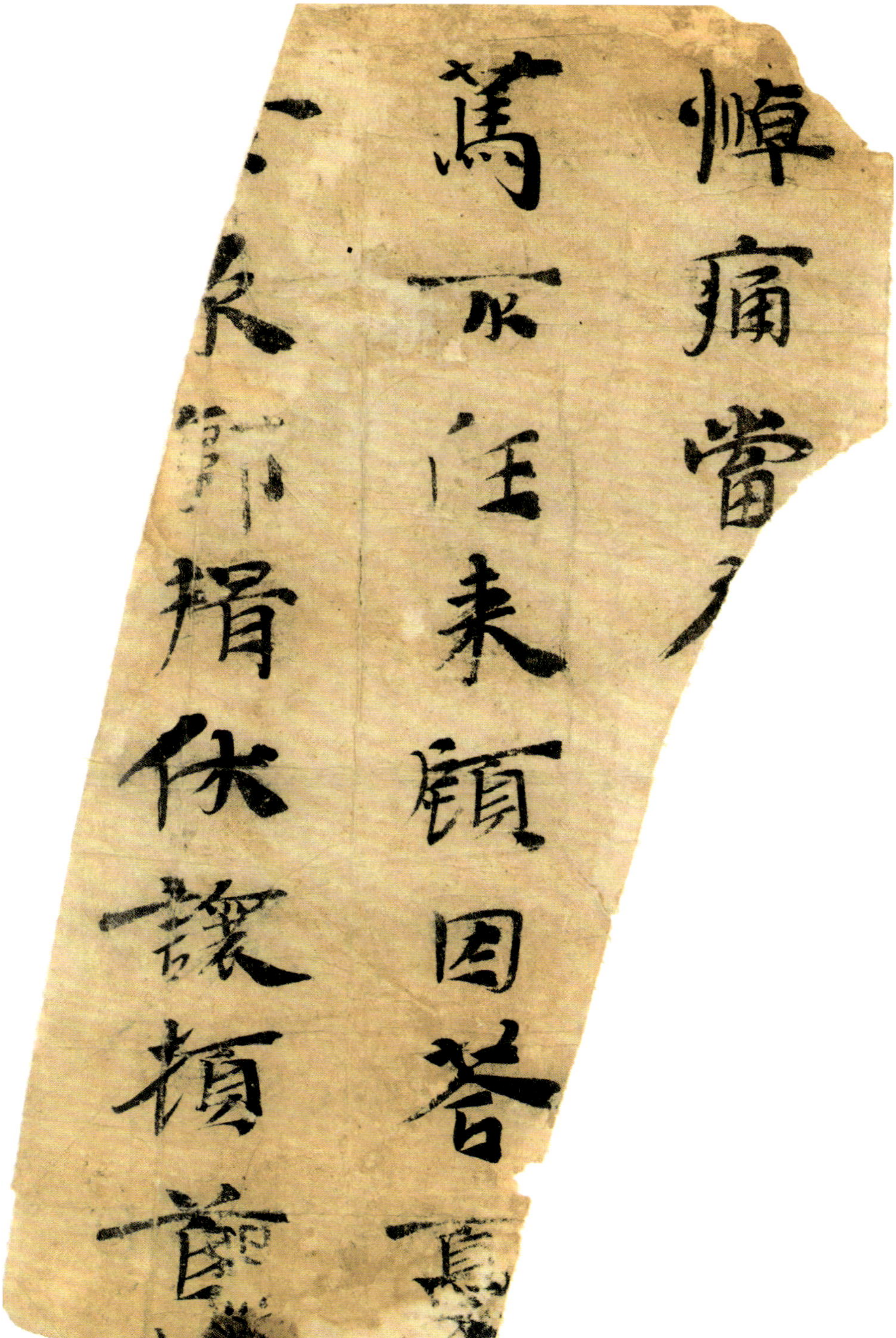

二九　悼痛當等字殘紙　西晉

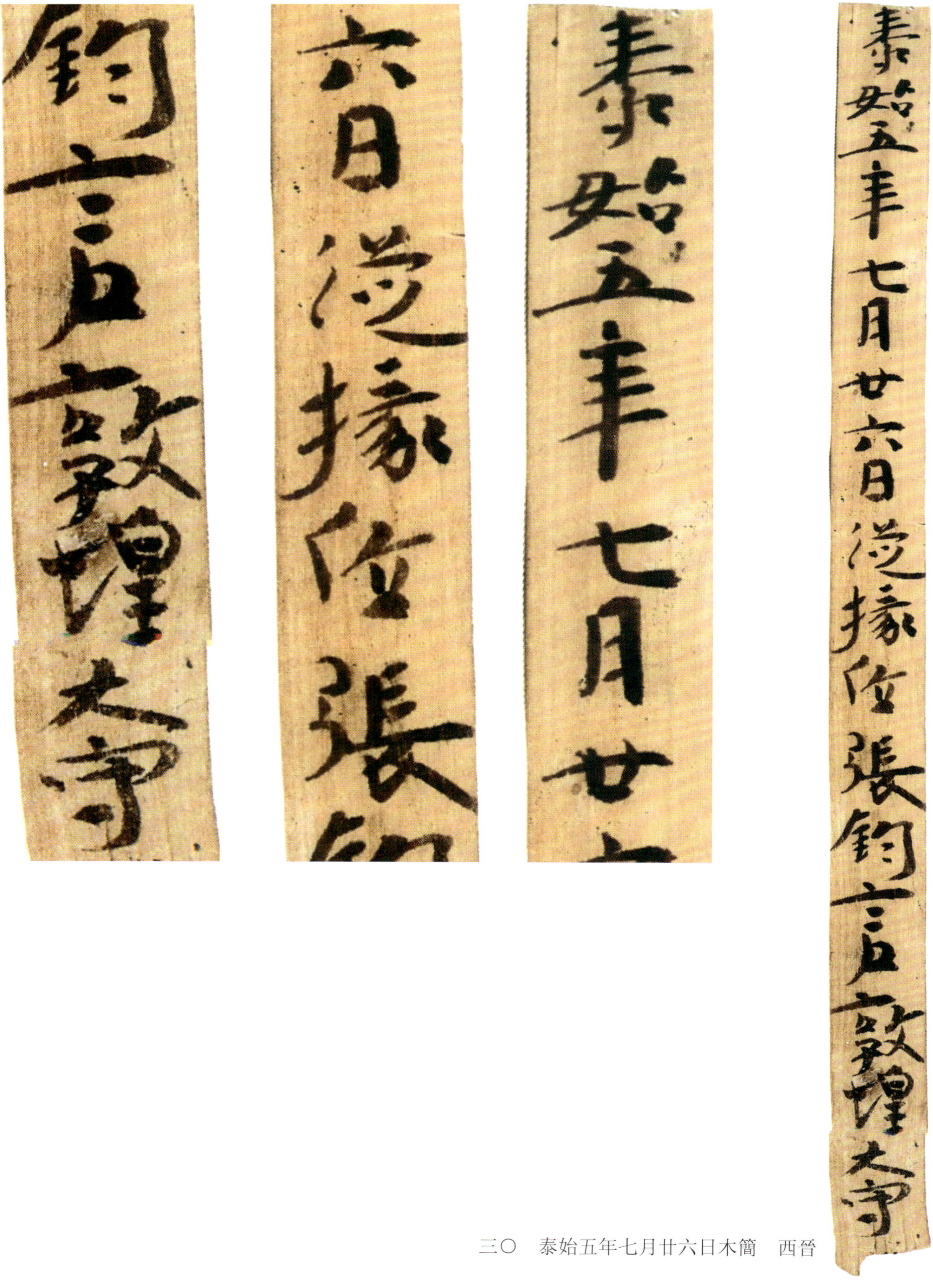

三〇　泰始五年七月廿六日木簡　西晉

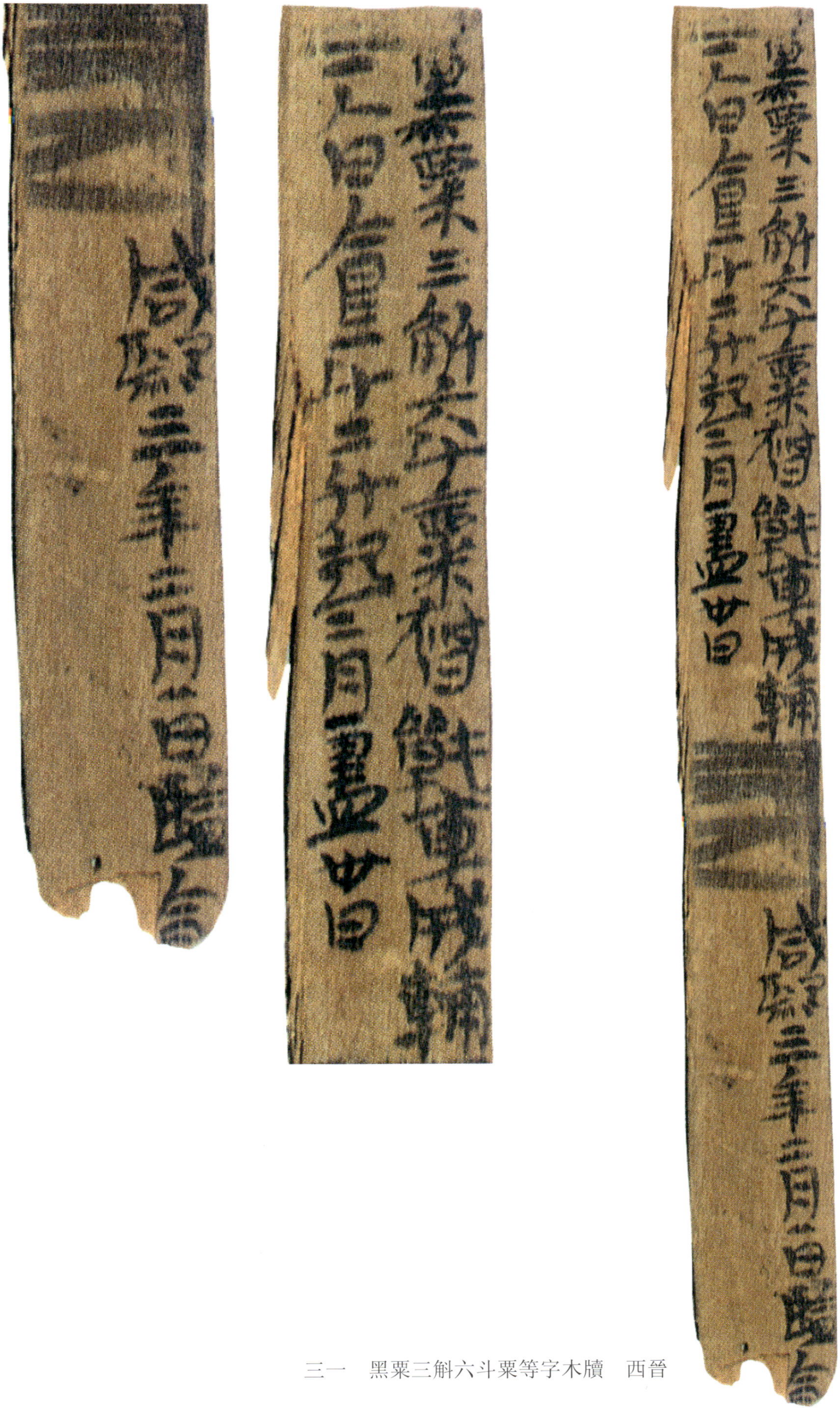

三一　黑粟三斛六斗粟等字木牘　西晉

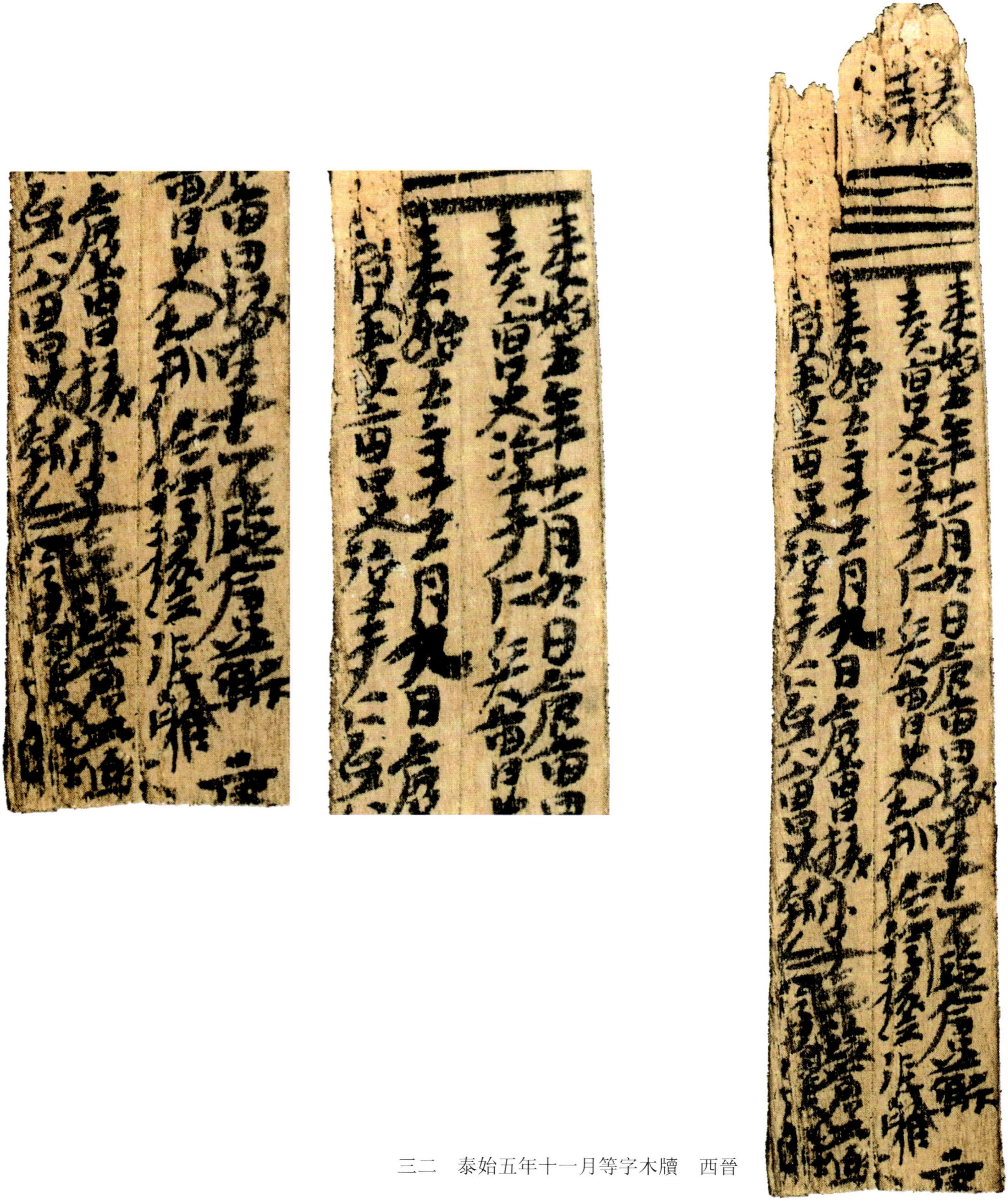

三二　泰始五年十一月等字木牘　西晉

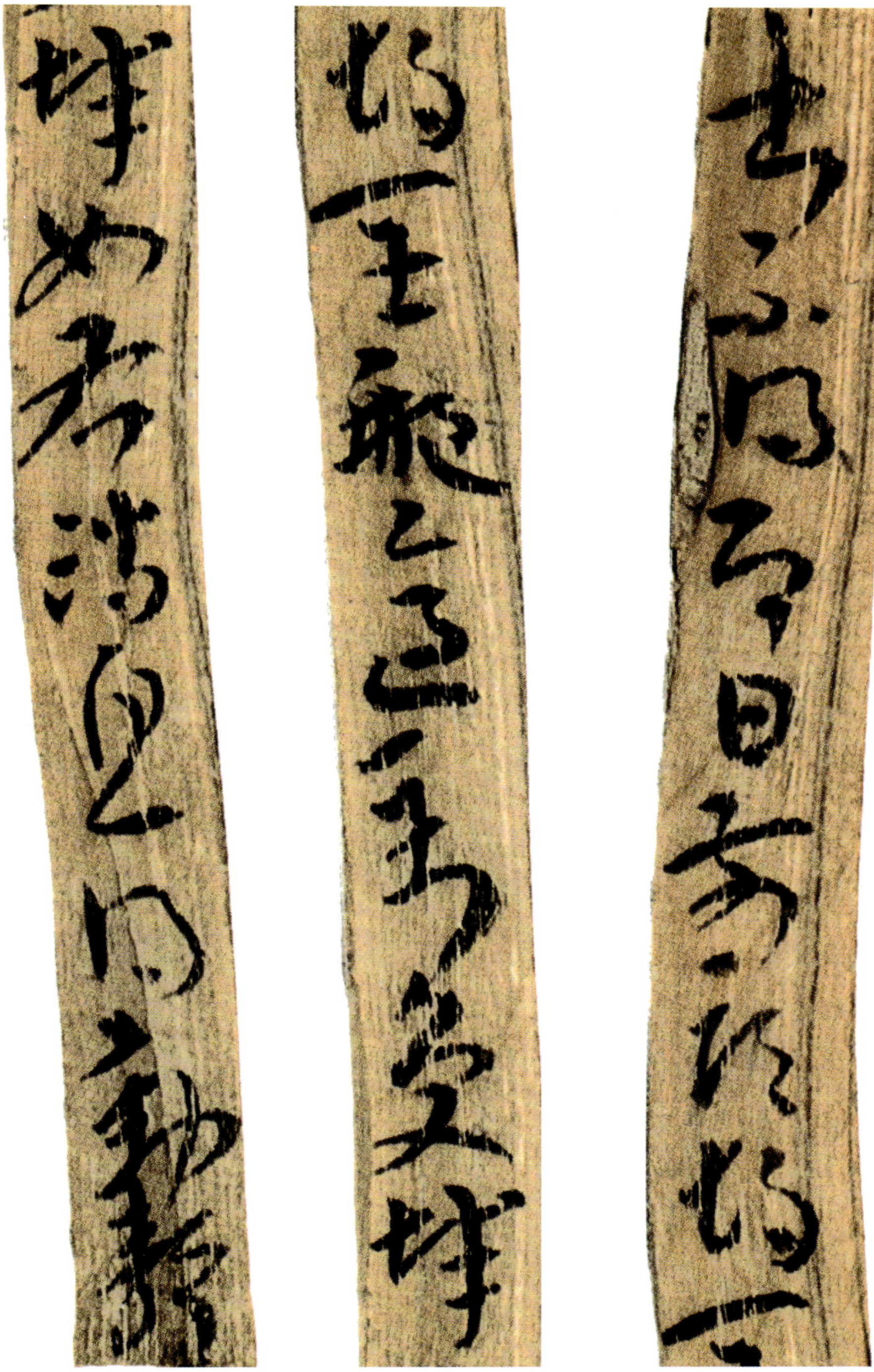

三三　書不得卽日等字木簡　西晉

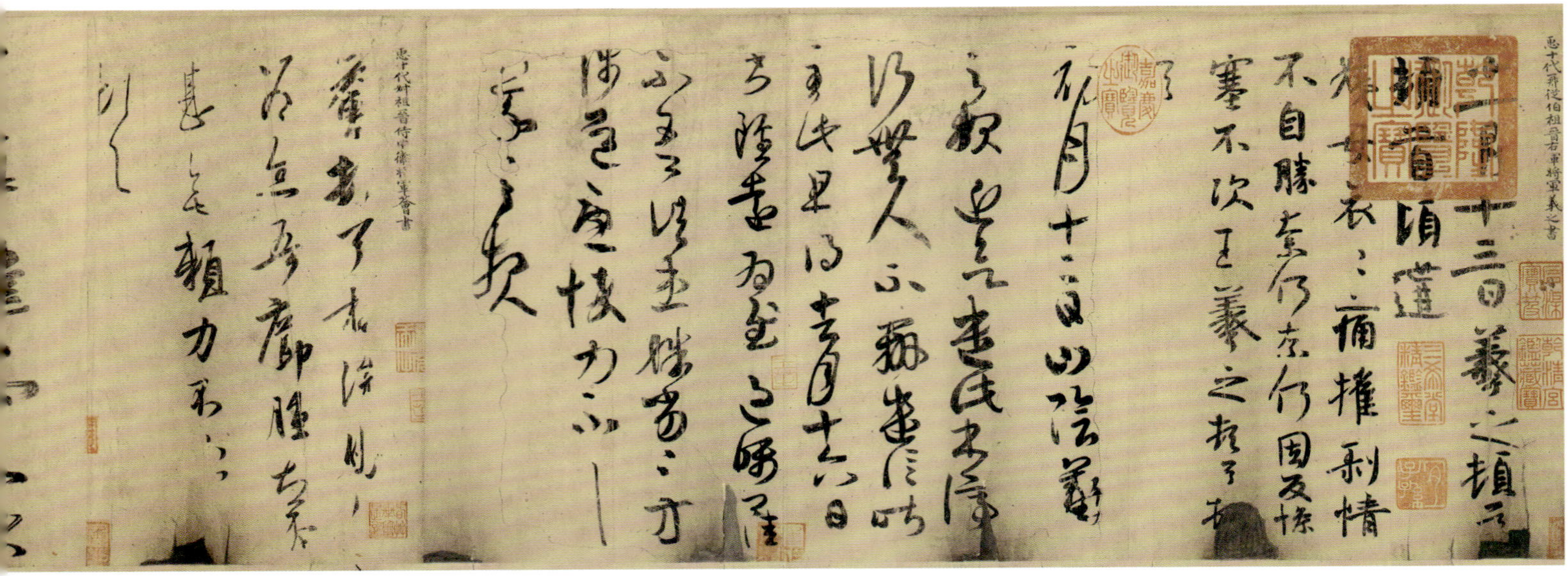

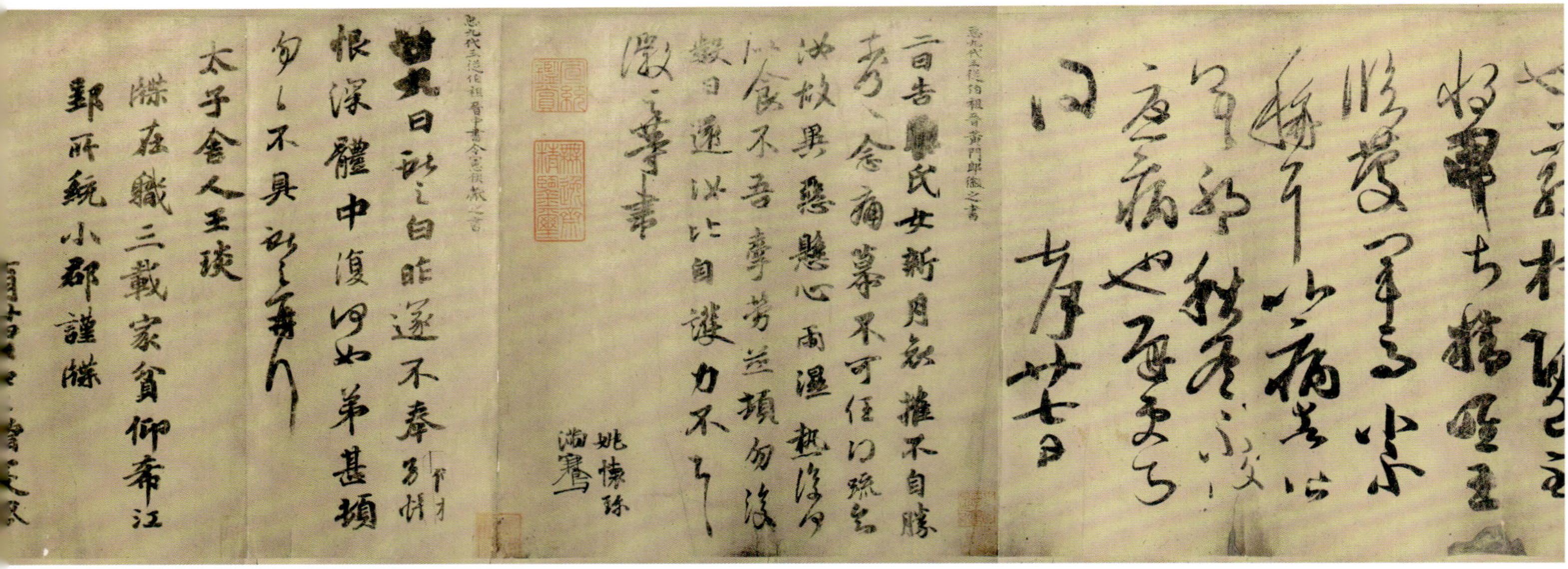

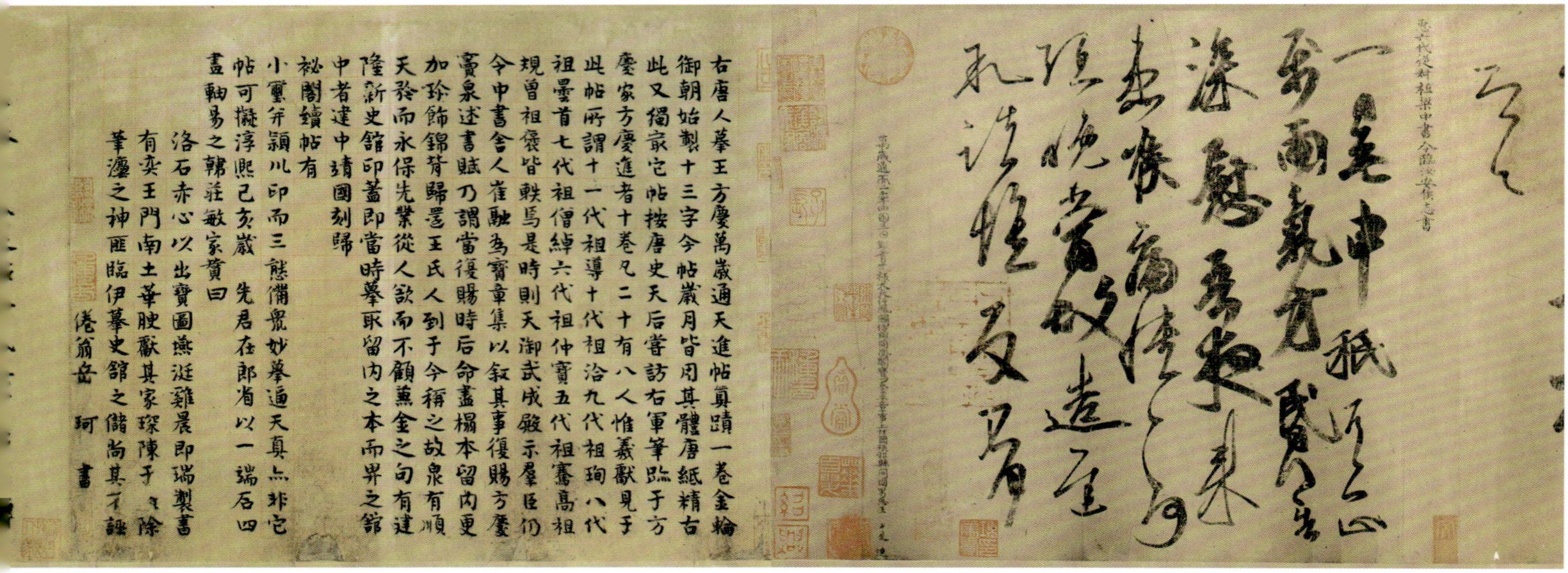
右唐人摹王方慶萬歲通天進帖真蹟一卷金輪
御製始製十三字今帖歲月皆用其體唐紙精古
此又獨家它帖按唐史天后嘗訪右軍筆跡于方
慶家方慶進者十卷凡二十有八人惟羲獻見于
此帖所謂十一代祖導十代祖洽九代祖珣八代
祖曇首七代祖僧綽六代祖仲寶五代祖騫高祖
規曾祖褒皆軼焉是時則天御武成殿示羣臣仍
令中書舍人崔融為寶章集以叙其事復賜方慶
竇泉述書賦乃謂當復賜時后命盡榻本留內更
加珍飾錦背歸還王氏人到于今稱之故泉有順
天發而永保先業從人欲而不顧薰金之句有建
隆新史館印蓋即當時摹取留內之本而畀之館
中者建中靖國刻歸
祕閣續帖有
小璽并穎川印而三態備覺妙摹通天真本非它
帖可擬淳熙己亥歲 先君在郎省以一端石四
畫軸易之韓莊敏家寳曰
洛石赤心以出寶圖燕涎雞晨即瑞製書
有奕王門南土華胄獻其家琛陳于〻除
筆瀛之神匪臨伊摹史館之儲尚其不誣
倦翁岳珂書

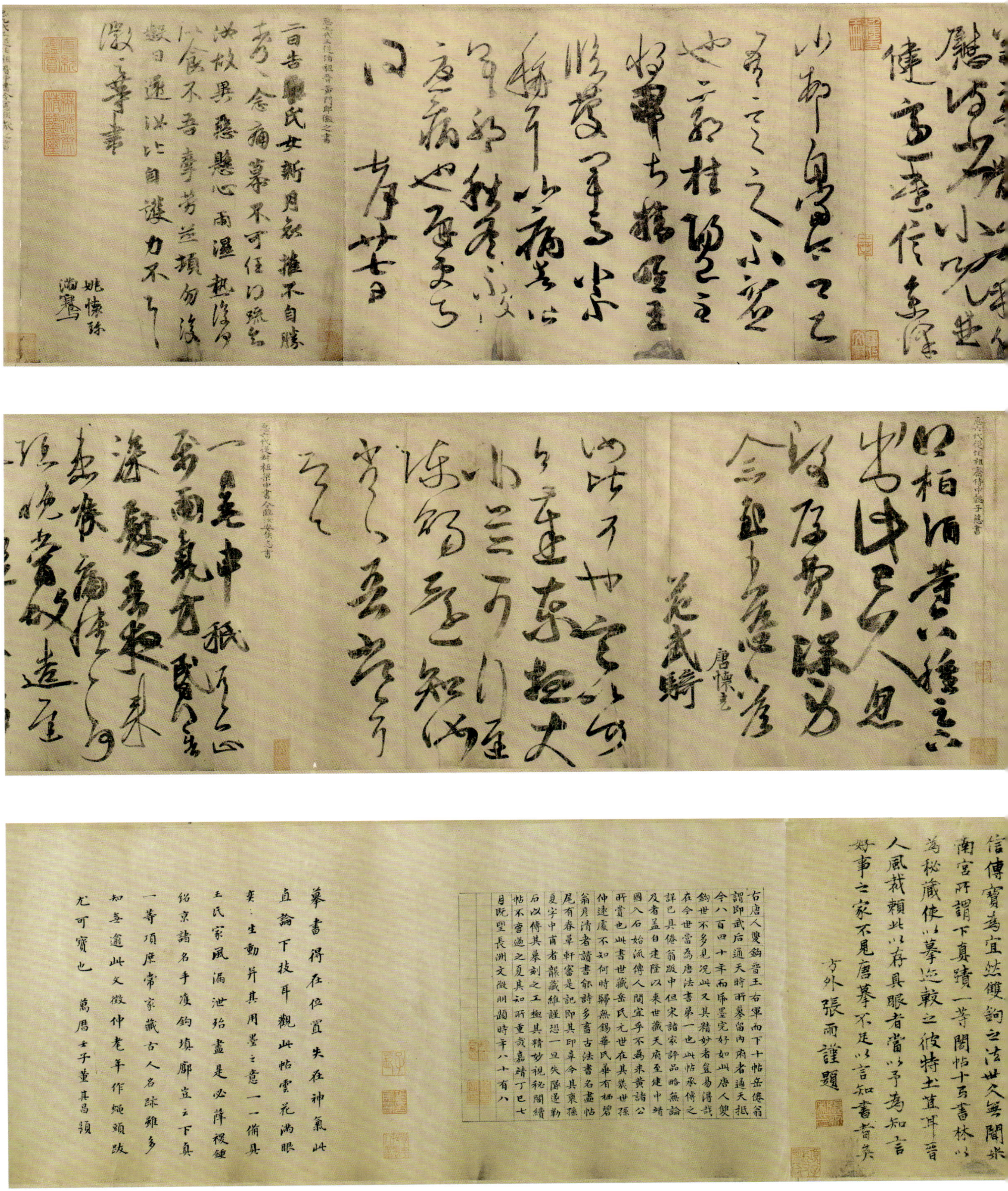

萬歲通天帖（東晉　王羲之　王獻之　王徽之　王薈；齊　王僧虔　王慈；梁　王志）

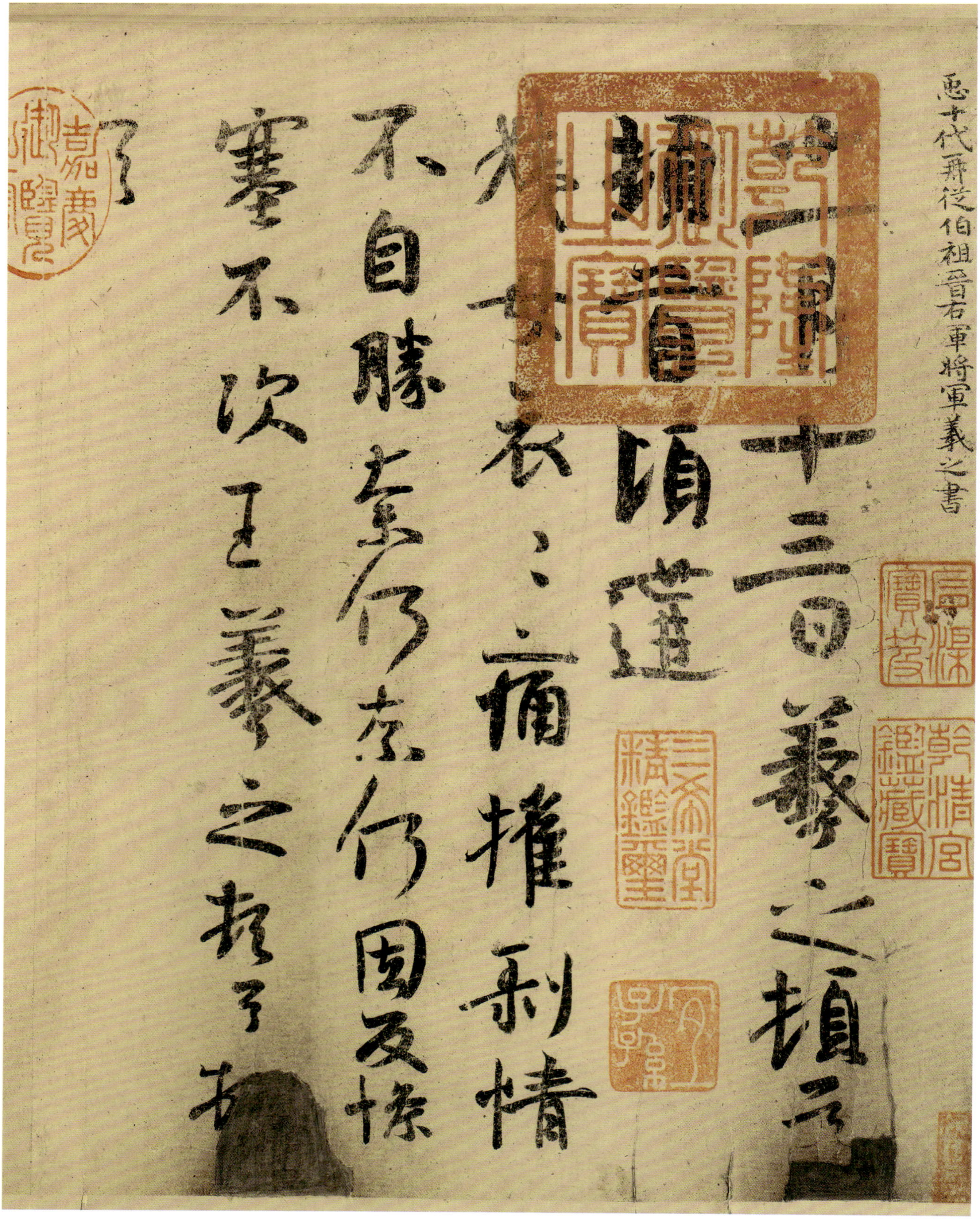

臣十代再從伯祖晉右軍將軍羲之書
十一月十三日羲之頓首頓首
頃遘姨母哀哀痛摧剝情
不自勝奈何奈何因反慘
塞不次王羲之頓首

三四　姨母帖　東晉　王羲之

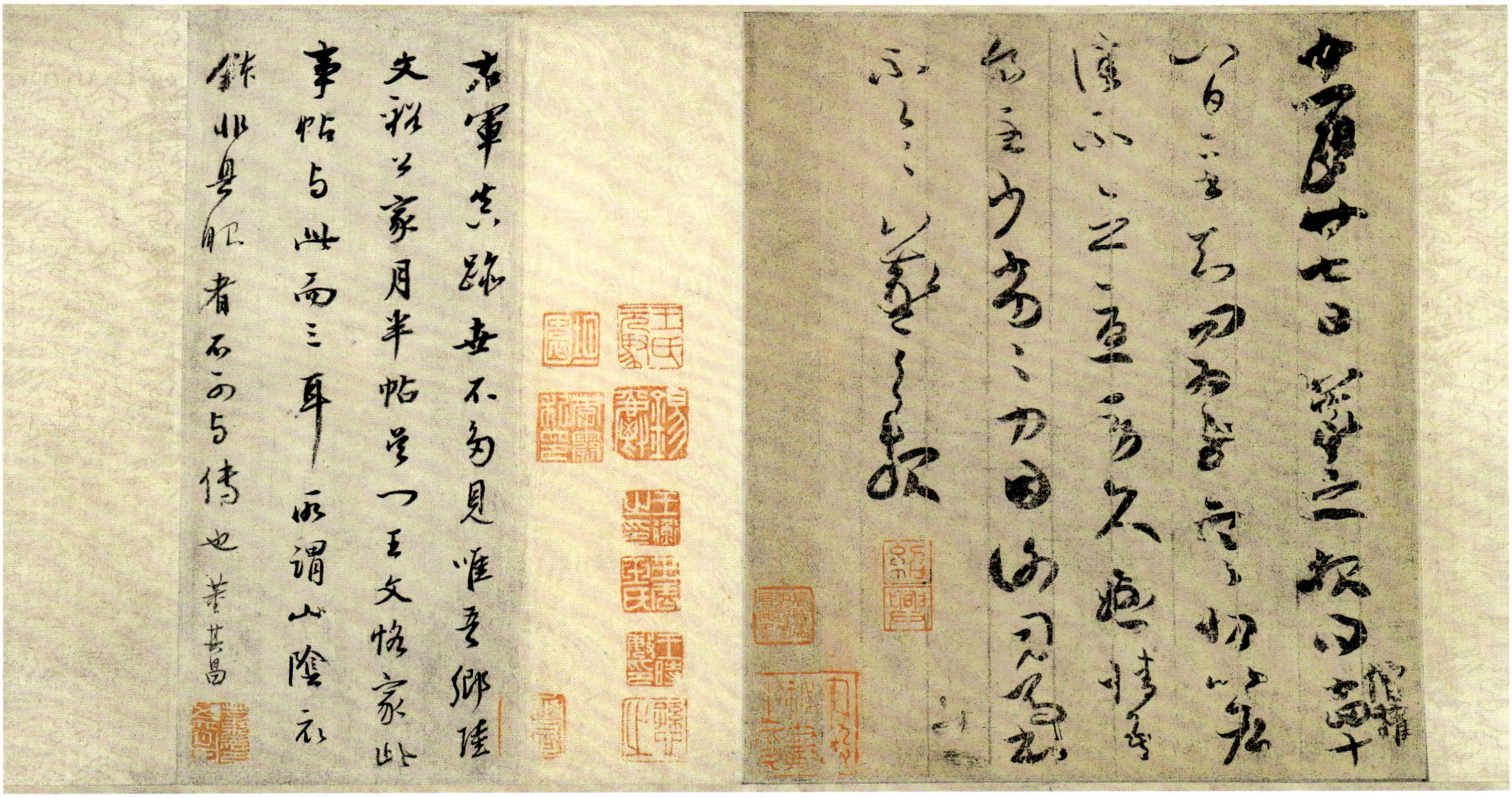

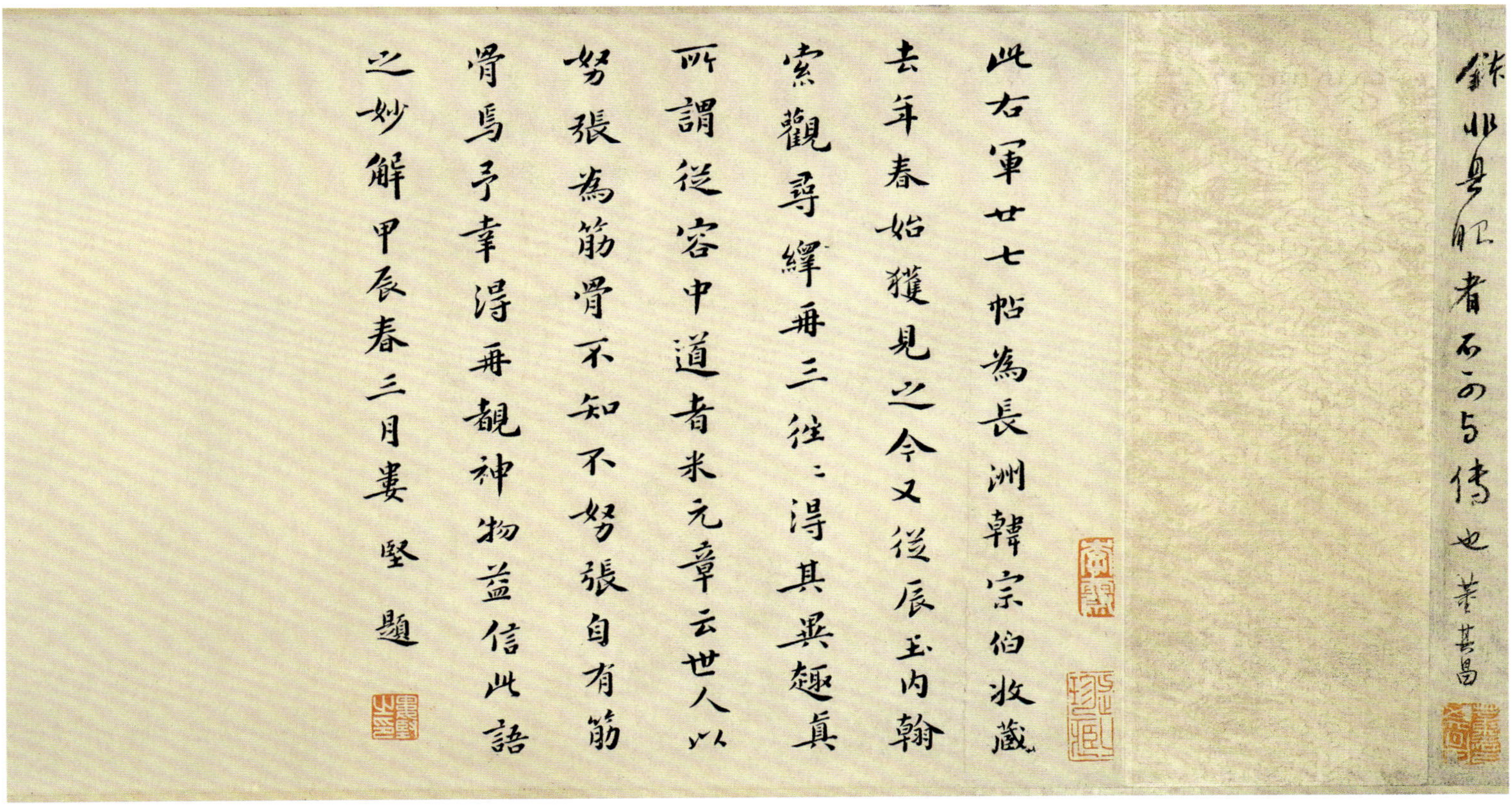
此右軍廿七帖為長洲韓宗伯收藏
去年春始獲見之今又從辰玉内翰
索觀尋繹再三往往淂其異趣真
所謂從容中道者米元章云世人以
努張為筋骨不知不努張自有筋
骨焉予幸淂再覩神物益信此語
之妙解甲辰春三月婁堅題

三五　寒切帖　東晉　王羲之

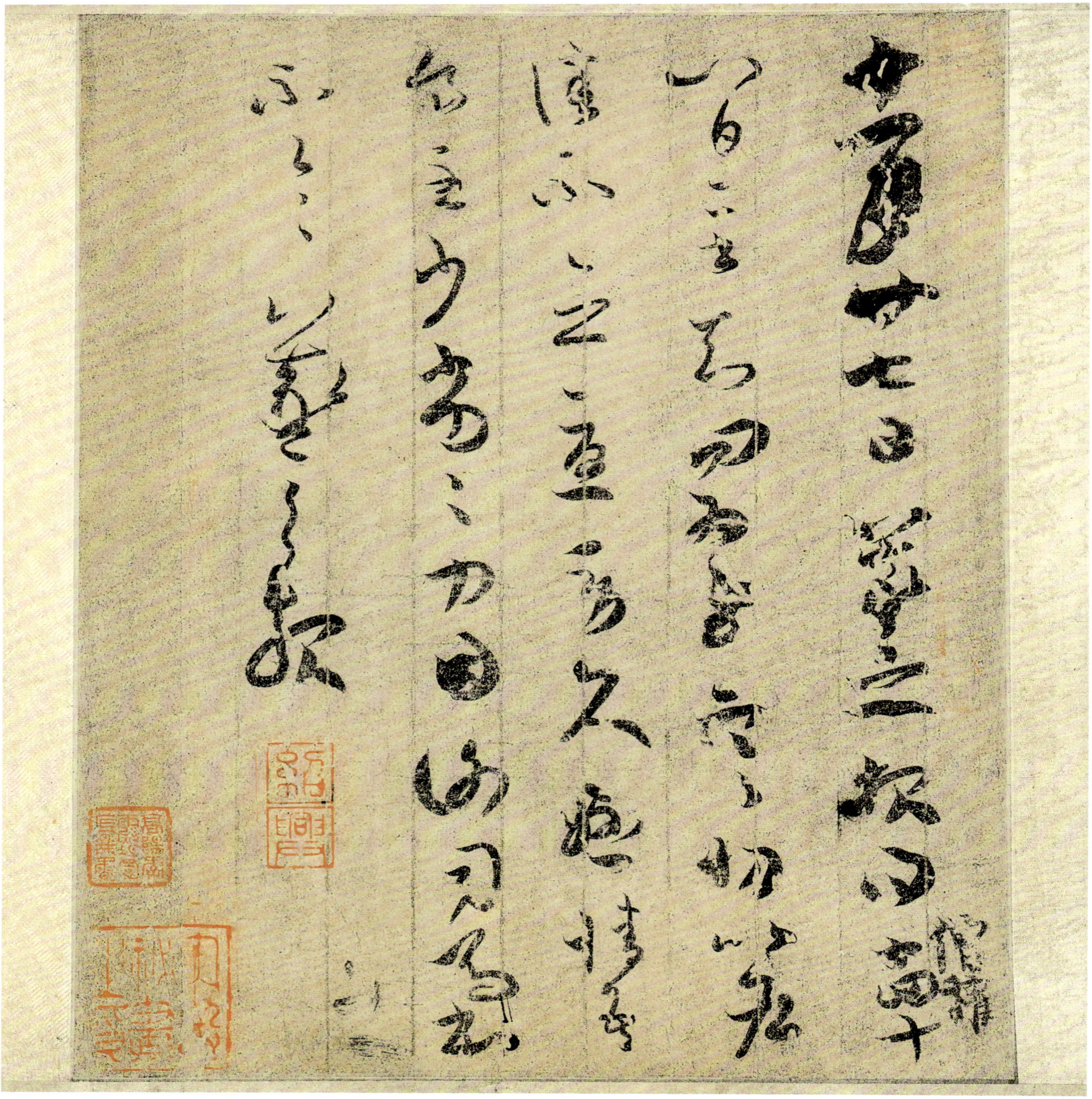

三五　寒切帖　東晉　王羲之（之一）

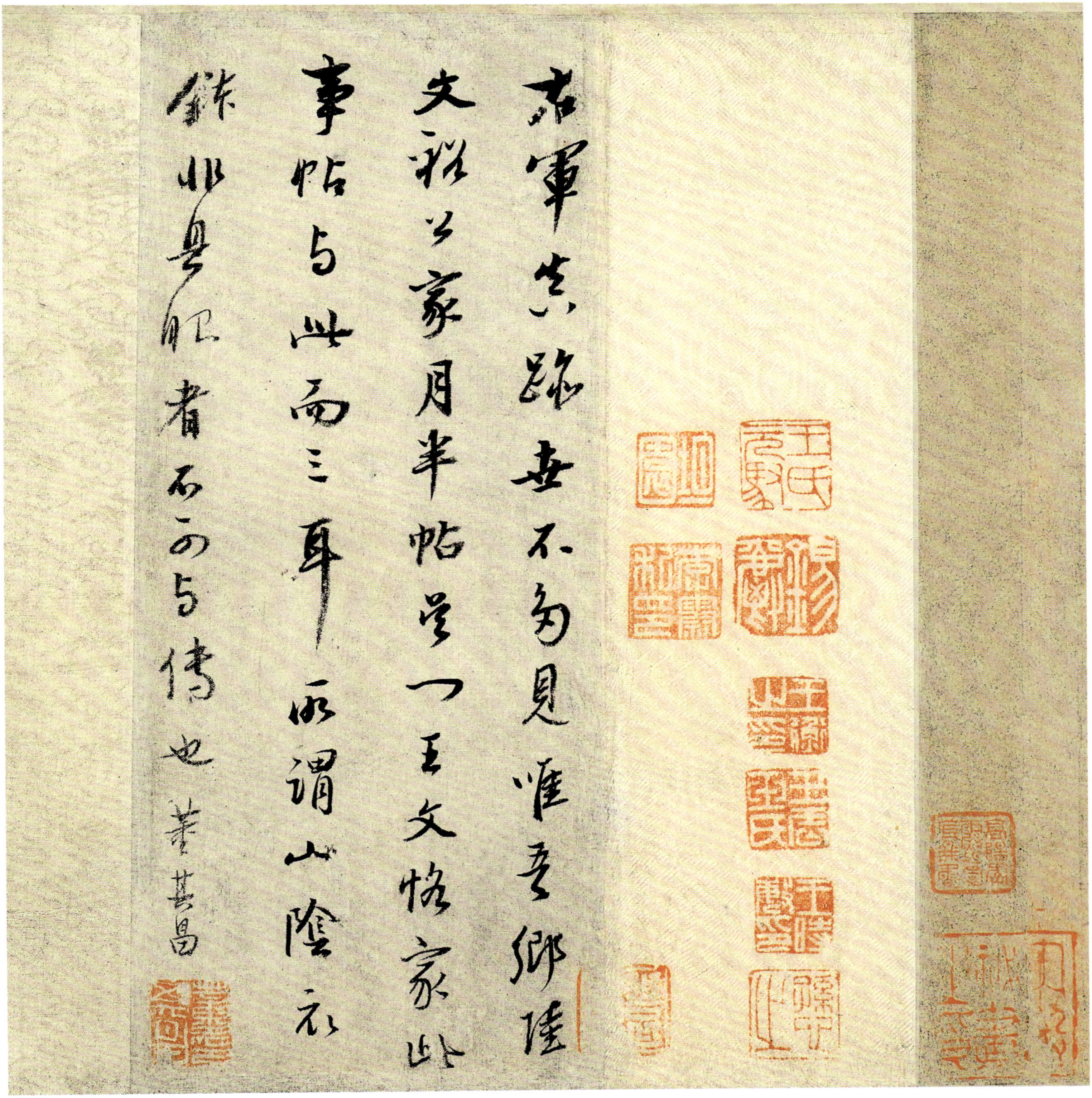

三五　寒切帖　東晉　王羲之（之二）

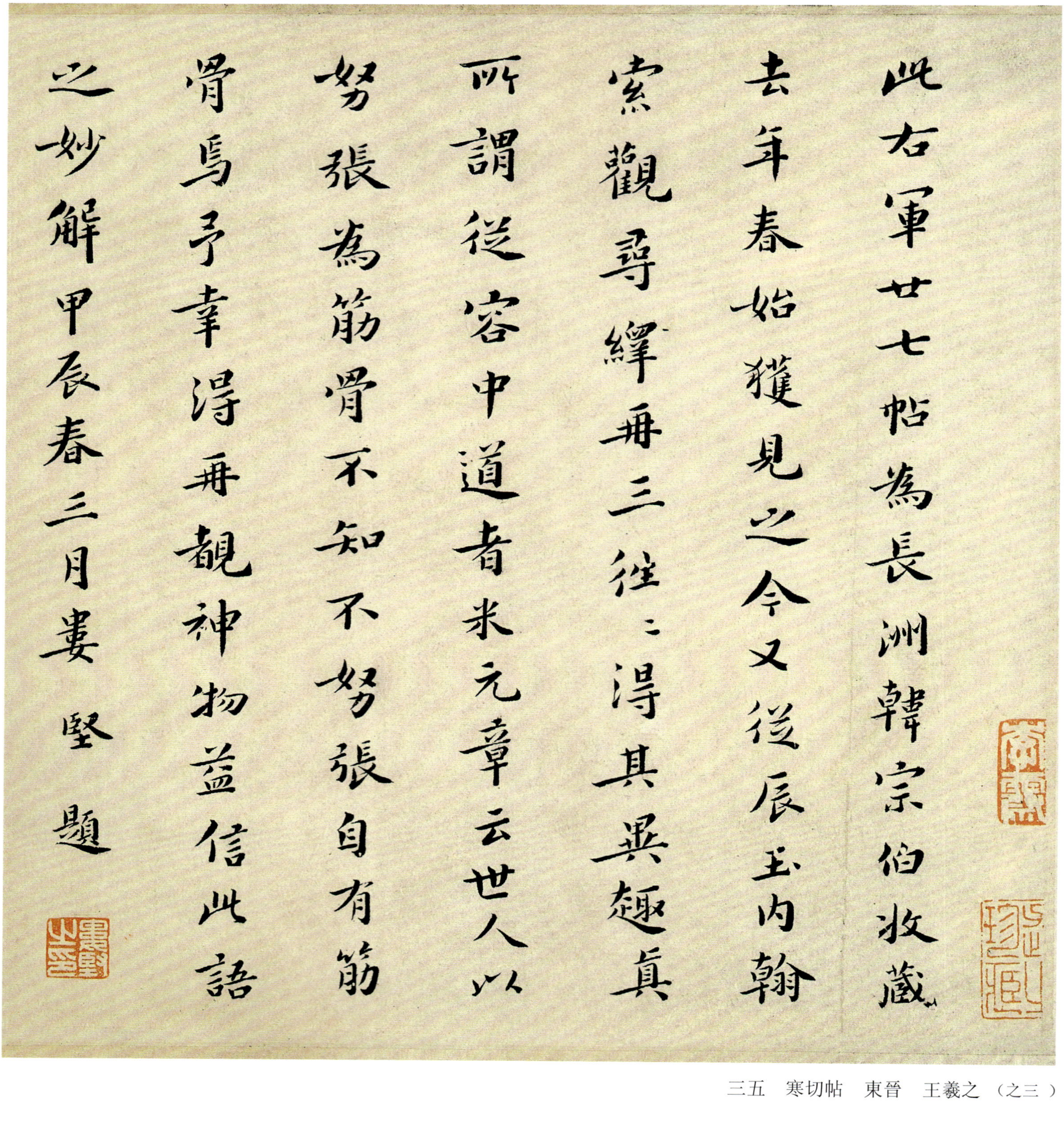
此右軍廿七帖爲長洲韓宗伯收藏
去年春始獲見之今又從辰玉內翰
索觀尋繹再三往往得其異趣眞
所謂從容中道者米元章云世人以
努張爲筋骨不知不努張自有筋
骨焉予幸得再觀神物益信此語
之妙解甲辰春三月婁堅題

三五　寒切帖　東晉　王羲之（之三）

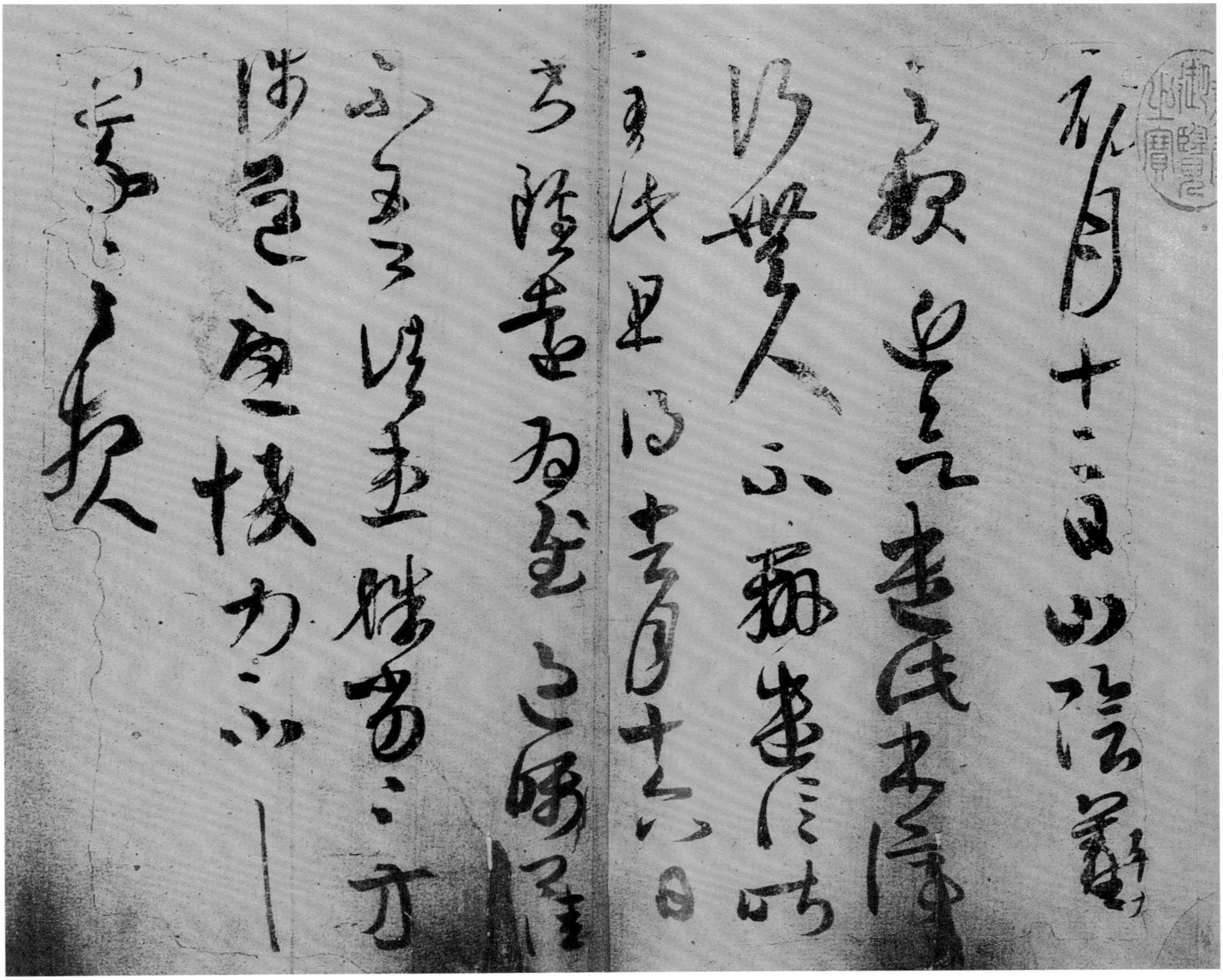

三六　初月帖　東晉　王羲之

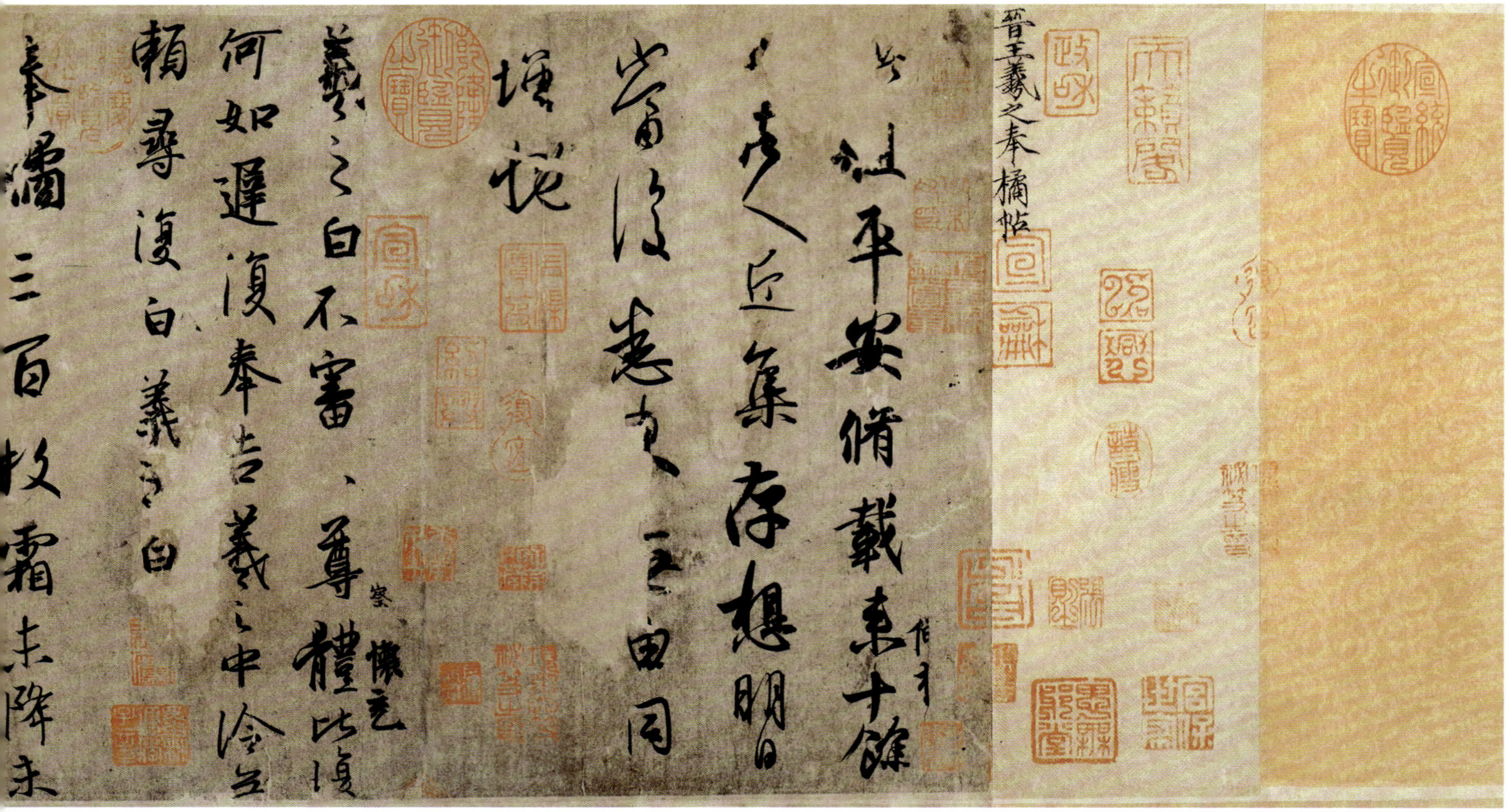

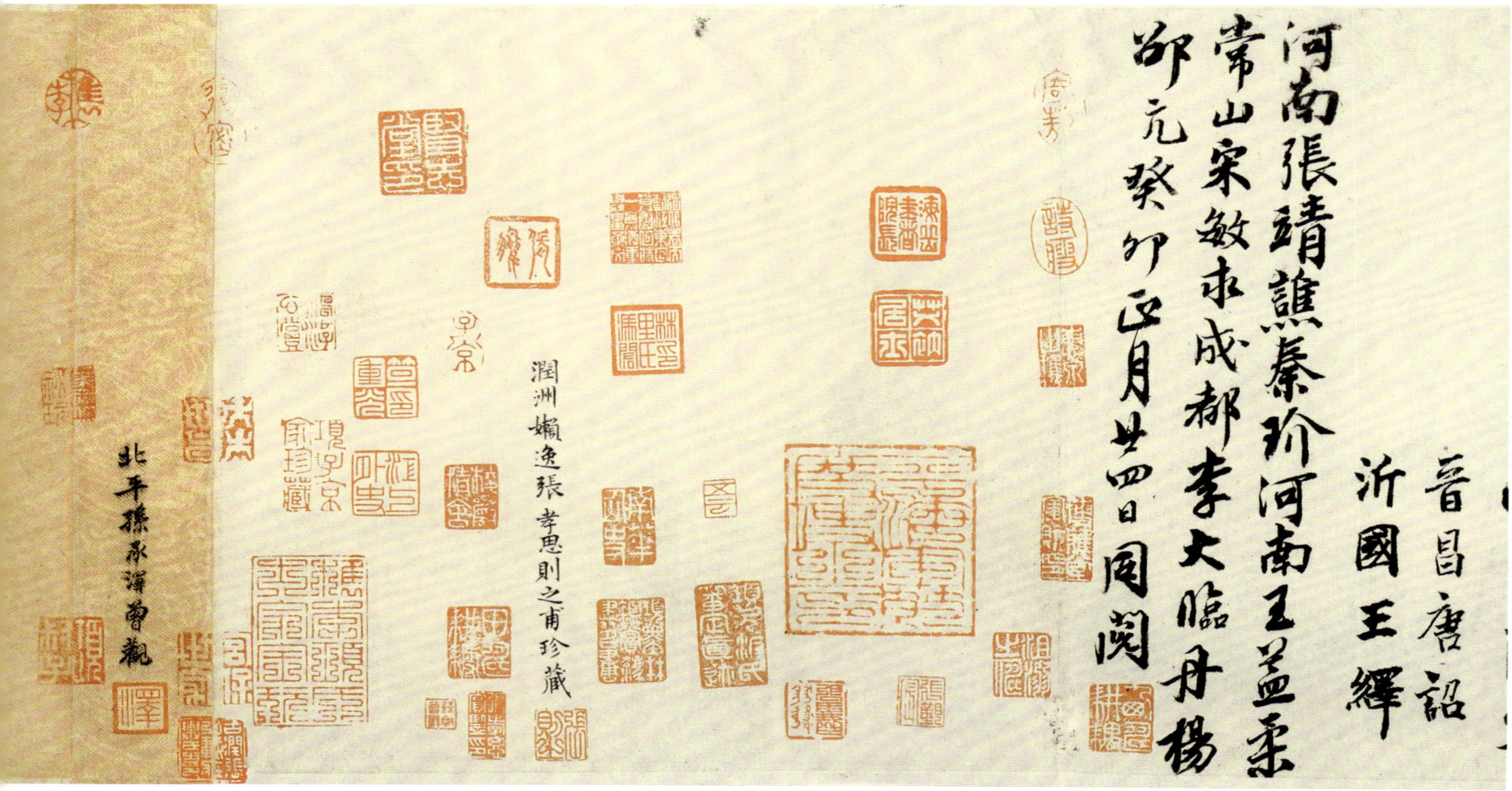

三七　平安帖·何如帖·奉橘帖　東晉　王羲之

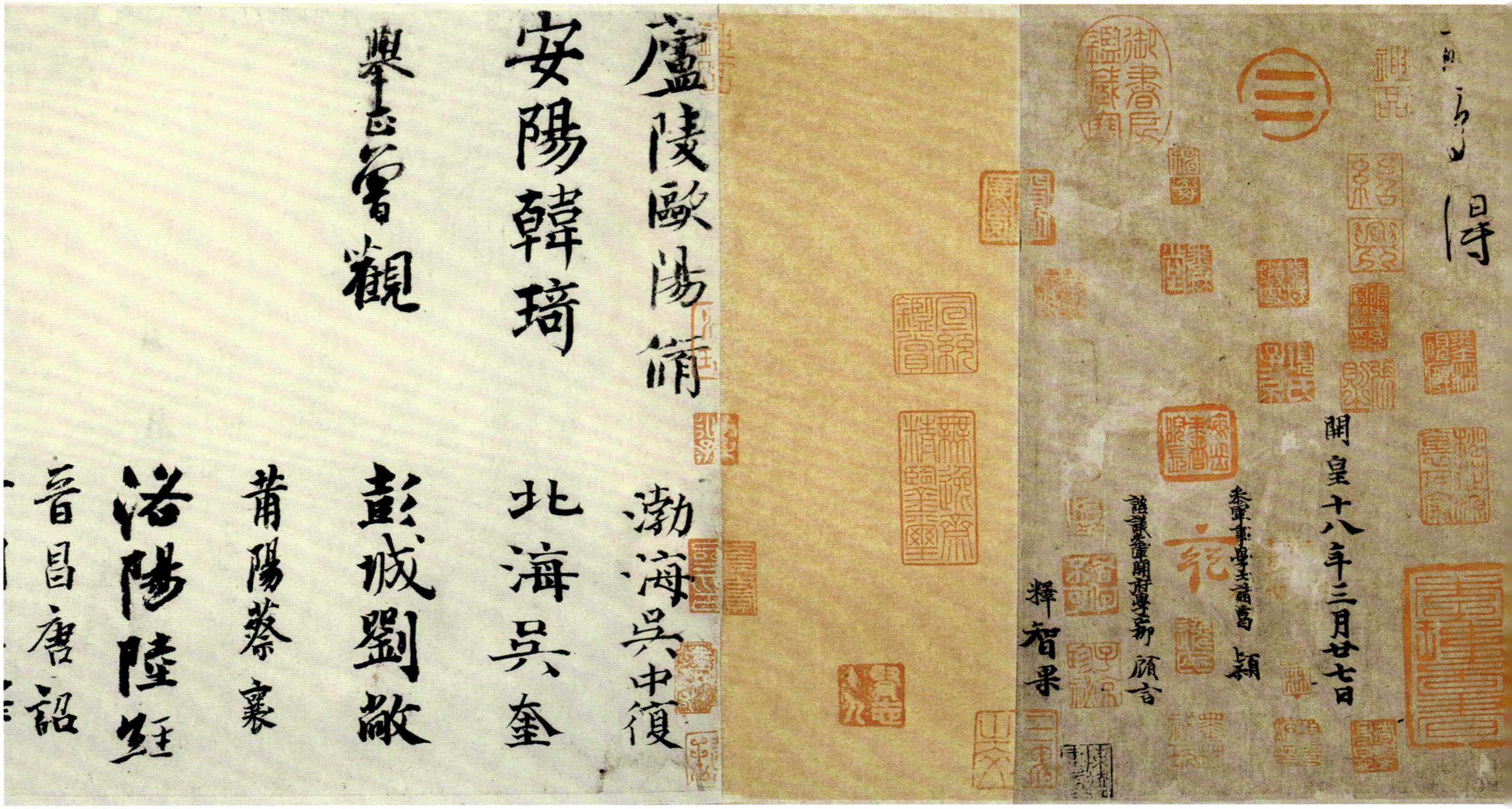
開皇十八年三月廿七日
釋智果
廬陵歐陽脩
安陽韓琦
渤海吳中復
北海吳奎
彭城劉敞
莆陽蔡襄
洛陽陸經
晉昌唐詢

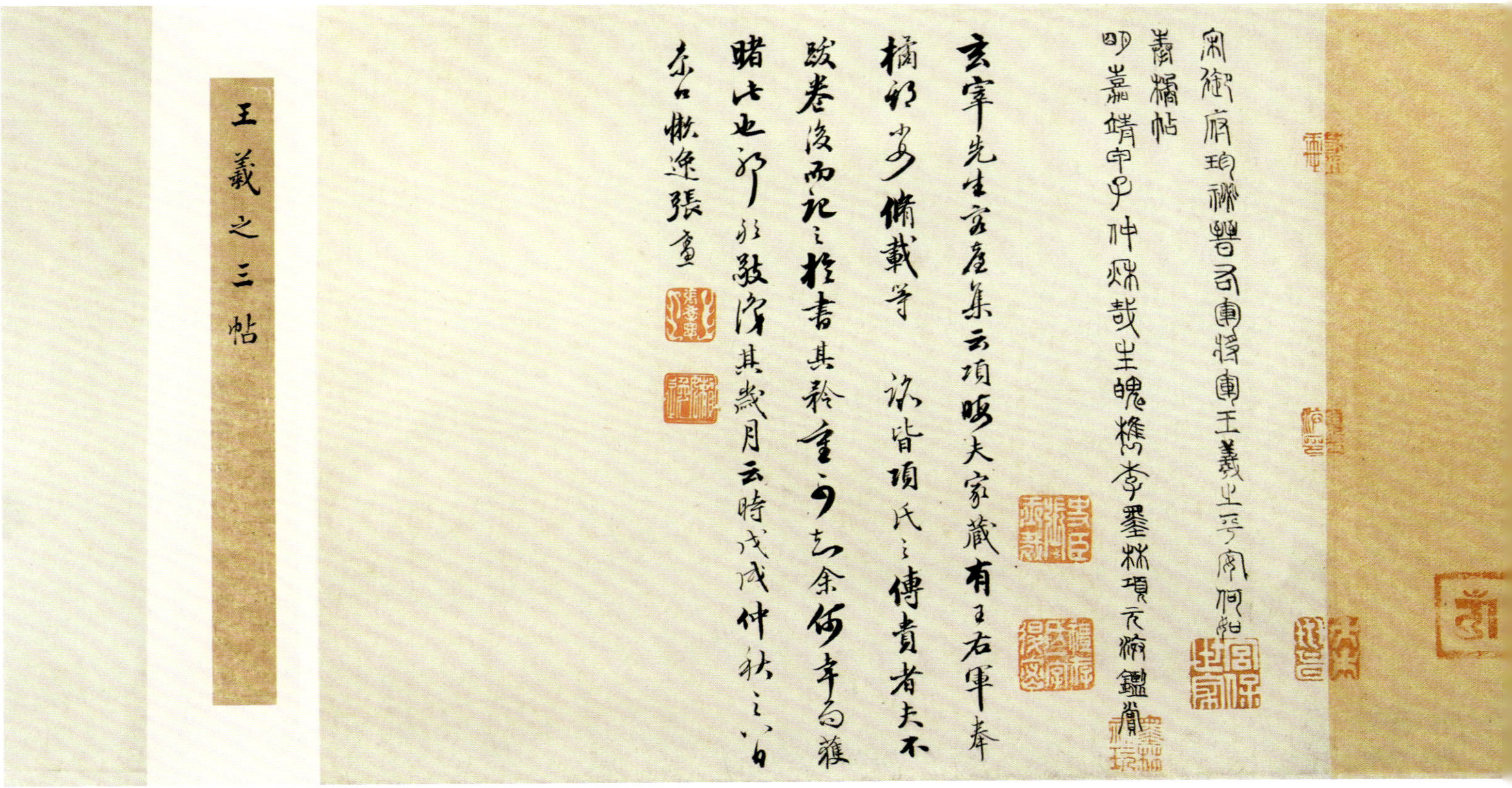
王羲之三帖

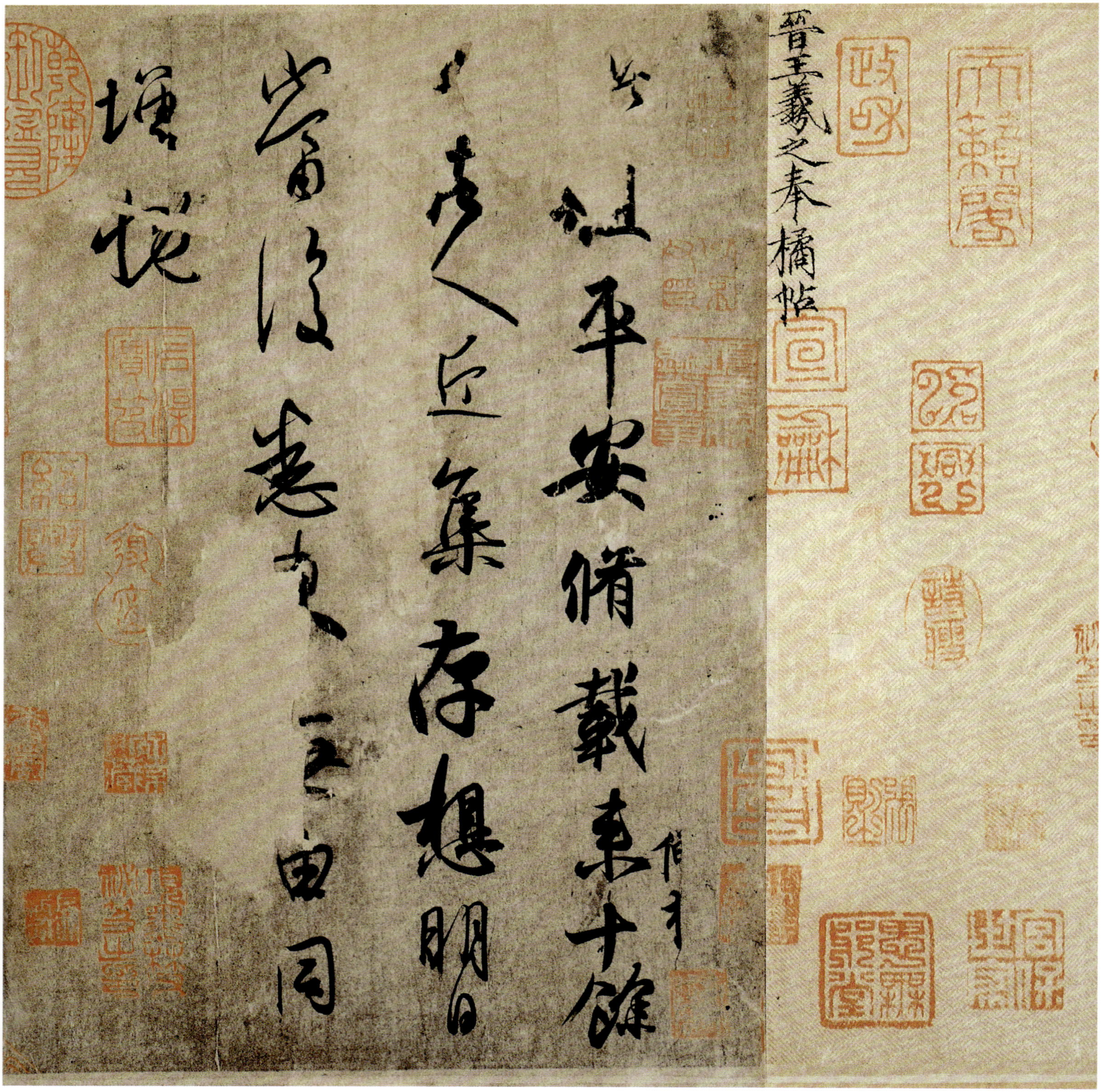

三七　平安帖·何如帖·奉橘帖　東晉　王羲之（之一）

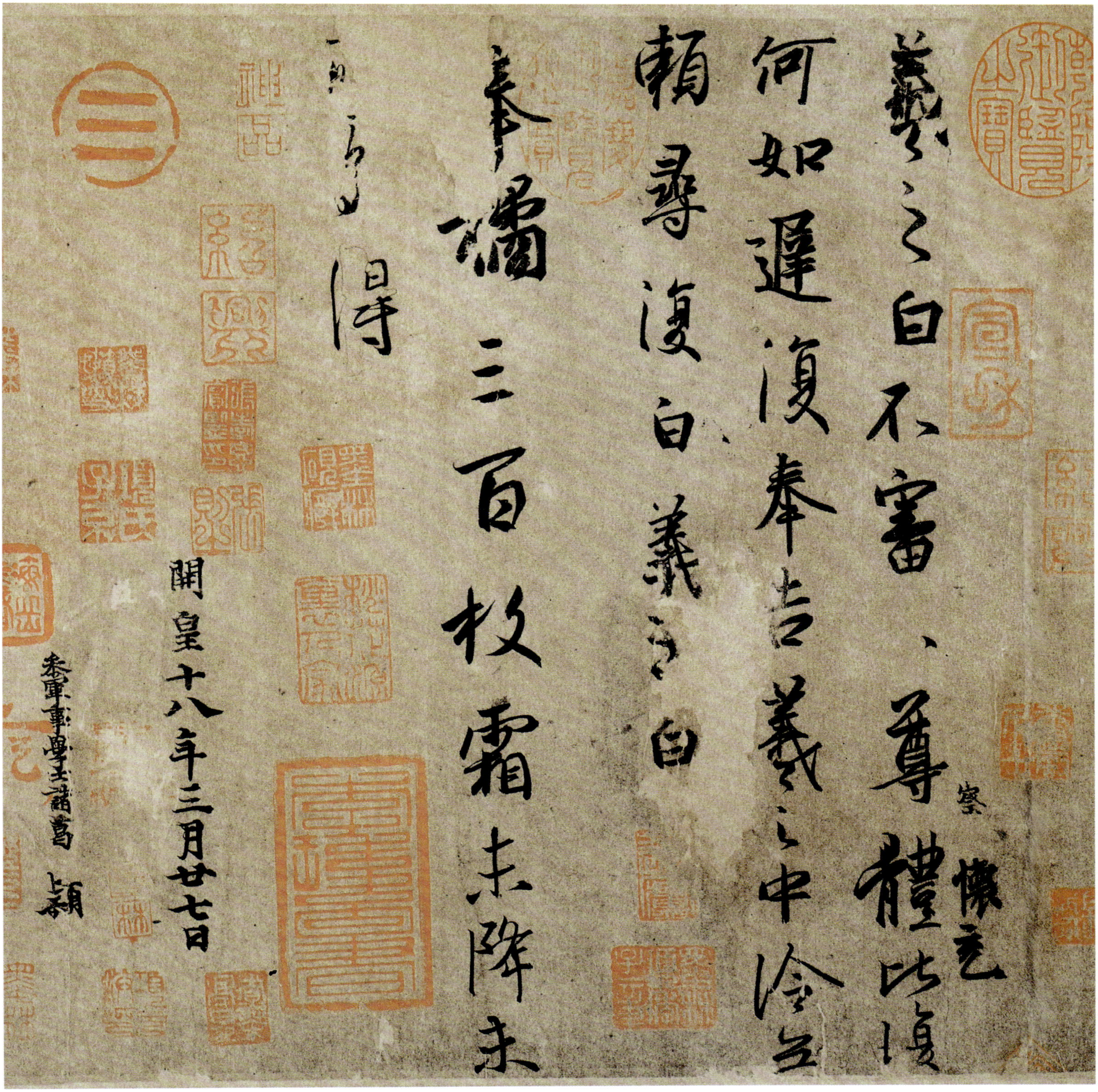
羲之白不審尊體比復
何如遲復奉告羲之中冷无
賴尋復白羲之白
奉橘三百枚霜未降未
可多得
察 懷充
開皇十八年三月廿七日
參軍事學士諸葛頴

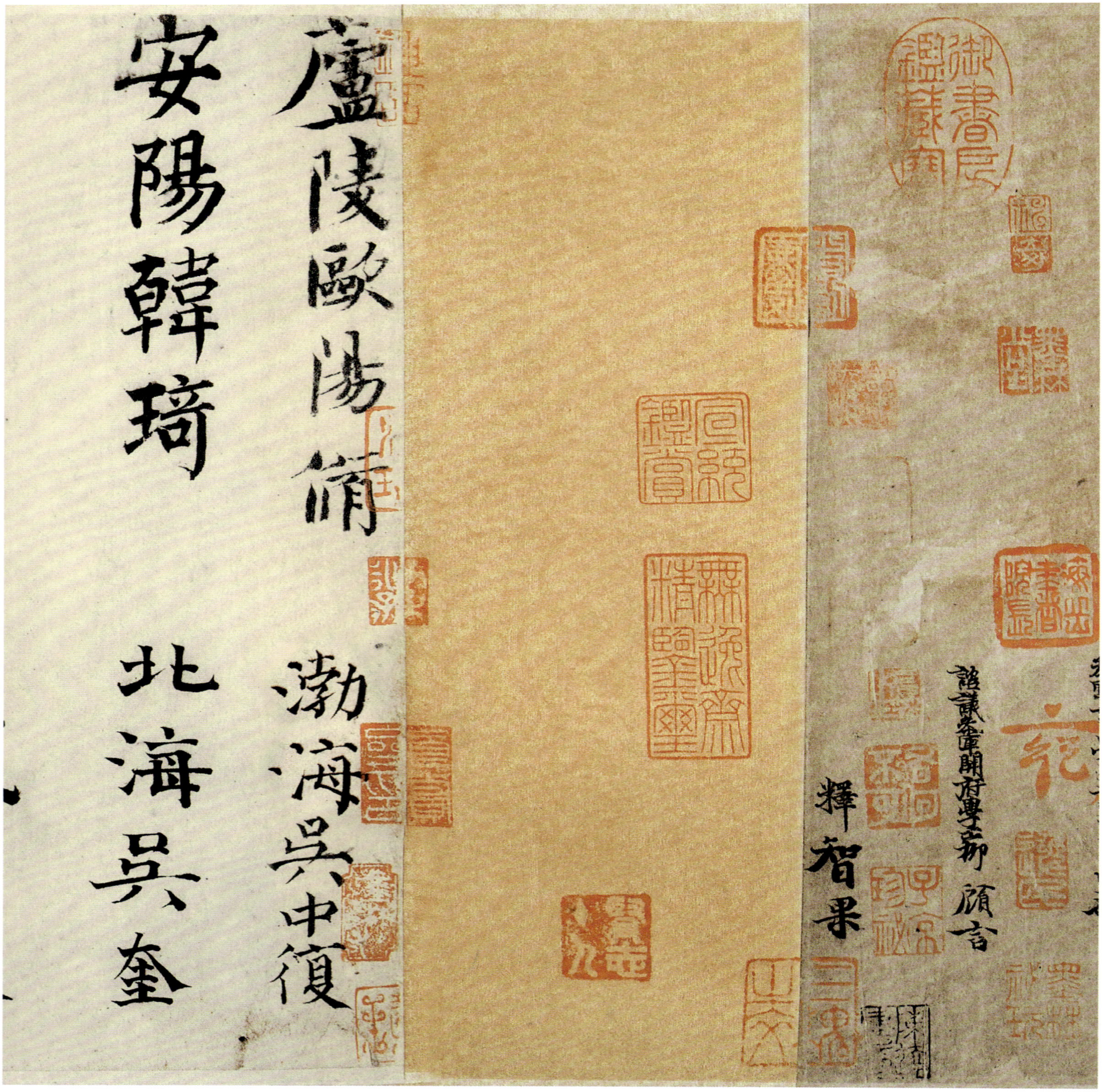

三七　平安帖・何如帖・奉橘帖　東晉　王羲之（之二）

安陽韓琦

舉正曾觀

北海吳奎

彭城劉敞

莆陽蔡襄

洛陽陸經

晉昌唐詢

沂國王繹

河南張靖譙秦玠河南王益柔

常山宋敏求成都李大臨丹楊

邵亢癸卯正月廿四日同閱

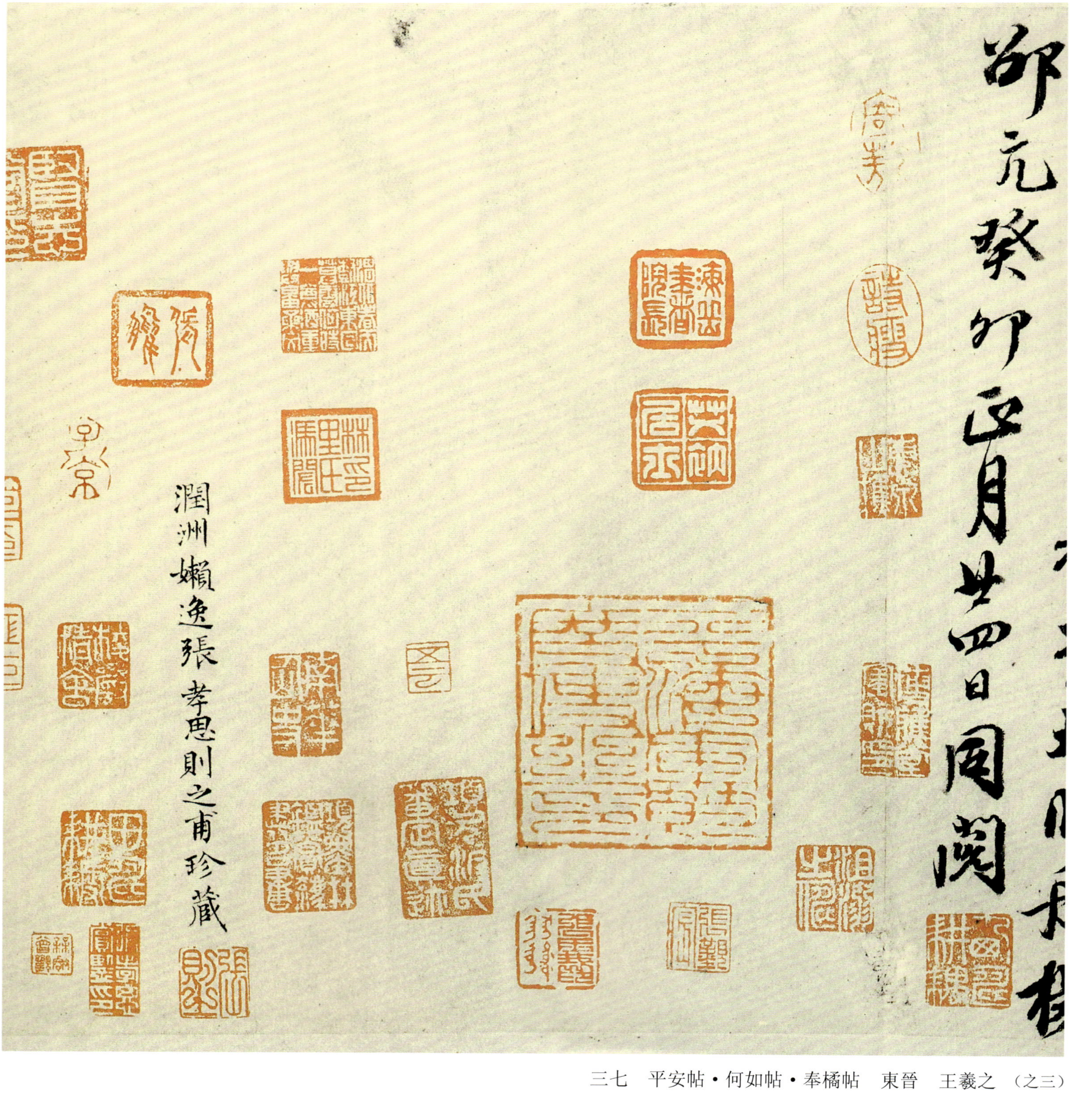

三七　平安帖·何如帖·奉橘帖　東晉　王羲之（之三）

宋御府珍秘晉右軍將軍王羲之平安何如
北平孫承澤曾觀

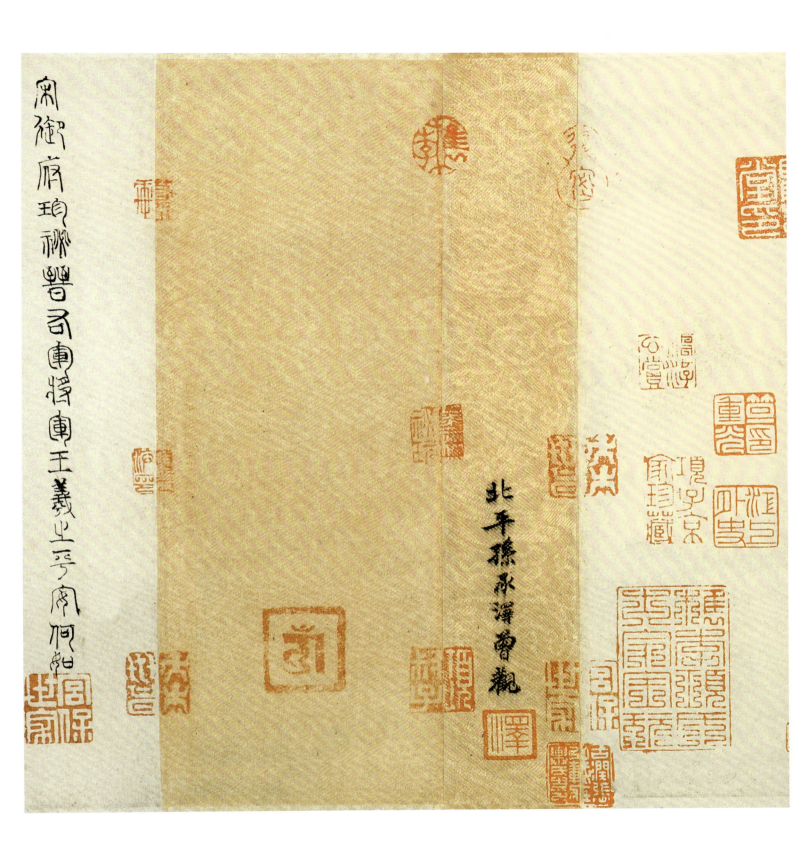

王羲之三帖

宋御府琅琊晉右軍將軍王羲之号南何如

奉橘帖

即嘉靖中尹仲殊載生魄橅李墨林項元汴鑑賞

玄宰先生家藏云項晤夫家藏有右軍奉

橘帖少多備載等　詠皆項氏之傳賣者夫不

跋卷後兩記之推書其矜重之玄余何幸為獲

睹此也耶於發浮其歲月云時戊戌仲秋之八日

東石樵逸張□

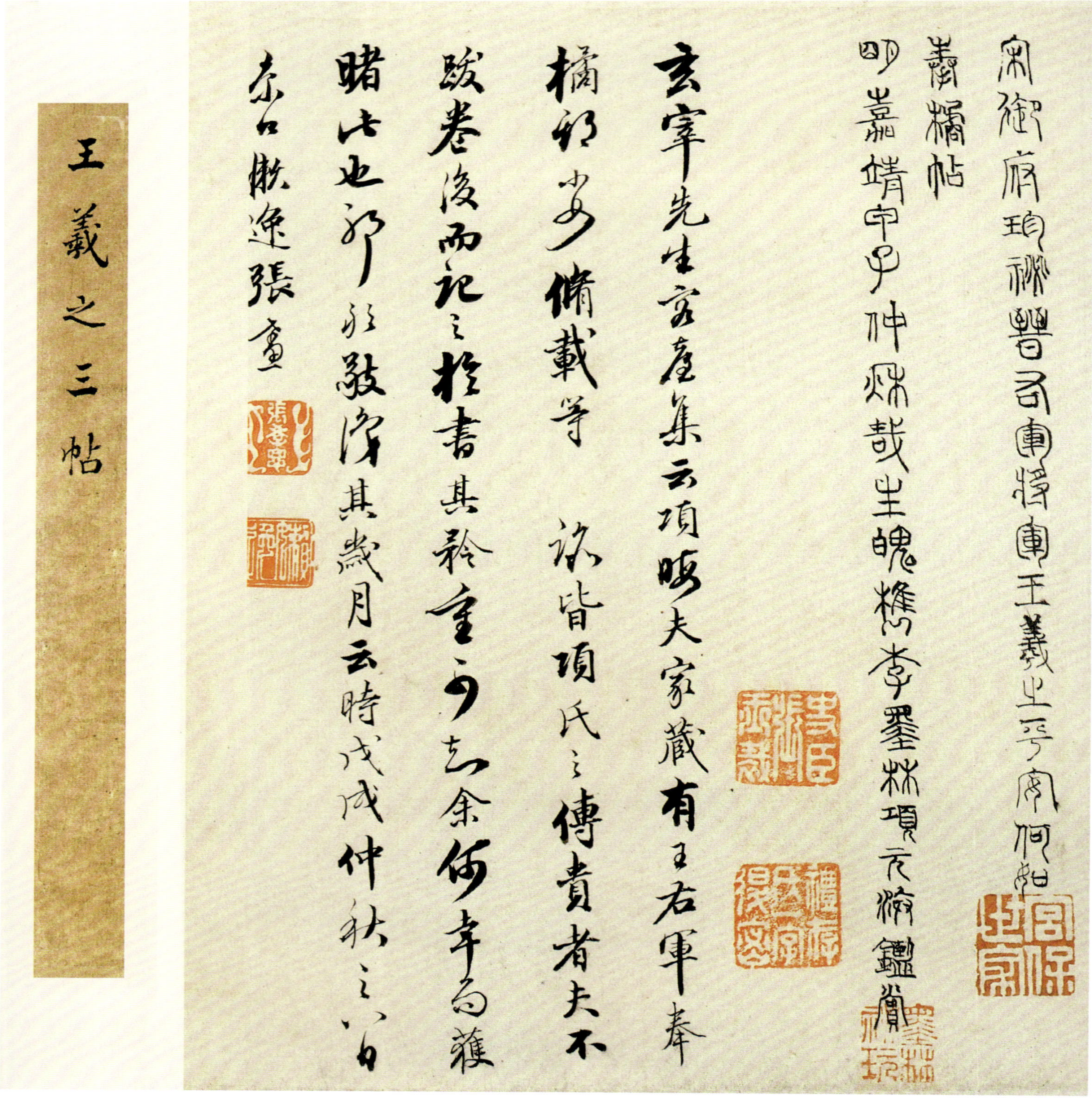

三七　平安帖·何如帖·奉橘帖　東晉　王羲之　（之四）

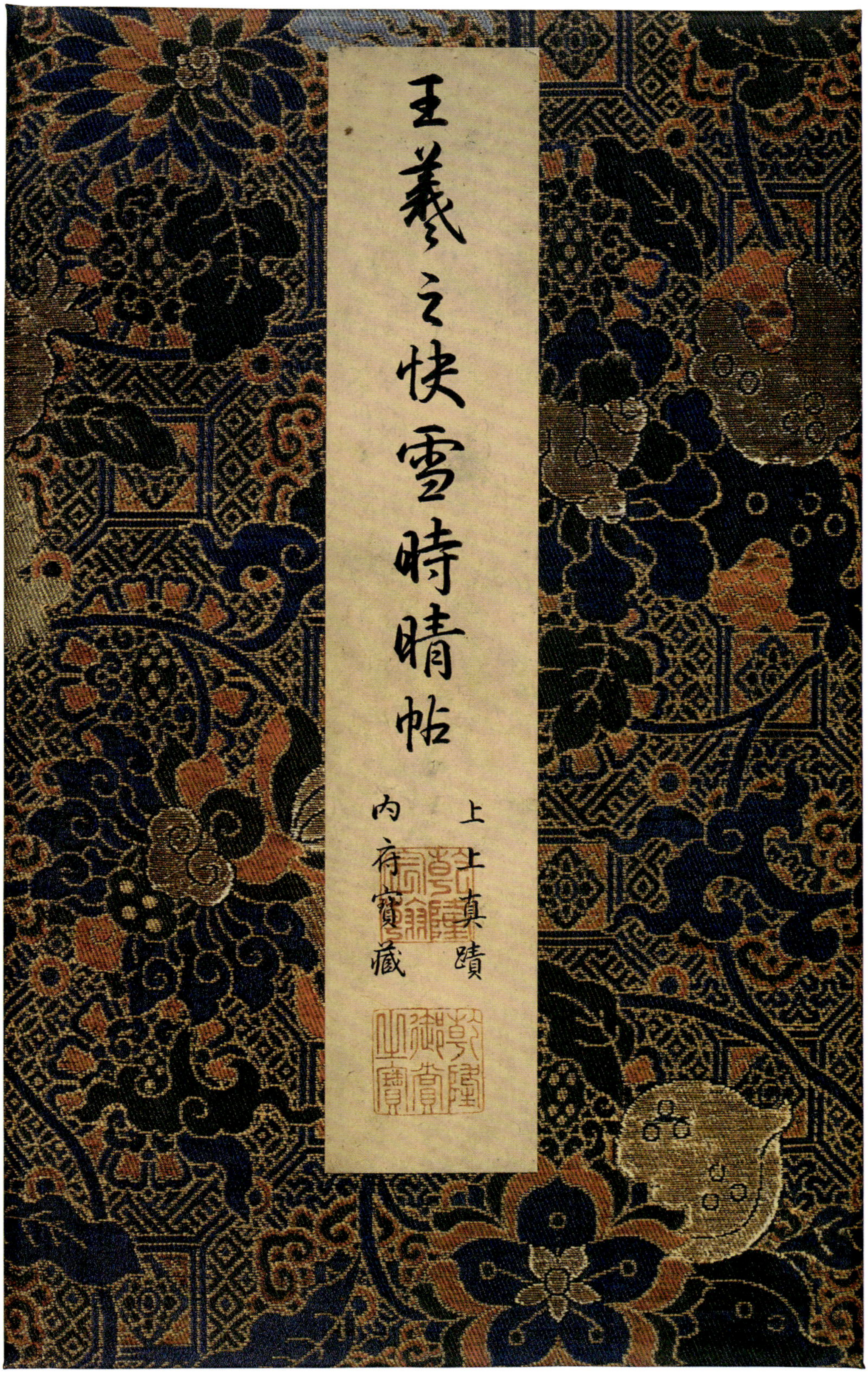

三八　快雪時晴帖　東晉　王羲之（之一）

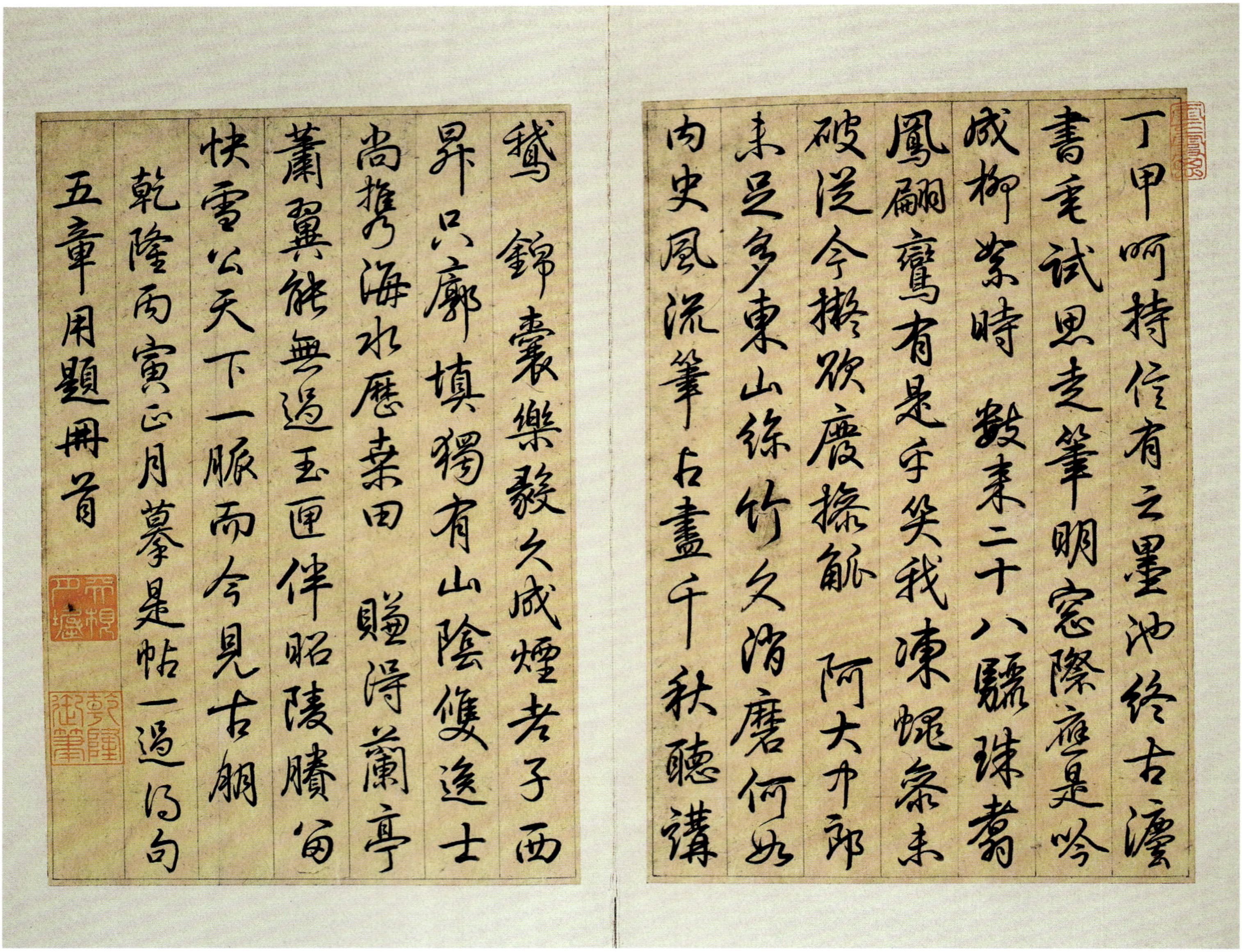

三八　快雪時晴帖　東晉　王羲之（之二）

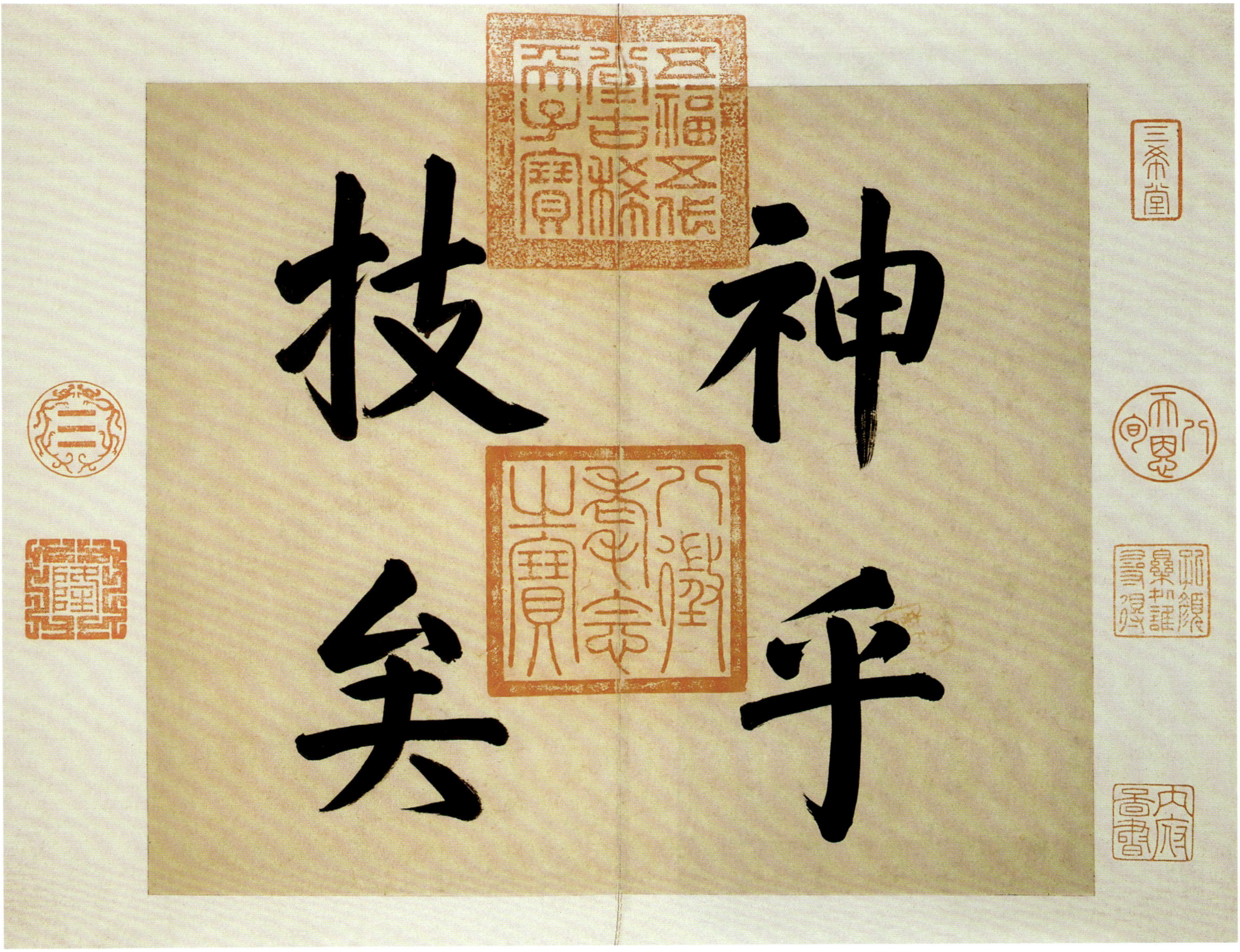

三八　快雪時晴帖　東晉　王羲之（之三）

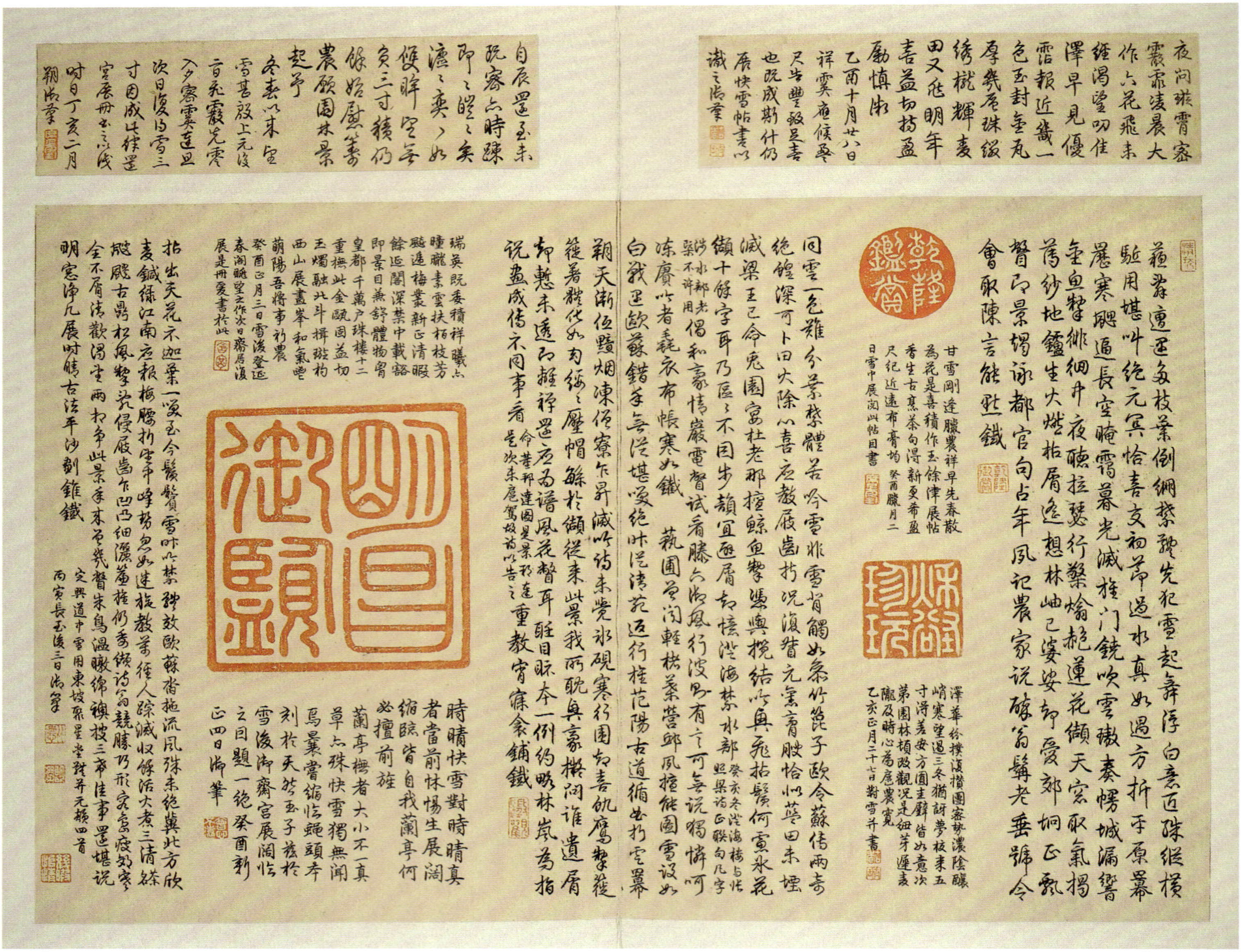

三八　快雪時晴帖　東晉　王羲之（之四）

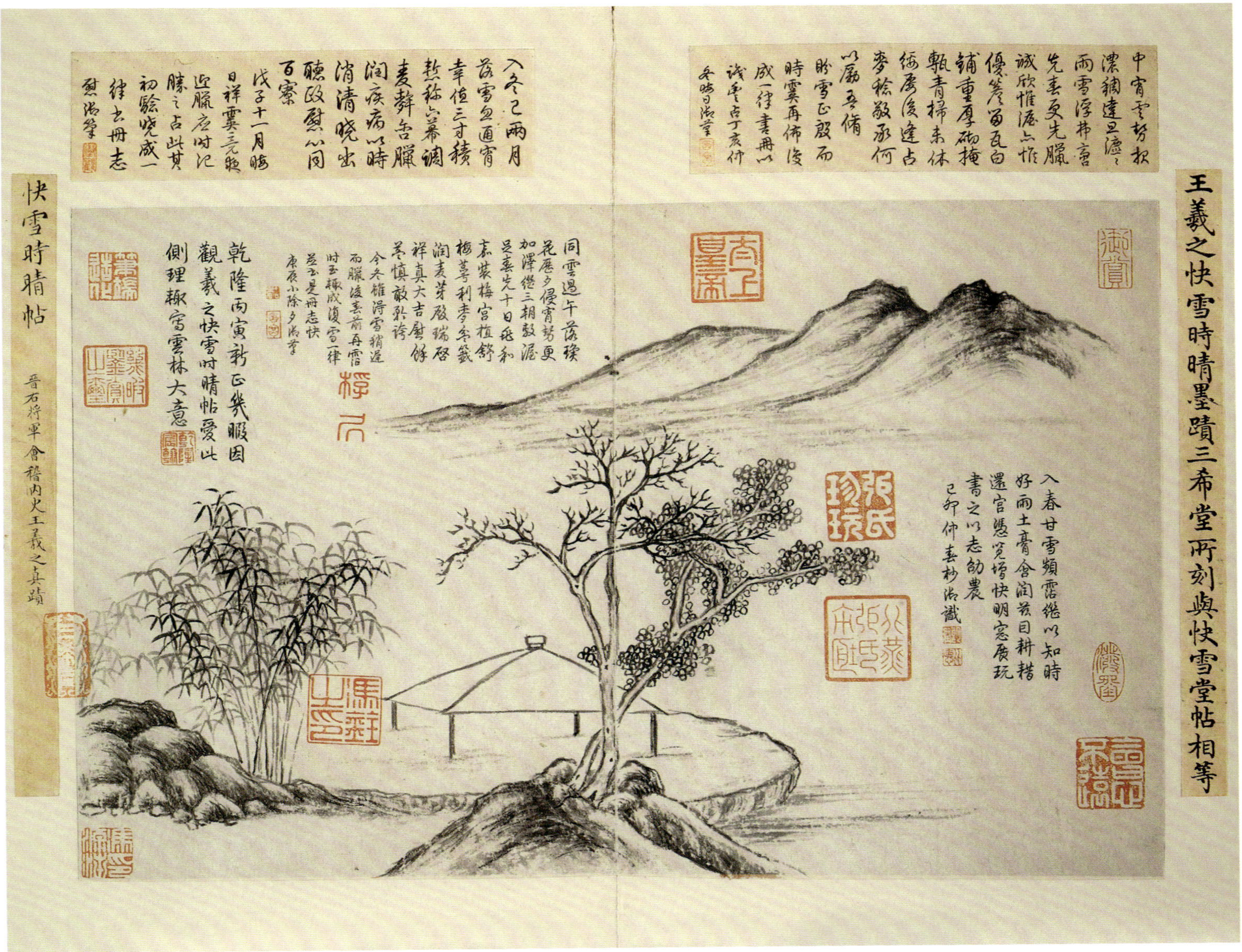

三八　快雪時晴帖　東晉　王羲之（之五）

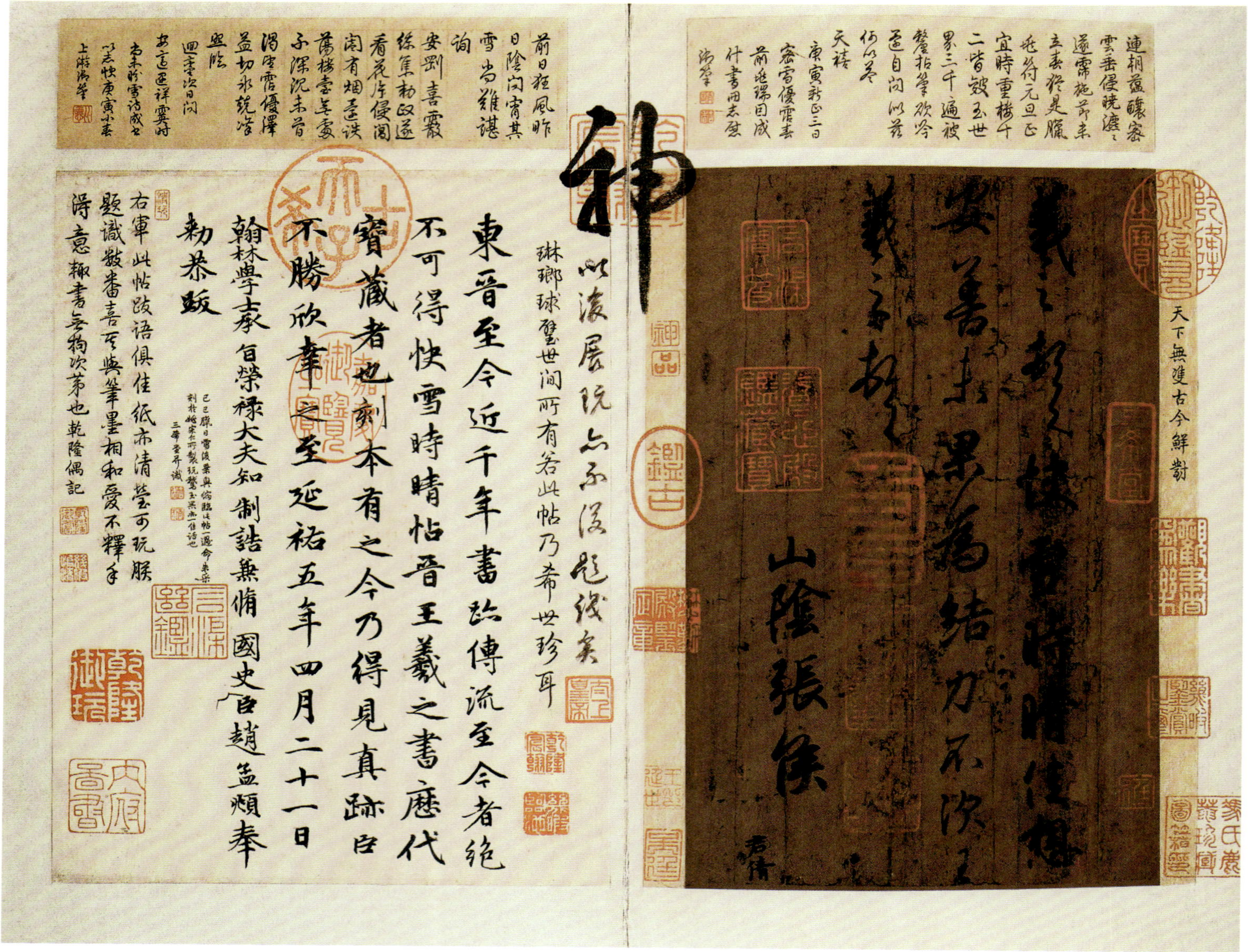

三八　快雪時晴帖　東晉　王羲之（之六）

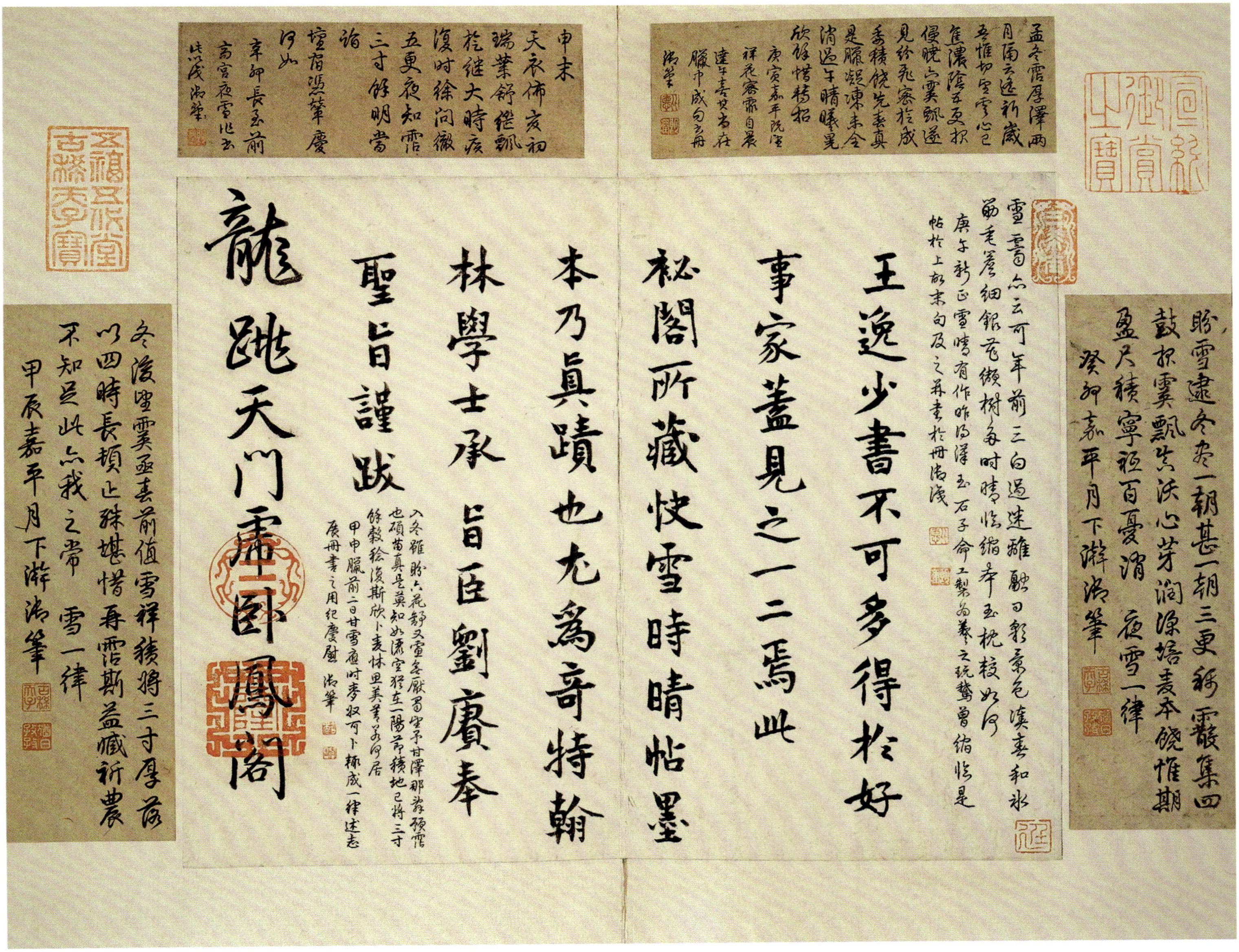

三八　快雪時晴帖　東晉　王羲之（之七）

集霰當窗辰末霏雲遂午巾漾、靜入夜習、
韋参風間向到五更止積末四寸同祈
恩蒙需深寅陪暢深衷　雪一律
乙巳冬玉月廿一日御筆

每對右軍此書報有成連海上之歎況甘雪
應時情景適合快何如之　庚午除夕前三日齋次

晉王羲之墨跡前賢已多論者當爲天下法書第一快雪時
晴帖歷年雖遠神物護持不至磨滅傳之今日甚可珍藏也又

使四海之內學儒諸生知

萬幾之暇不事遊畋不寶珠玉博古尚文致精如此延祐五年

賜進士及第翰林待制承直郎薫　國史院編修官臣護都沓兒奉

四月廿三日

勅恭跋

放勳令羲和定時以閏月今歲閏在春二月不妨雪窗雪連宵
旦庭樹疏陰歌時而散永花時雨漫屑但覺素融盤不畏寒
粟冽縱賞嘉固佳倚岑興堪結披井乳形酥壓梅霄坐折分茶
漱芳潤展疏帖抱清絕破臘琴坐綵素景屑心別已疾氣昭羅宜
青月軍潤白詩遣遶袭事同異至說堪方雨有蜜漫比霜不殺
孫賦幺熟讀詼歇閏候蓬華農語有明潊末至清明節
白居易韻偶展右軍帖遂書冊上　乾隆御識

醖釀連三日髣髴徽一宵坐深因丞慰問夜
連棠胡紲瓦玉房墨帆松花作標誇
嵁當詞掛欽謝場貂俄夜雪一律
丙午孟冬月廿九日御筆

入晚復飄雪
達晨察間蹤
未將桑二寸來
是樂三條澤
也日因潤愔
邦心那舒乎
知葚爲過觀過
或云乎
癸巳仲冬二
日雪成什積

夜醒聞軍報
印籍雪窗鋪
三更逐颭庱
五夜罷紛紛
帚致慉愔錐
先十日待晴錐
那縱等
壬辰小春十
有八日夜雪
成什明宗積
雲暎素展冊
怡笀御筆

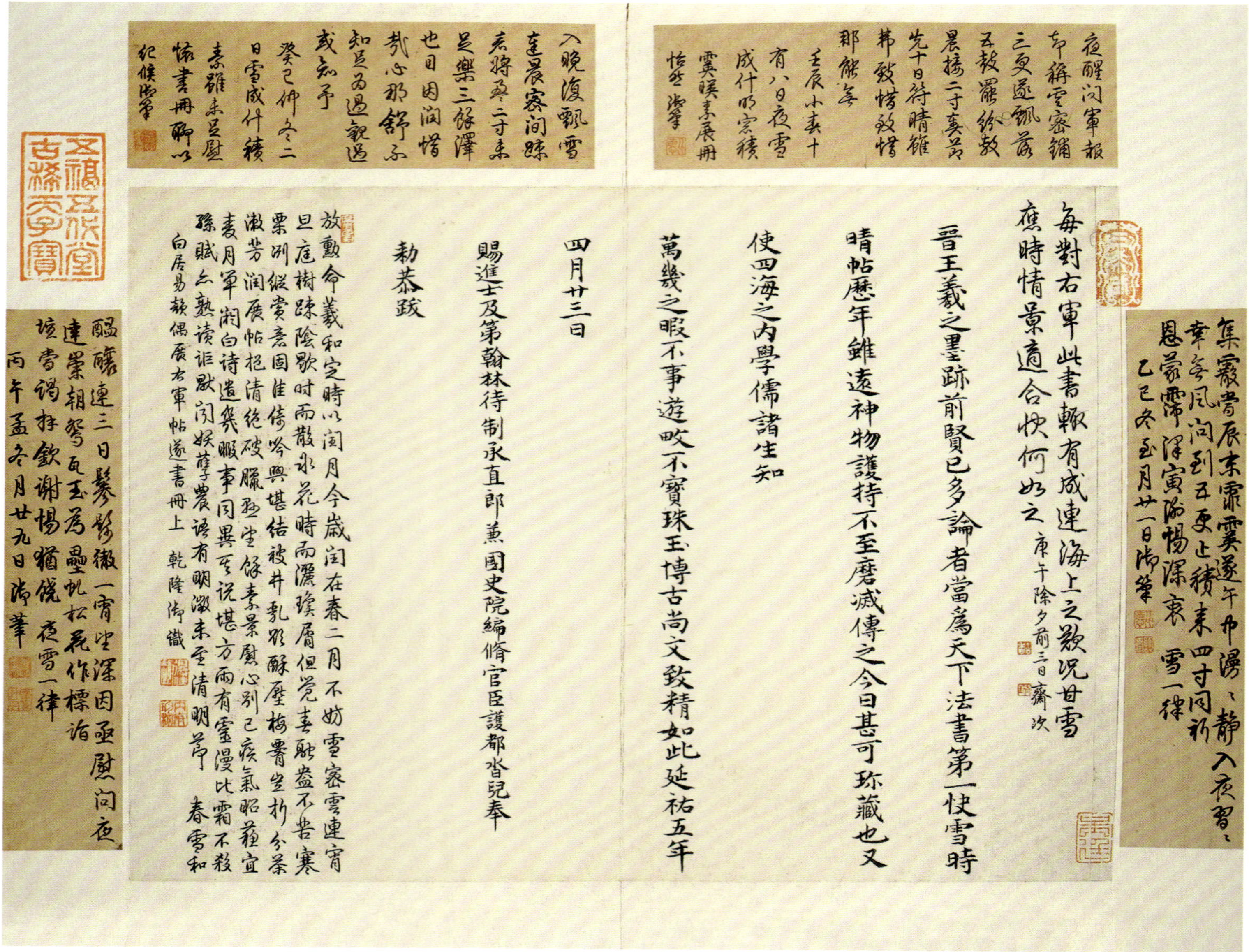

三八　快雪時晴帖　東晉　王羲之　（之八）

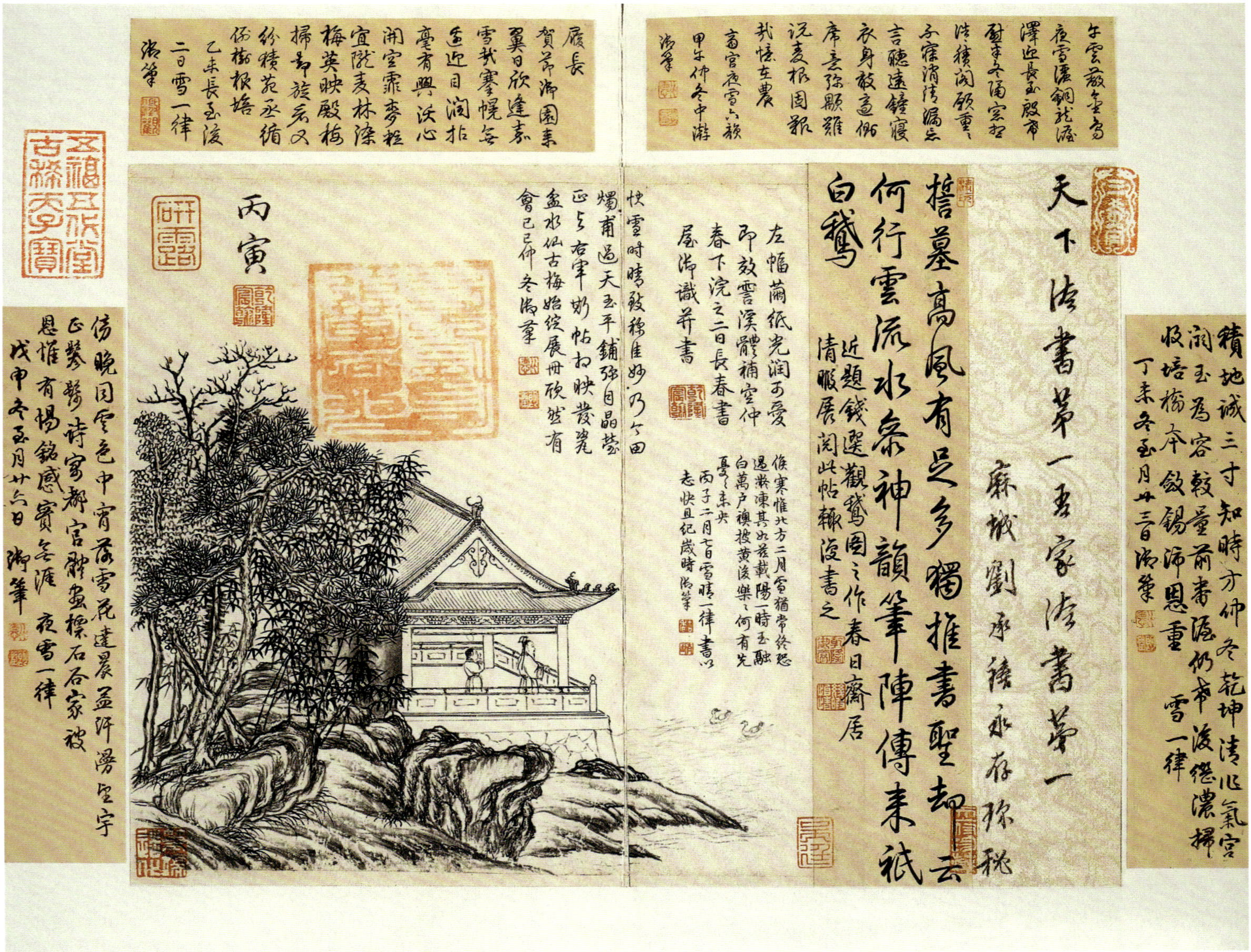

三八　快雪時晴帖　東晉　王羲之（之九）

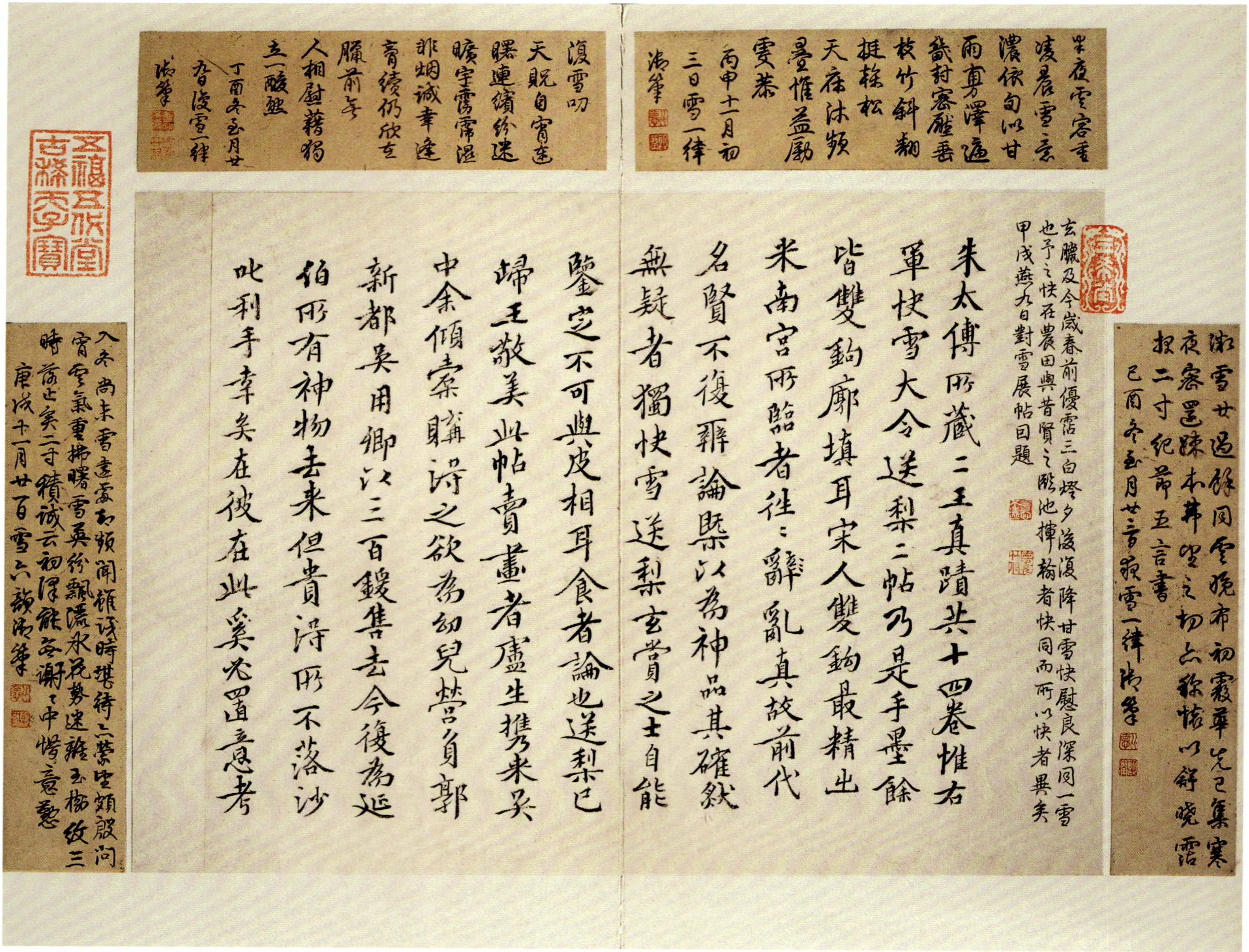

三八　快雪時晴帖　東晉　王羲之（之一〇）

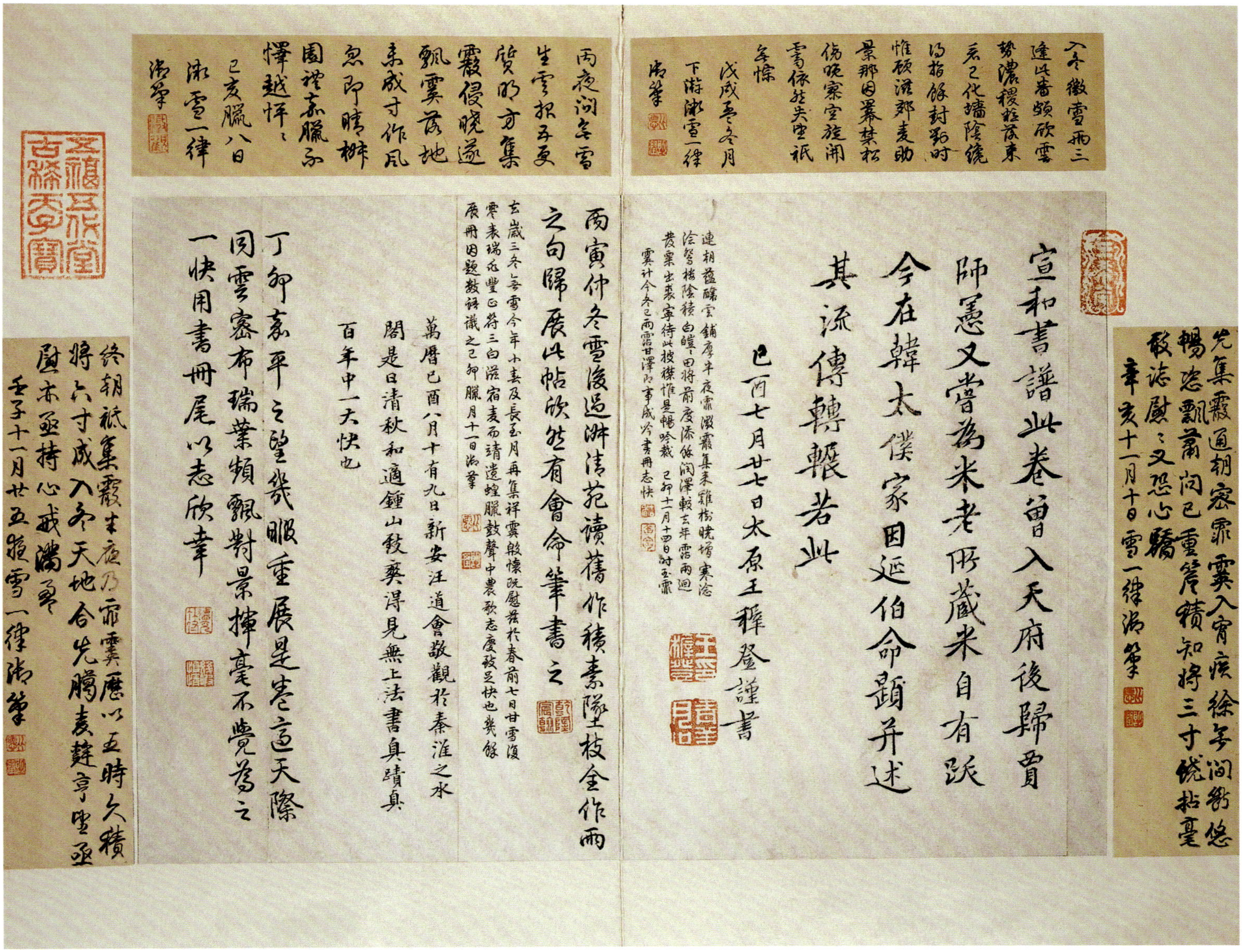

三八　快雪時晴帖　東晉　王羲之（之一一）

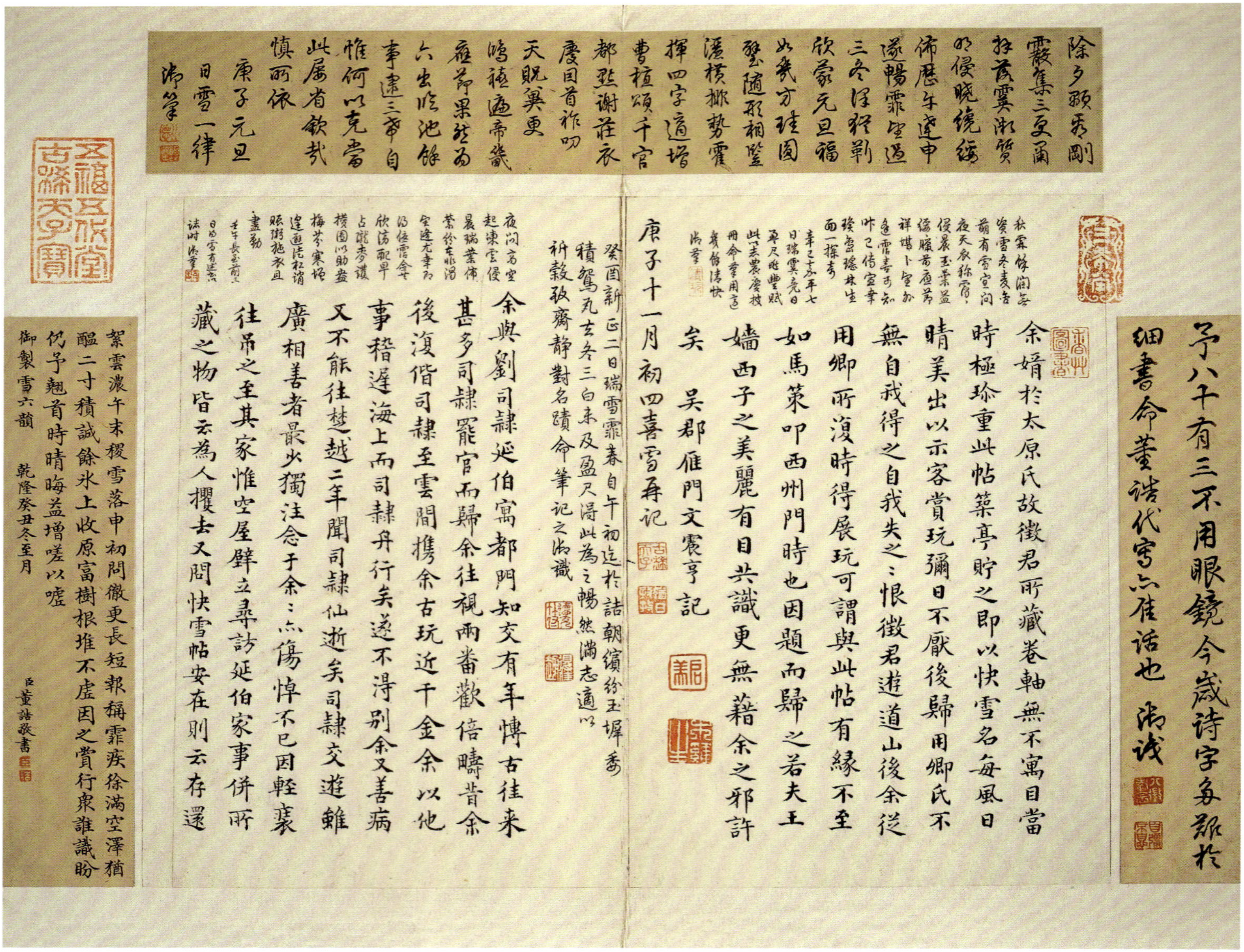

三八　快雪時晴帖　東晉　王羲之（之一二）

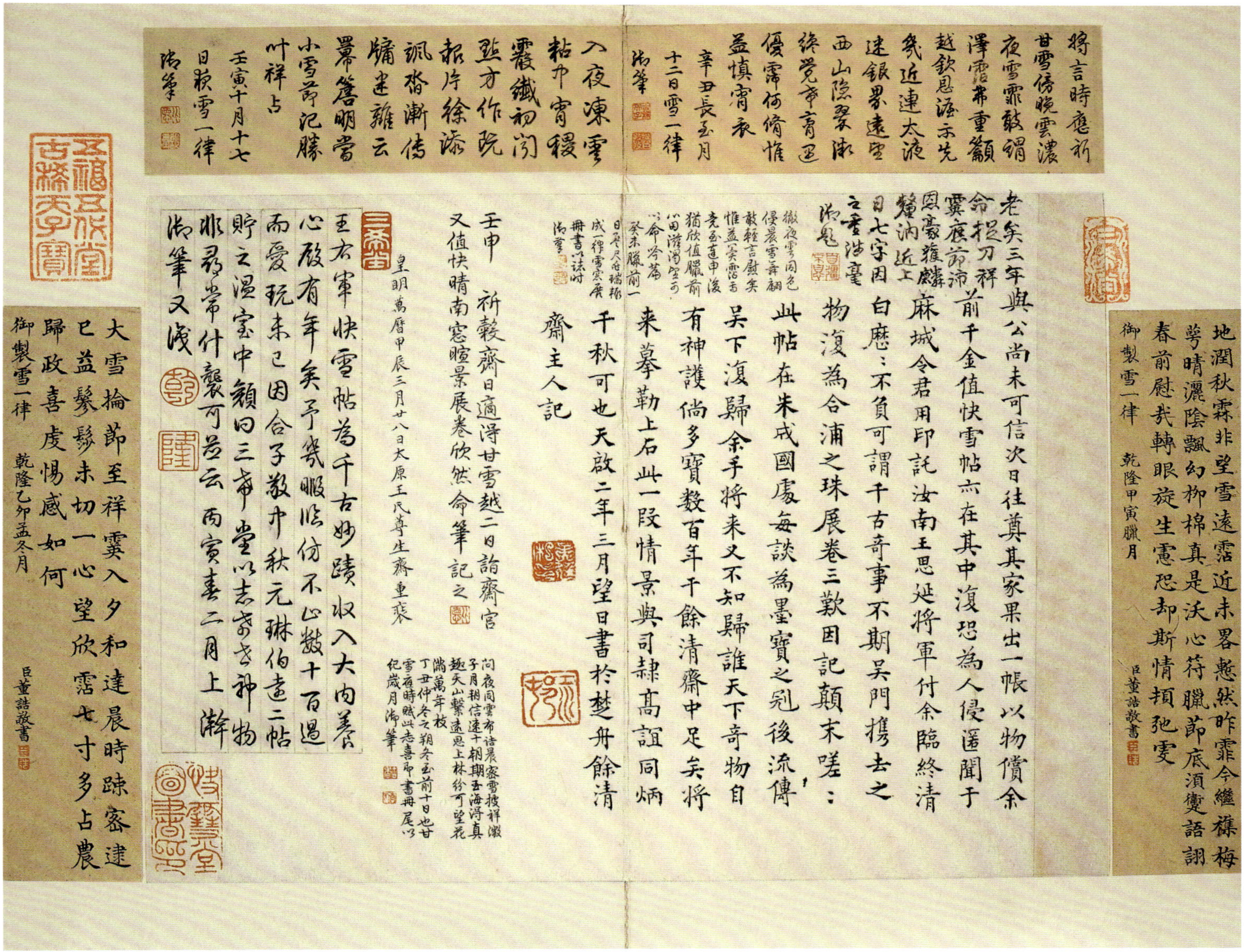

三八　快雪時晴帖　東晉　王羲之（之一三）

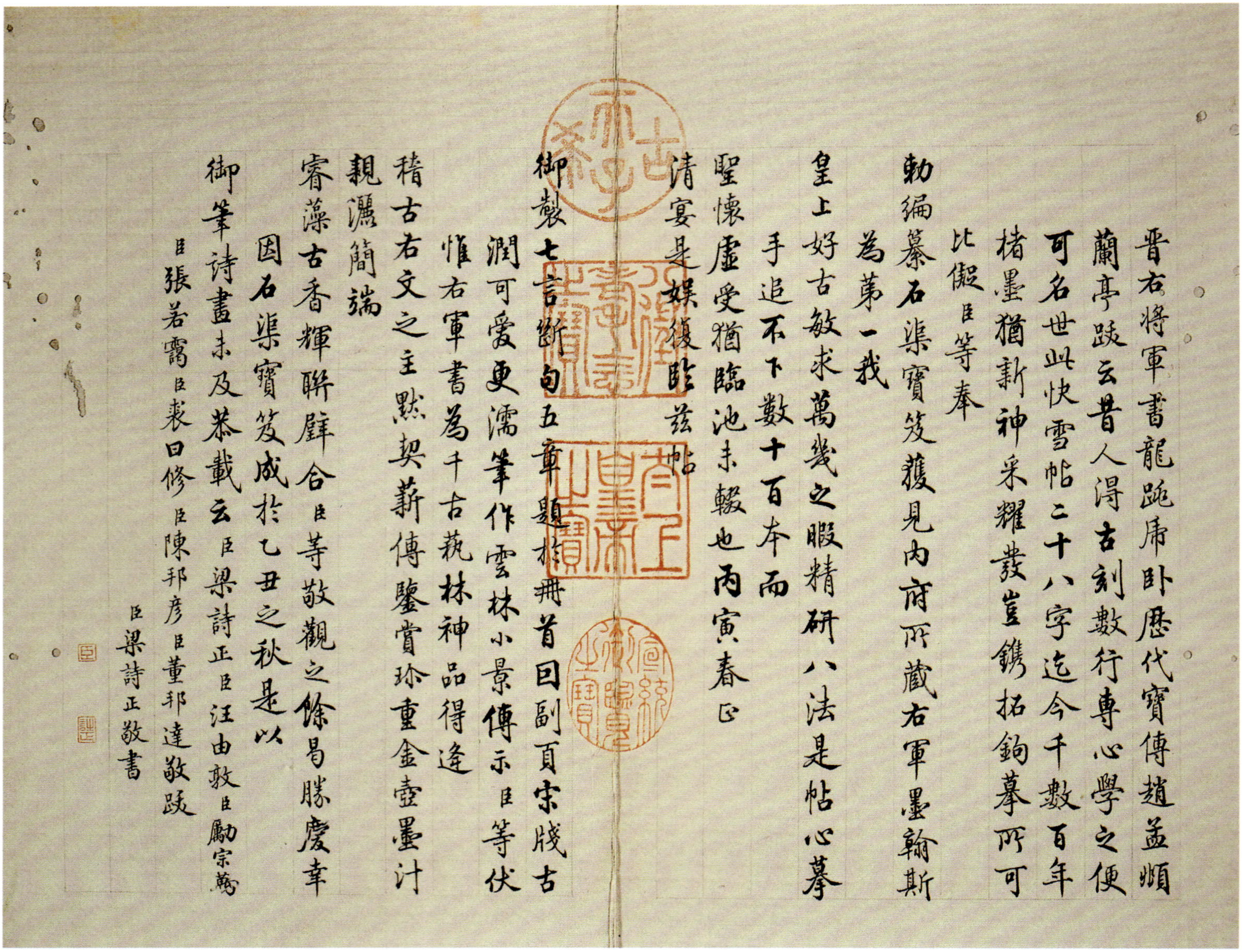

晋右將軍書龍跳虎卧歷代寶傳趙孟頫
蘭亭跋云昔人得古刻數行專心學之便
可名世此快雪帖二十八字迄今千數百年
楮墨猶新神采耀發豈鐫拓鉤摹所可
比儗臣等奉
勅編纂石渠寶笈獲見内府所藏右軍墨翰斯
為第一我
皇上好古敏求萬幾之暇精研八法是帖心摹
手追不下數十百本而
聖懷虚受猶臨池未輟也丙寅春正
清宴是娱復臨兹帖
御製七言斷句五章題於册首曰副頁宋牋古
潤可愛更濡筆作雲林小景傳示臣等伏
惟右軍書為千古藝林神品得逢
稽古右文之主默契薪傳鑒賞珍重金壺墨汁
親灑簡端
睿藻古香輝聯璧合臣等敬觀之餘曷勝慶幸
因石渠寶笈成於乙丑之秋是以
御筆詩畫未及恭載云臣梁詩正臣汪由敦臣勵宗萬
臣張若靄臣裘曰修臣陳邦彦臣董邦達敬跋
臣梁詩正敬書

三八　快雪時晴帖　東晉　王羲之（之一四）

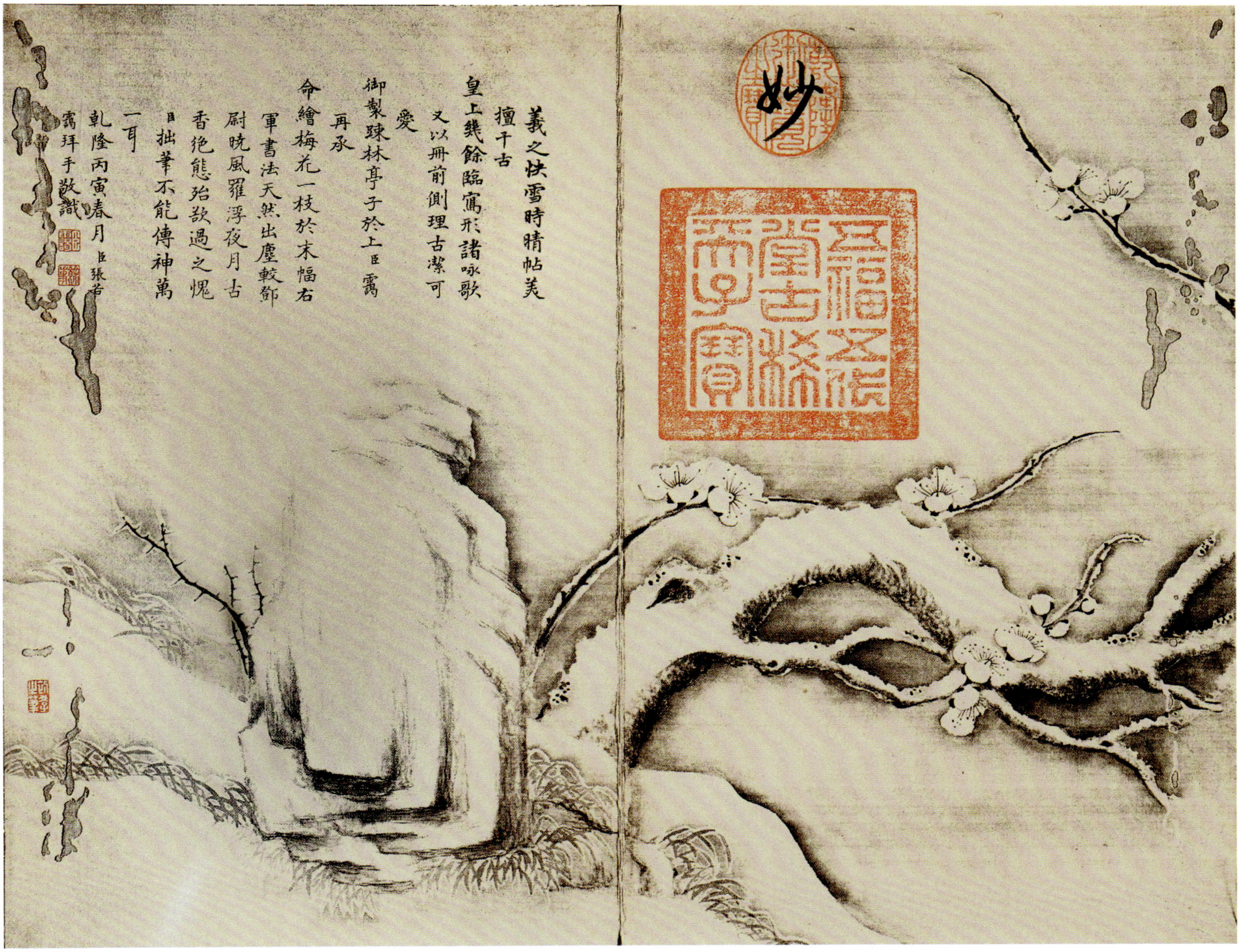

三八　快雪時晴帖　東晉　王羲之（之一五）

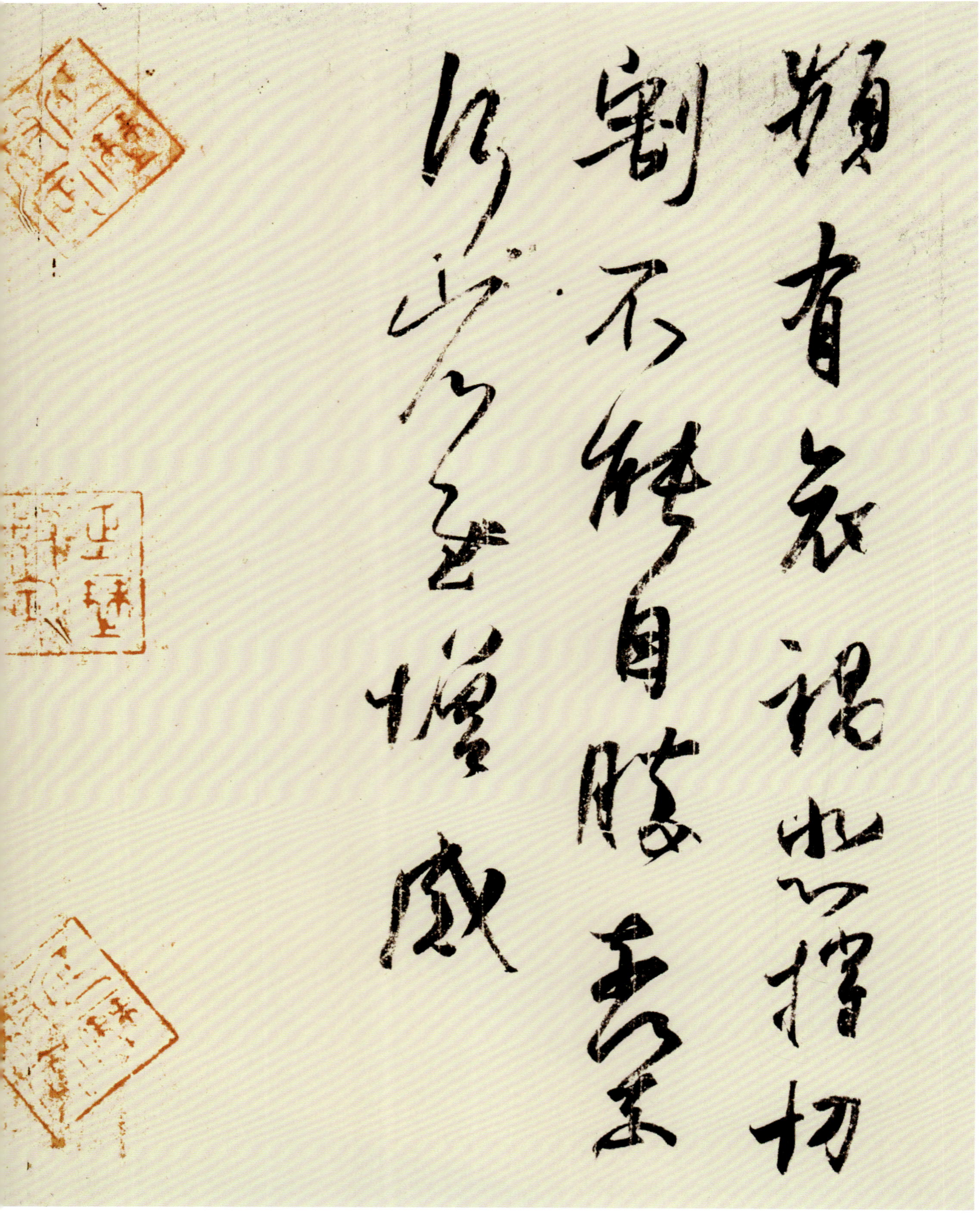

三九　頻有哀禍·孔侍中帖　東晉　王羲之

九月十七日羲之報且因
孔侍中信書想必至不
知領軍疾後問
憂懸不能須臾忘心
故旨遣取消息羲之
報

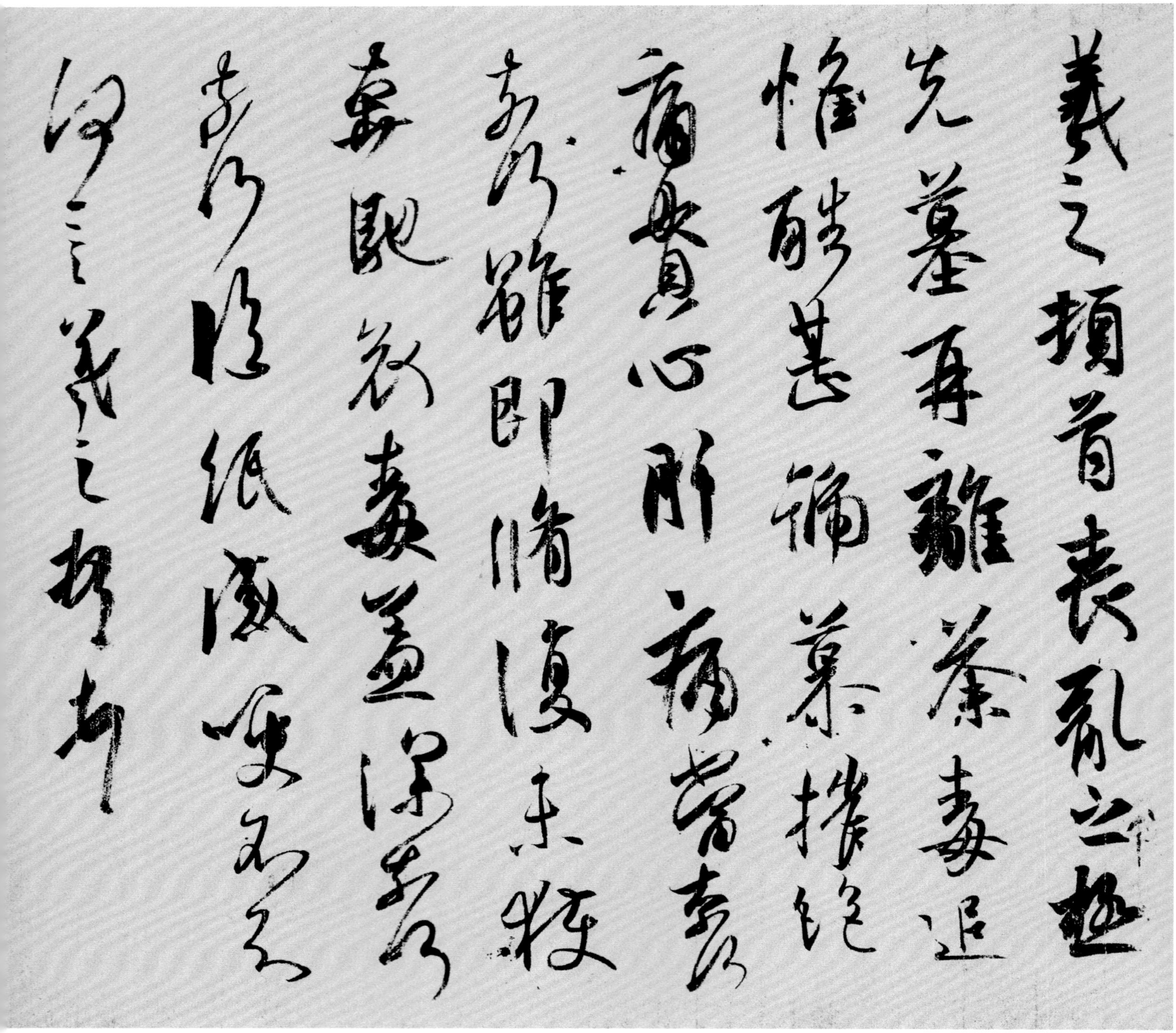

四〇　喪亂帖・二謝帖・得示帖　東晉　王羲之

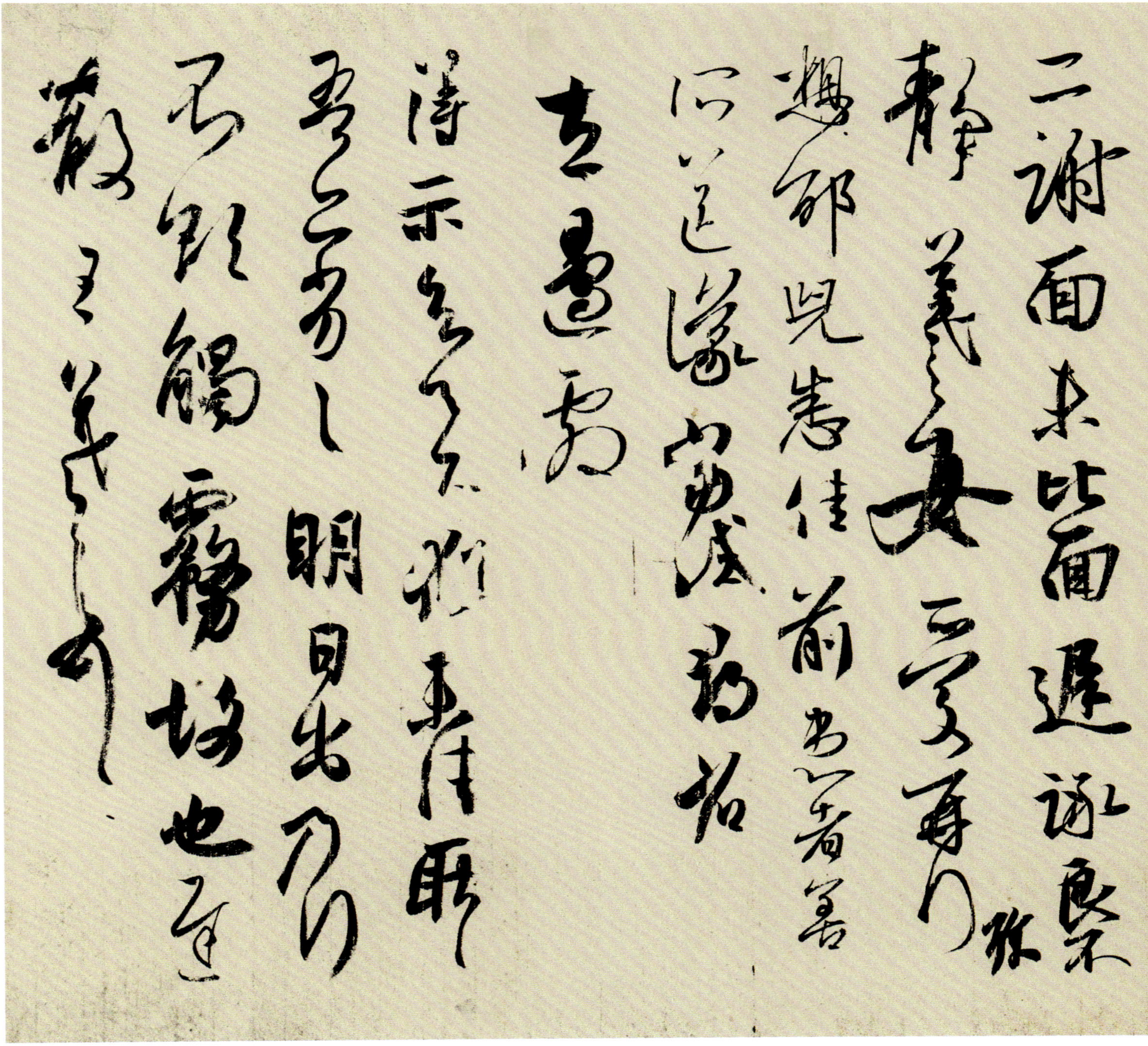
二謝面未比面遲詠良不
靜羲之女愛再拜
想邵兒悉佳前患者善
所送議當試尋省
左邊劇
得示知足下猶未佳耿耿
吾亦劣劣明日出乃行
不欲觸霧故也遲
散王羲之頓首

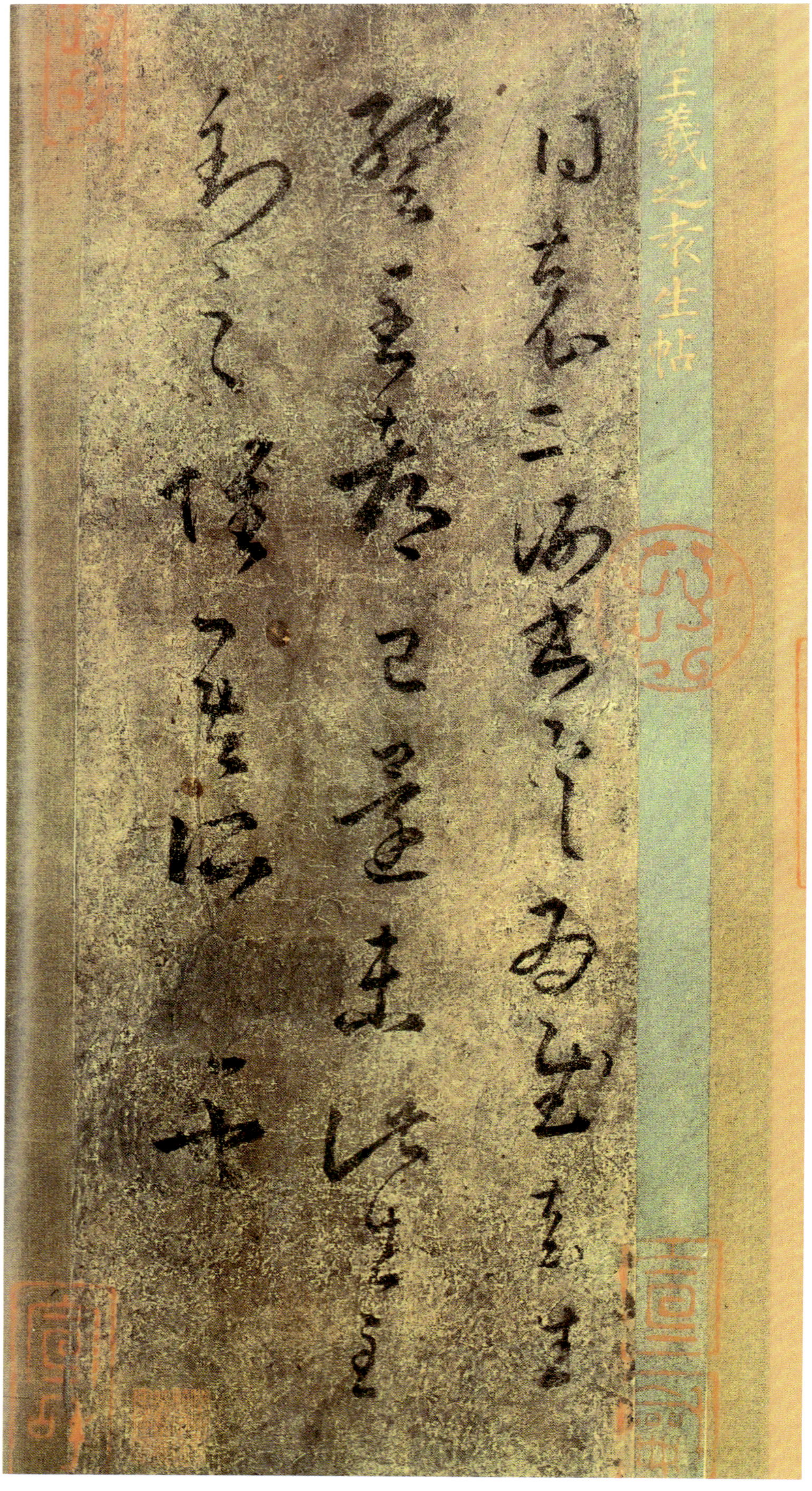

四一　袁生帖　東晉　王羲之（之一）

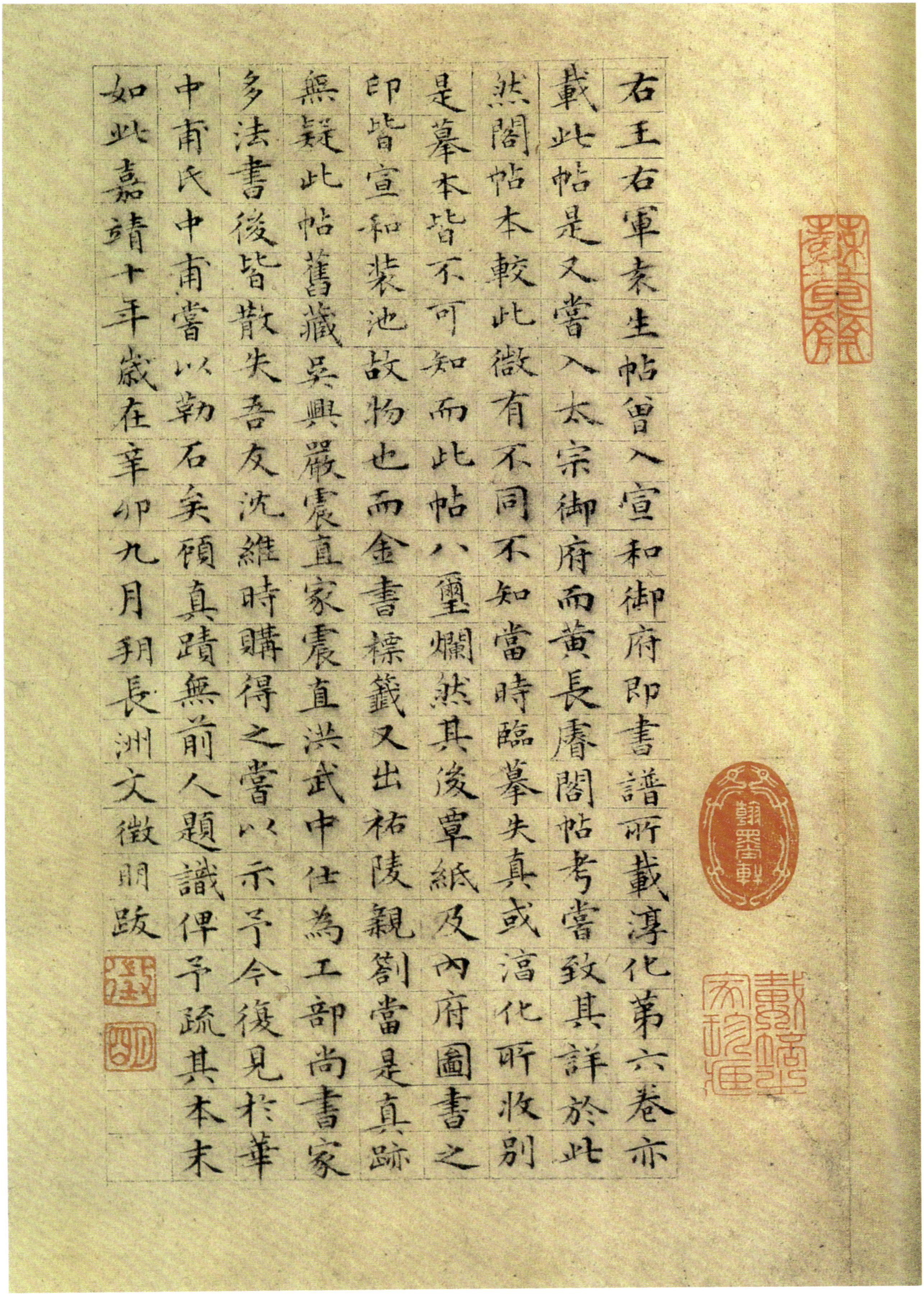
右王右軍袁生帖曾入宣和御府即書譜所載淳化第六卷亦載此帖是又嘗入太宗御府而黃長睿閣帖考嘗致其詳於此然閣帖本較此微有不同不知當時臨摹失真或淳化所收別是摹本皆不可知而此帖八璽爛然其後覃紙及內府圖書之印皆宣和裝池故物也而金書標籤又出祐陵親劄當是真跡無疑此帖舊藏吳興嚴震直家震直洪武中仕為工部尚書家多法書後皆散失吾友沈維時購得之嘗以示予今復見於華中甫氏中甫嘗以勒石矣顧真蹟無前人題識俾予疏其本末如此嘉靖十年歲在辛卯九月朔長洲文徵明跋

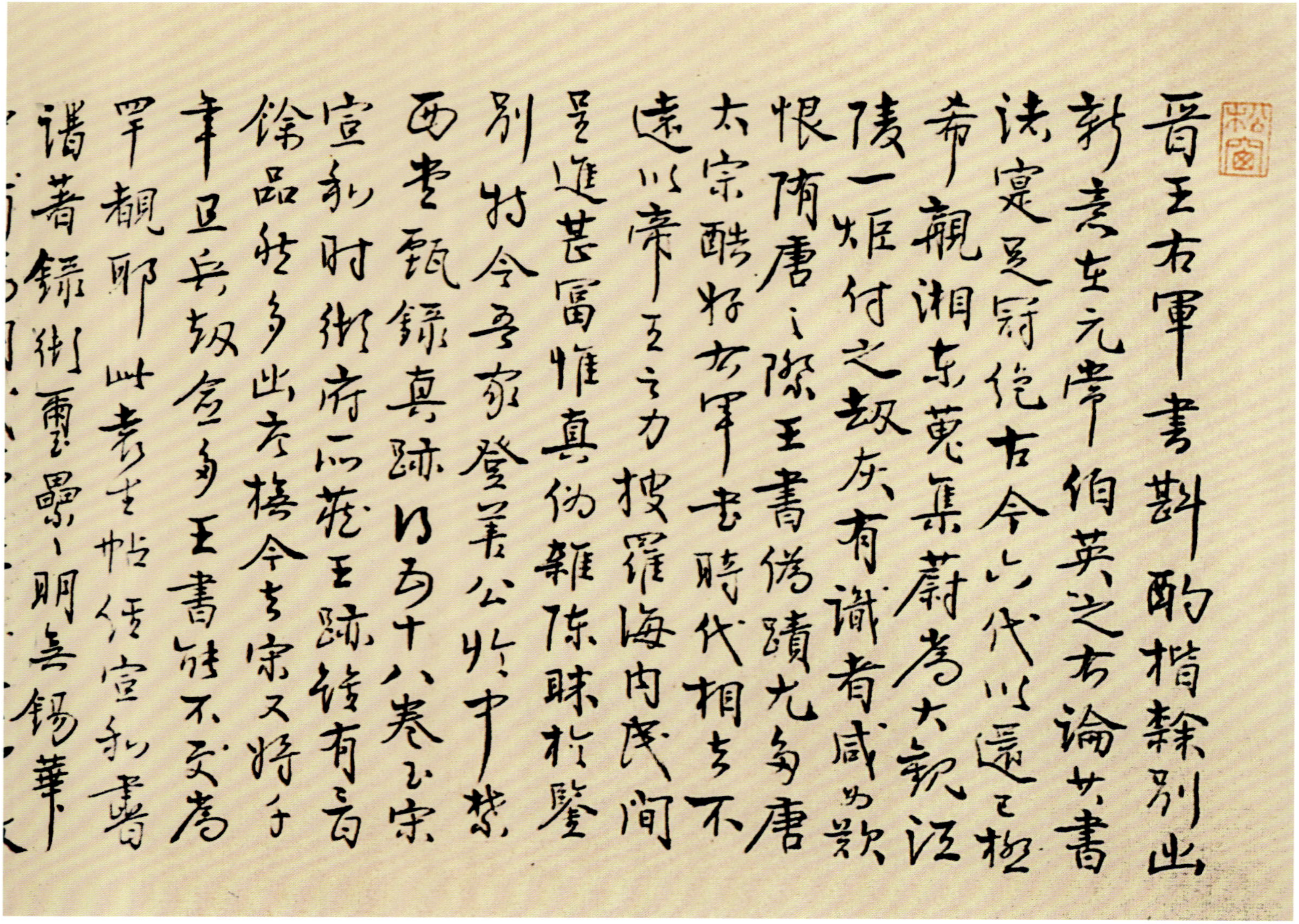

四一　袁生帖　東晉　王羲之（之三）

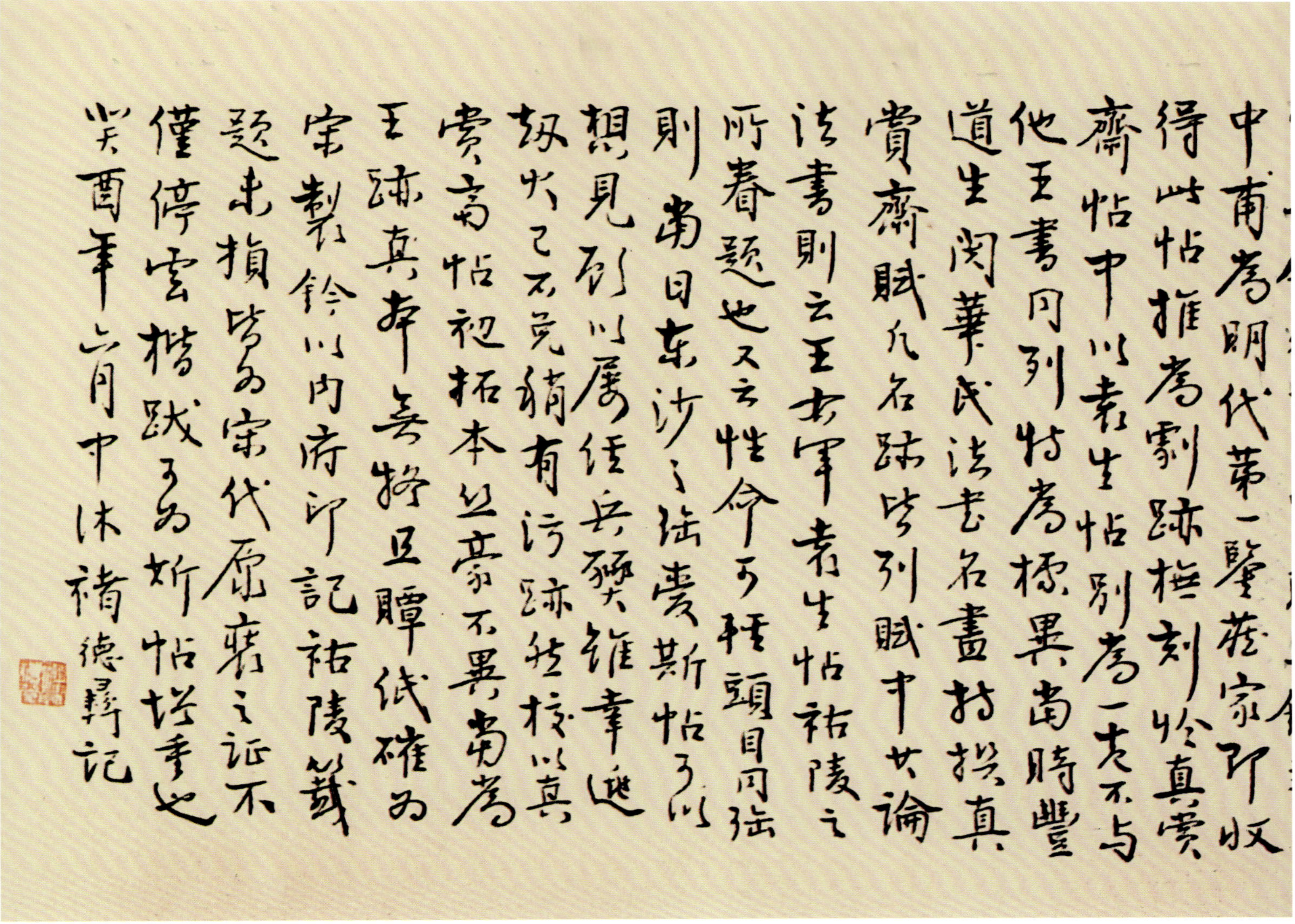
中甫爲明代第一鑒藏家所收
得此帖推爲劉跡極刻於真賞
齋帖中以袁生帖別爲一卷不與
他王書同列特爲標異當時豐
道生閱華氏法書名畫於真
賞齋賦凡名跡皆列賦中其論
法書則云王右軍袁生帖祐陵之
所奉題也又云性命可輕頭目同殉
則當日東沙之寶斯帖可以
想見劉以屢經兵燹雖幸遞
存於今已不免稍有污跡然較以真
賞齋帖初拓本並豪不異尚爲
王跡真本無疑且瞕紙確爲
宋製鈐以內府印記祐陵籤
題未損皆爲宋代原裝之証不
僅停雲楷跋爲斯帖增重也
癸酉年六月中休褚德彝記

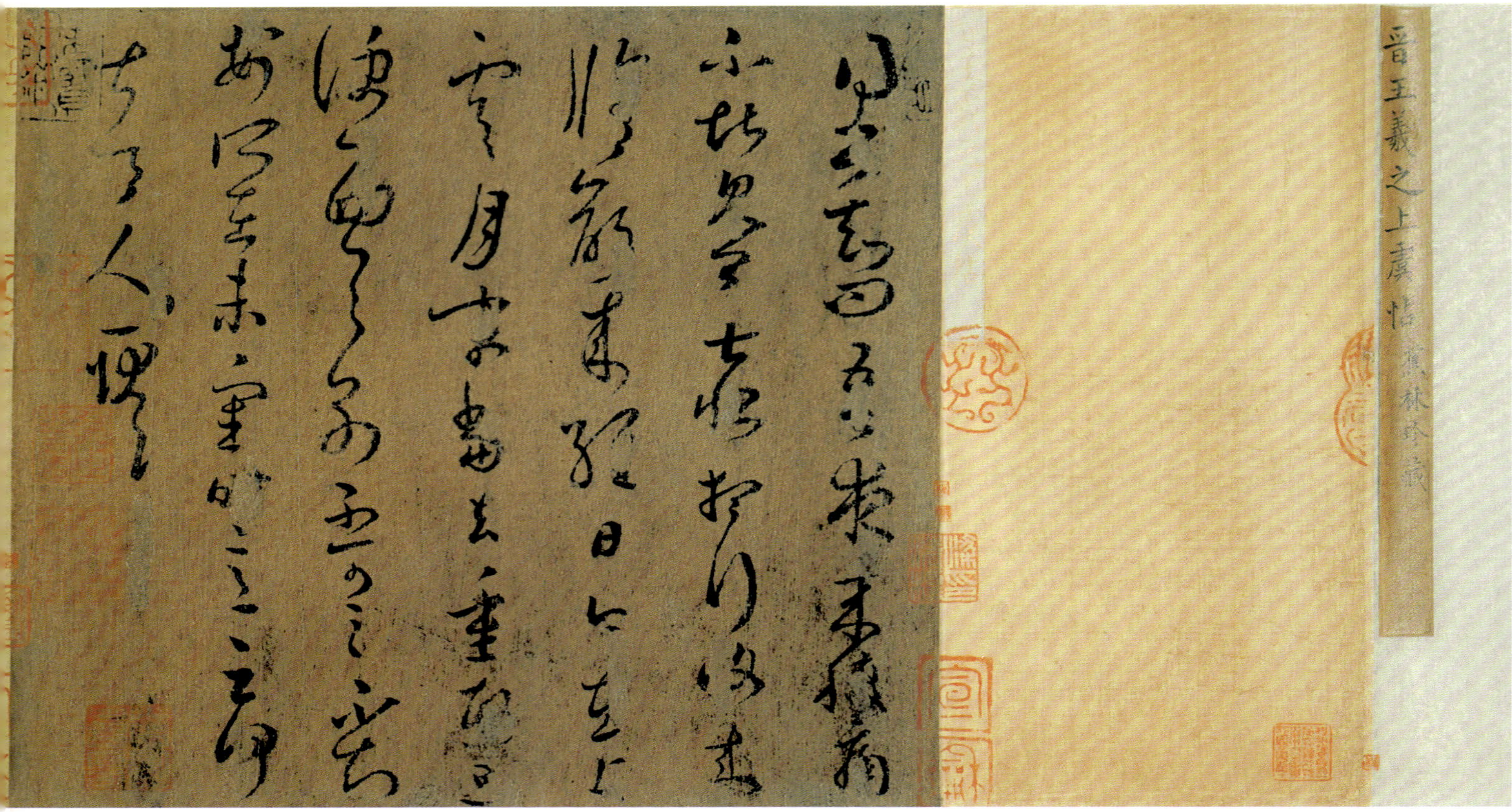
晉王羲之上虞帖 蕉林珍藏

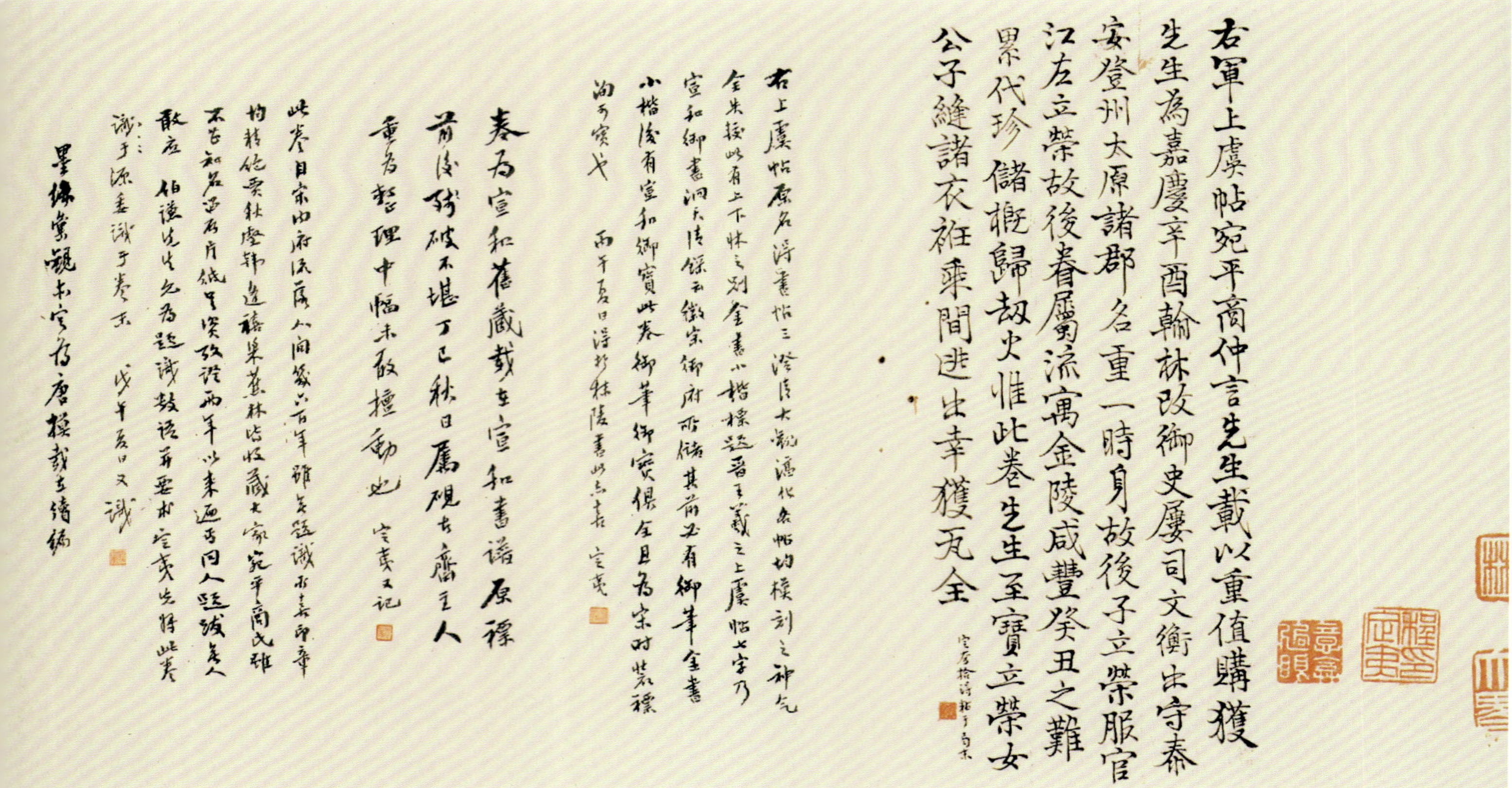
右軍上虞帖宛平商仲言先生載以重值購獲
先生為嘉慶辛酉翰林改御史屢司文衡出守泰
安登州太原諸郡名重一時身故後子立榮服官
江左立榮故後眷屬流寓金陵咸豐癸丑之難
累代珍儲概歸劫火惟此卷先生至寶立榮女
公子縫諸衣袵乘間迸出幸獲完全

四二　上虞帖　東晉　王羲之

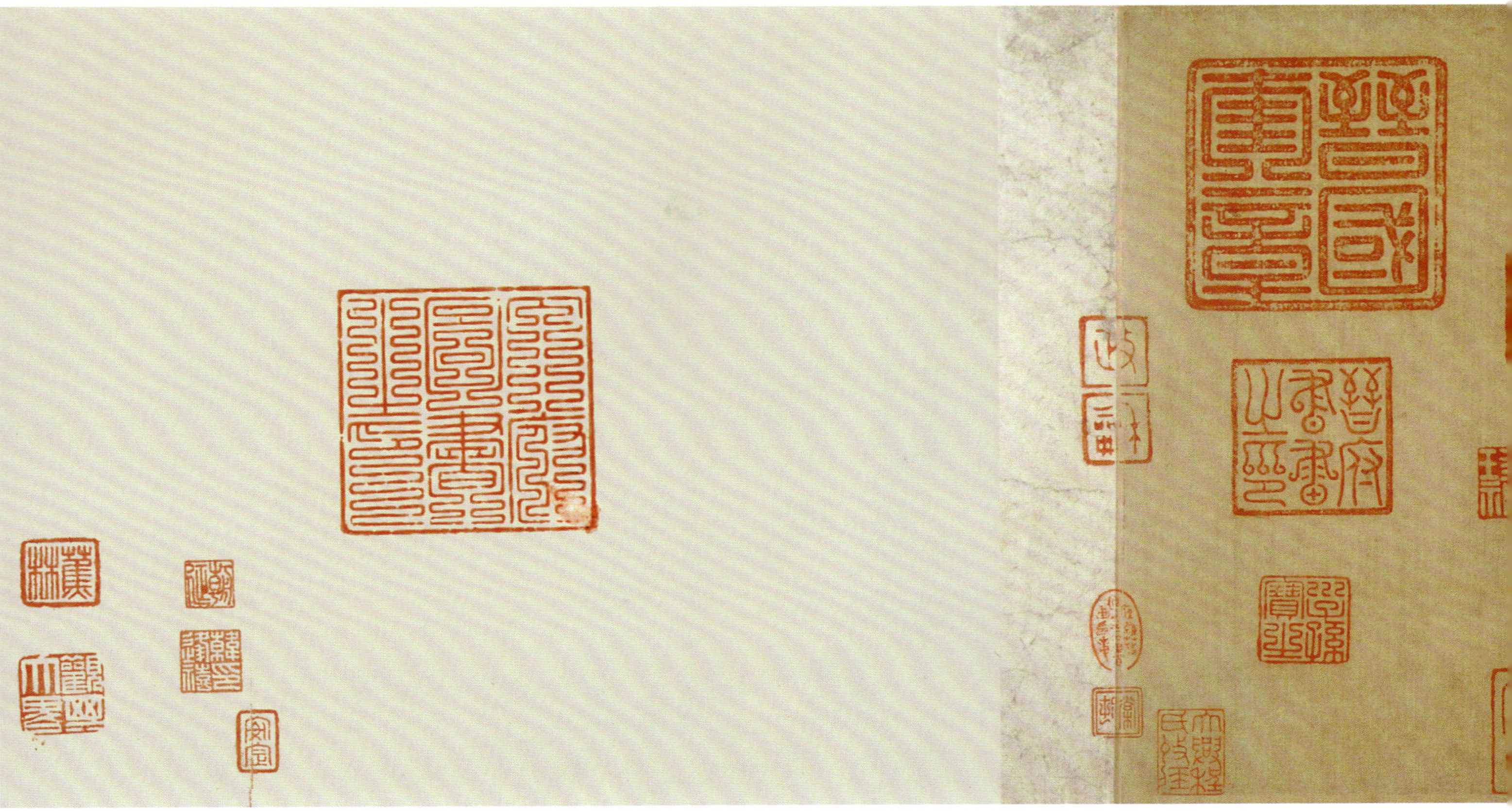

官帖同

二王書傳世者多出唐宋鈎填果歐褚所摹便
與真跡無異此上虞帖曾入宣和御府卷前祐
陵御題金書月白绢籤及前後隔水綾绢裝池
與余藏右軍千文長卷悉同誠堪寶貴
聽彝先生其秘藏之勿輕視人　景福敬題

右軍墨迹傳世極少　自桓玄篡晉晉府所儲盡歸已有後經
南齊高帝料其最精者尚不過三百四十八卷了侯景之亂盡付焚
如陳隋兩朝非不極力搜求乃煬帝東幸兩其亦盡隨駕而行中途
船覆大半淪喪雖收集續餘運赴長安舟經砥柱又遭水厄右軍真
迹尚有存焉者乎唐則太宗武后雖好珍玩宋則徽廟君臣同深
嗜好當時所儲已多偽者遑論其他降至元明趙王嚴安書藏
最富著名精品僅宋元真迹而已至羲獻諸帖莫非唐摹即
是宋仿當時已稀如拱璧況兩晉書扇自古傳為至寶歷晉
人所書所畫又皆用練帛織之古籍有無可稽者右軍書褐有
紙本即此帖為宣和書譜墨緣彙觀著錄又有徽宗題
籤秋壑半印當是唐摹無疑真尤物也寶之
伯謙大鑑家定為首肯者再
戊午秋日　宇吏又題

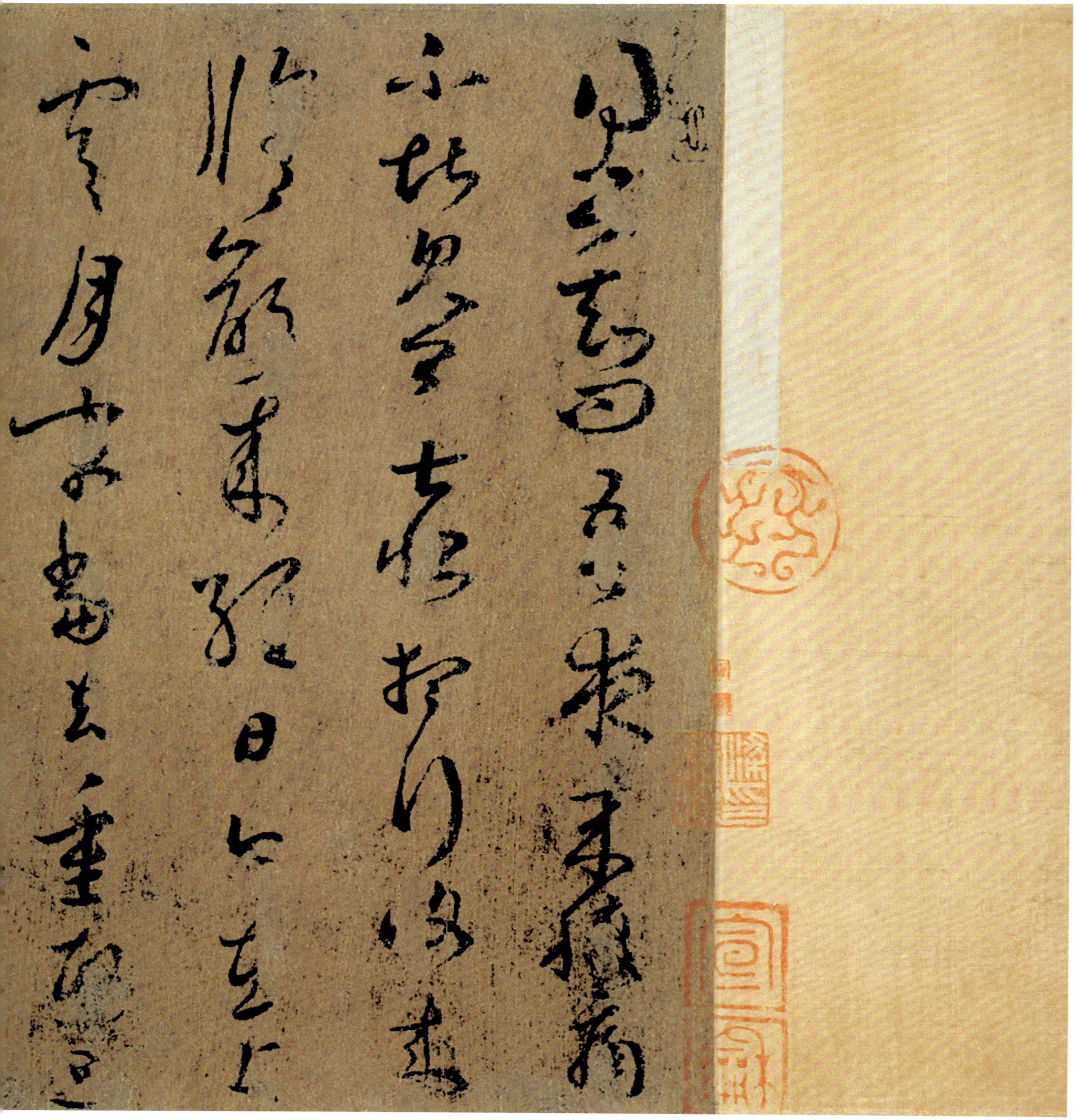

四二　上虞帖　東晋　王羲之（之一）

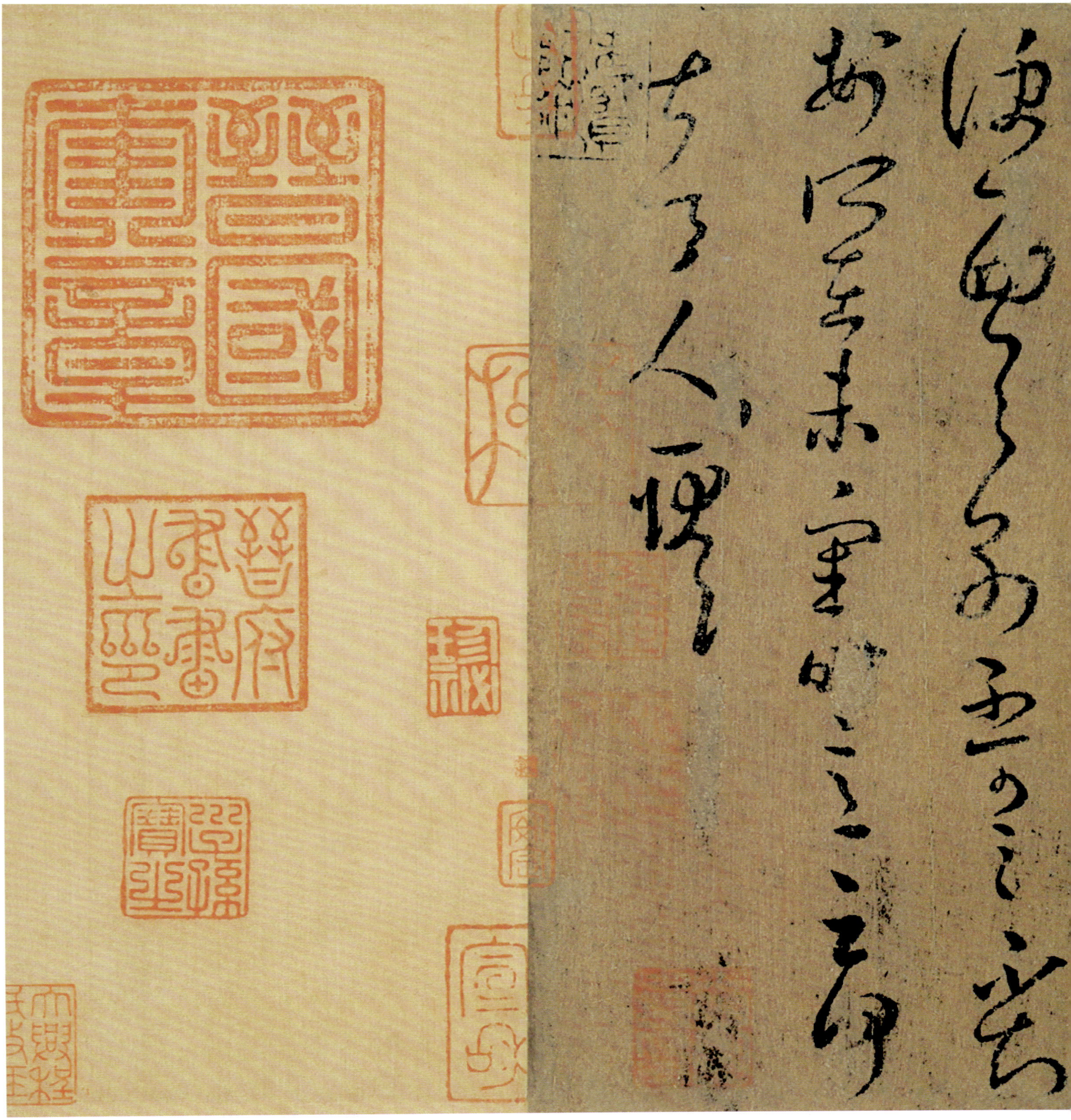

四二　上虞帖　東晉　王羲之（之二）

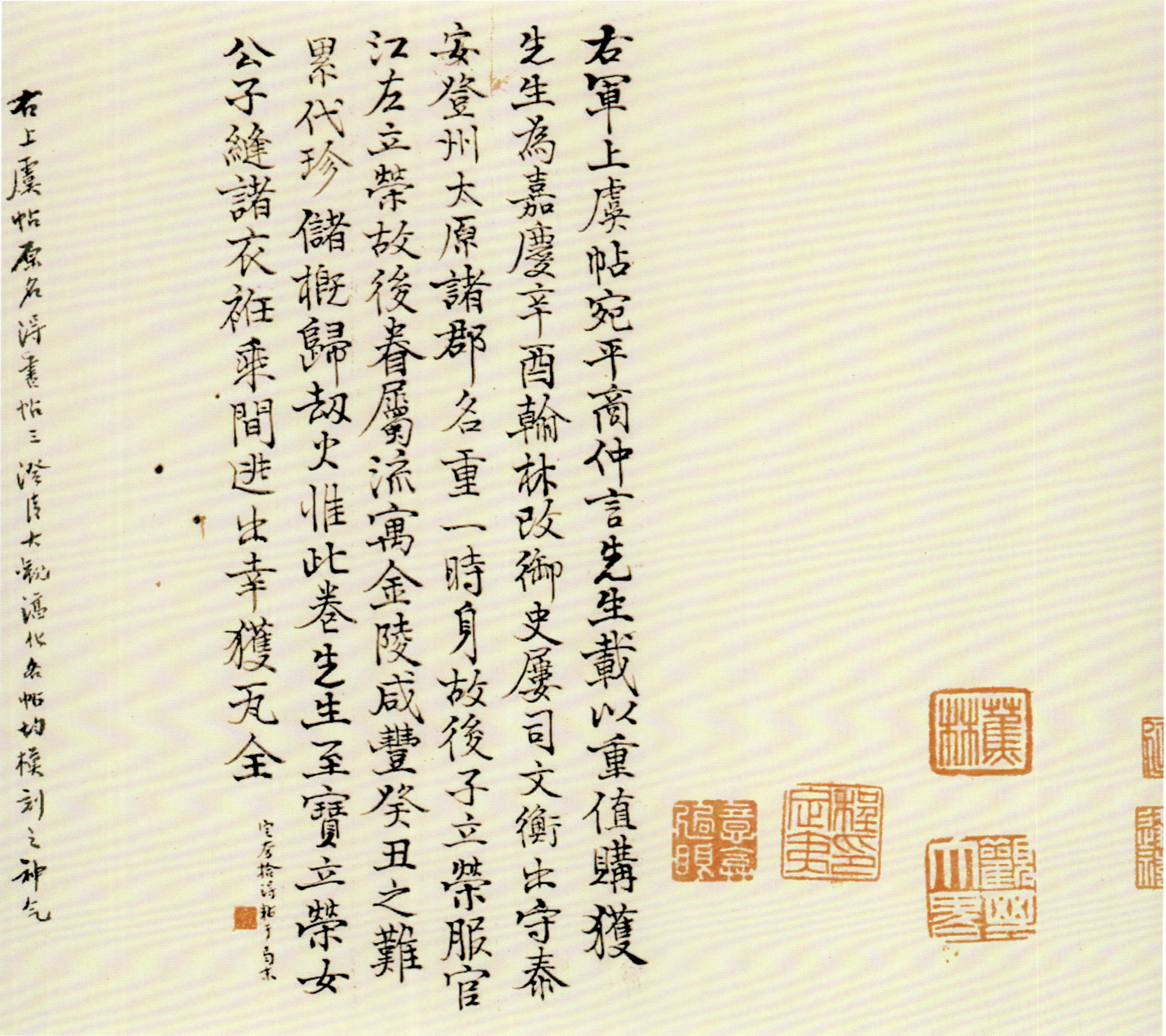
右軍上虞帖宛平商仲言先生載以重值購獲
先生為嘉慶辛酉翰林改御史屢司文衡出守泰
安登州太原諸郡名重一時身故後子立棨服官
江左立棨故後眷屬流寓金陵咸豐癸丑之難
累代珍儲概歸劫火惟此卷先生至寶立棨女
公子縫諸衣衽乘間逃出幸獲瓦全
宦居拾得記于白下

右上虞帖原名得書帖三淳化大觀淳化各帖均模刻之神气

四二　上虞帖　東晉　王羲之（之三）

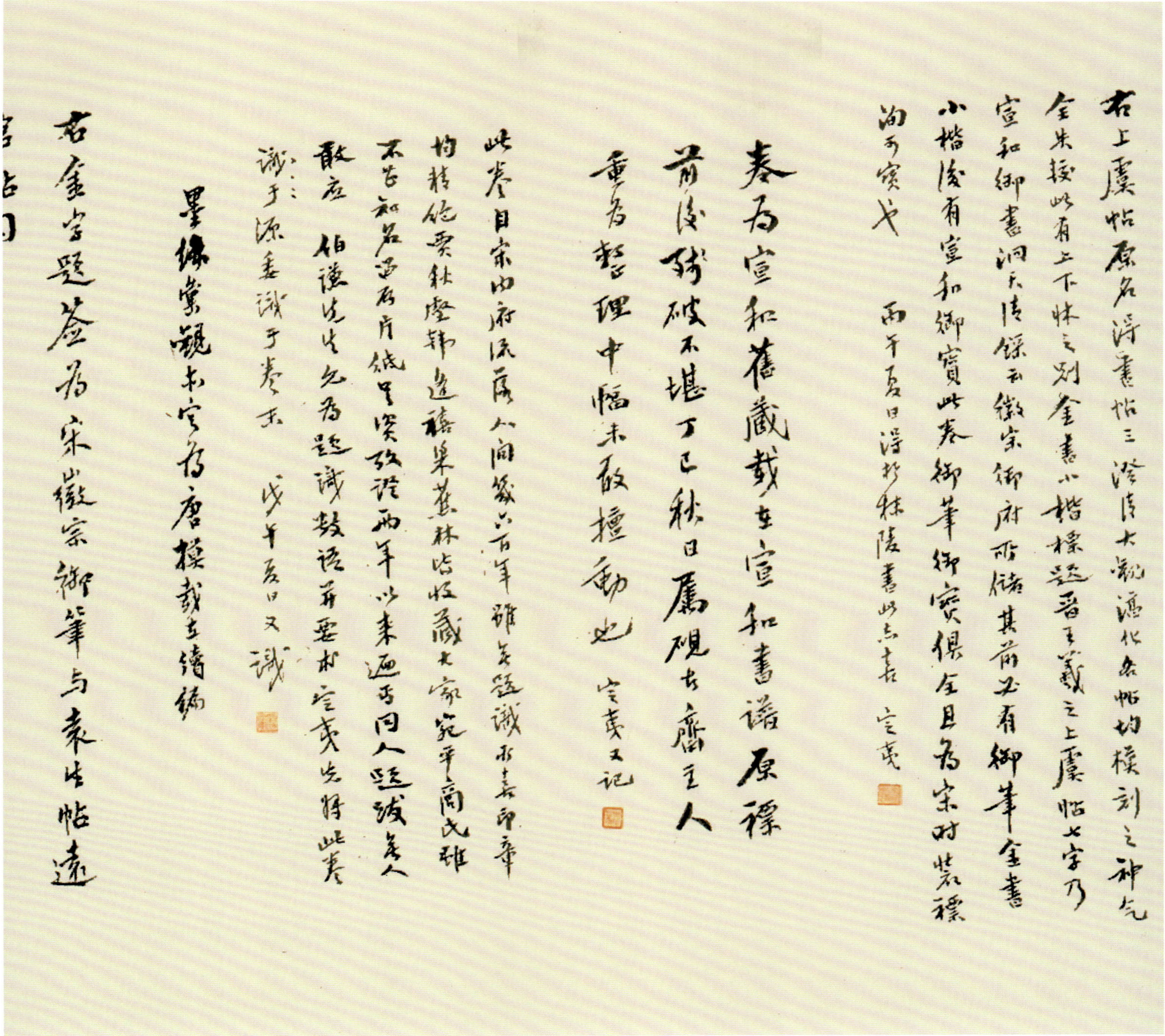
右上虞帖原名得書帖三淳化大觀諸帖均模刻之神气
全失按此有上下林之别余書小楷標題晋王羲之上虞帖七字乃
宣和御書洞天清録云徽宗御府所儲其前必有御筆金書
小楷標題後有宣和御寶此卷御筆御寶俱全且為宋時裝褾
尚可寶也
丙午夏日得於秣陵書此志喜 定夷
卷為宣和舊藏載在宣和書譜原褾
前後殘破不堪丁巳秋日屬硯古齋主人
重為整理中幅未敢擅動也 定夷又記
此卷自宋內府流落人間幾六百年雖無題識而古香郁郁
均精絕賈秋壑韓逢禧梁蕉林皆收藏大家宛平商氏雖
不甚知名亦存片紙只字攷證兩年以來遍求同人題跋無人
敢應 伯謙先生允為題識數語并要求定夷先將此卷
識之于源委識于卷末 戊午夏日又識
墨緣彙觀亦定為唐模載在續編
右金字題簽為宋徽宗御筆與袁生帖遠

官帖曰

二王書傳世者多出唐宋鉤填果歐褚所摹便
與真跡無異此上雲帖曾入宣和御府卷前祐
陵御題金書月白絹籤及前後隔水綾絹裝池
與余藏右軍千文長卷志同誠堪寶貴
聽夷先生其秘藏之勿輕視人　景福敬題

右軍墨迹傳世極少自桓玄篡吾吾府所儲喪歸已有陵紙
南齊高帝科其最特書亦不過三百四十八卷丁侯氏之亂宋時梁
以陳隋兩朝派不極力搜求乃謁帝束幸兩其玉玉五隨駕而別中逸
航震大半論東雅收集綾餘運赴長安舟經砥柱又遭此阨右軍真

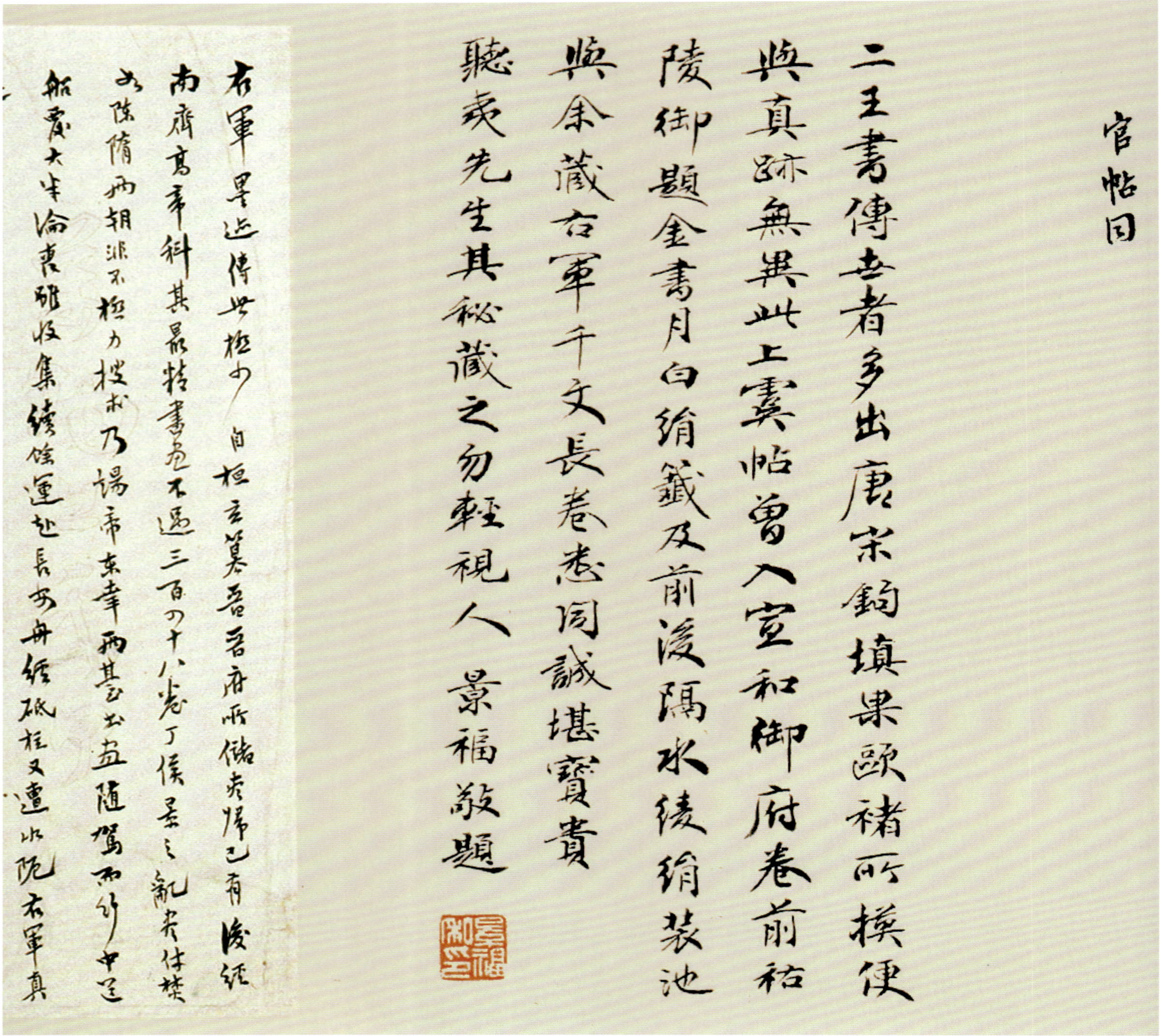

四二　上虞帖　東晉　王羲之（之四）

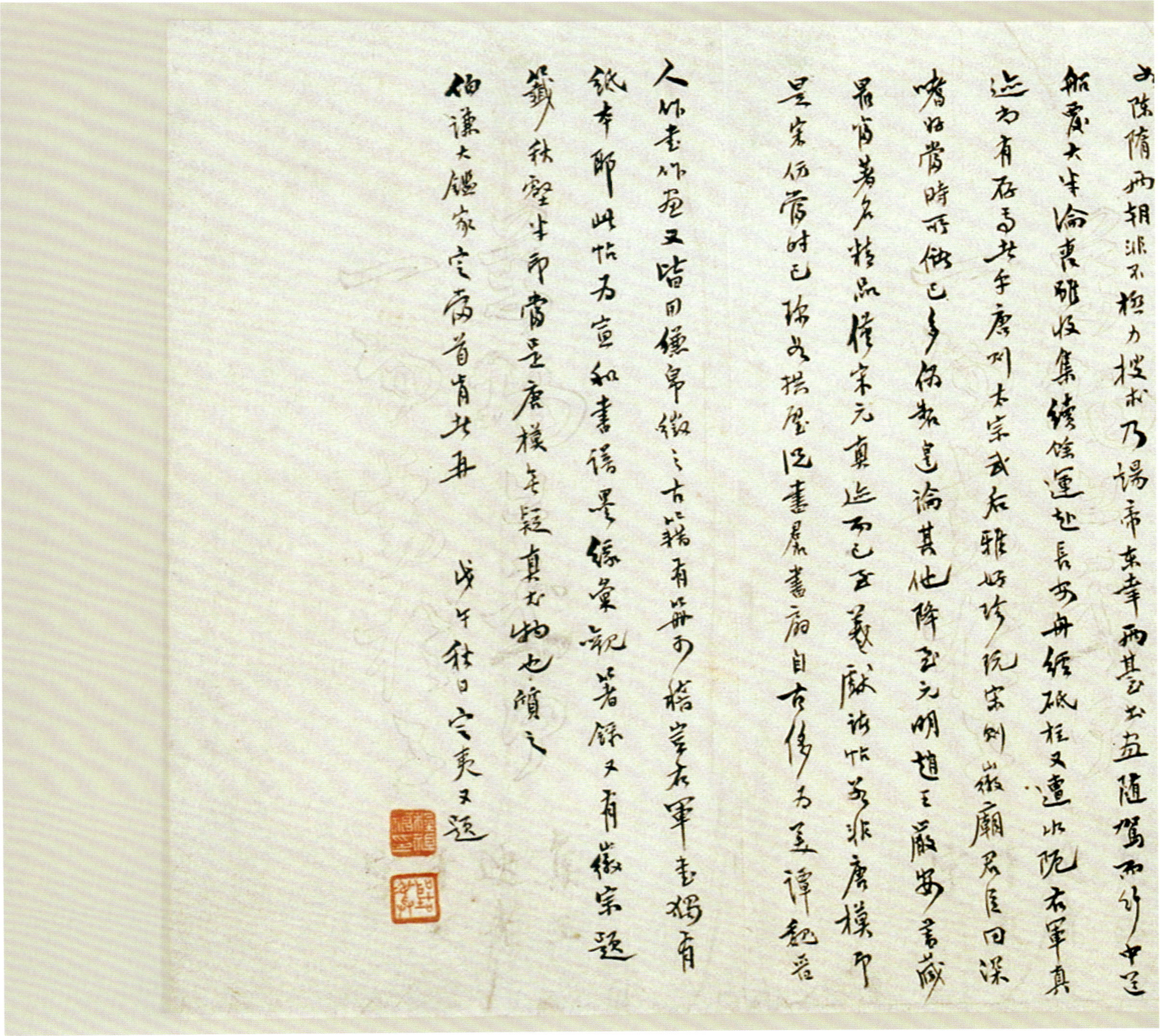

如陳隋兩朝非不極力搜求乃煬帝東幸而甚至盡隨焉而行中途
船覆大半淪喪雖收集續餘運赴長安舟經砥柱又遭此阨右軍真
迹尚有存焉者乎唐則太宗武后雖好珍玩宋則徽廟君臣同深
嗜好當時所收已多倘欲遑論其他降至元明趙王嚴安等藏
品皆著名精品僅宋元真迹而已至羲獻諸帖莫非唐模即
是宋仿當時已珍如拱璧況晝晨書扇自古傳為美譚魏晉
人作書作畫又皆用縑帛繖之古籍有無可稽豈右軍書獨有
紙本耶此帖為宣和書譜墨緣彙觀著錄又有徽宗題
籤秋壑半印當是唐模無疑真尤物也寶之
伯謙大鑑家定爲首肯者再
戊午秋日定夷又題

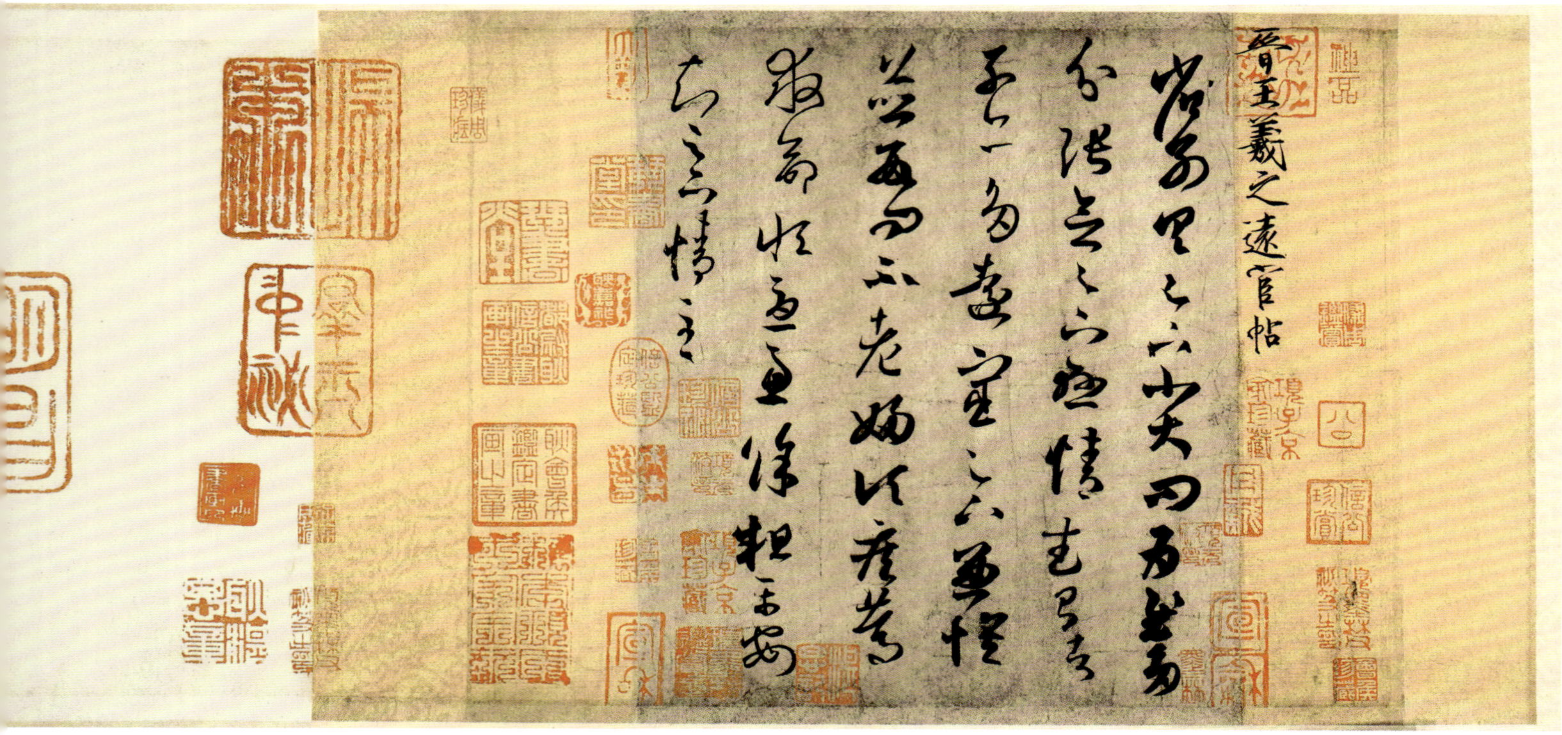

四三　遠宦帖　東晉　王羲之

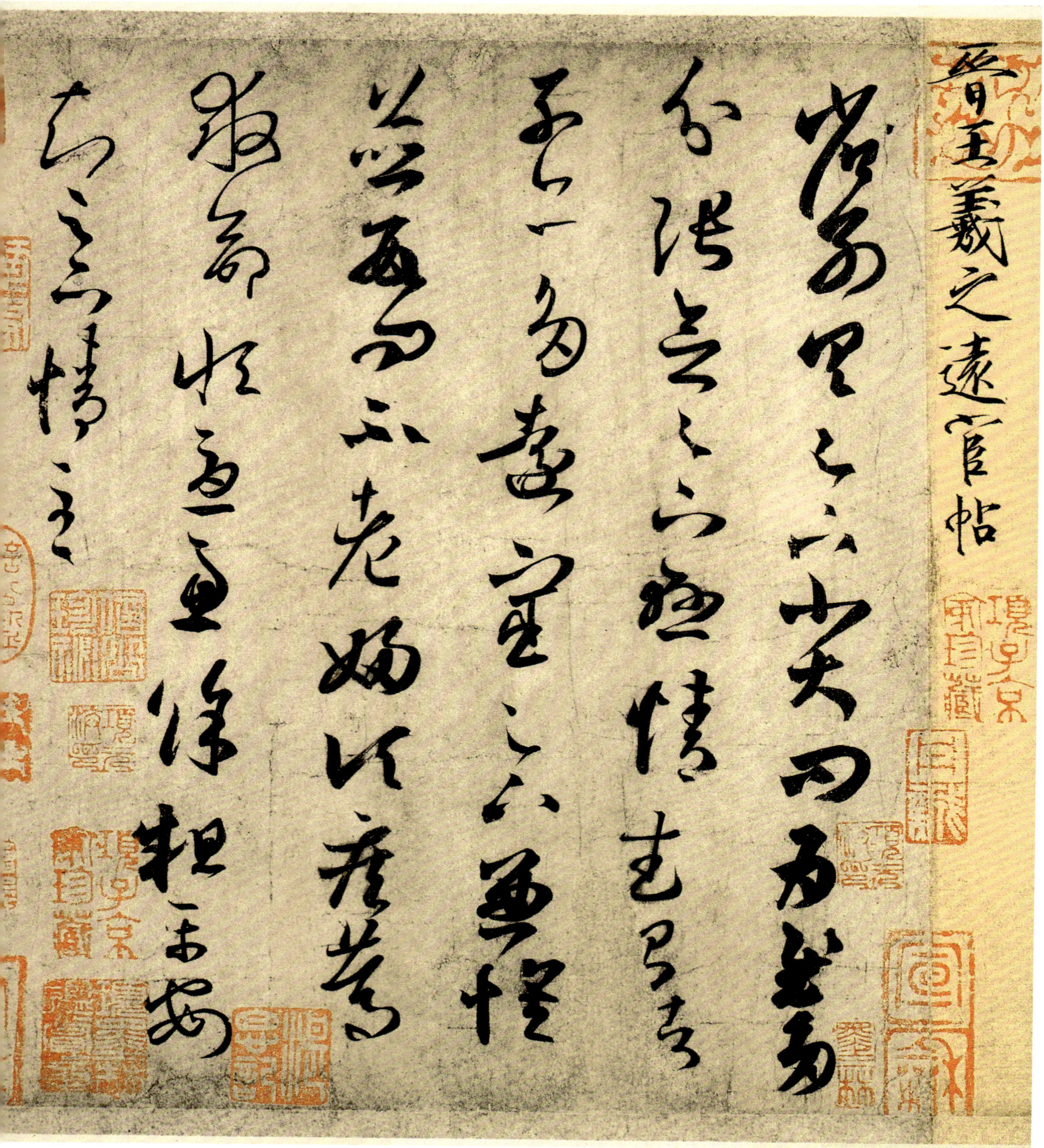

四三　遠宦帖　東晉　王羲之（局部）

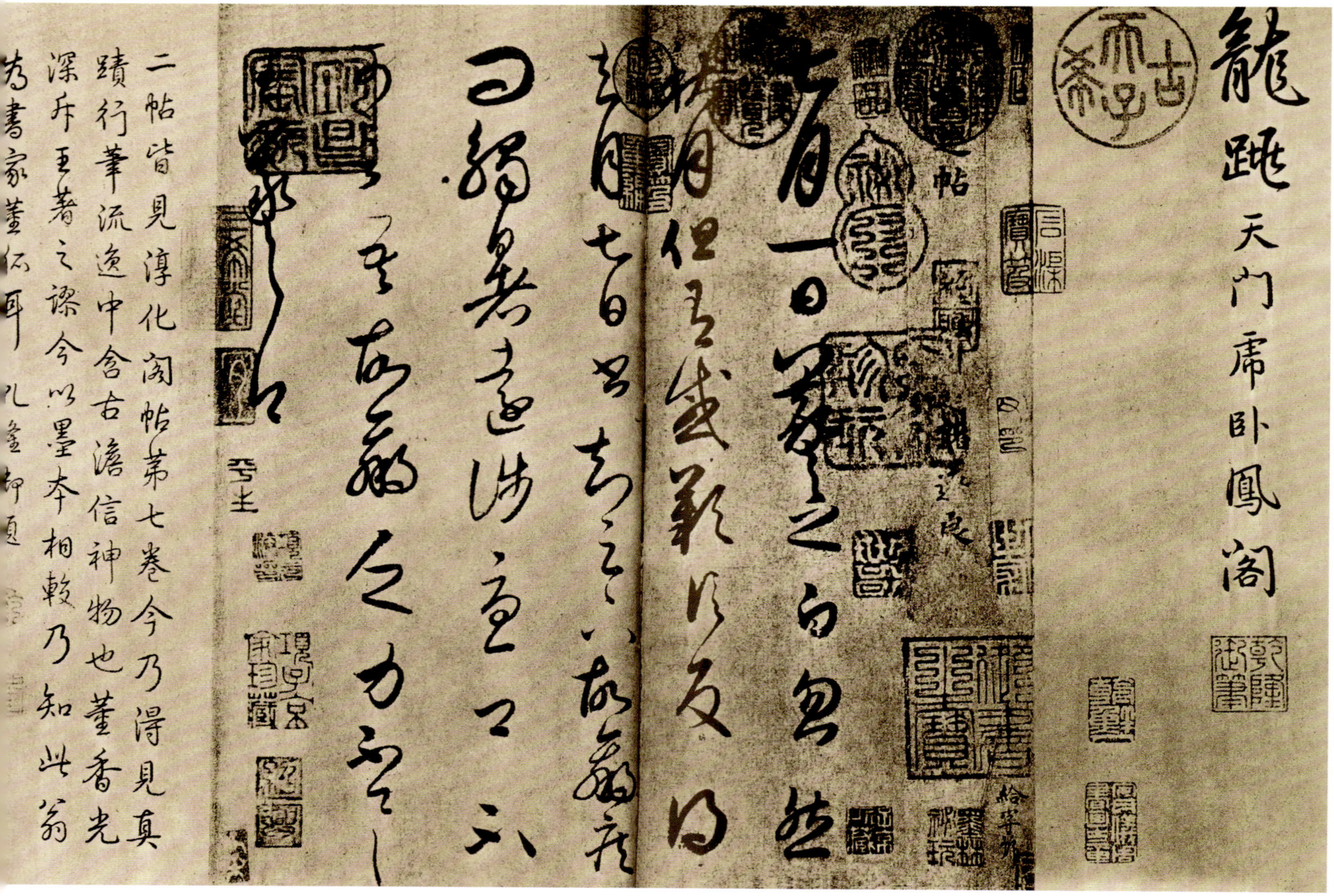

四四　七月帖·都下帖　東晉　王羲之

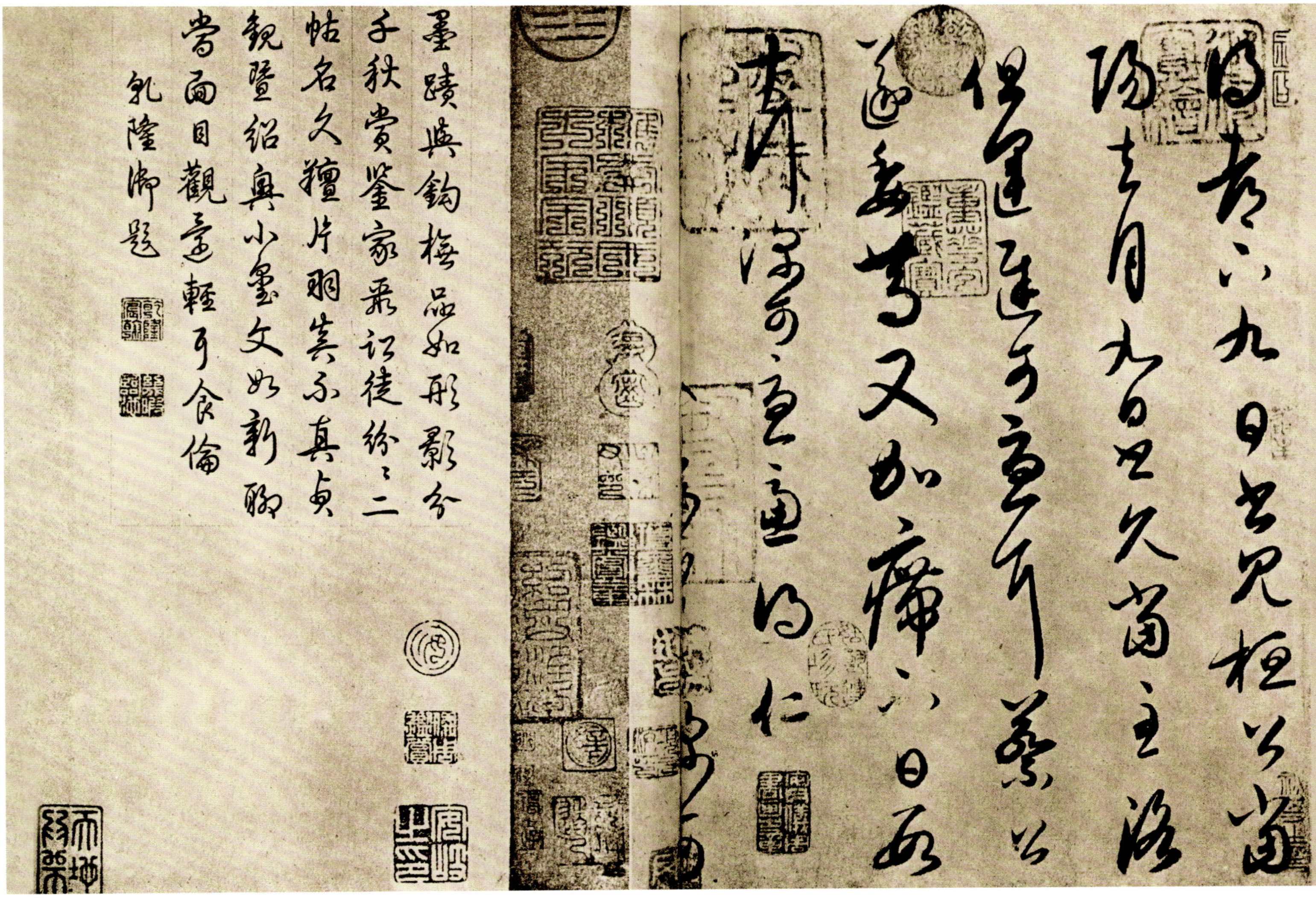
乾隆御題

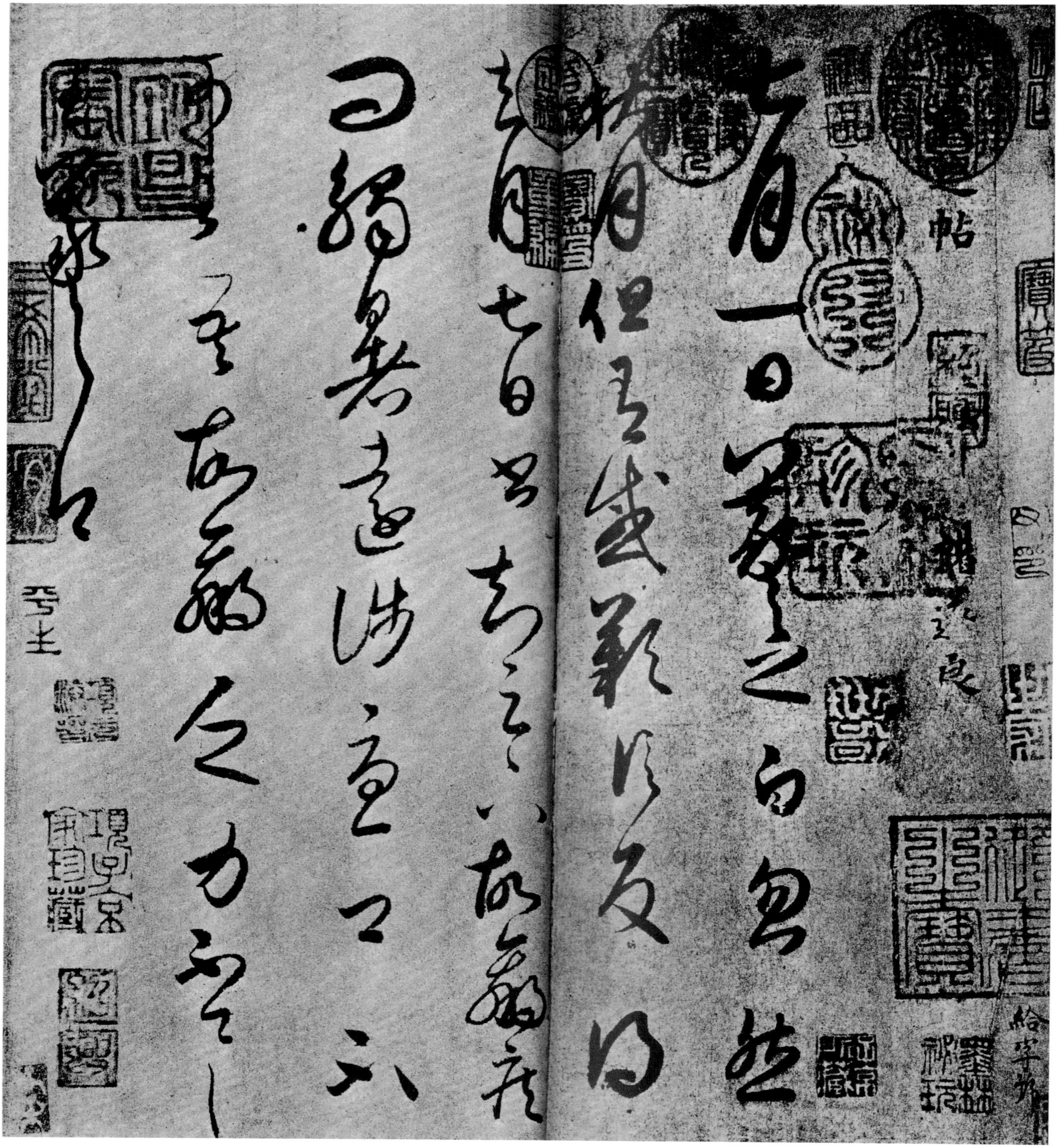

四四　七月帖·都下帖　東晉　王羲之（之一）

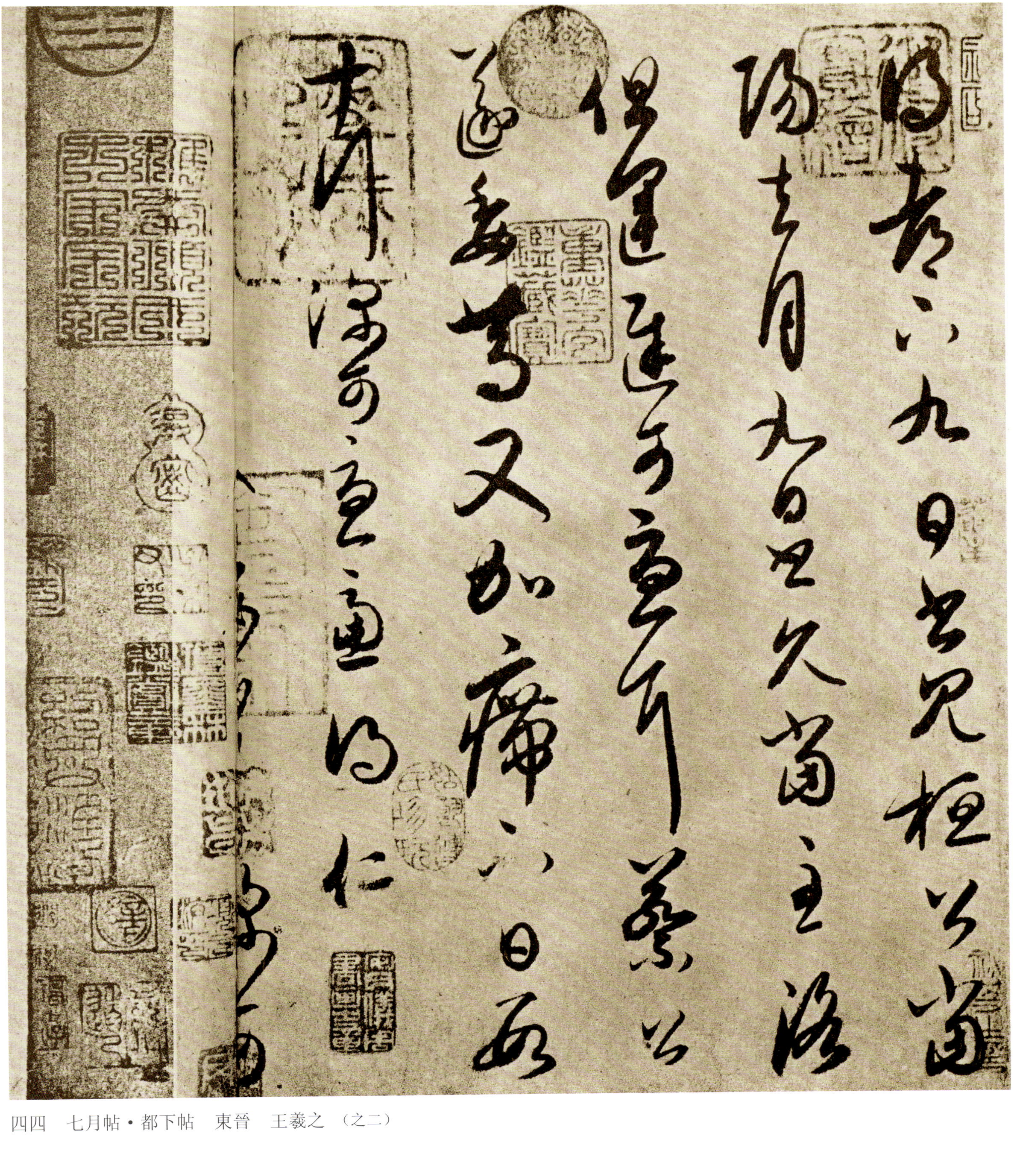

四四　七月帖・都下帖　東晉　王羲之（之二）

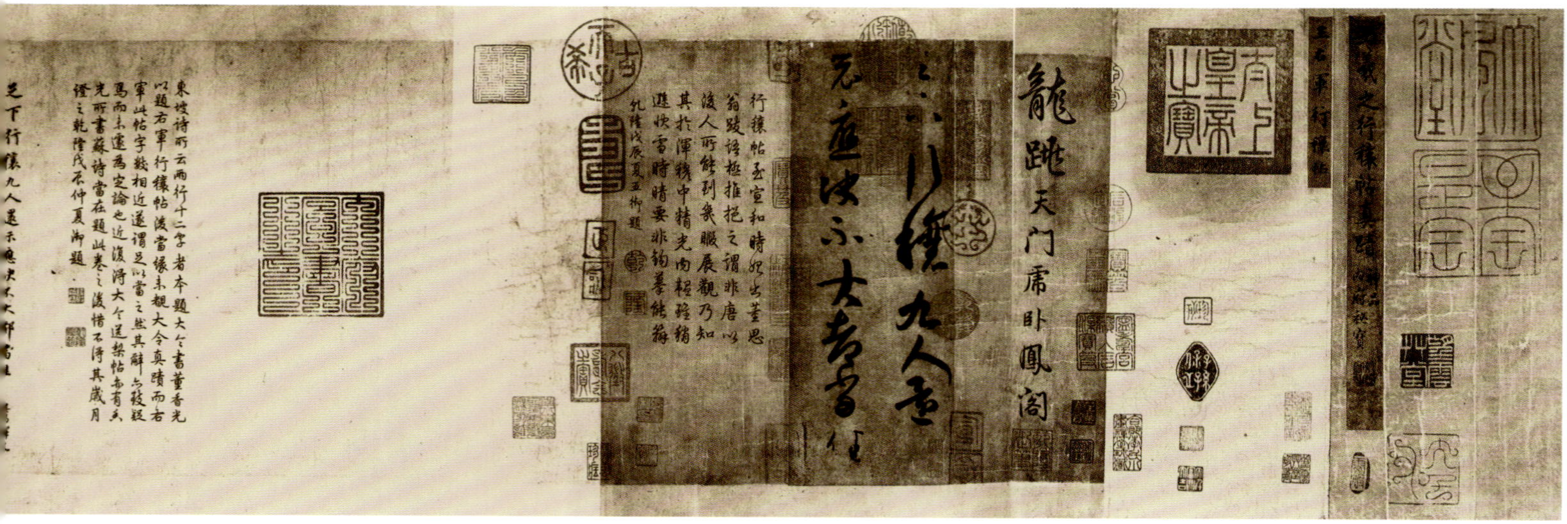

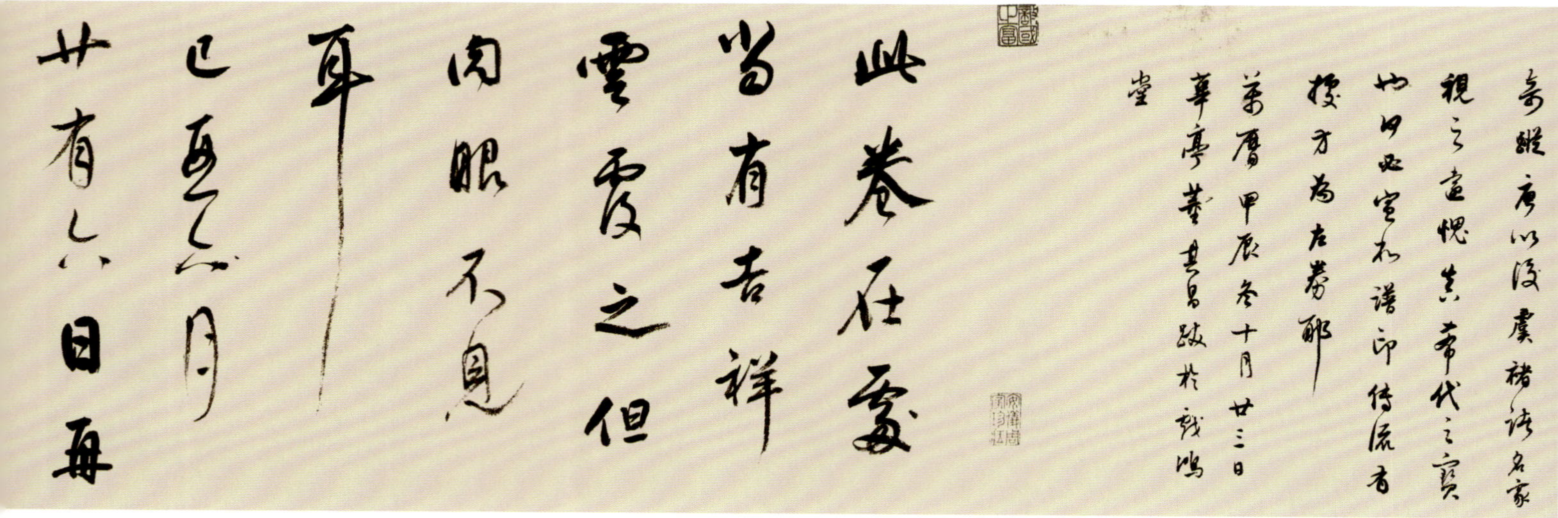

四五　行穰帖　東晉　王羲之

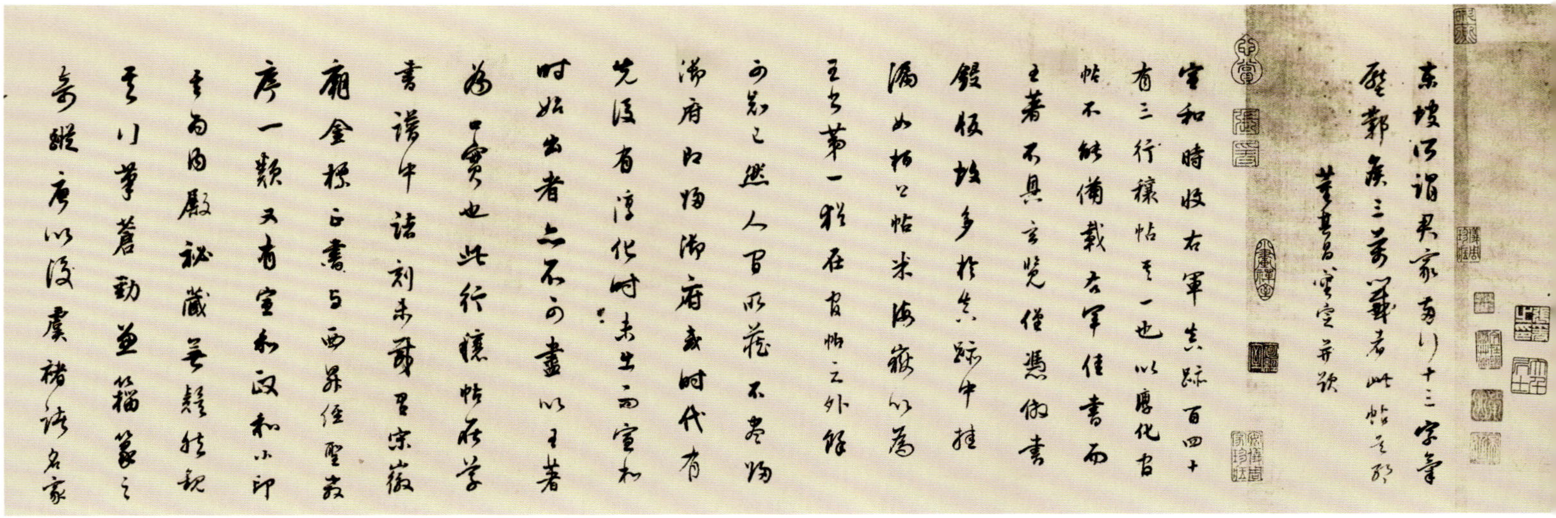

同觀者
陳繼儒
吳廷
董其昌書

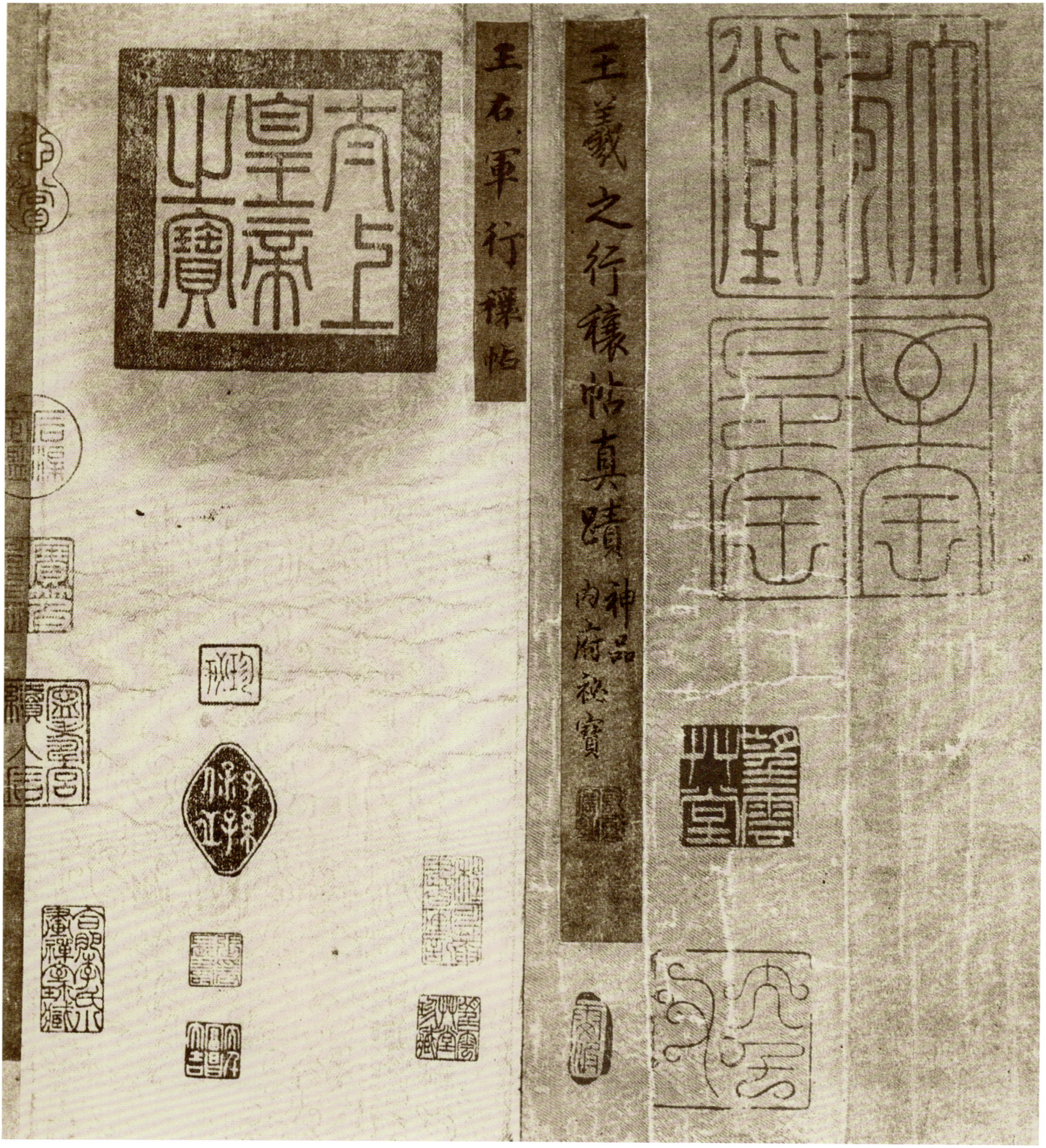

四五　行穰帖　東晉　王羲之（之一　放大）

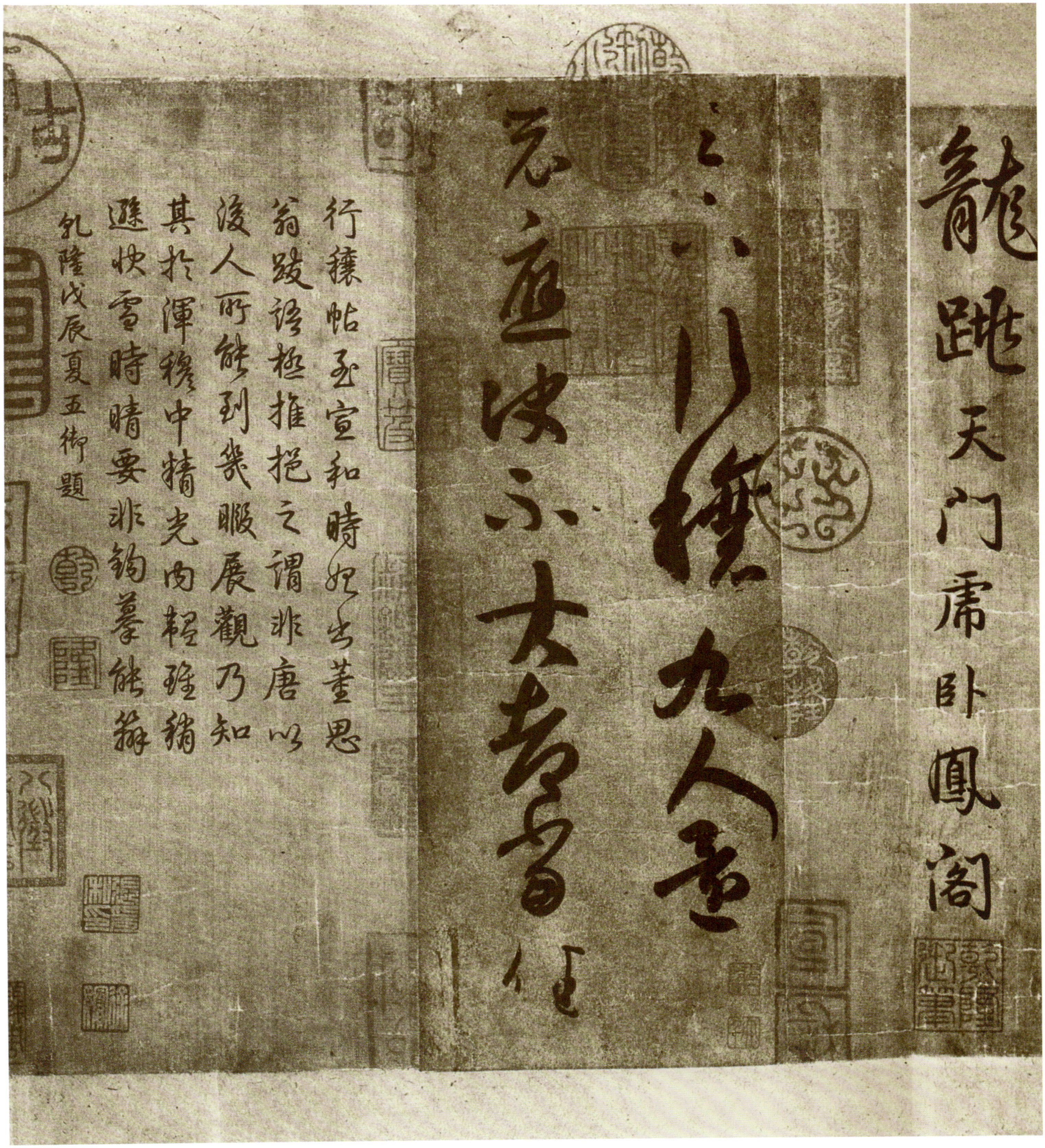
龍跳天门虎卧鳳閣
行穰帖至宣和時始出董思
翁跋語極推挹之謂非唐以
後人所能到幾暇展觀乃知
其於渾穆中精光内韞猶
遜快雪時晴要非鉤摹能辦
乾隆戊辰夏五御題

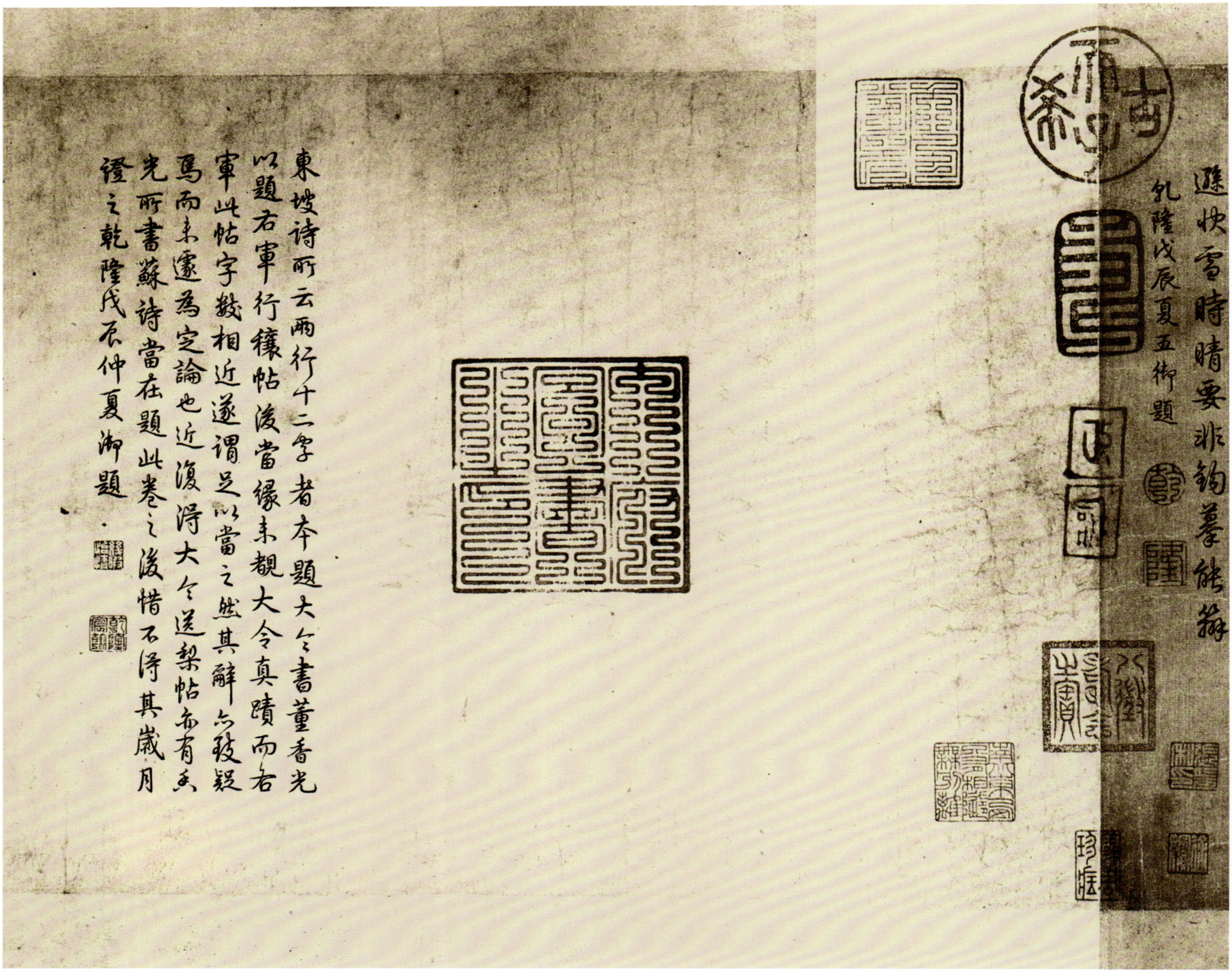

四五　行穰帖　東晉　王羲之（之二）

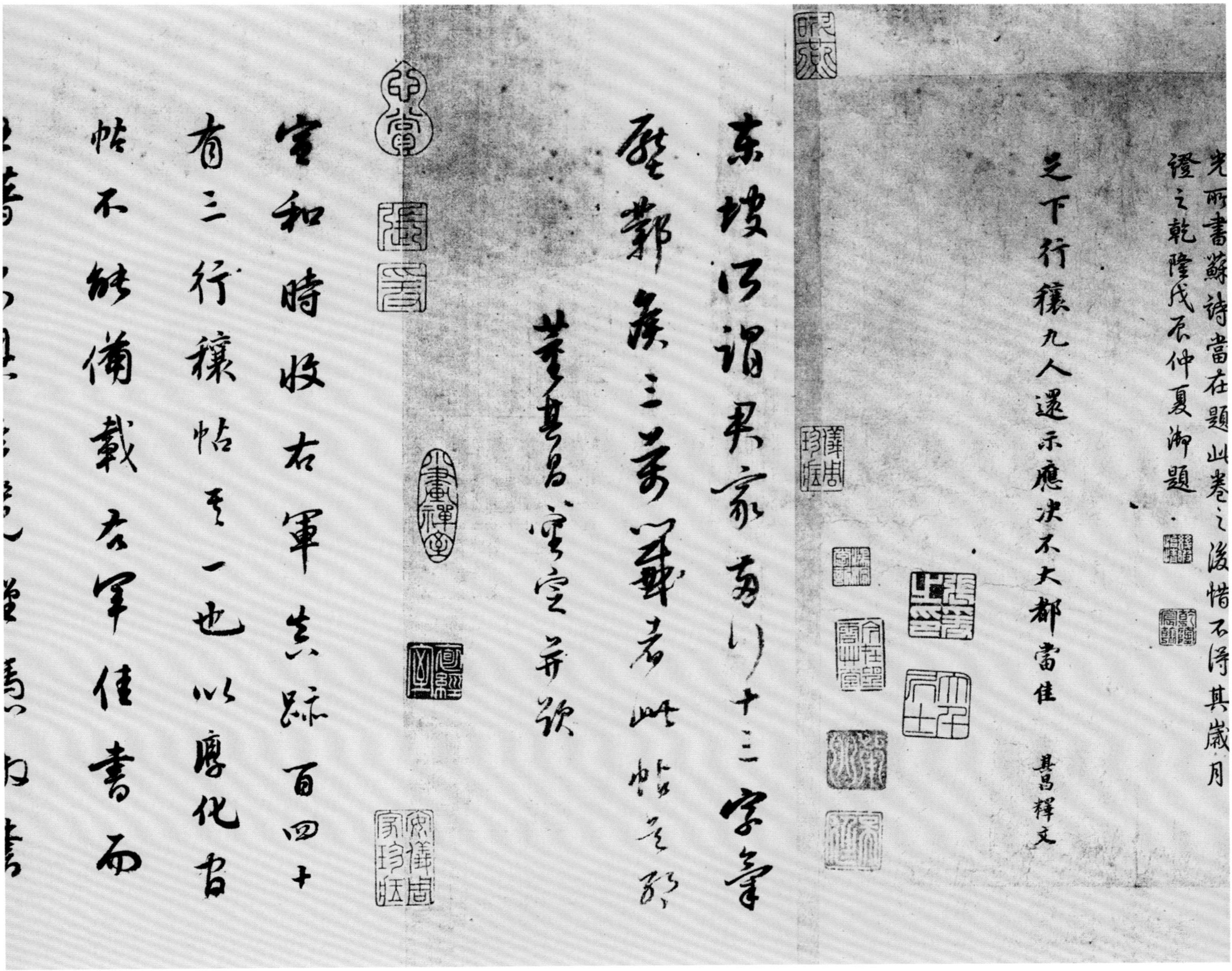
光所書蘇詩當在題此卷之後惜不得其歲月
證之乾隆戊辰仲夏御題

之下行穰九人還示應決不大都當佳
其昌釋文

東坡所謂君家有十三字筆
壓鄴侯三萬籤者此帖是耶
董其昌審定并跋

宣和時收右軍真跡百四十
有三行穰帖其一也以摹化者
帖不能備載右軍佳書而

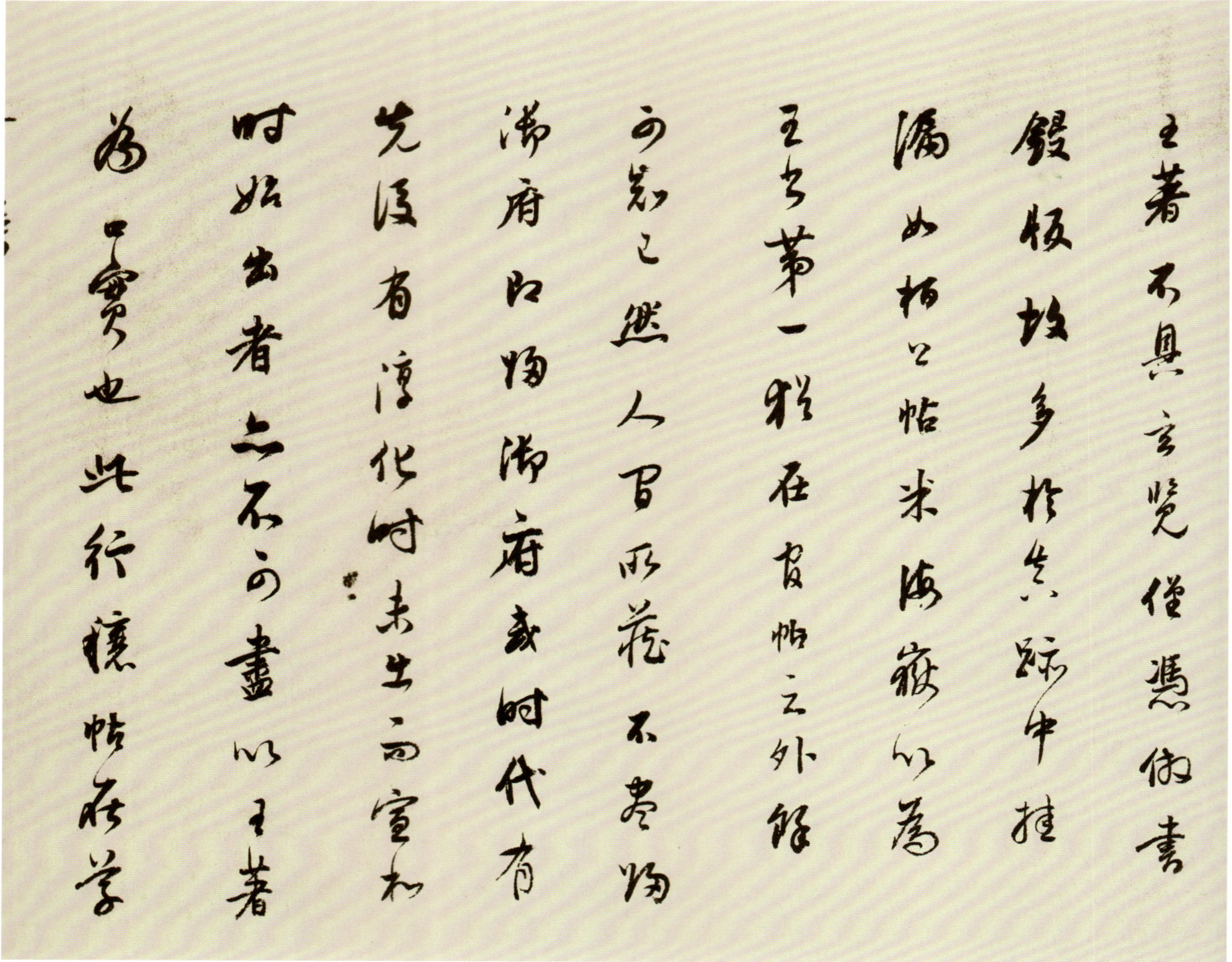

四五　行穰帖　東晉　王羲之（之三）

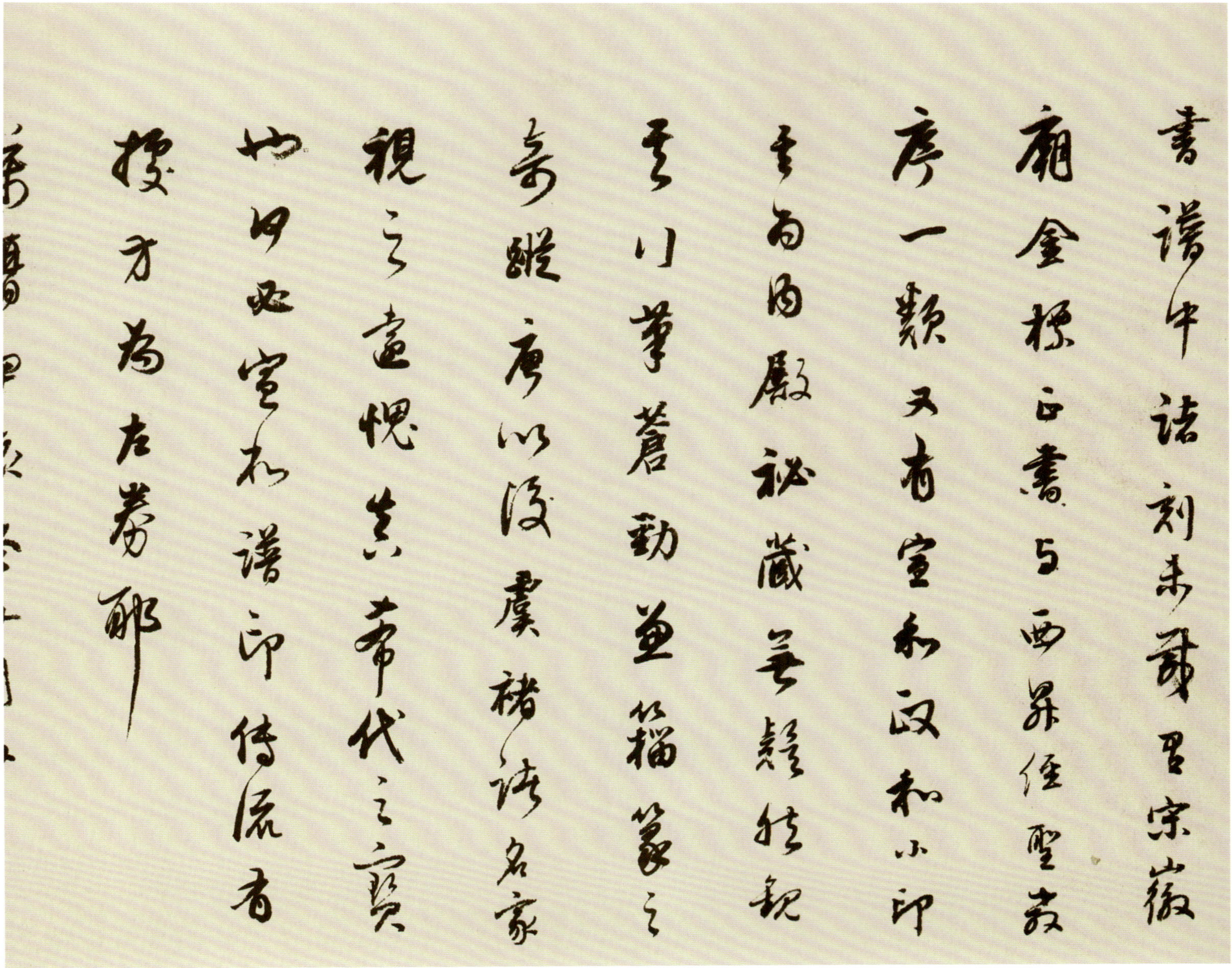
書譜中諸刻未載思宗山嶽
廟金標正書与西昇經聖教
序一類又有宣和政和小印
當為內殿秘藏無疑諦按觀
其用筆蒼勁無從摹篆之
奇縱唐以後虞褚諸名家
視之遠愧矣希代之寶
也因必宣和譜印傳流者
摸者為右券耶

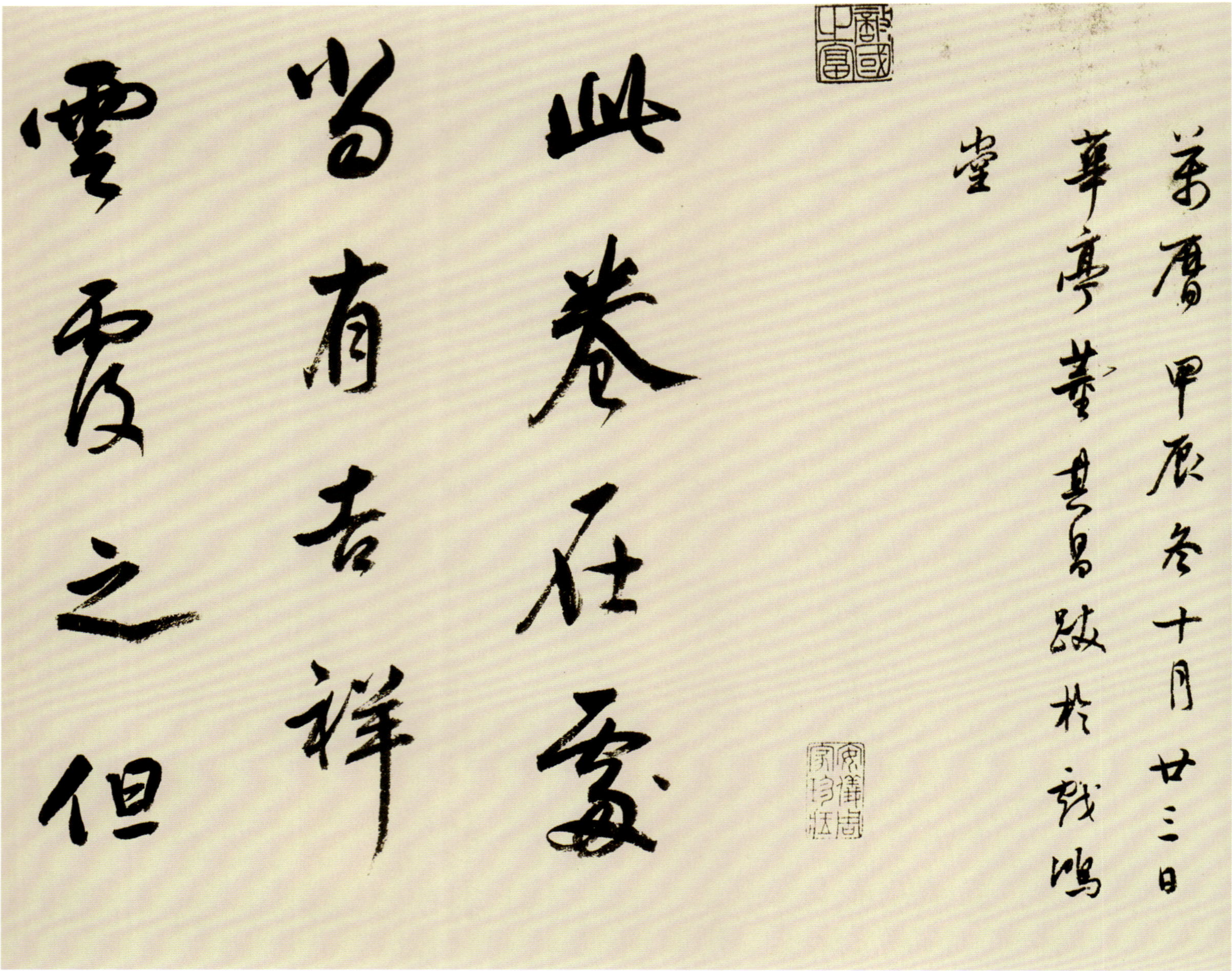

四五　行穰帖　東晉　王羲之（之四）

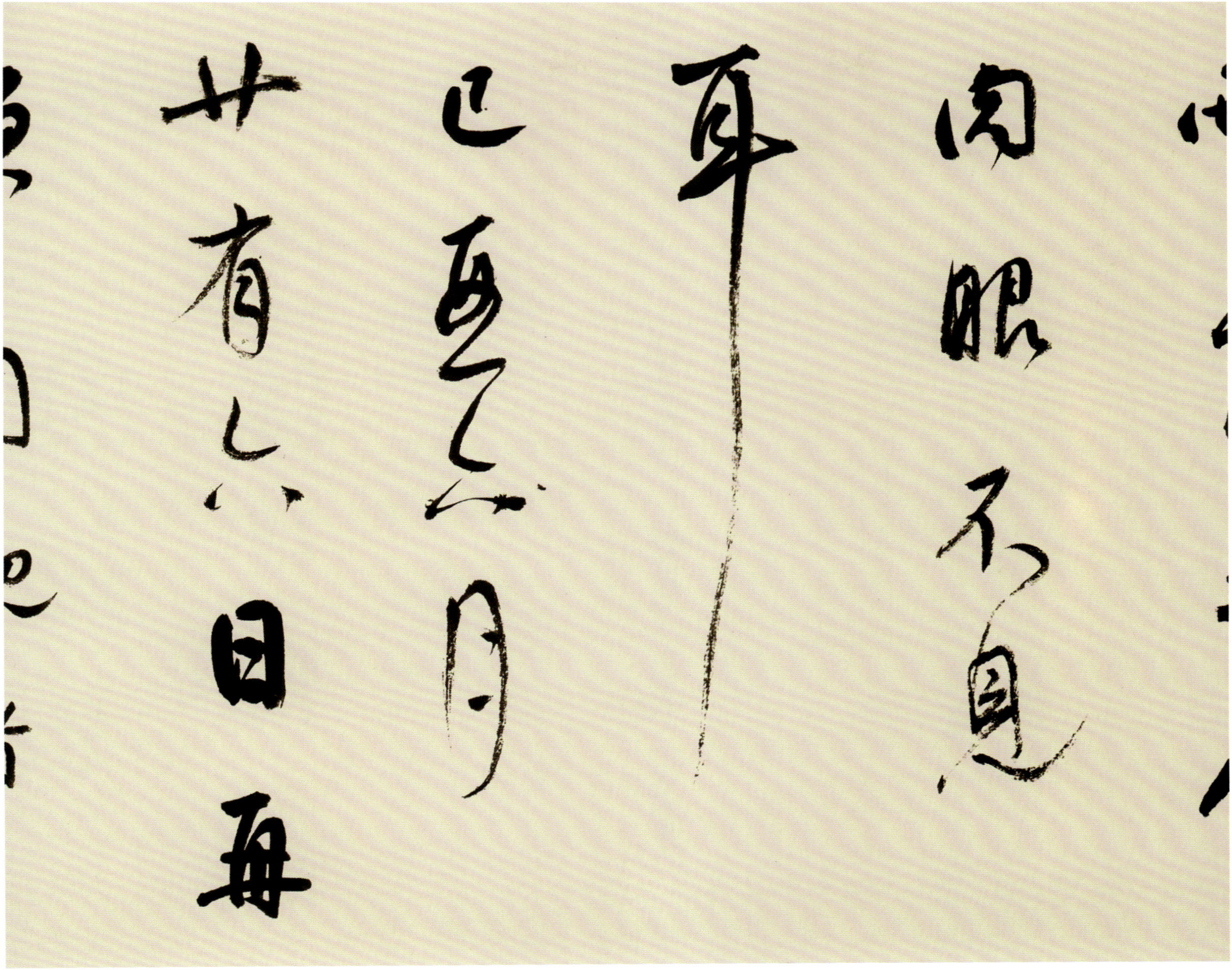
肉眼不見
耳
已五六月
廿有六日每

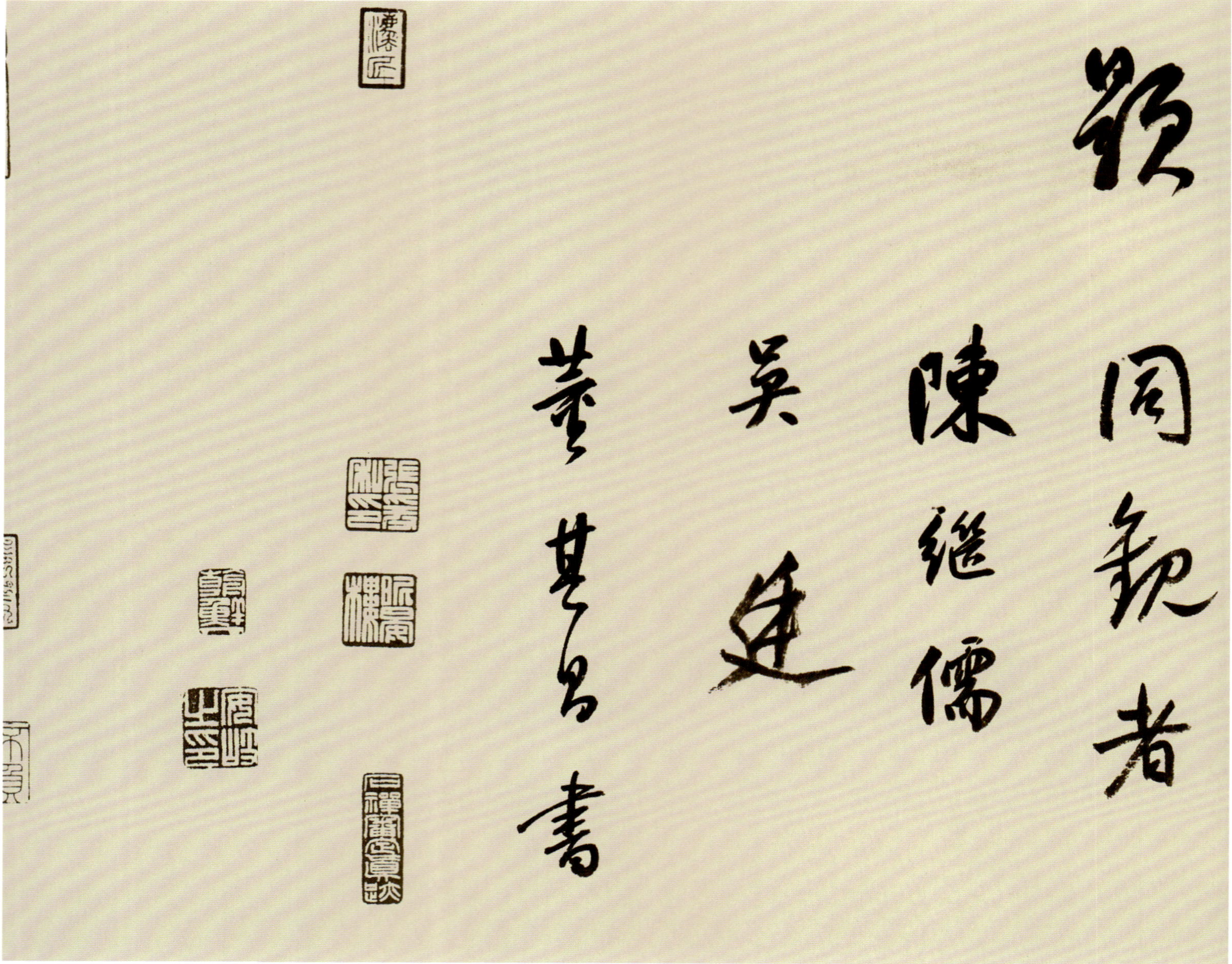

四五　行穰帖　東晉　王羲之（之五）

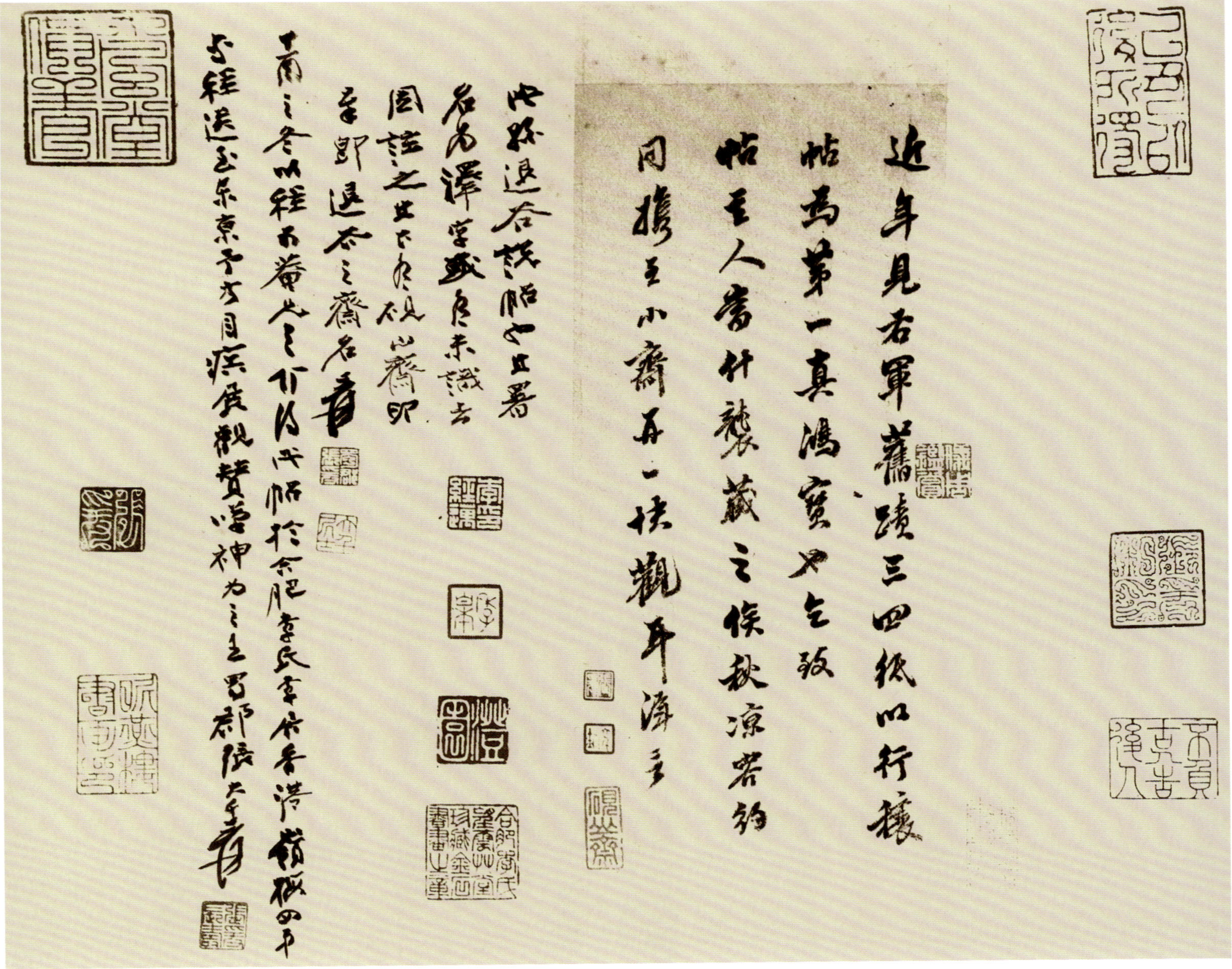
近年見右軍舊蹟三四紙以行穰
帖為第一真鴻寶也余致
帖主人當什襲藏之俟秋涼當約
同携至小齋再一披觀耳

四六　大道帖　東晉　王羲之

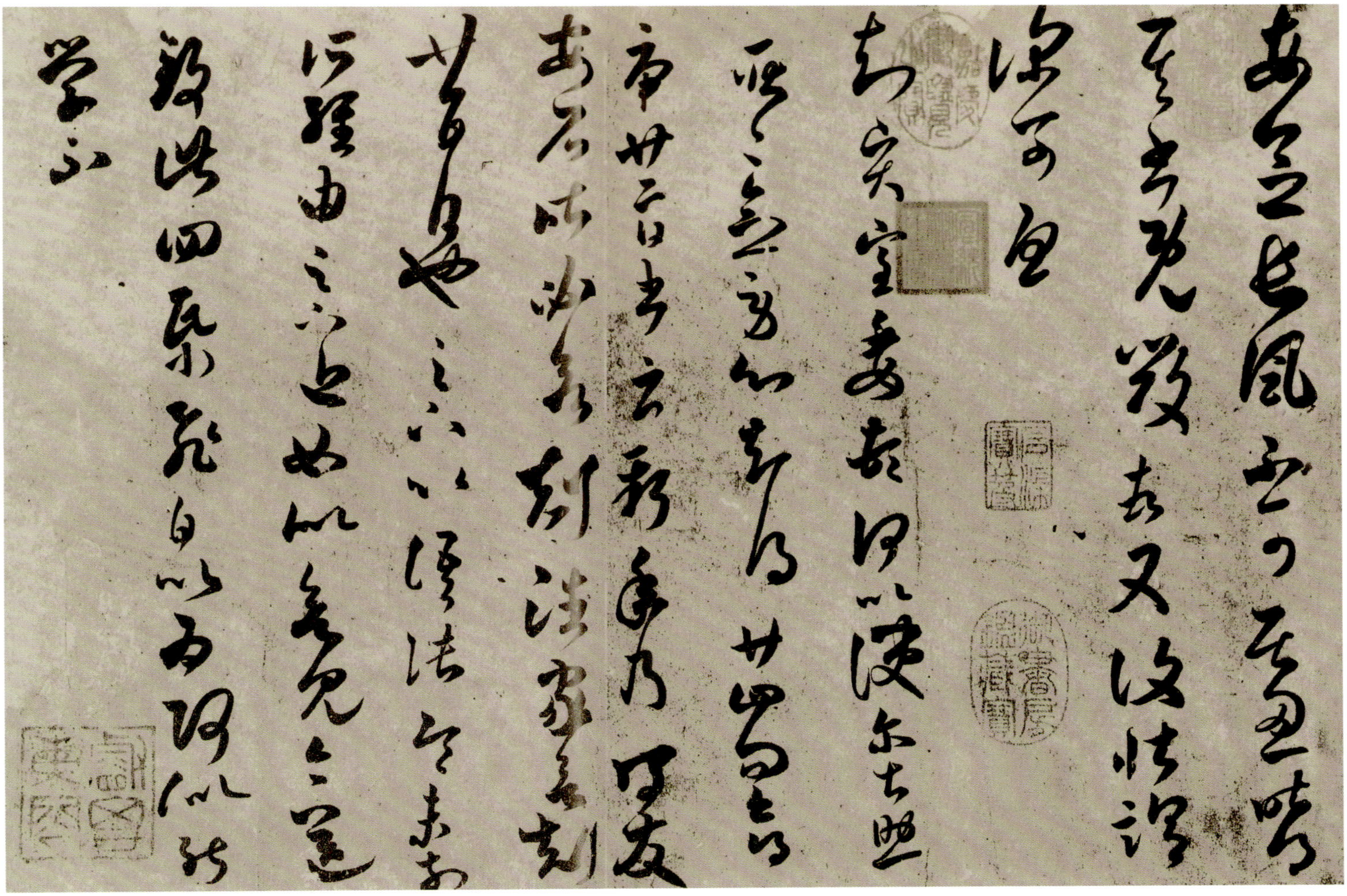

四七　長風帖　東晉　王羲之

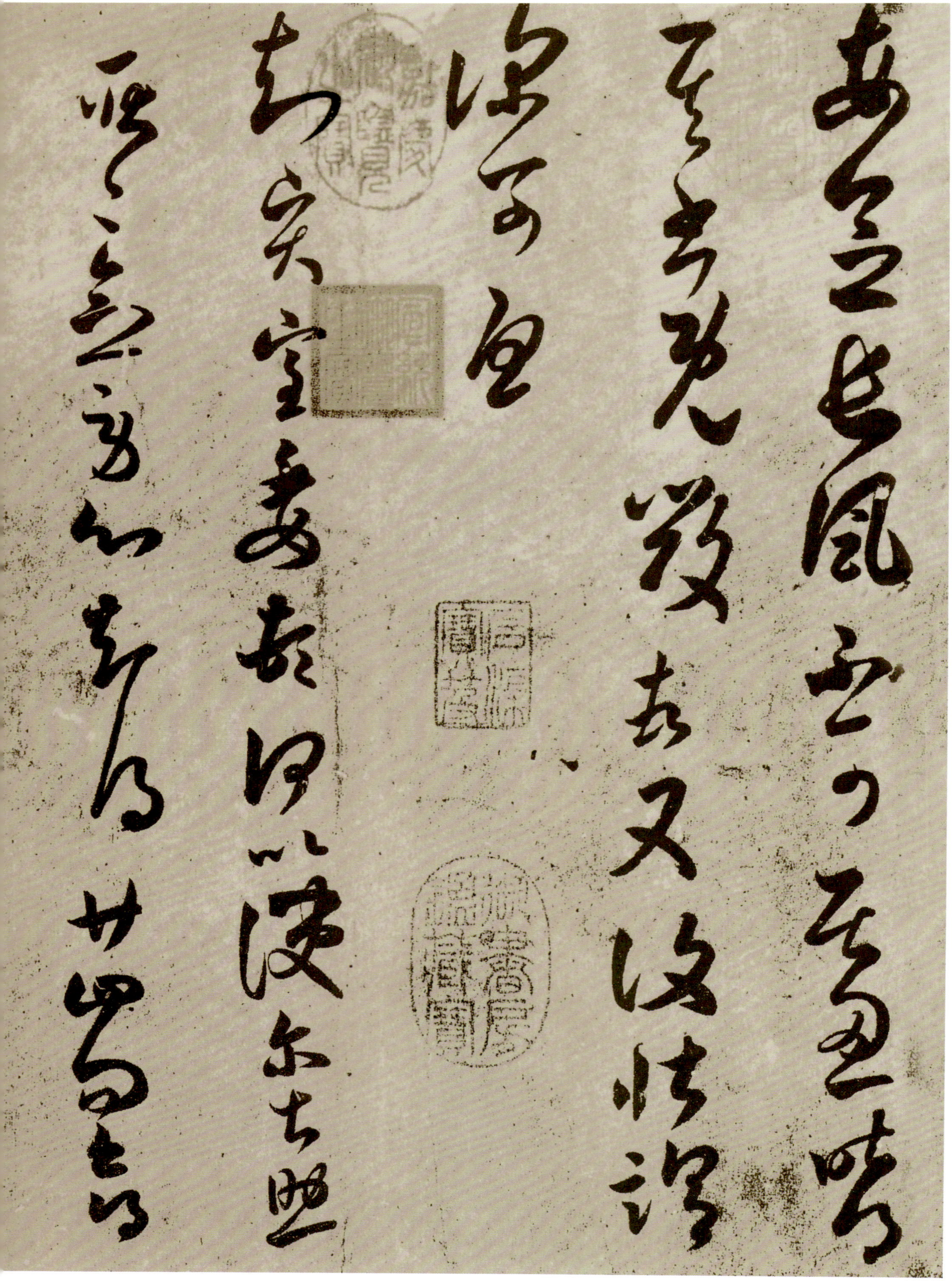

四七　長風帖　東晉　王羲之（放大）

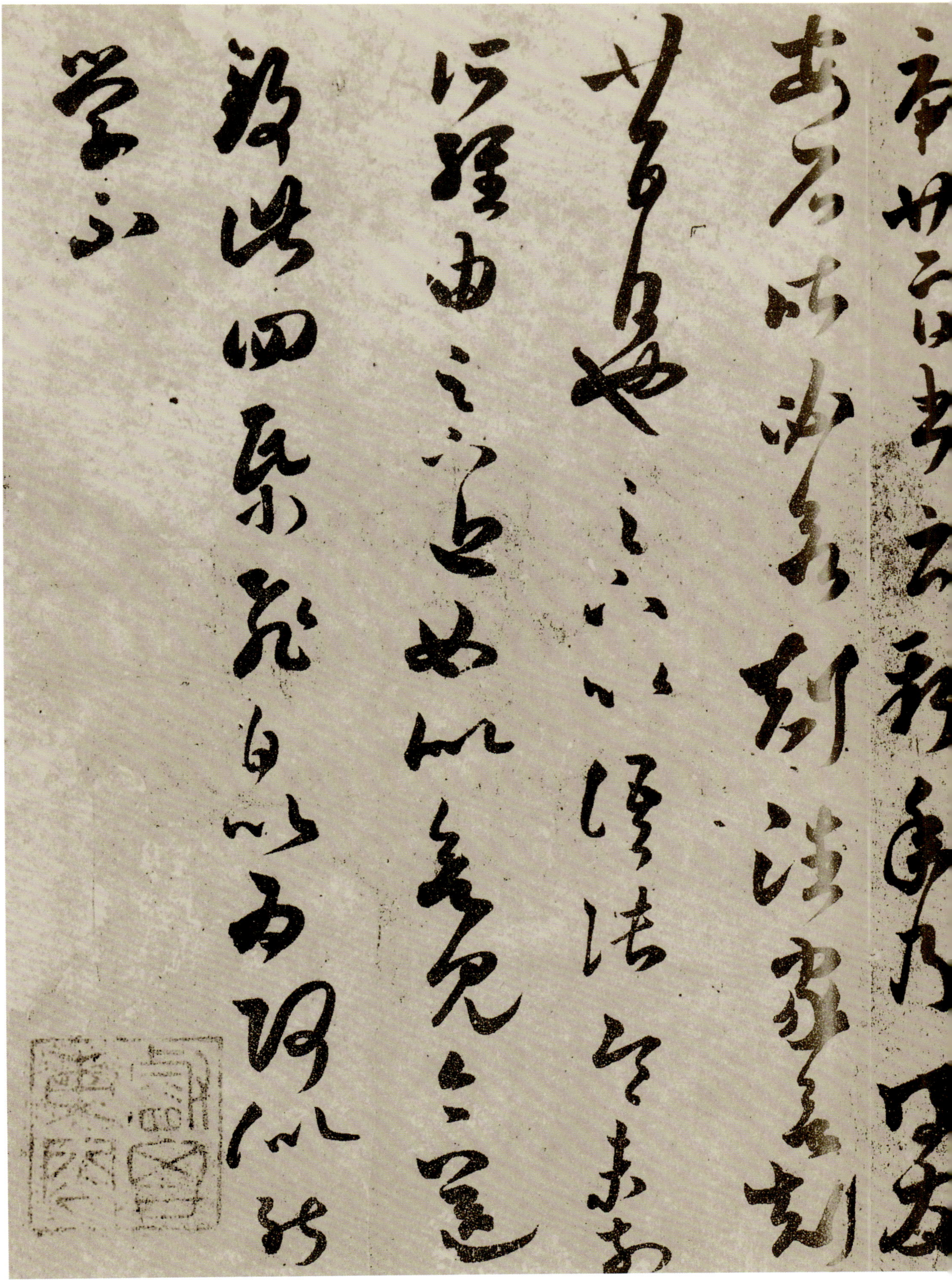

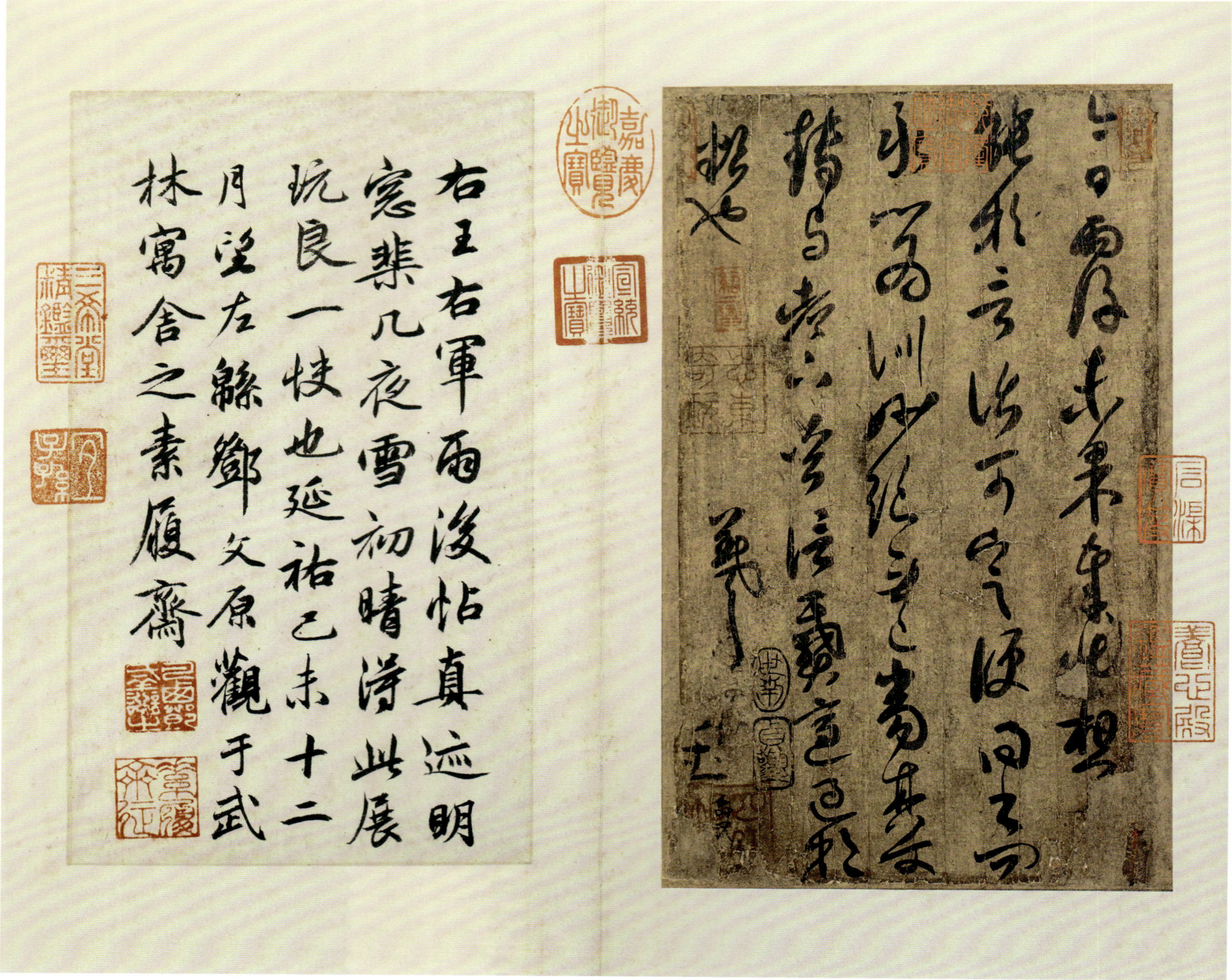

四八　雨後帖　東晉　王羲之（之一）

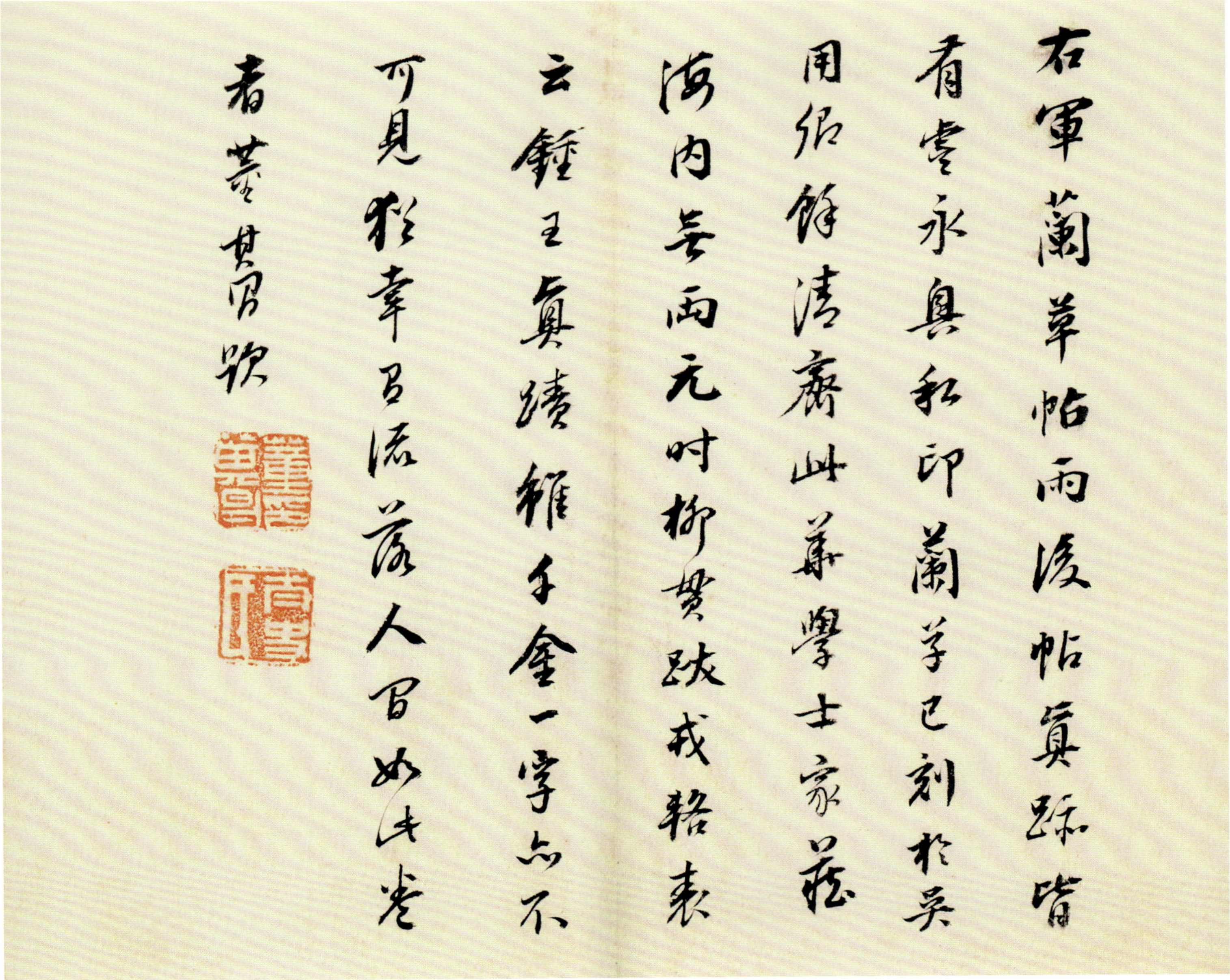

四八　雨後帖　東晉　王羲之（之二）

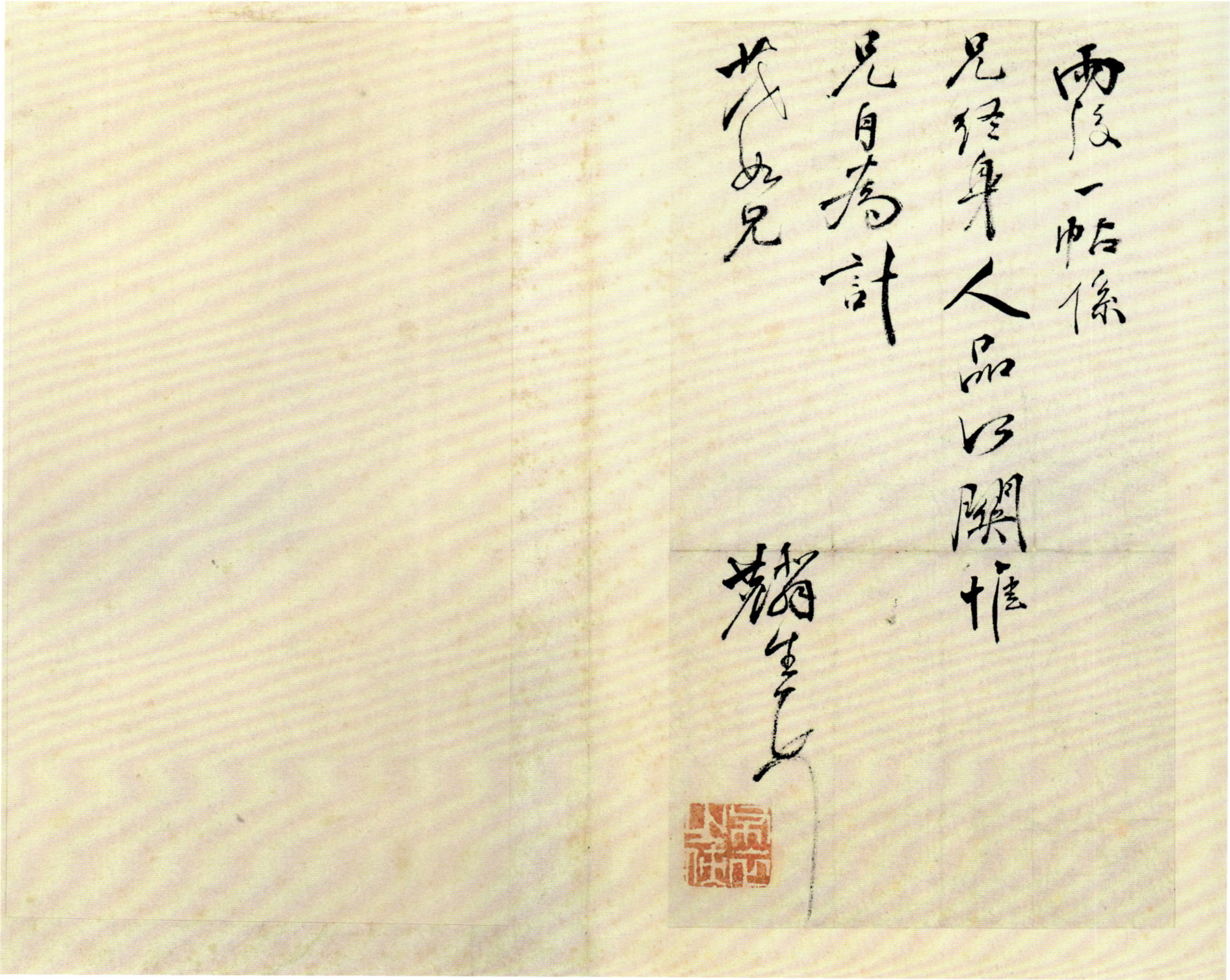

四八　雨後帖　東晉　王羲之（之三）

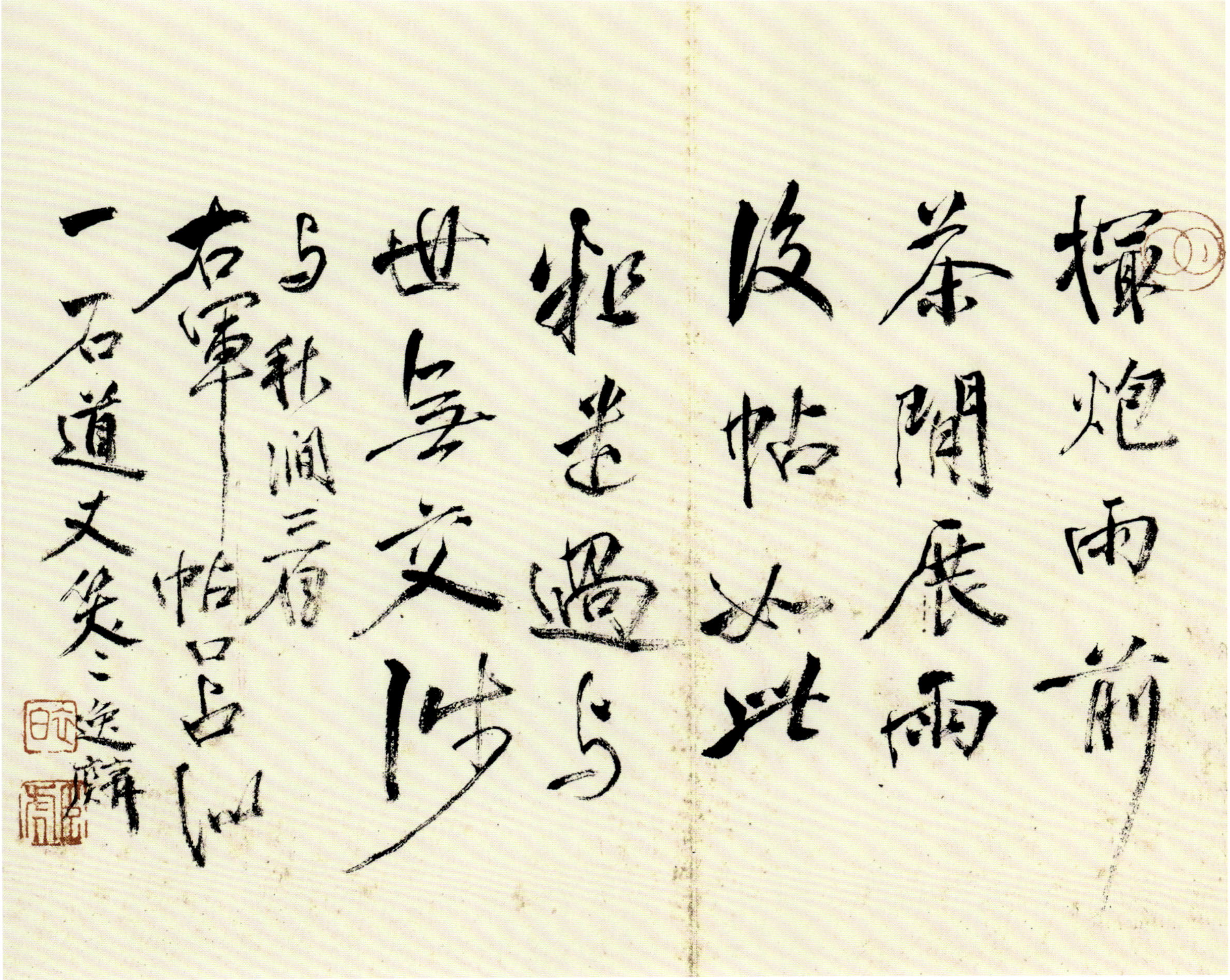

四八　雨後帖　東晉　王羲之（之四）

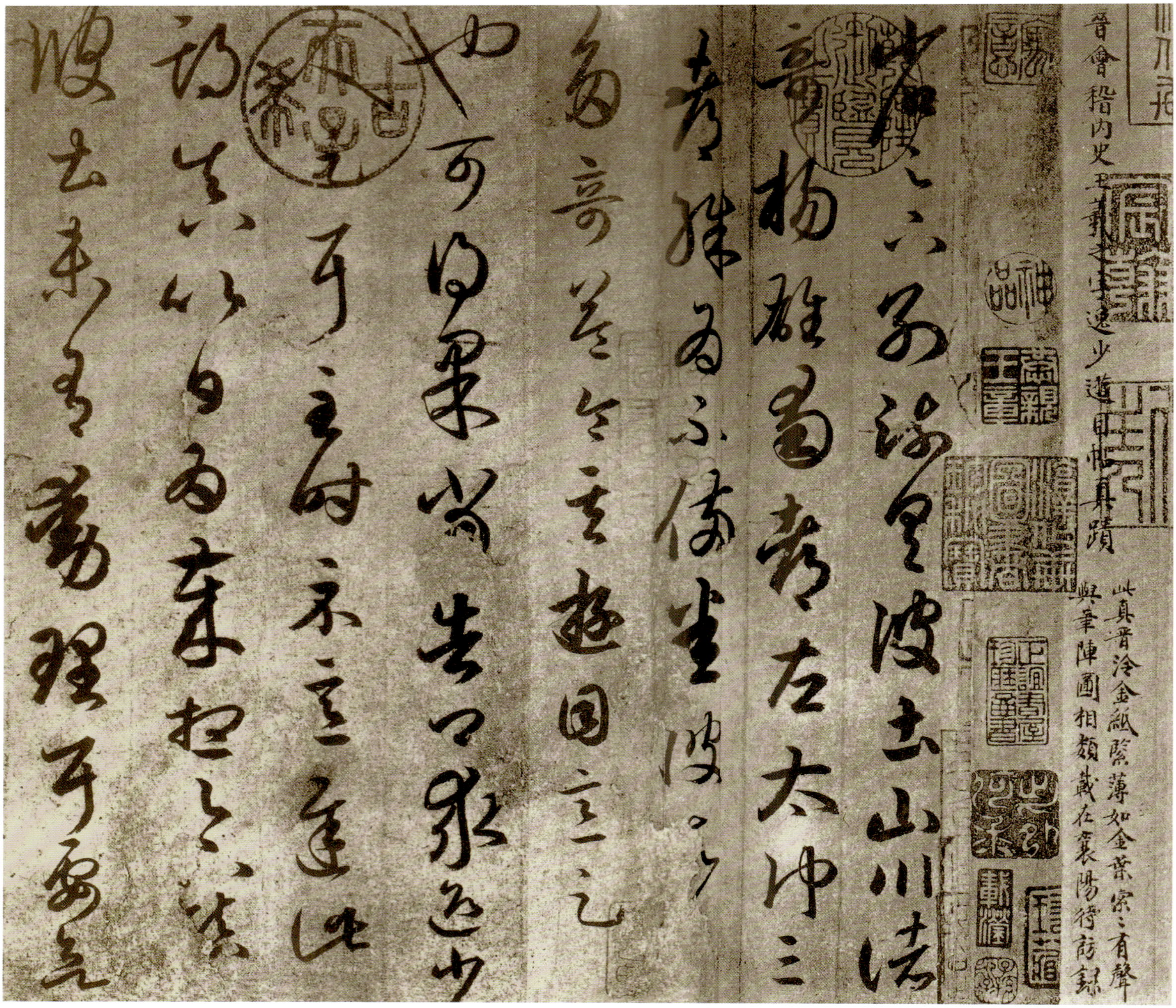

四九　遊目帖　東晉　王羲之

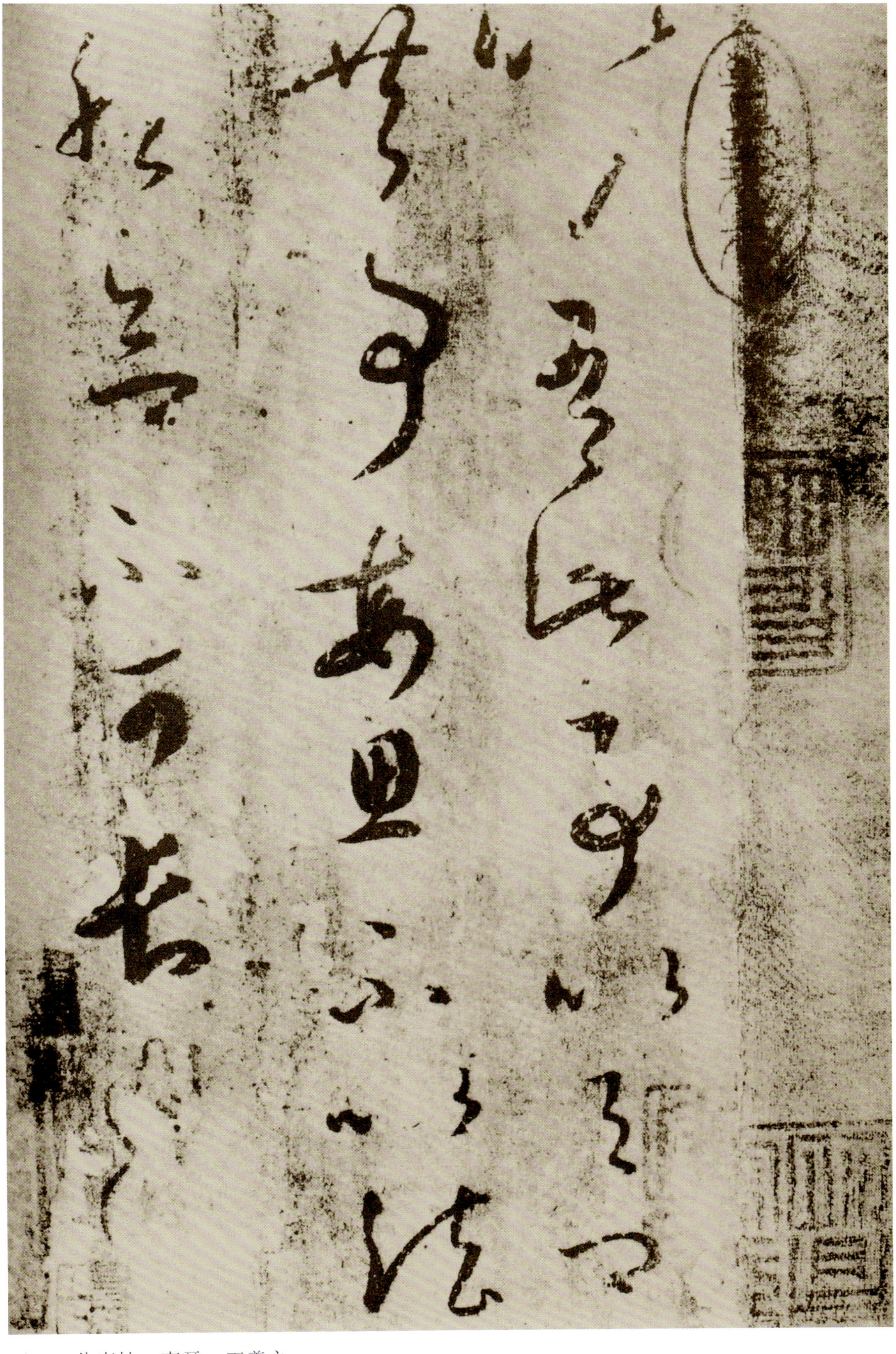

五〇　此事帖　東晉　王羲之

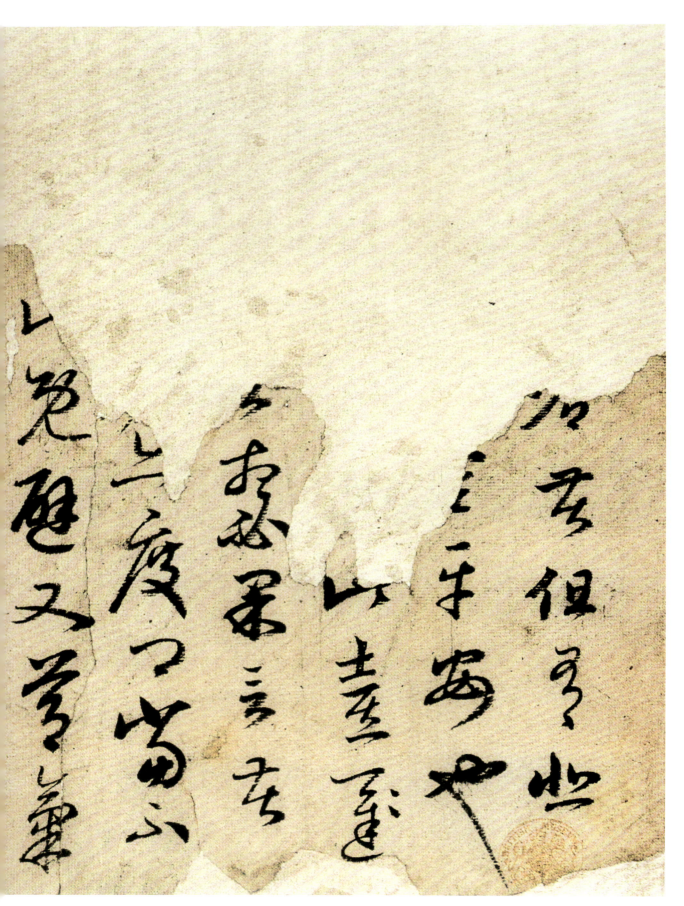

五一　瞻近帖・龍保帖　東晉　王羲之

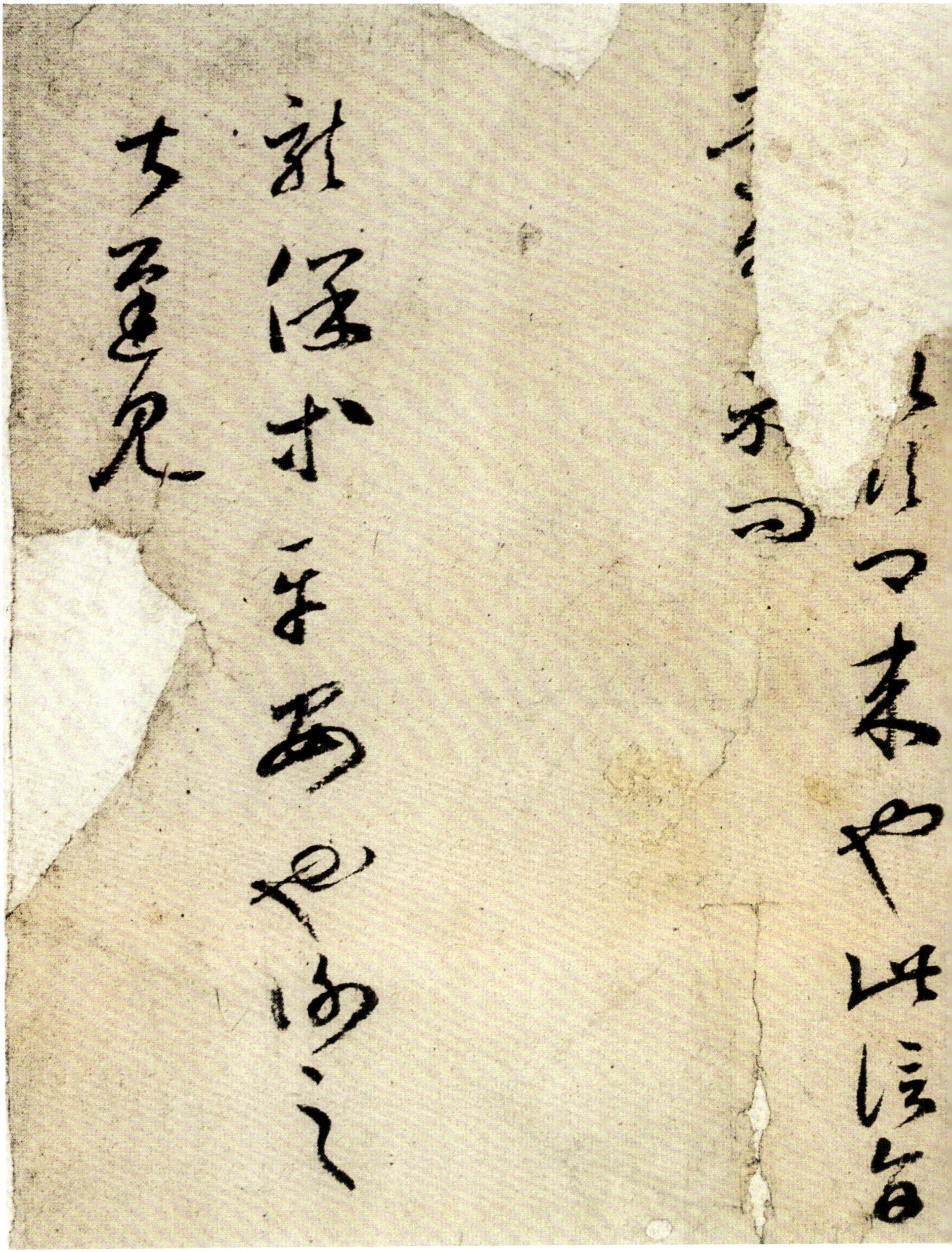

蘭亭八柱第一

題蘭亭八柱冊并序

自永和之脩禊觴詠初傳迨貞觀之蒐
孫鈎摹迭出惟定武馳聲籍甚而閱文
聚訟紛如寢多翻刻失真允復揉艅尖
似顧善本之難觀贋鼎無慮百千且好
手之罕逢名蹟或存什一繫諫議寫其
為帳波折又新泊香光倣彼筆蹤捫搨
獨連余旣使舊卷之離而重合因從幾
暇再臨尋復惜原本之剝而不完詔付
文臣遞補於是四冊並敎刻鵠然而一編
不勞戡鴻繼披柳蹟於石渠薈集唐摹
於壁府仍琭琰之咸列俾甲乙以分畺
允為藝苑聯珠題曰蘭亭八柱若承天
之八山峻崎極和布而為扼辟畫卦之
八體流形奇偶比而依次分詠已舉其
要棊岑更括其全

永和九年歲在癸丑暮春之初會
于會稽山陰之蘭亭脩禊事
也群賢畢至少長咸集此地
有崇山峻領茂林脩竹又有清流激
湍暎帶左右引以為流觴曲水
列坐其次雖無絲竹管弦之
盛一觴一詠亦足以暢敘幽情
是日也天朗氣清惠風和暢仰
觀宇宙之大俯察品類之盛
所以遊目騁懷足以極視聽之
娛信可樂也夫人之相與俯仰
一世或取諸懷抱悟言一室之內
或因寄所託放浪形骸之外雖
趣舍萬殊靜躁不同當其欣
於所遇暫得於己快然自足不
知老之將至及其所之旣倦情
隨事遷感慨係之矣向之所
欣俛仰之間以為陳迹猶不

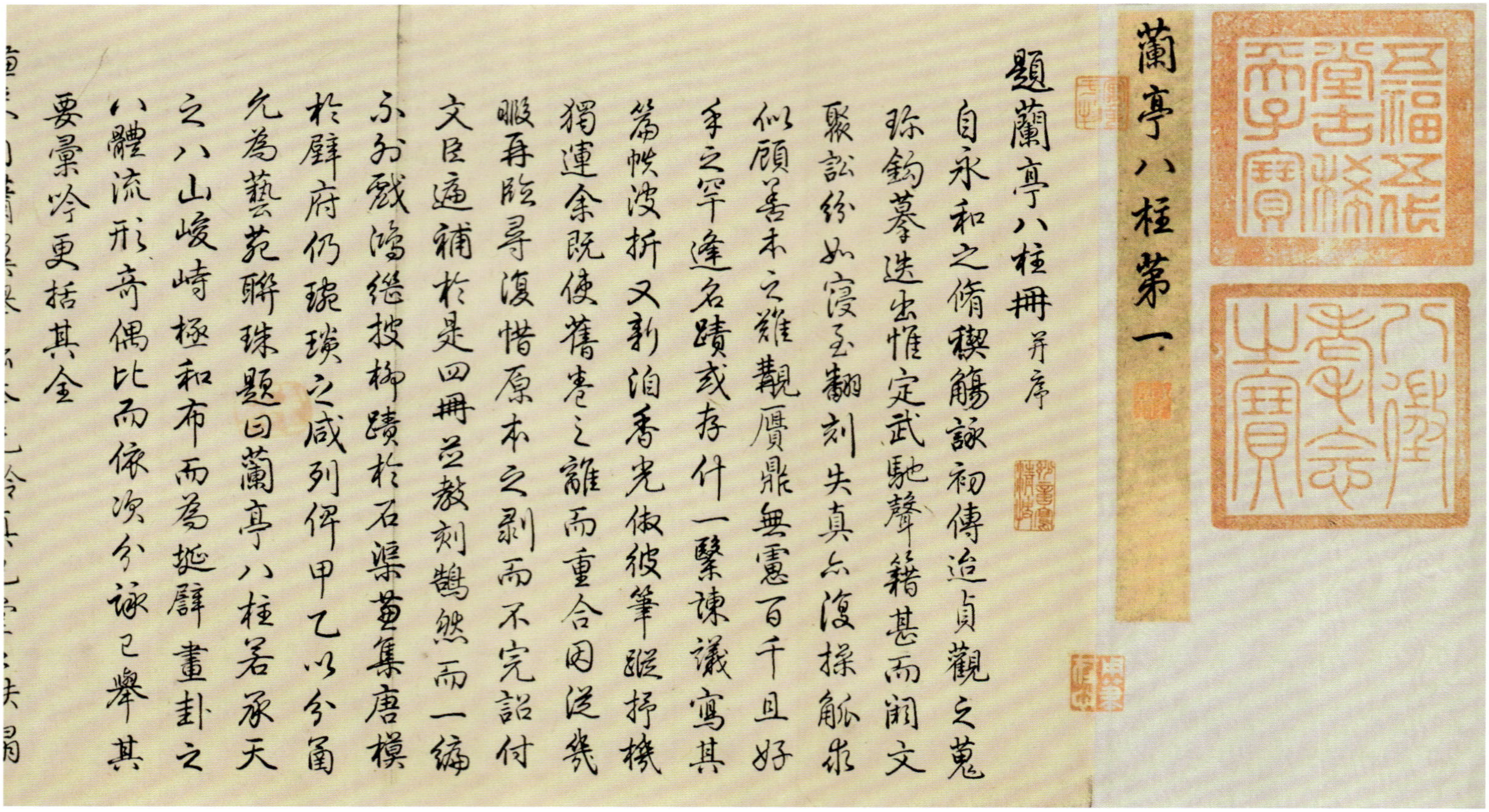

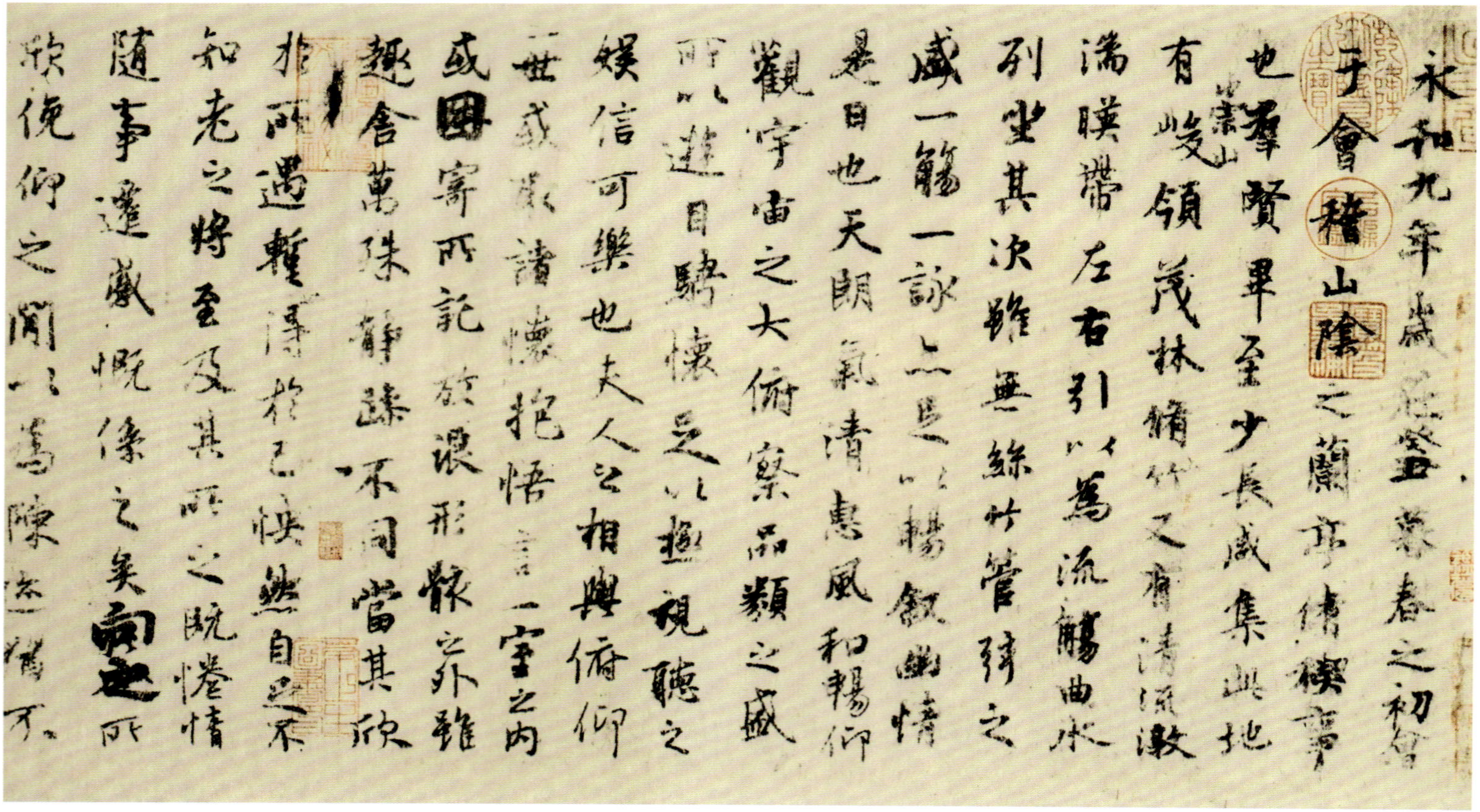

五二　蘭亭序（蘭亭八柱第一本　唐虞世南摹）　東晉　王羲之　（之一、之二）

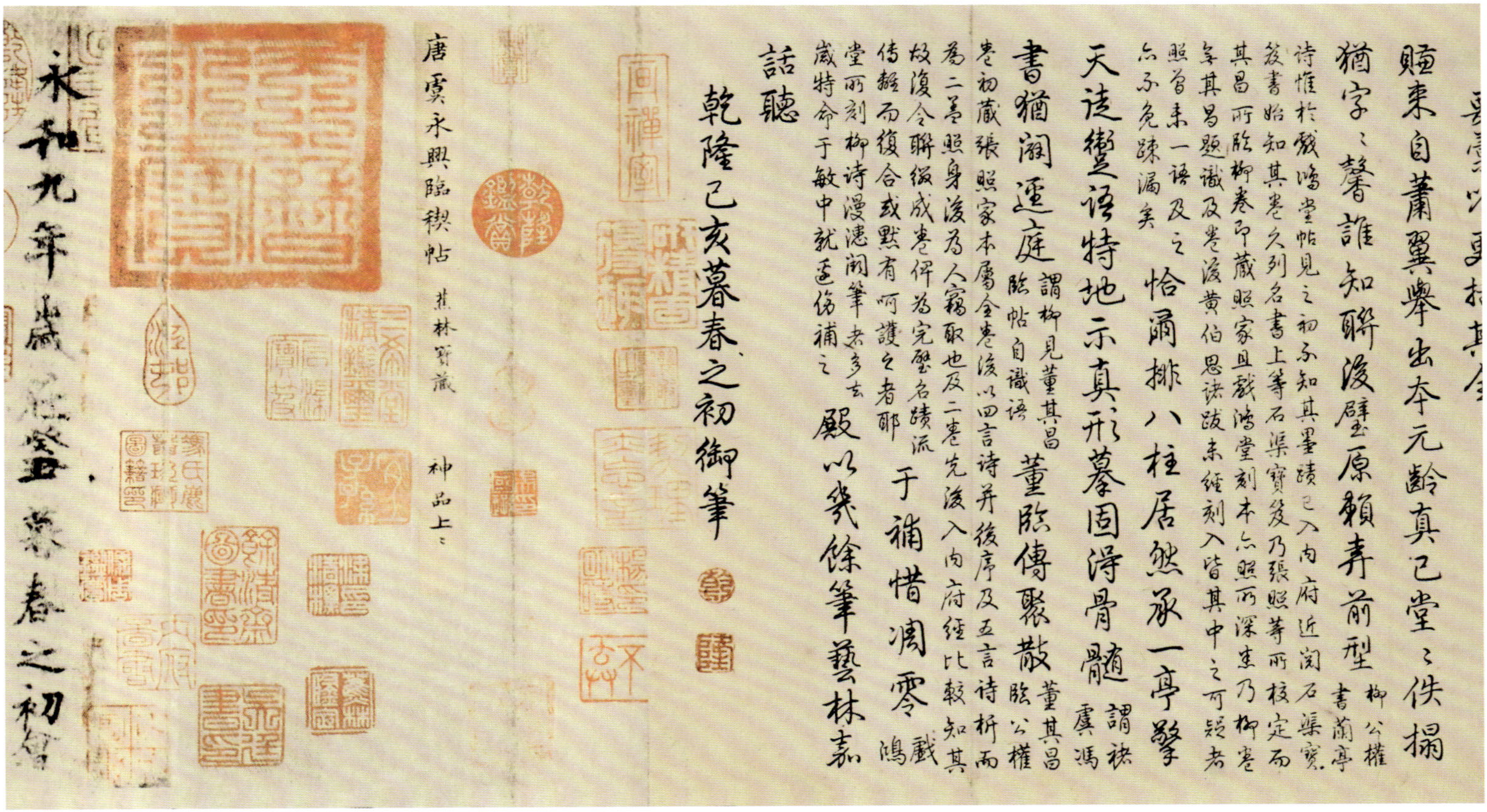
賺來自蕭翼擎出本元齡真已堂〻佚搨
猶字〻馨誰知聯後壁原額弄前型
柳公權書蘭亭詩惟於戲鴻堂帖見之初不知其墨蹟已入内府近閱石渠寶笈書始知其卷久列名書上等石渠寶笈乃張照等所校定而其昌所臨柳卷即藏照家且戲鴻堂刻本亦照所深悉乃柳卷題識及卷後黄伯思跋未經刻入皆其中之可疑者照曾未一語及之亦不免疎漏矣
恰爾排八柱居然承一亭擘天徒鑾語特地示真形摹固得骨髓
謂柳虞馮
書猶闕運庭
謂柳見董其昌臨帖自識語
董臨傳聚散
董其昌臨柳公權卷初藏張照家本屬全卷後以四言詩并後序及五言詩析而為二幾照身後為人竊取也及二卷先後入内府經比較知其為二幾復令聯綴成卷俾為完璧名蹟流傳離而復合或默有呵護之者耶
于補惜凋零
戲鴻堂所刻柳詩漫漶闕筆者多茲特命于敏中就定偽補之
殿以幾餘筆藝林嘉話聽
乾隆己亥暮春之初御筆
唐虞永興臨禊帖
蕉林寶藏
神品上上
永和九年歲在癸丑暮春之初

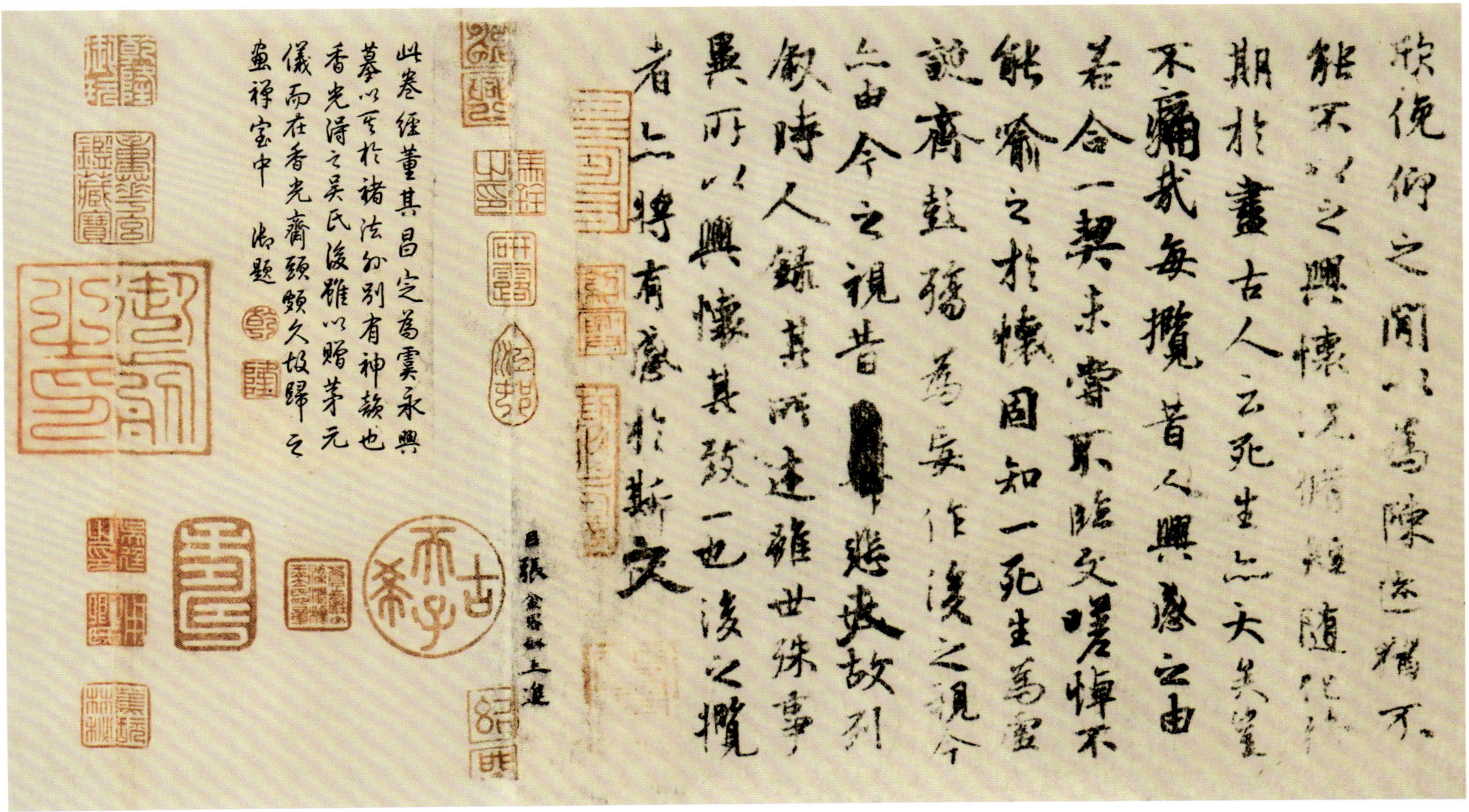
欣俛仰之間以為陳迹猶不能不以之興懷況脩短隨化終期於盡古人云死生亦大矣豈不痛哉每攬昔人興感之由若合一契未嘗不臨文嗟悼不能喻之於懷固知一死生為虛誕齊彭殤為妄作後之視今亦由今之視昔悲夫故列敘時人錄其所述雖世殊事異所以興懷其致一也後之攬者亦將有感於斯文
此卷經董其昌定為虞永興摹以互於褚法分別有神韻也香光得之吳氏後雖以贈茅元儀而在香光齋頭頗久故歸之畫禪室中
御題

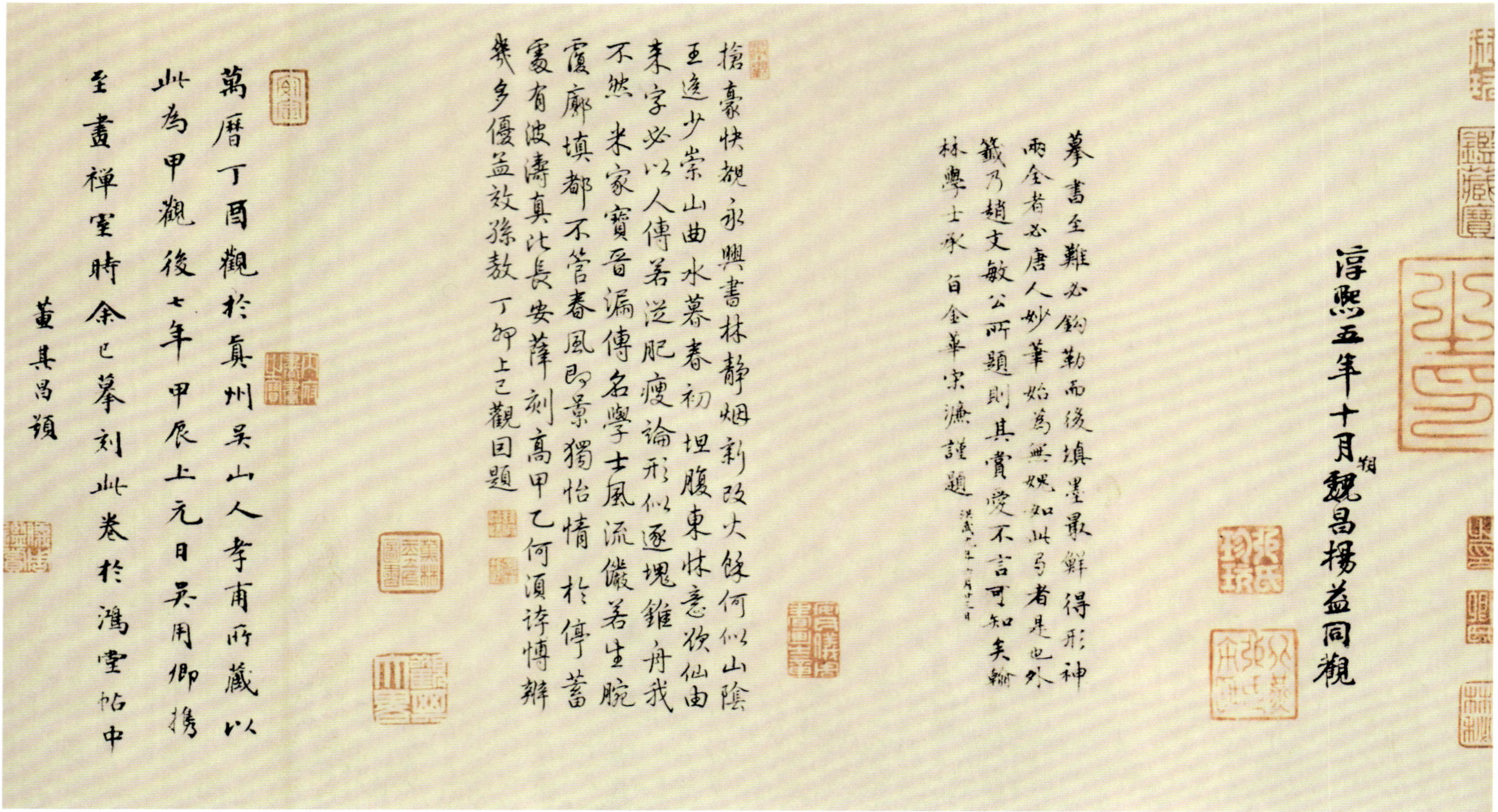

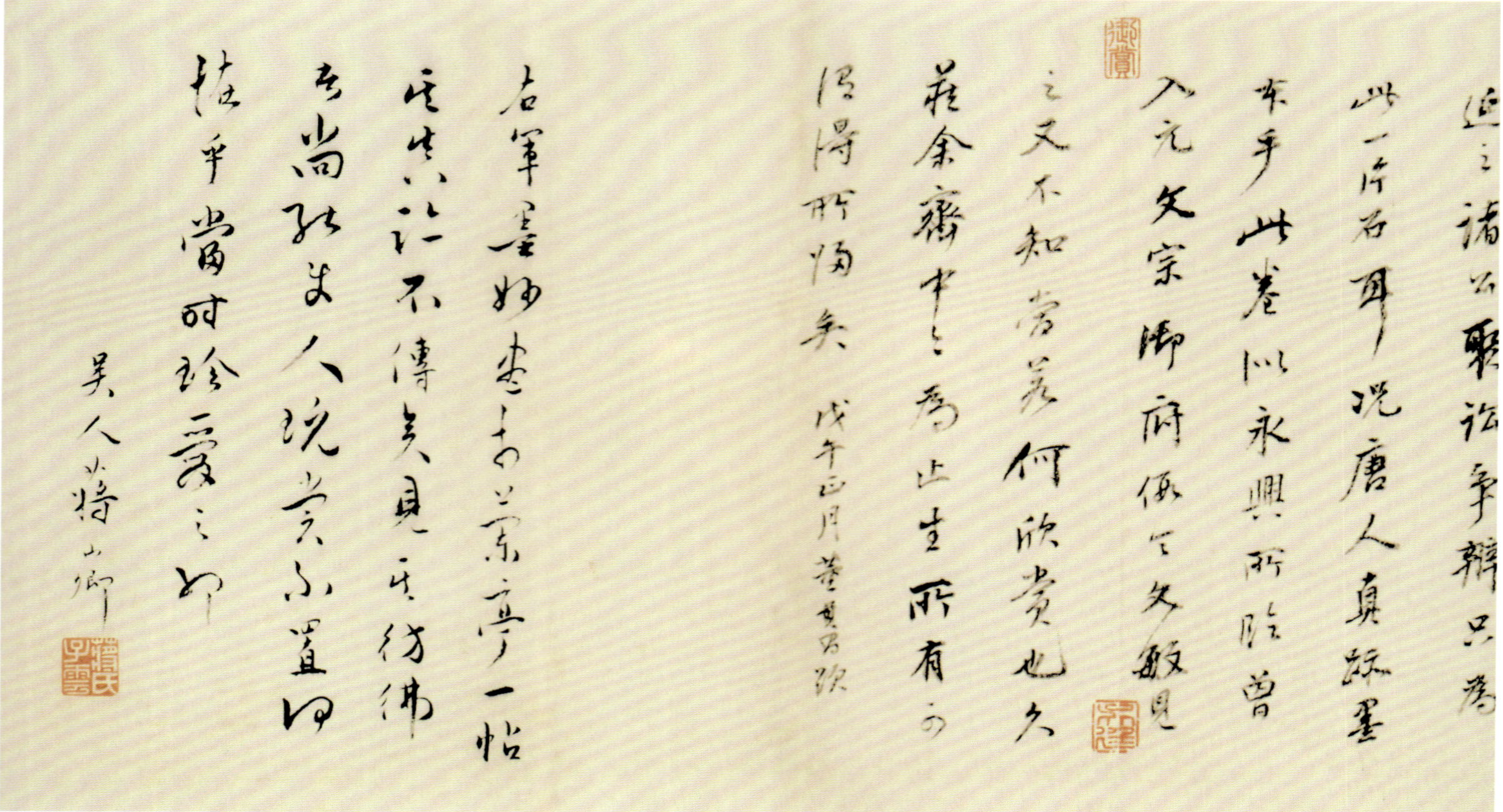

五二　蘭亭序（蘭亭八柱第一本　唐虞世南摹）　東晉　王羲之（之三、之四）

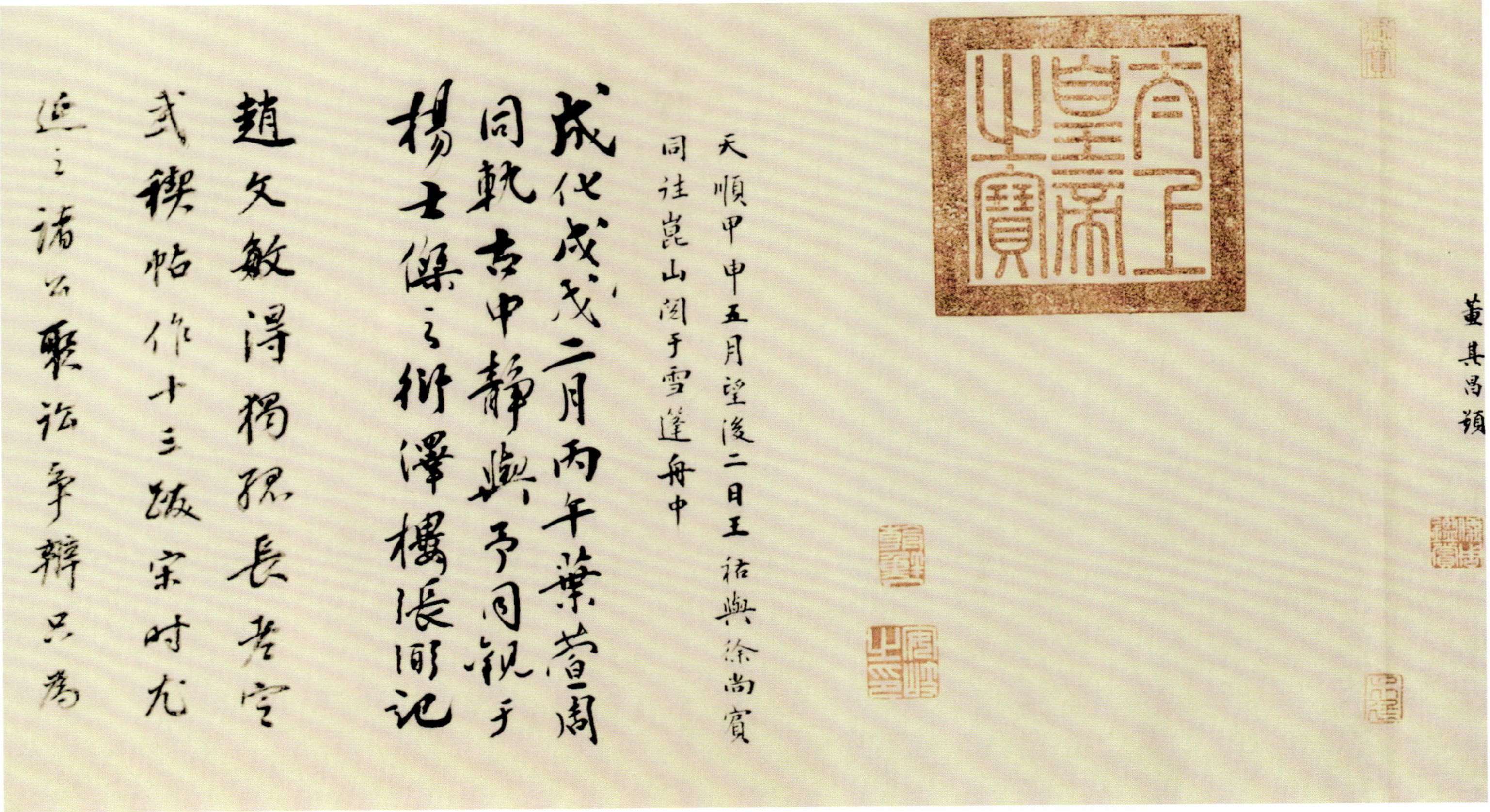
董其昌題
天順甲申五月望後二日王祐與徐尚賓
同往崑山閱于雪蓬舟中
成化戊戌二月丙午葉菴周
同執古中靜與予同觀于
楊士傑之衍澤樓張弼記
趙文敏得獨孤長老定
武禊帖作十三跋宋時尤
延之諸公聚訟爭辨只為

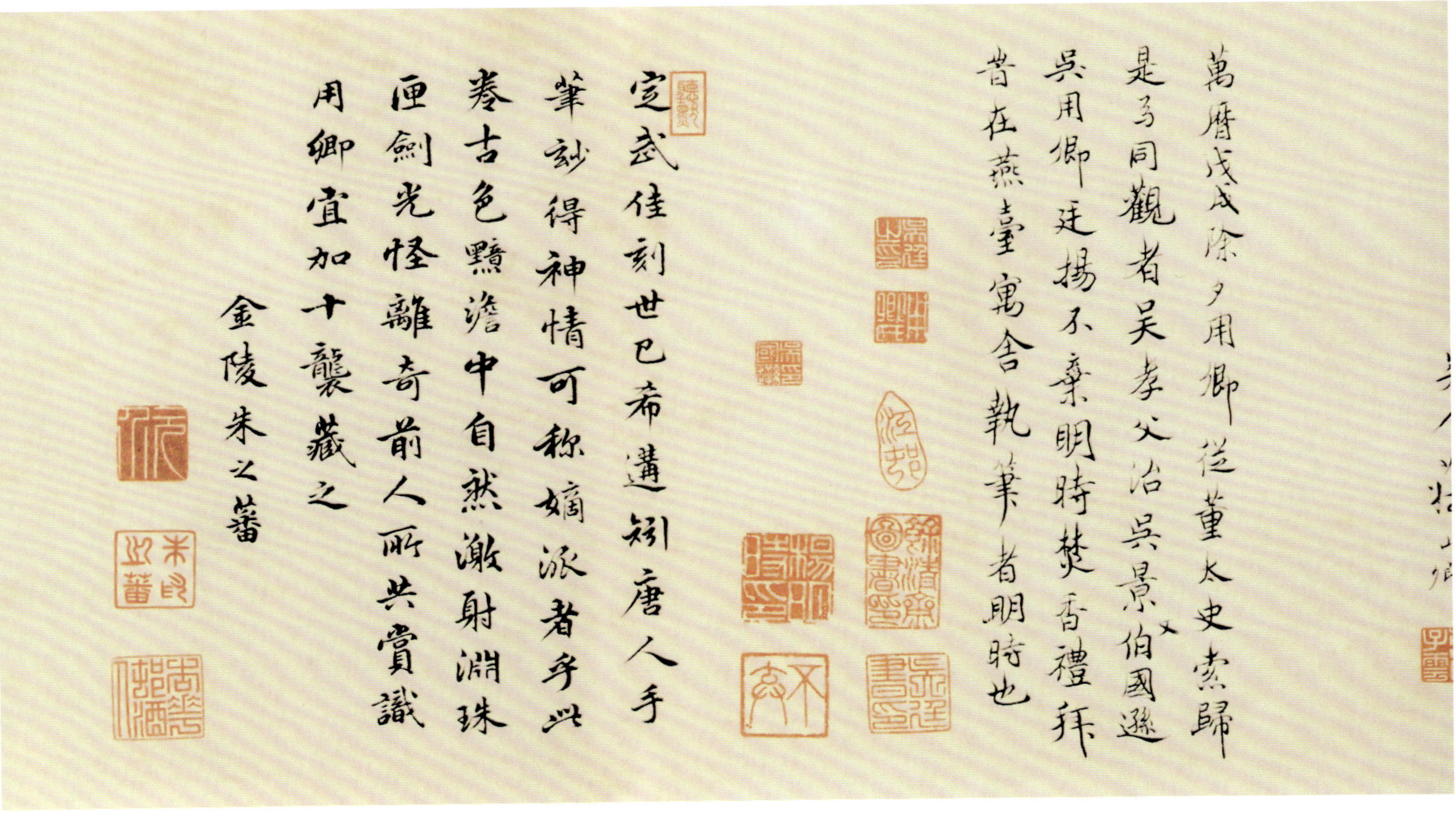
萬曆戊戌除夕用卿從董太史索歸
是夕同觀者吳孝父治吳景文伯國遜
吳用卿廷揚不棄明時焚香禮拜
昔在燕臺寓舍執筆者明時也
定武佳刻世已希遘矧唐人手
筆妙得神情可稱嫡派者乎此
卷古色黯澹中自然激射淵珠
匣劍光怪離奇前人所共賞識
用卿宜加十襲藏之
金陵朱之蕃

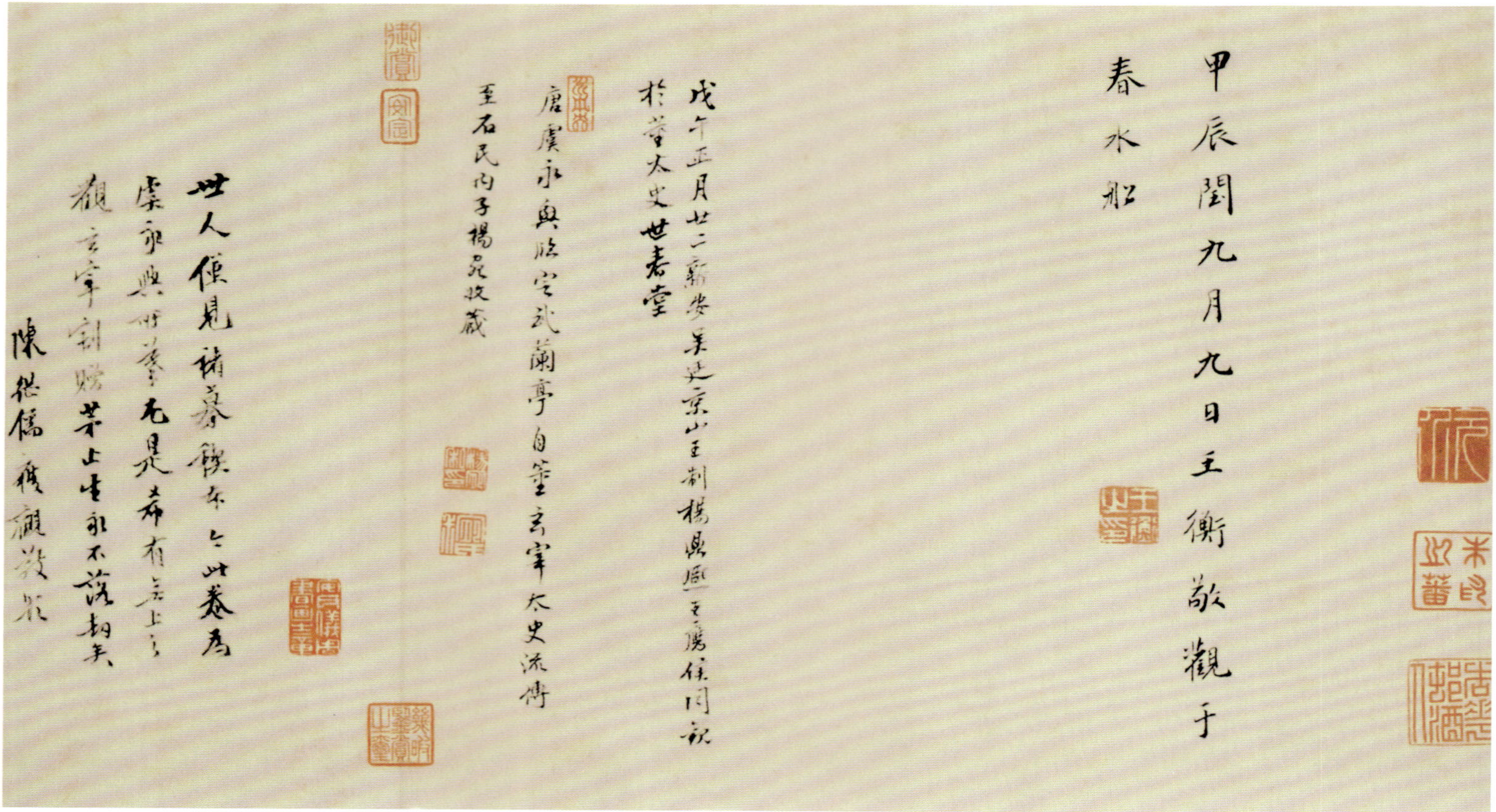

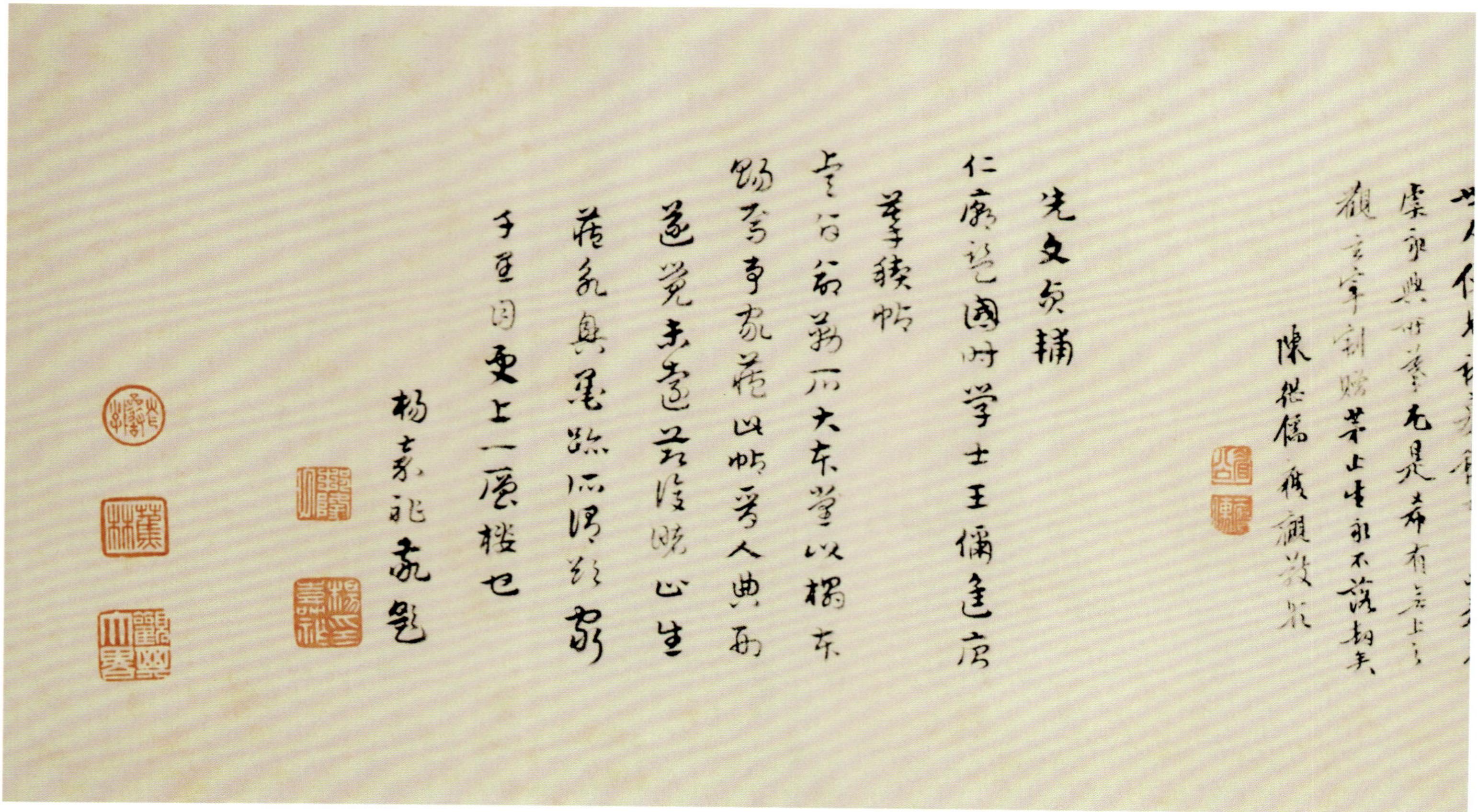

五二　蘭亭序（蘭亭八柱第一本　唐虞世南摹）　東晉　王羲之（之五）

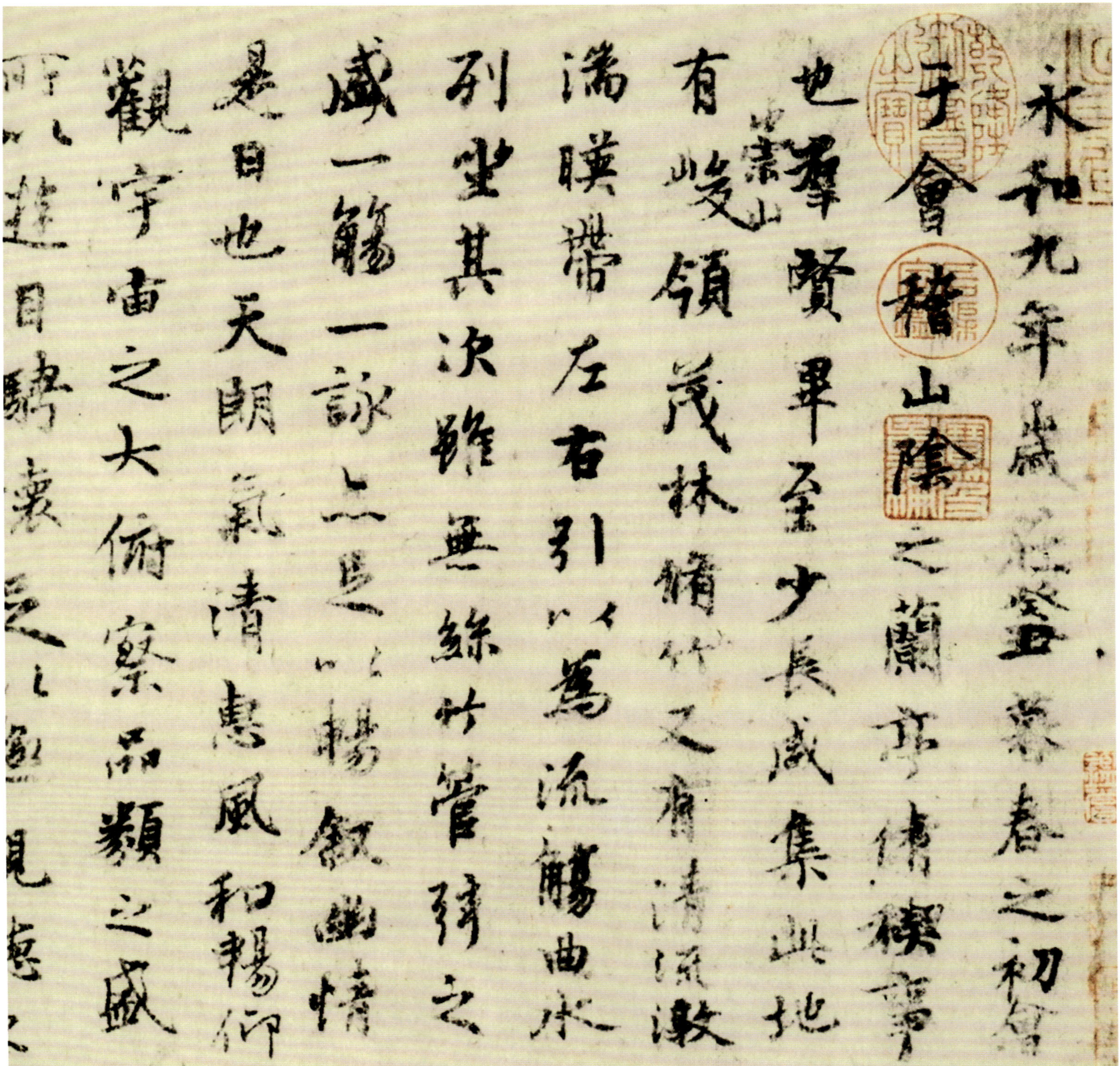

五二　蘭亭序（蘭亭八柱第一本　唐虞世南摹）　東晉　王羲之（局部）

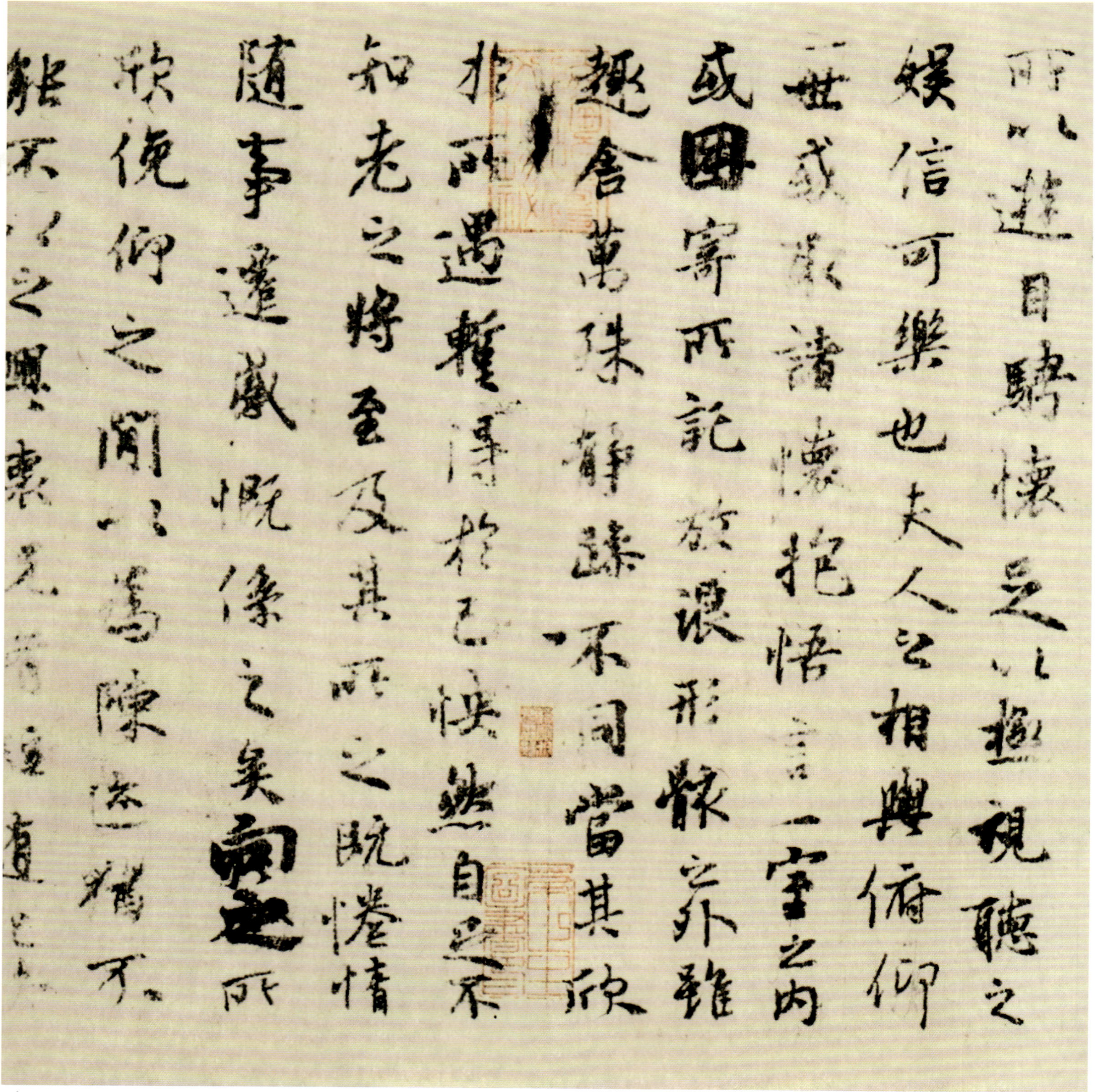

所以遊目騁懷足以極視聽之
娛信可樂也夫人之相與俯仰
一世或取諸懷抱悟言一室之內
或因寄所託放浪形骸之外雖
趣舍萬殊靜躁不同當其欣
於所遇暫得於己快然自足不
知老之將至及其所之既惓情
隨事遷感慨係之矣向之所
欣俛仰之閒以為陳跡猶不
能不以之興懷況脩短隨

五二　蘭亭序（蘭亭八柱第一本　唐虞世南摹）　東晉　王羲之（局部）

能不以之興懷況脩短隨化終
期於盡古人云死生亦大矣豈
不痛哉每攬昔人興感之由
若合一契未嘗不臨文嗟悼不
能喻之於懷固知一死生為虛
誕齊彭殤為妄作後之視今
亦由今之視昔悲夫故列
敘時人錄其所述雖世殊事
異所以興懷其致一也後之攬
者亦將有感於斯文

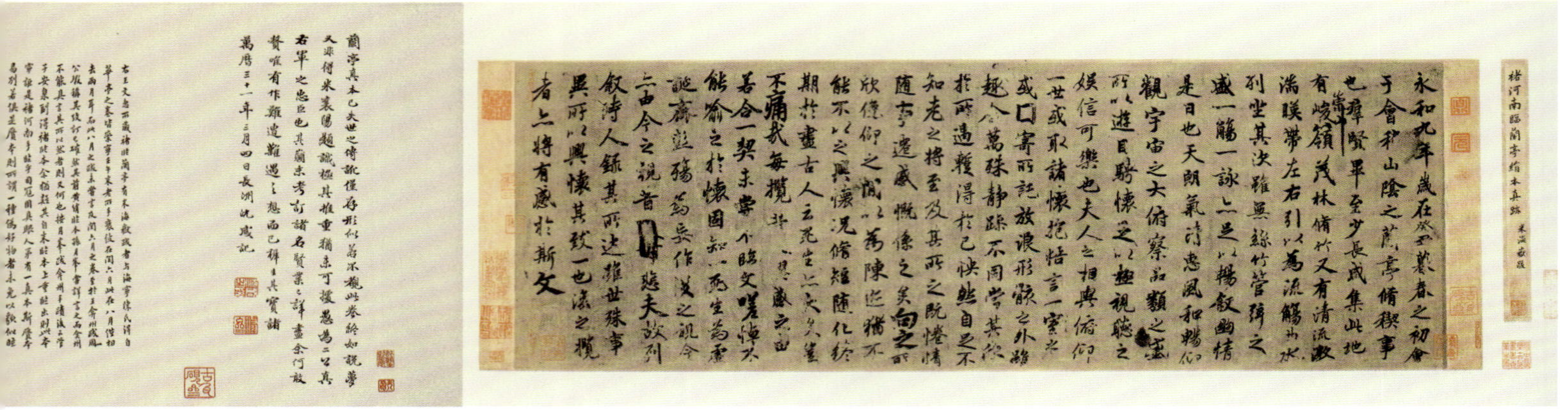

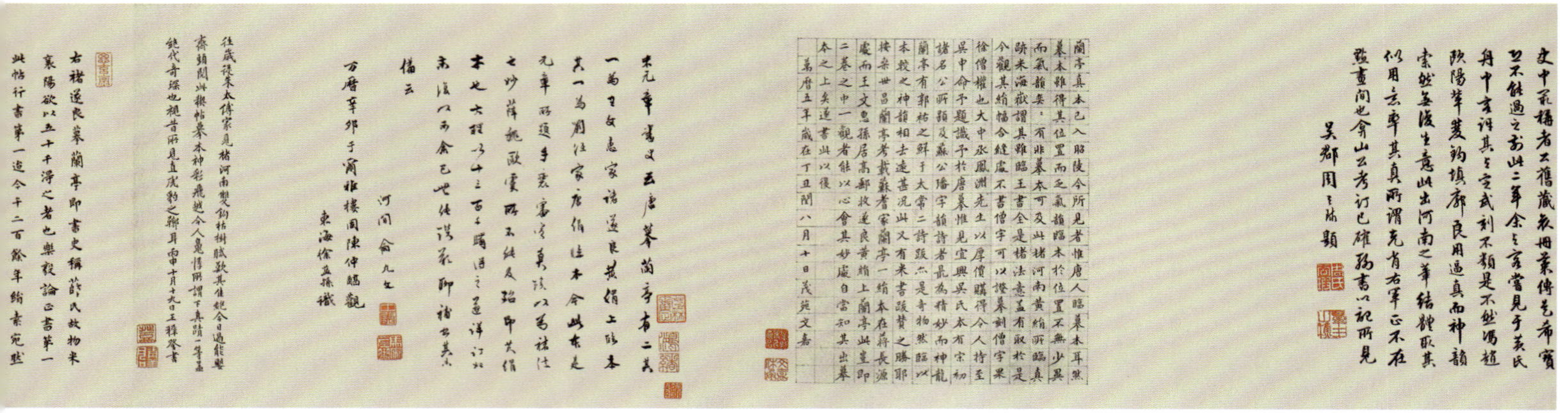

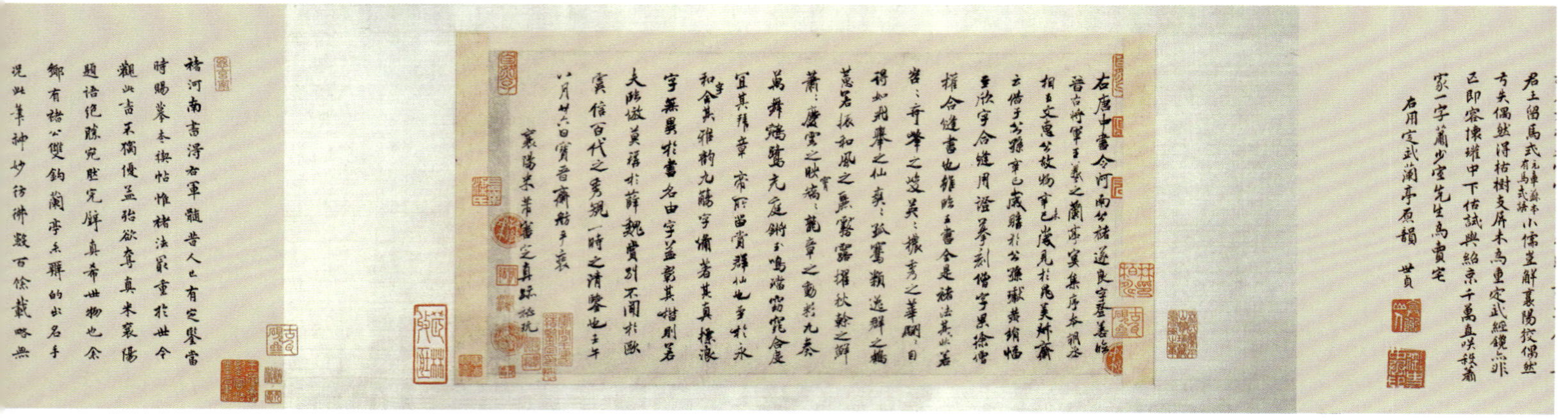

五三　蘭亭序（黄絹本　唐褚遂良摹）　東晉　王羲之

右褚模黃絹本禊帖宋南宮所謂王文惠本也
有南宮題字於後每韻必蘇本考證其成化
為真本之瑕諸帖乃刻有米跋
寶晉齋法帖諸帖乃證其真出以米跋
因來禊之傷刻四絹本念合詳以
痕米印有傷刻且見宋人梁正卷於尾色後
此帖之傷也夫至平一往記何延之言以所
朝書兩閒而斷言鋤搨褚本成化元和之蘭亭記
時乃有更河南書海岳書史論蘇
家蘭亭第二本褚遂良摹蘭亭諸帖
之流褚模蘭本王文惠本改
誤字多率意為之成化褚搨然已乃
臨真本下不可辨於米跋諸帖以米跋
真本黃印宣諸帖我第其改
體與搨本不同褚搨卻原本敗筆王柱領
字從山川帖後人見臨時蕃鋤清河入清
代著鋤式古堂書畫彙考刻此帖
又有畫韻衡光藏之物墨注云
本米帖之神存祕玩上神品以藏之物
可知鳴呼褚搨蘭亭本米之昭陵在今日欲窺山
陰真面目舍此本更何所適從耶
昭和乙巳九月内藤虎書於恭仁山莊

溫叔誤調驪山陌上帝依然聞真蹟致寶日季
少傳學步太娼嫣嫣鋤閒室便宋石河南惠刻射雕手除卻
率更勁歐箋字寧華翰永陌之法等後匀累來
何娟娟馬氏孫已為欢王孫對假假雕鵝來
君王偶馬氏孫已為欢王孫對假假雕鵝來
亡夫偶蔽浮祐樹支咻木為更定武鏡點妝
正即宗懷權巾下佑試武經鏡點非
右用定武蘭亭原韻為賞定
家一字用定武蘭亭原韻為賞定
後學王毋貞跋

唐人臨右軍禊帖自馮普徹馮承素趙模
諸摹貞外其嚴整者必歐陽率更而後險
者史褚薛蘇沂家第二本以為出它本上
坐弦之是徽鈎蘇沂家第二本以為出它本上
精大今日寒心臨薛承丞耳襄陽又右軍率
更文惠家文惠孫后高卹并收浮褚遂良黃
絹上晚蘭亭一本之賞之官約以五十千
賀之後孫王以二帖賞沈存中而攜諸本已藏
賜之公孫褘蘭亭史語合按蘇家
本稀崇寧壬午閒八月手裝此則平午
三月手裝耳書法翻送秀點意之
開真有其趣襄陽所稱慶雲麗寶龍
車動米度或近之蓋山陰之結嗣兩嶽蘇
則其鈎裝裱之甲本乙丑即午午為嵩屐
丁丑上距宋裝文藏盡七甲子廿三必朔
再安淳不六倍其真也又有李伯時一跋
雖真蹟何謂甲本今藏者故刻之咸
蛇足
後學王毋貞跋

祐峯禊帖宋刻後吳中有二刻鄞有一刻
其筆法稍異其二禂藏永相薛希貴民
大凡會山三禂重賞降禊本黃絹永希貴
文中二禂褐之至武三禂全是宗寶馮道
陝陽率裝刻填填廊良用遍真而神韻取其
未然奉返生意此出河南之筆正不必見其
何用云平其真兩謂先有右軍正不...

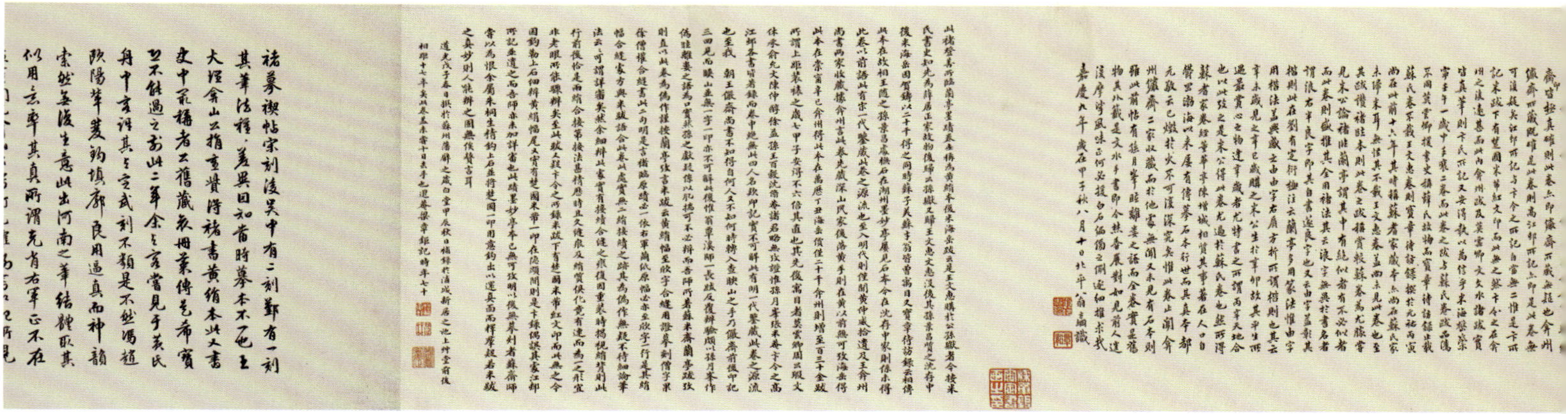

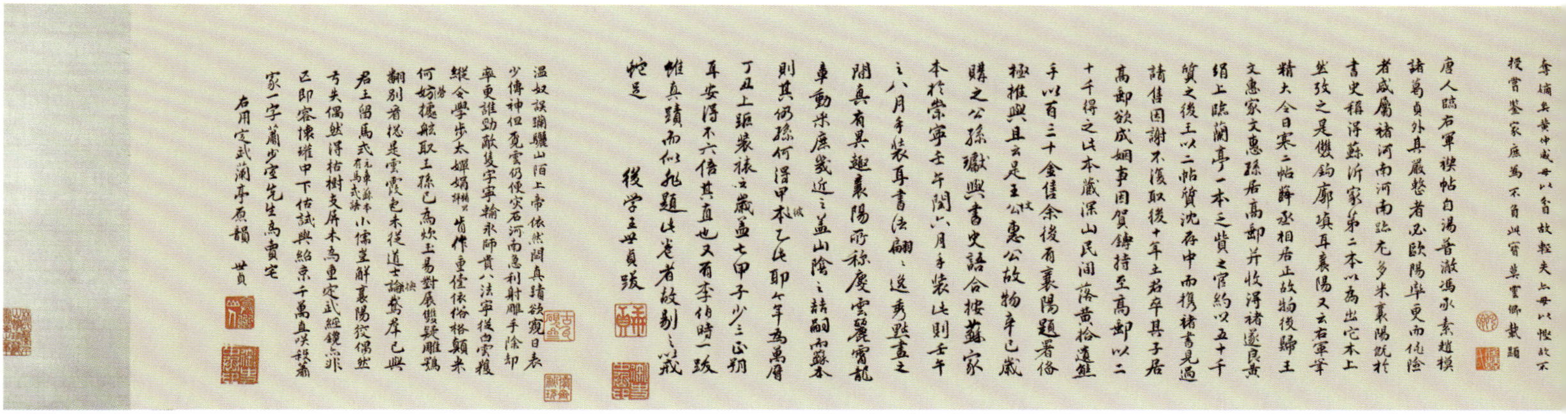

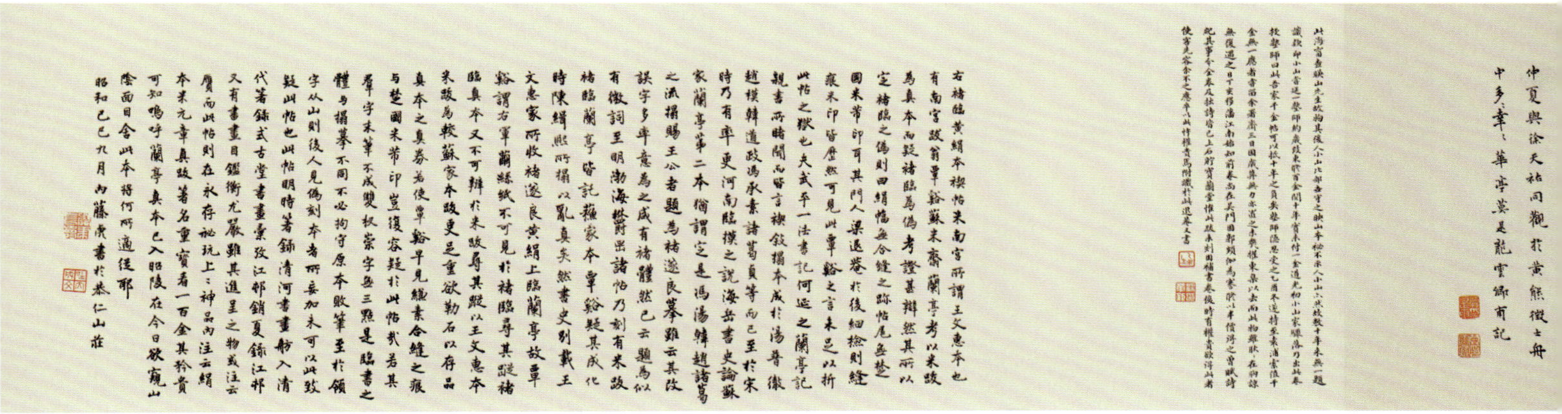

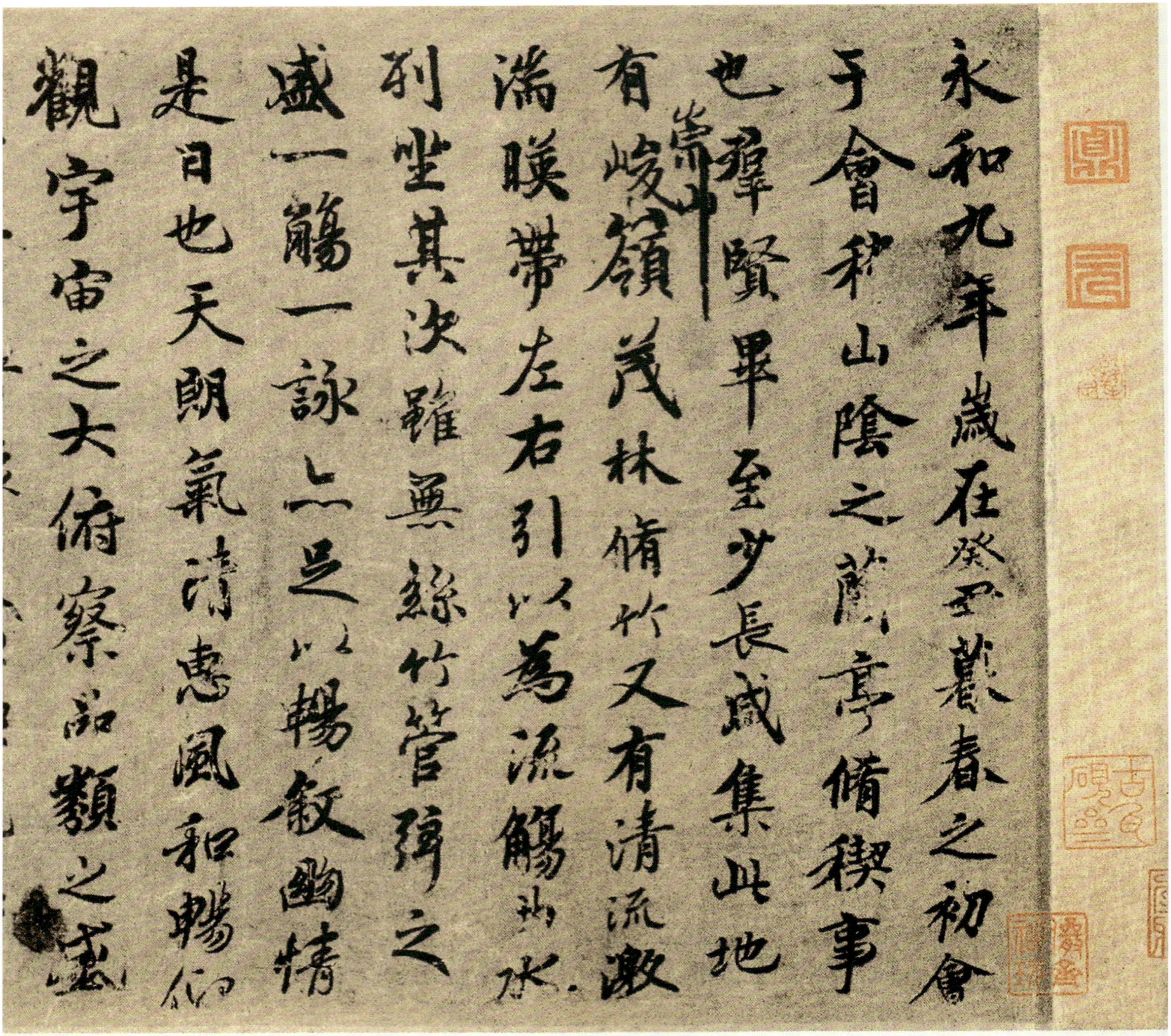
永和九年歲在癸丑暮春之初會
于會稽山陰之蘭亭脩稧事
也羣賢畢至少長咸集此地
有崇山峻領茂林脩竹又有清流激
湍暎帶左右引以為流觴曲水
列坐其次雖無絲竹管弦之
盛一觴一詠亦足以暢敘幽情
是日也天朗氣清惠風和暢仰
觀宇宙之大俯察品類之盛

五三　蘭亭序（黃絹本　唐褚遂良摹）　東晉　王羲之（之一　放大）

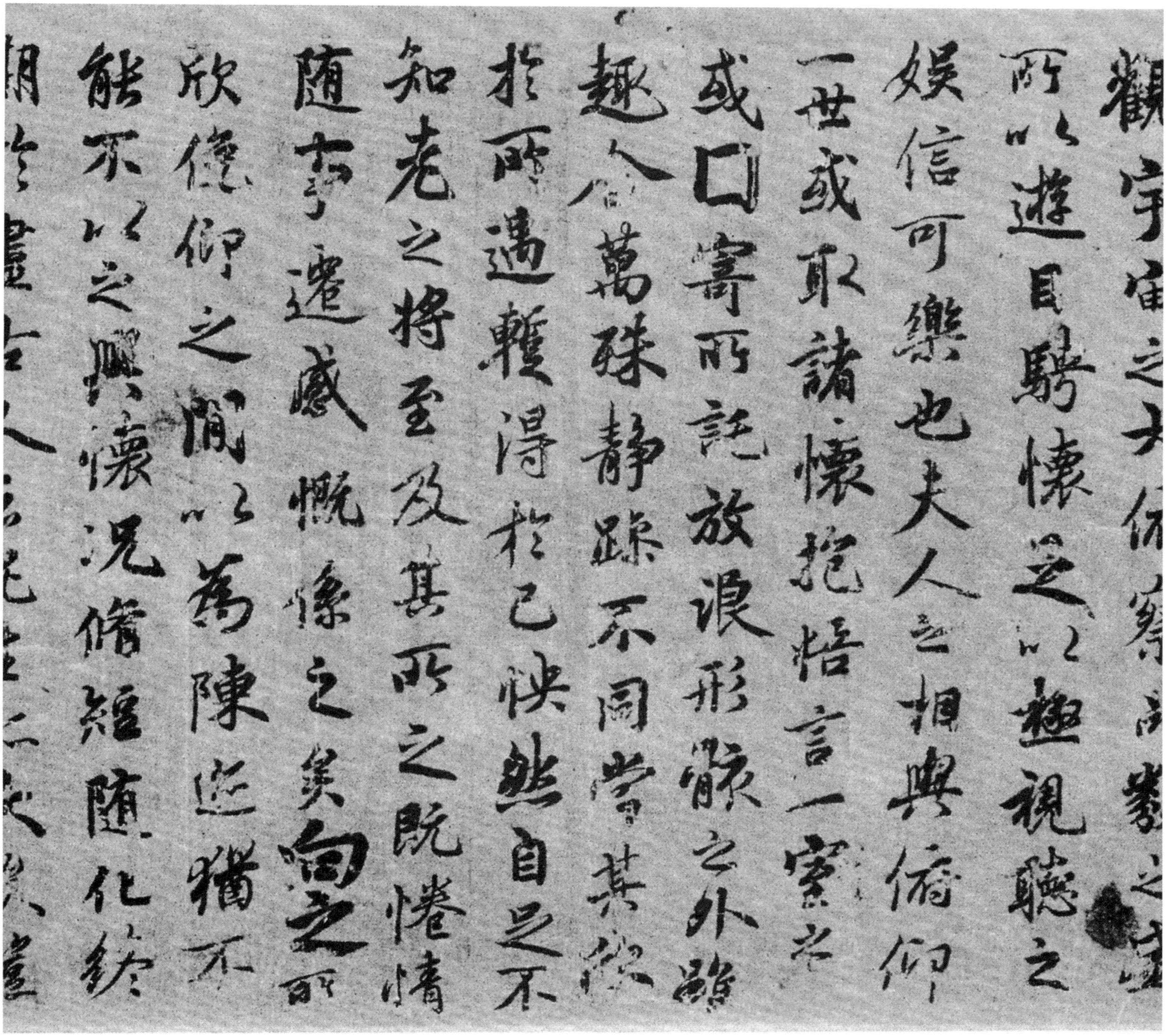
觀宇宙之大俯察品類之盛
所以遊目騁懷足以極視聽之
娛信可樂也夫人之相與俯仰
一世或取諸懷抱悟言一室之
或因寄所託放浪形骸之外雖
趣舍萬殊靜躁不同當其欣
於所遇暫得於己快然自足不
知老之將至及其所之既倦情
隨事遷感慨係之矣向之所
欣俯仰之間以為陳迹猶不
能不以之興懷況脩短隨化終
期於盡古人云死生亦大矣豈

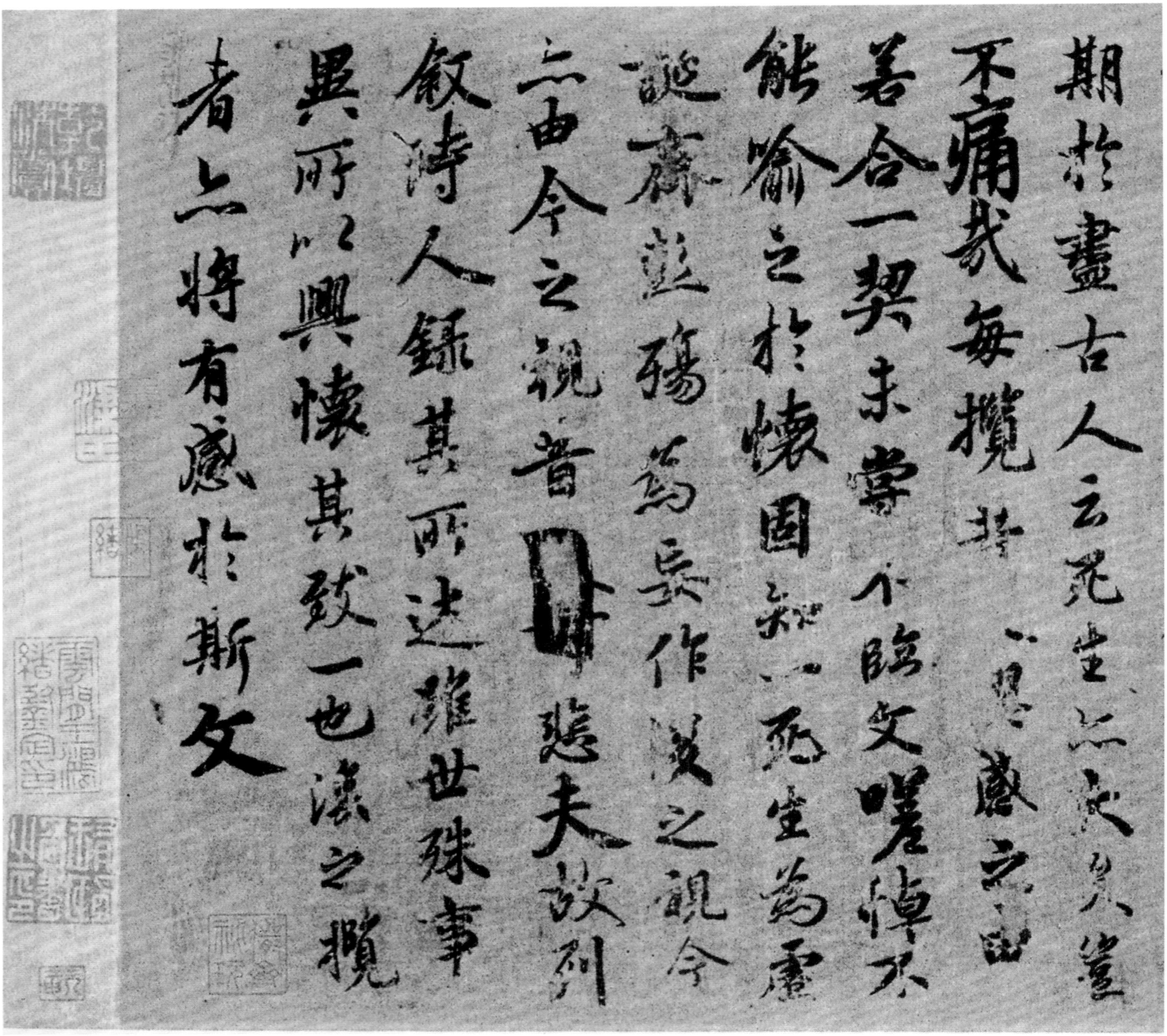

五三　蘭亭序（黃絹本　唐褚遂良摹）　東晉　王羲之（之一　放大）

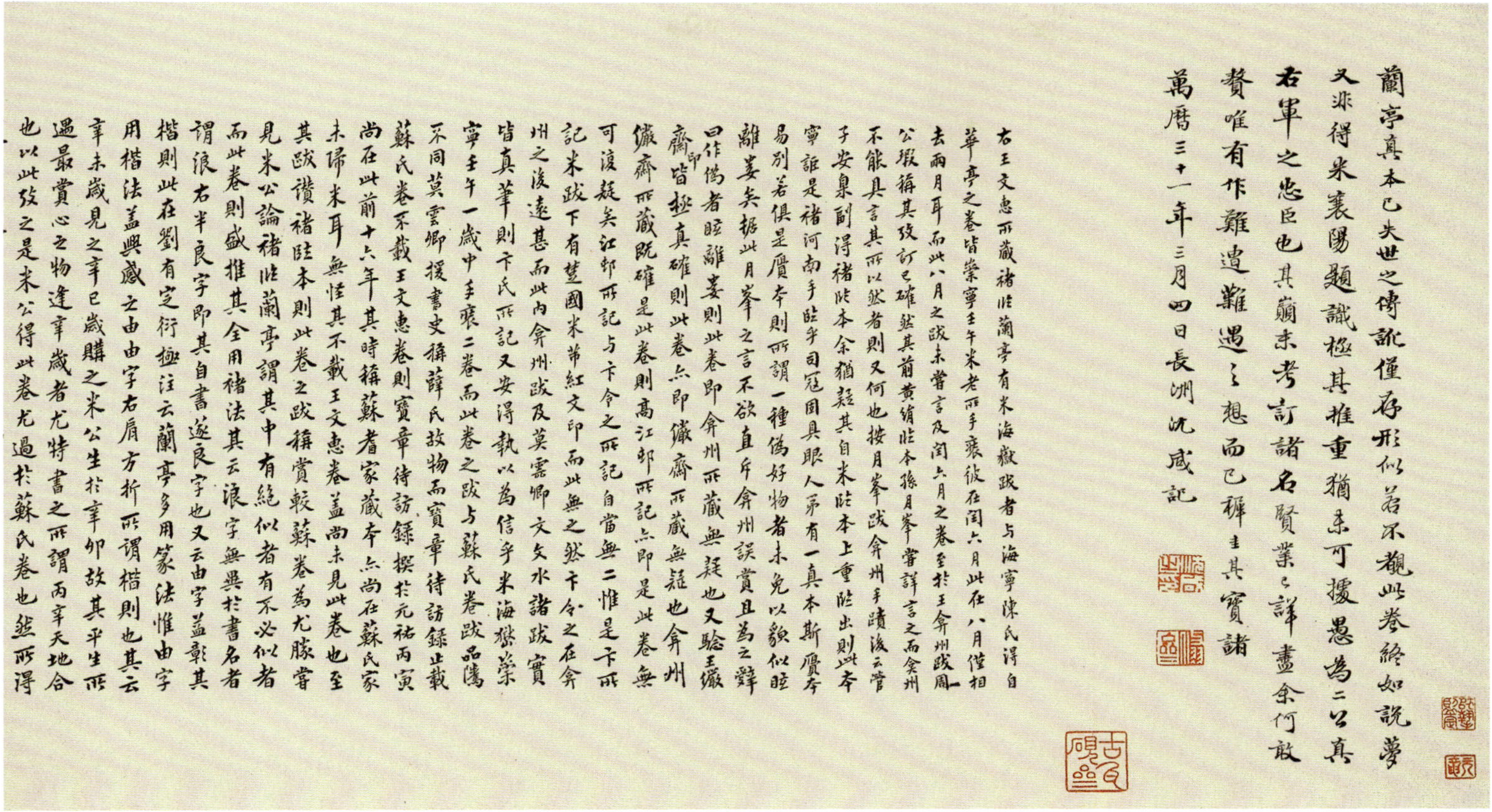

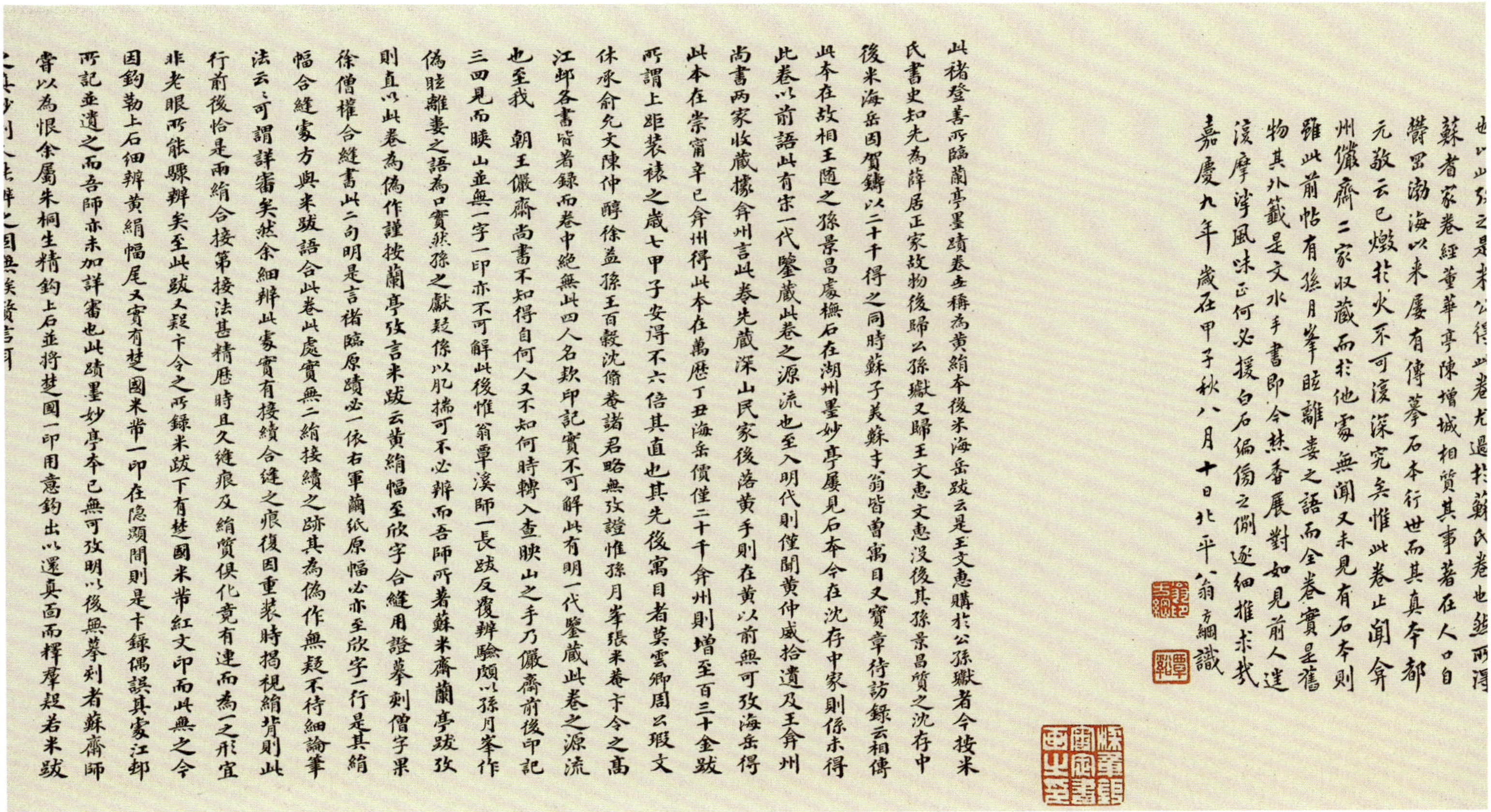

五三　蘭亭序（黄絹本　唐褚遂良摹）　東晉　王羲之　（之二、之三）

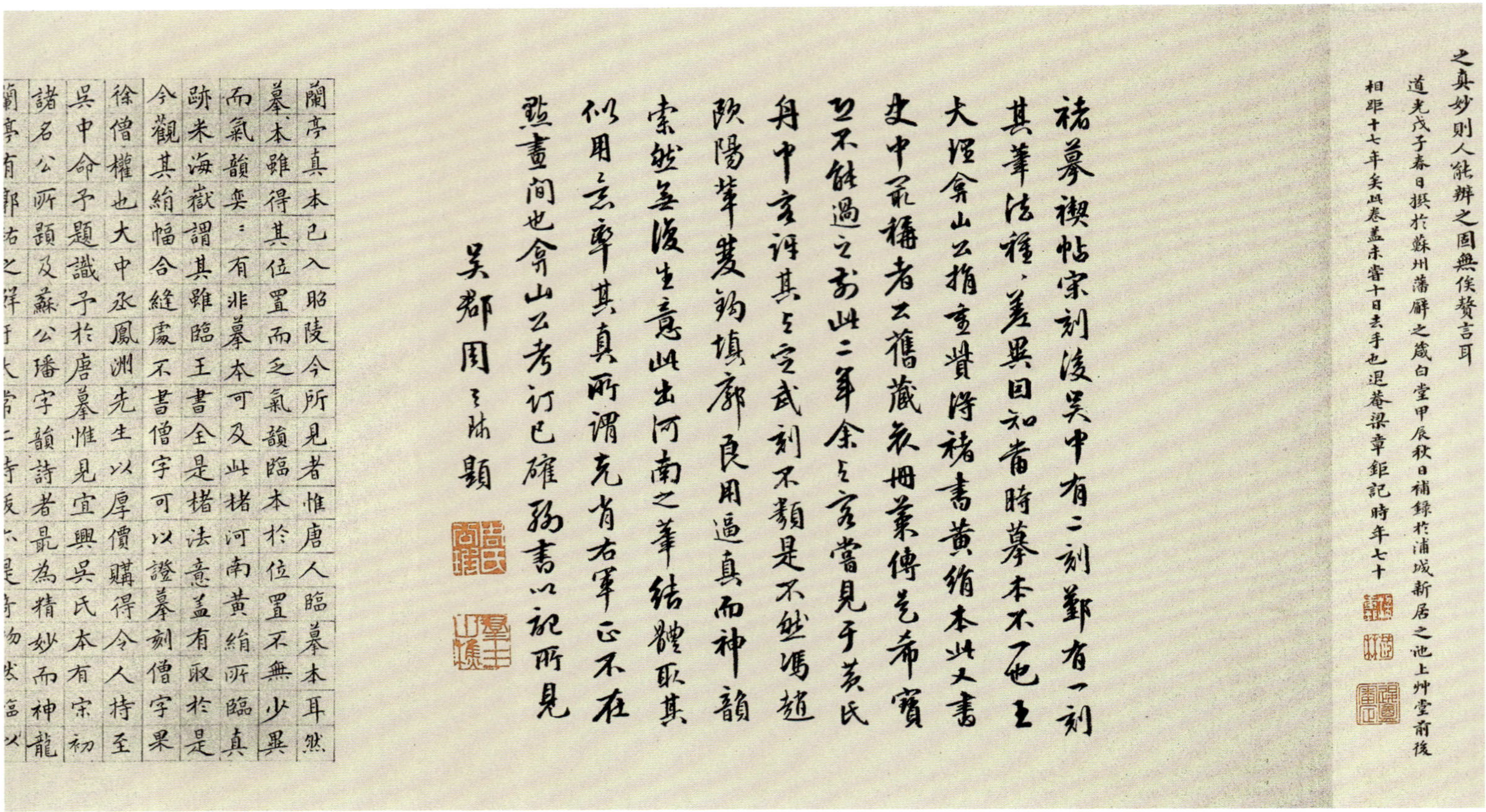

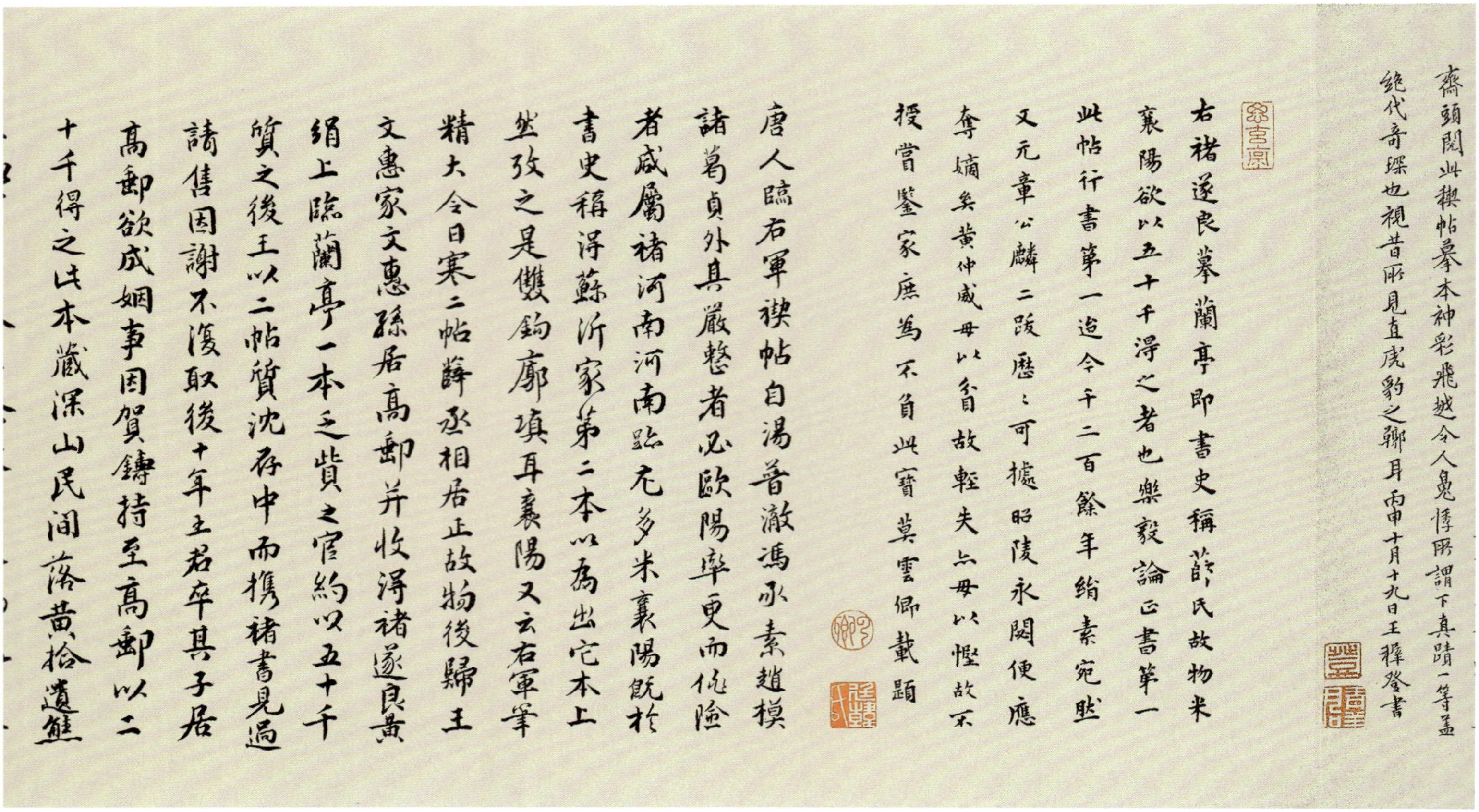

五三　蘭亭序（黃絹本　唐褚遂良摹）　東晉　王羲之　（之四、之五）

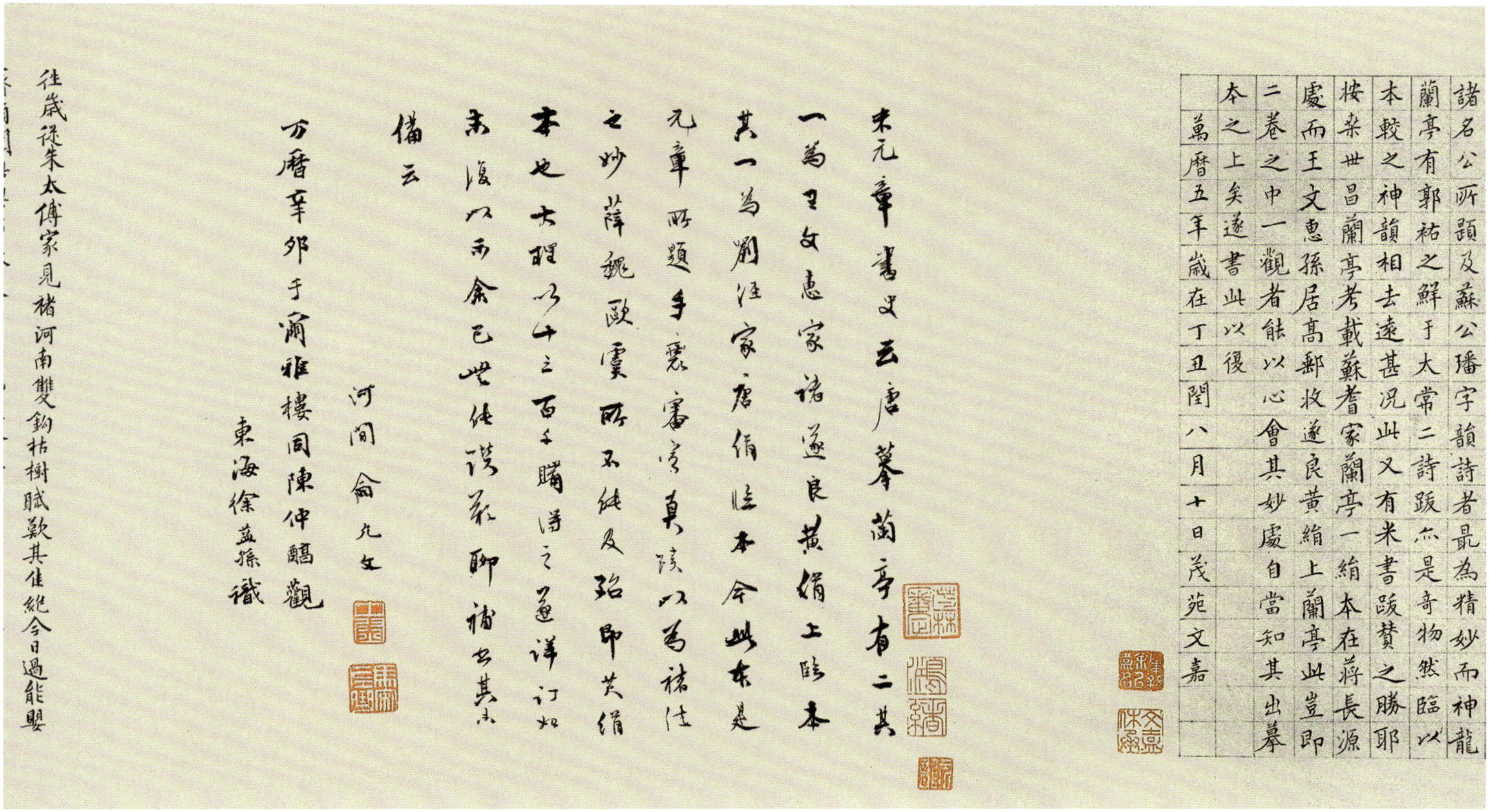
諸名公所題及蘇公璠字韻詩者最為精妙而神龍
蘭亭有郭祐之鮮于太常二詩跋亦是奇物然臨以
本較之神韻相去遠甚況此又有米書跋贊之勝耶
按桑世昌蘭亭考載蘇耆家蘭亭一緒本在蔣長源
處而王文惠孫居高郵收遂良黃絹上蘭亭此豈即
二卷之中一觀者能以心會其妙處自當知其出摹
本之上矣遂書此以復
萬曆五年歲在丁丑閏八月十日茂苑文嘉
米元章書史云唐摹蘭亭有二其
一為王文惠家褚遂良黃絹上臨本
其一為劉涇家唐絹臨本今此本是
元章所題手跡審定真蹟以為褚法
之妙薛魏歐虞所不能及跡即黃絹
本也大抵以千三百千購得之遂詳訂如
未復以示余已世傳諸跋聊補書其
備云
河間俞允文
萬曆辛卯于爾雅樓同陳仲醇觀
東海徐益孫識
往歲從朱太傅家見褚河南雙鈎枯樹賦歎其佳絕今日過能嬰

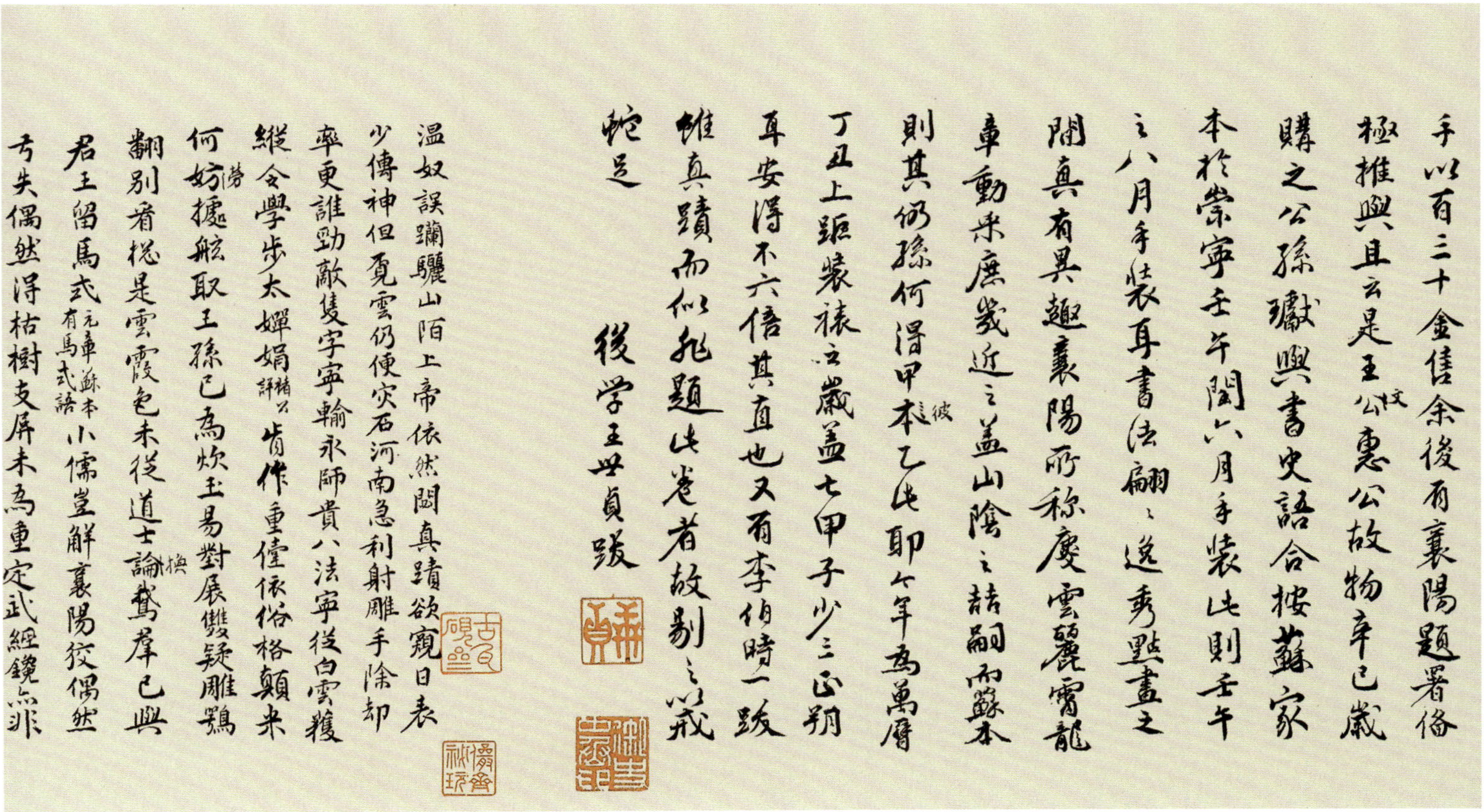
手以百三十金售余後有襄陽題署備
極推與且云是王文惠公故物辛巳歲
購之公孫瓛與書史語合按蘇家
本於崇寧壬午閏六月手裝此則壬午
之八月手裝耳書法翩翩逸秀點畫之
間真有異趣襄陽所稱慶雲麗霄龍
章動采庶幾近之蓋山陰之誥嗣而蘇本
則其仍孫何得甲彼乙此耶今年為萬曆
丁丑上距裝褫之歲蓋七甲子少三正朔
耳安得不六倍其直也又有李伯時一跋
雖真蹟而似非題此卷者故剔之以戒
蛇足
後學王世貞跋
溫奴誤躪驪山陌上帝依然閱真蹟欲窺日表
少傅神但覓雲仍便灾石河南急利射雕手除卻
率更誰勁敵隻字寧輸永師貴八法寧從白雲獲
縱令學步太嬋娟詳補之肯作重儓依俗格頗來
何妨傍攙艇取王孫已為炊玉易對展雙疑雕鶚
翻別看總是雲霞色未從道士論換鵝群已與
君王留馬式元章蘇本有馬式語小儒豈解襄陽狡偶然
亡失偶然得枯樹支屏未為重定武經鑱亦非

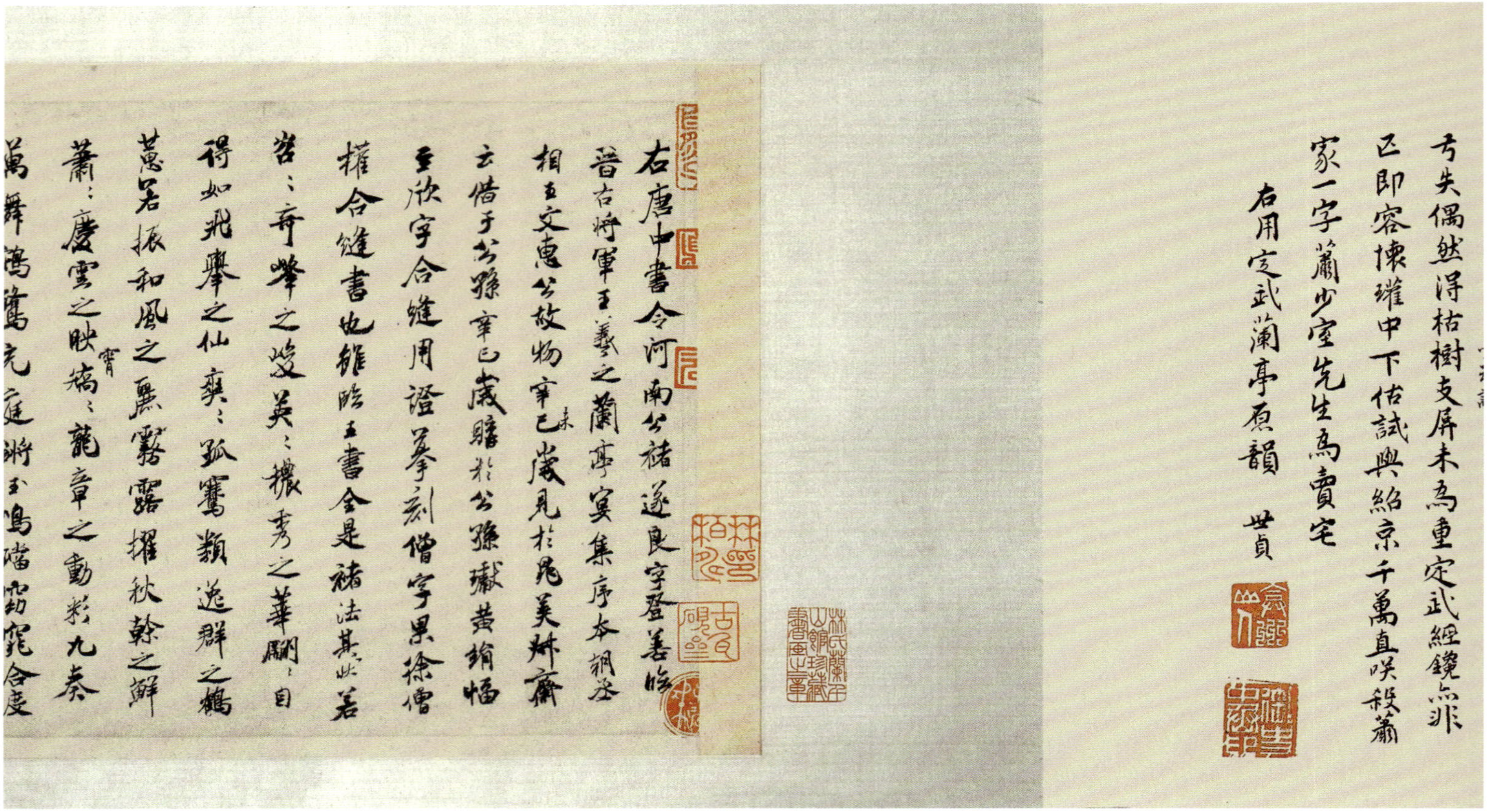

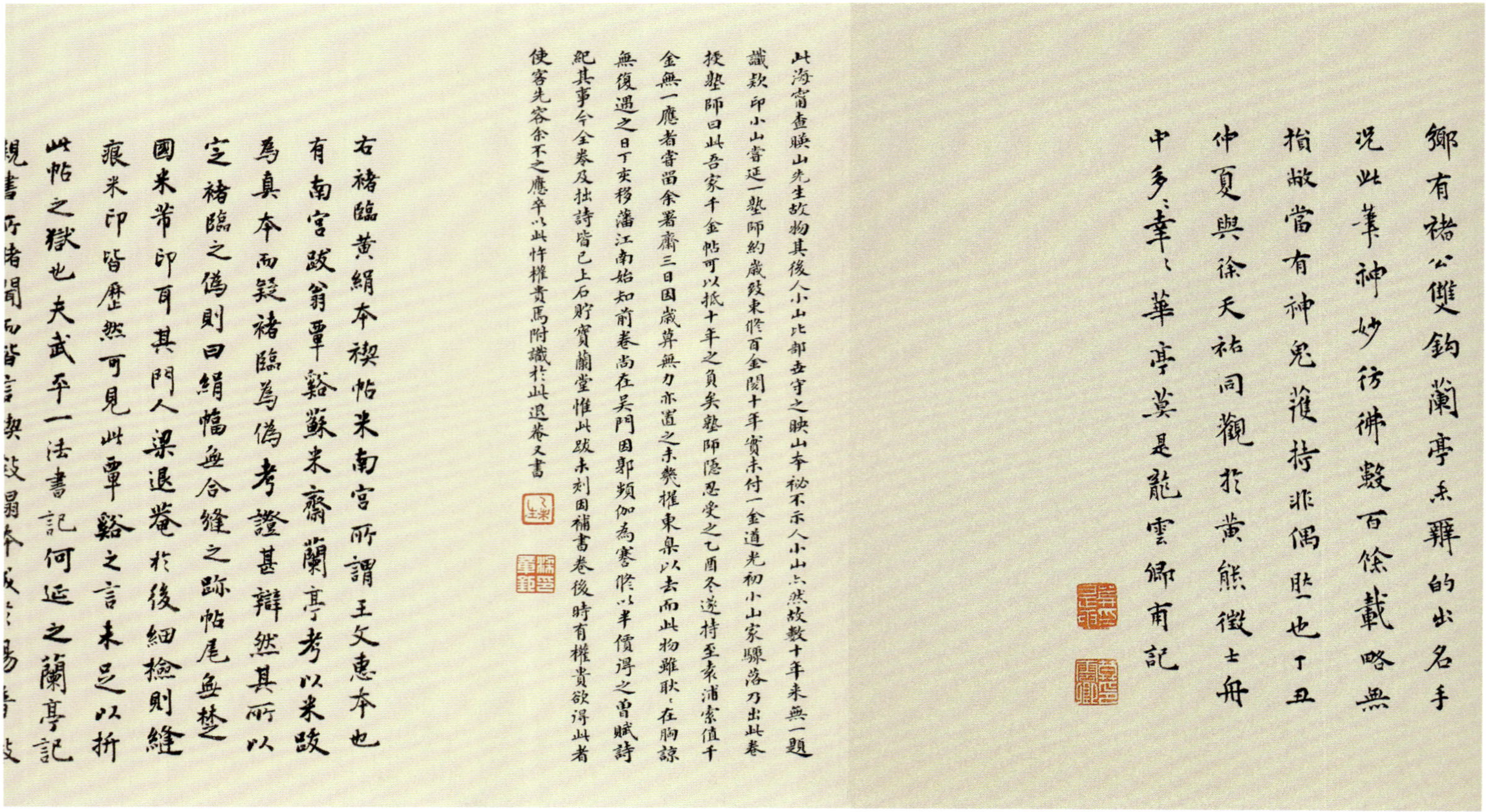

五三　蘭亭序（黄絹本　唐褚遂良摹）　東晉　王羲之（之六、之七）

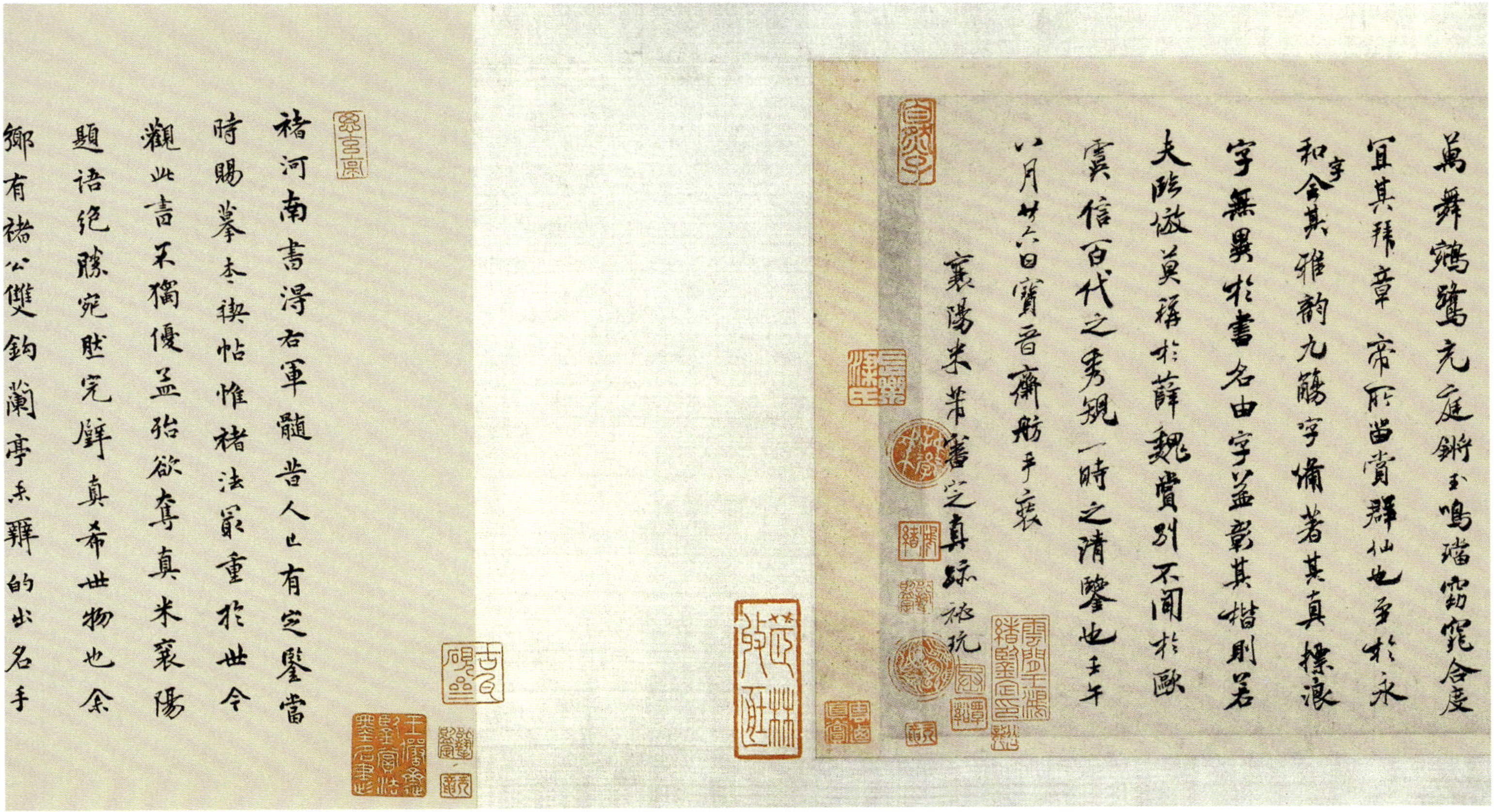
萬舞鶴鷺充庭鏘玉鳴璫窈窕合度
宜其拜章 帝所留賞群仙也爭於永
和字合其雅韵九霄字備著其真標浪
字無異於書名由字益彰其楷則若
夫聆嗽奠瑩於薛魏賞別不聞於歐
虞信百代之秀觀一時之清鑒也壬午
八月廿六日寶晉齋舫手裝
襄陽米芾審定真跡祕玩
褚河南書得右軍髓昔人已有定鑒當
時賜摹本褉帖惟褚法最重於世今
觀此書不獨優孟始欲奪真米襄陽
題語绝勝宛然完璧真希世物也余
鄉有褚公雙鉤蘭亭禾辨的出名手

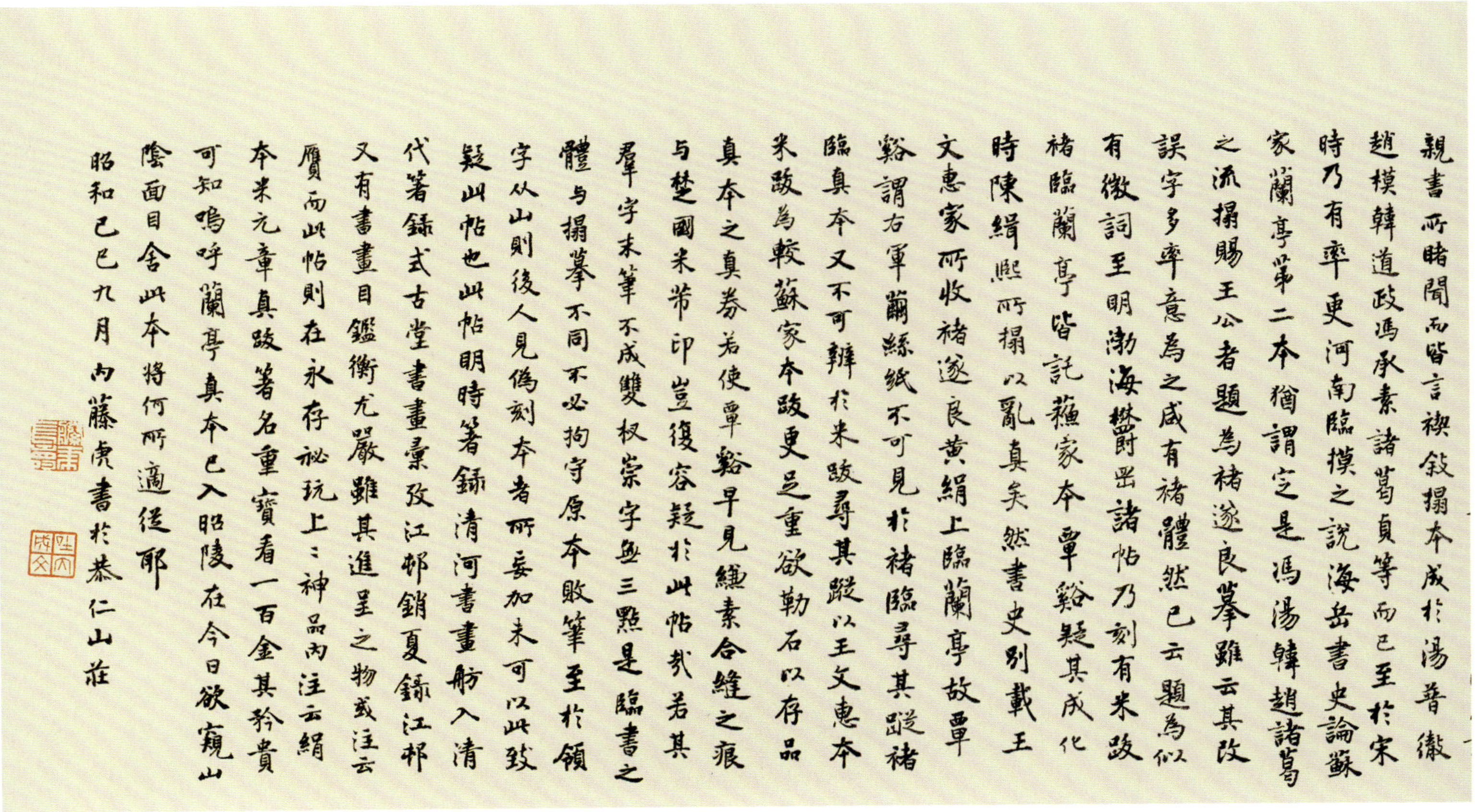
親書所睹聞而皆言褉敘搨本成於湯普徹
趙模韓道政馮承素諸葛貞等而已至於宋
時乃有率更河南臨摸之説海岳書史論蘇
家蘭亭第二本猶謂定是馮湯韓趙諸葛
之流搨賜王公者題為褚遂良摹雖云其改
誤字多率意為之咸有褚體然已云題為似
有微詞至明渤海豐熙出諸帖乃刻有米跋
褚臨蘭亭皆託藉家本覃谿疑其成化
時陳緝熙所搨以亂真矣然書史別載王
文惠家所收褚遂良黃絹上臨蘭亭故覃
谿謂右軍蘭繇紙不可見於褚臨尋其跋褚
臨真本又不可辨於米跋尋其跋以王文惠本
米跋為較蘇家本跋更足重欲勒石以存品
真本之真劵若使覃谿早見繼素合縫之痕
与楚國米芾印豈復容疑於此帖哉若其
羣字末筆不成雙杈崇字無三點是臨書之
體与搨摹不同不必拘守原本敗筆至於領
字从山則後人見僞刻本者所妄加未可以此致
疑此帖也此帖明時著錄清河書畫舫入清
代著錄式古堂書畫彙考江邨銷夏錄江邨
又有書畫目鑑衡尤嚴雖其進呈之物或注云
贗而此帖則在永存祕玩上上神品內注云絹
本米元章真跋著名重寶看一百金其矜貴
可知嗚呼蘭亭真本已入昭陵在今日欲窺山
陰面目舍此本將何所適從耶
昭和己巳九月內藤虎書於恭仁山莊

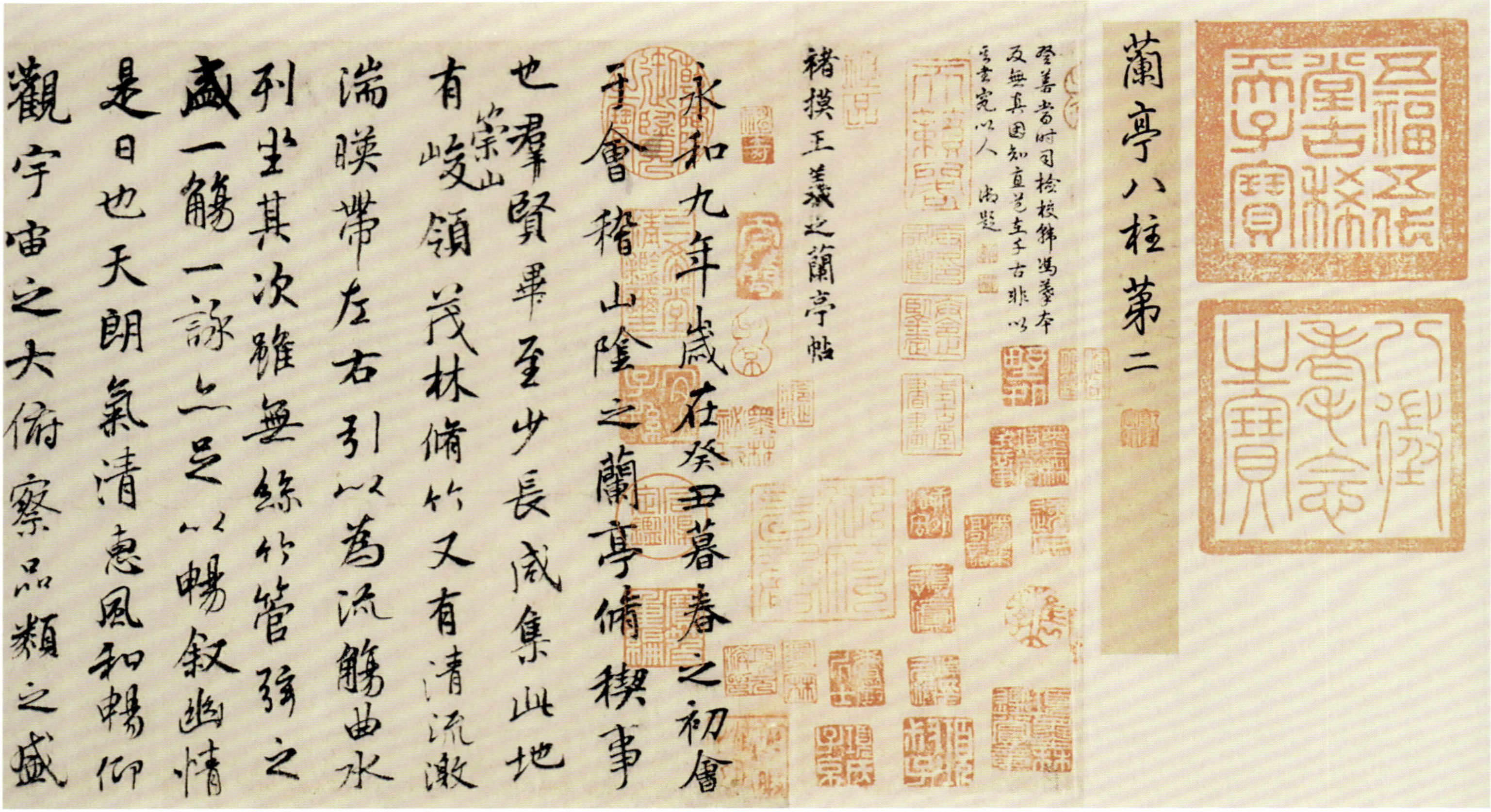

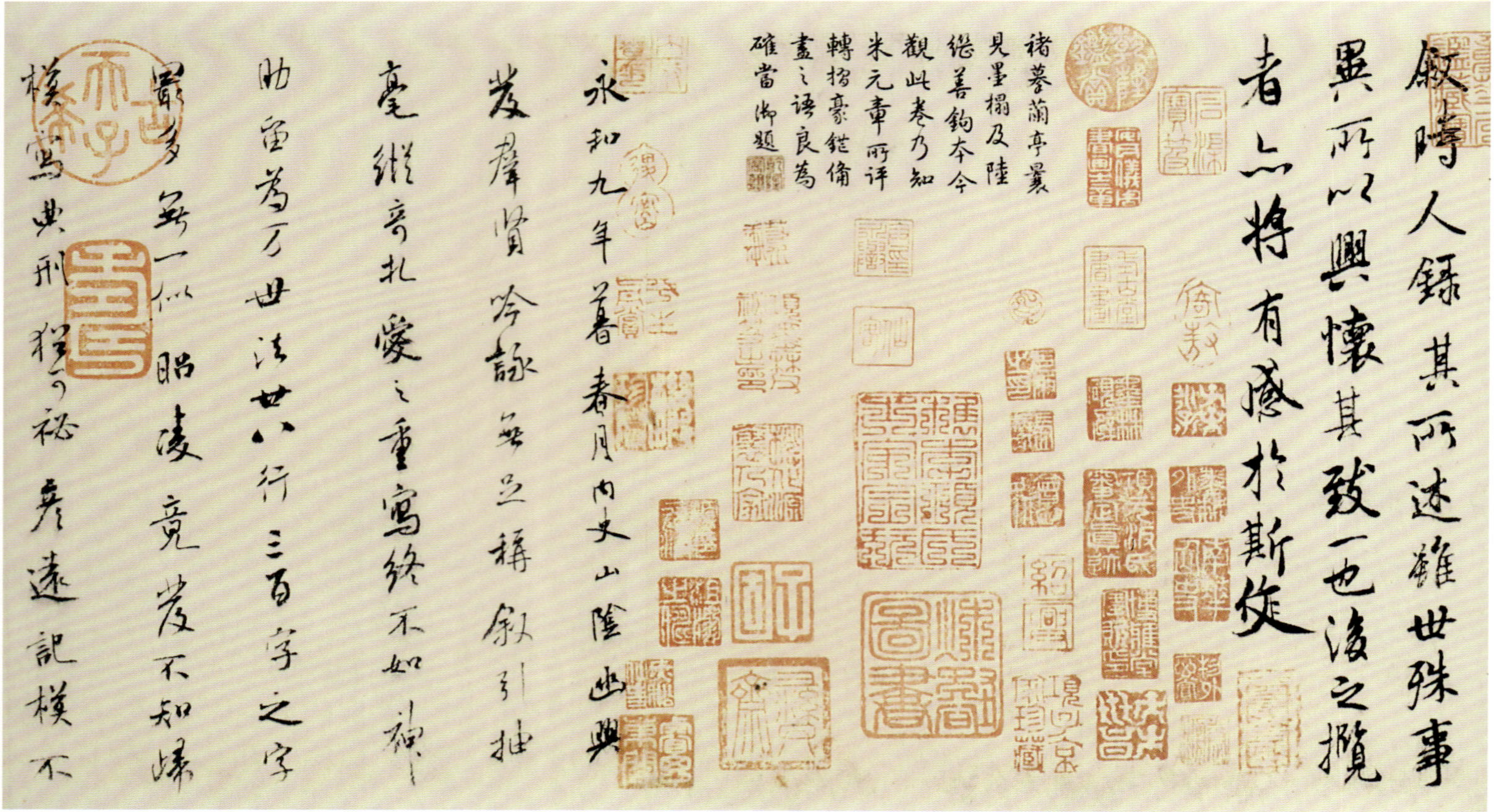

五四　蘭亭序（蘭亭八柱第二本　唐褚遂良摹）　東晉　王羲之（之一、之二）

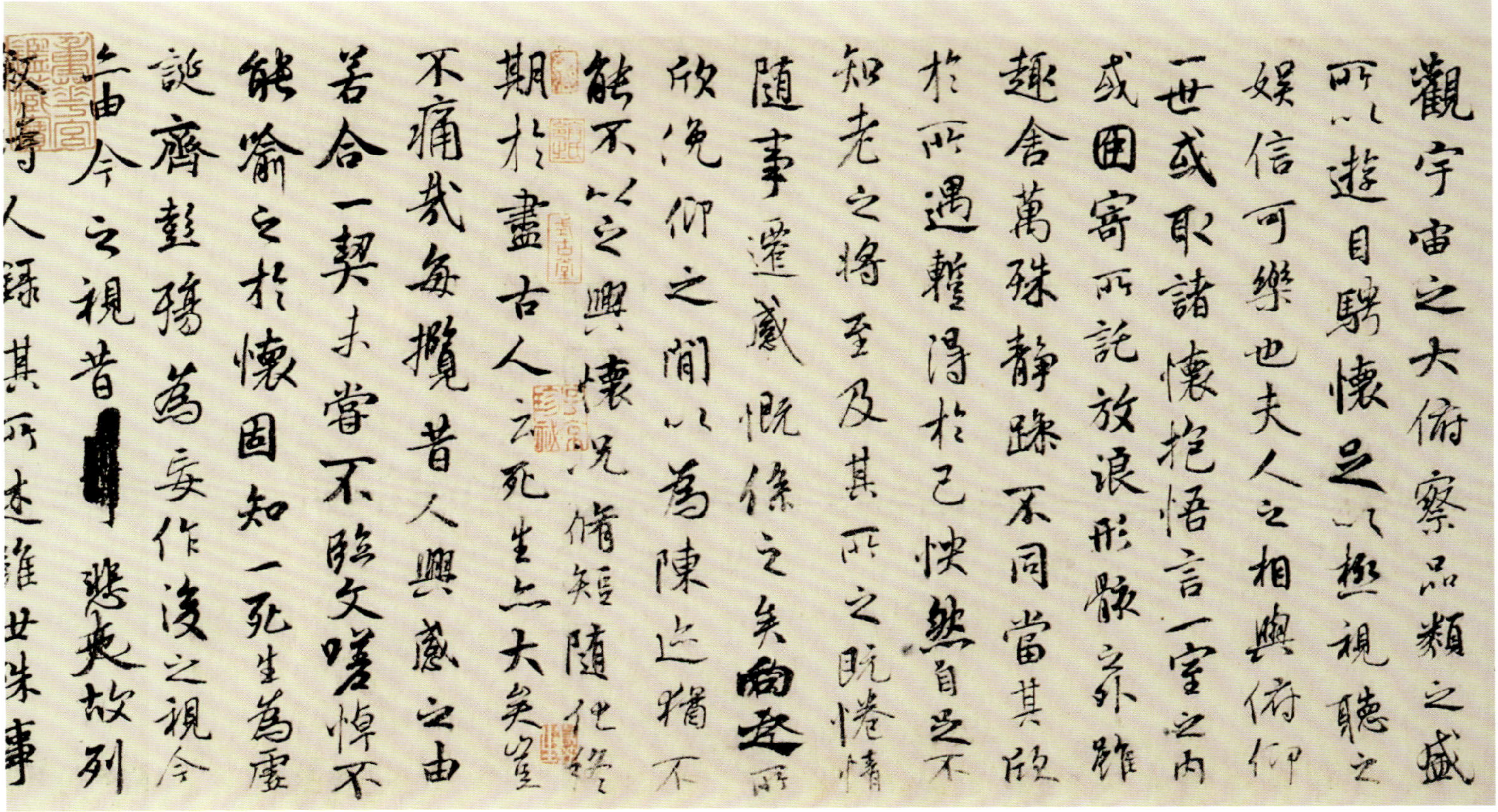
觀宇宙之大俯察品類之盛
所以遊目騁懷足以極視聽之
娛信可樂也夫人之相與俯仰
一世或取諸懷抱悟言一室之內
或因寄所託放浪形骸之外雖
趣舍萬殊靜躁不同當其欣
於所遇暫得於己快然自足不
知老之將至及其所之既惓情
隨事遷感慨係之矣向之所
欣俛仰之間以為陳迹猶不
能不以之興懷況脩短隨化終
期於盡古人云死生亦大矣豈
不痛哉每攬昔人興感之由
若合一契未嘗不臨文嗟悼不
能喻之於懷固知一死生為虛
誕齊彭殤為妄作後之視今
亦由今之視昔悲夫故列
敘時人錄其所述雖世殊事

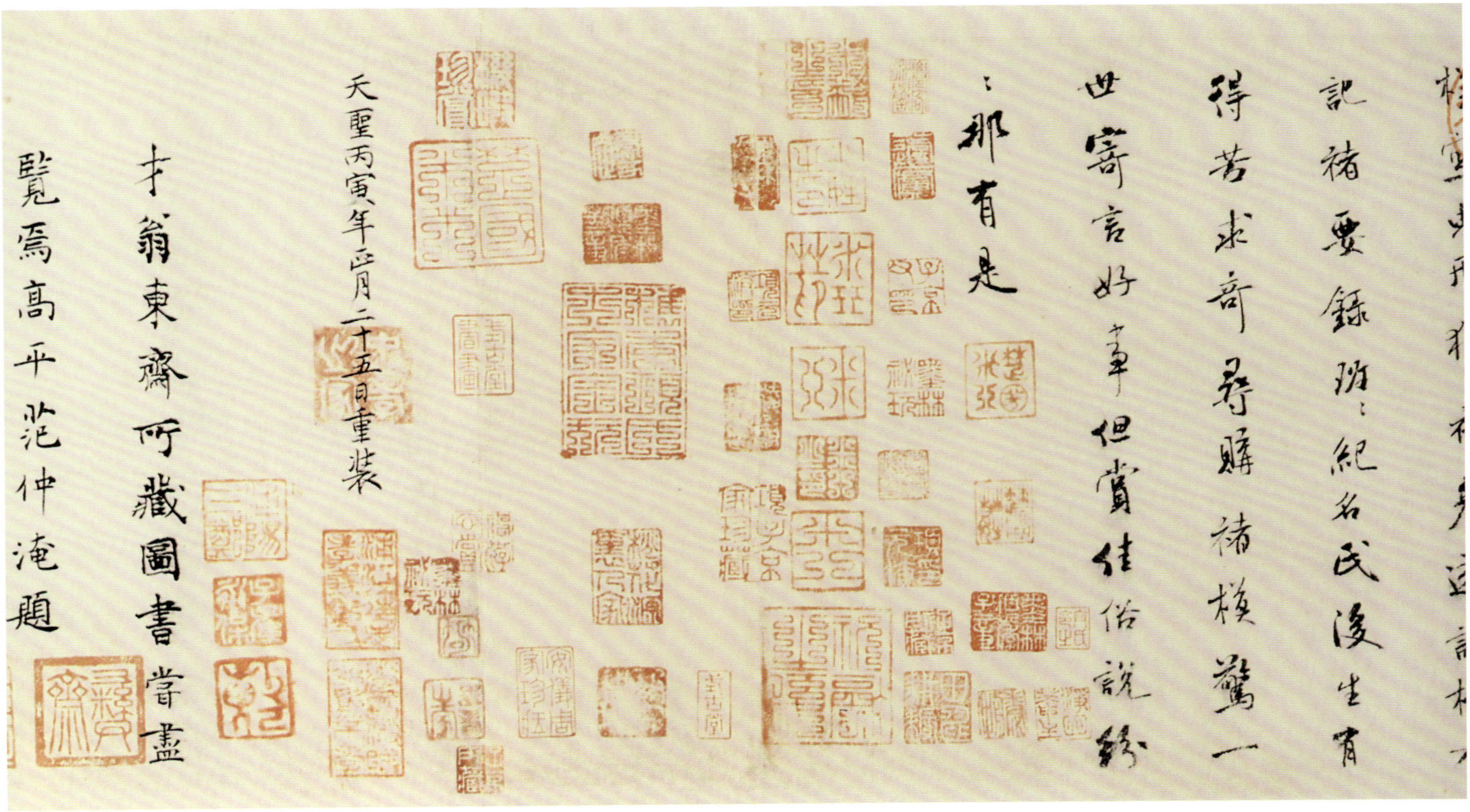
記諸要錄班班紀名氏後生有
得若求奇尋購諸模鶩一
世寄言好事但賞佳俗說錄
之耶有是
天聖丙寅年正月二十五日重裝
才翁東齋所藏圖書嘗盡
覽焉高平范仲淹題

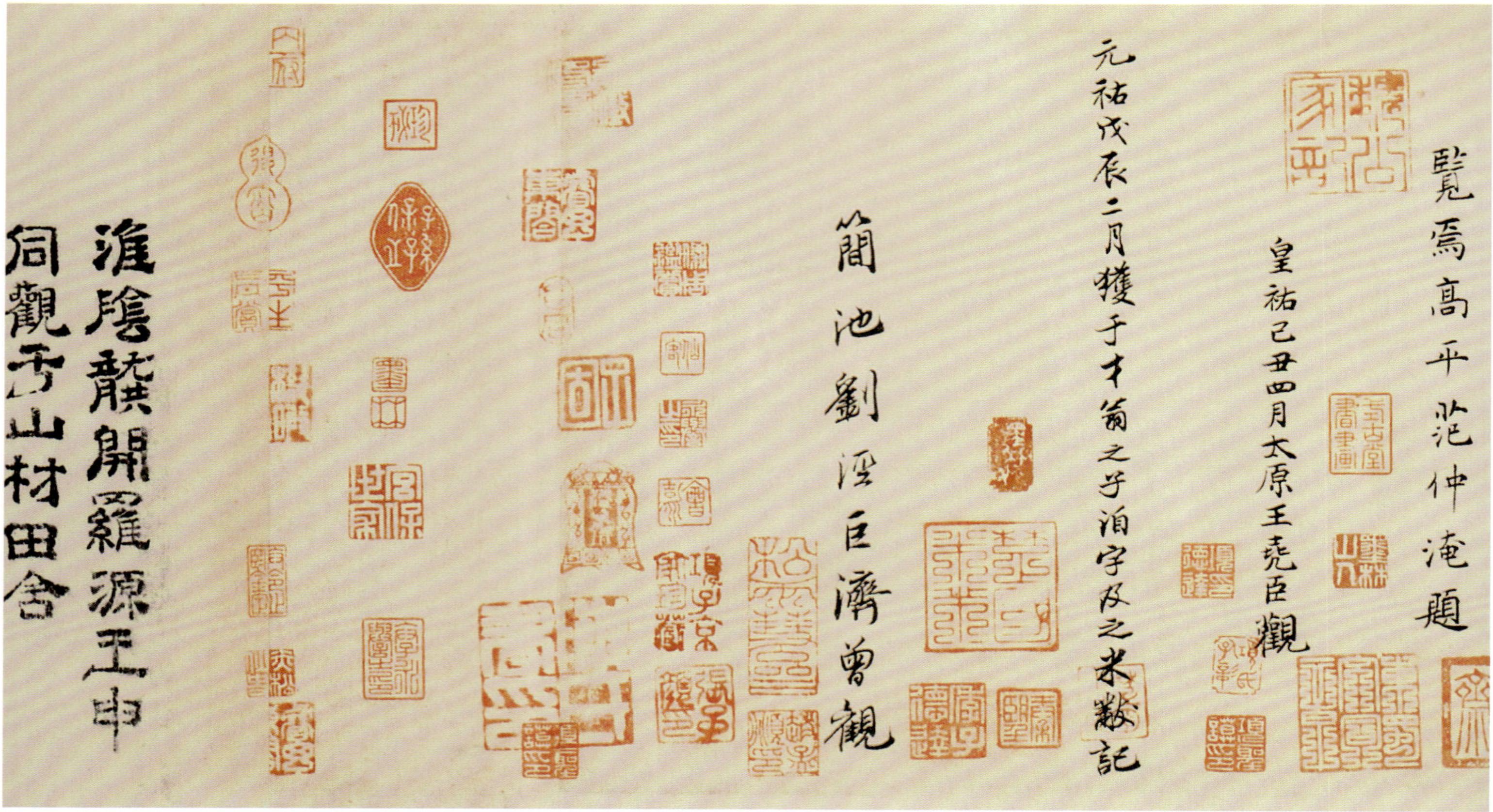

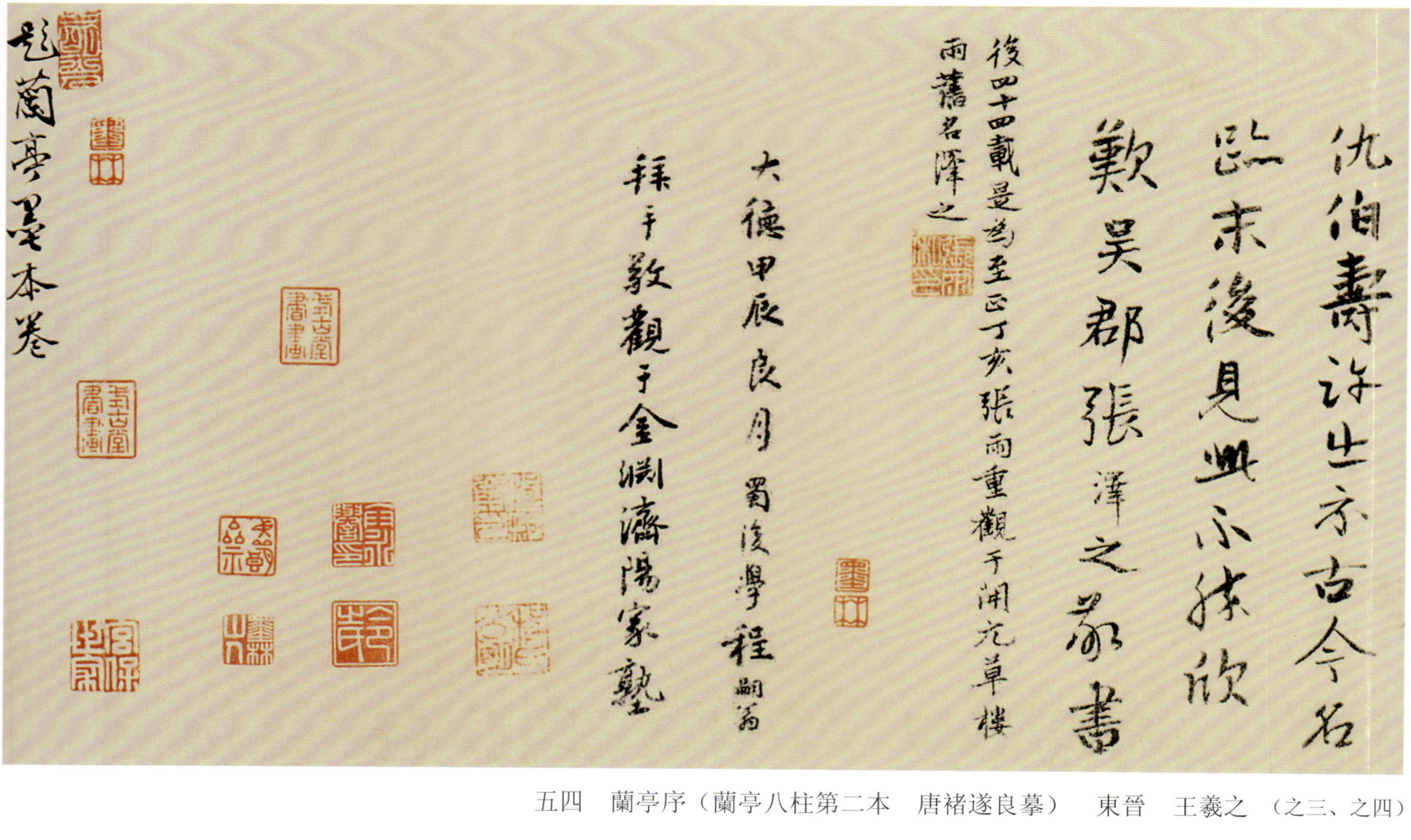

五四　蘭亭序（蘭亭八柱第二本　唐褚遂良摹）　東晉　王羲之（之三、之四）

同觀于山材田舍
玉山朱英觀
餘杭羅祖龍　括蒼楊載觀
錢唐白珽拜觀
南陽仇遠　武林舒穆　平陽張翥　朱方吳森同觀
大德甲辰三月庚午過
仇伯壽許出示古今名

題蘭亭墨本卷
右蘭亭墨本一卷，說者以為褚遂良所臨，用筆精熟，略不經意，然神氣完密，風韻溫雅，體格規矩，噫，通出誠非他人所能到者。昔虞世南既沒，唐太宗嘗興無与論書之歎，魏徵因薦遂良入為侍書。當時購求右軍書跡甚富，真贋莫辨，遂良一一鑒別，以辨黑白，遂敍右軍精妙，故後世多其所臨刻本，亦罕得見。當時臨本必多流傳，至今耳可為伯仲，是卷足為稀世之珍也，併以及比識者與之。遂良字登善，錢唐人，官至尚書右僕射，封河南郡公云。
四明陳敬宗題

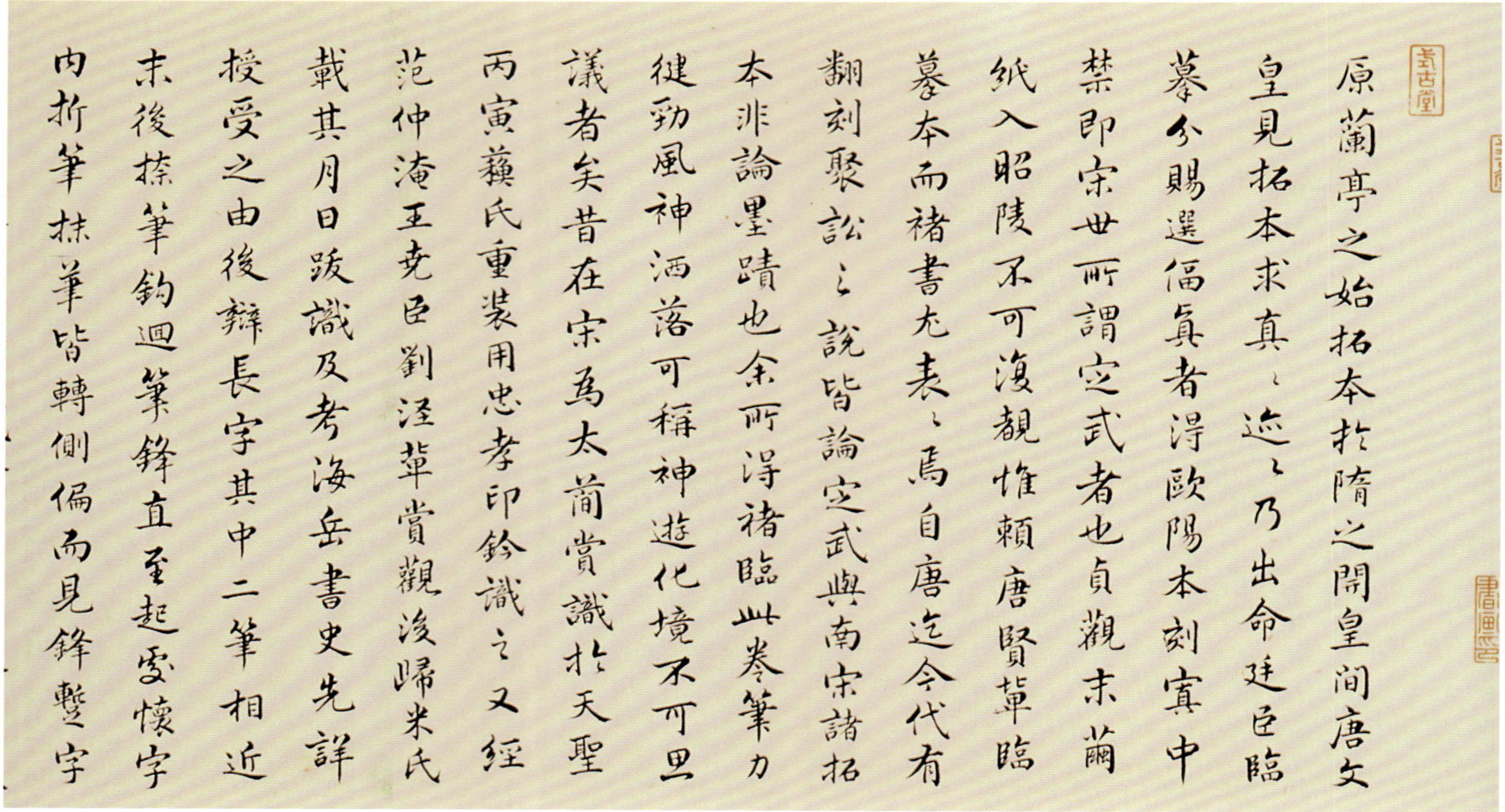
原蘭亭之始拓本於隋之開皇間唐文
皇見拓本求真〻迹〻乃出命廷臣臨
摹分賜選偏眞者得歐陽本刻寘中
禁即宋世所謂定武者也貞觀末蘭
紙入昭陵不可復覩惟賴唐賢臨
摹本而褚書尤表〻焉自唐迄今代有
翻刻聚訟〻說皆論定武與南宋諸拓
本非論墨蹟也余所得褚臨此卷筆力
徤勁風神洒落可稱神遊化境不可思
議者矣昔在宋爲太簡賞識於天聖
丙寅藏氏重裝用忠孝印鈐識之又經
范仲淹王堯臣劉涇輩賞觀後歸米氏
載其月日跋識及考海岳書史先詳
授受之由後辨長字其中二筆相近
末後捺筆鉤迴筆鋒直至起處懷字
内折筆抹筆皆轉側偏而見鋒蹔字

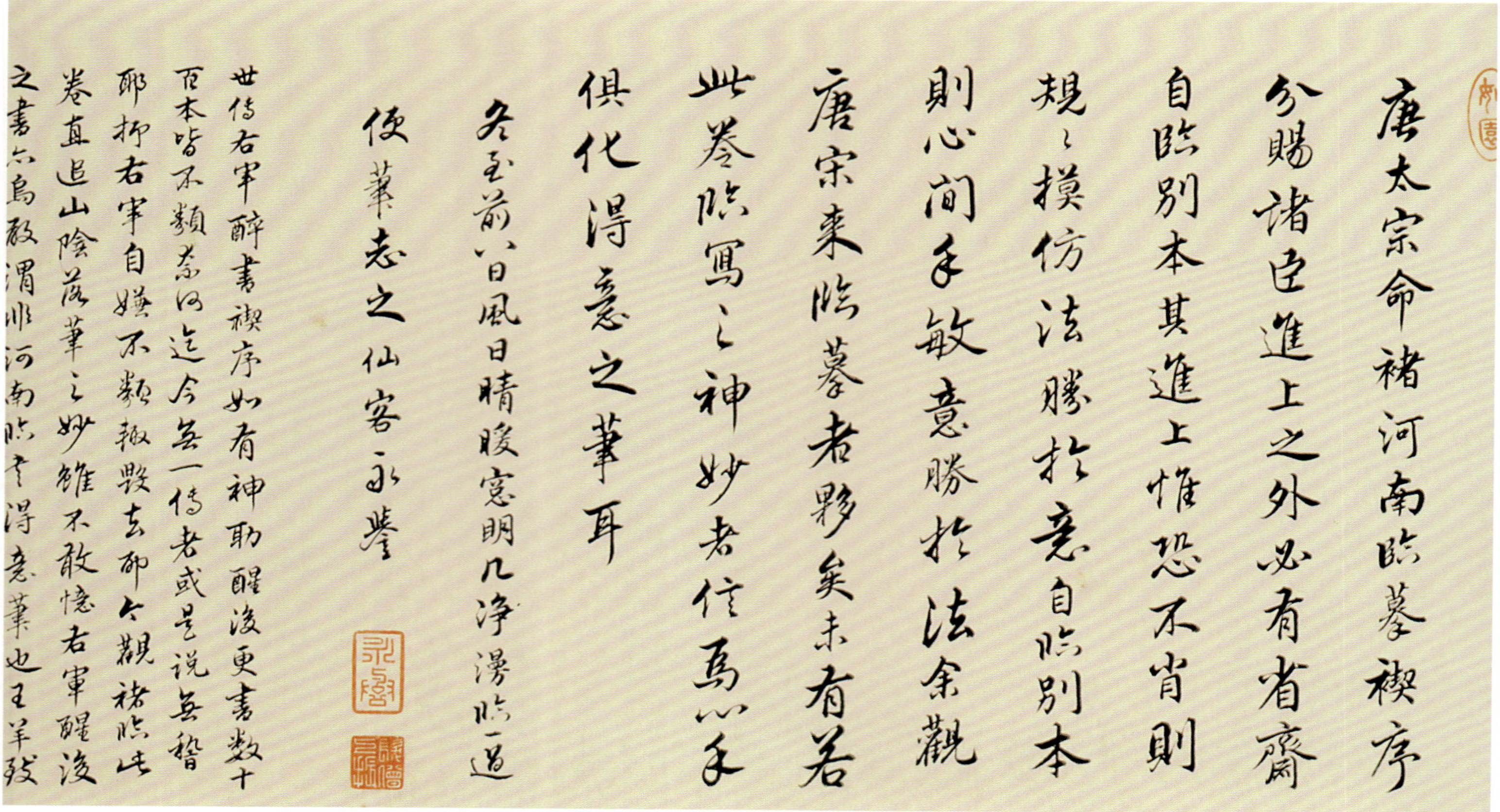
唐太宗命褚河南臨摹禊序
分賜諸臣進上之外必有省齋
自臨別本其進上惟恐不肖則
規〻摹仿法勝於意自臨別本
則心閒手敏意勝於法余觀
唐宋來臨摹者夥矣未有若
此卷臨寫〻神妙者信爲心手
俱化得意之筆耳
冬至前八日風日晴暖窗明几淨湯臨一過
便筆志之 仙客永瑆
世傳右軍醉書禊序如有神助醒後更書數十
百本皆不類茲何迄今無一傳者或是說無稽
耶抑右軍自嫌不類輒毀去耶今觀褚臨此
卷直追山陰落筆之妙雖不敢憶右軍醒後
之書亦烏敢謂非河南臨書得意筆也王羊跋

五四　蘭亭序（蘭亭八柱第二本　唐褚遂良摹）　東晉　王羲之（之五、之六）

内折筆抹筆皆轉側偏而見鋒鋩字
内亇字足字轉筆賊鋒隨之於斫筆處
賊毫直出其中世之摸本未嘗有也在
蕆氏才翁房題爲褚摸王羲之蘭亭
帖南宮鑒賞信不誣矣余性嗜古自許
有翰墨緣雖不敢附才翁海岳之後
亦不同嚚聾呵息之儔蓋有風雨興思
鬼神通寤者譬之探驪得珠餘皆鱗
爪也昔山谷云觀蘭亭要各存之以心
會其妙處耳信爲賞鑒家之格言
也夫

己巳初冬重裝畢遂書其後
蓋年下永譽令之氏

之書亦烏敢謂非河南所書得意筆也王羊殘
歎隴蜀興思蜀然已已後五日令之又識

褚河南墨蹟自足千古矧臨
蘭本耶吉光片羽世世寶
之十一月廿二日雪霽筆令之

作書不易臨書尤難臨蘭亭則
尤難臨晉書之蘭亭則尤難中
難也予性喜臨書於諸臨此卷
尤寤寐之間嘗公餘適意背臨
數紙較之他本似有漏處而印
證此卷不啻霄壤矣益信臨本
下真蹟一等蓋其天真具足神
氣偪人絕非優孟衣冠所比也臨
之難夫何惑仙客又題

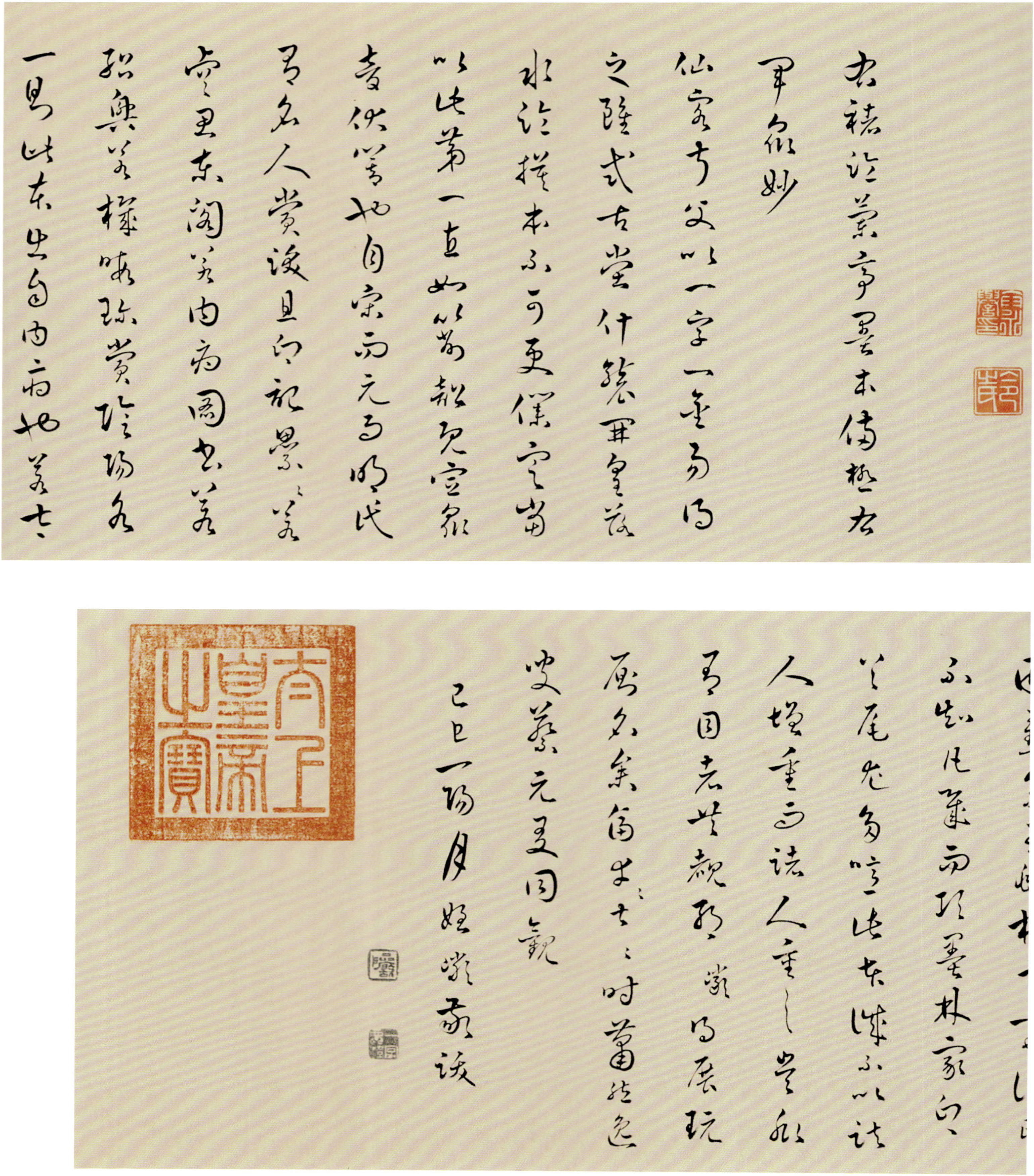

五四　蘭亭序（蘭亭八柱第二本　唐褚遂良摹）　東晉　王羲之（之七、之八）

蓋嘗見之家為原蕭蕭謹

此如筆操中為元吉嘗賞

謹之筆郡川渡半數大小

法頁又子用梦園宋董即

昌此卷未歸元年与兒師

時伝韻後也比筆秋哲子

固繫氣畫卿於雲畜法叩

不出任筆而珍墨林家句

先尾先多啥失陳不以詩

人增重而語人者之堂欣

馬囝志此顏句漸吗辰玩

原文集簡未至時董結□

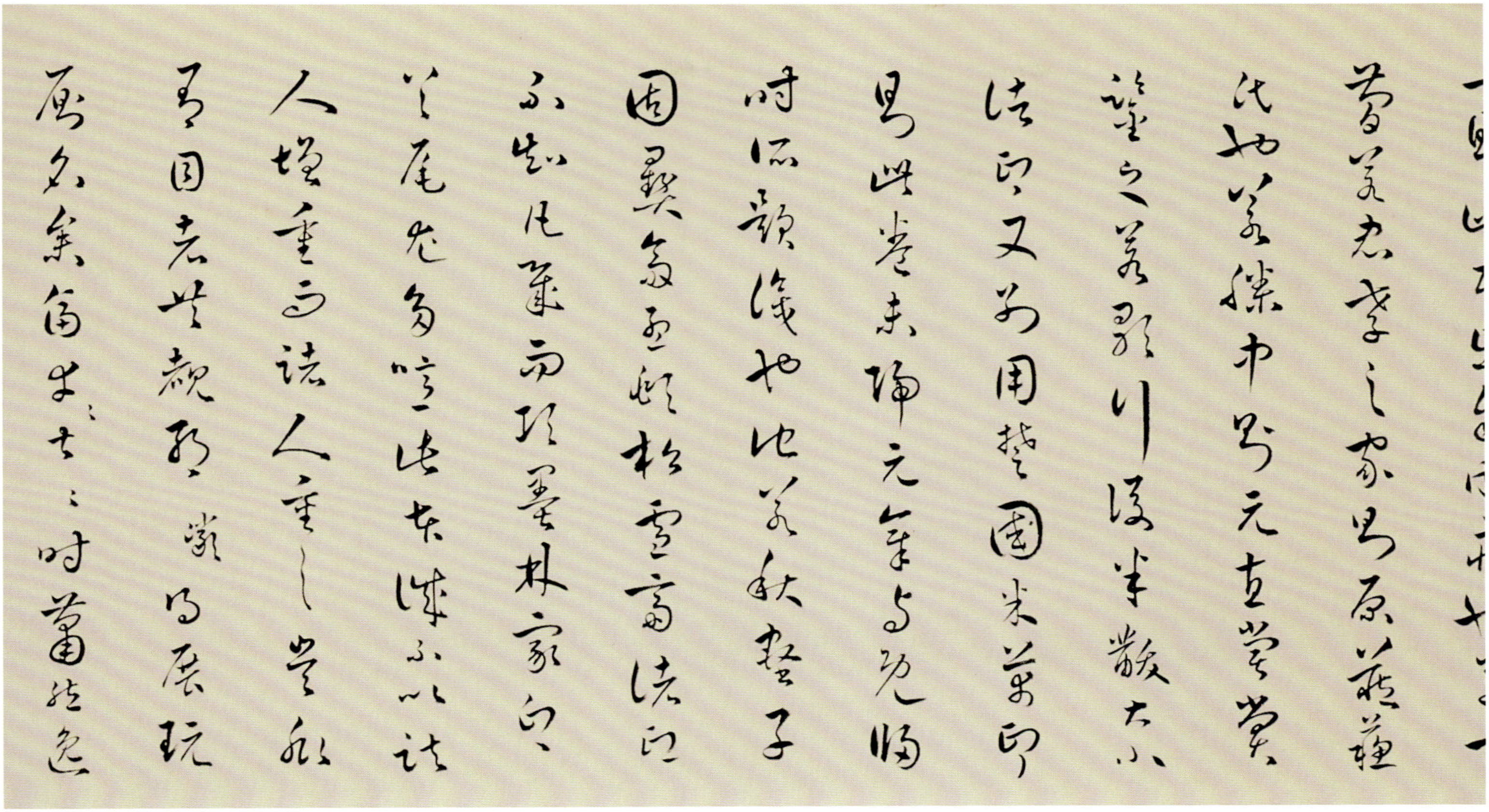

楷留蘭亭真蹟　孫墨符題

永和九年歲在癸丑暮春之初會
于會稽山陰之蘭亭修禊事
也群賢畢至少長咸集此地
有崇山峻領茂林修竹又有清流激
湍暎帶左右引以為流觴曲水
列坐其次雖無絲竹管絃之
盛一觴一詠亦足以暢敘幽情
是日也天朗氣清惠風和暢仰
觀宇宙之大俯察品類之盛
所以遊目騁懷足以極視聽之
娛信可樂也夫人之相與俯仰
一世或取諸懷抱悟言一室之內
或因寄所託放浪形骸之外雖
趣舍萬殊靜躁不同當其欣
於所遇暫得於己快然自足不
知老之將至及其所之既惓情
隨事遷感慨係之矣向之所
欣俛仰之間以為陳迹猶不
能不以之興懷況脩短隨化終

別有一種超詣變滅之趣當時醉態勝歸
可見徃見褚摹刻本多矣皆用我法此本
信天下第一跡也昔趙承旨得定武石刻
猶愛玩不去手況真臨乎汪氏子孫
其永守之丁亥夏六月朔有六日曲阿篛
林王穉書

唐摹禊帖以褚河南為第一絹本真
蹟向為吾鄉姜宗伯公家藏余曾
借觀旬日業徒飛羣神采奕奕
想見古軍真本風流實為希代
之寶近今四十餘年不意復見于
晉昌汪氏齋閣終日展玩怳如再入
桃源矣簡州賀眉徵識

右軍書以蘭亭為第一然臨撫甚多真本難辨所謂蘭亭
如聚訟自宋巳脈涪翁云觀其筆意右軍清真風流氣韻
冠暎一世可想見也此本筆意清真誠如涪翁所淘為墨池
至寶顧貞堂主人家藏既久出以相賞展玩之餘因書數言以
志欣幸昆陵唐宇肩

康熙四十有六年歲次丁亥昆陵朱永瑞
與六氏摹勒上石

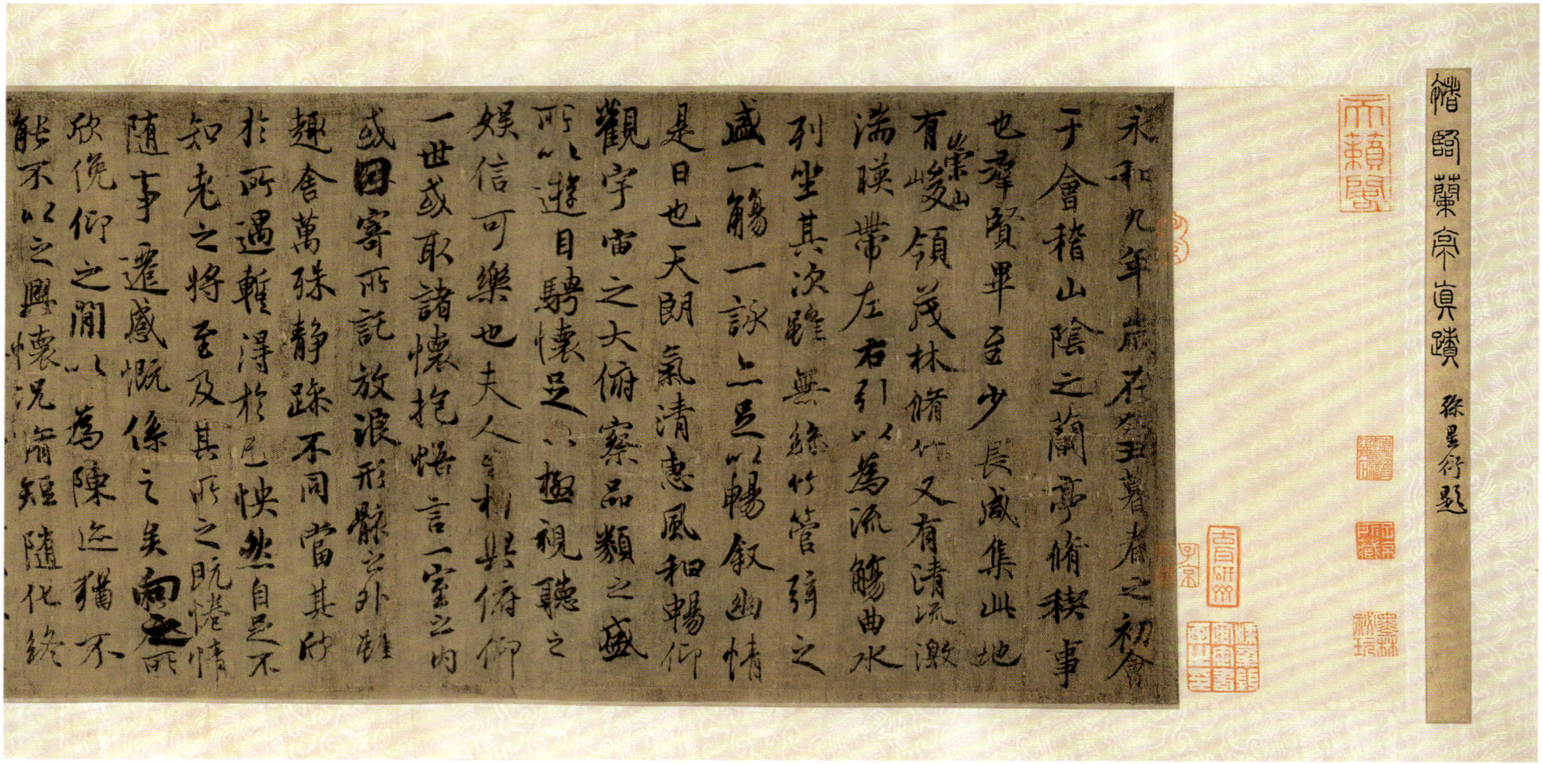

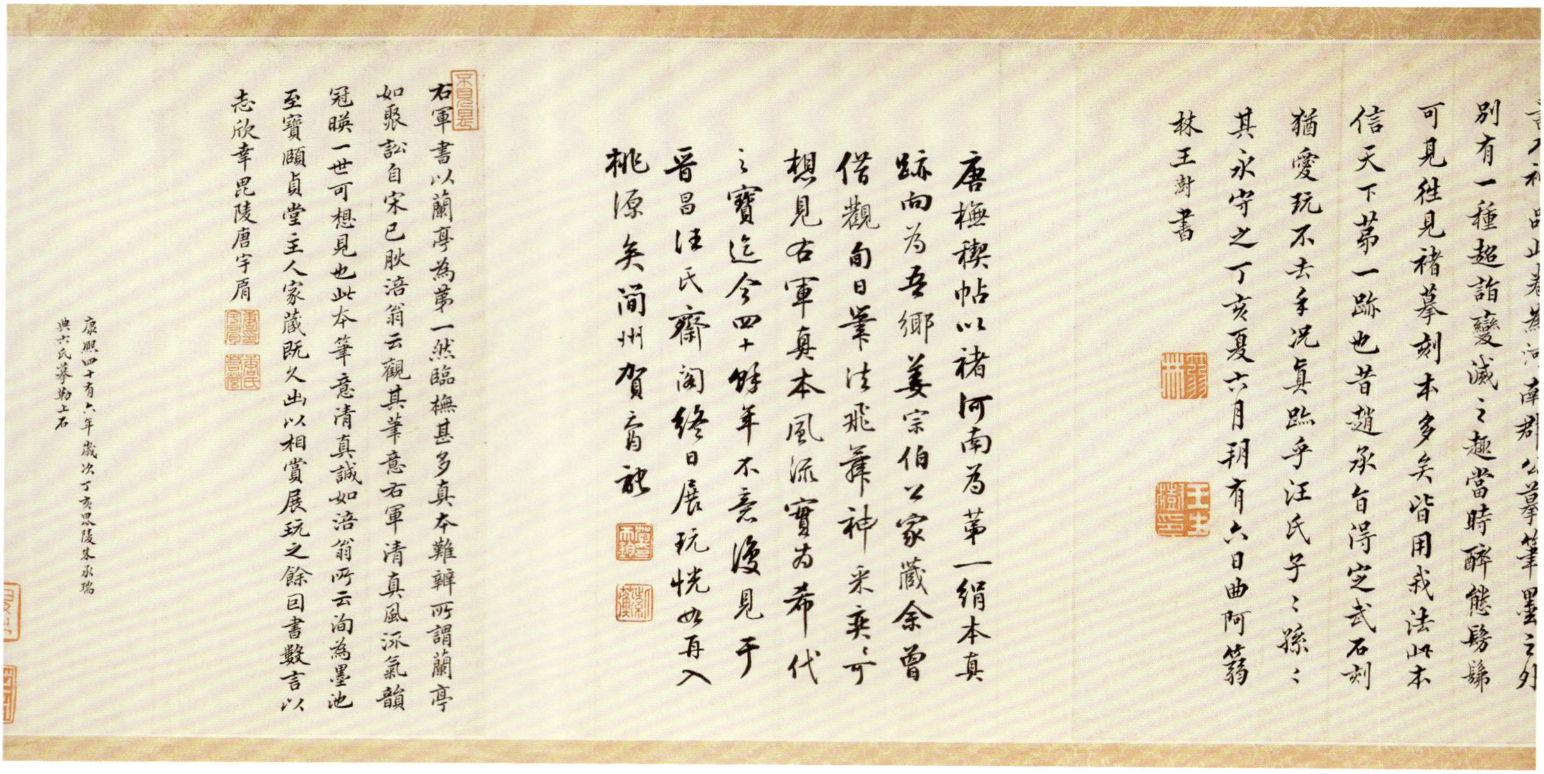

五五　蘭亭序（梁章鉅藏本　唐褚遂良摹）　東晉　王羲之　（之一、之二）

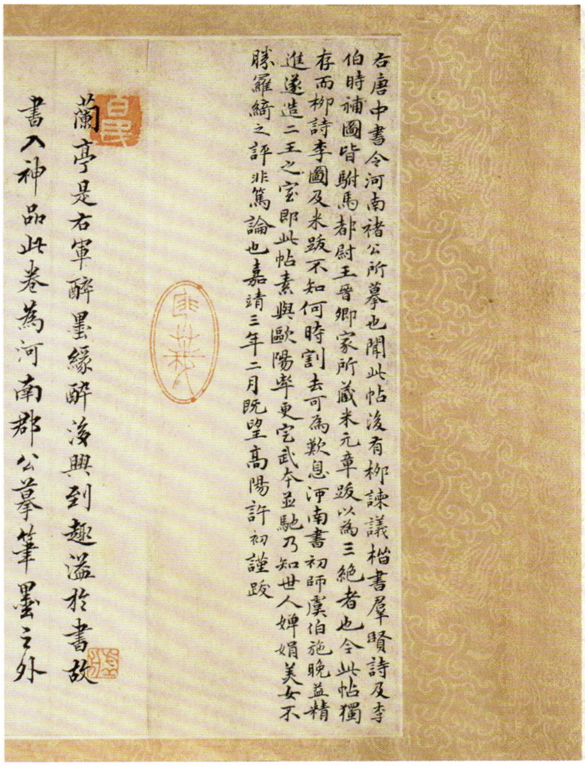
右唐中書令河南褚公所摹也聞此帖後有柳諫議楷書羣賢詩及李伯時補圖皆駙馬都尉王晉卿家所藏米元章跋以為三絕者也今此帖獨存而柳詩李圖及米跋不知何時割去可為歎息河南書初師虞伯施晚益精進遂造二王之室即此帖素與歐陽率更並馳乃知世人婵娟美女不勝羅綺之評非篤論也嘉靖三年二月既望高陽許初謹跋
蘭亭是右軍醉墨緣醉後興到趣溢於書故書入神品此卷為河南郡公摹筆墨之外
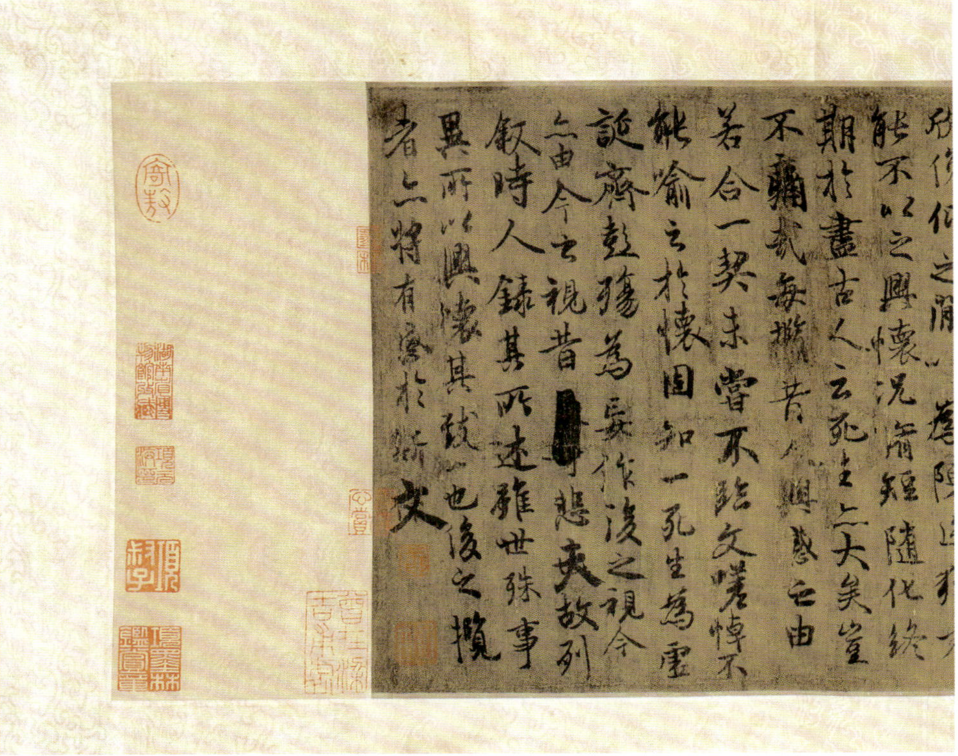
能不以之興懷況脩短隨化終期於盡古人云死生亦大矣豈不痛哉每攬昔人興感之由若合一契未嘗不臨文嗟悼不能喻之於懷固知一死生為虛誕齊彭殤為妄作後之視今亦由今之視昔悲夫故列敘時人錄其所述雖世殊事異所以興懷其致一也後之攬者亦將有感於斯文
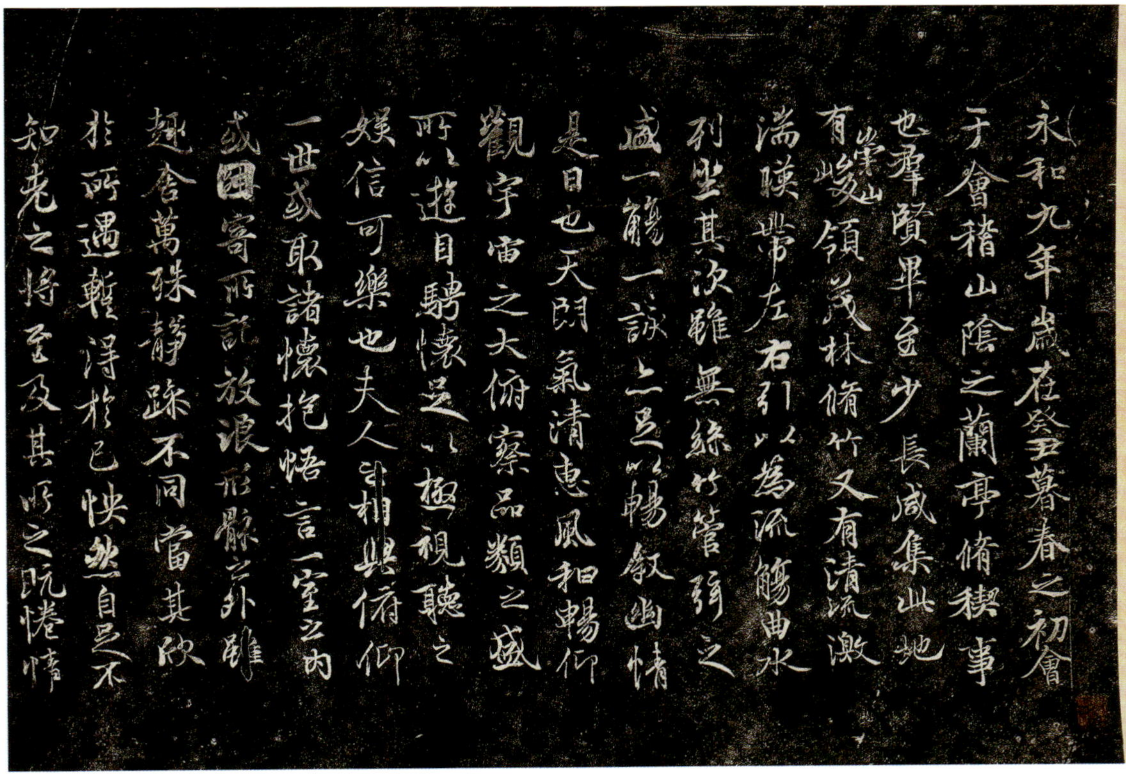
永和九年歲在癸丑暮春之初會于會稽山陰之蘭亭脩稧事也羣賢畢至少長咸集此地有崇山峻領茂林脩竹又有清流激湍暎帶左右引以為流觴曲水列坐其次雖無絲竹管弦之盛一觴一詠亦足以暢敘幽情是日也天朗氣清惠風和暢仰觀宇宙之大俯察品類之盛所以遊目騁懷足以極視聽之娛信可樂也夫人之相與俯仰一世或取諸懷抱悟言一室之內或因寄所託放浪形骸之外雖趣舍萬殊靜躁不同當其欣於所遇暫得於己快然自足不知老之將至及其所之既惓情
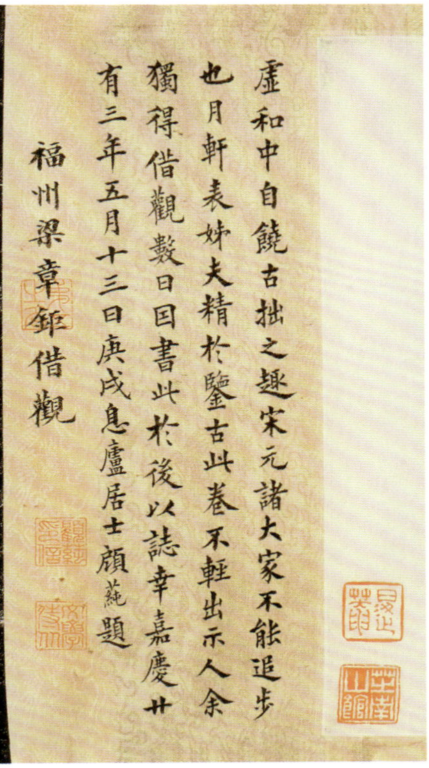
虛和中自饒古拙之趣宋元諸大家不能追步也月軒表姊夫精於鑒古此卷不輕出示人余獨得借觀數日因書此於後以誌幸嘉慶廿有三年五月十三日庚戌息廬居士頎蕤題
福州梁章鉅借觀

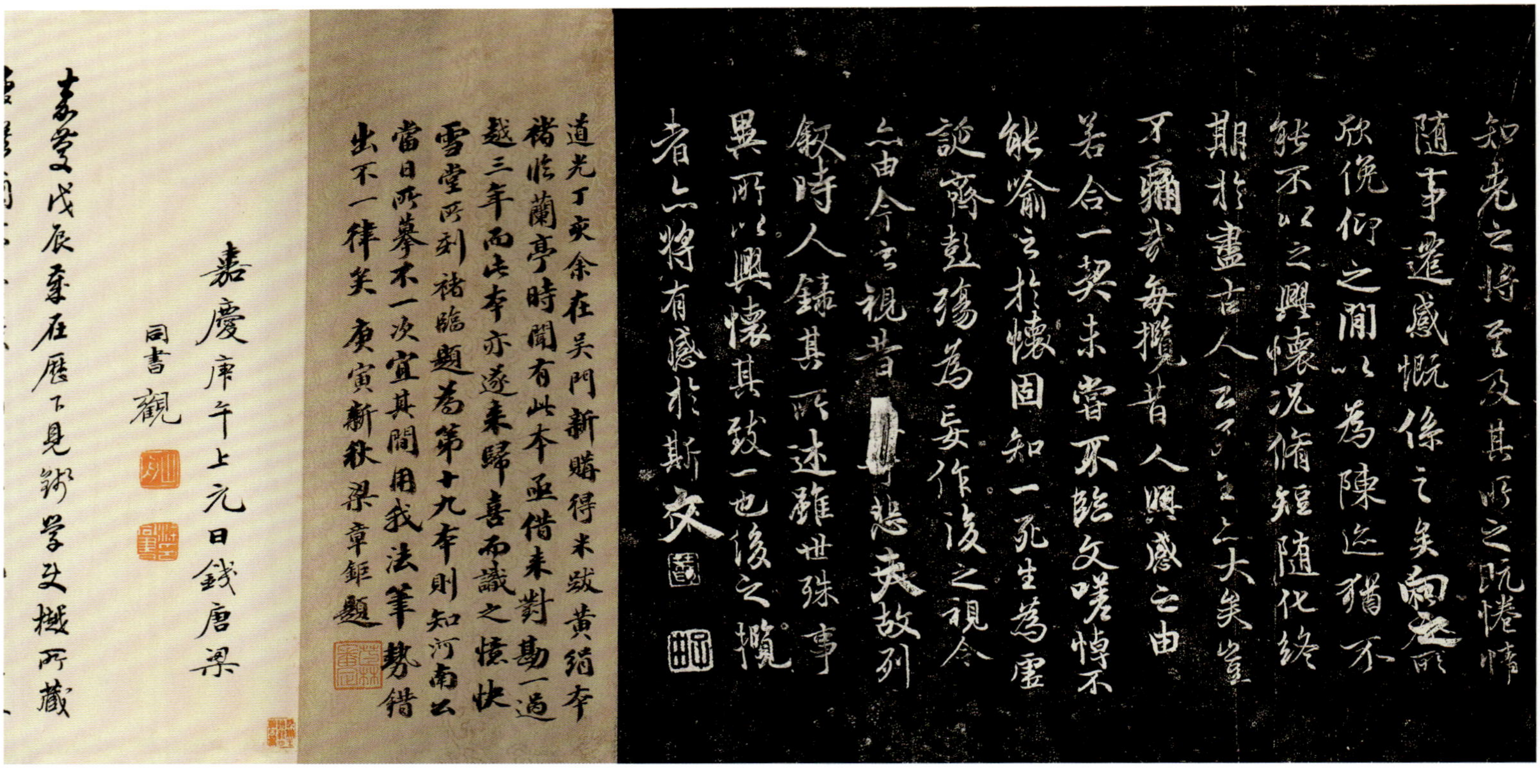

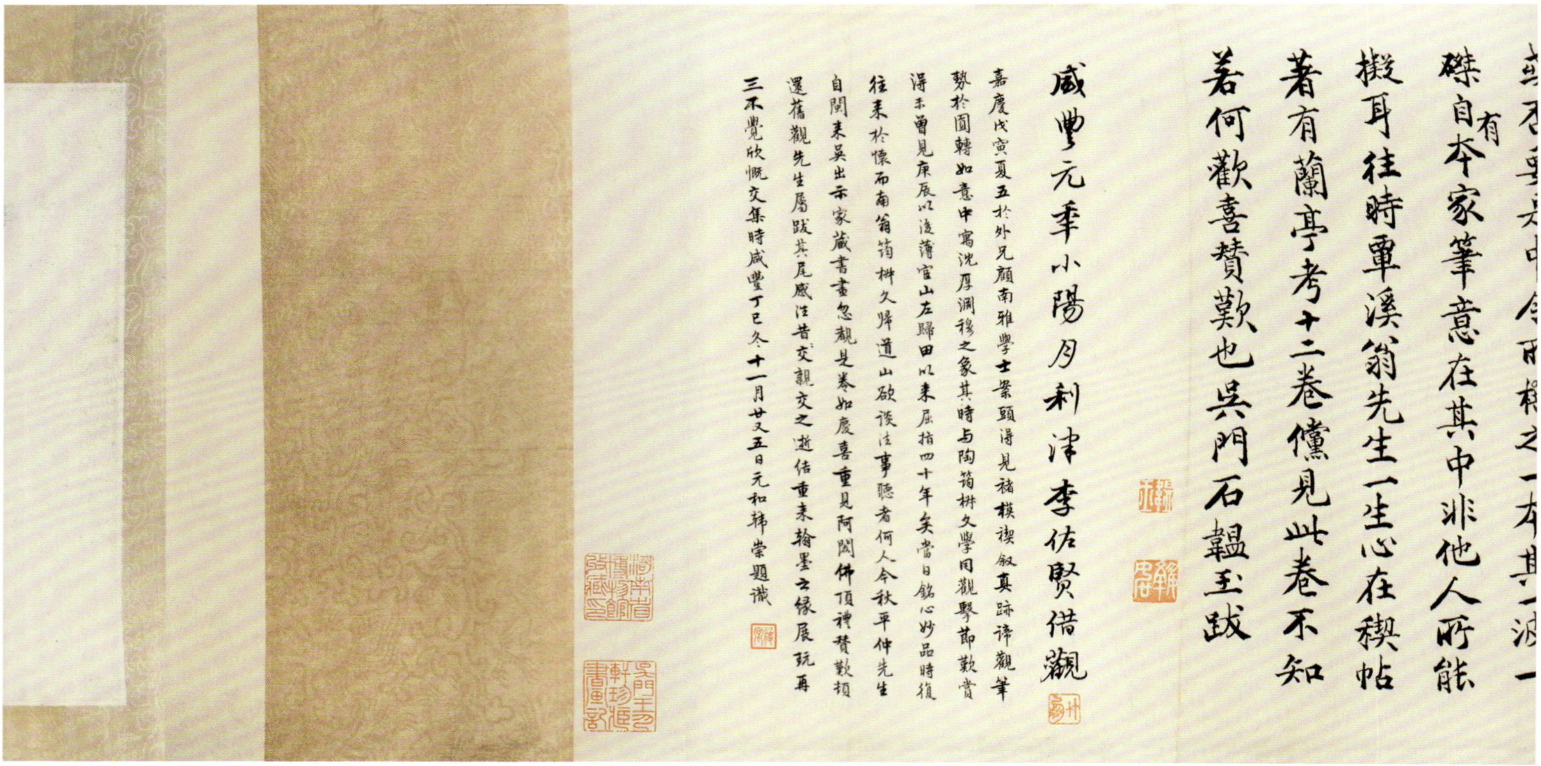

五五　蘭亭序（梁章鉅藏本　唐褚遂良摹）　東晉　王羲之（之三、之四）

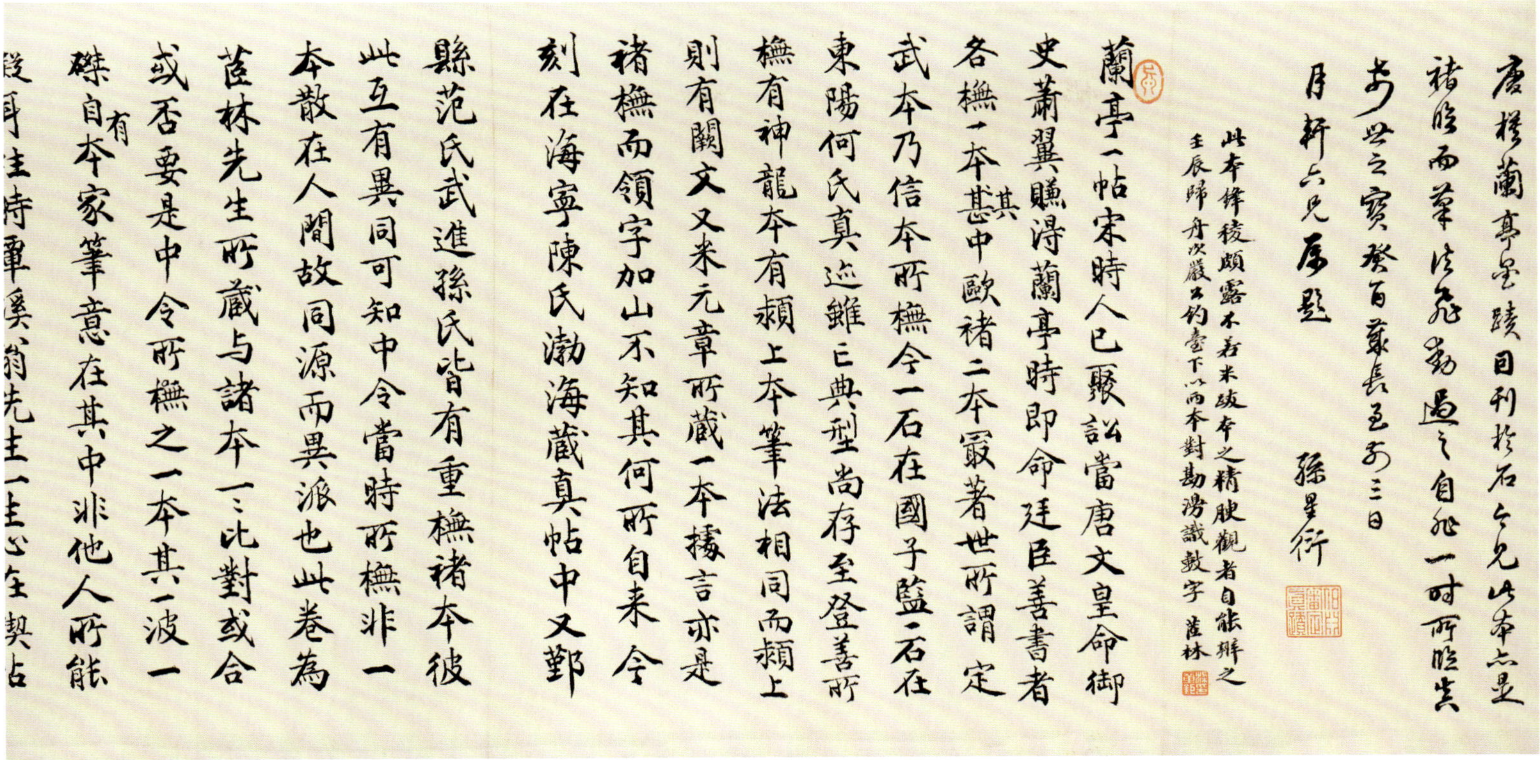
唐楮蘭亭墨蹟曰刊於石今兄此本亦是
褚臨而筆法兔勁過之自非一时所臨者
共世之寶 癸酉歲長至前三日
月軒六兄屬題 孫星衍
此本鋒稜顯露不若米跋本之精腴觀者自能辨之
壬辰歸舟次嚴子陵釣臺下以兩本對勘淺識數字 蓮林
蘭亭一帖宋時人已聚訟當唐文皇命御
史蕭翼賺得蘭亭時即命廷臣善書者
各橅一本其中歐褚二本最著世所謂定
武本乃信本所橅今一石在國子監一石在
東陽何氏真迹雖已典型尚存至登善所
橅有神龍本有潁上本筆法相同而潁上
則有闕文又米元章所藏一本據言亦是
褚橅而領字加山不知其何所自來今
刻在海寧陳氏渤海藏真帖中又鄞
縣范氏武進孫氏皆有重橅褚本彼
此互有異同可知中令當時所橅非一
本散在人間故同源而異派也此卷為
蓮林先生所藏与諸本一一比對或合
或否要是中令所橅之一本其一波一
磔自有本家筆意在其中非他人所能
彀耳往時覃溪翁先生一生心在契占

墨寶
荃甘署欸
此引首似本係四字被人割去上半者以致不成章法
重裝時應去之 梁章鉅識於中吳藩廨

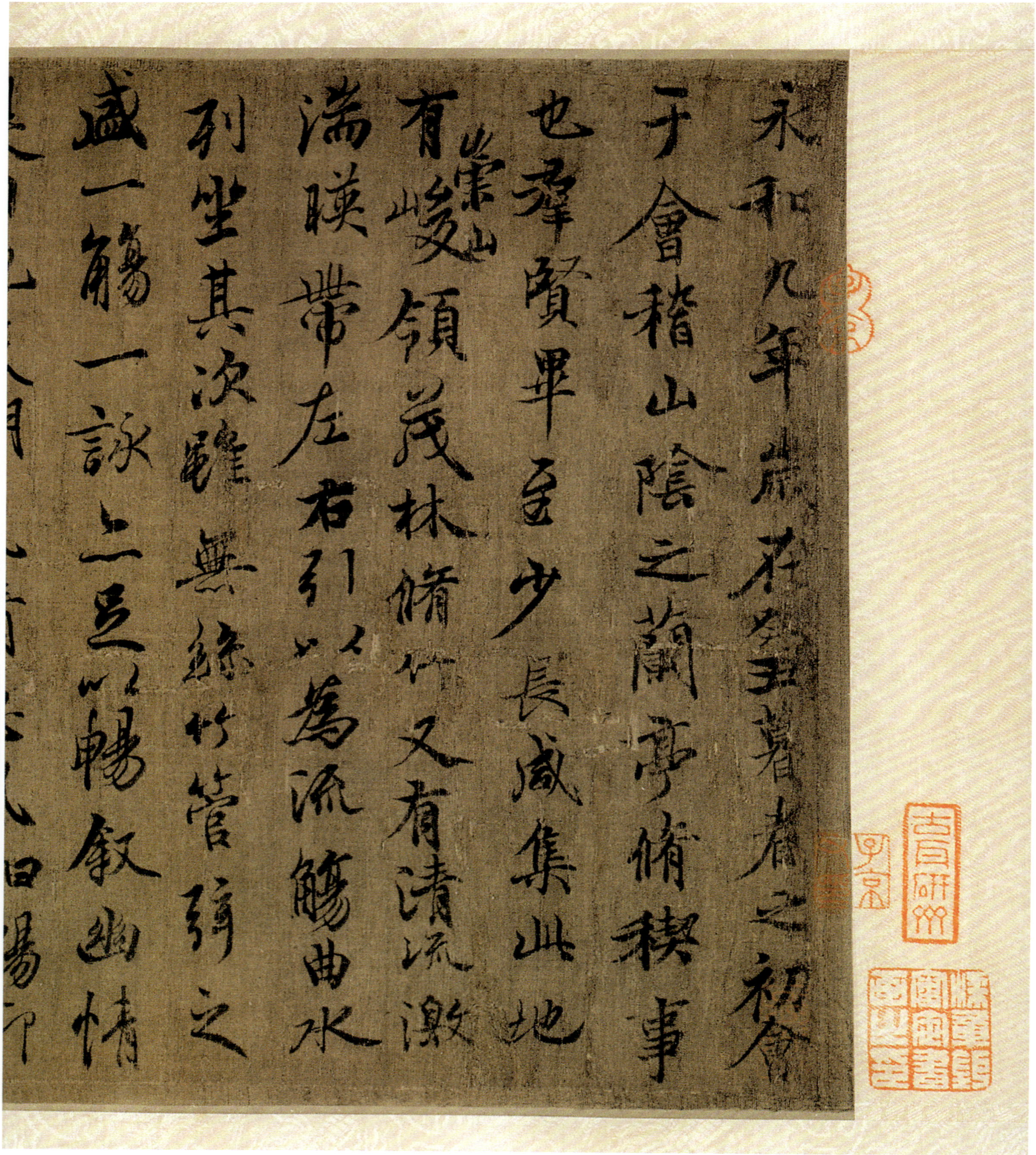
永和九年歲在癸丑暮春之初會
于會稽山陰之蘭亭脩稧事
也羣賢畢至少長咸集此地
有崇山峻領茂林脩竹又有清流激
湍暎帶左右引以為流觴曲水
列坐其次雖無絲竹管弦之
盛一觴一詠亦足以暢敘幽情

五五　蘭亭序（梁章鉅藏本　唐褚遂良摹）　東晉　王羲之（局部）

盛一觴一詠亦足以暢叙幽情
是日也天朗氣清惠風和暢仰
觀宇宙之大俯察品類之盛
所以遊目騁懷足以極視聽之
娛信可樂也夫人之相與俯仰
一世或取諸懷抱悟言一室之內
或因寄所託放浪形骸之外雖
趣舍萬殊靜躁不同當其欣
於所遇暫得於己快然自足不
知老之將至及其所之既倦情

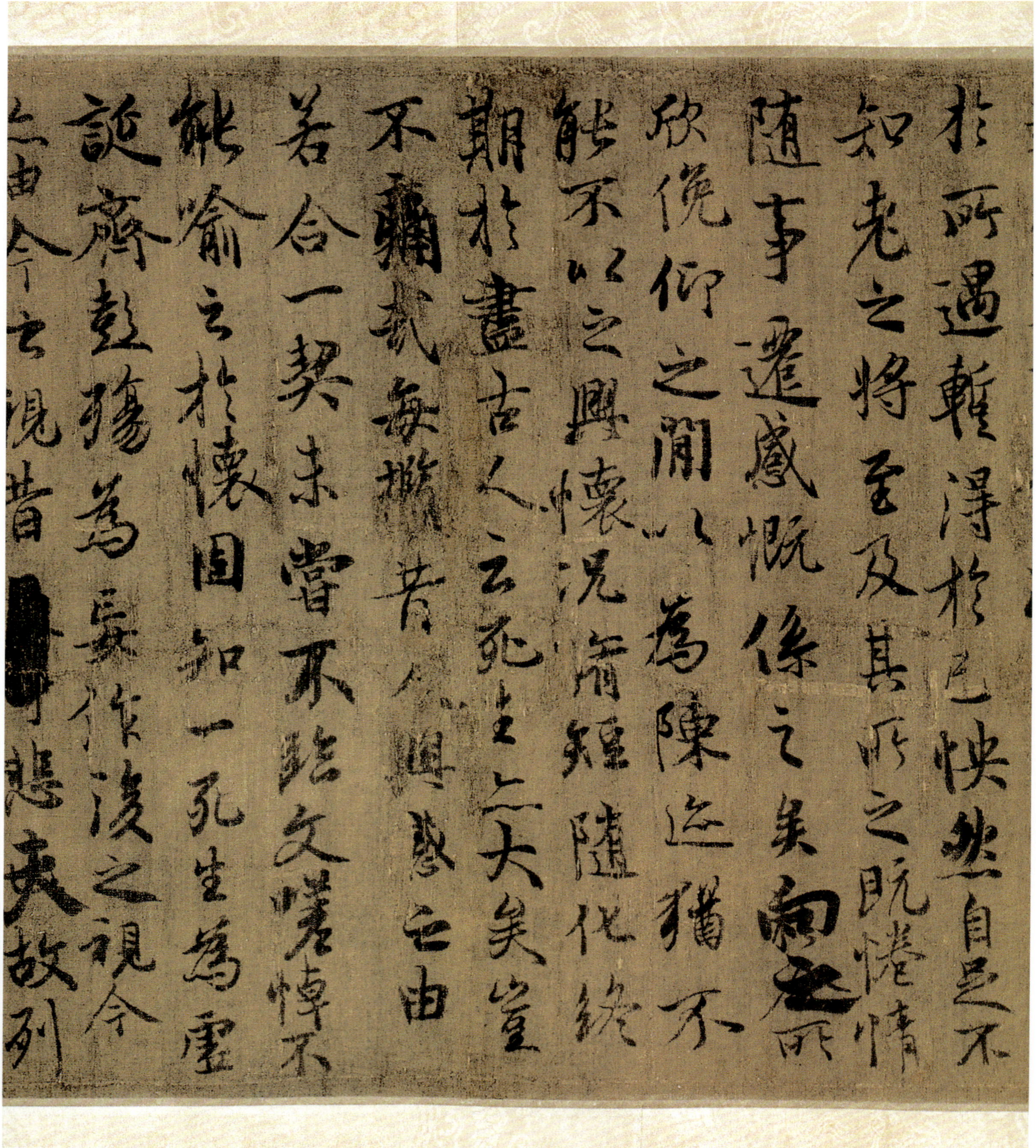

五五　蘭亭序（梁章鉅藏本　唐褚遂良摹）　東晉　王羲之（局部）

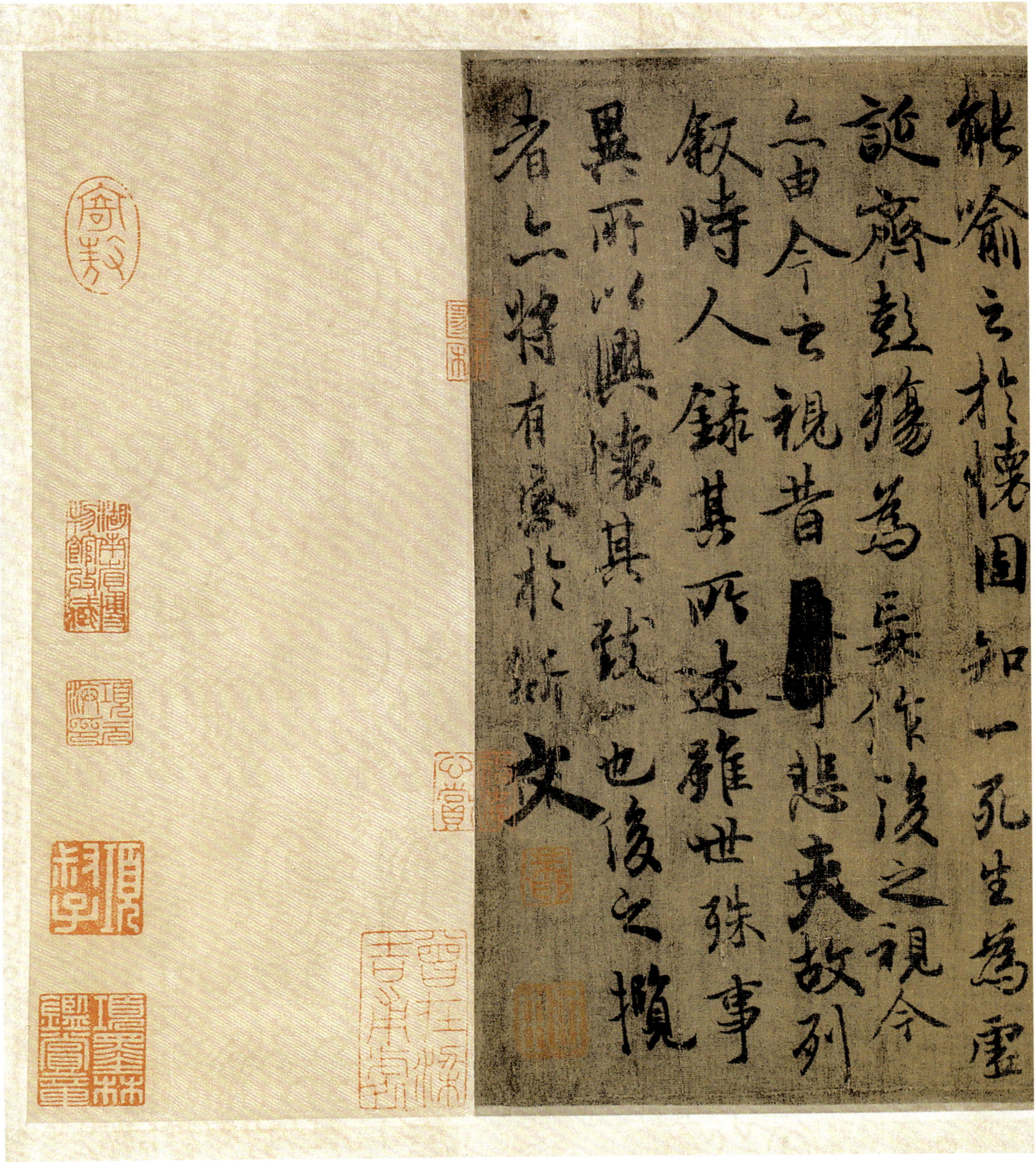

能喻之於懷固知一死生為虛
誕齊彭殤為妄作後之視今
亦由今之視昔[redacted]悲夫故列
敘時人錄其所述雖世殊事
異所以興懷其致一也後之攬
者亦將有感於斯文

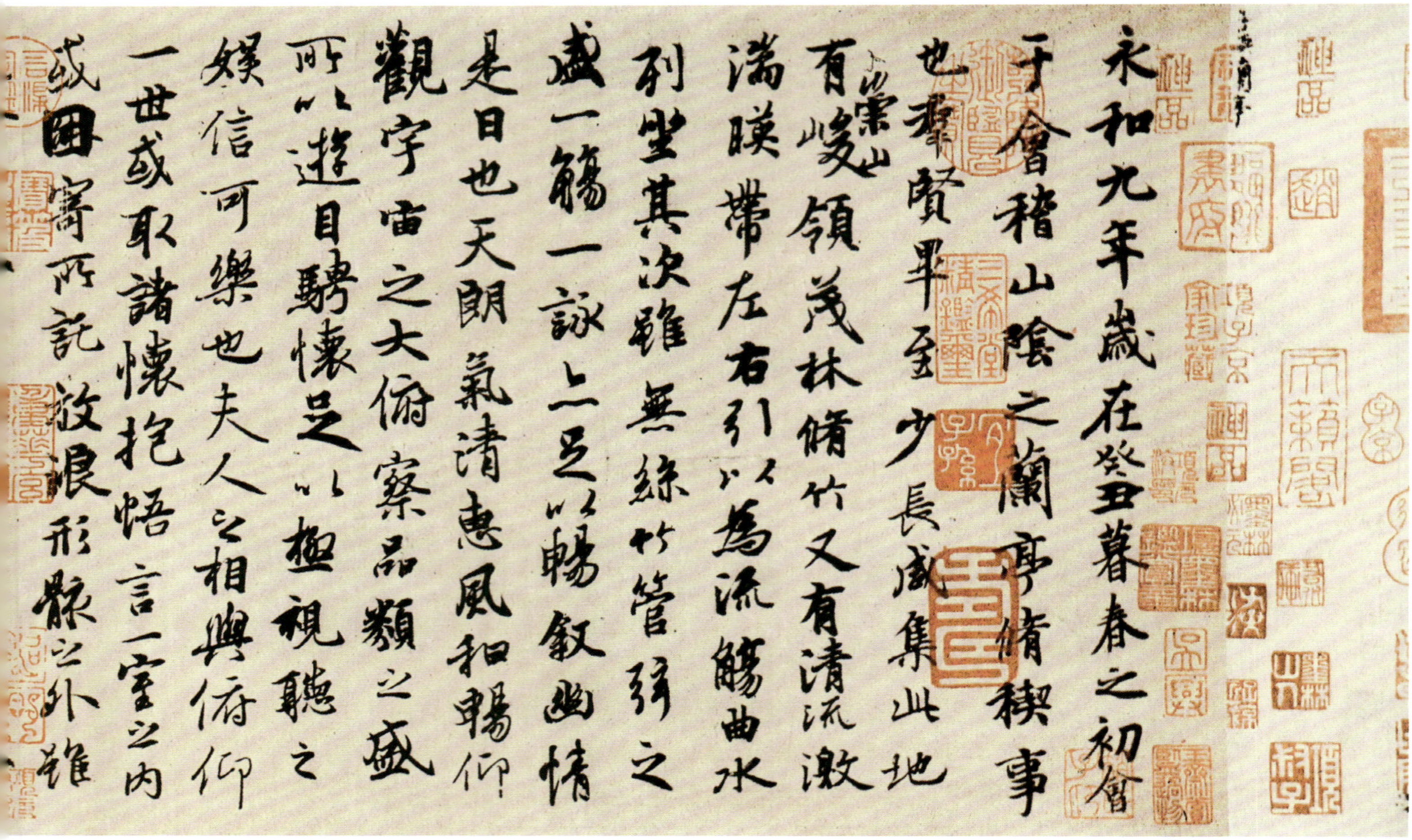

五六　蘭亭序　（神龍本　唐馮承素摹）　東晉　王羲之

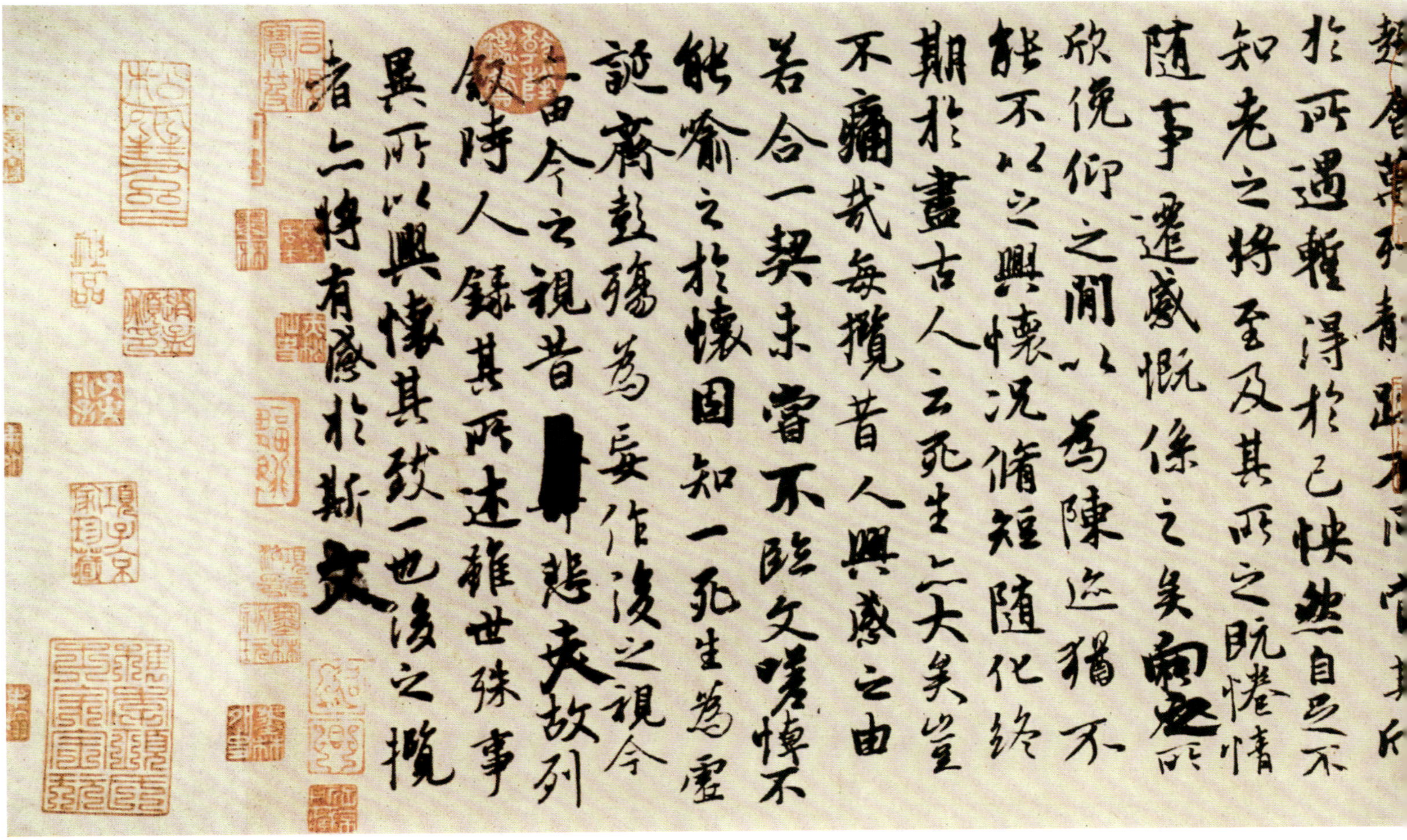
於所遇暫得於己快然自足不
知老之將至及其所之既惓情
隨事遷感慨係之矣向之所
欣俛仰之間以為陳迹猶不
能不以之興懷況脩短隨化終
期於盡古人云死生亦大矣豈
不痛哉每攬昔人興感之由
若合一契未嘗不臨文嗟悼不
能喻之於懷固知一死生為虛
誕齊彭殤為妄作後之視今
亦由今之視昔悲夫故列
叙時人錄其所述雖世殊事
異所以興懷其致一也後之攬
者亦將有感於斯文

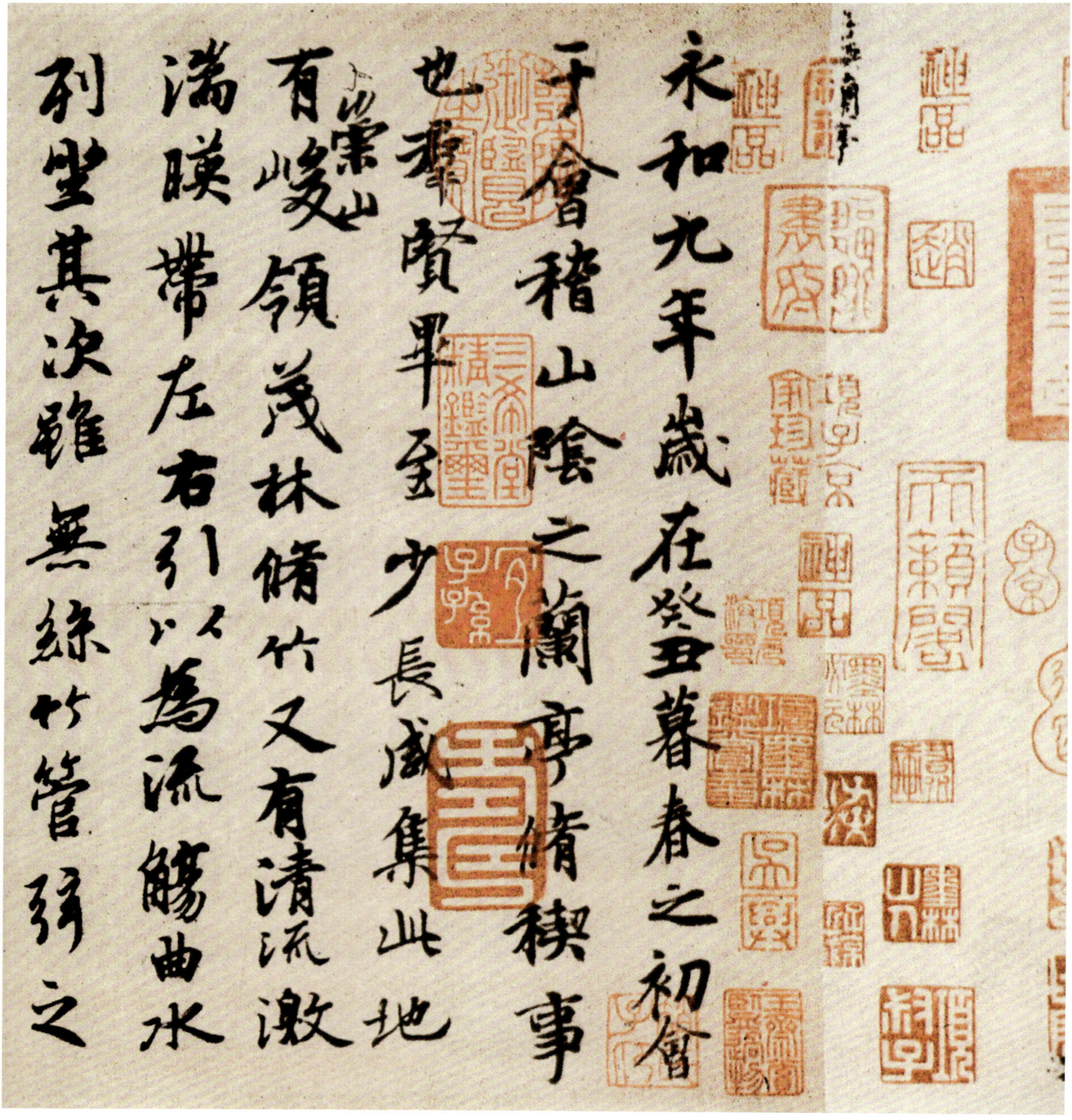
永和九年歲在癸丑暮春之初會
于會稽山陰之蘭亭脩稧事
也羣賢畢至少長咸集此地
有崇山峻領茂林脩竹又有清流激
湍暎帶左右引以為流觴曲水
列坐其次雖無絲竹管絃之

五六　蘭亭序（神龍本　唐馮承素摹）　東晉　王羲之（放大）

湍暎帶左右引以為流觴曲水
列坐其次雖無絲竹管弦之
盛一觴一詠亦足以暢敘幽情
是日也天朗氣清惠風和暢仰
觀宇宙之大俯察品類之盛
所以遊目騁懷足以極視聽之
娛信可樂也夫人之相與俯仰
一世或取諸懷抱悟言一室之內
或因寄所託放浪形骸之外雖
趣舍萬殊靜躁不同當其欣

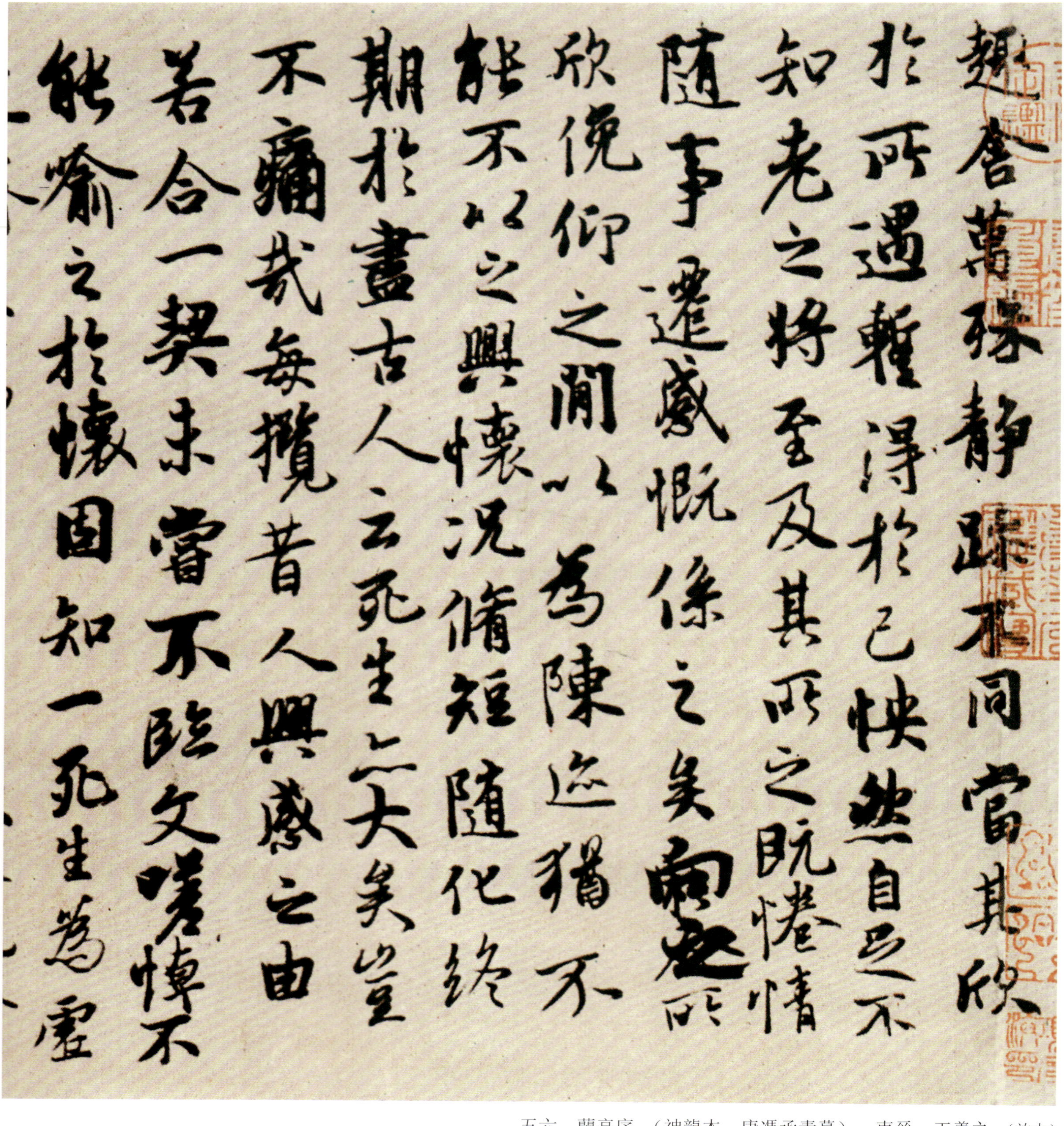

五六　蘭亭序（神龍本　唐馮承素摹）　東晉　王羲之（放大）

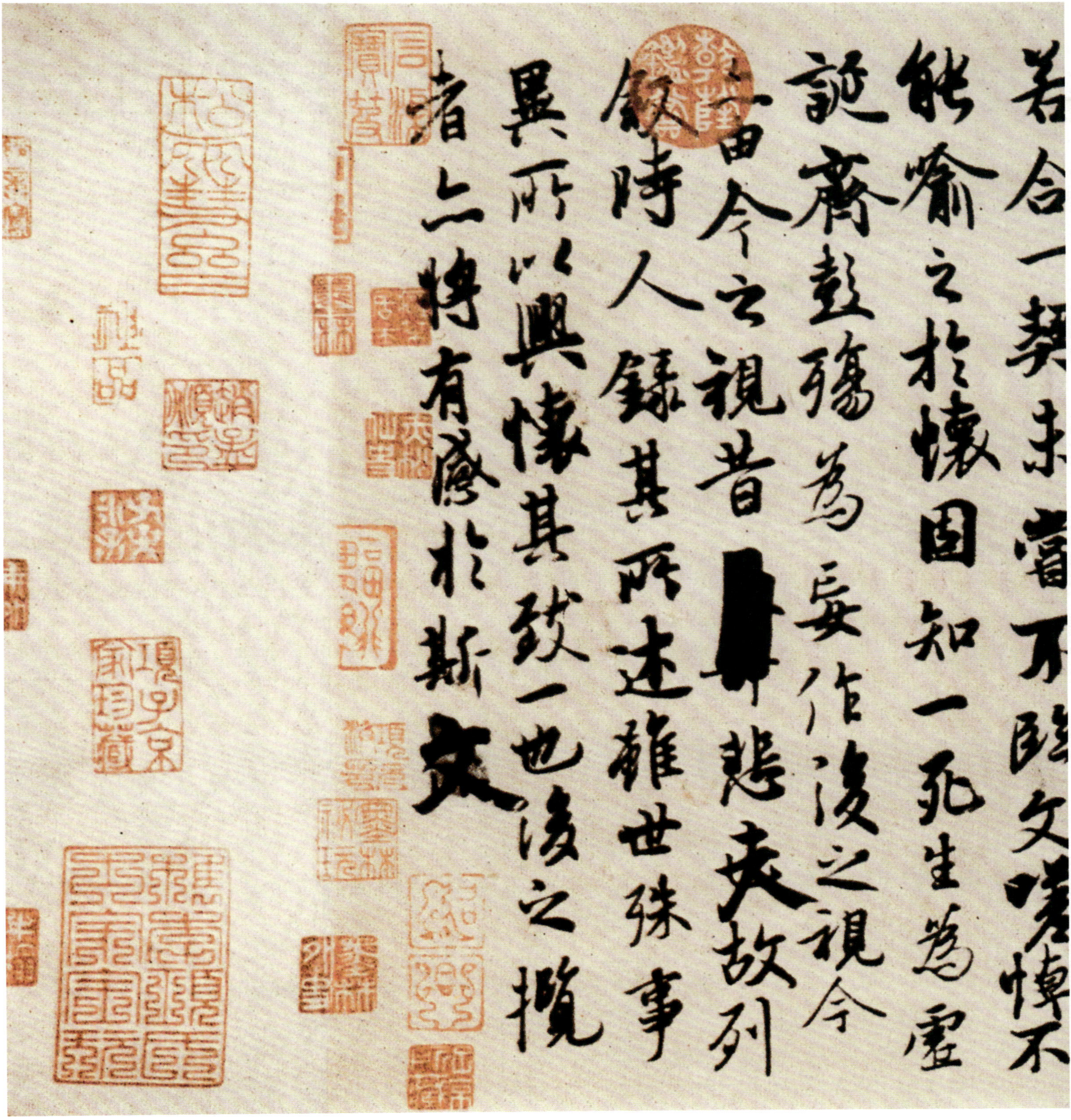

若合一契未嘗不臨文嗟悼不
能喻之於懷固知一死生為虛
誕齊彭殤為妄作後之視今
亦由今之視昔悲夫故列
敘時人錄其所述雖世殊事
異所以興懷其致一也後之攬
者亦將有感於斯文

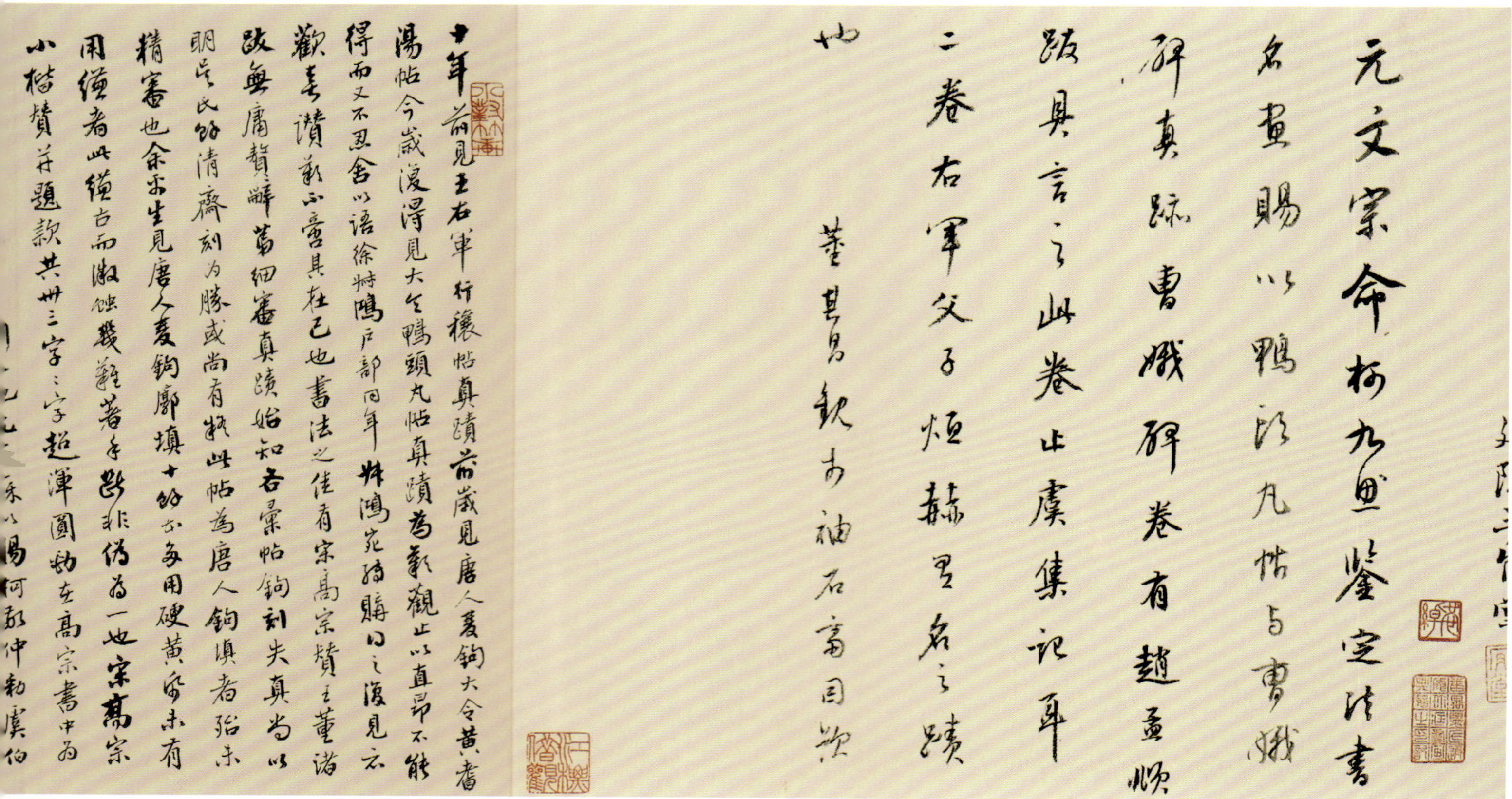

五七　鴨頭丸帖　東晉　王獻之

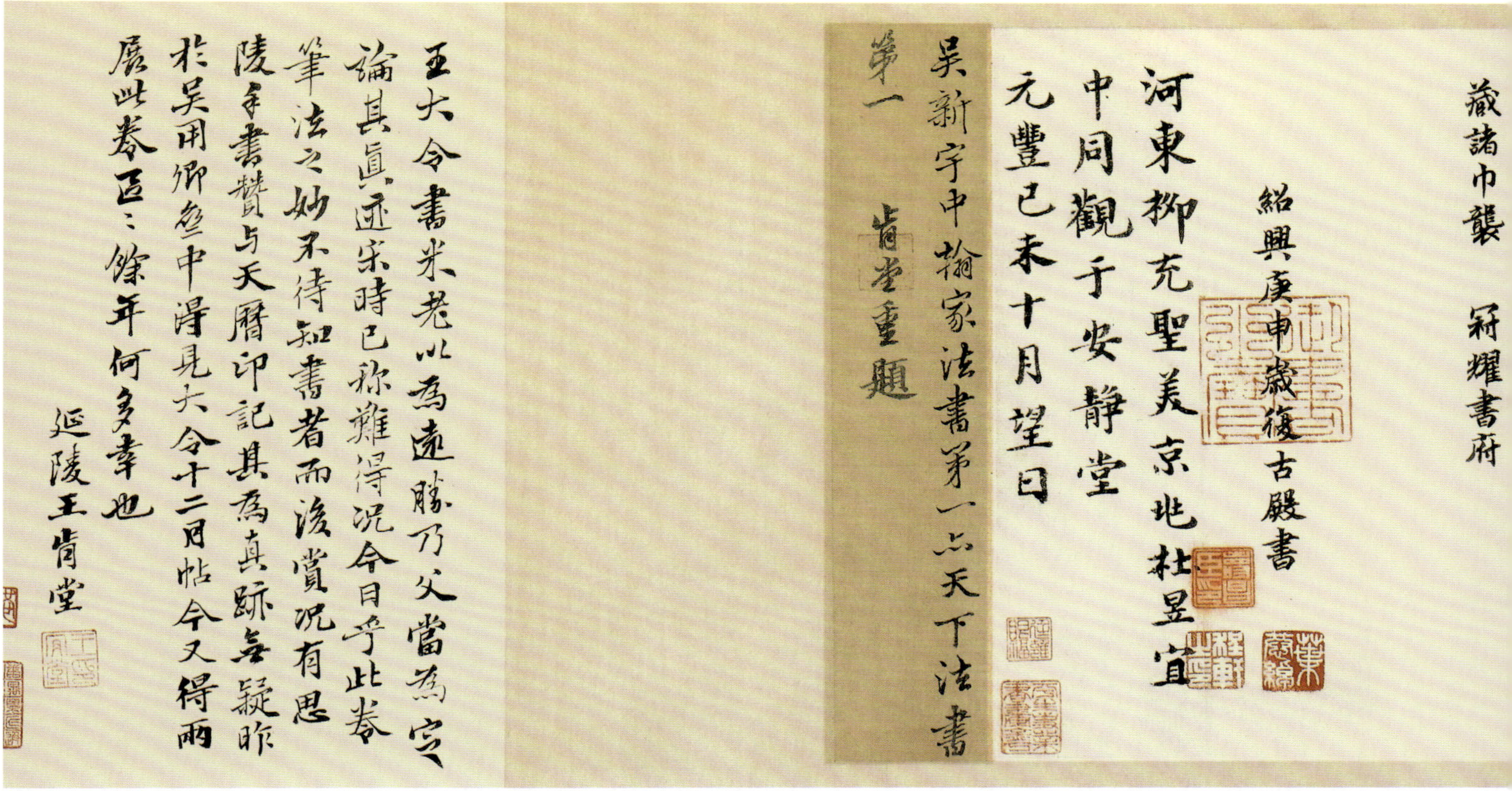

藏諸巾襲　冠耀書府

紹興庚申歲復古殿書

河東柳充聖美京兆杜昱宜
中同觀于安靜堂
元豐己未十月望日

吳新宇中翰家法書第一亦天下法書
第一　肯堂重題

王大令書米老以為遠勝乃父當為宋
論其真迹宋時已稱難得況今日乎此卷
筆法之妙不待知書者而後賞況有思
陵手書贊與天曆印記其為真跡無疑昨
於吳用卿齋中得見大令十二月帖今又得兩
展此卷亘三餘年何多幸也
延陵王肯堂

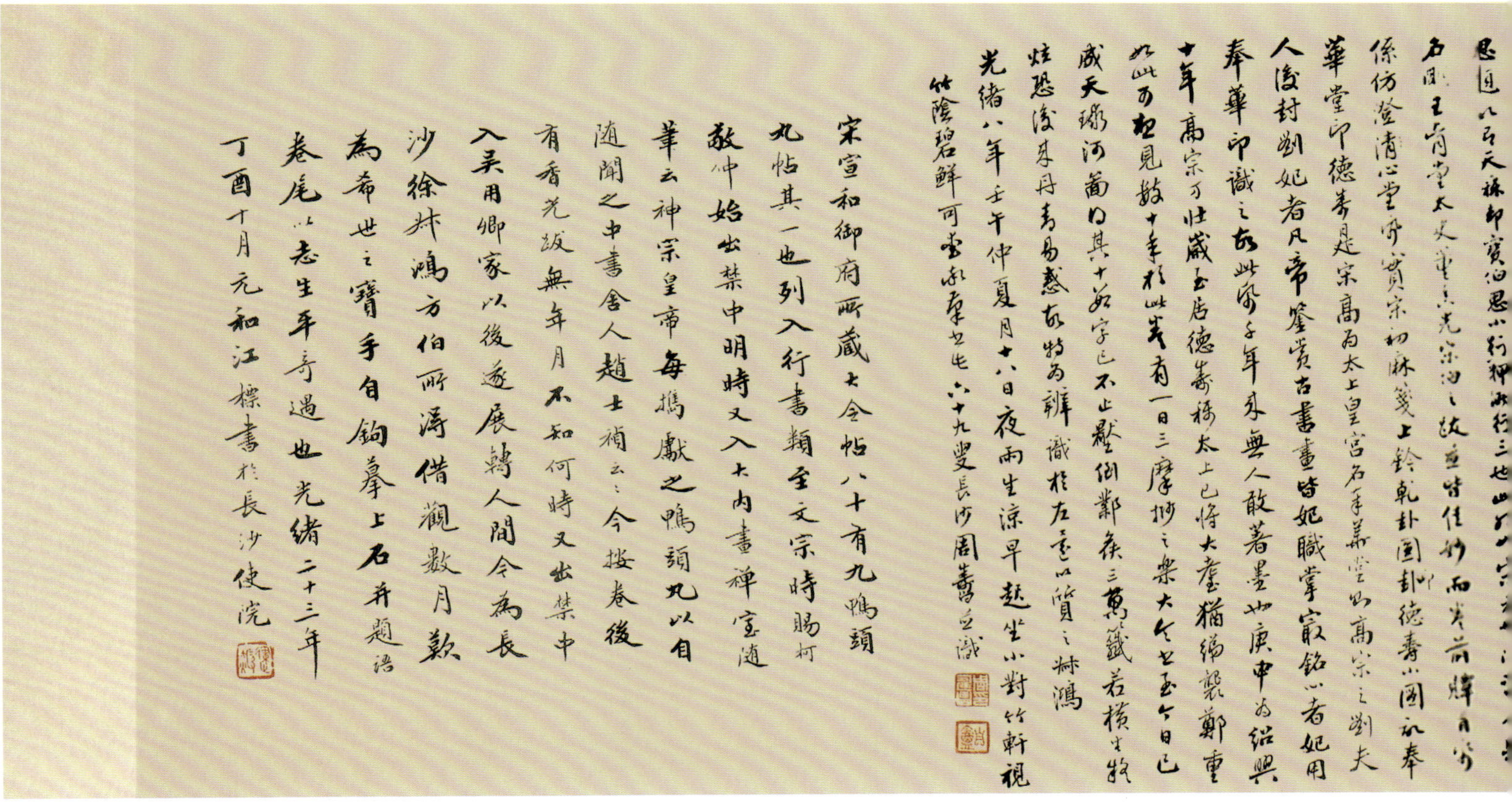

思匪八百天祿印寶御思小行押縫行三也山……
名臣王肯堂太史筆法先宗海之跋並皆佳妙而卷前牌有此
係仿澄清心堂所賞宋初麻箋上鈐乾卦圓卦印德壽小圓印奉
華堂印德壽是宋高為太上皇宮名奉華堂以高宗之劉夫
人後封劉妃者凡帝鑒賞古書畫皆妃職掌敬銘之者妃用
奉華印識之故此卷千年來無人敢著墨如庚申為紹興
十年高宗方壯歲至居德壽稱太上已將大耋猶綿襲鄭重
如此可想見數十年於此卷有一日三摩挲之樂大令書至今日已
藏天瑯河嶽其十數字已不止璧倒鄰除三萬鐵若横米敗
娃恐後來者易惑故特為辨識於左並以質之樹鴻
光緒八年壬午仲夏月十八日夜雨生涼早起坐小對竹軒視
竹陰碧鮮可愛承筆七紀六十九叟長沙周壽昌識

宋宣和御府所藏大令帖八十有九鴨頭
丸帖其一也列入行書類至文宗時賜柯
敬仲始出禁中明時又入大內畫禪室隨
筆云神宗皇帝每携獻之鴨頭丸以自
隨閣之中書舍人趙士禎云云今按卷後
有香光跋無年月不知何時又出禁中
入吳用卿家以後遂展轉人間今為長
沙徐樹鴻方伯所得借觀數月歎
為希世之寶手自鉤摹上石并題語
卷尾以志生平奇遇也光緒二十三年
丁酉十月元和江標書於長沙使院

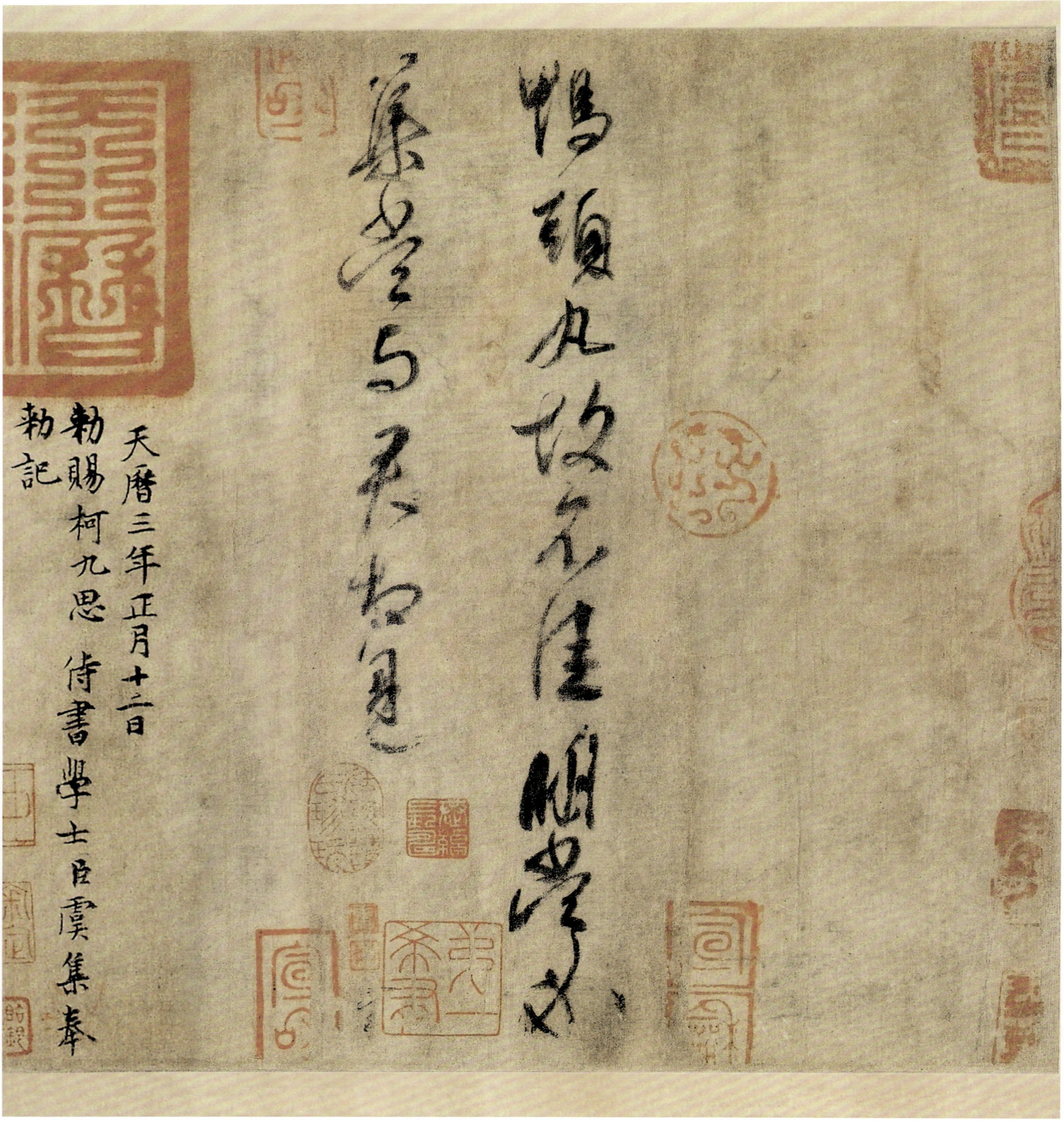

五七　鴨頭丸帖　東晉　王獻之（局部）

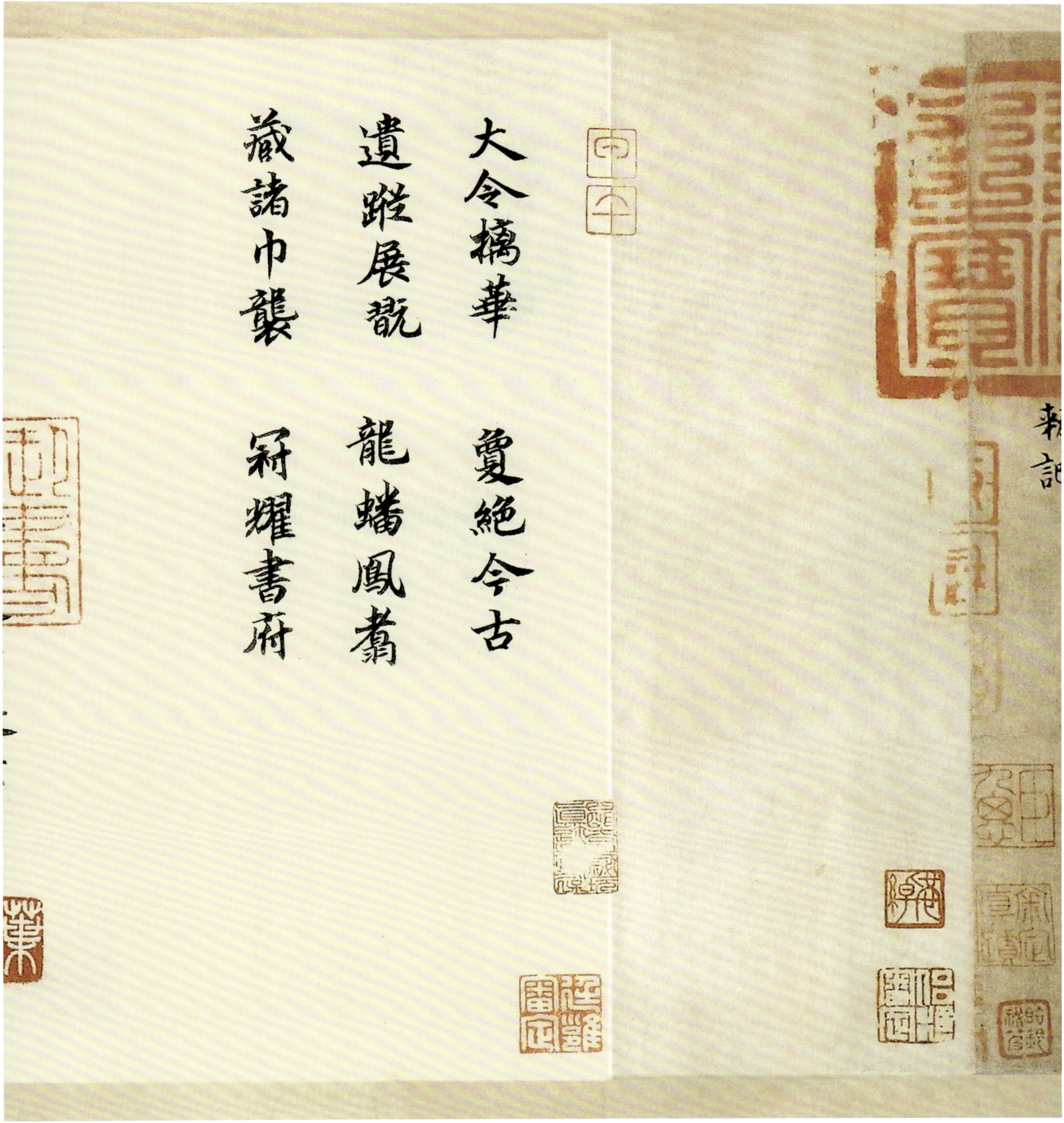
大令擒華 覺絕今古
遺蹤展翫 龍蟠鳳翥
藏諸巾襲 寵耀書府

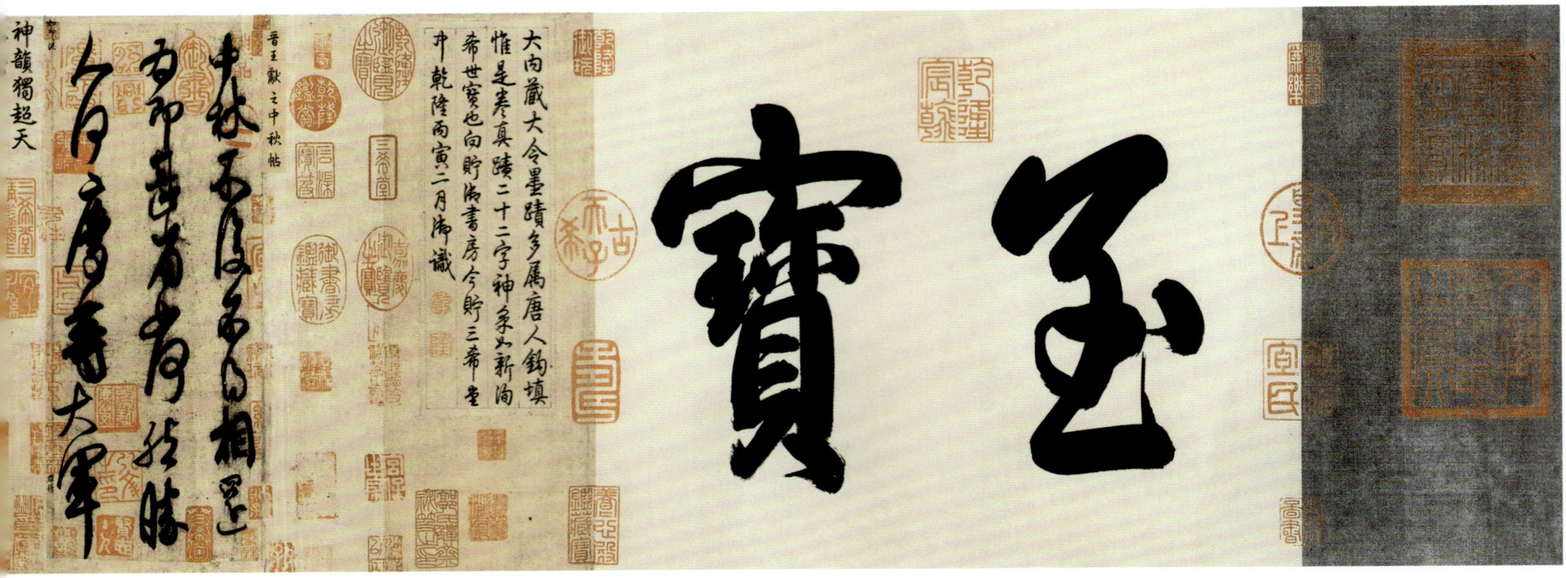

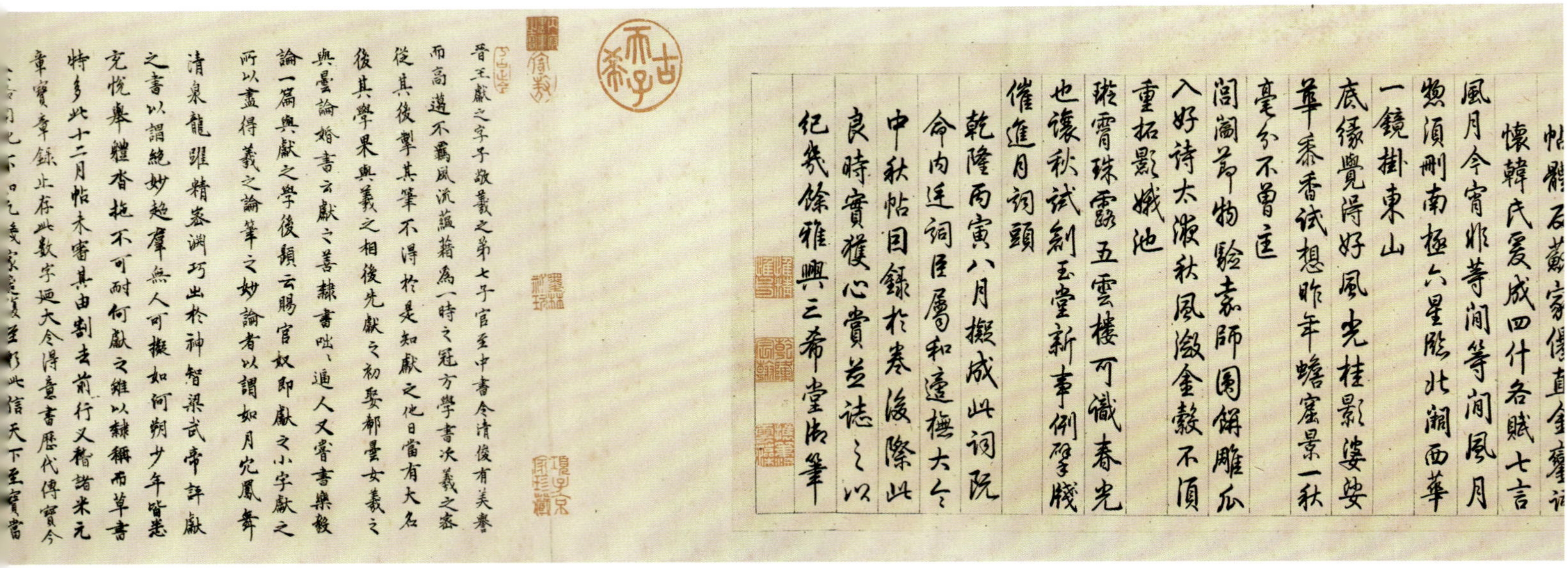

五八　中秋帖　東晉　王獻之

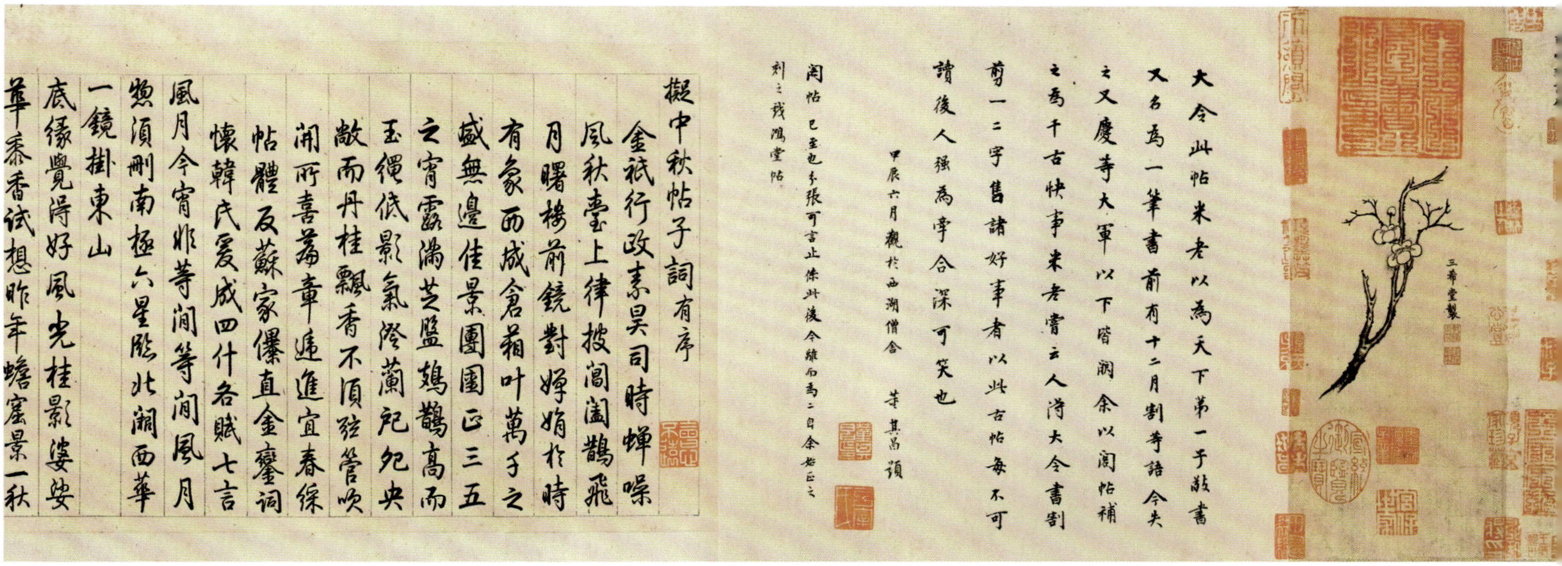
大令此帖米老以為天下第一子敬書
又名為一筆書前有十二月割等語今失
之又慶等大軍以下皆闕余以閣帖補
之為千古快事米老嘗云人得大令書割
剪一二字售諸好事者以此古帖每不可
讀後人强為牽合深可笑也
甲辰六月觀於西湖僧舍 董其昌題
三希堂製
擬中秋帖子詞有序

墨林項元汴敬題

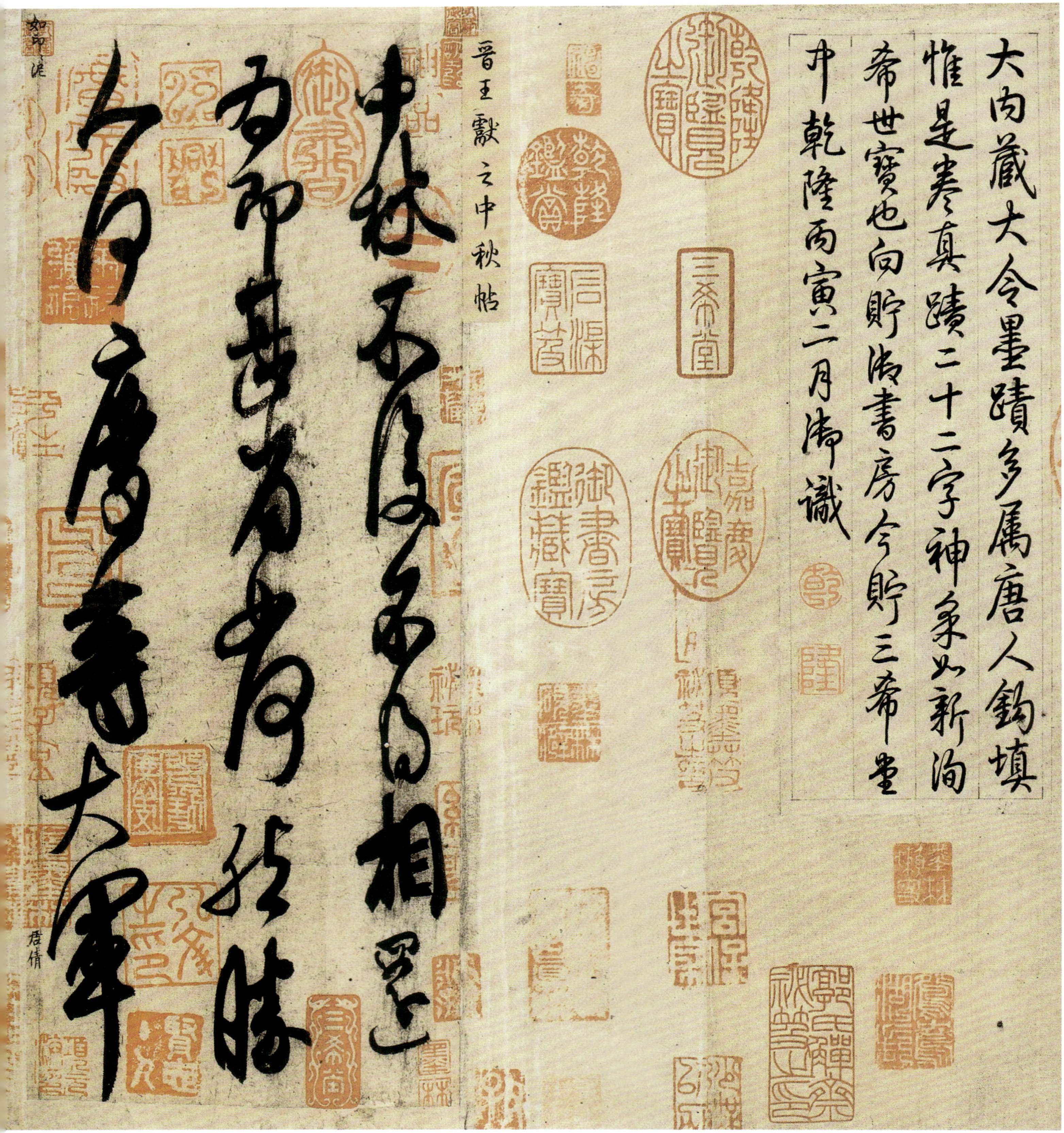

五八　中秋帖　東晉　王獻之（局部）

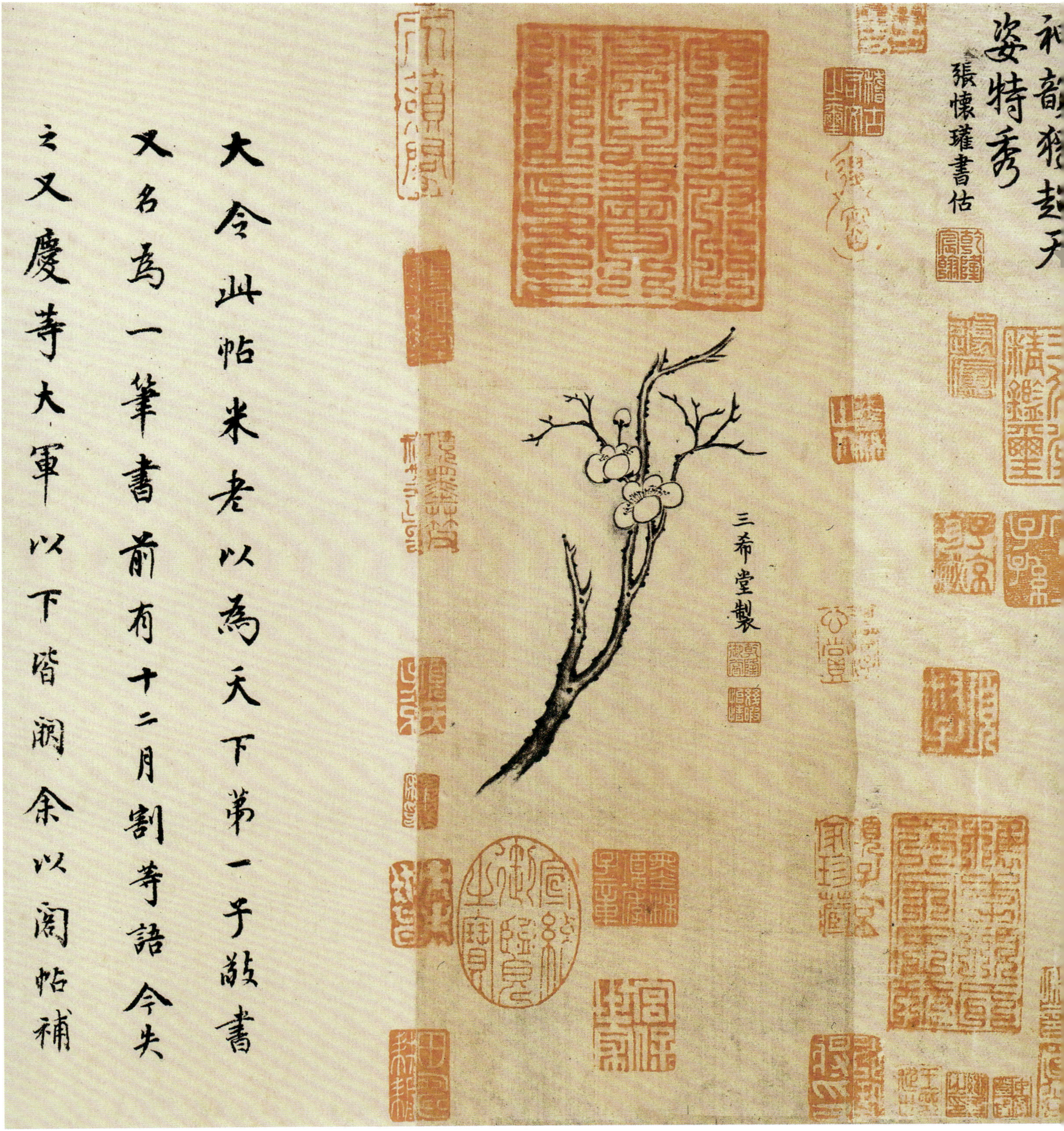
姿特秀
張懷瓘書估
三希堂製
大令此帖米老以為天下第一子敬書
又名為一筆書前有十二月割等語今失
之又慶等大軍以下皆闕余以閣帖補

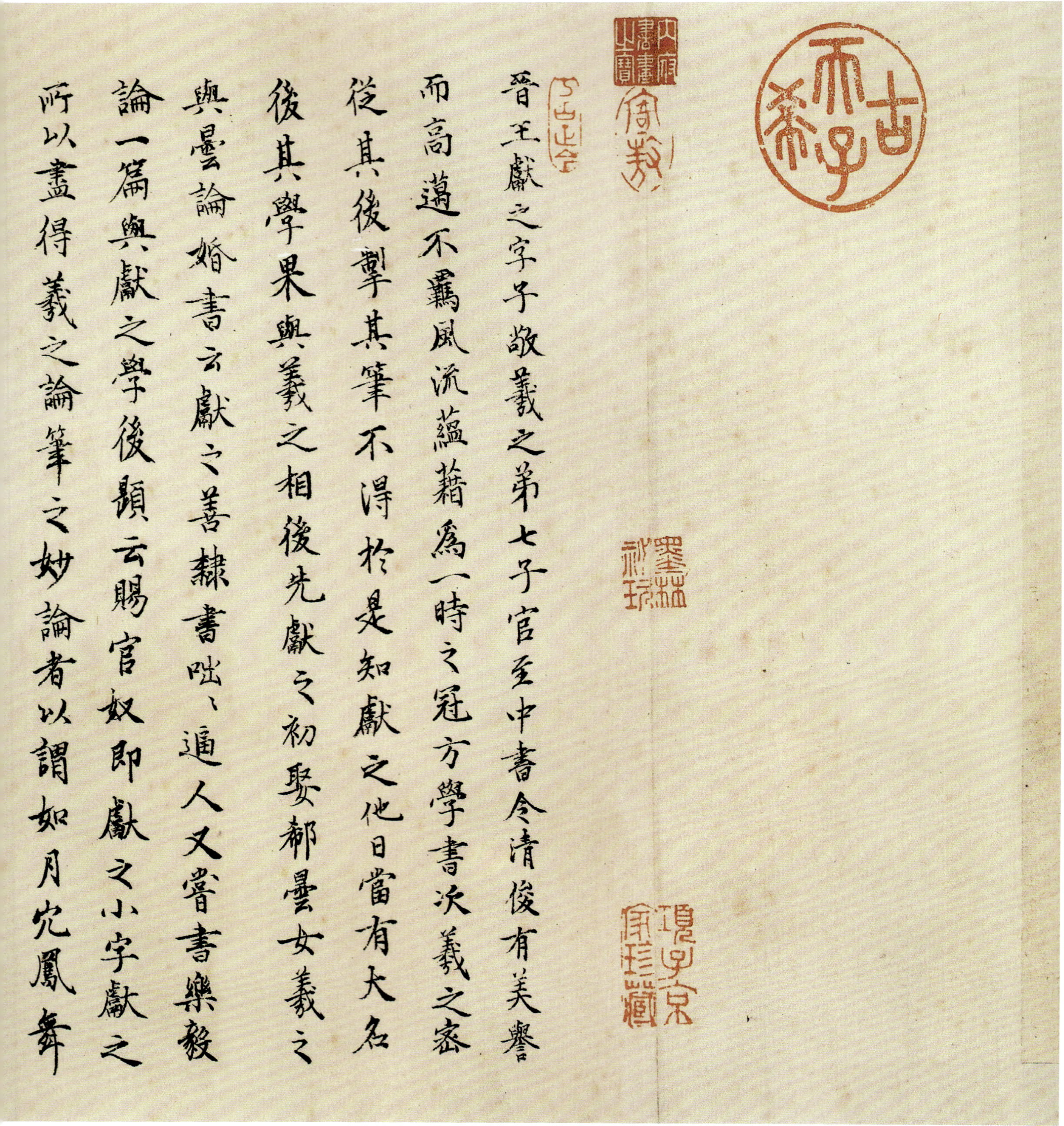

晉王獻之字子敬羲之第七子官至中書令清俊有美譽
而高邁不羈風流蘊藉爲一時之冠方學書次羲之密
從其後掣其筆不得於是知獻之他日當有大名
後其學果與羲之相後先獻之初娶郗曇女羲之
與曇論婚書云獻之善隸書咄咄逼人又嘗書樂毅
論一篇與獻之學後題云賜官奴即獻之小字獻之
所以盡得羲之論筆之妙論者以謂如丹穴鳳舞

五八　中秋帖　東晉　王獻之（局部）

清泉龍躍精密淵巧出於神智梁武帝評獻之書以謂絕妙超羣無人可擬如河朔少年皆悉充悦舉體沓拖不可耐何獻之雖以隸稱而草書特多此十二月帖未審其由割去前行又稽諸米元章寶章錄止存此數字迺大令得意書歷代傳寶今散落南北不知凡幾家遷復至於此信天下至寶當神護汴也重值購藏永為書則雖威武聲勢不可畏而授與是亦從吾所好也來裔豈可以易而忽之須世守斯可矣

墨林項元汴敬題

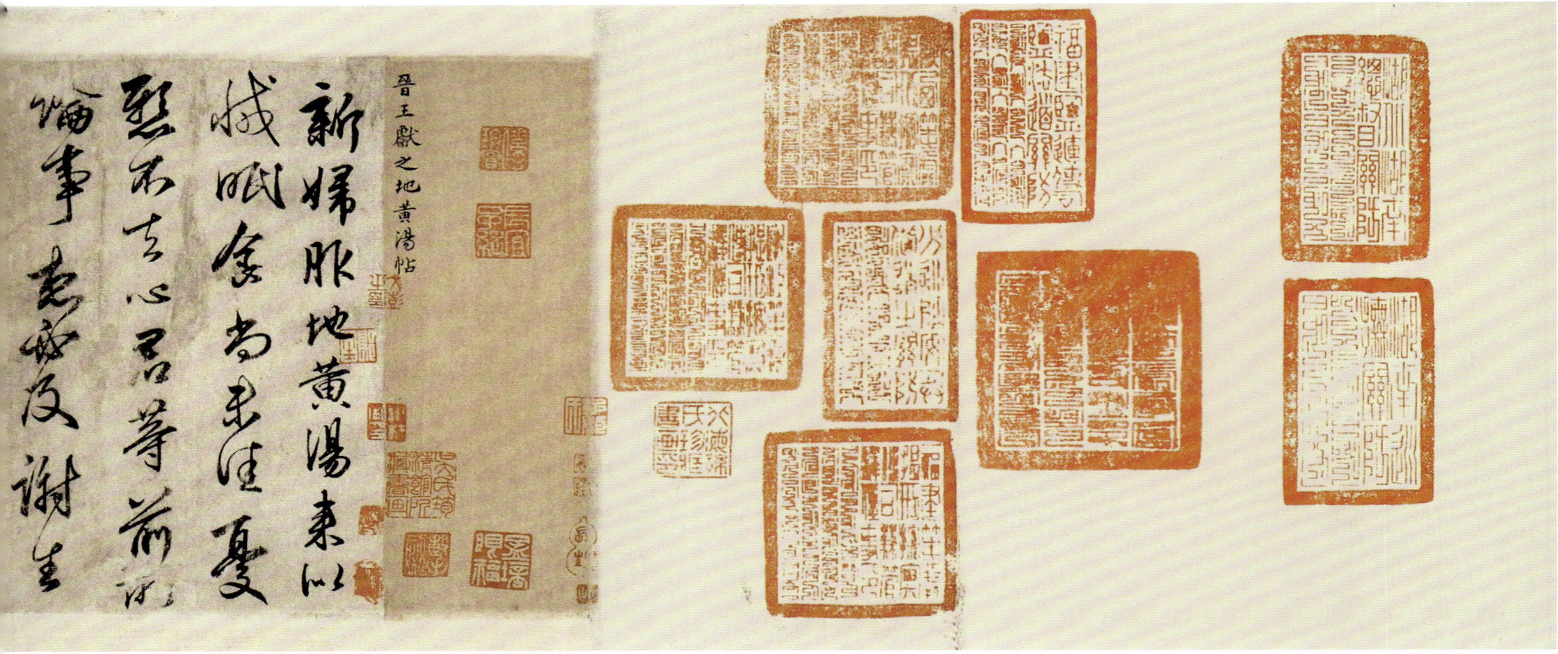

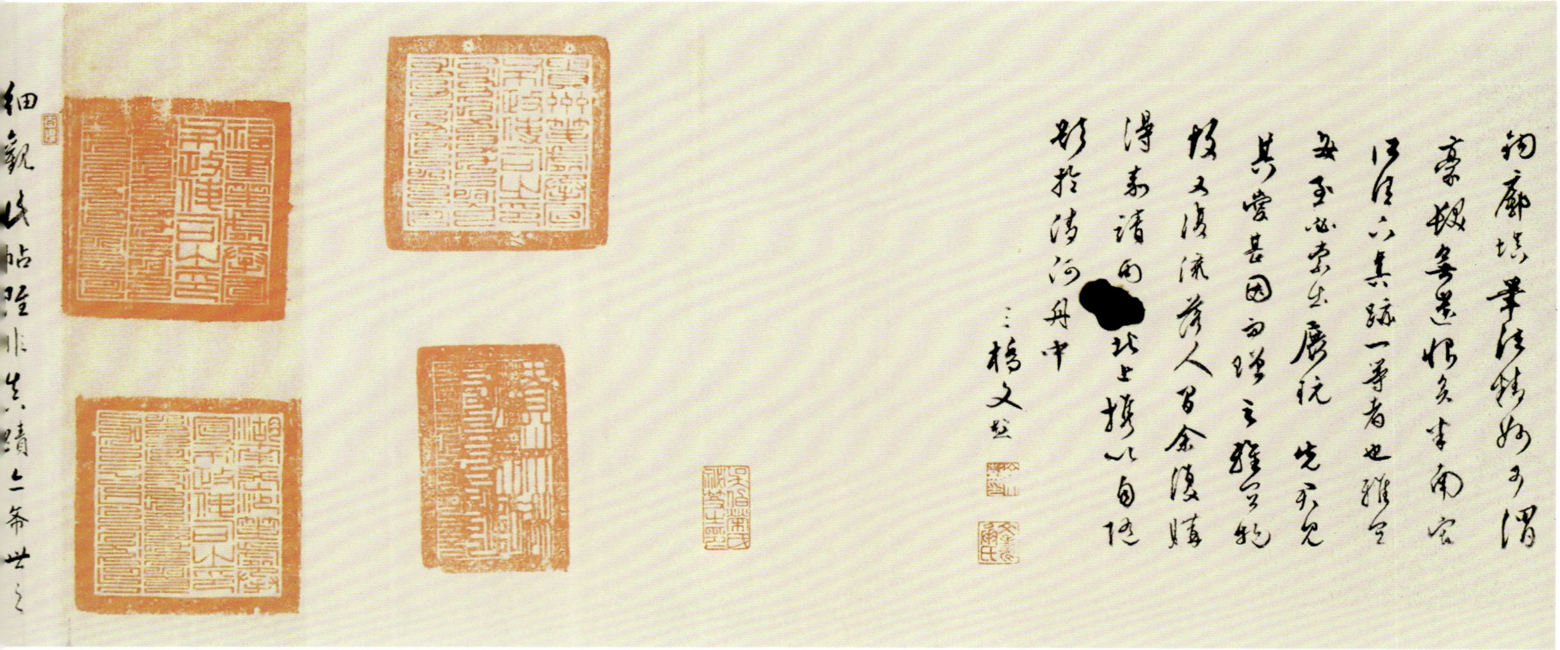

五九　新婦地黃湯　東晉　王獻之

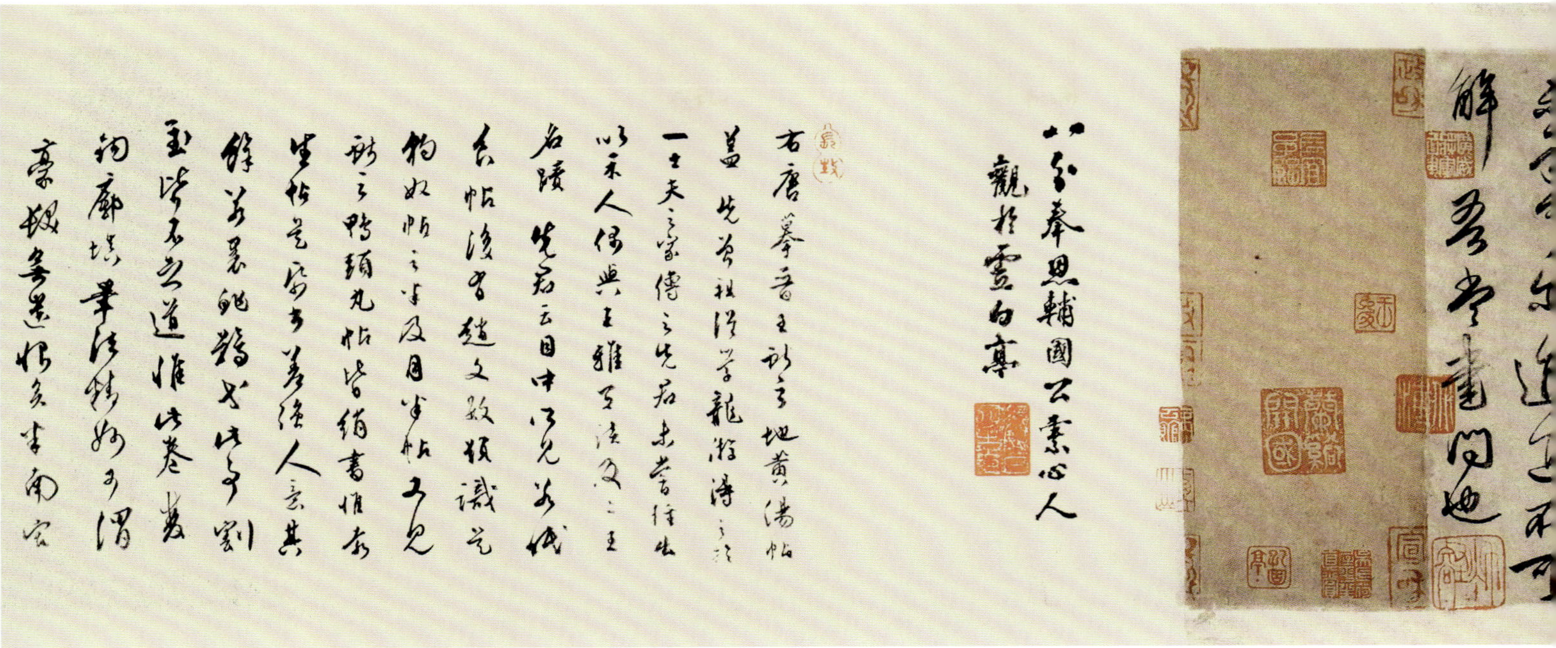

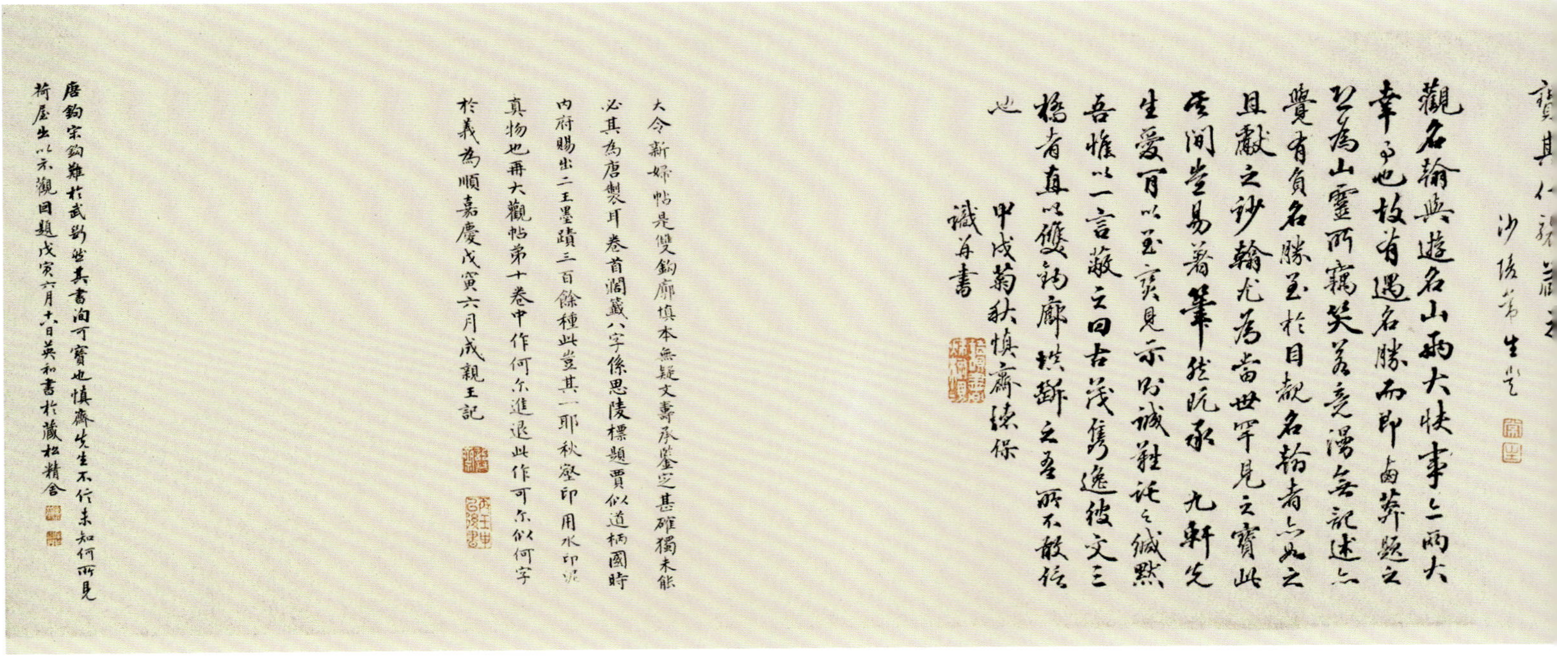
大令新婦帖是雙鉤廓填本無疑文壽承鑒定甚確獨未能
必其為唐製耳卷首澗藏八字係思陵標題賈似道柄國時
內府賜出二王墨蹟三百餘種此豈其一耶秋壑印用水印泥
真物也再大觀帖第十卷中作何尔進退此作可尔似何字
於義為順嘉慶戊寅六月成親王記
唐鉤宋鉤難於武斷然其書洵可寶也慎齋先生不行未知何所見
祈屋出以示觀因題戊寅六月十六日英和書於藏松精舍

五九　新婦地黄湯　東晉　王獻之（之一）

晋王献之地黄汤帖

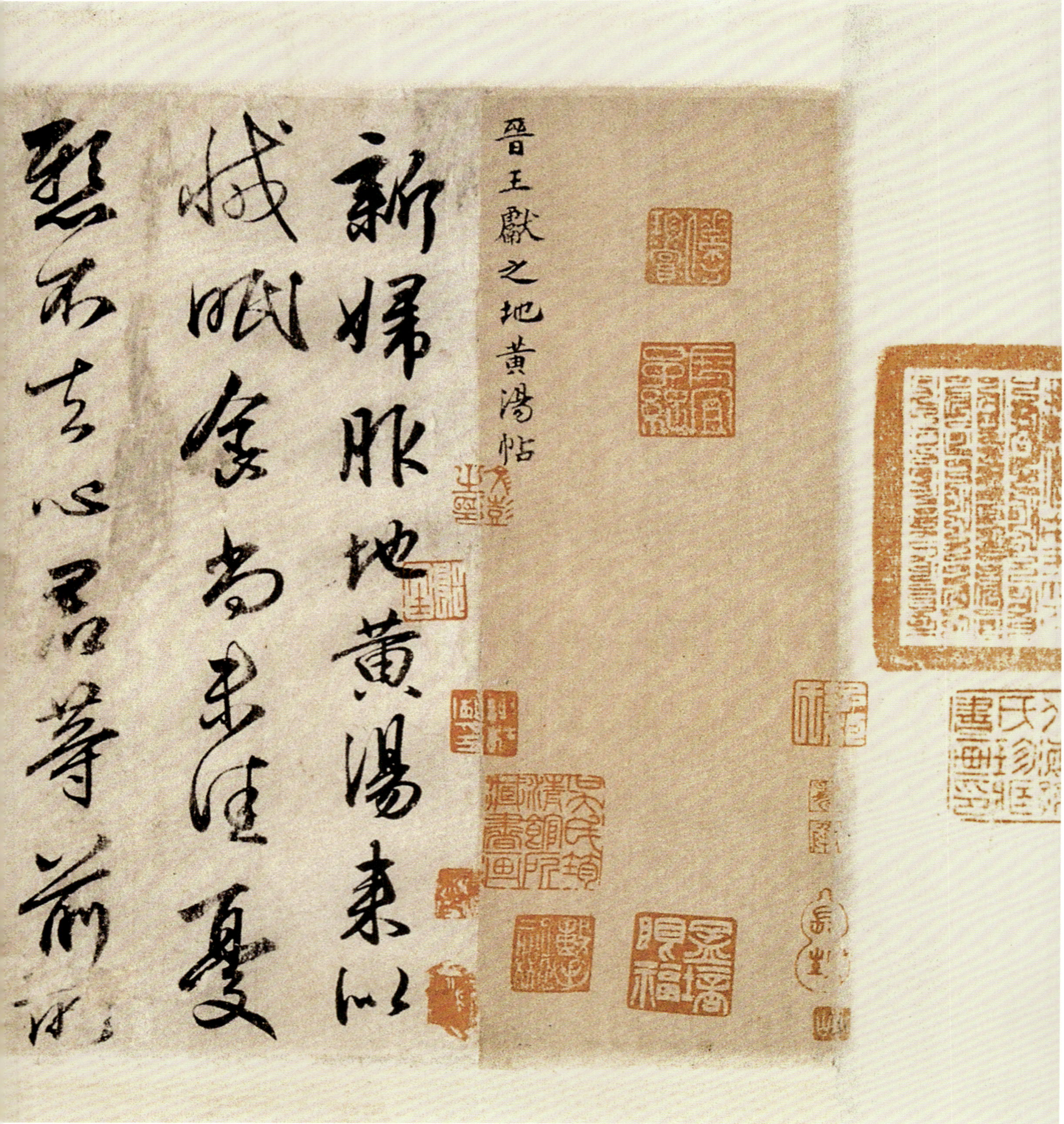

五九　新婦地黃湯　東晉　王獻之（之二）

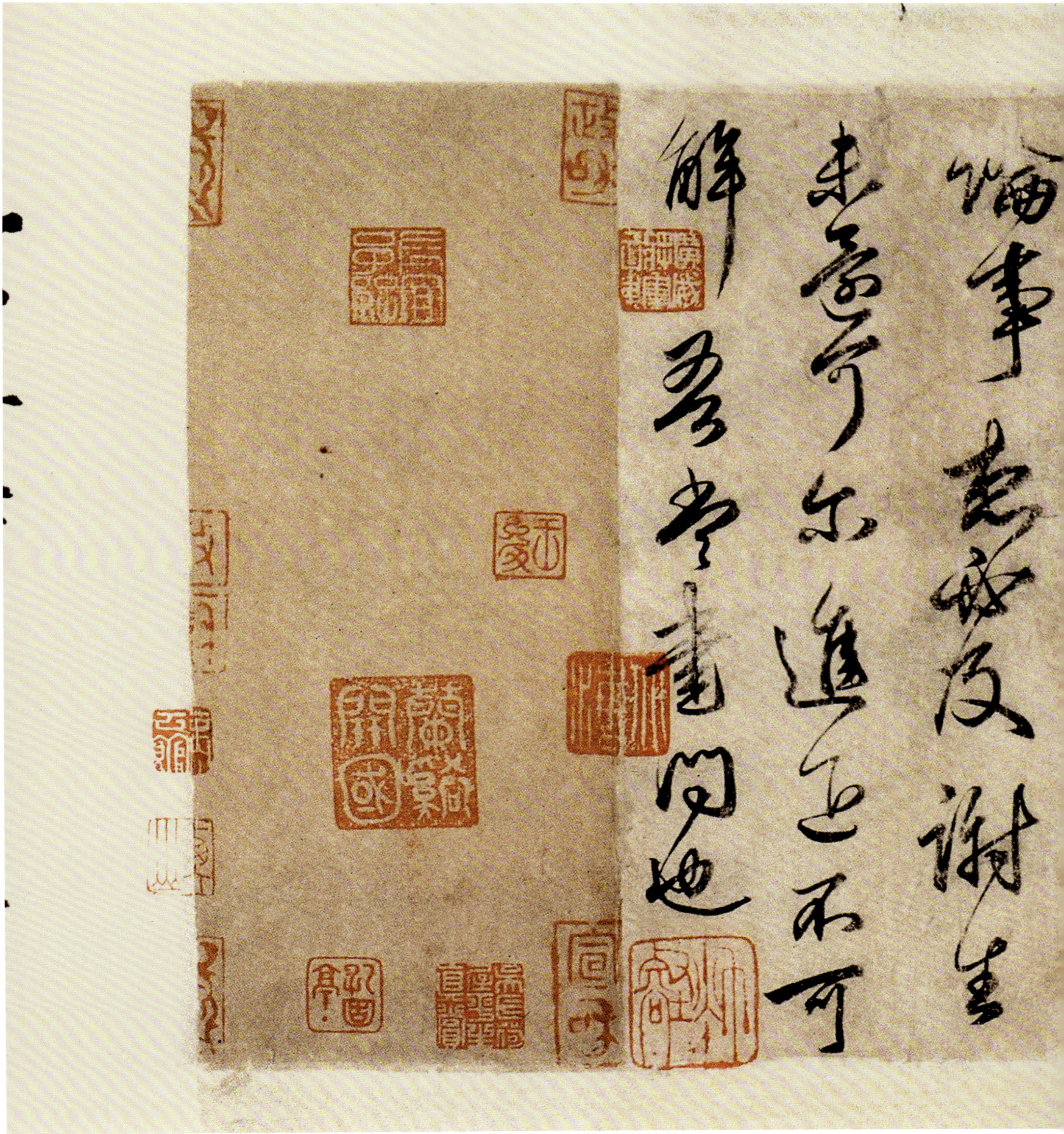

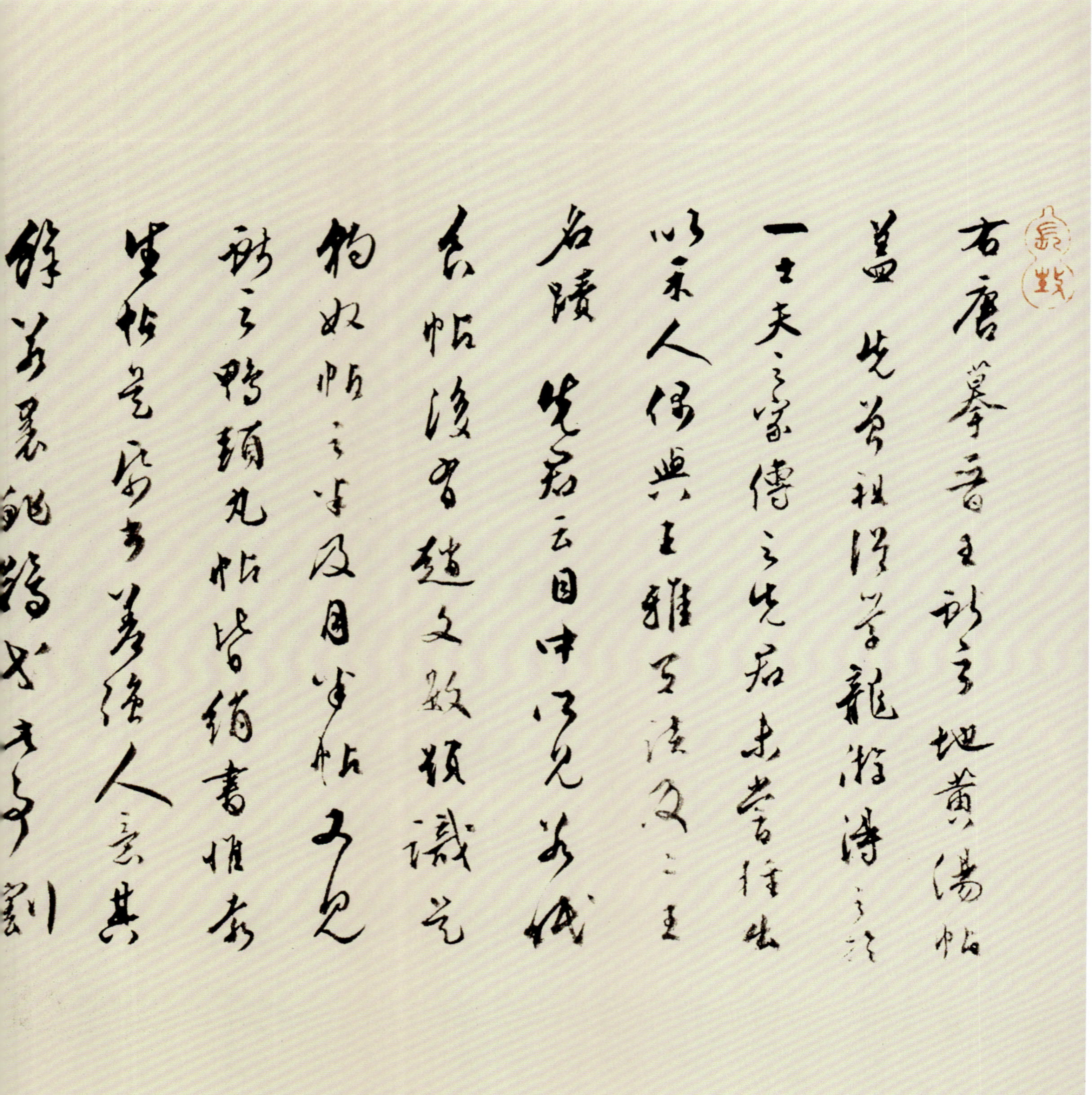

五九　新婦地黃湯　東晉　王獻之（之三）

重湖吴无道惟此卷发
鞠廓埃笔徐转妙不谓
豪坡多思悟多生南宫
渭六其缘一等者也雍
安重必索出庐玩
先死兄
其常善固而瑶之雅
悦文浪流芳人百余复情
浔南诸而此上携八自悟
影於清河舟中

三桥文嘉题

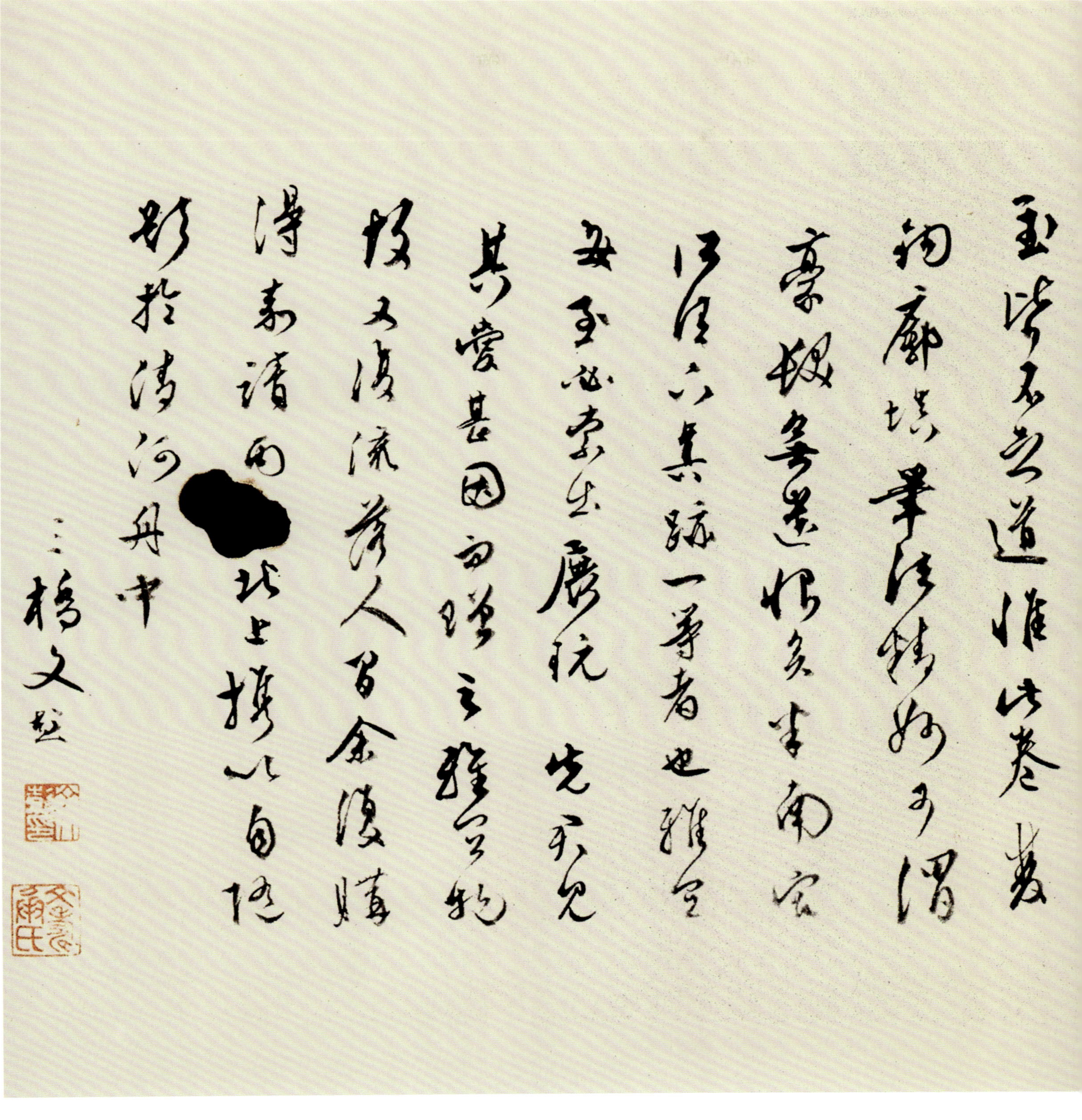

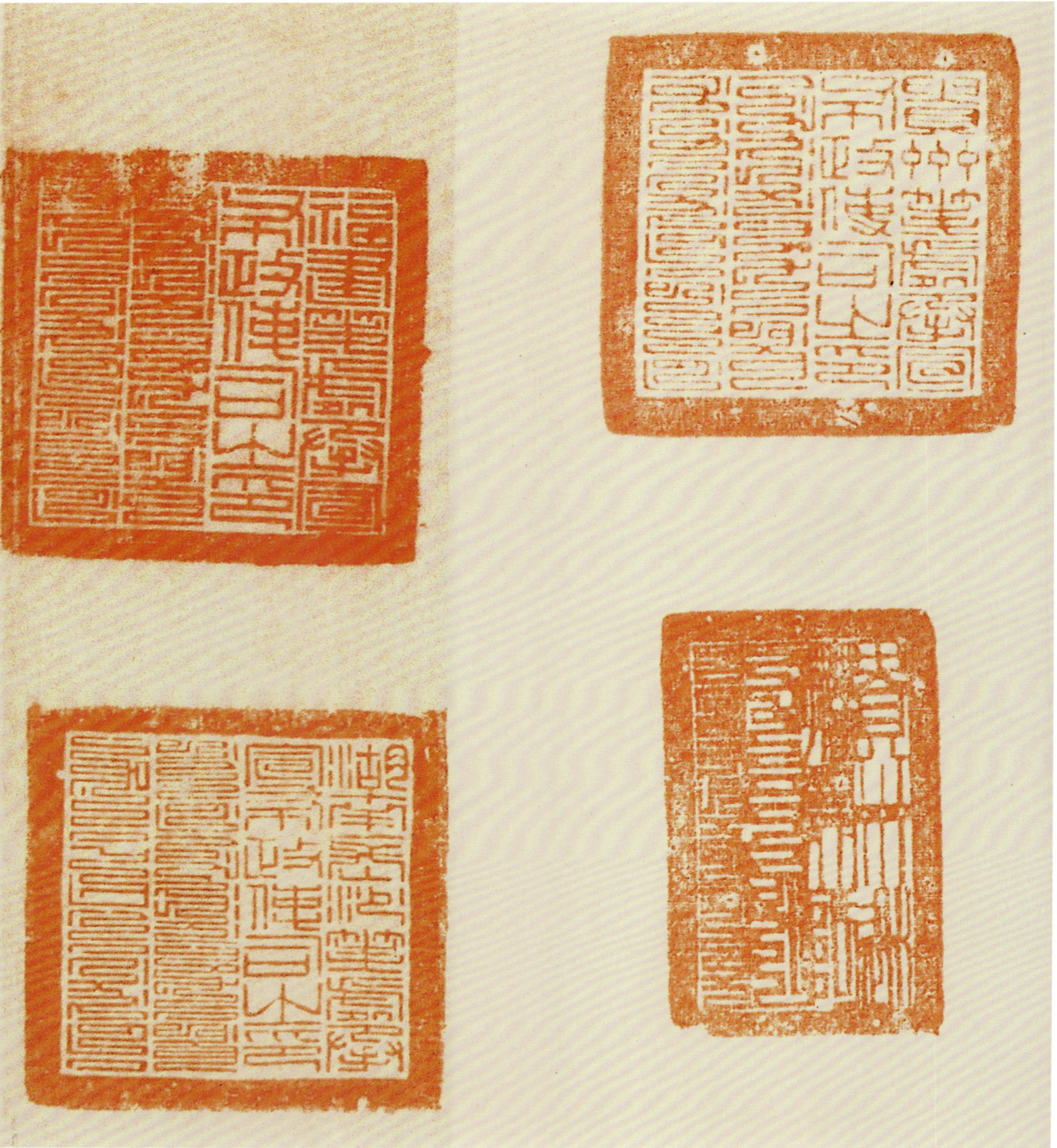

五九　新婦地黃湯　東晉　王獻之（之四）

觀名翰與遊名山兩大快事亦兩大幸事也故有遇名勝而即鹵莽題之以為山靈所竊笑者竟濁無記述亦覺有負名勝至於目覩名翰者亦如之且獻之妙翰尤為當世罕見之寶此卷間豈易著筆然既承九軒先生愛冒以至寶見示即識難託之緘默吾惟以一言蔽之曰古茂雋逸彼文三橋者直以贋鈎廓模擬之者所不敢任也

甲戌菊秋慎齋陳保
識并書

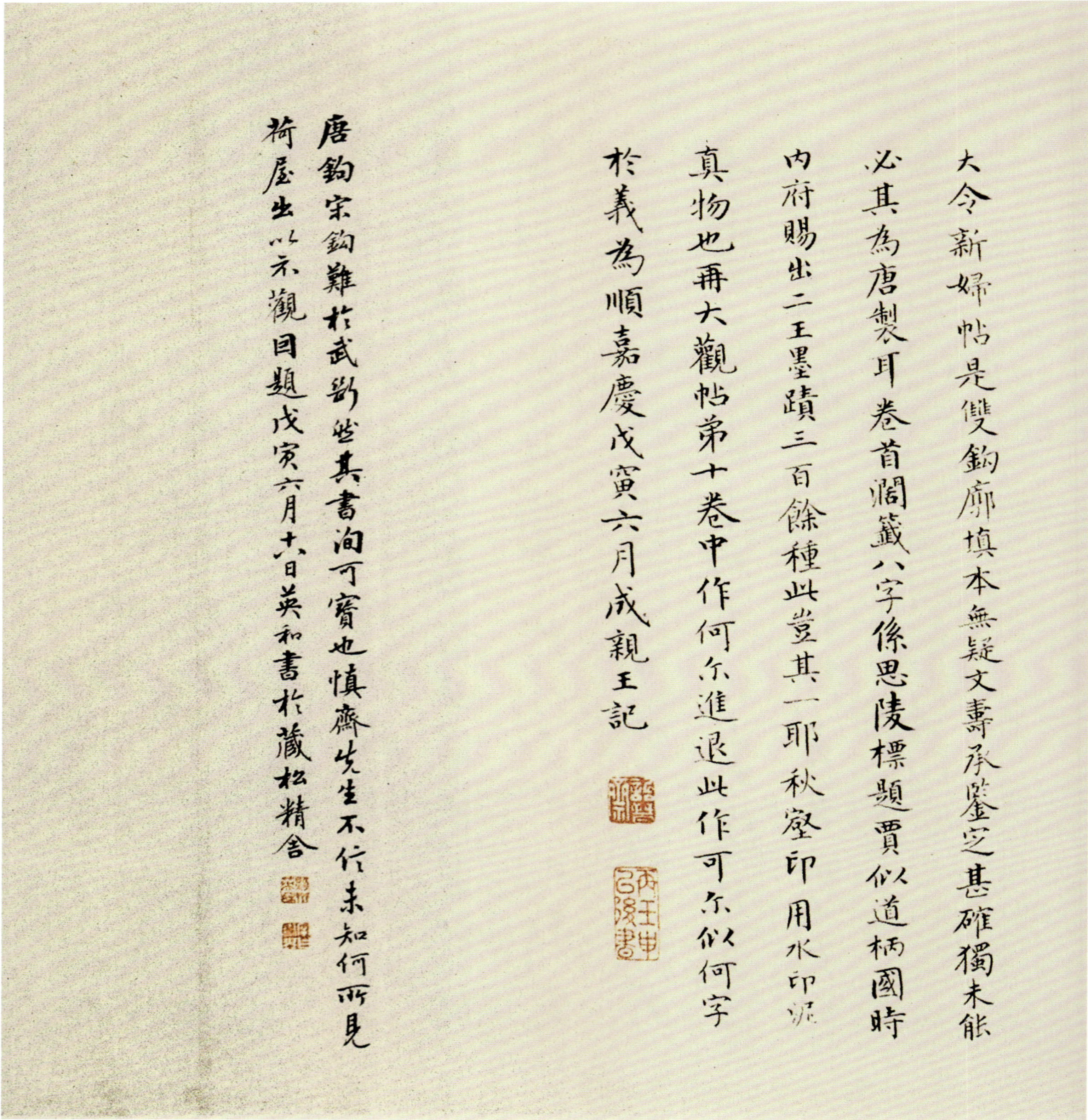

大令新婦帖是雙鉤廓填本無疑文壽承鑒定甚確獨未能
必其為唐製耳卷首濶籖八字係思陵標題賈似道柄國時
内府賜出二王墨蹟三百餘種此豈其一耶秋壑印用水印泥
真物也再大觀帖第十卷中作何尔進退此作可尔似何字
於義為順嘉慶戊寅六月成親王記

唐鈎宋鈎難於武斷然其書洵可寶也慎齋先生不信未知何所見
荷屋出以示觀因題戊寅六月十六日英和書於藏松精舍

五九　新婦地黃湯　東晉　王獻之（之五）

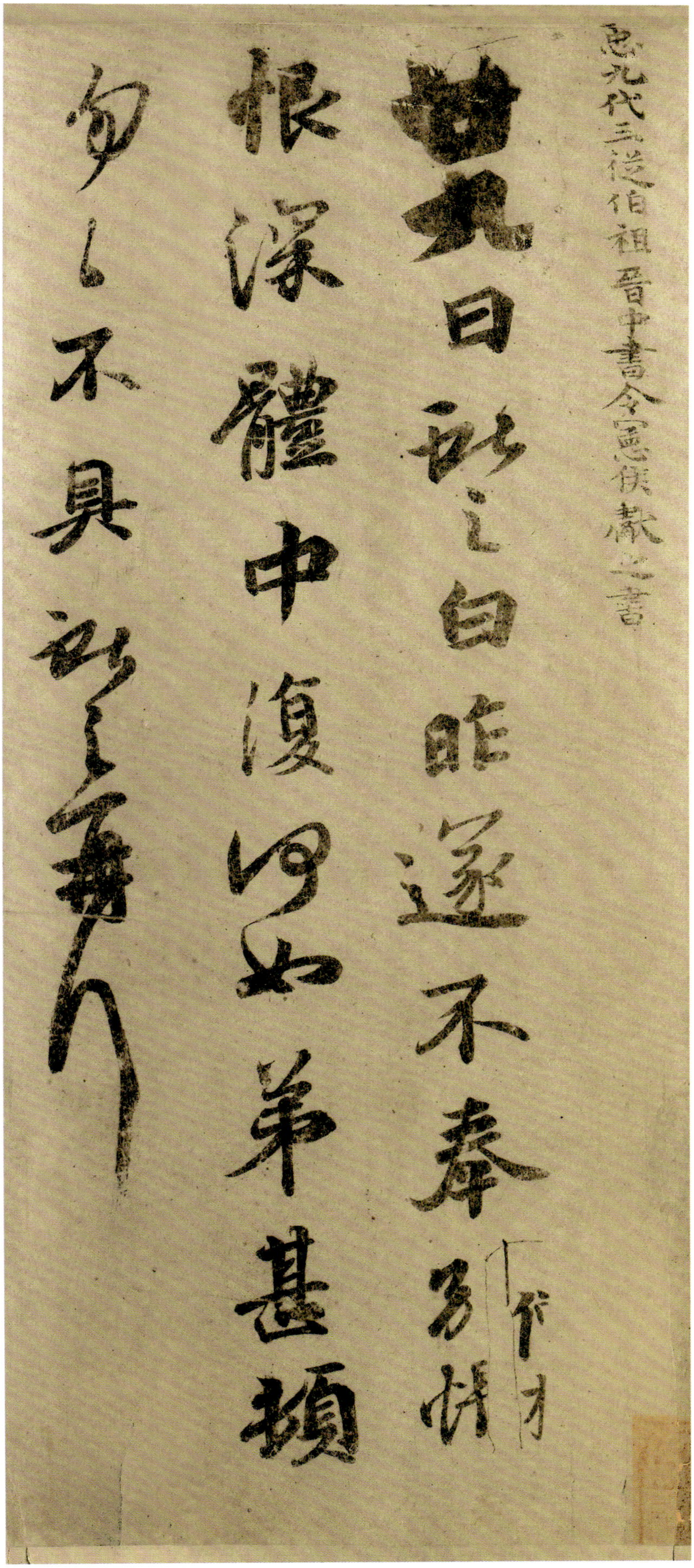

六〇　廿九日帖　東晉　王獻之

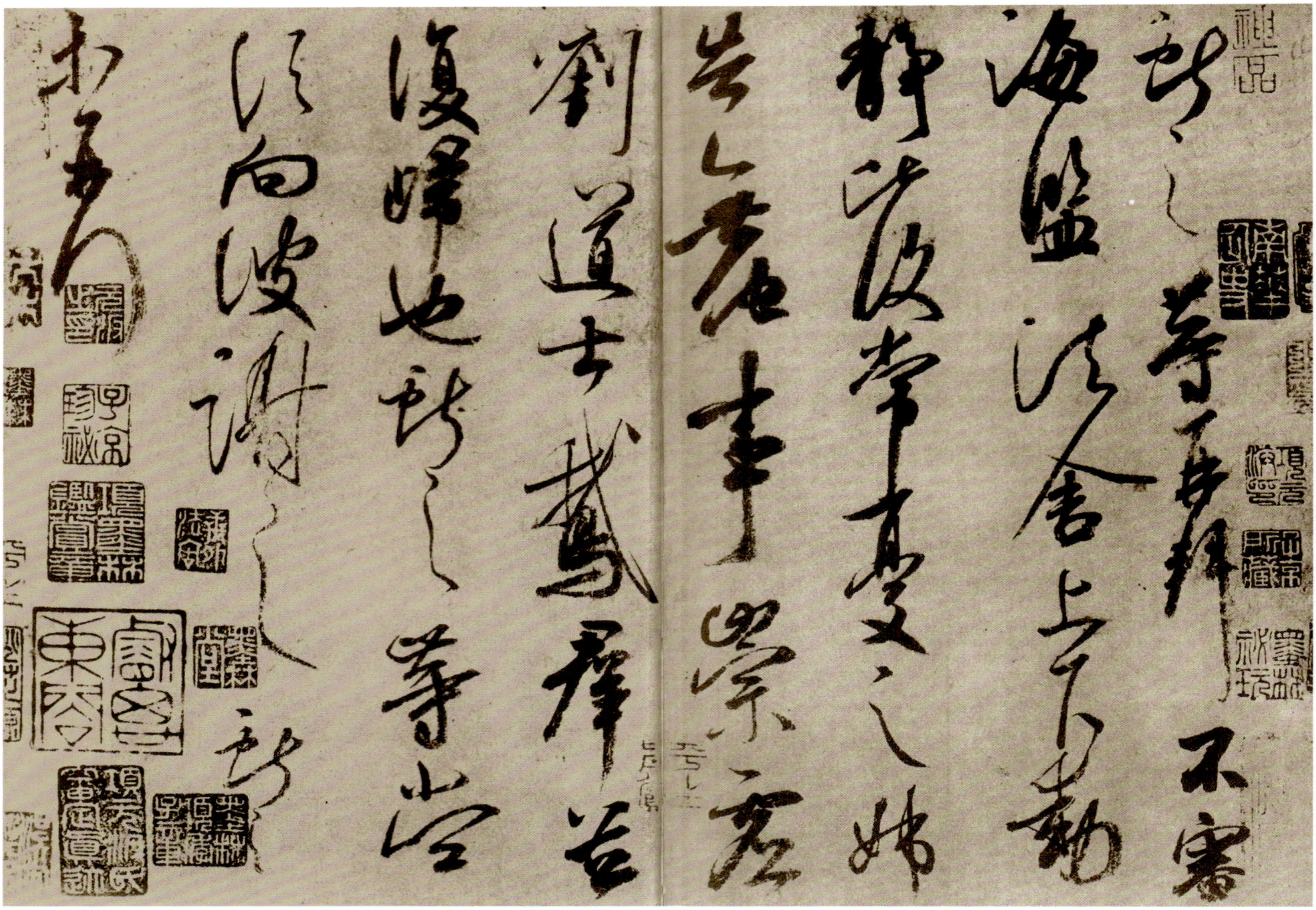

六一　鵝群帖　東晉　王獻之

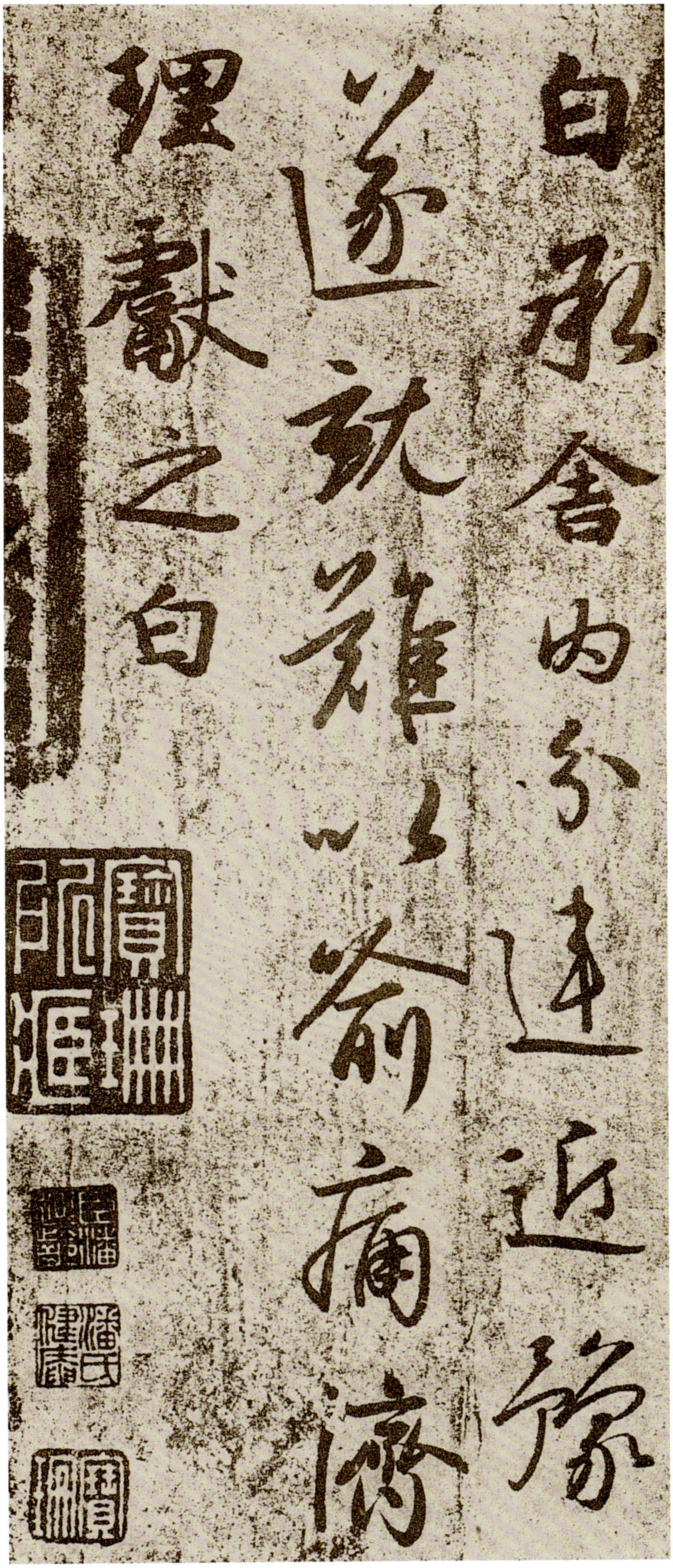

六二　舍內帖　東晉　王獻之

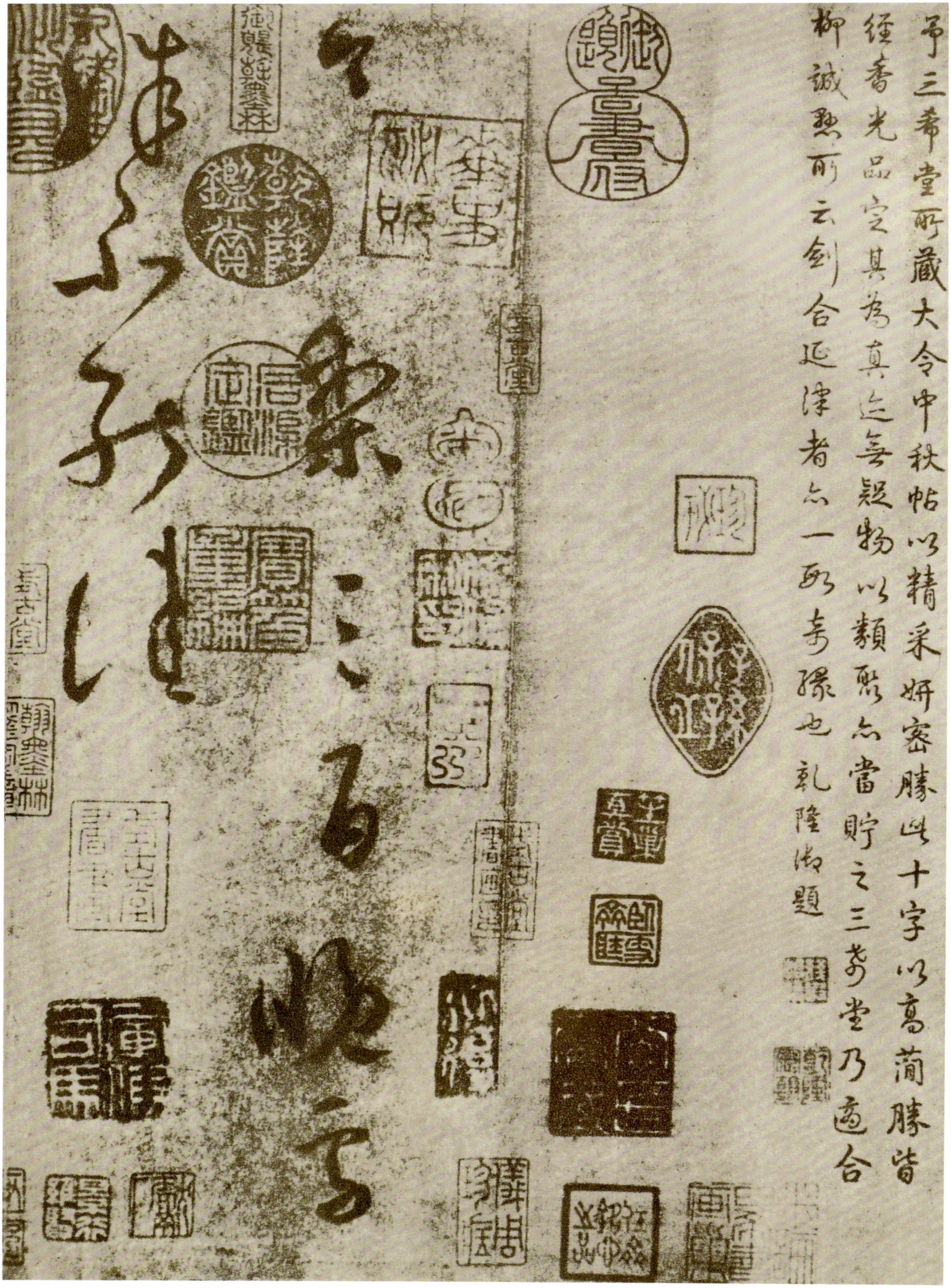
予三希堂所藏大令中秋帖以精采妍密勝此十字以高簡勝皆
經香光品定其為真迹無疑物以類聚亦當貯之三希堂乃適合
柳誠懸所云劍合延津者亦一段奇緣也
乾隆御題

六三　送梨帖　東晉　王獻之

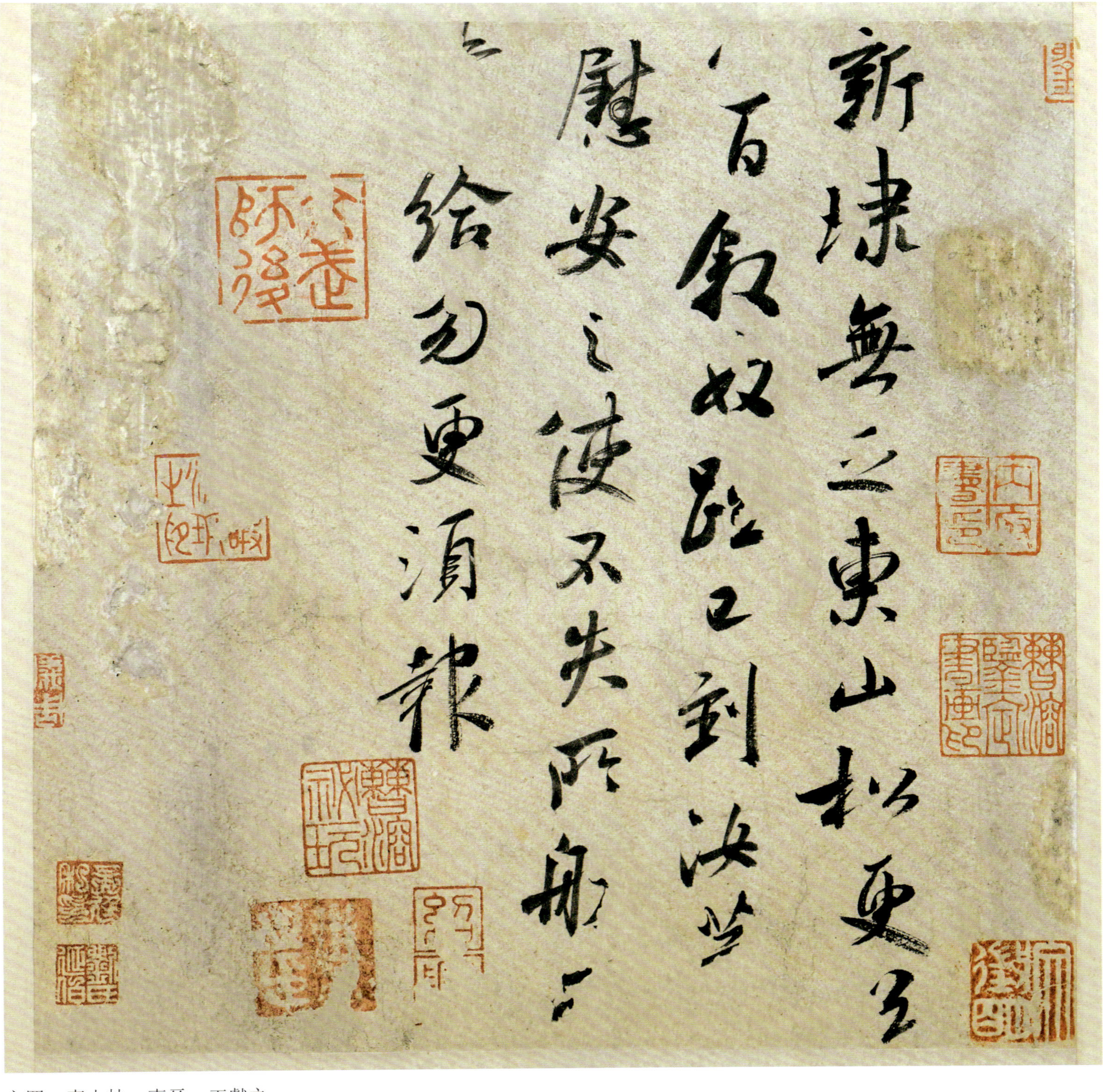

六四　東山帖　東晉　王獻之

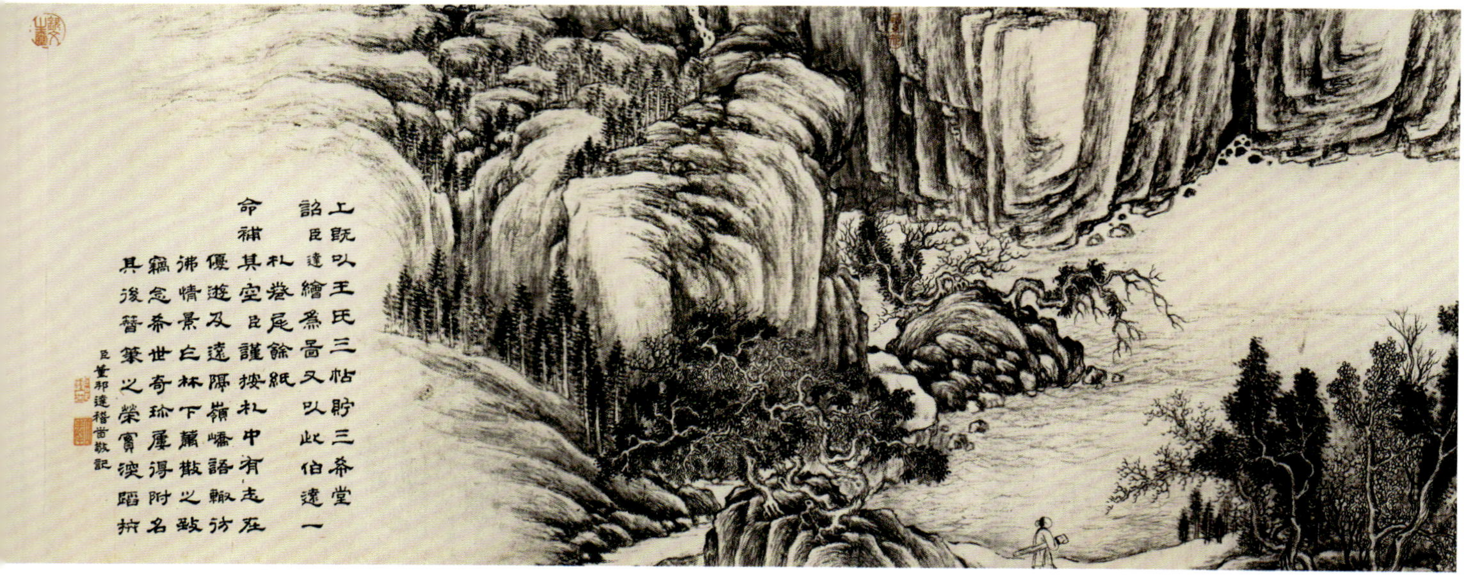

六五　伯遠帖　東晉　王珣

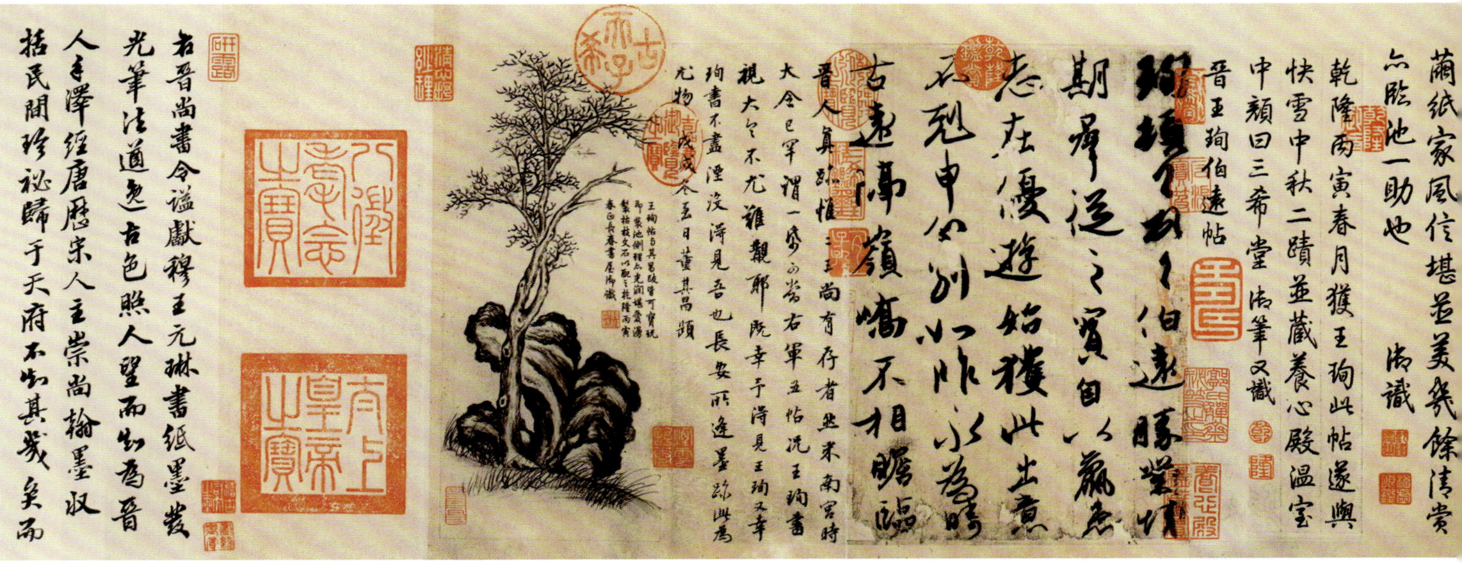
蒲紙家風信堪並美幾餘清賞亦臨池一助也 御識
乾隆丙寅春月獲王珣此帖遂與快雪中秋二蹟並藏養心殿溫室中額曰三希堂御筆又識
晉王珣伯遠帖
珣頓首頓首伯遠勝業情
期羣從之寶自以羸患
志在優遊始獲此出意
不剋申分別如昨永爲畴
古遠隔嶺嶠不相瞻臨
晉人真跡惟二王尚有存者然米南宮時大令已罕謂一紙可當右軍五帖況王珣書視大令不尤難覯耶既幸予得見王珣又幸珣書不盡湮沒得見吾也長安所逢墨跡此爲尤物 戊戌冬至日董其昌題
右晉尚書令謚獻穆王元琳書紙墨發光筆法道逸古色照人望而知爲晉人手澤經唐歷宋人主崇尚翰墨收括民間珍祕歸于天府不知其幾矣而

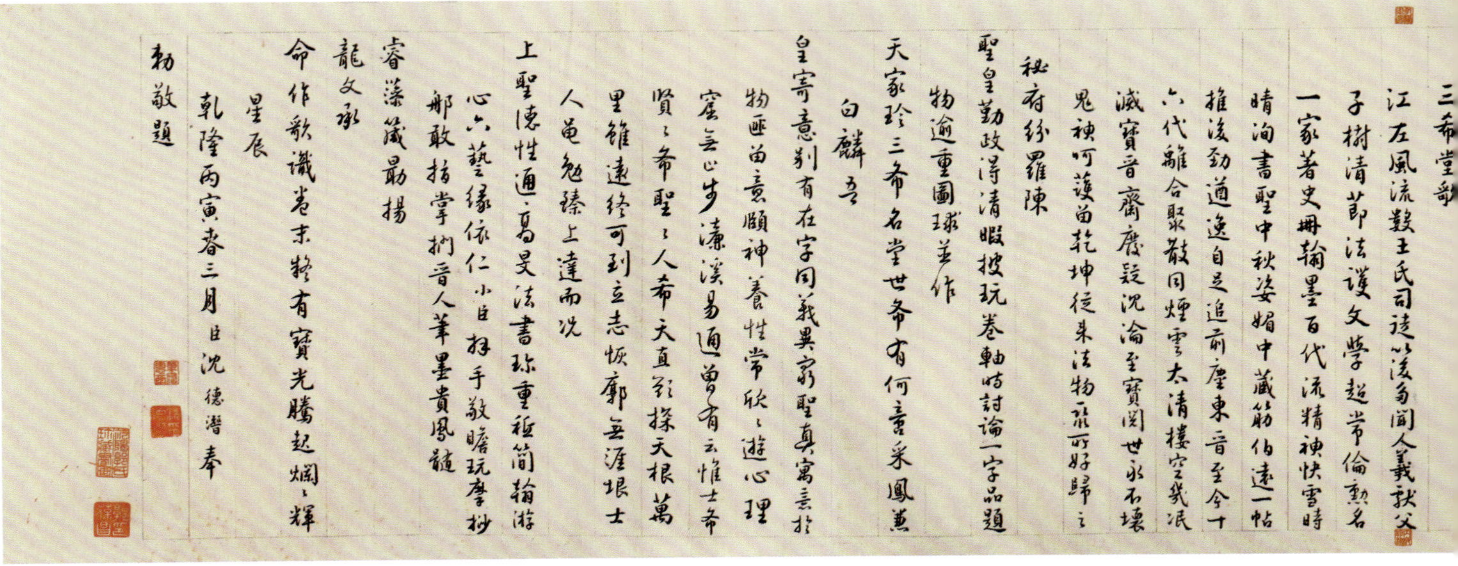
三希堂歌
江左風流數王氏司徒以後多聞人羲獻父
子樹清節法護文學超常倫勳名
一家著史冊翰墨百代流精神快雪時
晴洵書聖中秋姿媚中藏筋伯遠一帖
推後勁道逸自足追前塵東晉至今十
六代離合聚散同煙雲太清樓空戩泯
滅寶晉齋廢疑沈淪至寶閱世永不壞
鬼神呵護留乾坤從來法物歸所好歸之
秘府紛羅陳
聖皇勤政得清暇披玩卷軸時討論一字品題
物逾重圖球並作
天家珍三希名堂世希有何當采鳳兼
白麟吾
皇寄意別有在字同義異窮聖真寓言於
物匪留意順神養性常欣欣遊心理
窟無心步濂溪易通曾有云惟士希
賢賢希聖聖人希天直到探天根萬
里雖遠終可到立志恢廓無涯垠士
人勉臻上達而況
上聖德性通高旻法書珍重極簡輸游
心六藝緣依仁小臣拜手敬瞻玩摹抄
郁敢揚掌捫晉人筆墨貴風韻
睿藻纖勗揚
龍文承
命作歌識卷末輝有寶光騰起燭燭輝
星辰
乾隆丙寅春三月日沈德潛奉
敕敬題

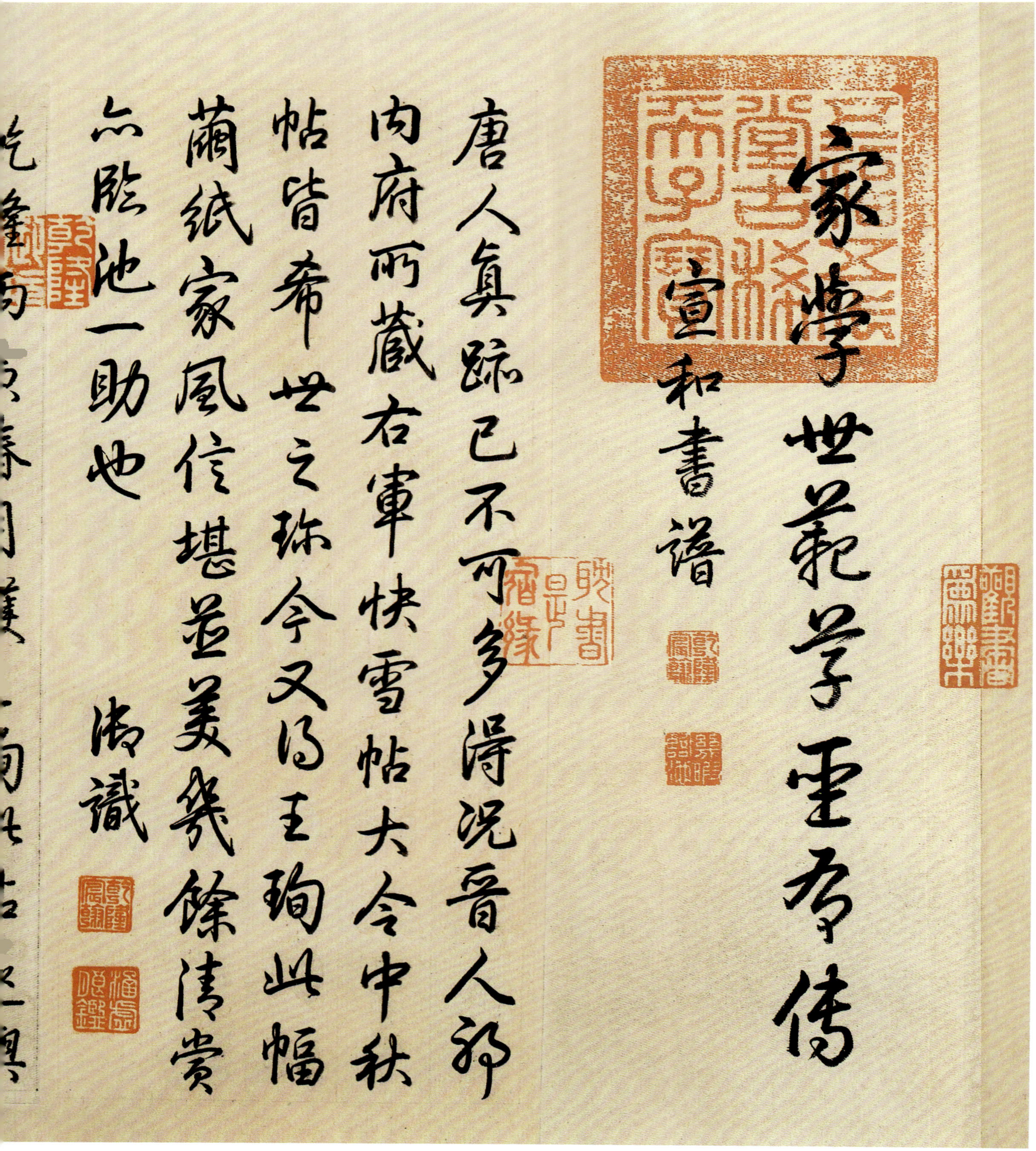

六五　伯遠帖　東晉　王珣（之一）

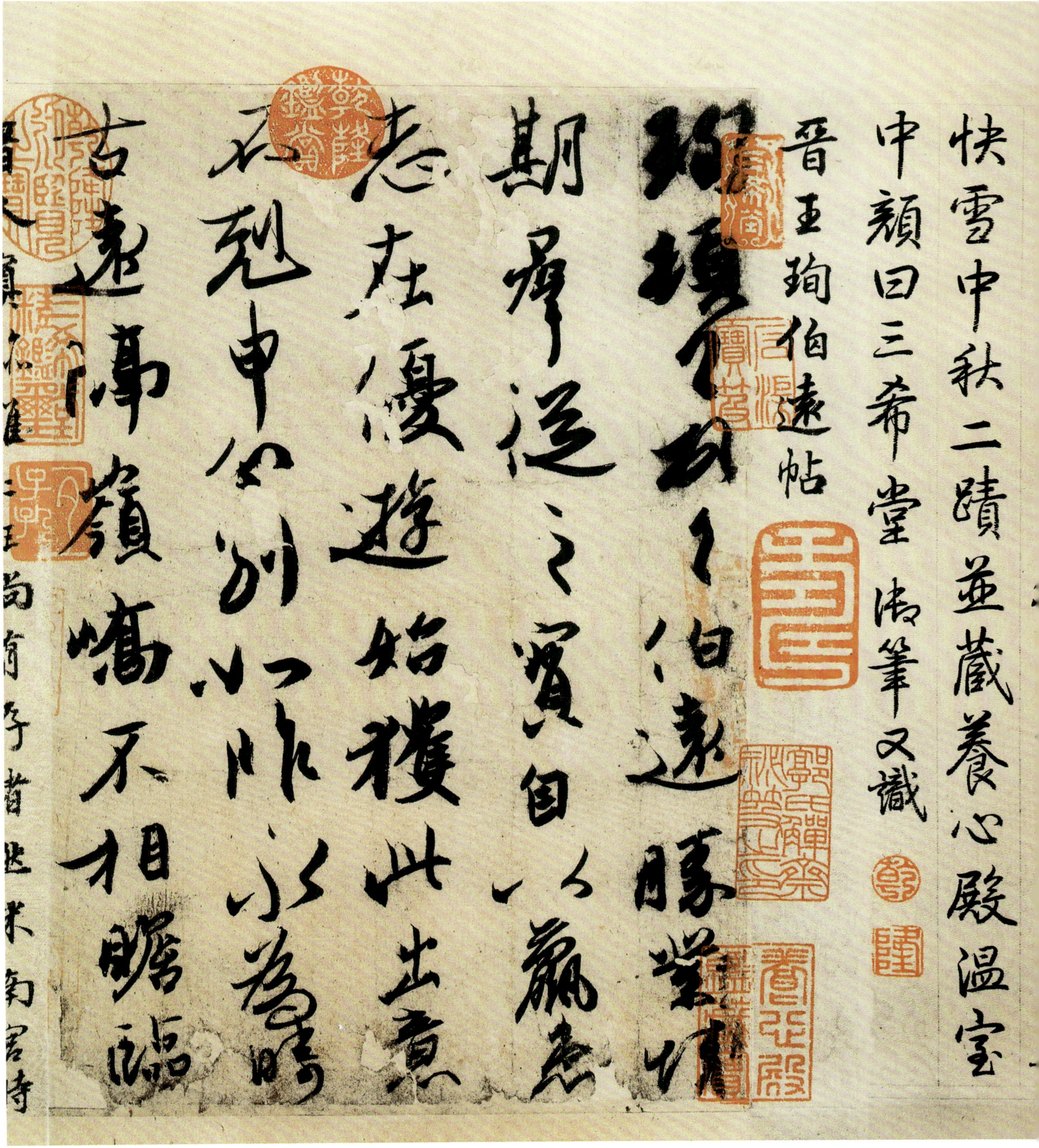
快雪中秋二蹟並藏養心殿温室中顔曰三希堂御筆又識
晉王珣伯遠帖
珣頓首頓首伯遠胷業情
期群從之寶自以羸患
志在優游始獲此出意
不剋申分別如昨永為畴
古遠隔嶺嶠不相瞻臨

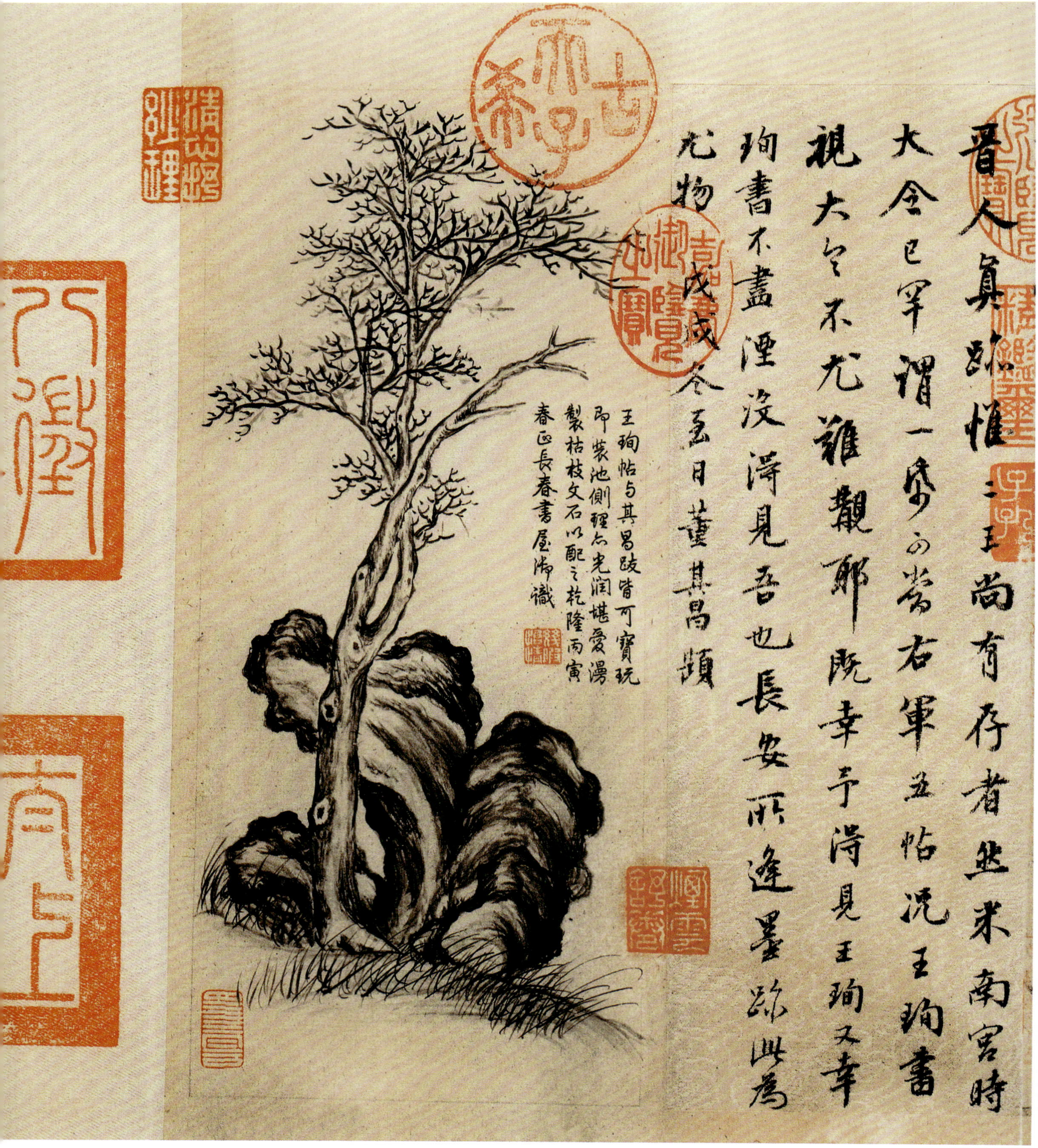

六五　伯遠帖　東晉　王珣（之二）

右晉尚書令謚獻穆王元琳書紙墨裝
光筆法道逸古色照人望而知為晉
人手澤經唐歷宋人主崇尚翰墨收
括民間珍秘歸于天府不知其幾矣而
尚有遺逸如此卷者御賞鑒家如老
米輩亦未之見吾於此有深感焉
元琳書名當時頗為弟珉所掩故為之

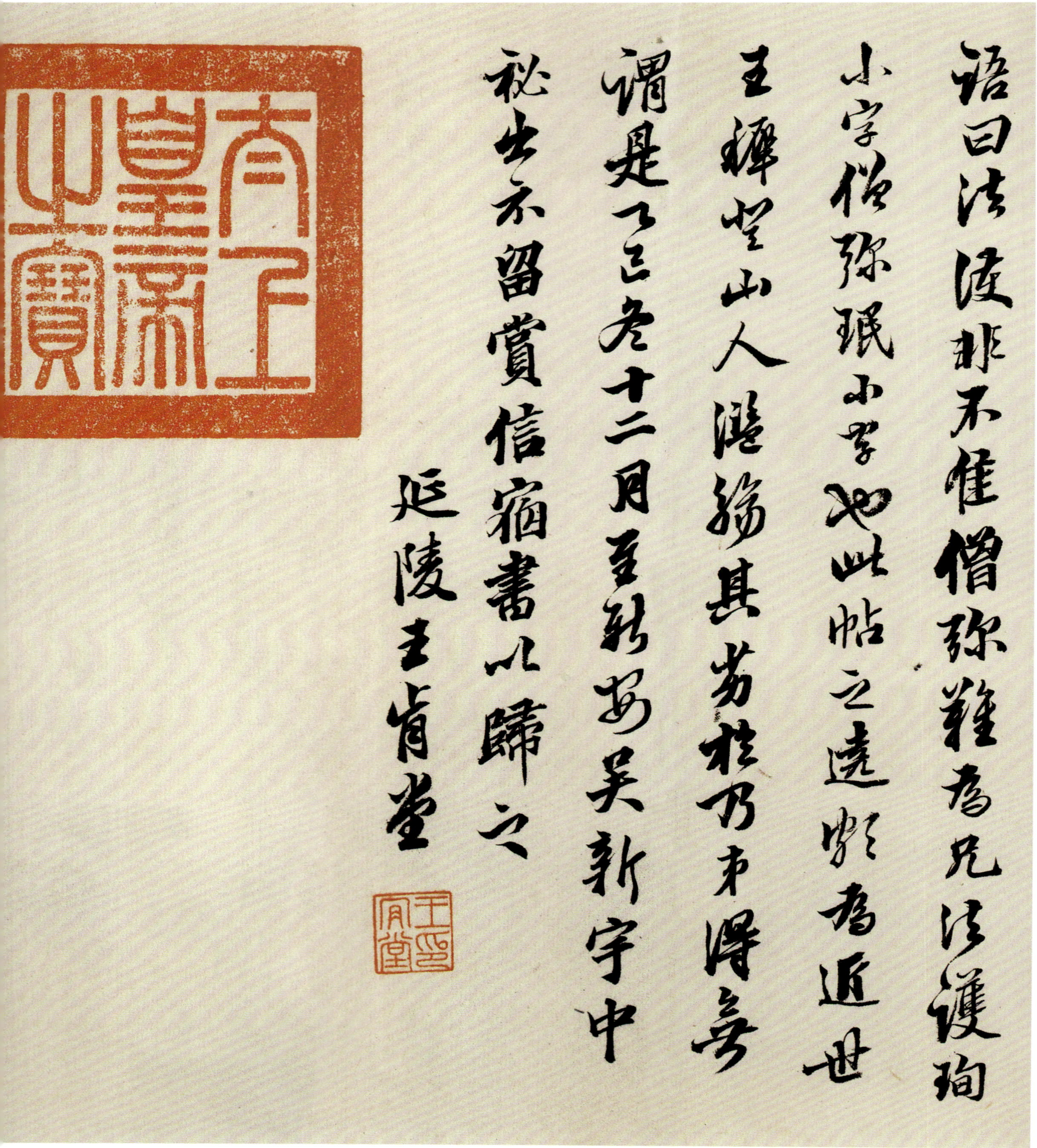

語曰法護非不佳僧彌難為兄法護珣
小字僧彌珉小字也此帖之遠跡為近世
王穉登山人漶錄其劣於乃未得焉
謂是乙巳冬十二月至新安吳新宇中
秘出不留賞信宿書以歸之
延陵王肯堂

六五　伯遠帖　東晉　王珣　（之三）

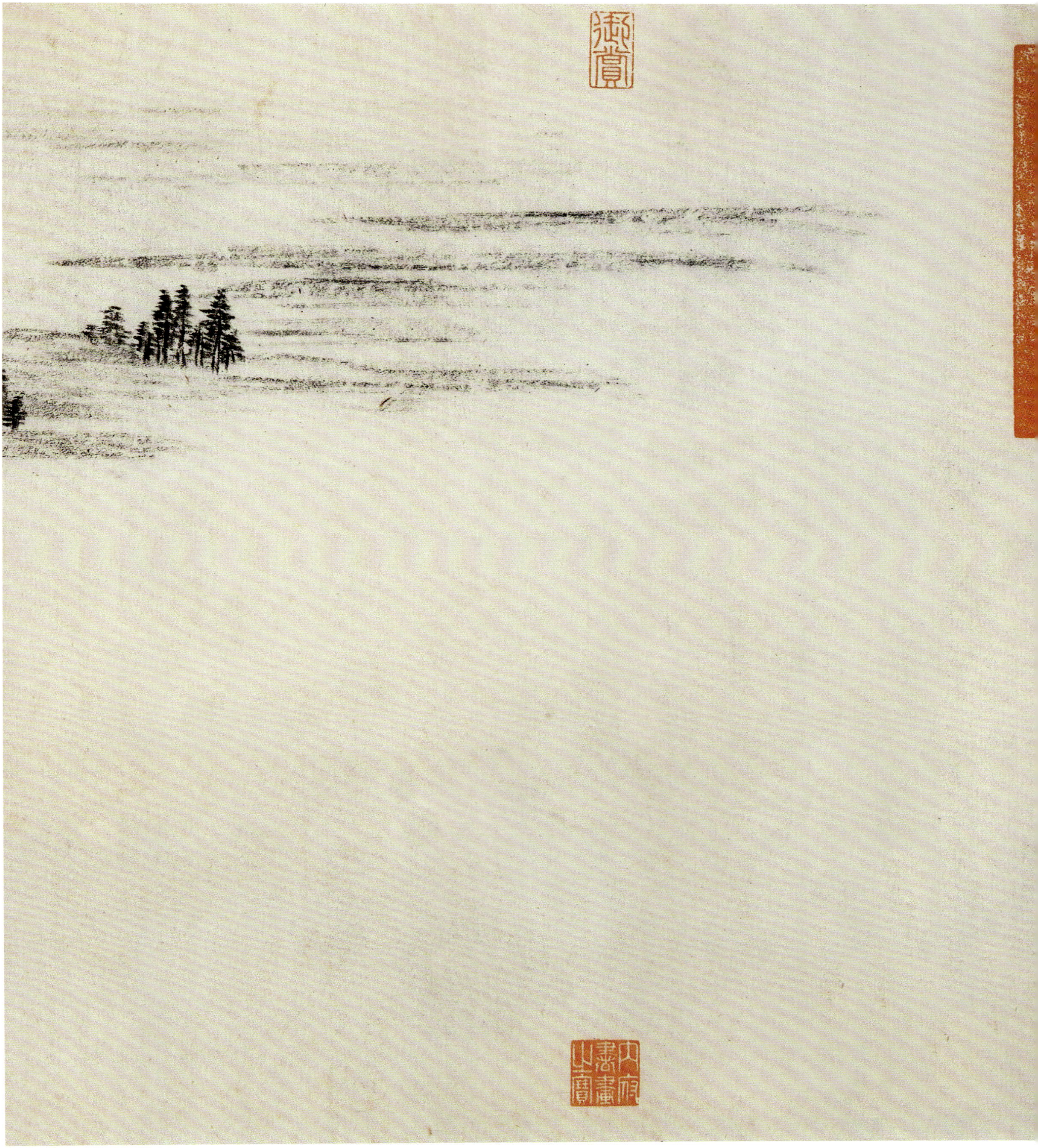
御賞
內府書畫之寶

六六　中郎帖　東晉　謝安　（之一）

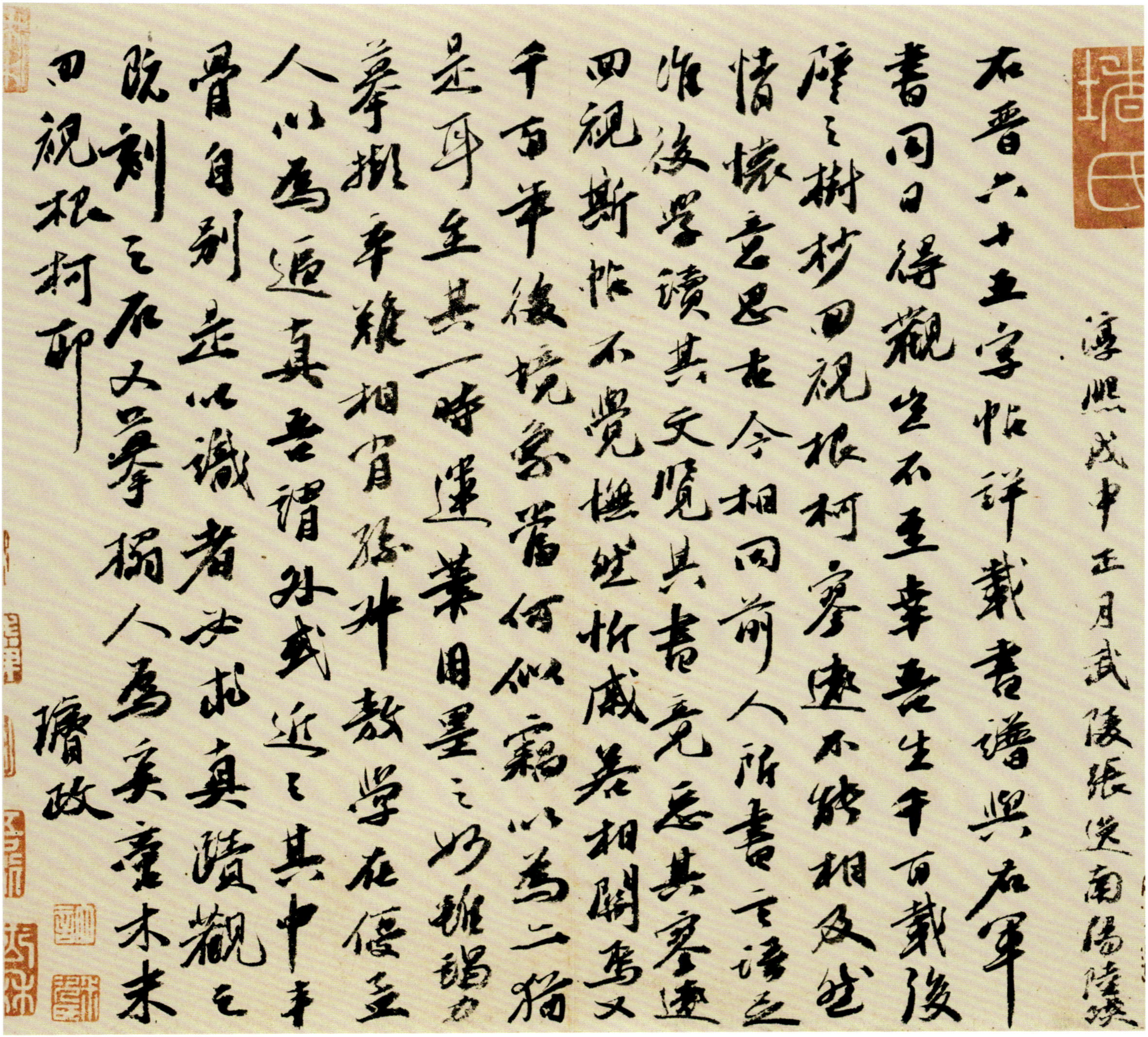

六六　中郎帖　東晉　謝安（之二）

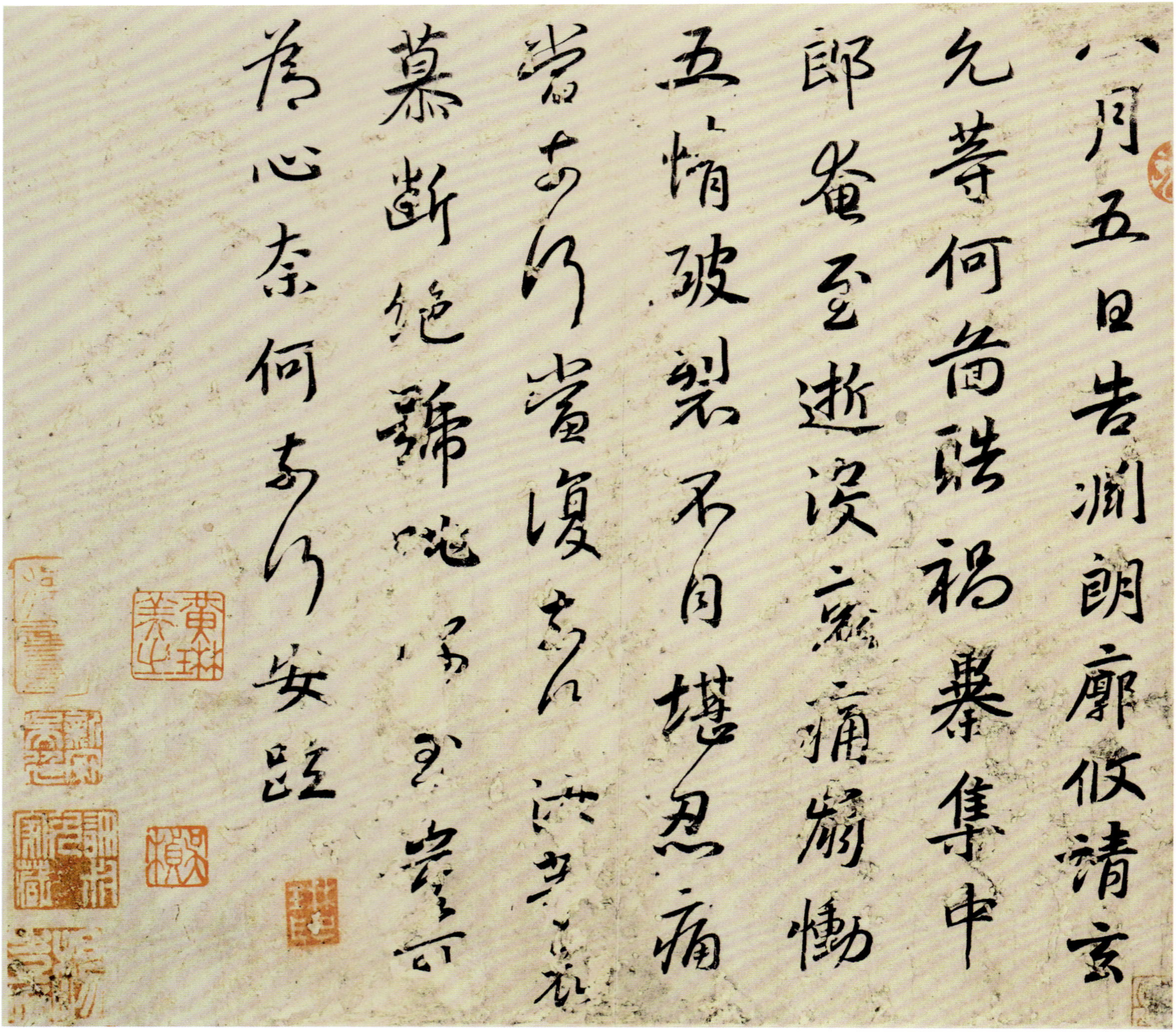

六六　中郎帖　東晉　謝安（之三）

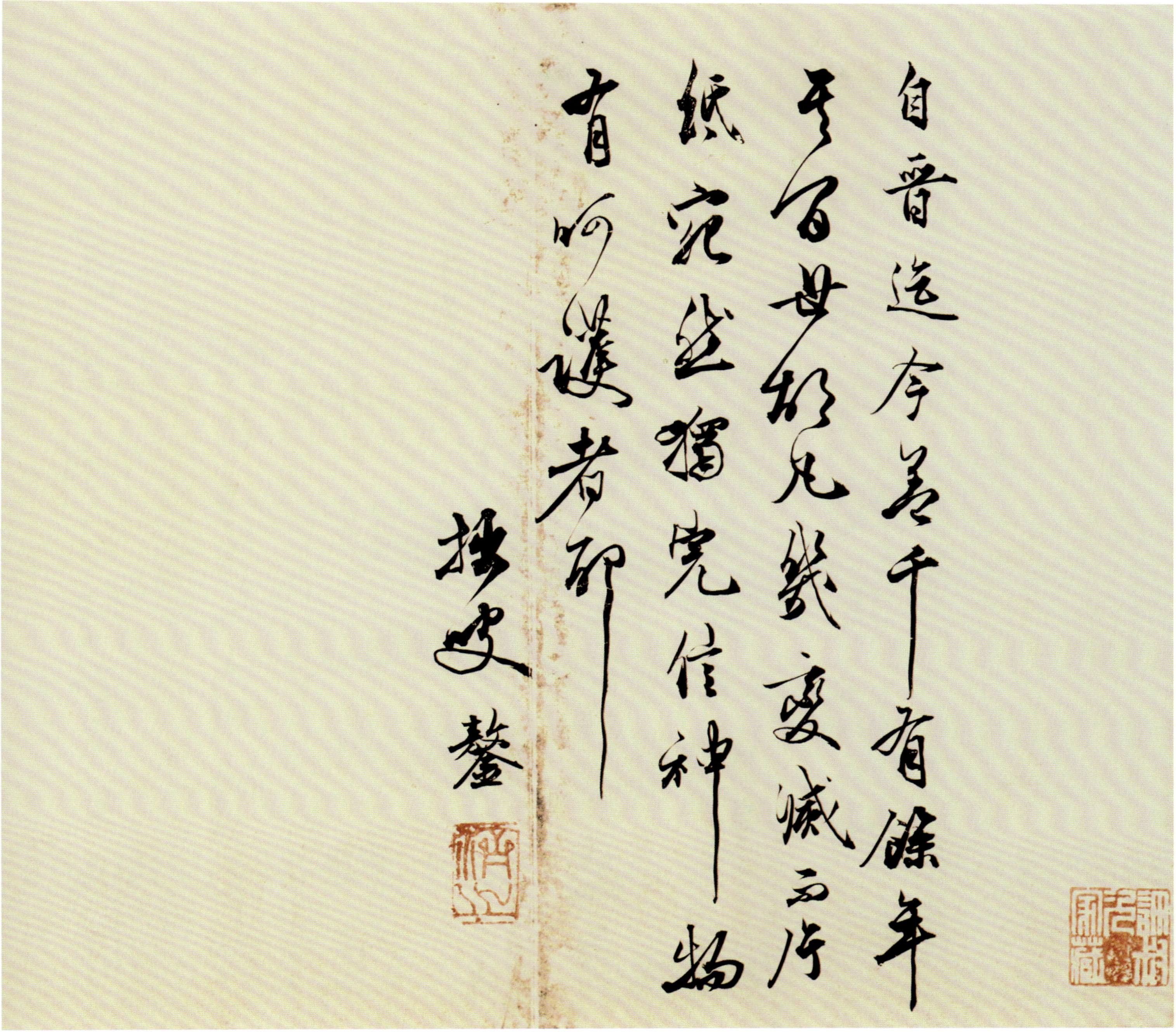

六六　中郎帖　東晉　謝安（之四）

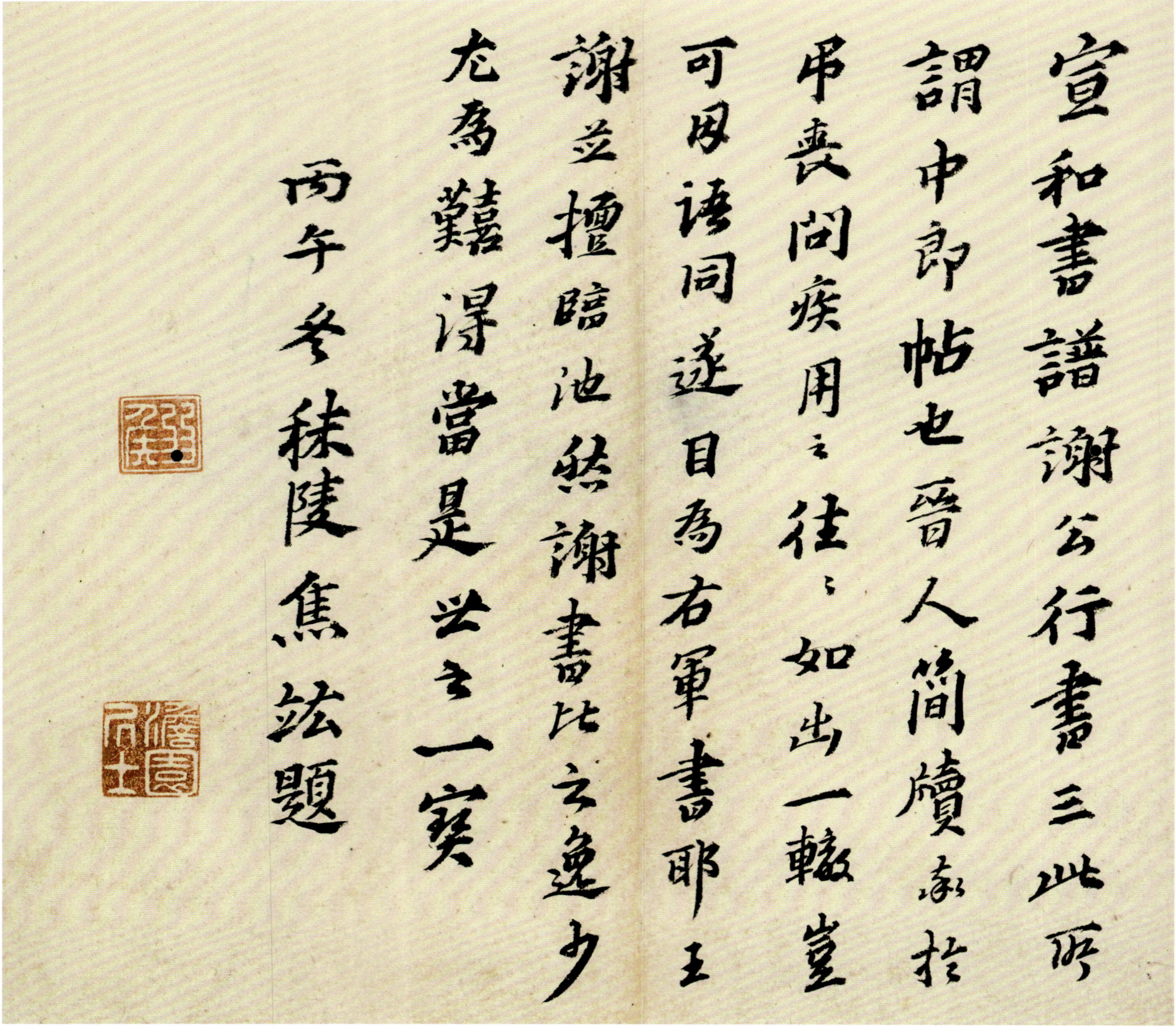
宣和書譜謝公行書三此所
謂中郎帖也晉人簡牘承於
弔喪問疾用之往往如出一轍豈
可因語同遂目為右軍書耶王
謝並擅臨池然謝書比之逸少
尤為難得當是世之一寶
丙午冬秣陵焦竑題

六六　中郎帖　東晉　謝安（之五）

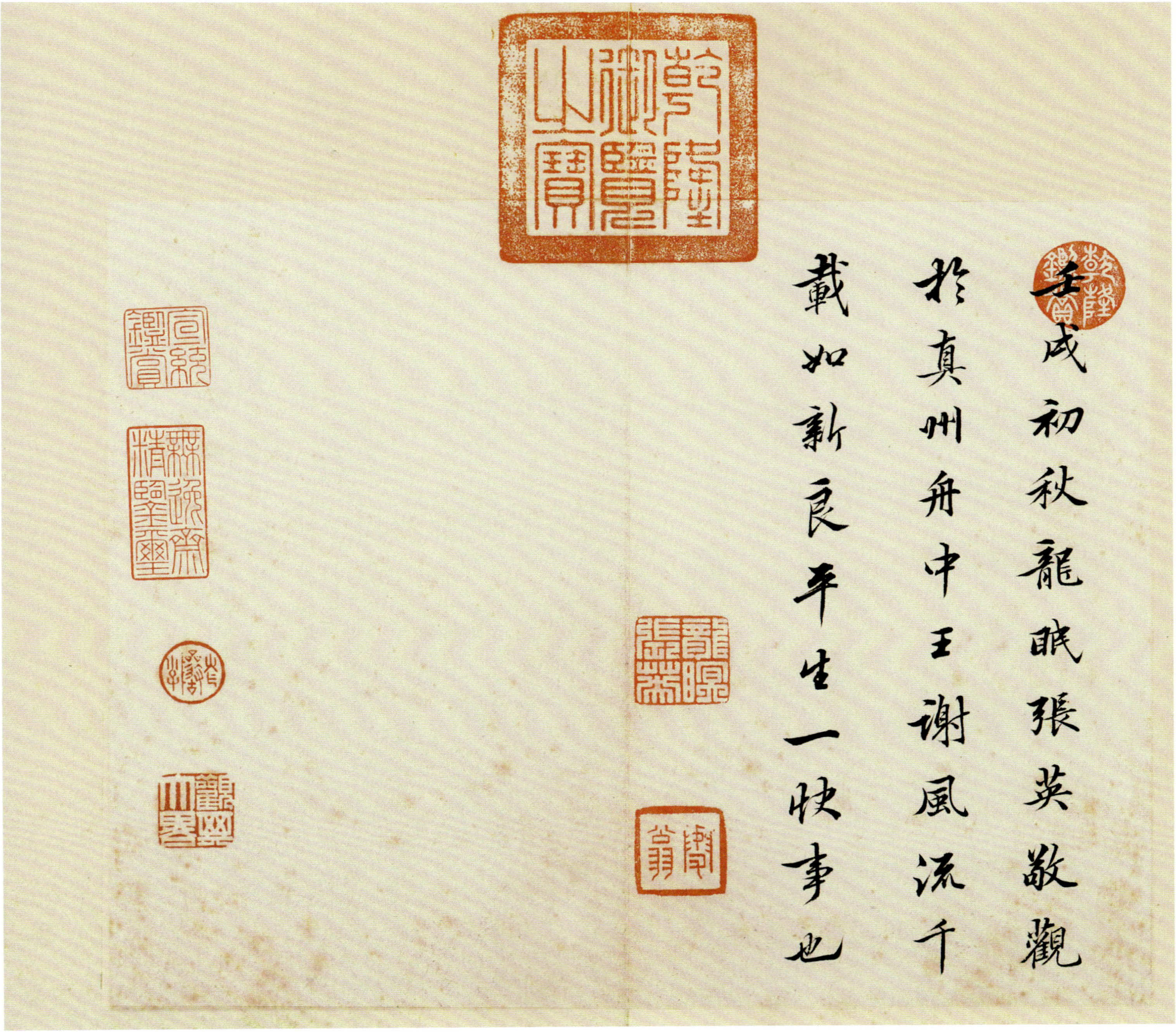

六六　中郎帖　東晉　謝安（之六）

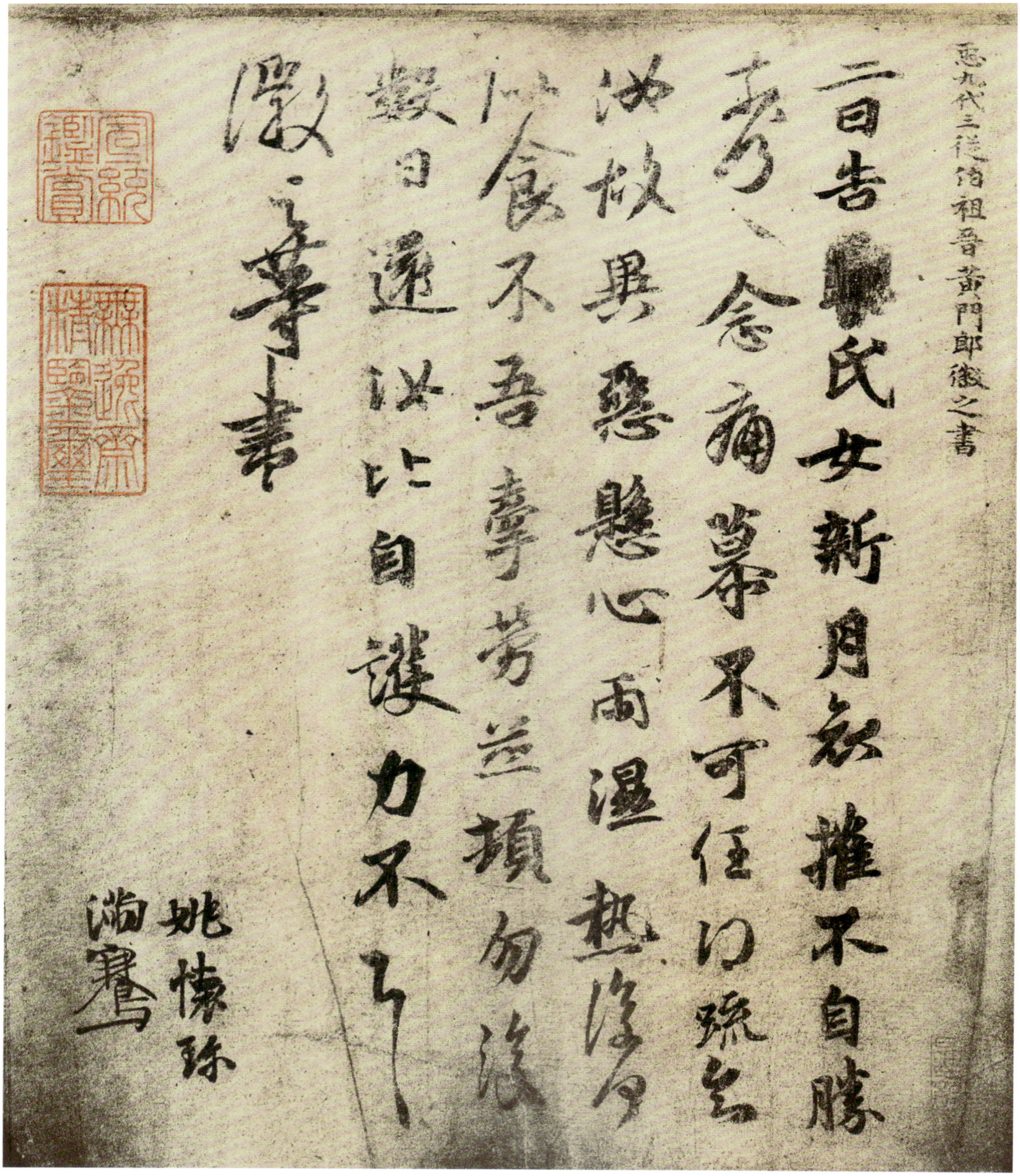
惡九代三從伯祖晉黃門郎徽之書
二日告[illegible]氏女新月哀摧不自勝
奈、、念痛慕不可任得疏
知汝故異惡懸心雨溫熱汝復何
似食不吾牽勞並頓勿復
數日還汝比自護力不具
徽之等書
姚懷珍
滿騫

六七　新月帖　東晉　王徽之

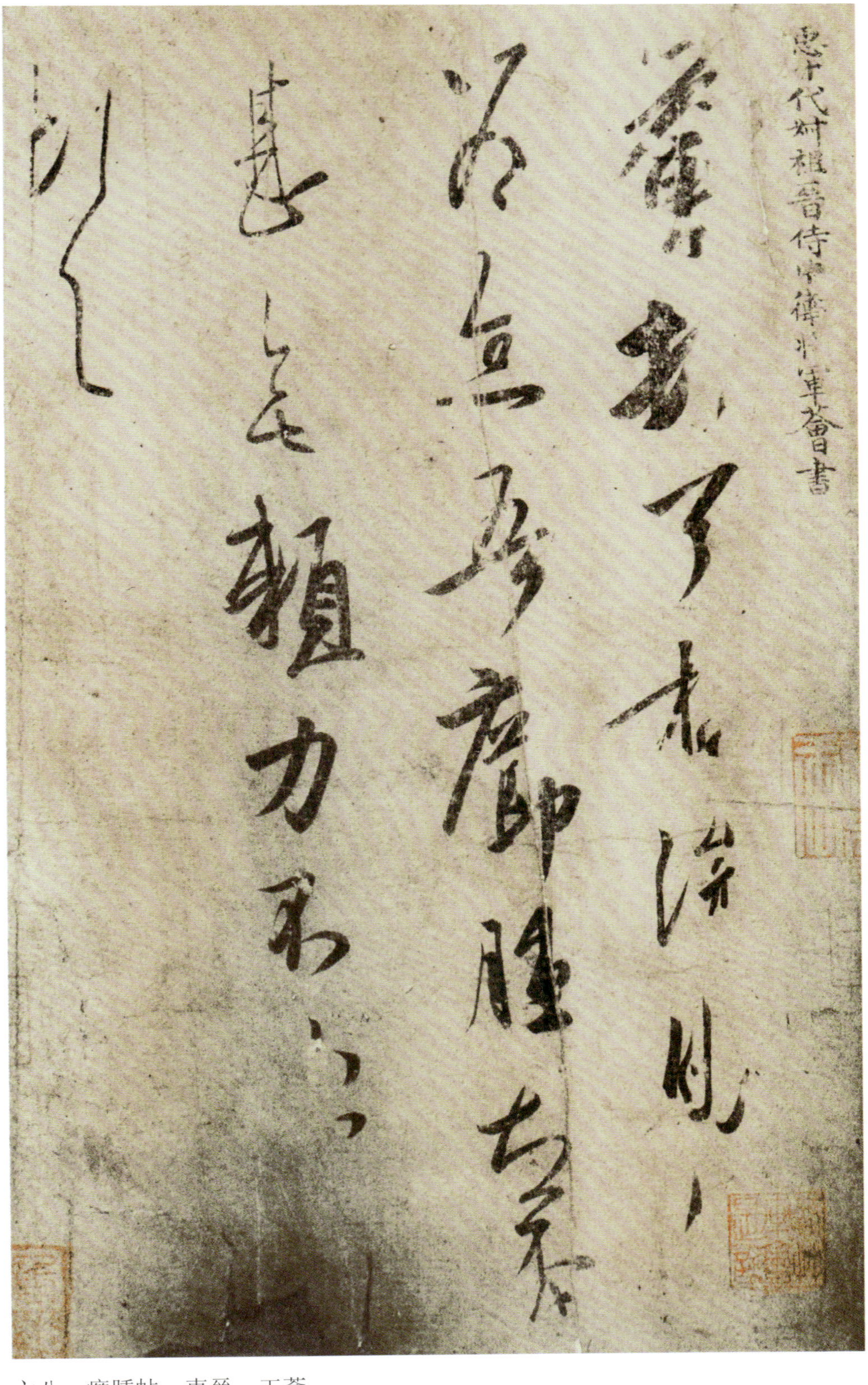

六八　癤腫帖　東晉　王薈

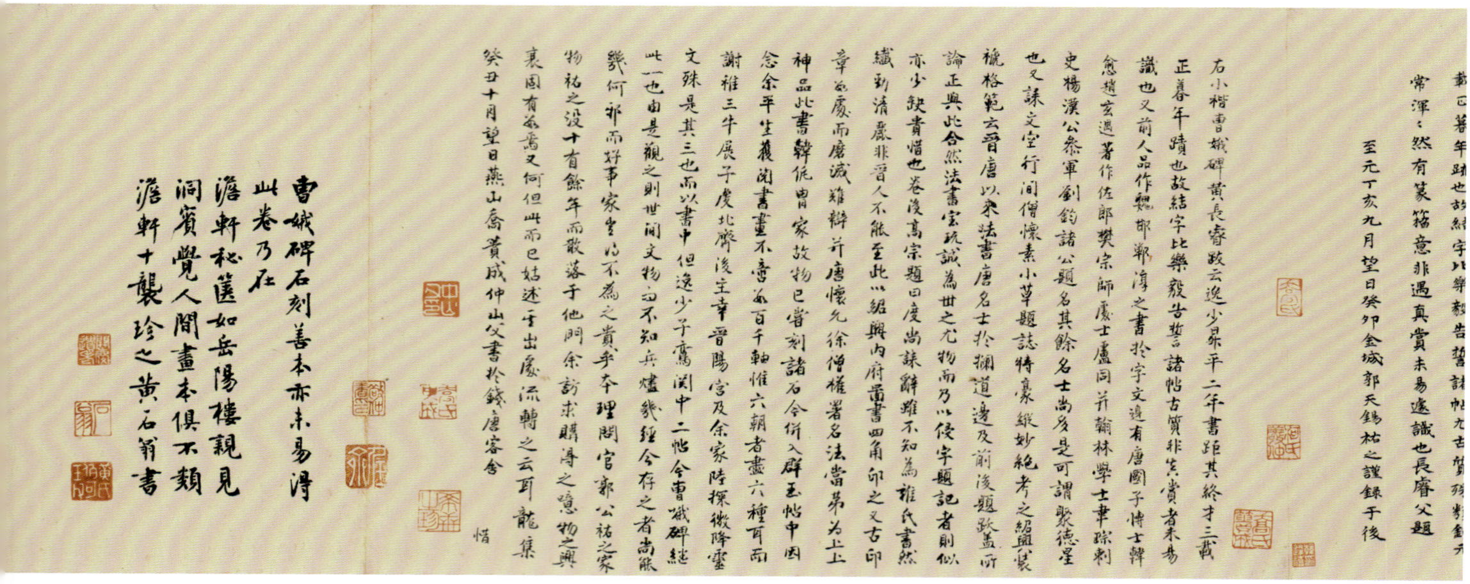

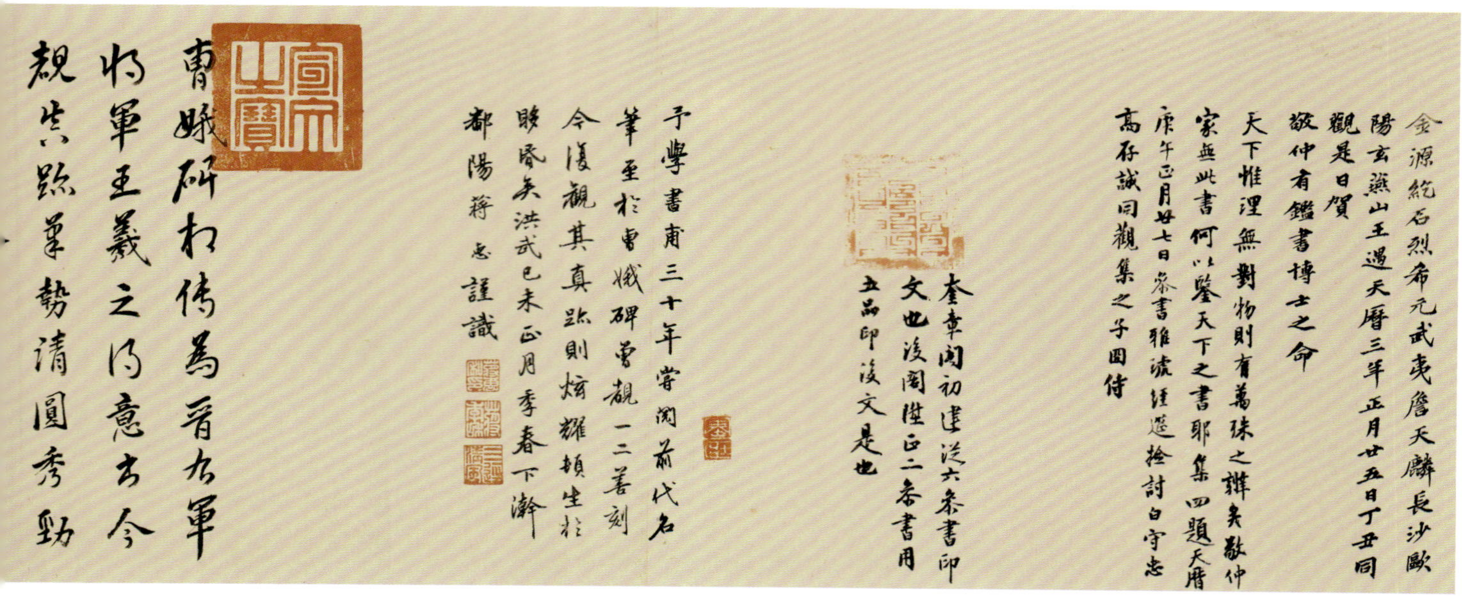

六九　曹娥誄辭卷　東晉　佚名

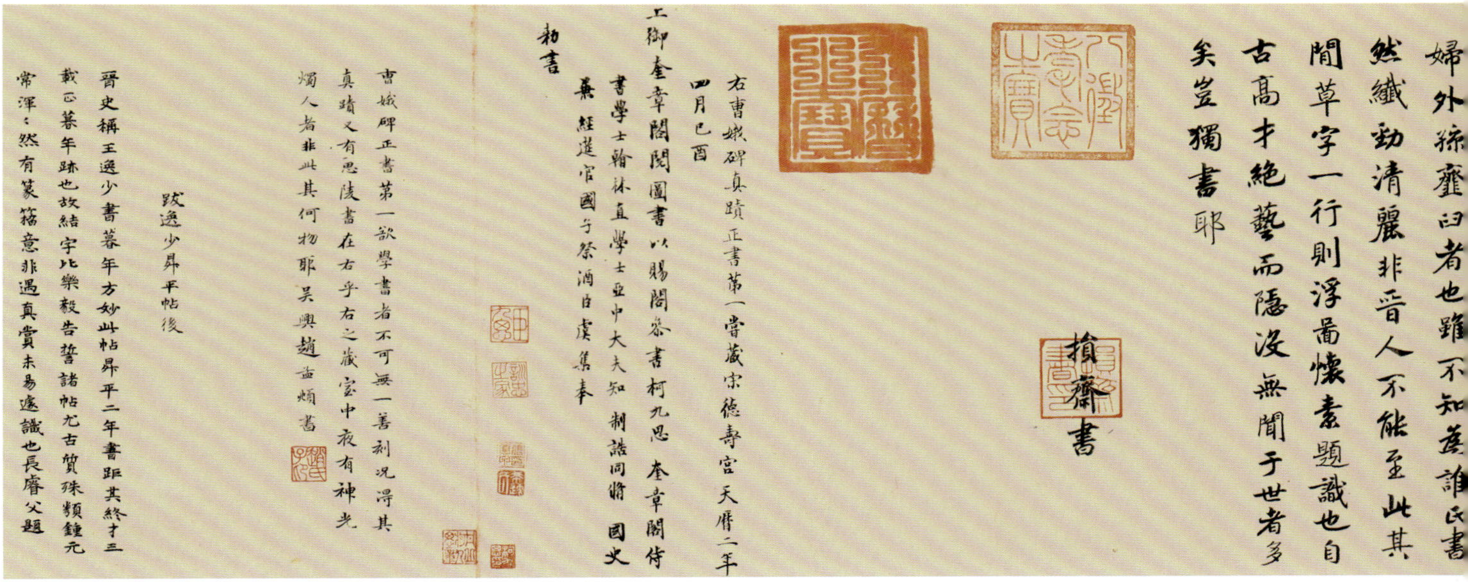
婦外孫齏臼者也雖不知為誰氏書
然纖勁清麗非晉人不能至此其
間草字一行則浮圖懷素題識也自
古高才絕藝而隱沒無聞于世者多
矣豈獨書耶
損齋書
右曹娥碑真蹟正書第一嘗藏宋德壽宮天曆二年
四月己酉
上御奎章閣閱圖書以賜閣參書柯九思 奎章閣侍
書學士翰林直學士亞中大夫知 制誥同脩 國史
兼 經筵官國子祭酒臣虞集奉
敕書
曹娥碑正書第一欲學書者不可無一善刻況得其
真蹟又有思陵書在右乎右之藏室中夜有神光
燭人者非此其何物耶 吳興趙孟頫書
跋逸少昇平帖後
晉史稱王逸少書暮年方妙此帖昇平二年書距其終才三
載正暮年跡也故結字比樂毅告誓諸帖尤古質殊類鍾元
常渾渾然有篆籀意非遇真賞未易遽識也長睿父題
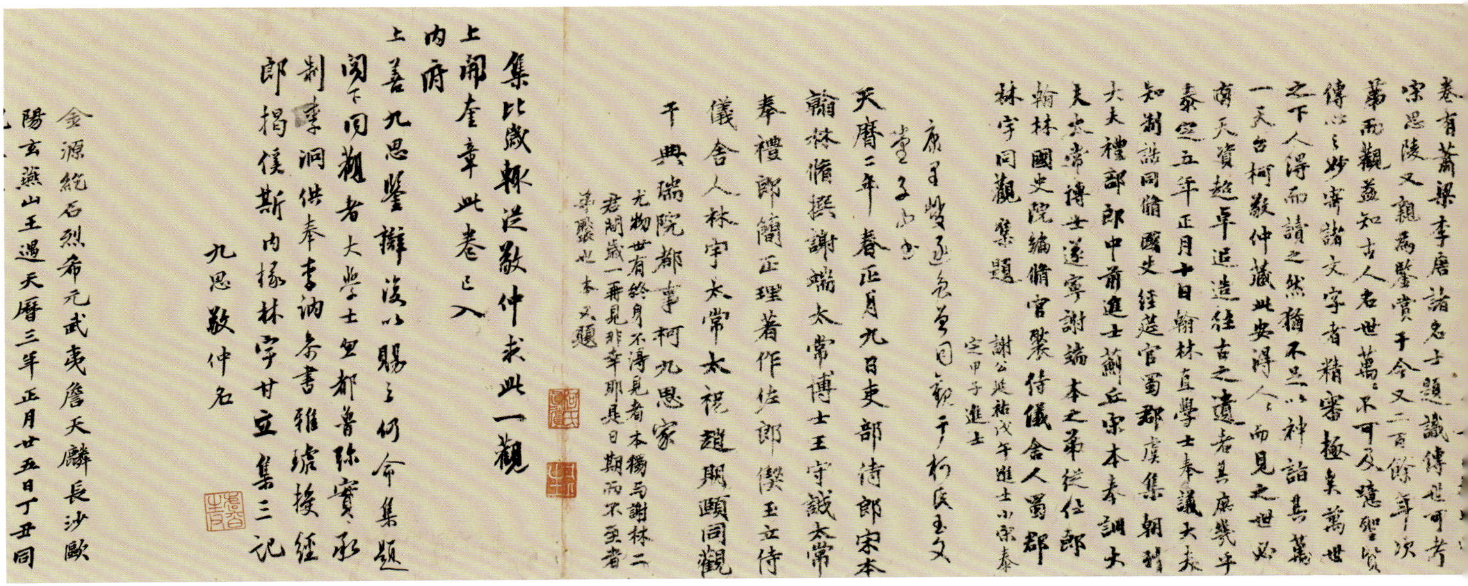
卷有蕭梁李唐諸名士題識傳世可考
宋思陵又親為鑒賞于今又二百餘年〻次
第而觀益知古人名世萬〻不可及矣聖賢
傳心〻妙寄諸文字者精審極矣萬世
之下人得而讀之然猶不足以神詣其藴
一天台柯敬仲藏此安得人〻而見之世必
有天資超卓追造往古之遺者其庶幾乎
泰定五年正月十日翰林直學士奉議大夫
知制誥同脩國史經筵官蜀郡虞集朝列
大夫禮部郎中前進士薊丘宋本奉訓大
夫太常博士遂寧謝端本之弟從仕郎
翰林國史院編脩官褧侍儀舍人蜀郡
林宇同觀褧題
謝公延祐戊午進士小宋泰
定甲子進士
康里巎巎子山甫同觀于柯氏玉文
堂
天曆二年春正月九日吏部侍郎宋本
翰林脩撰謝端太常博士王守誠太常
奉禮郎簡正理著作佐郎僕玉立侍
儀舍人林宇太常太祝趙期頤同觀
于典瑞院都事柯九思家
尤物世有終身不得見者本獨與謝林二
君閱歲一再見非幸耶是日期而不至者
巎巎也 本又題
集比歲數從敬仲求此一觀
上聞奎章此卷已入
內府
上善九思鑒識復以賜之何命集題
閱下同觀者大學士忽都魯弥實承
制李泂供奉李納參書雅琥授經
郎揭傒斯內掾林宇甘立 集三記
九思敬仲名
金源紇石烈希元武夷詹天麟長沙歐
陽玄燕山王遇天曆三年正月廿五日丁丑同
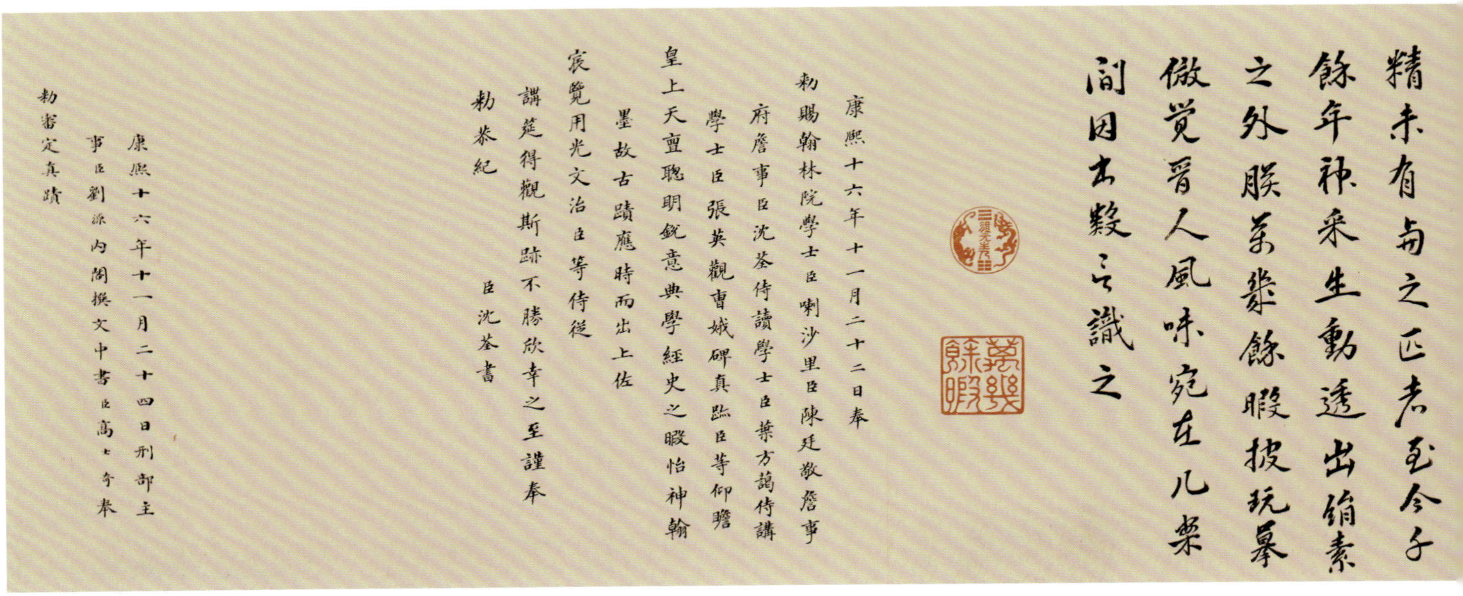
精未有与之匹者至今千
餘年神采生動透出絹素
之外朕萬幾餘暇披玩摹
倣覺晉人風味宛在几案
間因書數言識之
康熙十六年十一月二十二日奉
敕賜翰林院學士臣喇沙里臣陳廷敬詹事
府詹事臣沈荃侍讀學士臣葉方藹侍講
學士臣張英觀曹娥碑真跡臣等仰瞻
皇上天亶聰明銳意典學經史之暇怡神翰
墨故古蹟應時而出上佐
宸覽用光文治臣等侍從
講筵得觀斯跡不勝欣幸之至謹奉
敕恭紀
臣沈荃書
康熙十六年十一月二十四日刑部主
事臣劉源內閣撰文中書臣高士奇奉
敕審定真蹟

六九　曹娥誄辭卷　東晉　佚名　（之一）

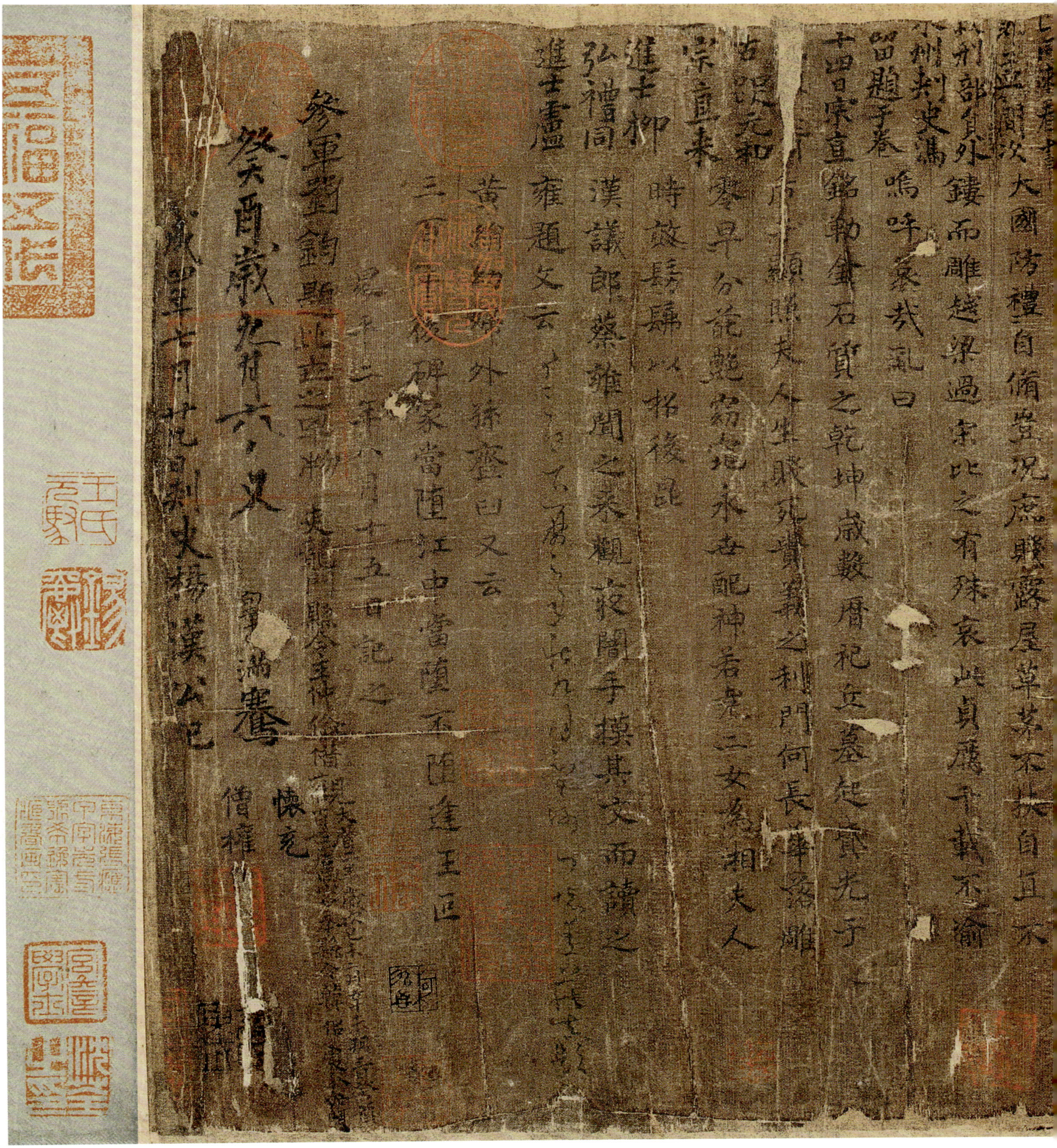
鏤而雕琢
嗚呼哀哉亂曰
漢議郎蔡雍聞之來觀夜闇手摸其文而讀之
雍題文云
黃絹幼婦外孫齏臼又云
三百年後碑冢當墮江中當墮不墮逢王匡
元和十二年八月十五日記之

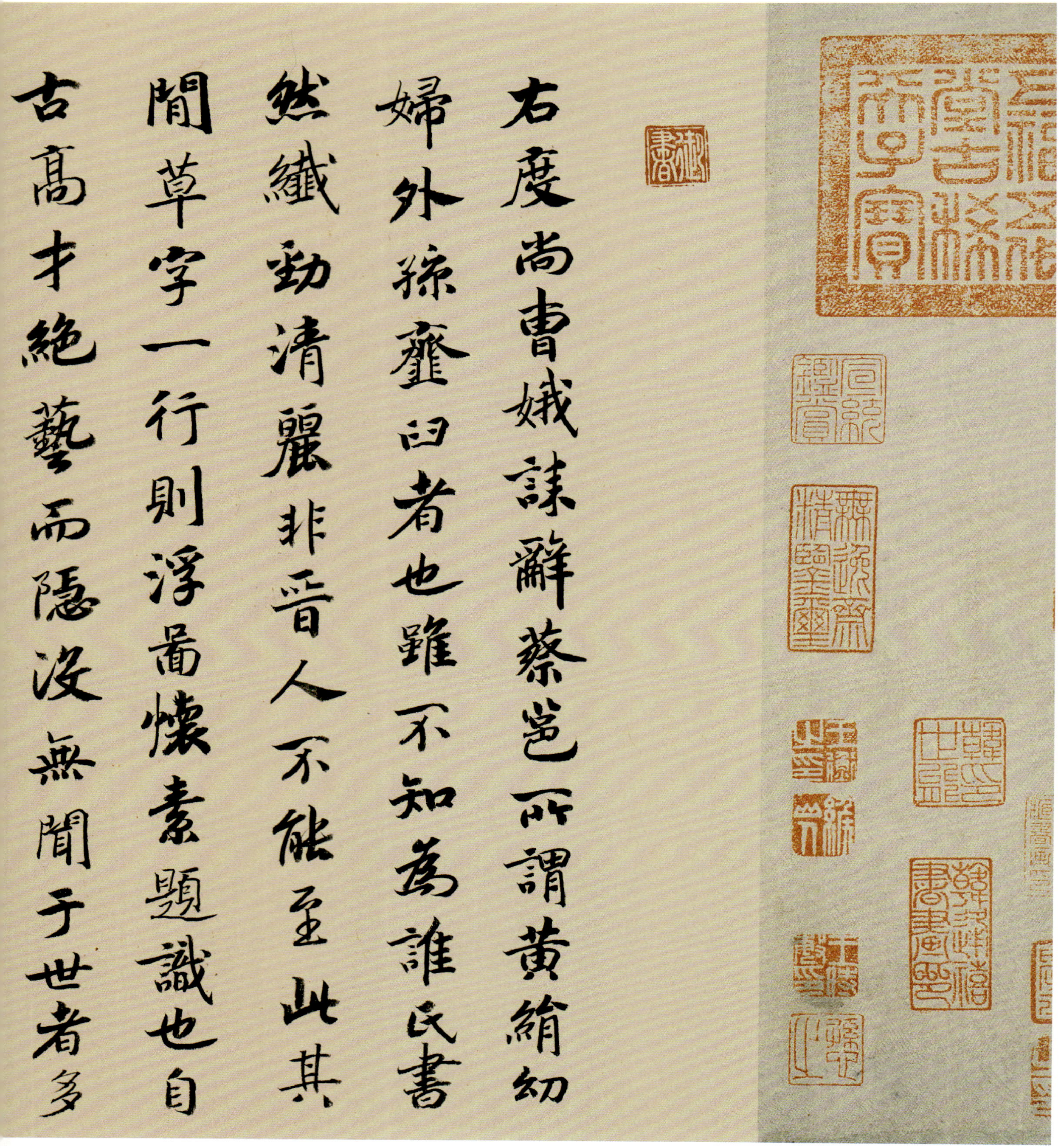

六九　曹娥誄辭卷　東晉　佚名（之二）

矣豈獨書耶

損齋書

右曹娥碑真蹟正書第一嘗藏宋德壽宮天曆二年
四月己酉

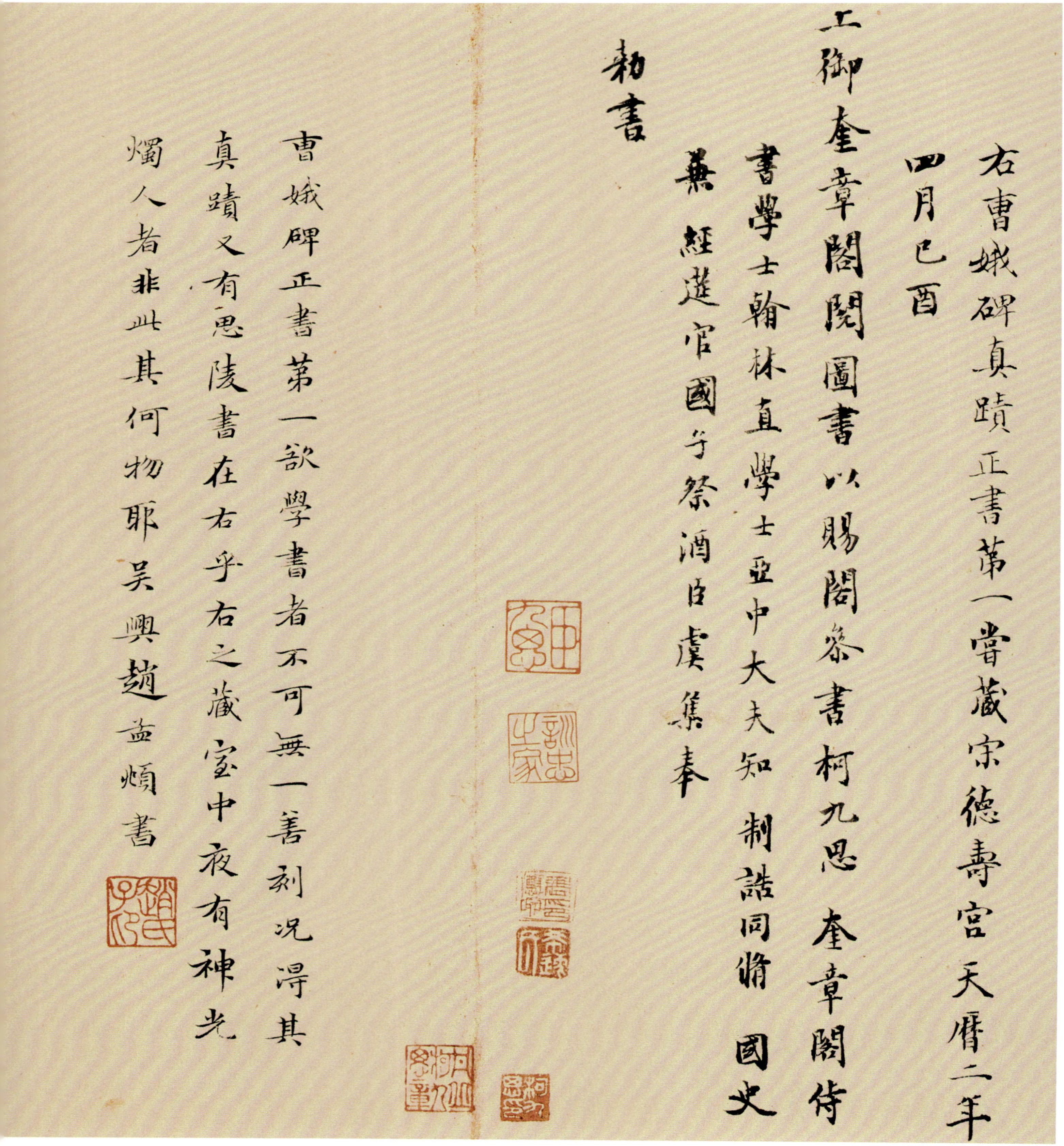
右曹娥碑真蹟正書第一嘗藏宋德壽宮天曆二年
四月己酉
上御奎章閣閱圖書以賜閣參書柯九思　奎章閣侍
書學士翰林直學士亞中大夫知　制誥同脩　國史
兼經筵官國子祭酒臣虞集奉
勅書

曹娥碑正書第一欲學書者不可無一善刻況得其
真蹟又有思陵書在右乎右之藏室中夜有神光
燭人者非此其何物耶吳興趙孟頫書

六九　曹娥誄辭卷　東晉　佚名（之三）

跋逸少昇平帖後

晉史稱王逸少書暮年方妙此帖昇平二年書距其終才三載正暮年跡也故結字比樂毅告誓諸帖尤古質殊類鍾元常渾渾然有篆籀意非遇真賞未易遽識也長睿父題

至元丁亥九月望日癸卯金城郭天錫祐之謹録于後

右小楷書娥碑黄長睿跋云逸少昇平二年書距其終才三載正暮年蹟也故結字比樂毅告誓諸帖古質非真賞者未易識也又前人品作魏邯鄲淳之書於字文遐有唐國子博士韓愈趙玄遇著作佐郎樊宗師處士盧同并翰林學士韋琮刺

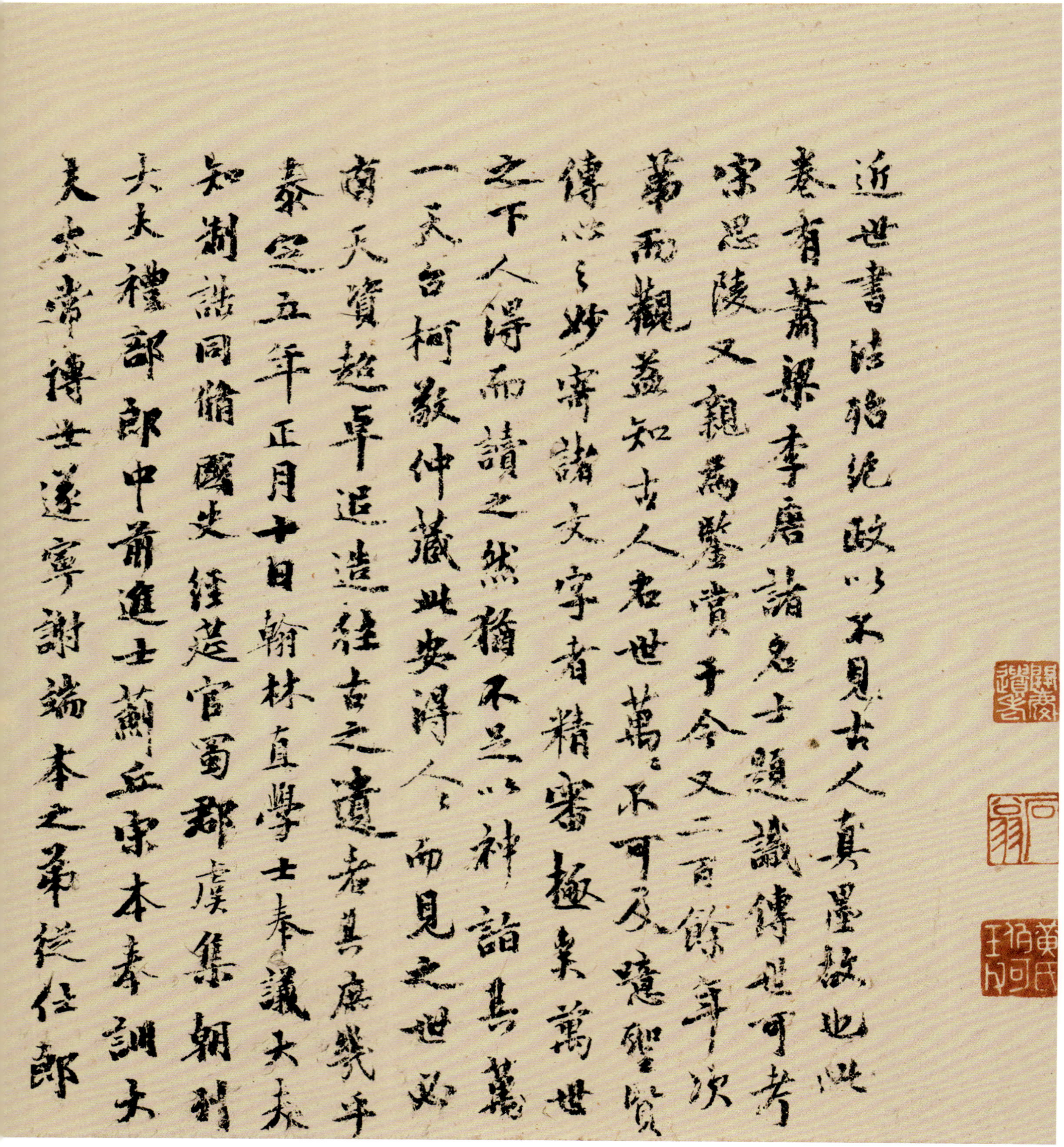
近世書法絕跡以不見古人真墨故也此
卷有蕭梁李唐諸名士題識傳世可考
宗思陵又親爲鑒賞于今又二百餘年次
第而觀益知古人名世萬〻不可及〻聖賢
傳心之妙寄諸文字者精審極矣萬世
之下人得而讀之然猶不足以神詣其蘊
一天台柯敬仲藏此安得人〻而見之世必
有天資超卓進造往古之遺者其庶幾乎
泰定五年正月十日翰林直學士奉議大夫
知制誥同脩國史經筵官蜀郡虞集 朝列
大夫禮部郎中前進士薊丘宋本奉訓大
夫太常博士遂寧謝端 本之弟從仕郎

六九　曹娥誄辭卷　東晉　佚名（之四）

翰林國史院編脩官槩侍儀舍人蜀郡
林宇同觀 槩題

謝公延祐戊午進士小宋泰
定甲子進士

康里巙巙同觀于柯氏玉文
堂 子山書

天曆二年春正月九日吏部侍郎宋本
翰林脩撰謝端太常博士王守誠太常
奉禮郎簡正理著作佐郎傑玉立侍
儀舍人林宇太常太祝趙期頤同觀
于典瑞院都事柯九思家

光物世有終身不得見者本獨与謝林二
君閱歲一再見非幸耶是日期而不至者
揭傒斯也 本又題

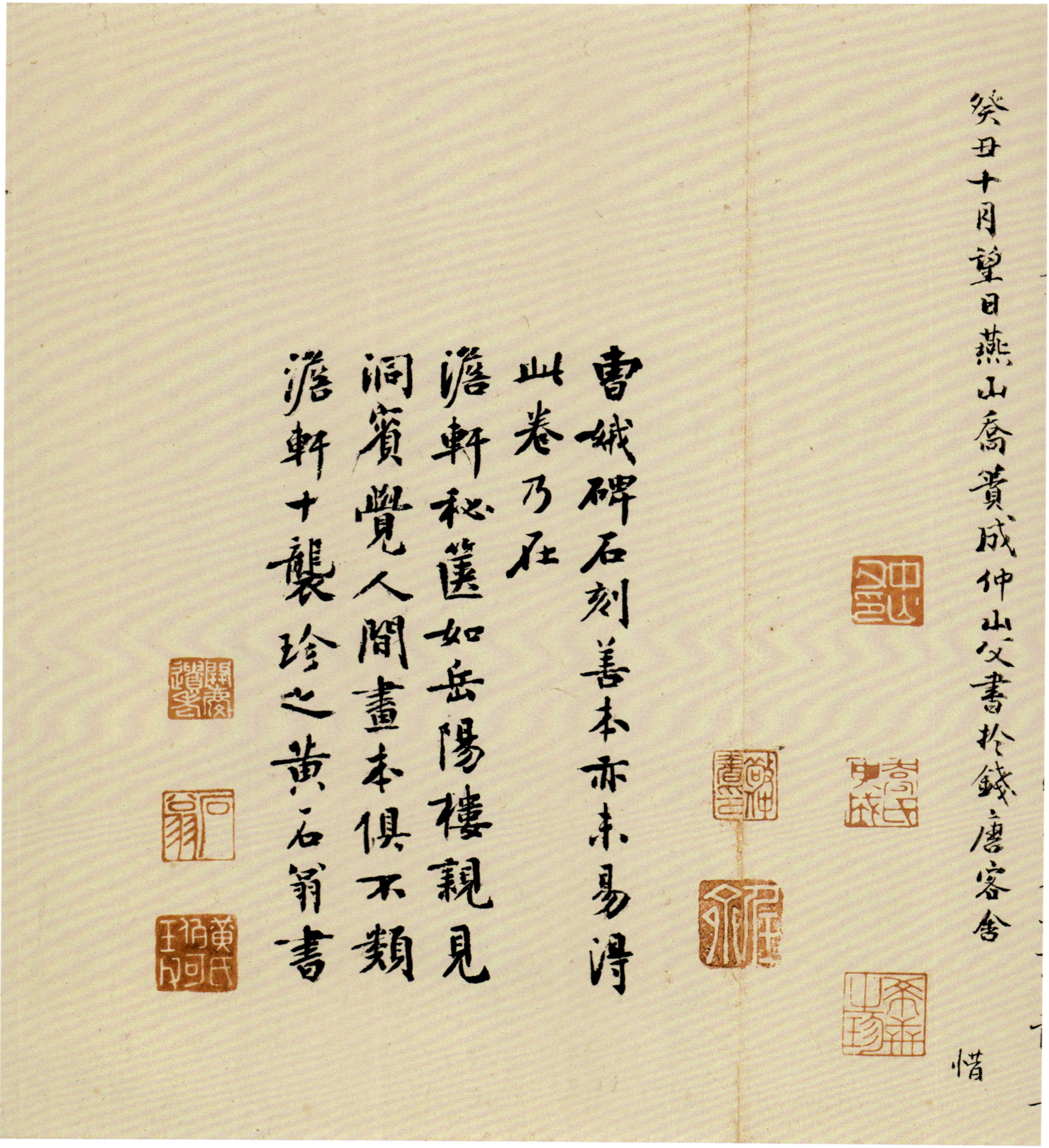
癸丑十月望日燕山裔黃成仲山父書於錢唐客舍

惜

曹娥碑石刻善本亦未易得此卷乃在潛軒秘篋如岳陽樓親見洞賓覺人間畫本俱不類潛軒十襲珍之黃石翁書

六九　曹娥誄辭卷　東晉　佚名（之五）

尤物世有終身不得見者，本獨與謝林二
君閱歲一再見，非幸耶？是日期而不至者
集賢也。本又題

集比歲輒從敬仲求此一觀
上御奎章，此卷已入
内府
上善九思鑒辯，復以賜之，仍命集題
閣下同觀者：大學士忽都魯彌實、承
制李泂、供奉李訥、參書雅琥、授經
郎揭傒斯、内掾林宇、甘立。集三記
九思，敬仲名

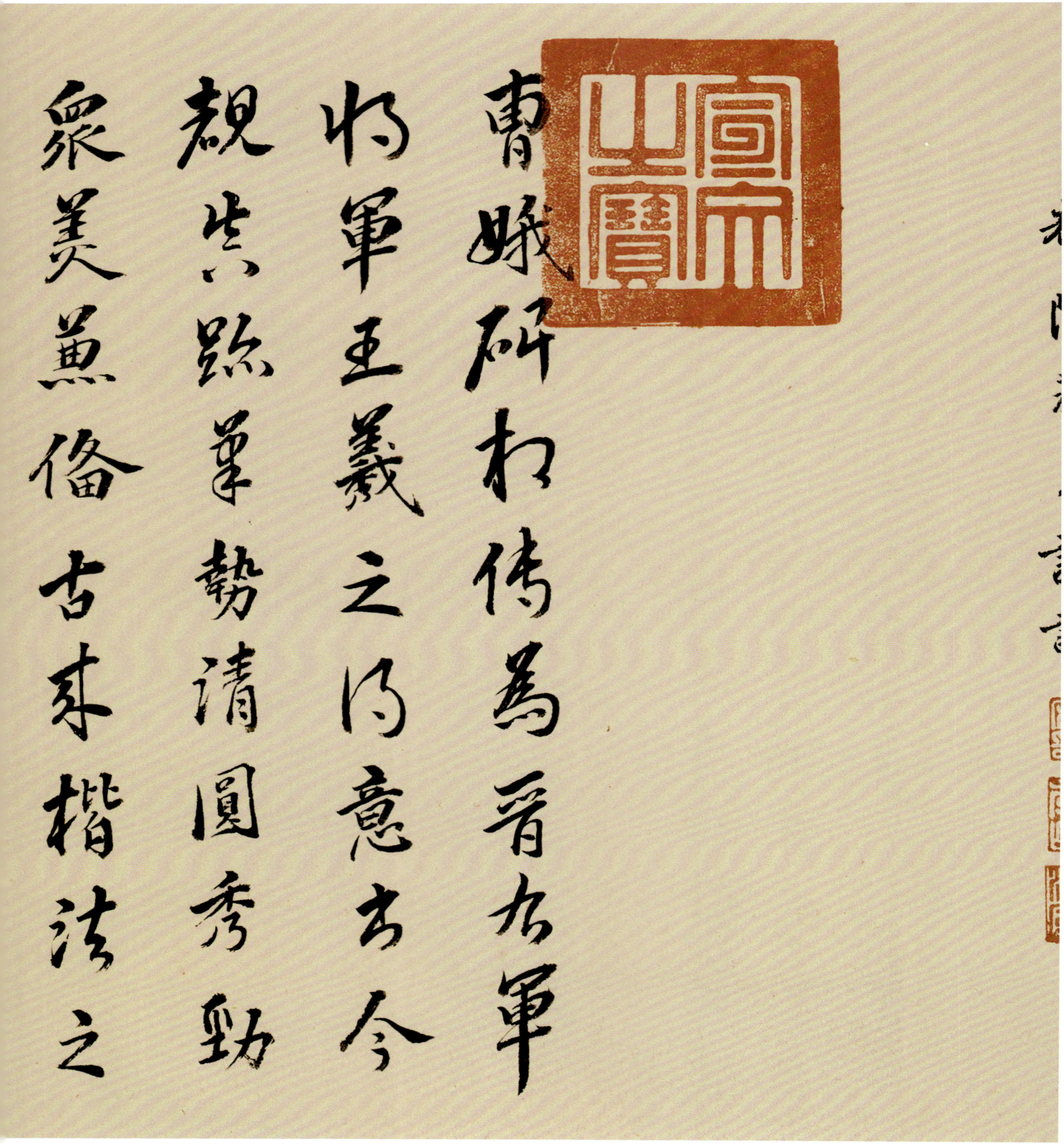

六九　曹娥誄辭卷　東晉　佚名（之六）

精未有與之匹者至今千
餘年神采生動透出絹素
之外朕萬幾餘暇披玩摹
倣覺晉人風味宛在几案
間因書數言識之

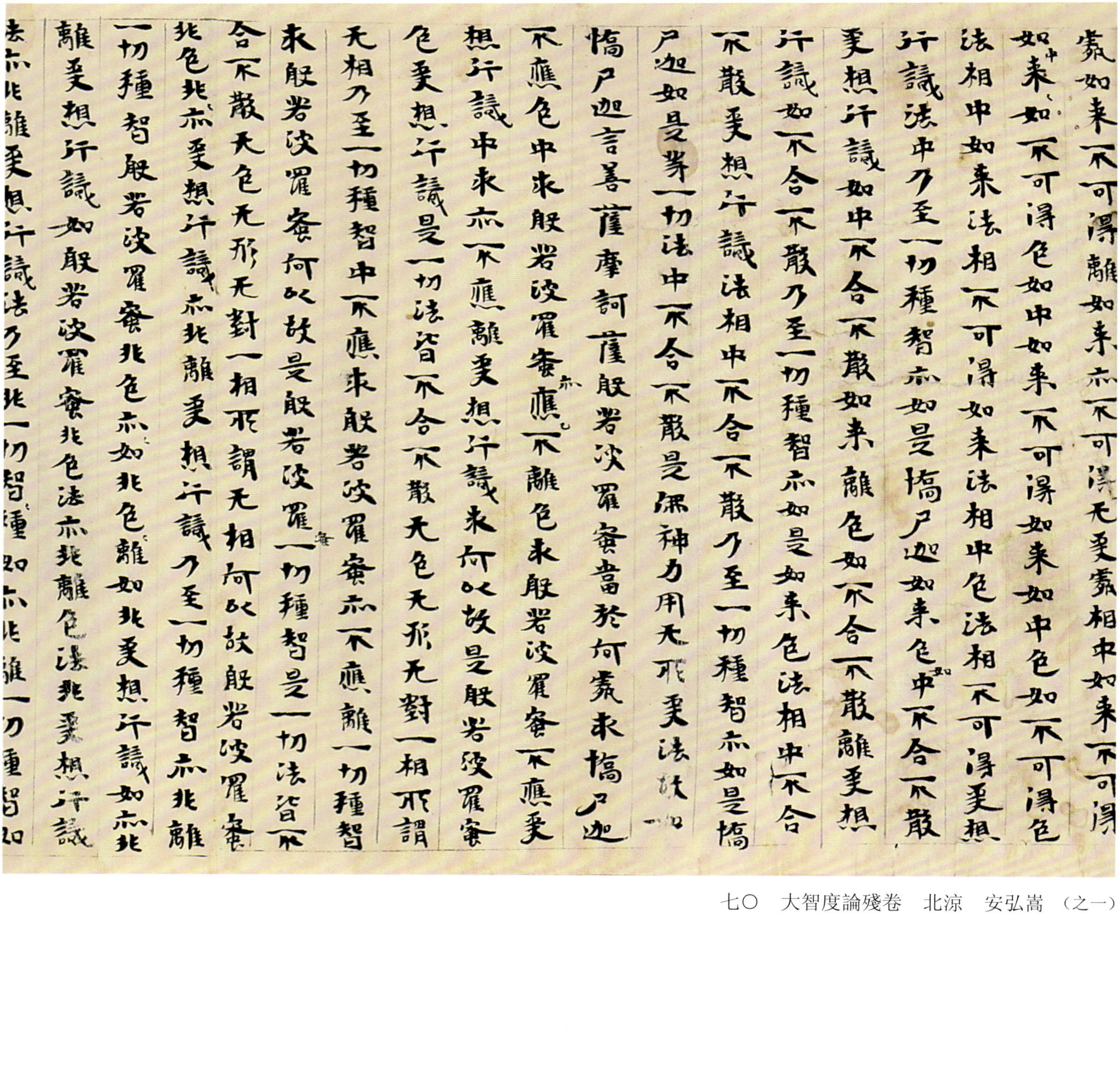
處如來不可得離如來亦不可得无受處相中如來不可得
如來如不可得色如中如來如中色如不可得色
法相中如來法相不可得如來法相中色法相不可得受想
行識法中乃至一切種智亦如是憍尸迦如來色中不合不散
受想行識如中不合不散如來離色如不合不散離受想
行識如不合不散乃至一切種智亦如是如來色法相中不合
不散受想行識法相中不合不散乃至一切種智亦如是憍
尸迦如是等一切法中不合不散是佛神力用无所受法故
憍尸迦言善薩摩訶薩般若波羅蜜當於何處求憍尸迦
不應色中求般若波羅蜜亦不應離色求般若波羅蜜不應受
想行識中求亦不應離受想行識求何以故是般若波羅蜜
色受想行識是一切法皆不合不散无色无形无對一相所謂
无相乃至一切種智中不應求般若波羅蜜亦不應離一切種智
求般若波羅蜜何以故是般若波羅蜜一切種智是一切法皆不
合不散无色无形无對一相所謂无相何以故般若波羅蜜
非色非亦受想行識亦非離受想行識乃至一切種智亦非離
一切種智般若波羅蜜非色亦如非色離如非受想行識如亦非
離受想行識如般若波羅蜜非色法亦非離色法非受想行識
法亦非離受想行識法乃至非一切種智如亦非離一切種智如

七〇　大智度論殘卷　北涼　安弘嵩（之一）

離受想行識如般若波羅蜜非色法亦非離色法非受想行識
法亦非離受想行識法乃至非一切智種如亦非離一切種智如
般若波羅蜜非一切種智法亦非離一切種智法何以故憍尸
迦是一切法皆無所有不可得已無所有不可得故般若波羅
蜜非色亦非離色非色如亦非離色如非色法亦非離色法
乃至非一切種智亦非離一切種智非一切種智如亦非離一切種智
如非一切種智法亦非離一切種智法問曰舍利弗須菩提從
上來種種因緣明般若波羅蜜相今釋提桓因何以故難當何
處求般若波羅蜜答曰此不問般若體但問般若波羅蜜言
說名字可誦讀事是故舍利弗言當於須菩提所說品
中求須菩提樂說空常善脩習空故舍利弗雖智慧第
一以無吾我嫉妬心人斷法愛故而言當於須菩提所說品中求
問曰佛處處說般若波羅蜜欲比須菩提所說百千萬倍不可
筭數譬喻為比何以不言於佛所說品中求答曰釋提桓因
意除佛一人誰能善說者是以推須菩提復次佛常一日一夜
六時以佛眼觀眾生無令不無聞法故墮落是故隨眾生所應
解所得所應習行無說或說般若波羅蜜無常苦空無我如
病如癰等名為般若波羅蜜或分別法諸總相別相諸或說

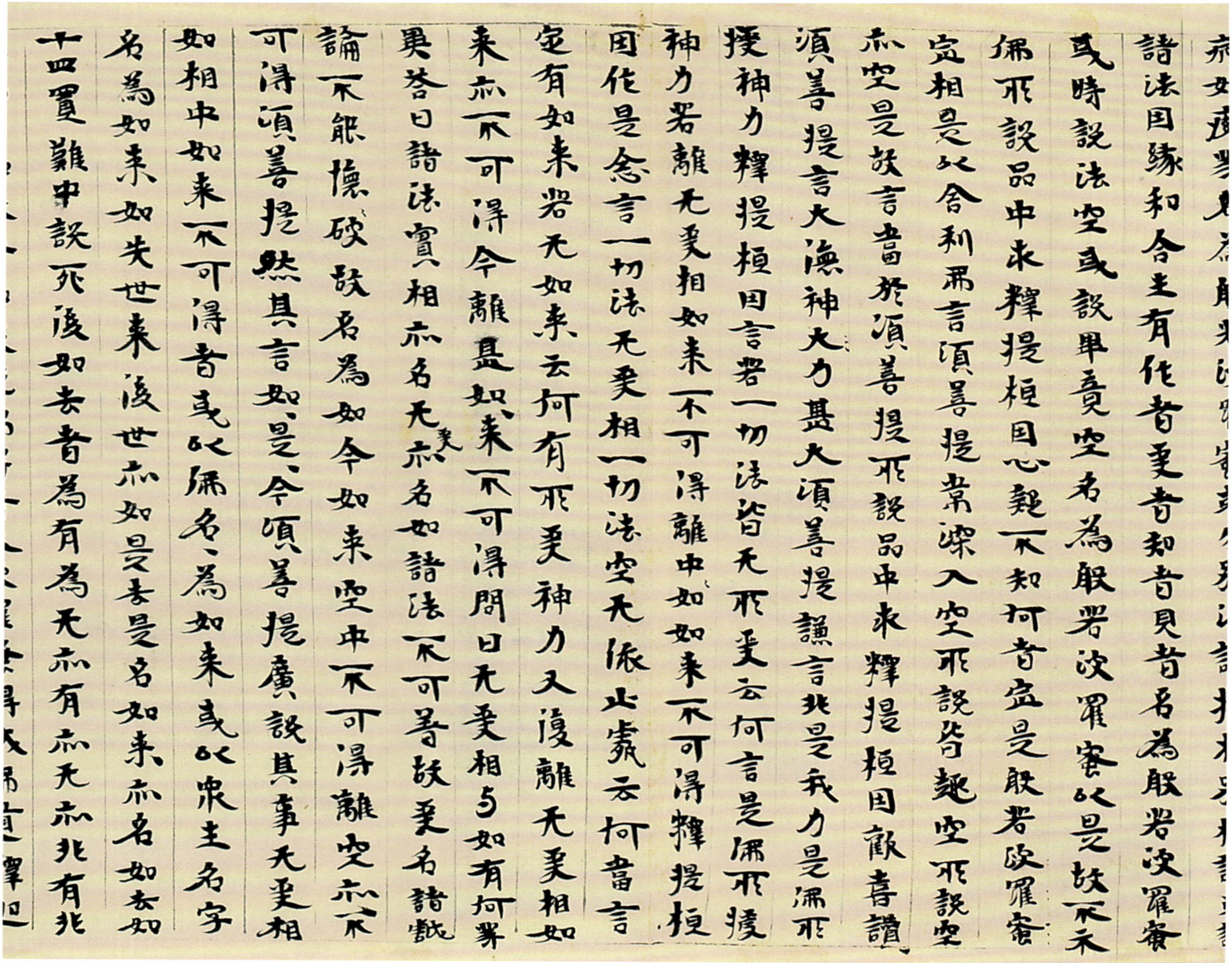

諸法因緣和合生有作者受者知者見者名為般若波羅蜜
或時說法空或說畢竟空名為般若波羅蜜以是故不知
佛所說品中求釋提桓因心念不知何者定是般若波羅蜜
定相是以舍利弗言須菩提常深入空所說皆趣空
亦空是故言當於須菩提所說品中求釋提桓因歡喜讚
須菩提言大德神大力甚大須菩提謙言非是我力是佛所
援神力釋提桓因言者一切法皆無所受云何言是佛所援
神力者離無受相如來不可得離中如如來不可得釋提桓
因作是念言一切法無受相一切法空無依止處云何當言
定有如來者無如來云何有所受神力又復離無受相如
來亦不可得令離是如如來不可得問曰無受相與如有何異
異答曰諸法實相亦名無受亦名如諸法不可著故受名諸戲
論不能壞破故名為如今如來空中不可得離空亦不
可得須菩提然其言如是令須菩提廣說其事無受相
如相中如來不可得者或以佛名為如來或以衆生名字
名為如來如先世來後世亦如是去是名如來亦名如去如
十四置難中說死後如去者為有為無亦有亦無非有非

七〇　大智度論殘卷　北涼　安弘嵩（之二）

十四置難中說死後如去者為有為无亦有亦无亦非有非
无佛名如来者如定光佛等行六波羅蜜得成佛道釋迦
文佛亦如是故名如来如定光佛等知諸法如從如中来故
故名如来釋迦文尼佛亦如是来如故名如来如定光佛
等知諸法如從如中来故名如来釋迦文佛亦如是来故
名如来此二種如来中此間說是佛如来因解如来无所
有一切衆生一切法皆如亦无所有无受及如来義如先
說今當更略說无受相如来相皆空无所有无受相如
相无定性故无如来有人言諸法實相二種說一者諸法
相畢竟空是實二者有人言畢竟空可不可說故非
實如涅槃相不可示不可說是名為實於此二事畢竟
空中如来可不得破畢竟空實相中如来亦不可得畢竟空
即是无受相破畢竟空實相即是如從此以下廣說二義
於五衆乃至一切種智如来不可得如来不可得故云何
當有如来神力如来不可得如上說五衆非如来五衆不
在如来中如来不在五衆中如来亦不有五衆五衆生滅无常
苦空无我相故非是如来若是如来者如来亦應是滅度
復五衆是五法如来是一云何五法作一若五即是一一亦應即

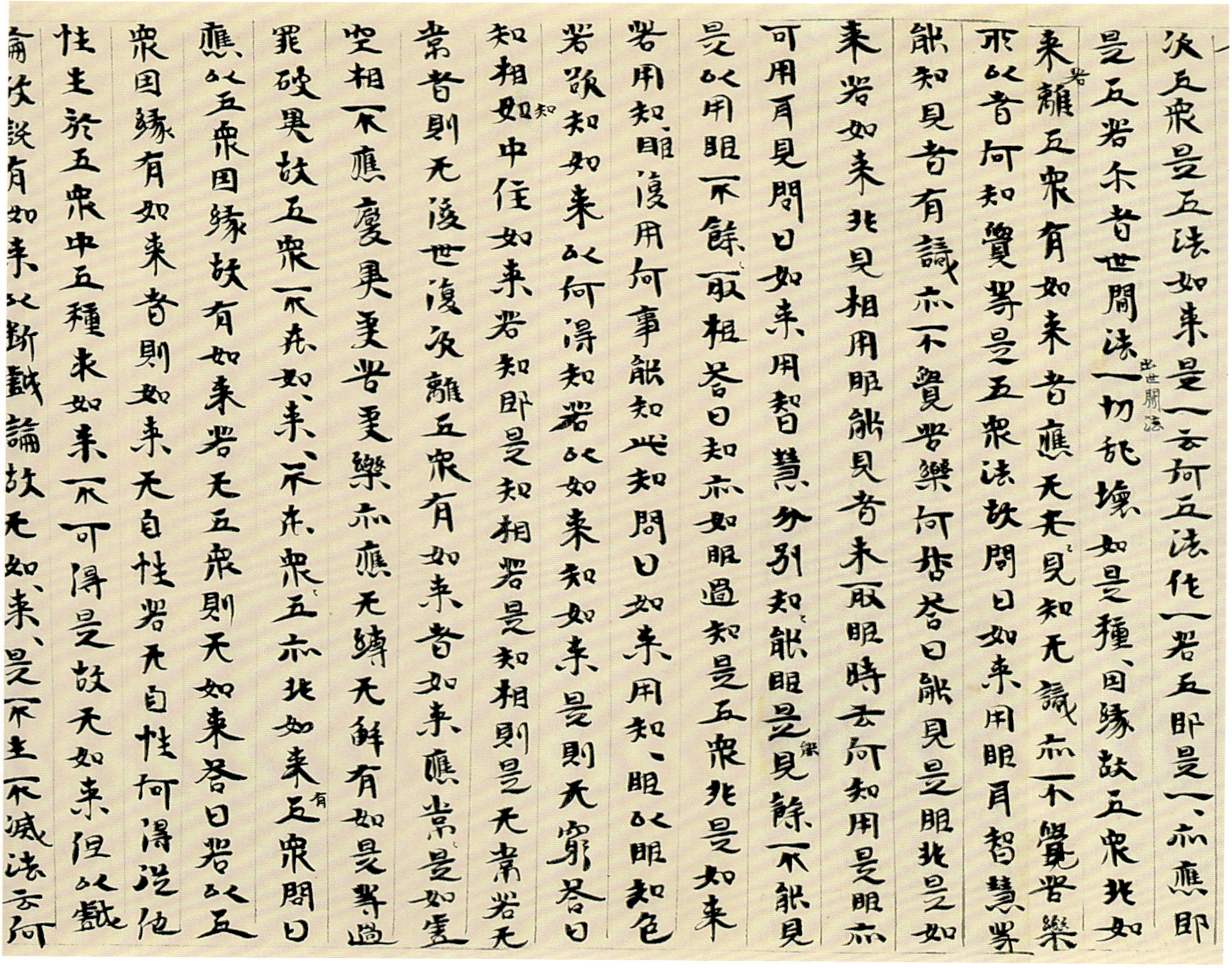
次五衆是五法如来是一若五即是一亦應即
是五若尒者世間法一切能壞如是種種因緣故五衆非如
来離五衆有如来者應無見知無識亦不覺苦樂
所以者何知覺等是五衆法故問曰如来用眼見智慧等
能知見者有識亦不覺苦樂何皆答曰能見是眼非是如
来若如来非見相用眼能見者来取眼時去何知用是眼亦
可用有見問曰如来用智慧分別知能眼是見餘不能見
是以用眼不餘取相答曰知亦如眼過知是五衆非是如来
若用知眼復用何事能知此知問曰如来用知知眼以眼知色
若欲知如来以何得知若以如来知如来是則無窮答曰
知相如中住如来若知即是知相若是知相則是無常若無
常者則無後世復次離五衆有如来者如来應常是如虛
空相不應受異受苦樂亦應無縛無解有如是等過
罪破異故五衆不来如来不来衆五亦非如来五衆問曰
應以五衆因緣故有如来若無五衆則無如来答曰若以五
衆因緣有如来者則如来無自性若無自性何得從他
性生於五衆中五種求如来不可得是故無如来但以戲
論故說有如来以斷戲論故無如来是不生不滅法云何

七〇　大智度論殘卷　北涼　安弘嵩（之三）

論故說有如来以斷戲論故无如、来、是、不生不滅法云何
當以戲論求如来者則不見如来若當都无如来則墮一邊
若以戲論求如来
見是故是故若无有以戲論求如来是則不然如来相即是
一、切、法、相、即是如、来、相即是畢、竟、空、相、即是一切法相問
問曰此中何以但說二事言五衆如中无如、来、如中无五衆
如答曰此是略說二則反事都攝復次廿種我見雖一切
凡夫人有不能一時起今是會中慧此二事以是故但說
二事如五衆乃至一切種智亦如是五衆法相乃至一切種智法、
相亦如是五衆如即是法相問曰若如即是法相何以重說
答曰行者既到五衆如心驚法何以畢竟空无所有是故說
五衆法相自尔如人觸火燒手則无瘟心以其火相自尔故若
人執燒之則忿然而怒以其執火燒故如来反衆如中五衆
法相中不合不散者除五衆如无如来即是一相所謂无相
所以者何一法无合无散故二法故有合有散離五衆法
相亦无合无散所以者何離五衆法相如来不得可故如来
如法相五衆如法相无二无別故言離五衆如五衆法相亦
不合不散乃至一切種智亦如是能如是知諸知法知法相不
合不散故有是神力嘗可從處求皆上来因佛神力說般若

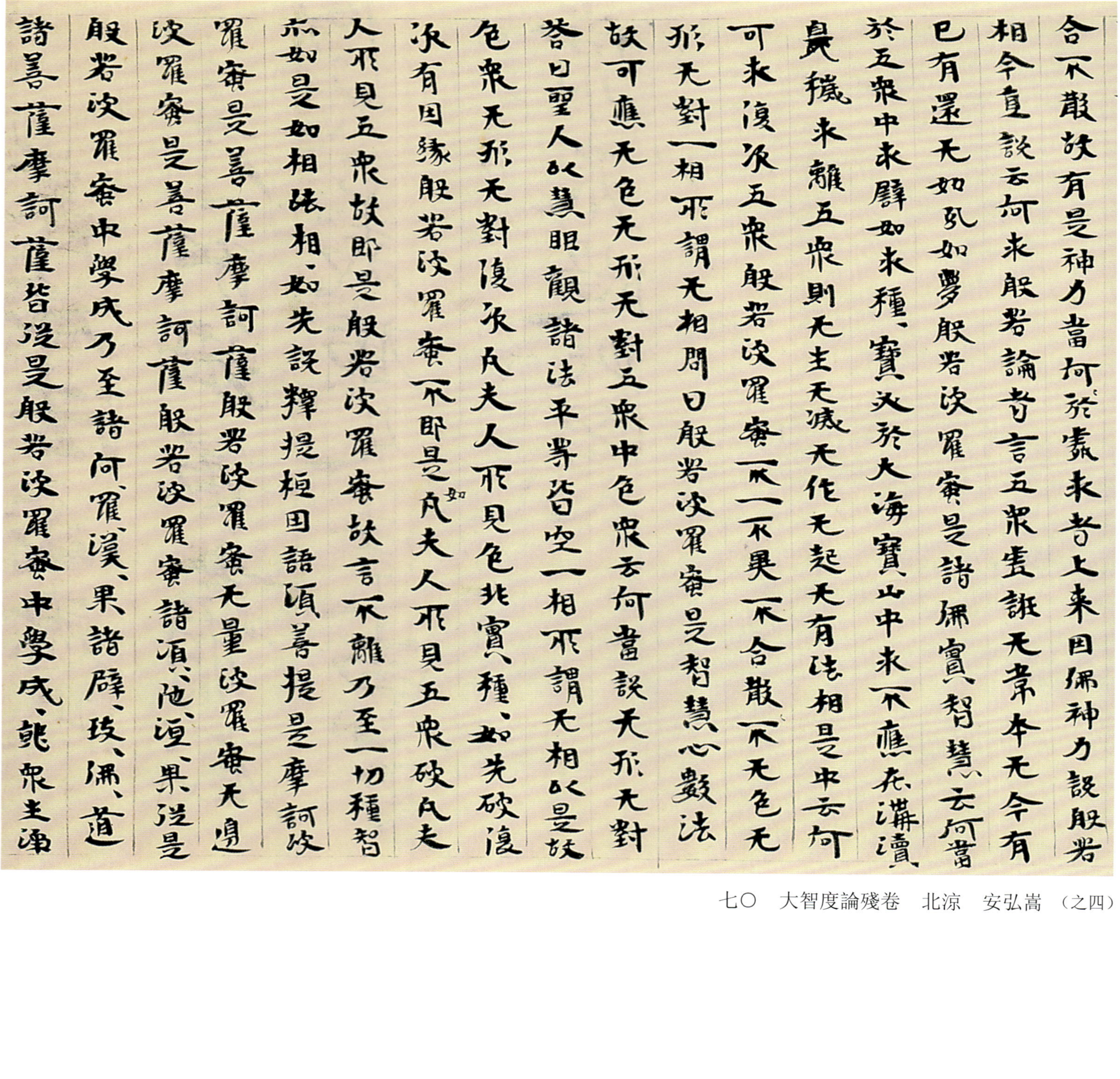
合不散故有是神力當何於處來昔上來因佛神力說般若
相今復說云何來般若論者言五衆虛誑無常本無今有
已有還無如幻如夢般若波羅蜜是諸佛實智慧云何當
於五衆中求譬如求種、寶又於大海寶山中求不應在溝瀆
臭穢中求離五衆則無生無滅無作無起無有法相是中云何
可求復次五衆般若波羅蜜不一不異不合散不無色無
形無對一相所謂無相問曰般若波羅蜜是智慧心數法
故可應無色無形無對五衆中色衆云何當說無形無對
答曰聖人以慧眼觀諸法平等皆空一相所謂無相以是故
色衆無形無對復次凡夫人所見色非實種、如先破復
次有因緣般若波羅蜜不即是如凡夫人所見五衆破凡夫
人所見五衆故即是般若波羅蜜故言不離乃至一切種智
亦如是如相法相如先說釋提桓因語須菩提是摩訶波
羅蜜是菩薩摩訶薩般若波羅蜜無量波羅蜜無邊
波羅蜜是菩薩摩訶薩般若波羅蜜諸須、陀、洹、果從是
般若波羅蜜中學成乃至諸阿、羅、漢、果、諸辟、支、佛、道
諸菩薩摩訶薩皆從是般若波羅蜜中學成、能衆生滿

七〇　大智度論殘卷　北涼　安弘嵩（之四）

佛世界得阿耨多羅三藐三菩提皆從是學成須菩
提語釋提桓因言如、是、憍尸迦是摩訶波羅蜜是菩
薩摩訶薩般若波羅蜜無量波羅蜜是無量邊波
羅蜜是菩薩摩訶薩般若波羅蜜從是中學成須
陁洹果乃至阿羅漢果辟佛道諸菩（薩）摩訶薩從是
般若波羅蜜中學成就衆生淨佛世界得阿耨多羅
三藐三菩提已得今得當得勇憍尸迦色大故
般若波羅蜜亦大何以故是色前際不可得後際不可
得中際不可得（受想行識大故）般若波羅蜜亦大何以故受想行識前
際不可得後際不可得中際不可得乃至一切種智
亦如是（以是）因緣故憍尸迦是摩訶波羅蜜是菩薩摩訶
薩般若波羅蜜憍尸迦（色）無量故般若波羅蜜無量不
可得故憍尸迦譬如虛空量不可得色亦如是量不可
得虛空（無量）故般若波羅蜜無量受想行識乃至一切智種
無量故般若波羅蜜無量何以故一切種智量不可得
譬如虛空量不可得一切種智亦如是量不可得虛空
無量故一、切、種、智、無、量、故般若波羅蜜無量以是

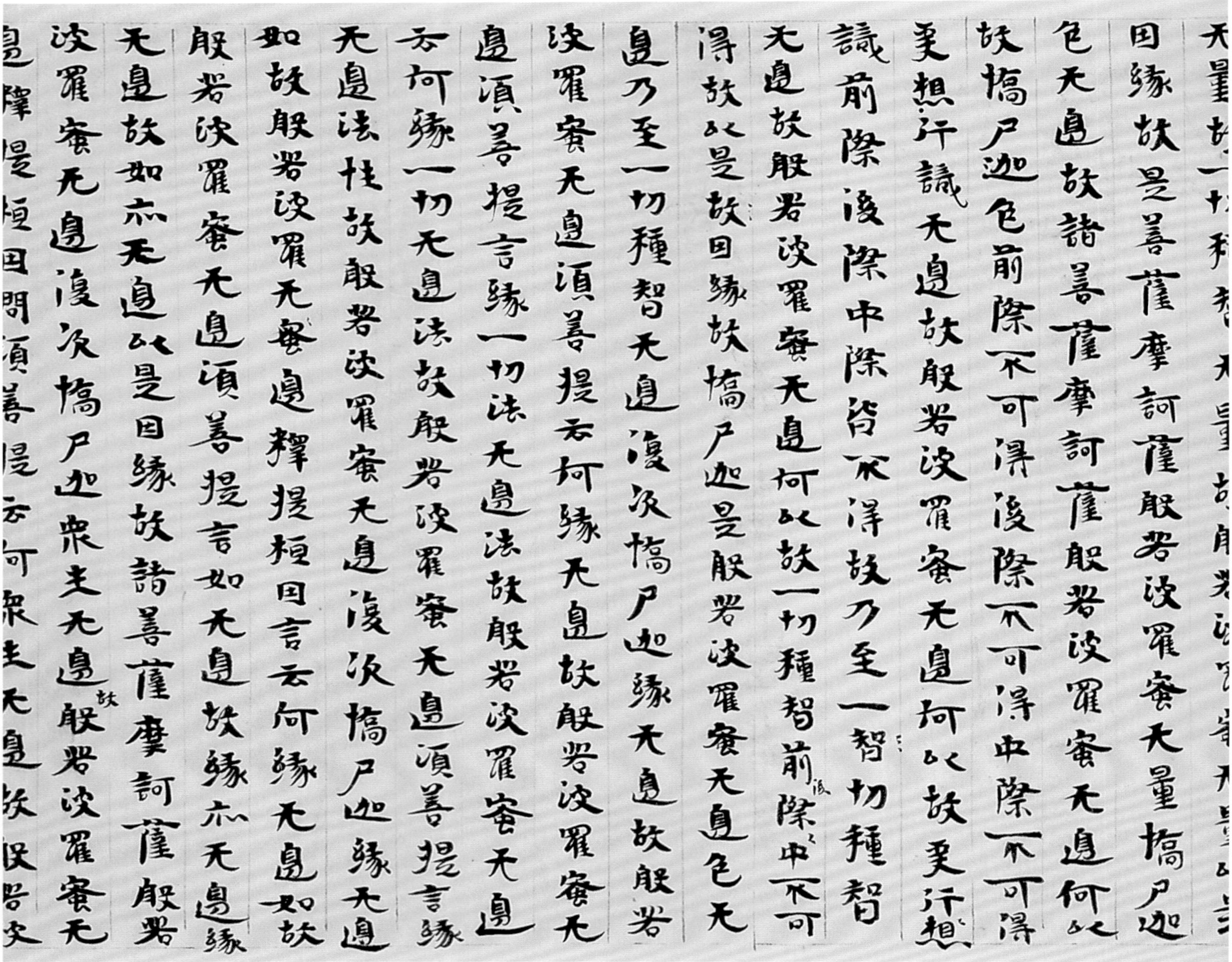

无量故一切種智无量故般若波羅蜜无量以是
因緣故是菩薩摩訶薩般若波羅蜜无量憍尸迦
色无邊故諸菩薩摩訶薩般若波羅蜜无邊何以
故憍尸迦色前際不可得後際不可得中際不可得
受想行識无邊故般若波羅蜜无邊何以故受行想
識前際後際中際皆不得故乃至一切種智
无邊故般若波羅蜜无邊何以故一切種智前際中不可
得故以是故因緣故憍尸迦是般若波羅蜜无邊色无
邊乃至一切種智无邊復次憍尸迦緣无邊故般若
波羅蜜无邊何以故緣无邊故般若波羅蜜无
邊須菩提言緣一切法无邊法故般若波羅蜜无邊
云何緣一切无邊法故般若波羅蜜无邊須菩提言緣
无邊法性故般若波羅蜜无邊復次憍尸迦緣无邊
如故般若波羅蜜无邊釋提桓因言云何緣无邊如故
般若波羅蜜无邊須菩提言如无邊故緣亦无邊緣
无邊故如亦无邊以是因緣故諸菩薩摩訶薩般若
波羅蜜无邊復次憍尸迦衆生无邊故般若波羅蜜无
邊釋提桓因問須菩提云何衆生无邊故般若波

七〇　大智度論殘卷　北涼　安弘嵩　（之五）

邊釋提桓因問須菩提云何衆生无邊故般若波
羅蜜无邊須菩提言於汝意云何、是法名衆生釋
提桓因言无有法名衆生假名故爲衆生是名字
本无有法亦无所趣强爲作名憍尸迦於汝意云何
是般若波羅蜜中說衆生實有不釋提桓因言无也憍
尸迦若般若波羅蜜實不說衆生无邊亦不可得憍
尸迦於汝意云何恒河劫壽說衆、生、名字頗有衆生
法有生有滅不釋提桓因言不也何以故衆生從本
已來常清淨故以是因緣故憍尸迦衆生无邊故
當知般若波羅蜜亦无邊問曰釋提桓因是須陁
洹人云何能問深般若波羅蜜答曰如須菩提是
異是阿羅漢以利益菩薩愍憐衆生故問菩薩
所行事釋提桓因雖聲聞人是諸天主有利智
慧憐愍衆生故問般若波羅蜜亦如是復次有人
言三千大千世界中有百億釋提桓因中阿含中說
釋提桓因得須陁洹者異今、釋、提、桓、因是大菩薩
憐愍衆生故三種讚般若所謂摩訶波羅蜜无量
波羅蜜无邊波羅蜜是般若波羅蜜中學成諸聖

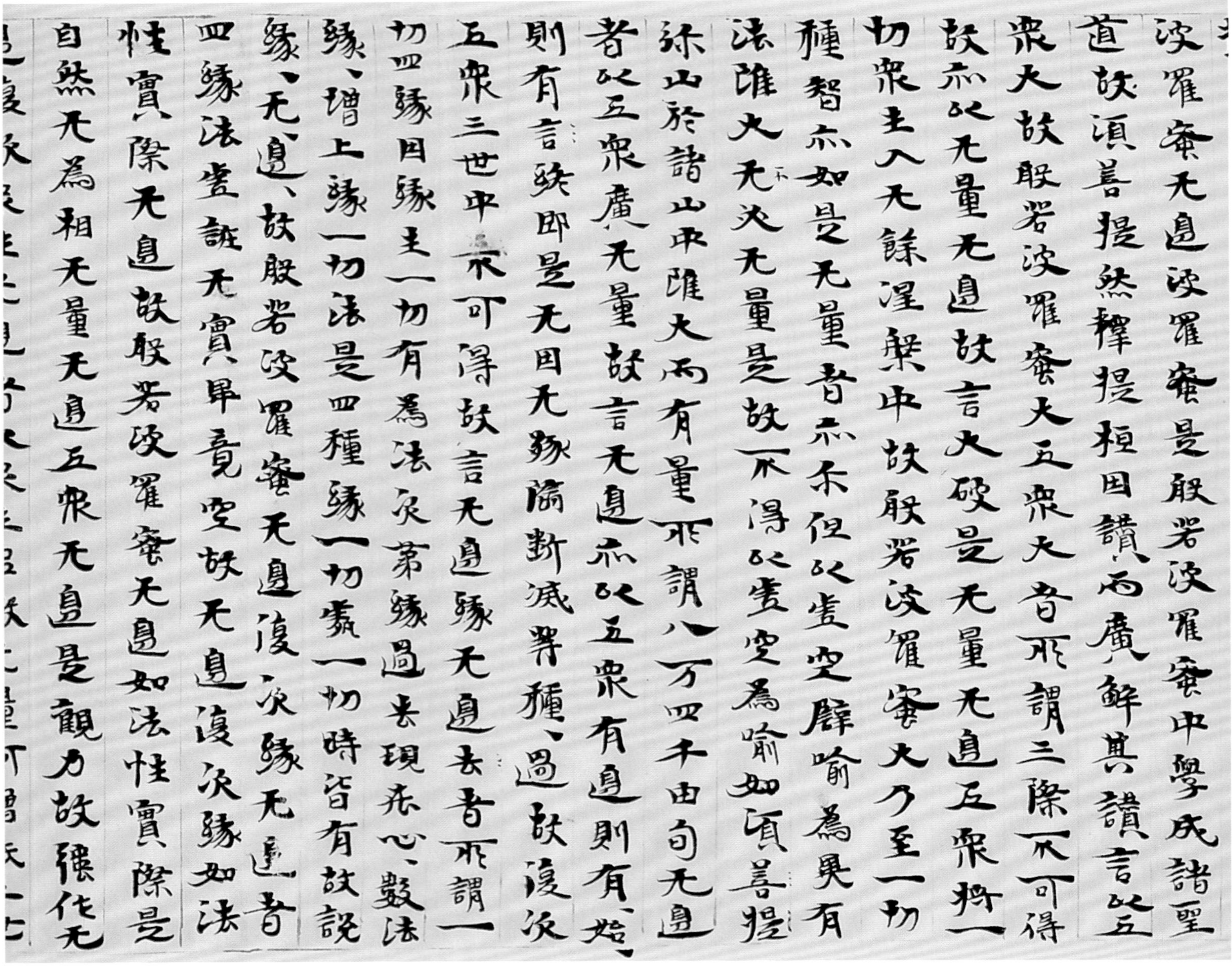
波羅蜜無邊波羅蜜是般若波羅蜜中學成諸聖
道故須菩提然釋提桓因讚而廣解其讚言以五
衆大故般若波羅蜜大五衆大者所謂三際不可得
故亦以無量無邊故言大破是無量無邊五衆將一
切衆生入無餘涅槃中故般若波羅蜜大乃至一切
種智亦如是無量者亦不但以空譬喻爲異有
法雖大無必無量是故不得以空爲喻如須菩提
須彌山於諸山中雖大而有量所謂八万四千由旬無邊
者以五衆廣無量故言無邊亦以五衆有邊則有始
則有言終即是無因無緣論斷滅邪種種過故復次
五衆三世中求不可得故言無邊緣無邊者所謂一
切四緣因緣生一切有爲法次第緣過去現在心心數法
緣緣增上緣一切法是四種緣一切處一切時皆有故說
緣緣無邊故般若波羅蜜無邊復次緣無邊者
四緣法皆誑無實畢竟空故無邊復次緣如法
性實際無邊故般若波羅蜜無邊如法性實際是
自然無爲相無量無邊五衆無邊是觀力故隨作無

七〇　大智度論殘卷　北涼　安弘嵩（之六）

邊復次衆生无邊者以衆生多故无量阿僧祇三世
十方衆生无人能知數故言无邊復次是中說衆生
空故言无邊但假爲作名亦无所趣者以衆生无有
定法可趣向故如是定有所趣而衆生名无實衆生
可趣於汝意云何般若波羅蜜中頗說實有衆生
不也大德若衆生實无云何有邊譬如諸佛是一切
實語人中第一於无量恒河沙劫壽說衆生名字
是衆生法不以說故有生有滅何況餘人顛倒
誑少時說生我心故當有衆生是衆生不以入般若
波羅蜜故求言无從本已來常淸淨淸无所有无
業戲論滅故是以說衆生无邊故般若波羅蜜
无邊問曰无邊中何以故廣說而大及无量何以略
說答曰以衆生因緣故一切凡夫起諸煩惱發五衆
中作諸業行難破故是以廣說若破衆生相餘一切
易破

弓第五十五　第廿八品

法師慧融經比丘安和壽寫

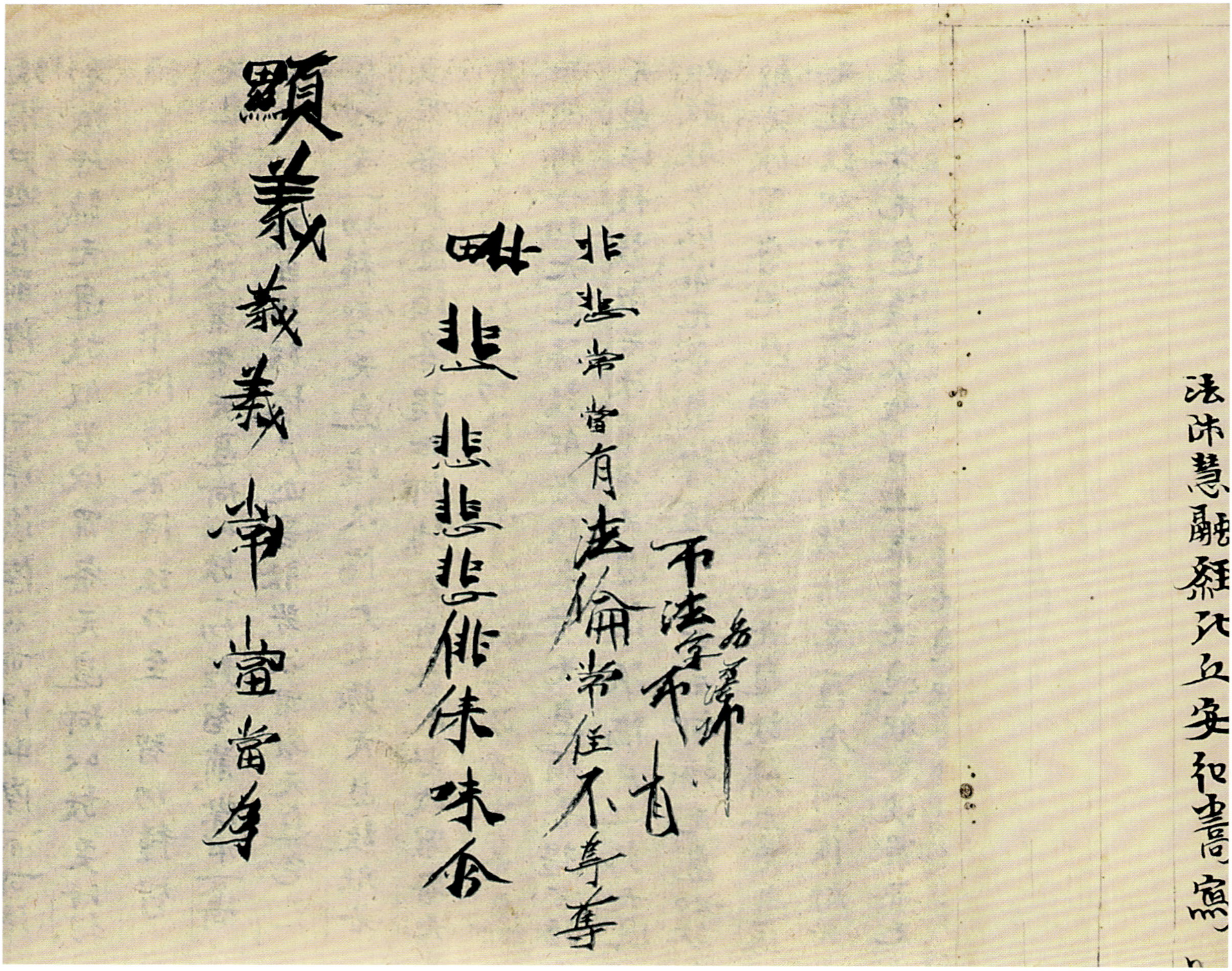

七〇　大智度論殘卷　北涼　安弘嵩　（之七）

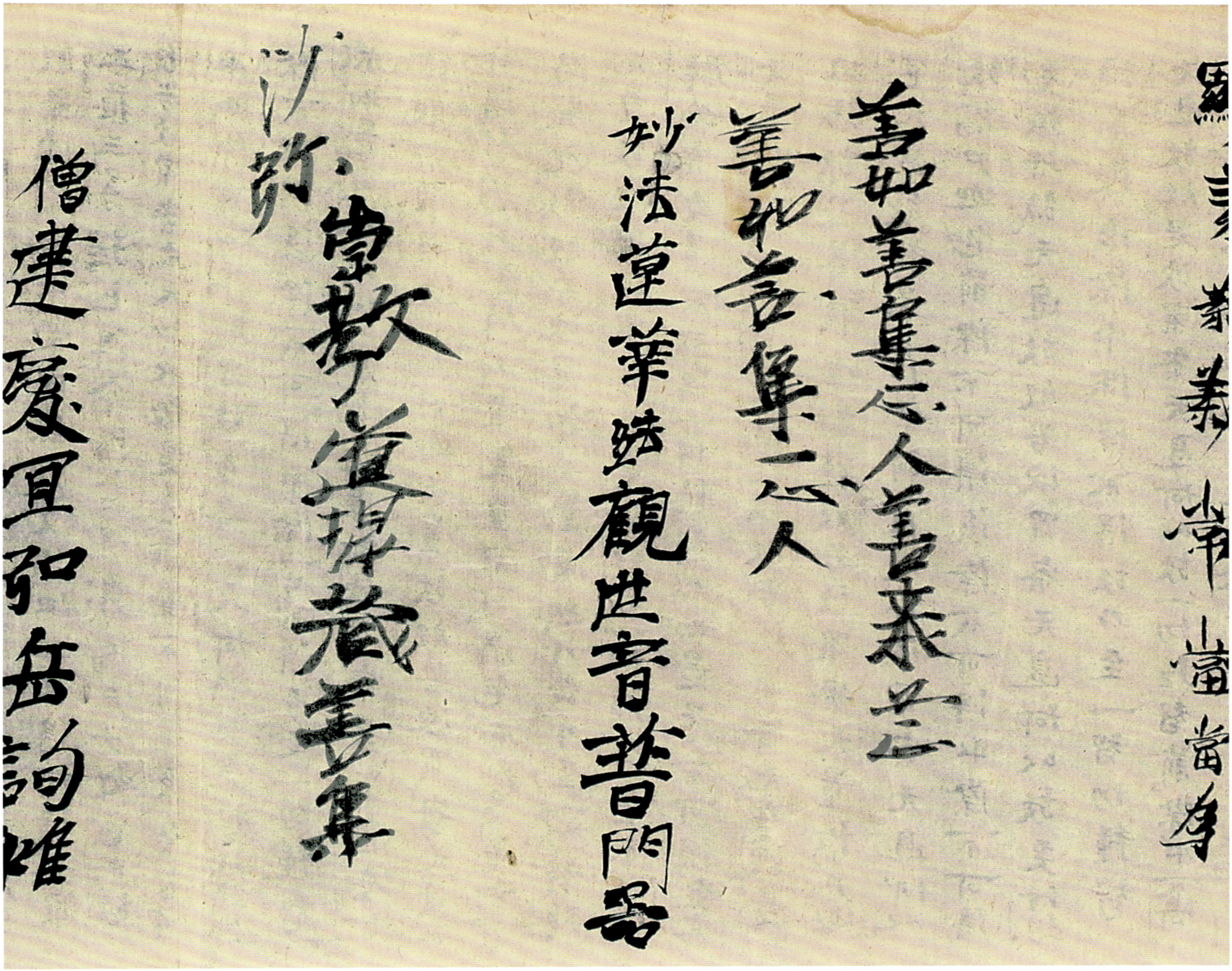

黙義義義常當當尊

善知善集心人善来芸

善知善集一心人

妙法蓮華経観世音普門品

沙門学敬道場蔵善集

僧蓮慶宜弘岳詢唯

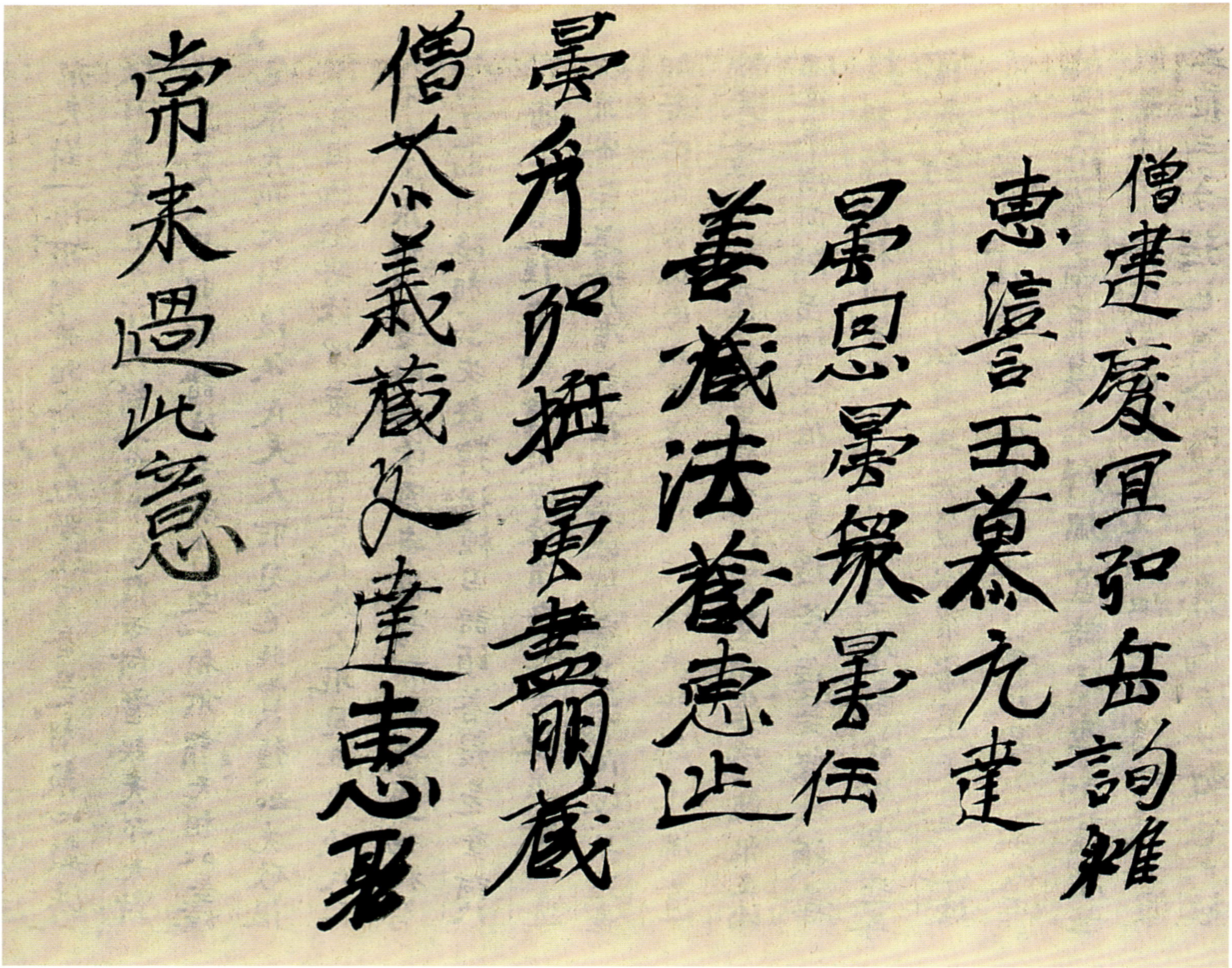

七〇　大智度論殘卷　北涼　安弘嵩（之八）

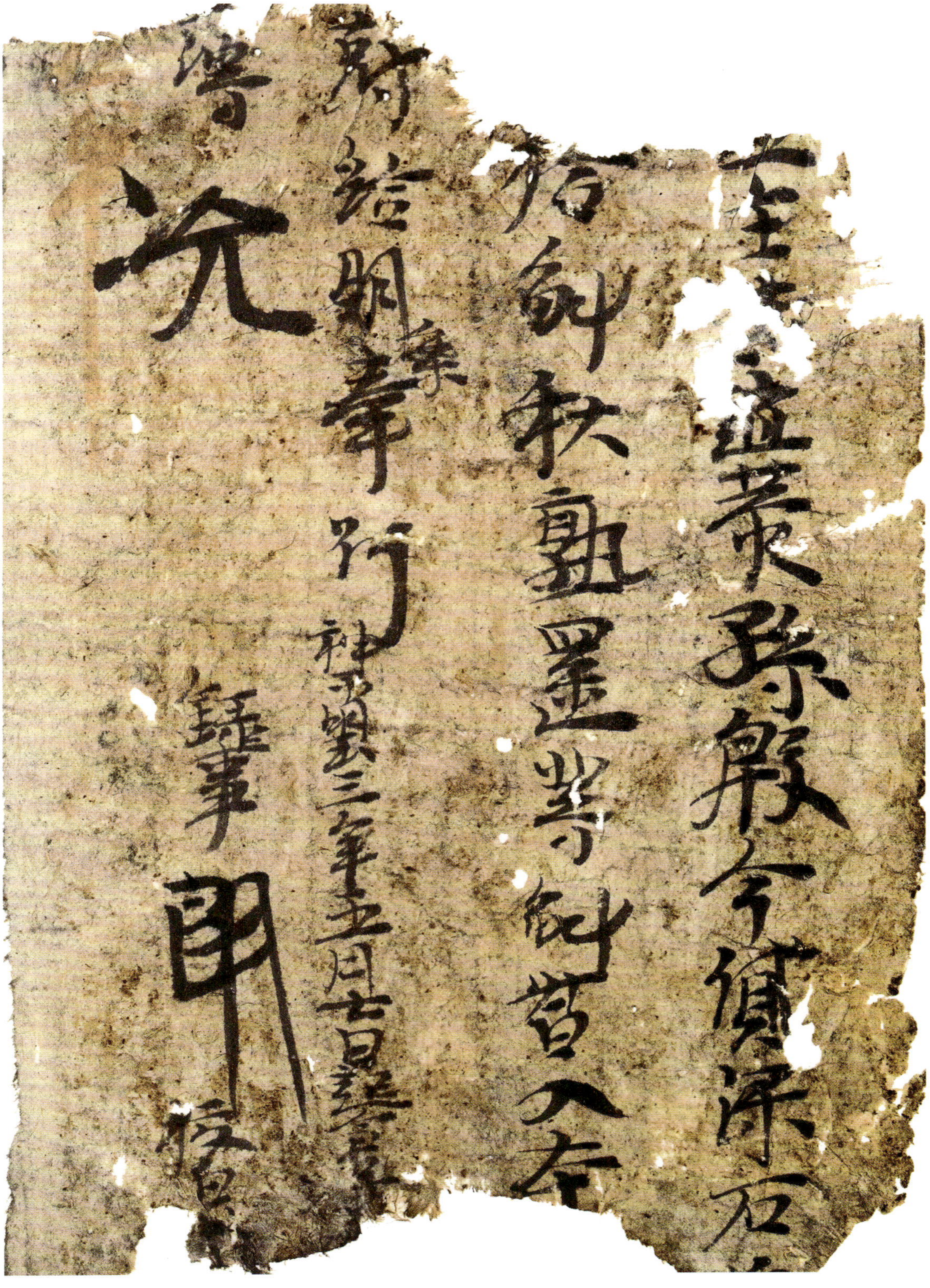

七一　倉曹貸糧文書殘紙　北涼

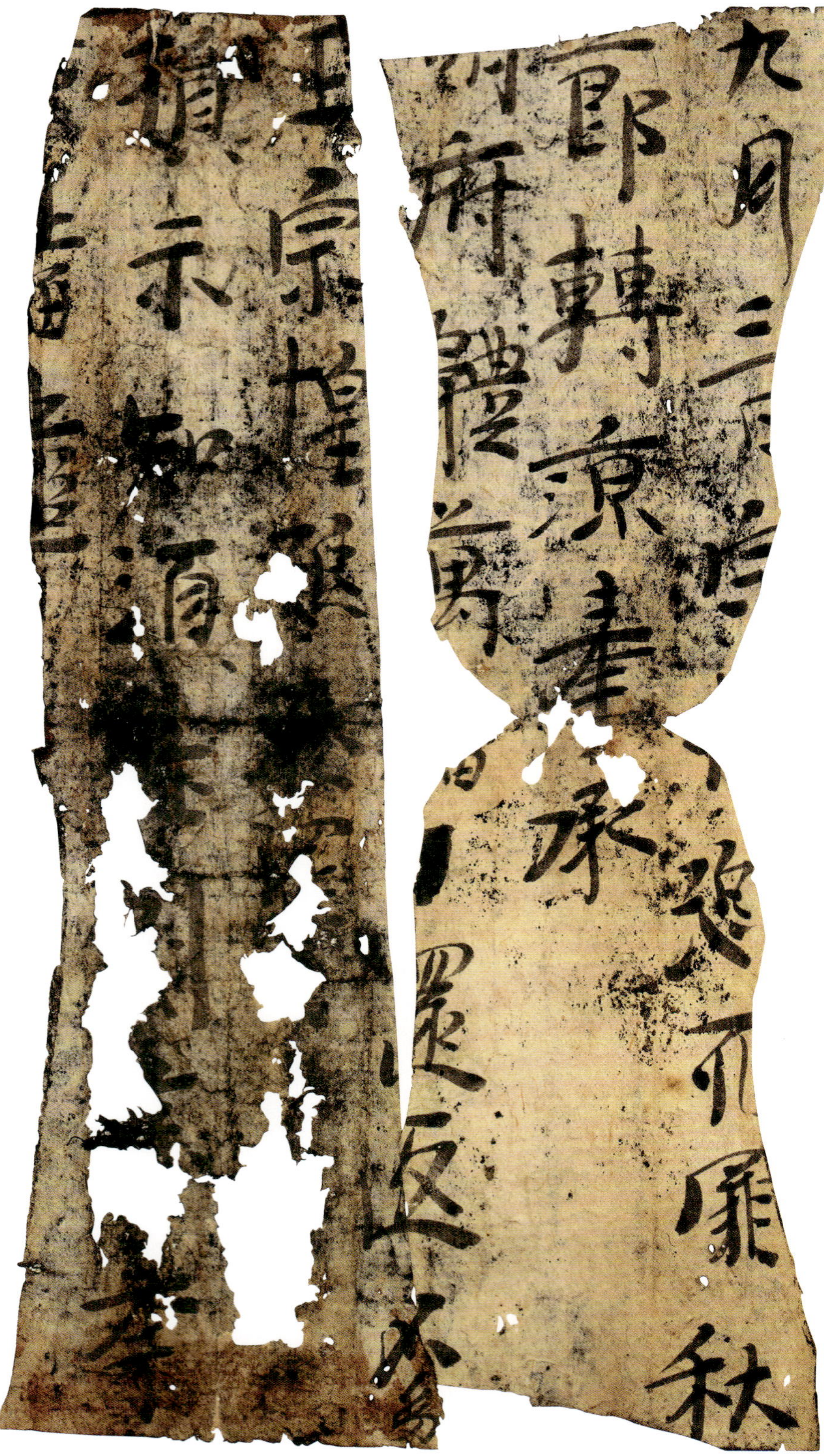

七二　王宗上太守啟　前涼

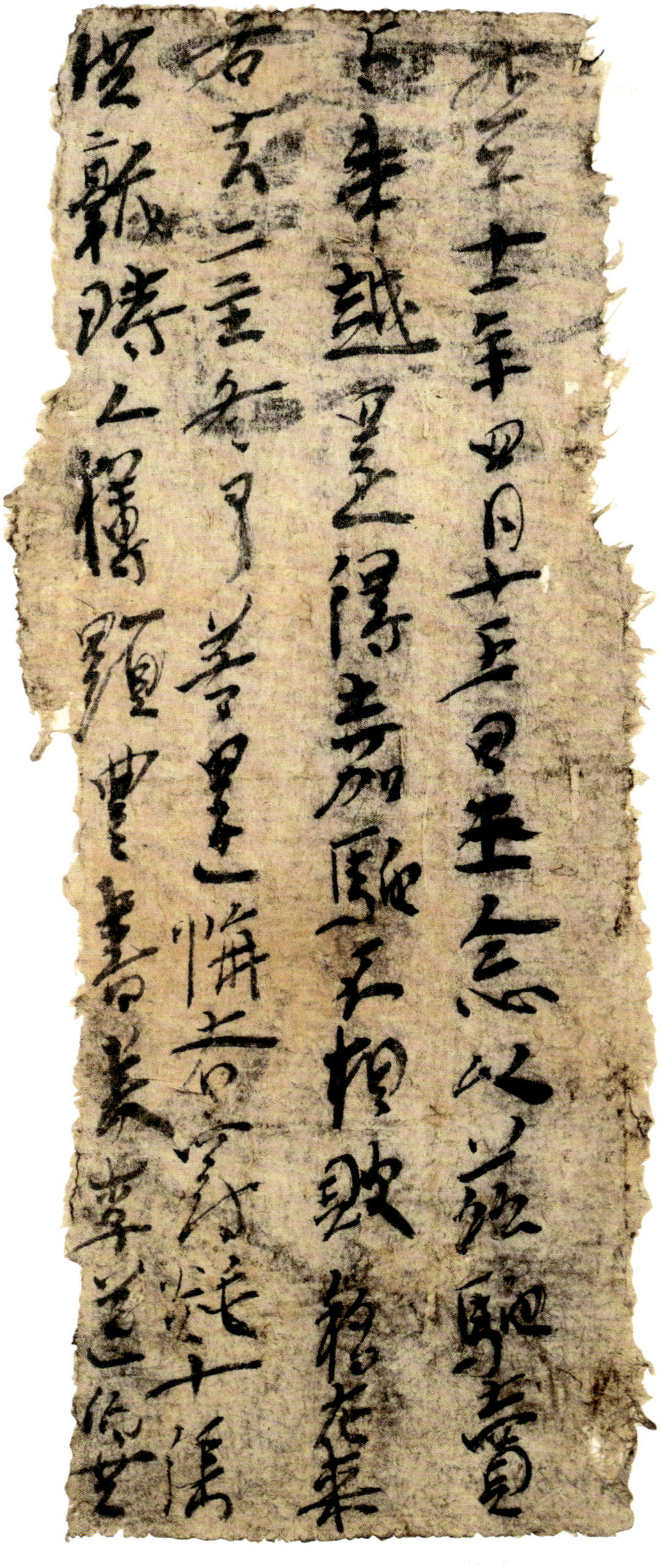

七三　王念賣駝卷殘紙　前涼

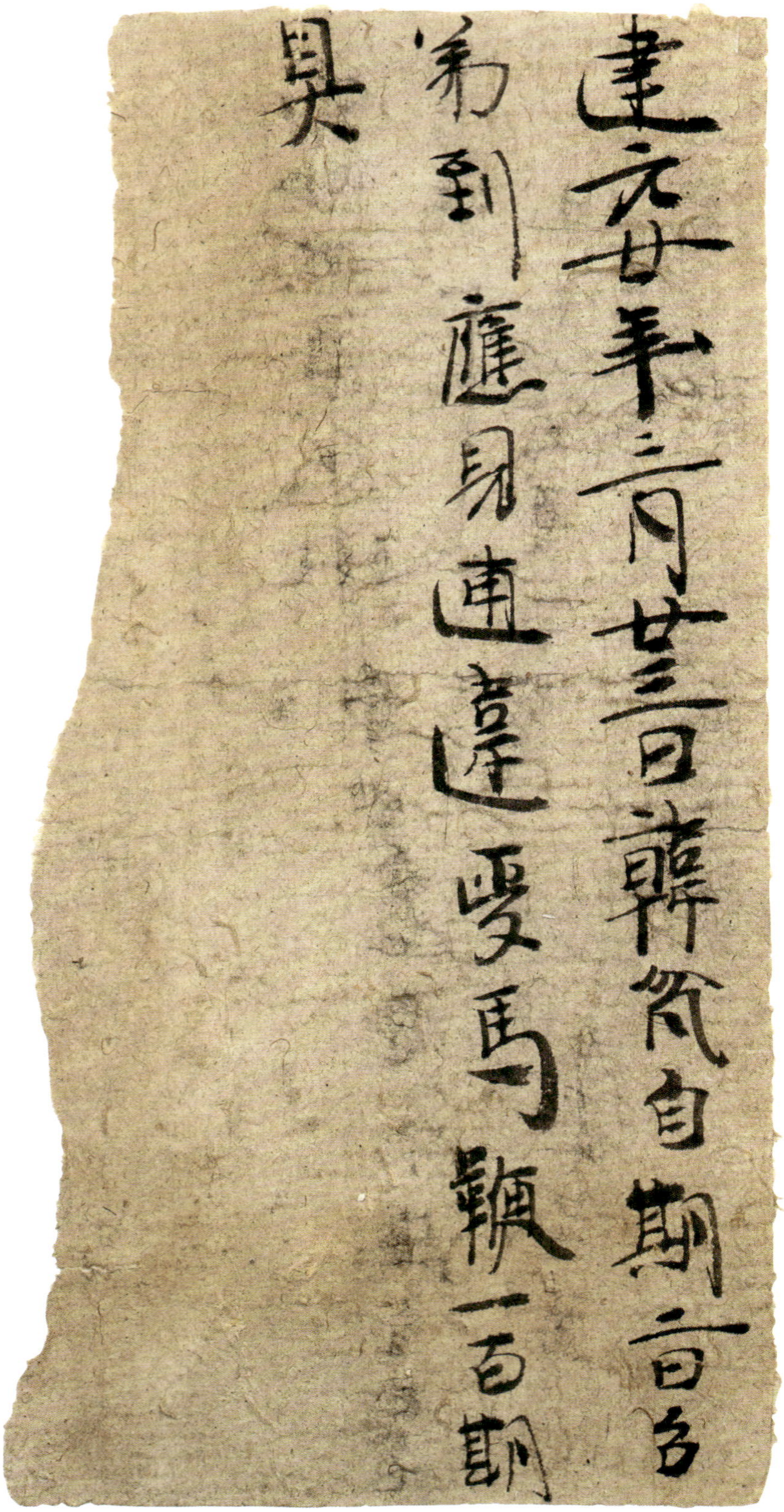
建元二年三月廿三日韓𤸃自期召
弟到應時速還要馬頓一百斛
具

七四　韓𤸃自期殘紙　前秦

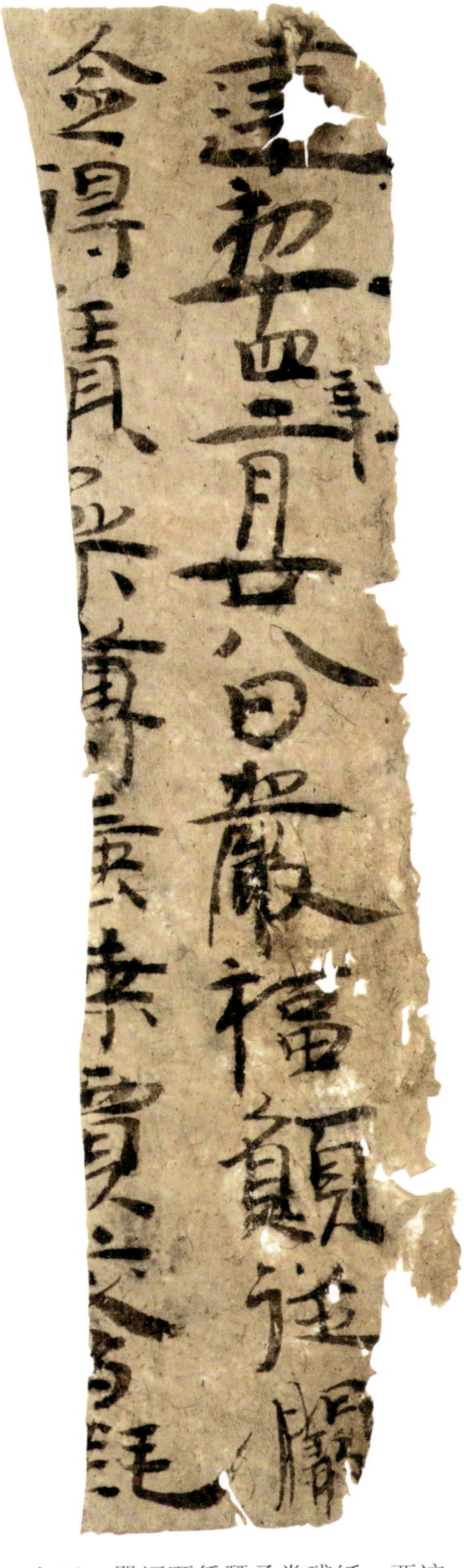

七五　嚴福願賃蠶桑券殘紙　西涼

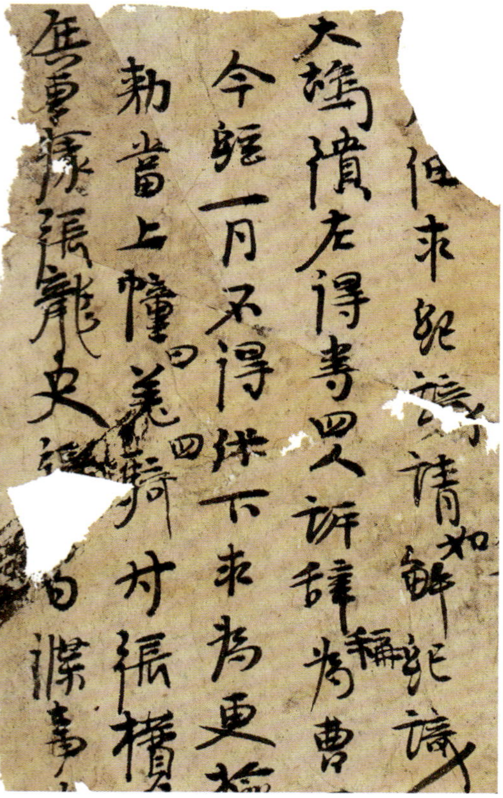

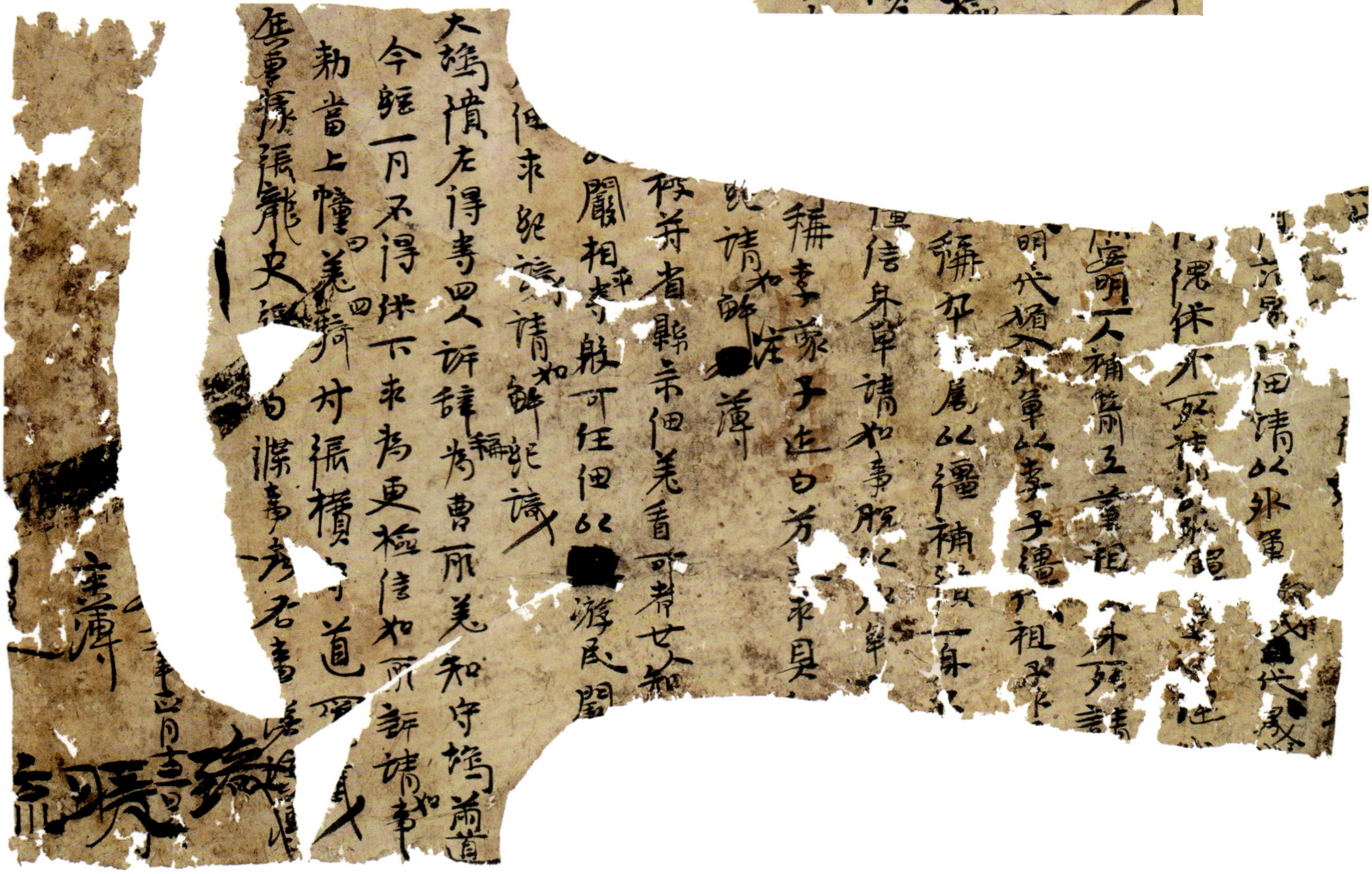

七六　兵曹牒為補代差佃守代事殘紙　北涼

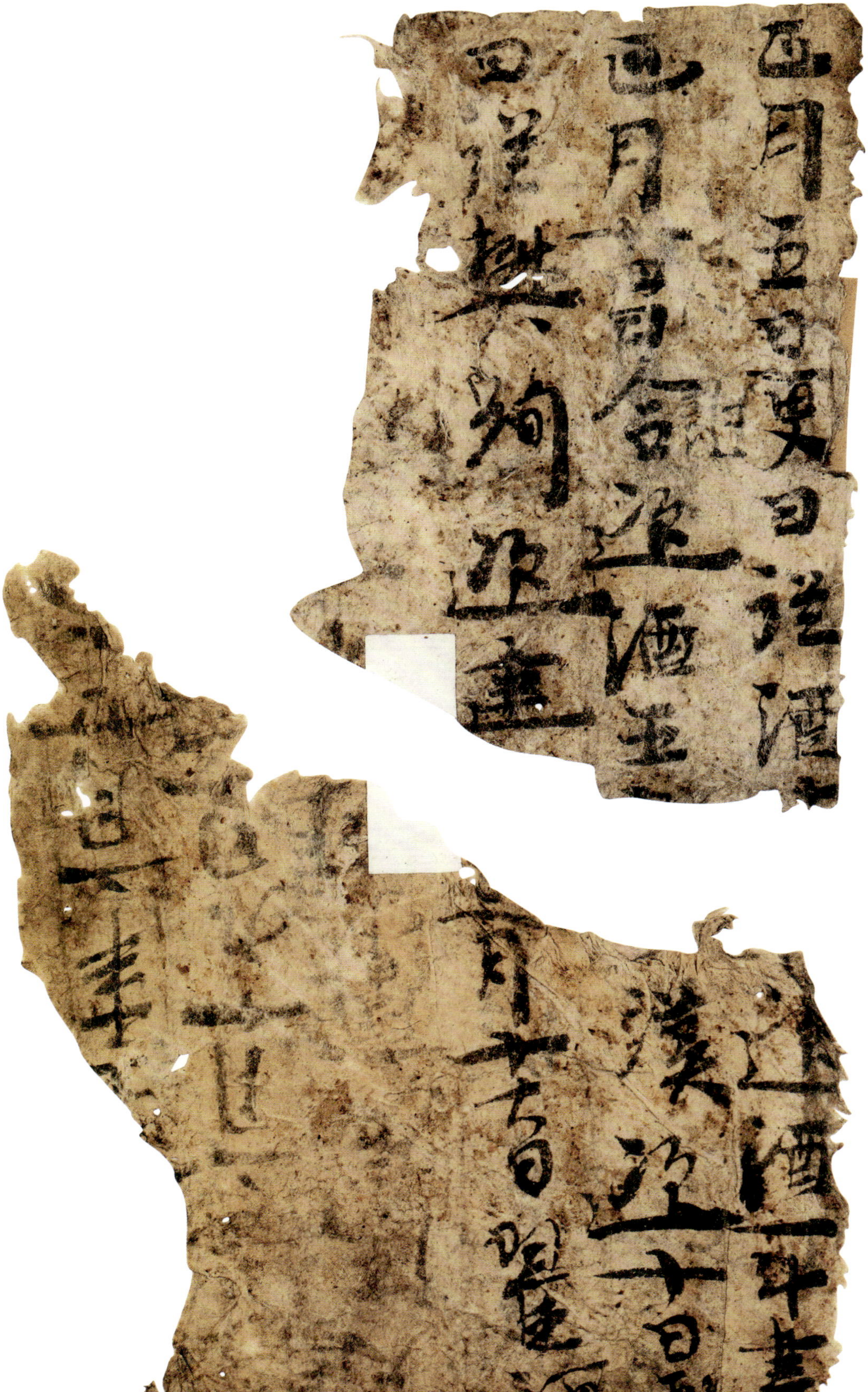

七七　文書殘紙　北涼

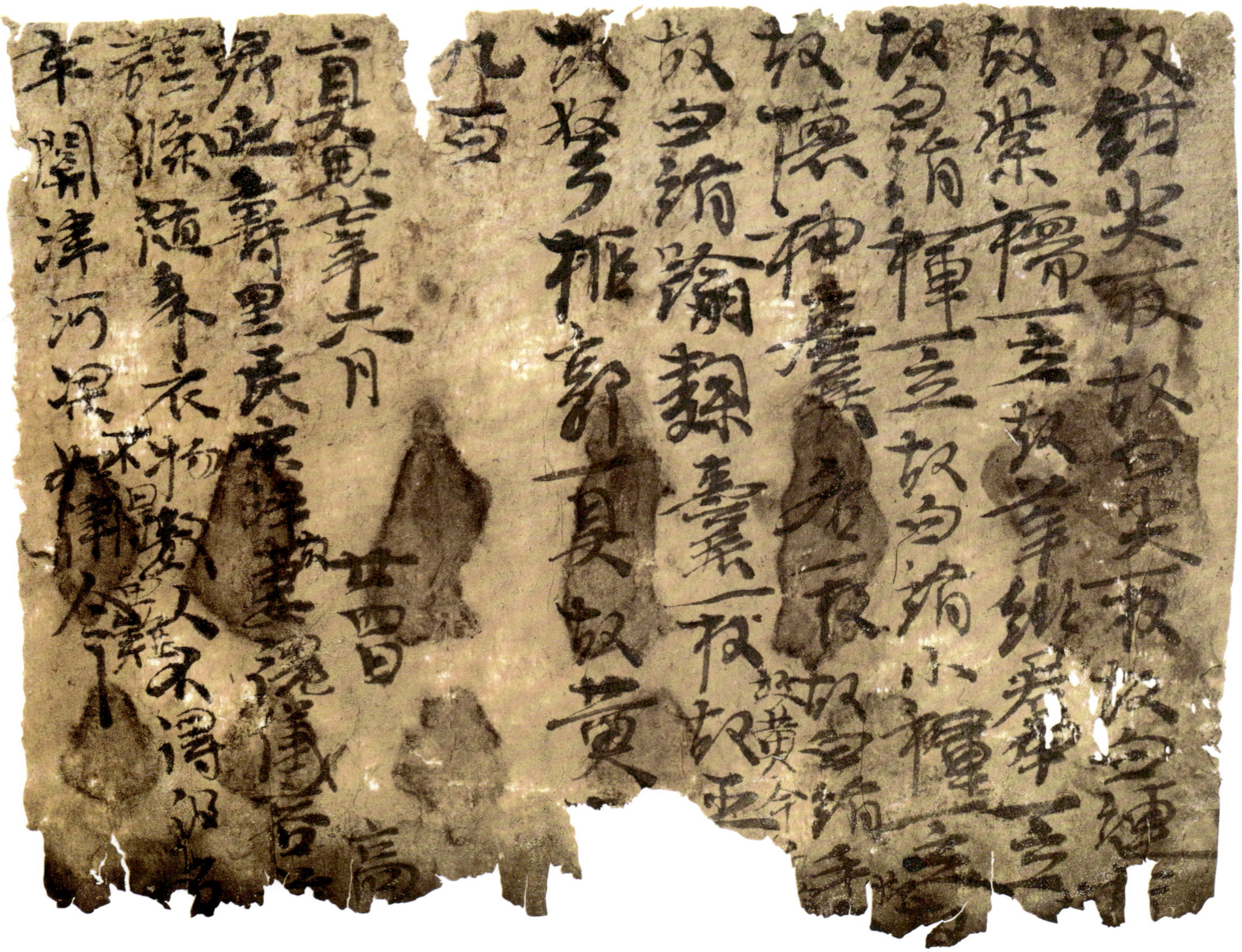

七八　隨葬衣物疏殘紙　北涼

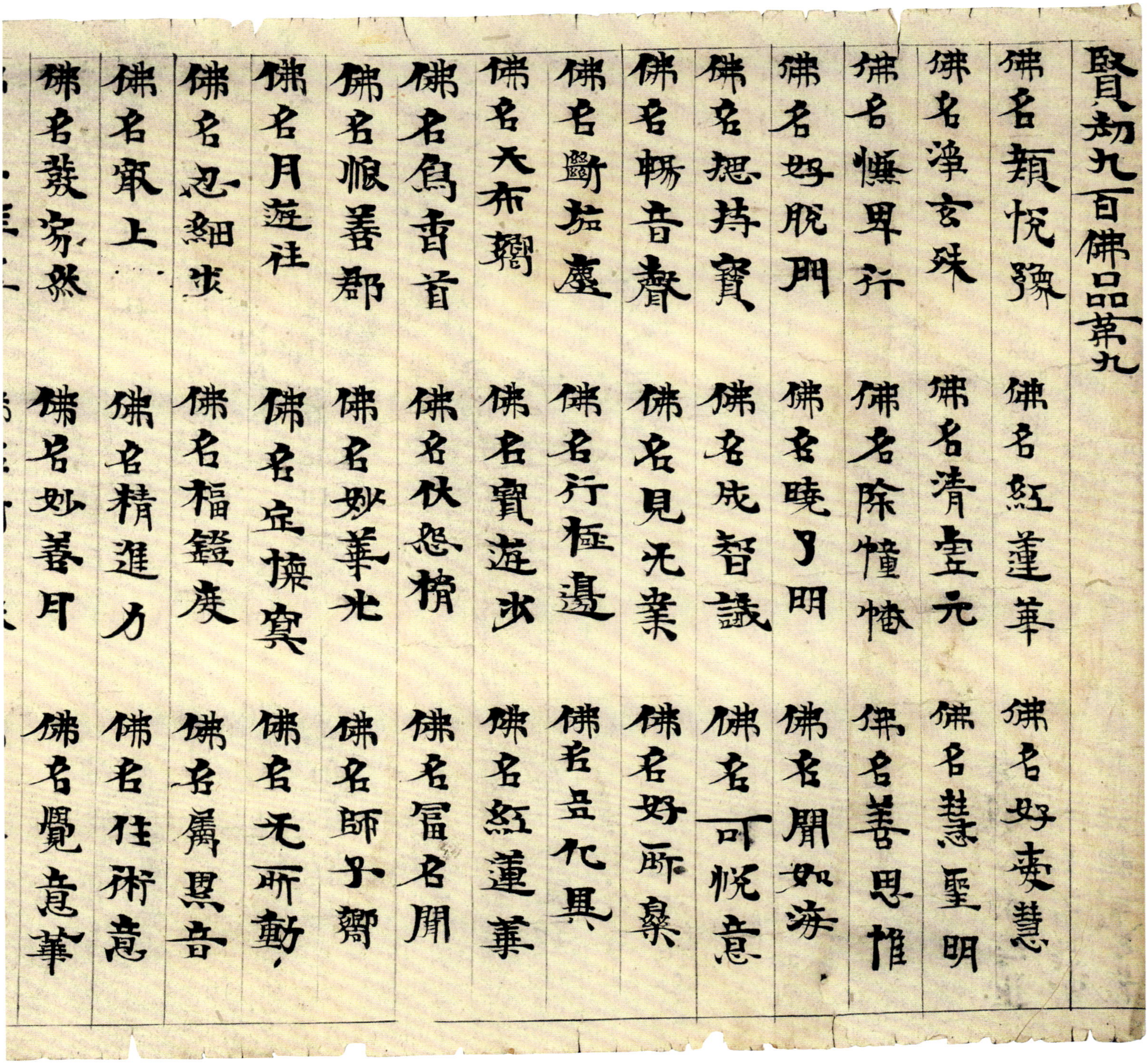

賢劫九百佛品第九

佛名類悅豫 佛名紅蓮華 佛名好愛慧

佛名淨玄殊 佛名清靈元 佛名慧聖明

佛名懈畢行 佛名除幢幡 佛名善思惟

佛名好脫門 佛名曉了明 佛名開如海

佛名總持寶 佛名施智議 佛名可悅意

佛名暢音聲 佛名見无業 佛名好所梟

佛名斷垢塵 佛名行極邊 佛名岳化異

佛名天布響 佛名寶遊步 佛名紅蓮華

佛名烏香首 佛名伏怨樹 佛名冨名聞

佛名根善郡 佛名妙華光 佛名師子響

佛名月遊往 佛名定懷寘 佛名无所動

佛名忍細步 佛名福鎧度 佛名屬異音

佛名軍上 佛名精進力 佛名住術意

佛名發家然 佛名妙善月 佛名覺意華

七九　賢劫九百佛品第九、第十　北涼（之一）

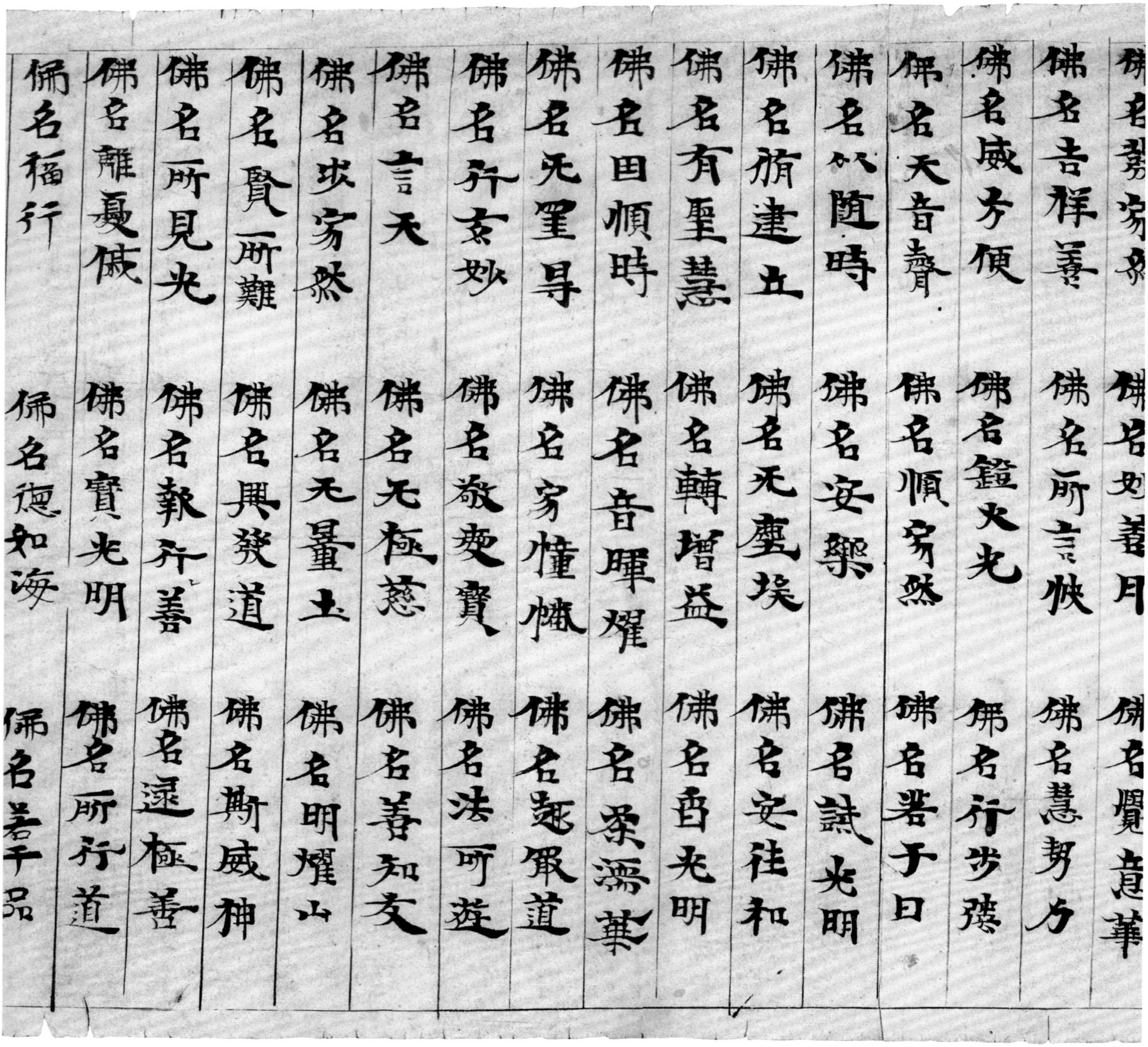

佛名勢家然
佛名妙善月
佛名覺意華
佛名吉祥善
佛名所言快
佛名慧勢力
佛名威方便
佛名鎧火光
佛名行步強
佛名天音聲
佛名順家然
佛名若干日
佛名以隨時
佛名安樂
佛名誠光明
佛名循建立
佛名無塵埃
佛名安住和
佛名有聖慧
佛名轉增益
佛名香光明
佛名田順時
佛名音暉耀
佛名柔濡華
佛名無罣㝵
佛名家幢幟
佛名超衆道
佛名行玄妙
佛名敬變寶
佛名法可遊
佛名言天
佛名無極慈
佛名善知友
佛名步家然
佛名無量土
佛名明耀山
佛名賢一所難
佛名興發道
佛名斯威神
佛名所見光
佛名執行善
佛名遠極善
佛名離憂戚
佛名寶光明
佛名所行道
佛名福行
佛名德知海
佛名若干品

七九　賢劫九百佛品第九、第十　北涼（之二）

佛名福行　佛名德知海　佛名善千品
佛名除伏魔　佛名除闇非　佛名形宿山
佛名入外學　佛名无懷意　佛名能思遠
佛名因形成　佛名形重飾　佛名斯嚴敬
佛名道幢幡　佛名聖慧鷗　佛名須渏
佛名斯梵天

賢劫千佛品第十

佛名梟慧　佛名神足無　佛名勝拒地
佛名形執持　佛名供悟　佛名月宮
佛名加益華　佛名醫形施　佛名特精明
佛名福形衰　佛名好梟力　佛名善音說
佛名法貴　佛名梵天鷗　佛名甚快善
佛名无缺漏　佛名覺與子　佛名大弘廣
佛名闇闇稱　佛名無妙意　佛名暢神音
佛名歸音樹　佛名棄愚癡　佛名降甘露
佛名仁善月　佛名[illegible]　佛名宣名稱

佛名歸音樹　佛名棄愚癡　佛名降甘露
佛名仁善月　佛名離无限　佛名宣名稱
佛名應性行　佛名供養度　佛名懐憂
佛名處梟受　佛名戩俗志　佛名梟形趣
佛名歸形行　佛名破衆業　佛名清蓮華
佛名調華　佛名水无底　佛名宣辯才
佛名光耀　佛名斷退致　佛名有功勳
佛御名精進　佛名无境域　佛名冢上行
佛名習好梟　佛名功德意　佛名亘明耀
佛名德无限　佛名集威神　佛名師子步
佛名妙无動　佛名行晃耀　佛名龍音響
佛名執持輪　佛名尊勢象　佛名梟衰世
佛名法音　佛名梟无底　佛名〻稱
佛名雨幢　佛名雨德行　佛名美好書
佛名空靈　佛名音響徹　佛名天乘王

七九　賢劫九百佛品第九、第十　北涼（之三）

佛名雨幢　佛名雨德行　佛名美好香
佛名雲雷　佛名音聲嚴　佛名天帝王
佛名弘明珠　佛名善寂業　佛名鐙火光
佛名斷相王　佛名開分淨　佛名主安隱
佛名師子意　佛名瑠寶名　佛名建立義
佛名建衣現　佛名形有華　佛名眉間光
佛名无邊際　佛名辯才王　佛名隣伴慧
佛名由自在　佛名師嚴　佛名晃昱
佛名德鐙炎　佛名月暉耀　佛名无形愁
佛名郡土地　佛名心覺解　佛名殊勝法
佛名安光教　佛名應美香　佛名甚有力
佛名智慧華　佛名其香強　佛名慎安隱
佛名行分然　佛名人師子　佛名有稱
佛名樓油

神璽三年太歲在己亥正月廿日道人寶賢於高昌寫此千
名佛願使衆生亡敬奉侍形生之處歷奉千佛

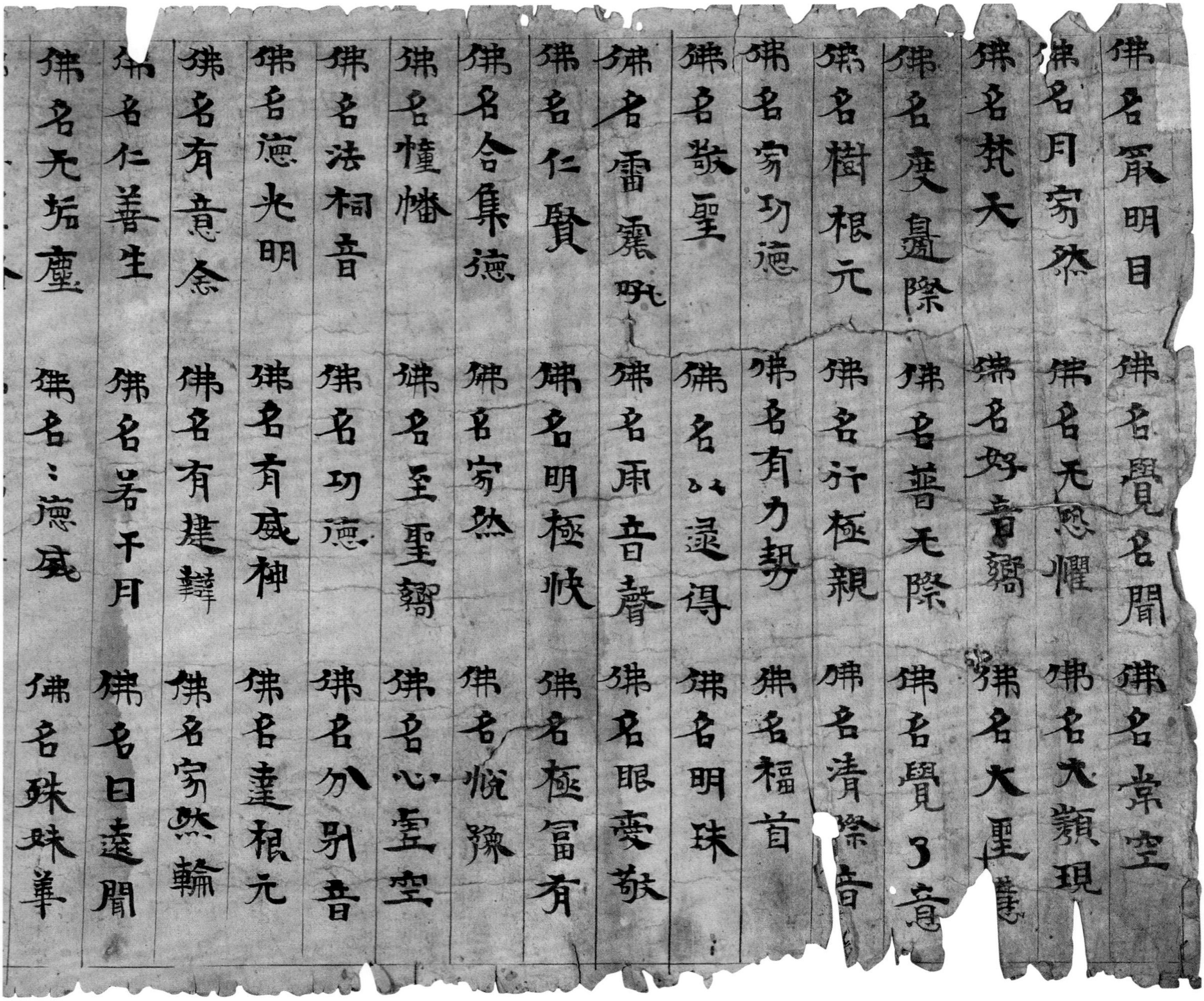

佛名嚴明目　佛名覺名聞　佛名常空
佛名月寂然　佛名无恐懼　佛名大顯現
佛名梵天　佛名妙音響　佛名大聖慧
佛名度邊際　佛名善无際　佛名覺了意
佛名樹根元　佛名行極親　佛名清淨音
佛名寂功德　佛名有力勢　佛名福首
佛名敬聖　佛名以逮得　佛名明珠
佛名雷震吼　佛名雨音聲　佛名眼變敬
佛名仁賢　佛名明極快　佛名極富有
佛名合集德　佛名寂然　佛名悅豫
佛名幢幡　佛名至聖響　佛名心寂空
佛名法桐音　佛名功德　佛名分別音
佛名德光明　佛名有威神　佛名達根元
佛名有意念　佛名有建韓　佛名寂然輪
佛名仁善生　佛名若干月　佛名日遠聞
佛名无垢塵　佛名德德威　佛名殊妹華

八〇　千佛名經卷　北涼

佛名德重幡　佛名郁鞞士　佛名好珎寶月
佛名懷悅豫　佛名愛敬月　佛名无辛憂
佛名師子力　佛名自在王　佛名悅无量
佛名平等業　佛名无瞋恚　佛名滅垢穢
佛名斑宣宜　佛名慧无愚　佛名玄妙
佛名仁賢　佛名應住　佛名慧家
佛名言談帝　佛名大天　佛名有深意
佛名行无量　佛名有法力　佛名至供養
佛名華光明　佛名李三世　佛名閑靜供
佛名日耀藏　佛名天奉事　佛名幢幡
佛名有解脫　佛名至誠願　佛名演甘露
佛名極殊異　佛名堅雄心　佛名真珎寶
佛名光明品　佛名遊玄妙　佛名言辭淨
佛名振光明　佛名積功德　佛名演光耀
佛名无損首　佛名師子步　佛名超出難
佛名布施華

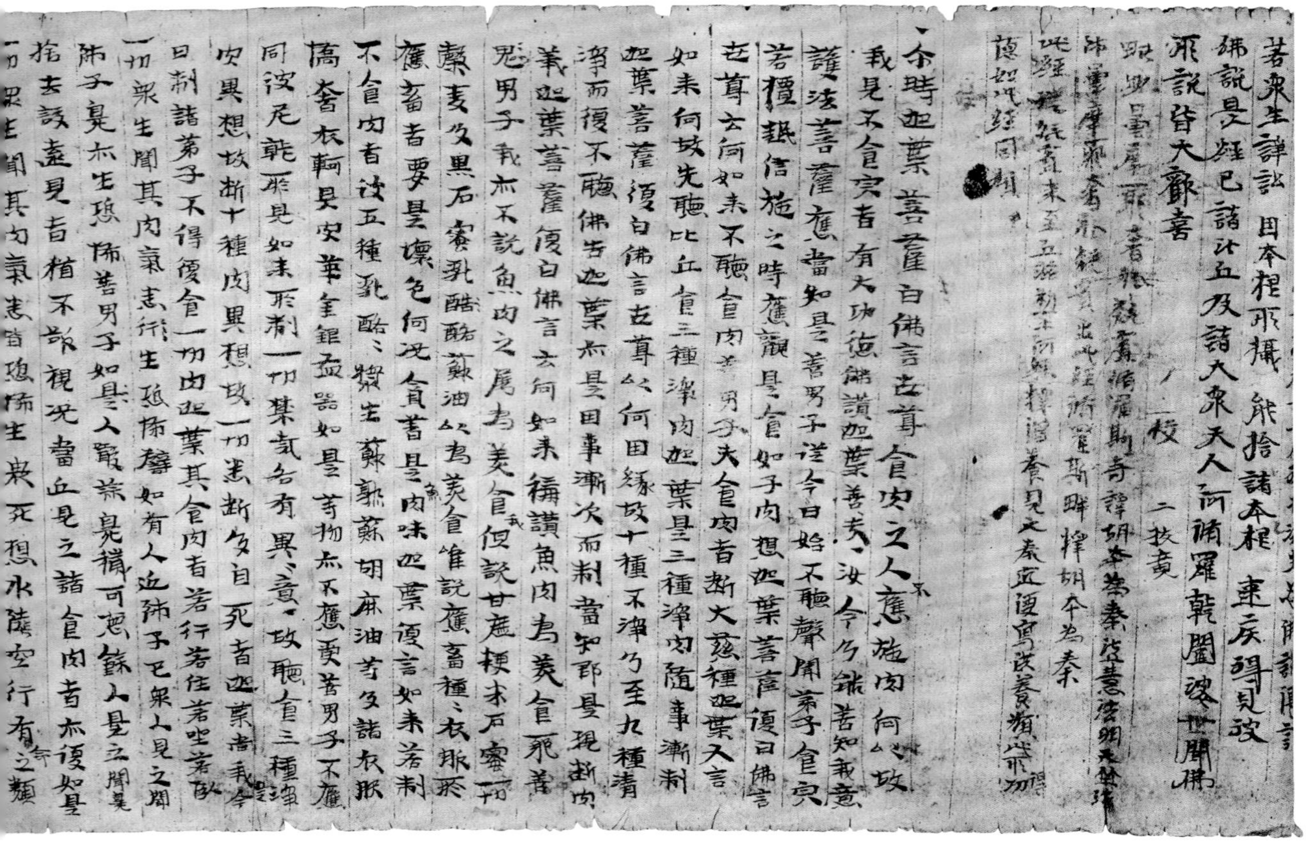

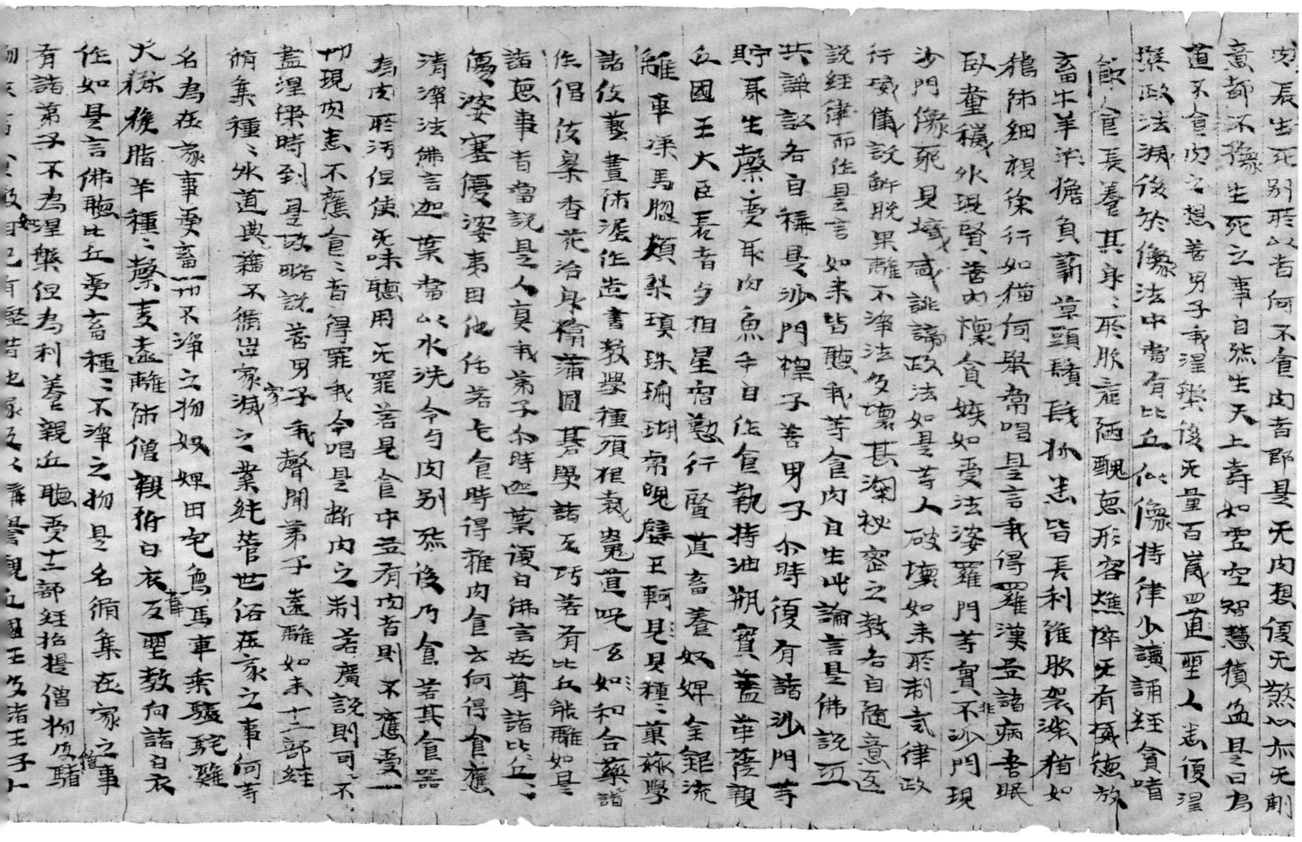

八一　秀才對策文　西涼

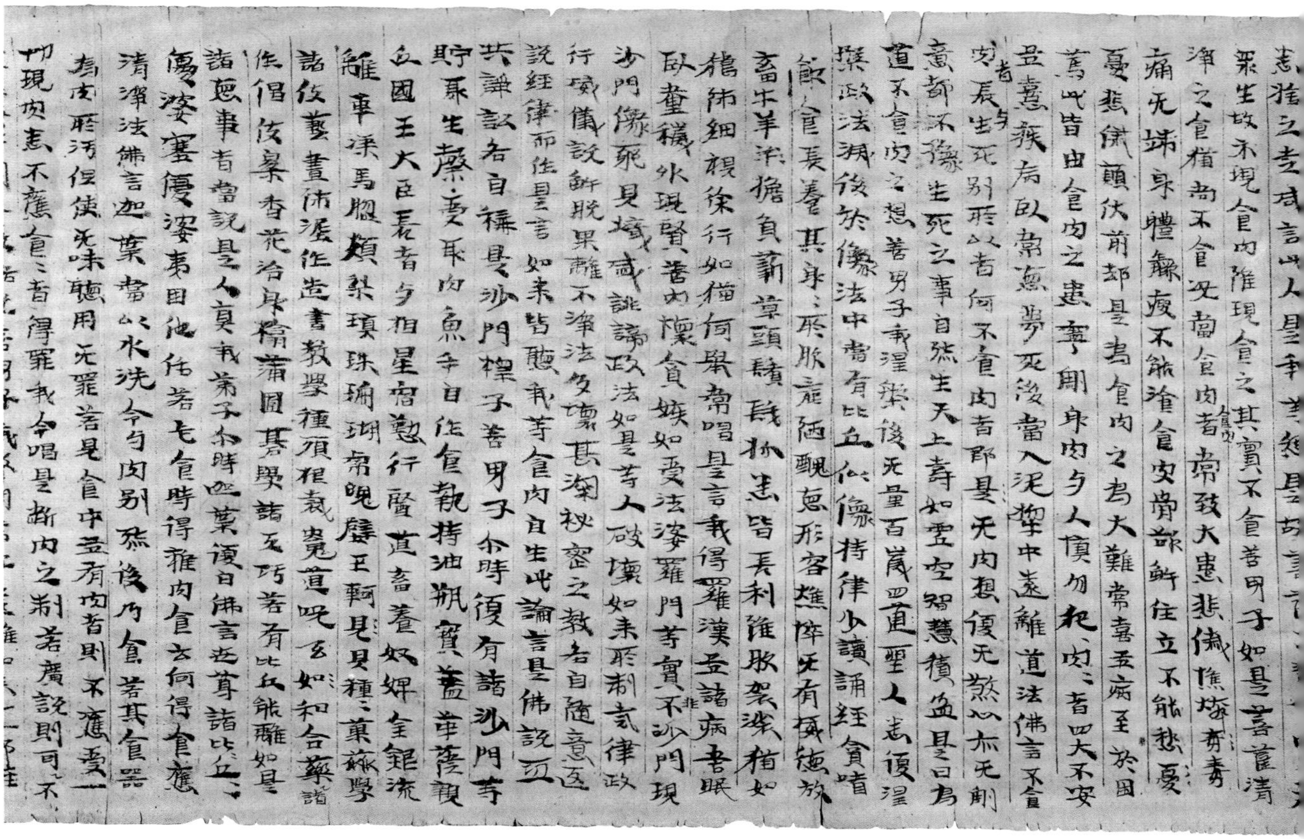

志猶之喜或言此人是乎善然是故善言[illegible]
衆生故不現食肉雖現食之其實不食善男子如是菩薩清
淨之食猶尚不食況當食肉者常致大患悲儀憔悴齊毒
痛無跡身體羸瘦不能進食安常臥牀住立不能愁憂
憂悲儀頭伏前却是為食肉之為大難常喜無病至於因
為此皆由食肉之患事則身肉與人俱朽肉肉者四大不安
豈憙疾病臥常惡夢死後當入泥犂中遠離道法佛言不食
肉者長生死別所以者何不食肉者即是無肉想復無慾心亦無刹
意部不豫生死之事自然生天上壽如虛空智慧積益是曰為
道不食肉之想善男子我涅槃後無量百歲四道聖人悉復涅
槃正法滅後於像法中當有比丘似像持律少讀誦經貪嗜
飲食長養其身身所服麁陋醜惡形容憔悴無有威德放
畜牛羊擔負薪草頭鬚髮爪悉皆長利雖服袈裟猶如
獵師細視徐行如貓伺鼠常唱是言我得羅漢多諸病苦眠
臥糞穢外現賢善內懷貪嫉如受瘂法婆羅門等實非沙門現
沙門像邪見熾盛誹謗正法如是等人破壞如來所制戒律正
行威儀說解脫果離不淨法多壞甚深祕密之教各自隨意反
說經律而作是言如來皆聽我等食肉自生此論言是佛說互
共諍訟各自稱是沙門釋子善男子爾時復有諸沙門等
貯聚生穀受取肉魚手自作食執持油瓶寶蓋革屣親
近國王大臣長者占相星宿勤行醫道畜養奴婢金銀流
離車渠馬瑙頗梨真珠珊瑚虎珀璧玉珂貝種種菓蓏學
諸伎藝畫師泥作造書教學種殖根栽蠱道呪幻和合藥諸
作倡伎樂香花治身樗蒱圍碁學諸工巧若有比丘能離如是
諸惡事者當說是人真我弟子爾時迦葉復白佛言世尊諸比丘比丘
優婆塞優婆夷因他而活若乞食時得雜肉食云何得食應
清淨法佛言迦葉當以水洗令與肉別然後乃食若其食器
為肉所污但使無味聽用無罪若見食中多有肉者則不應受一
切現肉悉不應食食者得罪我今唱是斷肉之制若廣說則不可

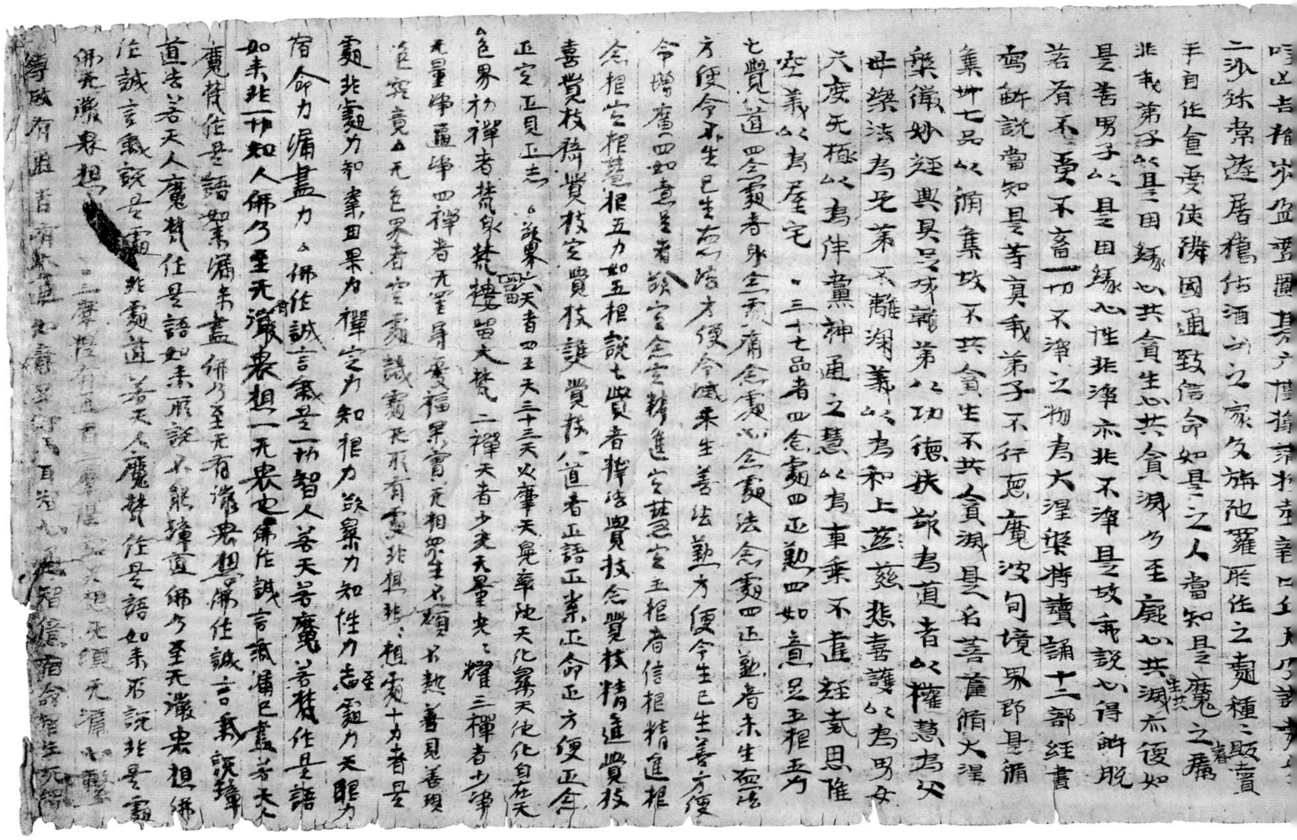

唯以吉祥步盆靈圖其方博猶菩提善心王[illegible]
二沙弥常遊居穢估酒之家多旃陀羅所住之處種種販賣
手自作食受使隣國通致信命如是之人當知是魔之眷屬
非我弟子然是因緣心共貪生心共貪滅乃至癡心共滅亦復如
是善男子以是因緣心性非淨亦非不淨是故我說心得解脫
若有不受不畜一切不淨之物為大涅槃持讀誦十二部經書
寫解說當知是等真我弟子不行惡魔波旬境界即是循
集卅七品以循集故不共貪生不共貪滅是名菩薩循大涅
槃微妙經典具足戒第以功德莊嚴為道者以權慧為父
母樂法為宅第不離涅槃以為和上慈悲喜護以為男女
六度無極以為伴黨神通之慧以為車乘不盡經戒思惟
空義以為屋宅 ·三十七品者四念處四正勤四如意足五根五力
七覺八道 四念處者身念處痛念處心念處法念處四正勤者未生惡法
令增方便令不生已生惡法方便令滅未生善法勤方便令生已生善方便
令增廣 四如意足者[illegible] 五根者信根精進根
念根定根慧根五力如五根說七覺者擇法覺枝精進覺枝
喜覺枝猗覺枝定覺枝護覺枝念覺枝八道者正語正業正命正方便正念
正定正見正志 ·六欲界六天者四王天三十三天炎摩天兜率陀天化樂天他化自在天
·色界初禪者梵衆梵輔梵大梵 二禪天者少光無量光光音 三禪者少淨
無量淨遍淨 四禪者無量身受福果實無想衆生不煩不熱善見善現
色究竟 ·無色界者空處識處無所有處非想非非想處 十力者是
處非處力知業因果力禪定力知根力欲樂力知性力至處道力天眼力
宿命力漏盡力 ·佛作誠言我是一切智人若天若魔若梵作是語
如來非一切知人佛乃至無微畏相一無畏也佛作誠言我漏已盡若天人
魔梵作是語業漏未盡佛乃至無有微畏相佛作誠言我說障
道法若天人魔梵作是語如來所說不能障道佛乃至無微畏相佛
作誠言我說是道 非聖道若天人魔梵作是語如來所說非是聖
佛乃至無微畏相
[illegible]

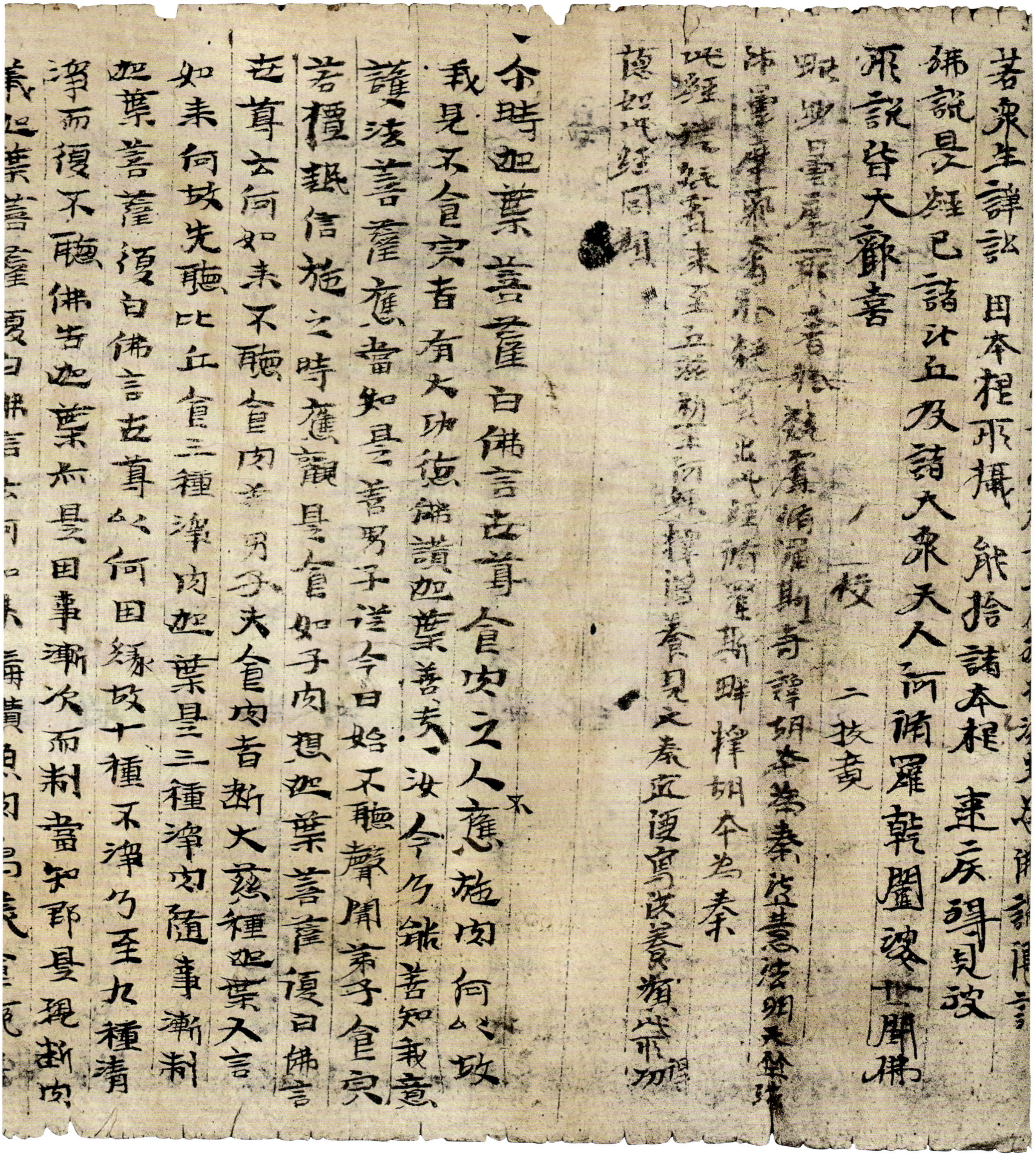

若衆生諍訟　因本根取攝　能捨諸本根　建度得見故
佛說是經已諸比丘及諸大衆天人阿修羅乾闥婆等聞佛
所說皆大歡喜
一校　二校竟

尒時迦葉菩薩白佛言世尊食肉之人應不施肉何以故
我見不食肉者有大功德能讚迦葉菩薩汝今乃能善知我意
護法菩薩應當知是善男子從今日始不聽聲聞弟子食肉
若檀越信施之時應觀是食如子肉想迦葉菩薩復白佛言
世尊云何如來不聽食肉善男子夫食肉者斷大慈種迦葉又言
如來何故先聽比丘食三種淨肉迦葉是三種淨肉隨事漸制
迦葉菩薩復白佛言世尊以何因緣故十種不淨乃至九種清
淨而復不聽佛告迦葉亦是因事漸次而制當知即是現斷肉
義迦葉菩薩復白佛言云何如來稱讚魚肉為美食

八一　秀才對策文　西涼（之一）

義迦葉菩薩復白佛言云何如来稱讚魚肉為美食耶善
男子我亦不說魚肉之屬為美食我但說甘蔗粳米石蜜一切
穀麥及黑石蜜乳酪蘇油以為美食雖說應畜種種衣服所
應畜者要是壞色何況貪著是魚肉味迦葉復言如来若制
不食肉者彼五種味乳酪酪漿生蘇熟蘇胡麻油等及諸衣服
憍奢耶衣珂貝皮革金銀盂器如是等物亦不應受善男子不應
同彼尼乾所見如来所制一切禁戒各有異意異意故聽食三種淨
肉異想故斷十種肉異想故一切悉斷及自死者迦葉我從今
日制諸弟子不得復食一切肉也迦葉其食肉者若行若住若坐若卧
一切眾生聞其肉氣悉生恐怖譬如有人近師子已眾人見之聞
師子臭亦生恐怖善男子如人噉蒜臭穢可惡餘人見之聞臭
捨去設遠見者猶不欲視況當近之諸食肉者亦復如是
一切眾生聞其肉氣悉皆恐怖生畏死想水陸空行有命之類
悉捨之走咸言此人是我等怨是故菩薩不習食肉為度
眾生示現食肉雖現食之其實不食善男子如是菩薩清
淨之食猶尚不食況當食肉者常致大患悲儀憔悴奇壽

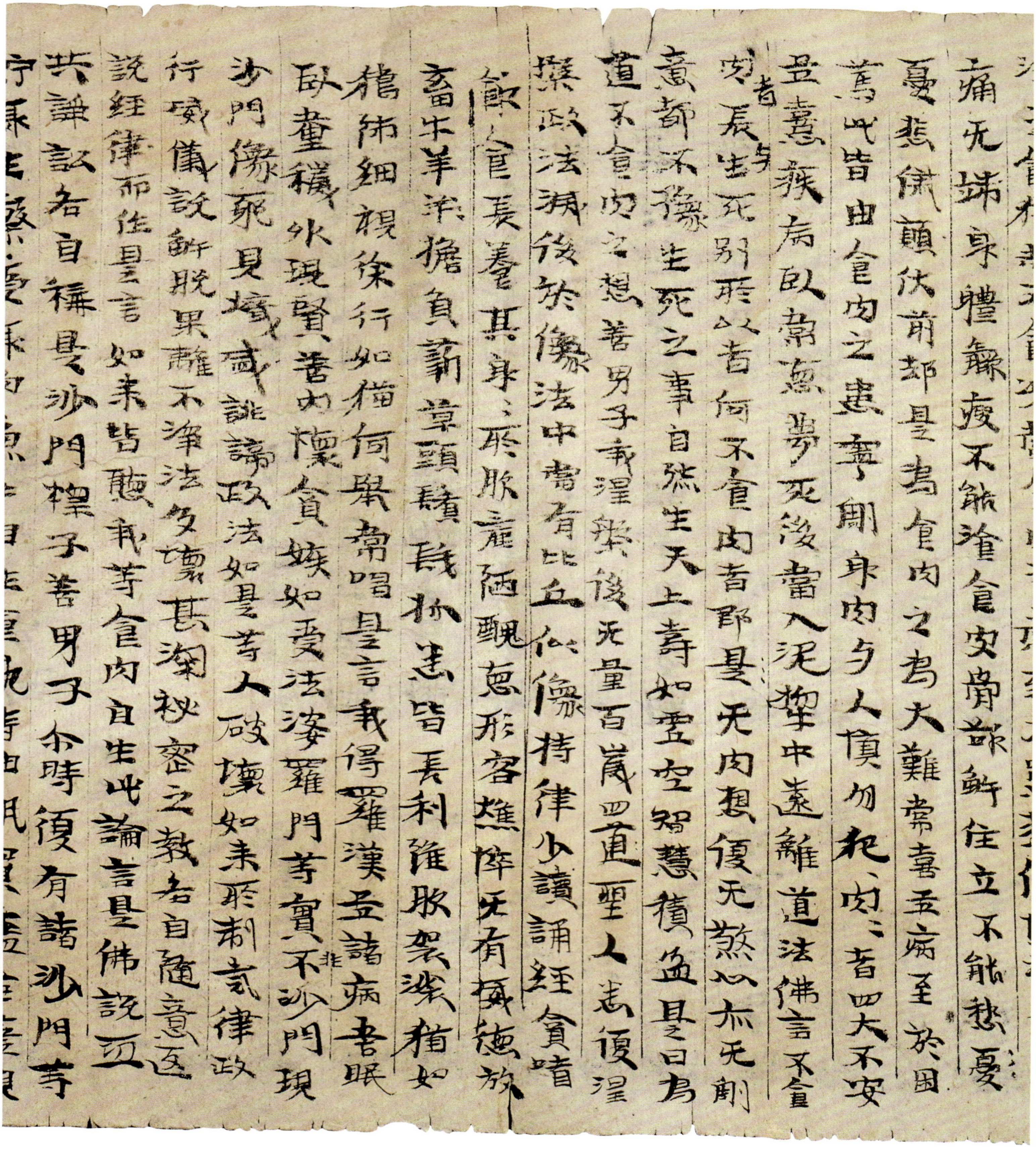
痛无跡身體羸瘦不能飡食安骨節新住立不能愁憂
憂悲饑頓伏前卻是為食肉之為大難常喜丢病至於困
篤此皆由食肉之患事劇身肉与人慎勿死肉肉者四大不安
並意疾病臥常焦勞死後當入泥犁中遠離道法佛言不食
肉者長生与者死別形以者何不食肉者即是无肉想便无煞心亦无剔
意都不緣生死之事自然生天上壽如虛空智慧積盈是曰為
道不食肉之想善男子我涅槃後无量百歲四道聖人悉復涅
槃正法滅後於像法中當有比丘似像持律少讀誦經貪嗜
飲食長養其身身所服麁陋醜惡形容憔悴无有威德放
畜牛羊擔負薪草頭鬚髮抓悉皆長利雖服袈裟猶如
獵師細視徐行如猫伺鼠常唱是言我得羅漢並諸病苦眠
臥糞穢外現賢善內懷貪嫉如受法婆羅門等實非沙門現
沙門像邪見熾盛誹謗正法如是等人破壞如來所制戒律正
行威儀說解脫果離不淨法及壞甚深秘密之教各自隨意反
說經律而作是言如來皆聽我等食肉自生此論言是佛說互
共諍訟各自稱是沙門釋子善男子尒時復有諸沙門等

八一　秀才對策文　西涼（之二）

者言言[illegible]衣是沙門本[illegible]尒時復有諸沙門等
貯聚生穀・受取肉魚手自作食執持油瓶寶蓋革屣親
近國王大臣長者占相星宿勤行醫道畜養奴婢金銀流
離車渠馬腦頗梨真珠珊瑚虎魄璧玉珂貝種〻菓蓏學
諸伎藝畫師泥作造書教學種植根栽蠱道呪幻和合藥諸
作倡伎樂香花治身樗蒲圍碁學諸工巧若有比丘能離如是
諸惡事者當說是人真我弟子尒時迦葉復白佛言世尊諸比丘〻〻
優婆塞優婆夷因他活若乞食時得雜肉食云何得食應
清淨法佛言迦葉當以水洗令与肉別然後乃食若其食器
為肉所污但使無味聽用無罪若見食中多有肉者則不應受一
切現肉悉不應食〻者得罪我今唱是斷肉之制若廣說則可〻不
盡涅槃時到是故略說善男子我聲聞弟子遠離如來十二部經
脩集種〻外道典籍不脩出家寂滅之業純營世俗在家之事何等
名為在家事受畜一切不淨之物奴婢田宅象馬車乘騾驢雞
犬獼猴猪羊種〻穀麥遠離師僧親附白衣反聖教向諸白衣
作如是言佛聽比丘受畜種〻不淨之物是名脩集在家之事
有諸弟子不為涅槃但為利養親近聽受十二部經招提僧物及[illegible]

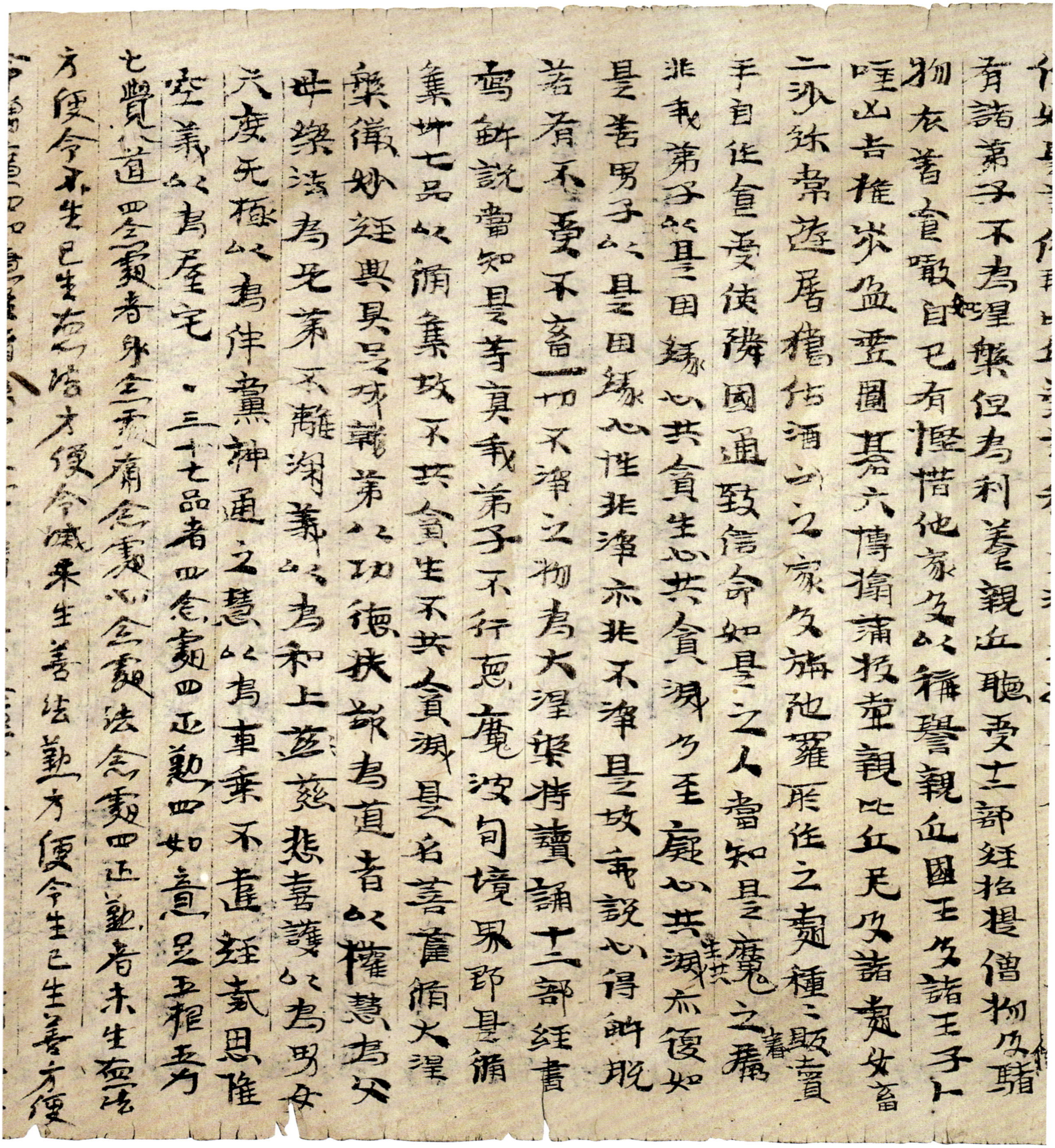

有諸弟子不為涅槃但為利養親近聽受十二部經招提僧物及騎
物衣著貪噉自如已有慳惜他家及以稱譽親近國王及諸王子卜
哇凶吉推步盈虛圍碁六博樗蒲投壺親比丘尼及諸處女畜
二沙弥常遊屠獵估酒之家及旃陀羅所住之處種種販賣
手自作食受使隣國通致信命如是之人當知是魔之眷屬
非我弟子以是因緣心共貪生心共貪滅乃至癡心共生共滅亦復如
是善男子以是因緣心性非淨亦非不淨是故我說心得解脫
若有不受不畜一切不淨之物為大涅槃持讀誦十二部經書
寫解說當知是等真我弟子不行惡魔波旬境界即是循
集卅七品以循集故不共貪生不共貪滅是名菩薩循大涅
槃微妙經典具足持戒弟子以功德扶疏為直者以權慧為父
母以深法為兄弟不離湖義以為和上慈悲喜護以為男女
六度无極以為伴黨神通之慧以為車乘不盡經戒思惟
空義以為屋宅 ・三十七品者四念處四正勤四如意足五根五力
七覺八道四念處者身念處痛念處心念處法念處四正勤者未生惡法
方便令不生已生惡法方便令滅未生善法勤方便令生已生善方便

八一　秀才對策文　西涼（之三）

七覺八道四念處者身念處受念處心念處法念處四正勤者未生惡法
方便令不生已生惡法方便令滅未生善法勤方便令生已生善方便
令增廣四如意足者欲定念定精進定慧定五根者信根精進根
念根定根慧根五力如五根說七覺者擇法覺枝念覺枝精進覺枝
喜覺枝猗覺枝定覺枝護覺枝八道者正語正業正命正方便正念
正定正見正志　欲界六天者四王天三十三天炎摩天兜率陀天化樂天他化自在天
色界初禪者梵衆梵樓留大梵二禪天者少光天量光光曜三禪者少淨
無量淨遍淨四禪者無量身愛福果實無相衆生不煩不熱善見善現
色究竟　無色界者空處識處無所有處非想非非想處　十力者是
處非處力知業因果力禪定力知根力欲樂力知性力至處力天眼力
宿命力漏盡力　佛作誠言氣是一切智人若天若魔若梵作是語
如來非一切知人佛乃至無有微衆想一無衆也佛作誠言氣漏已盡若天人
魔梵作是語如來漏未盡　佛乃至無有微衆想佛作誠言氣說障
道者若天人魔梵作是語如來所說不能障道佛乃至無微衆想佛
作誠言氣說是處非處道若天人魔梵作是語如來所說非是處
佛無微衆想　三摩提有五者三摩提[illegible]無想無願無漏心[illegible]
得成有避者有爲法避如壽[illegible]耳望心[illegible]智慧宿命智生死智

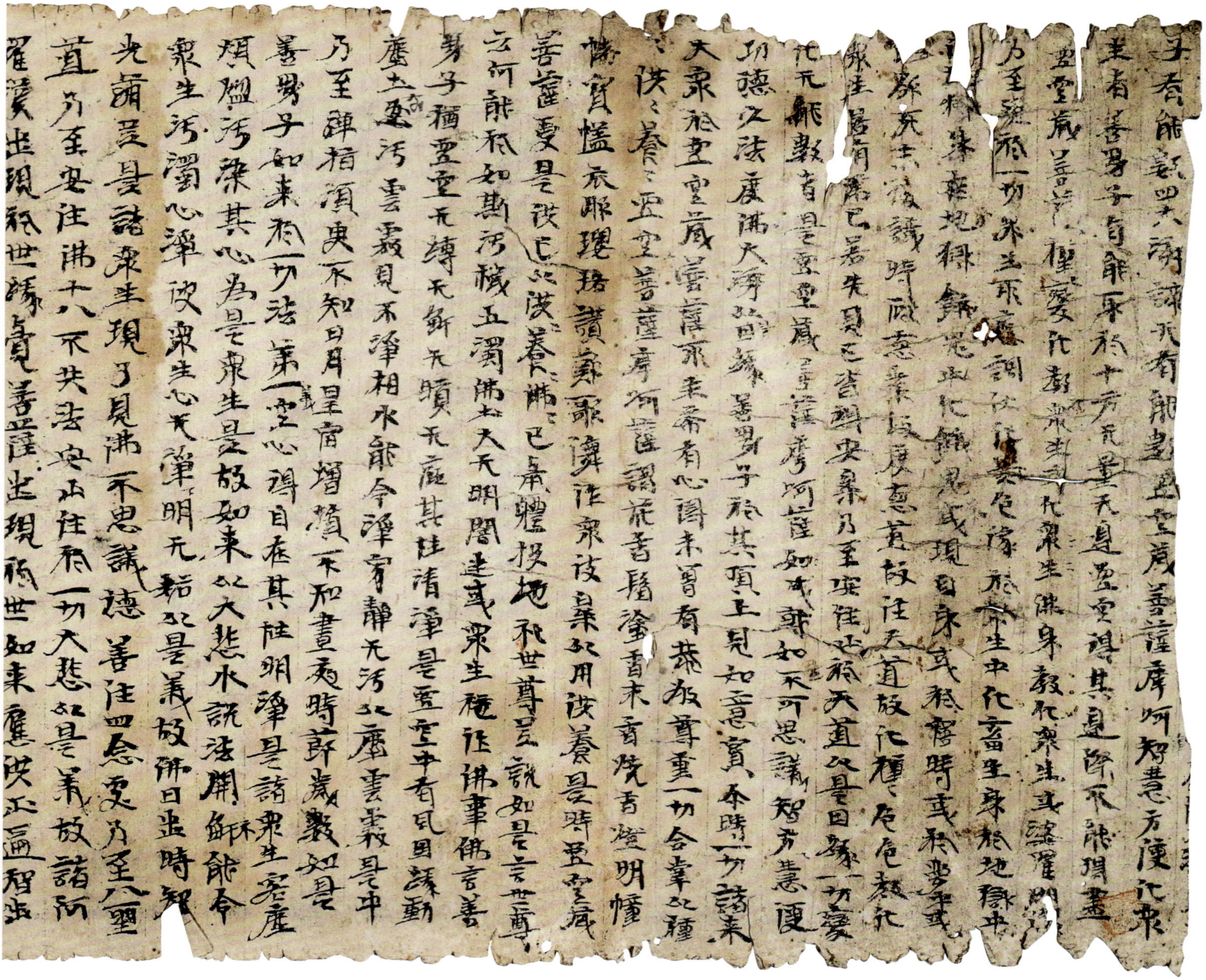

八二　古寫本佛說七女經　十六國

光踊是是諸眾生現了見佛不思議德善住四念處乃至八聖
道乃至安住佛十八不共法安止住於一切大悲如是義故諸所
羅漢出現於世緣覺菩薩出現於世如來應供正遍智出
現於世善男子於意云何而是虛空依於眼界不也世尊依
眼識界不也世尊依眼界觸不也世尊虛空復依內觸因
緣生三受不不也世尊耳鼻舌身亦復如是如是善男子於
意云何虛空乃至依於意識意不不也世尊善男子於意云何眾
生依虛空不不也世尊善男子於意云何是虛空依於眾生不不也
世尊如是說已虛空藏菩薩白佛言世尊名不相依名无所受
世尊一切法空无有積聚知本際如實世尊猶如虛空无壞无
相无憶想无分別无動无喪无所无子无果无報无有文字无有
貪高世尊菩薩摩訶薩如是如是知於諸法如陸得无生法忍如是
世尊即說陀羅尼、毗婆羅闍 摩㝹叙称頻那闍移
禪那尼摩 手尼阿羅 阿那吔 婆羅訖訶 瞿婆妮摩 阿毗泥吔
脩婆耆耆婆 舍那舍摩 舍那多吔 劍摩舍摩 祢摩淨
毗沙舍摩 盧那那吔 毗棘耆蔓薩三輪毗呪薩訶
佛言善哉善哉善男子汝今能說是降伏照諸子吼步水陀羅尼
眾生臨死未捨心時破諸結斷業斷法斷能斷不善清
淨佛土汝能遊行无量阿僧祇世界悲眾生故國土城邑村落
王宮名人眾處示現種種色像威儀降伏眾生能說種種大乘經
典教化眾生王稱陀羅乃至沙門稱陀羅能遮諸惡惡不之
法勸諸善法佛說此經時无量阿僧祇人天得種種三昧陀羅
尼忍其餘菩薩得十地智十千人得

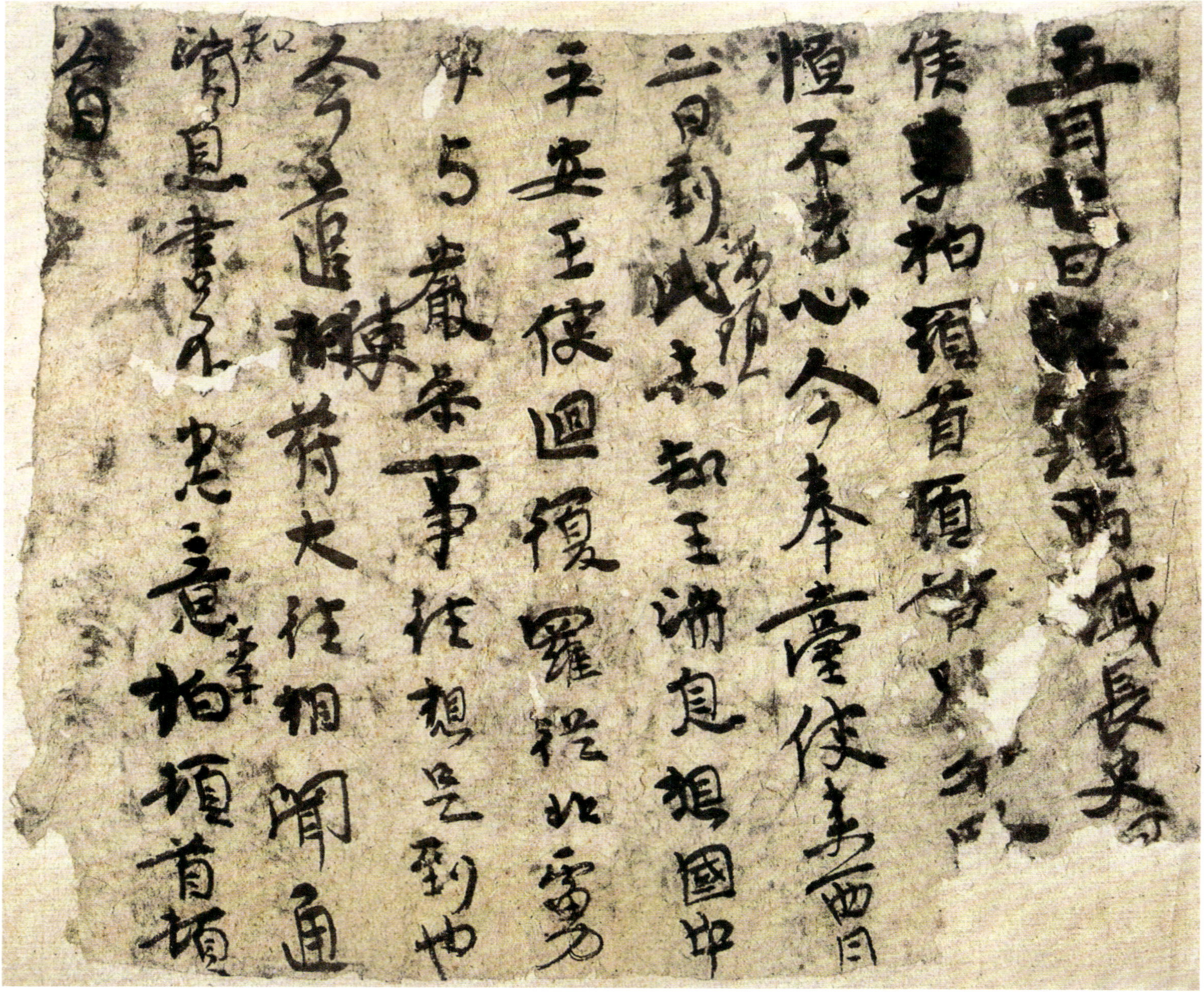

八三　李柏文書　前涼（之一）

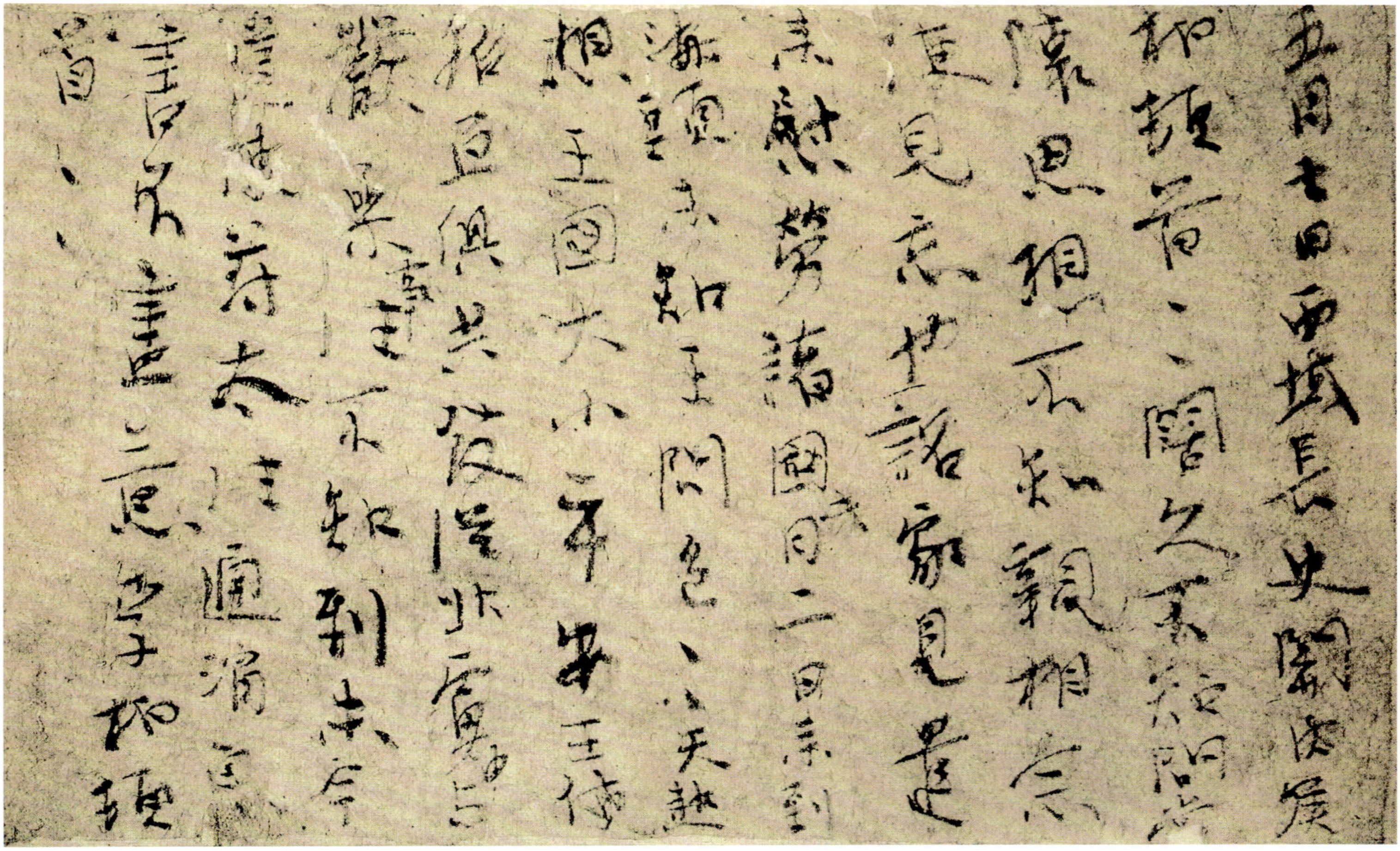

八三　李柏文書　前涼（之二）

後稍於不得名讚佛善報佃中
僚極惡此五稍得无量福得界敖命
一北五種是惡人无氣夕聞不衛身
說三種菩根齊目齊界不不諷諱
作賓執群如未无上勝懺起見无報菩
佃那是供養佛僧二賓若觀佛法功德
夕那是見是供養三賓若人施持不未果
是供養无上菩提見足成乾種没羅養
惡道報得未未无黙功德亦報自利及
也不齊恋悲為戒也若自愉已興未異

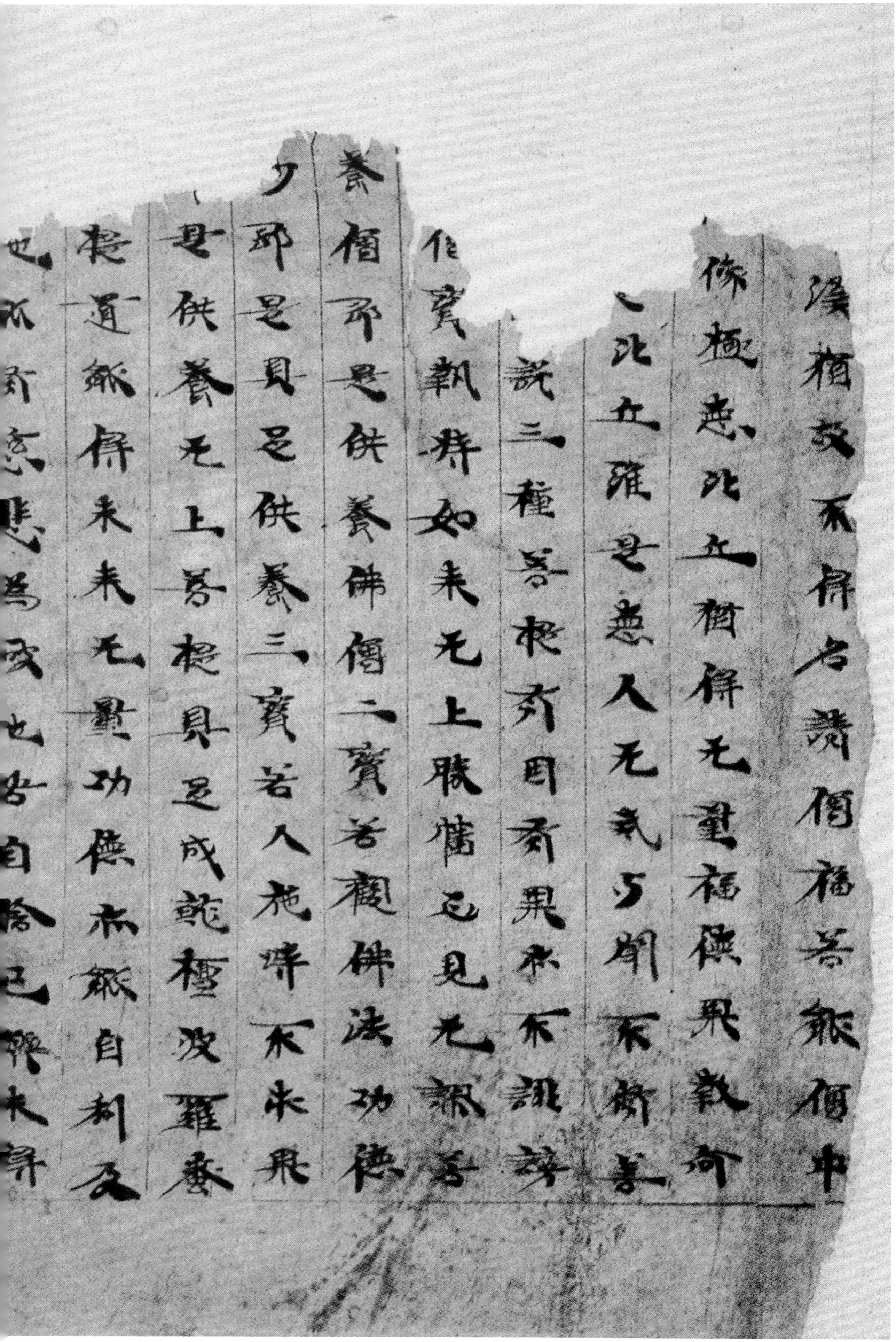

八四　優婆塞戒經殘片　北涼（之一）

菩提□无憂辟離聞善根久遠難得而其內
八初无退轉為諸衆生无量世中受大苦惱
不疲厭樂如法行不求世樂樂處寂靜出家
脫　長得出家離在家居如解脫人不住樂
悉一者在家二者出家家菩薩如法行是不（有三種□者□□者天龍者善男子善菩薩二種）
為難在家菩薩如法行是乃為難何以故
在家之人多惠因緣所纏遶故
、優婆塞戒尸波羅蜜品第廿三
善生言世尊云何菩薩趣向菩提具心堅
善男子菩薩堅固□

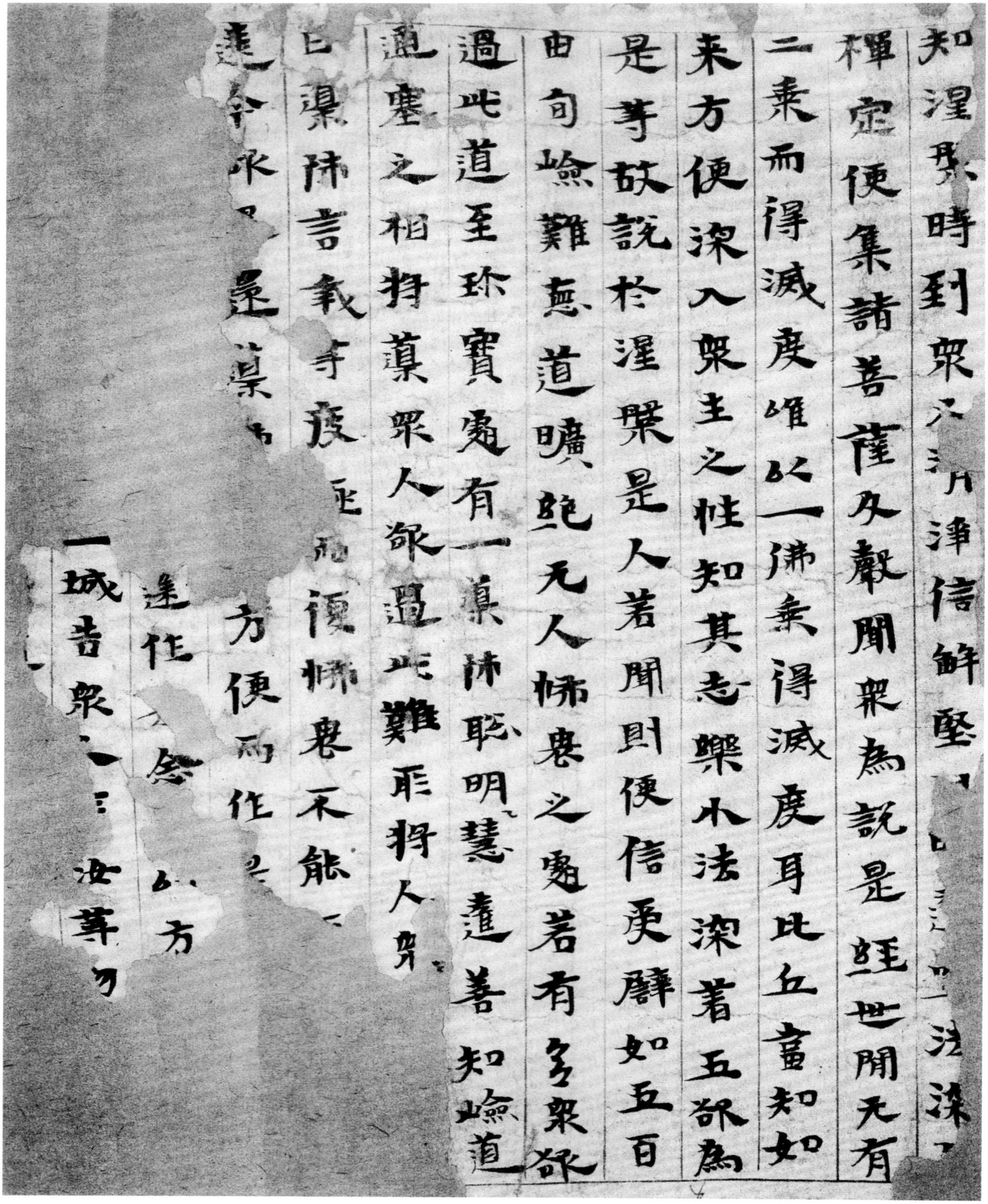
知涅槃時到衆[illegible]淨信解堅[illegible]法深
禪定便集諸菩薩及聲聞衆為說是經世間无有
二乘而得滅度唯以一佛乘得滅度耳比丘當知如
来方便深入衆生之性知其志樂小法深著五欲為
是等故說於涅槃是人若聞則便信受譬如五百
由旬嶮難惡道曠絕无人怖畏之處若有多衆欲
過此道至珍寶處有一導師聰明慧達善知嶮道
通塞之相將導衆人欲過此難所將人衆
[illegible]導師言我等疲極而復怖畏不能
[illegible]方便而作是
[illegible]
[illegible]一城告衆[illegible]汝等勿

八四　優婆塞戒經殘片　北涼（之二）

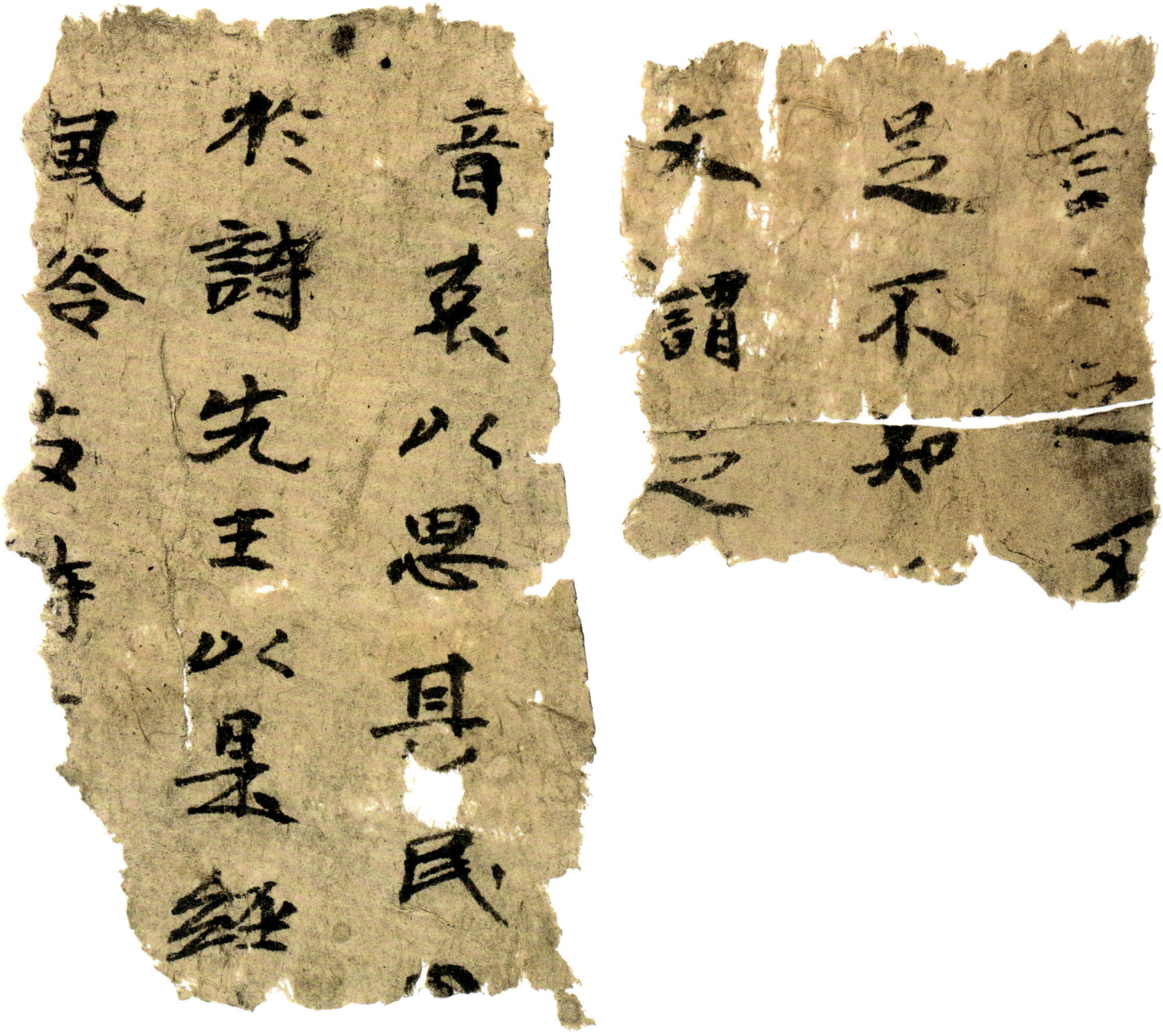

八五　寫本《毛詩鄭箋》殘卷　十六國

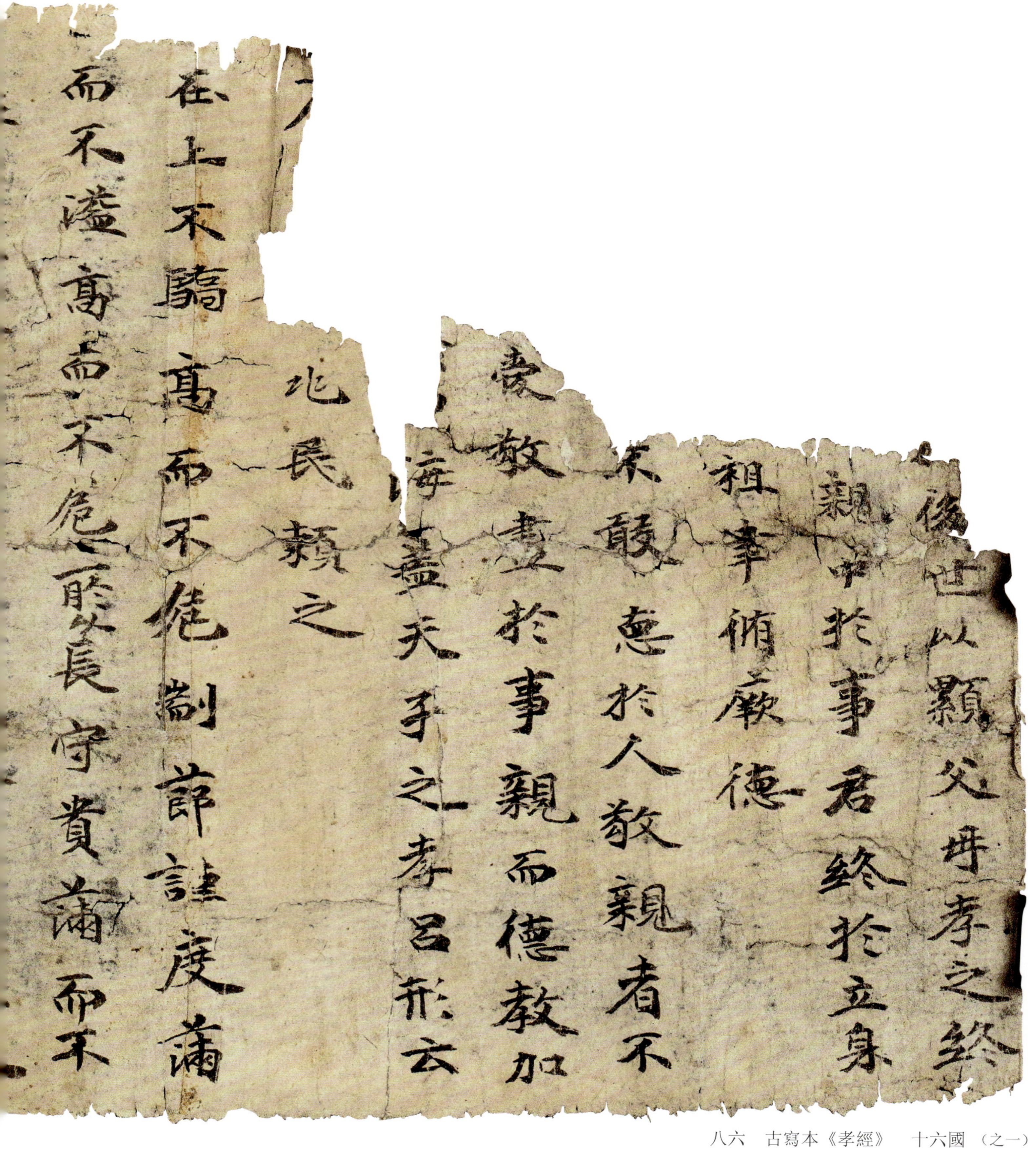
後世以顯父母孝之終
親中於事君終於立身
祖聿脩厥德
不敢惡於人敬親者不
愛敬盡於事親而德教加
海蓋天子之孝呂刑云
兆民賴之
在上不驕高而不危制節謹度滿
而不溢高而不危所以長守貴滿而不

八六　古寫本《孝經》　十六國（之一）

溢所以長守富ミ貴不離其身然後
能保其社稷而和其民人蓋諸侯
之孝詩云戰ミ兢ミ如臨深淵如履薄冰
非先王之法服不敢服非先王之法言
不敢道非先王之德行不敢行是故非法不言非道不行口
無擇言身無擇行言滿天下無口過
行滿天下無怨惡三者備矣然後能
守其宗廟蓋卿大夫之孝詩云夙夜
匪懈以事一人
資

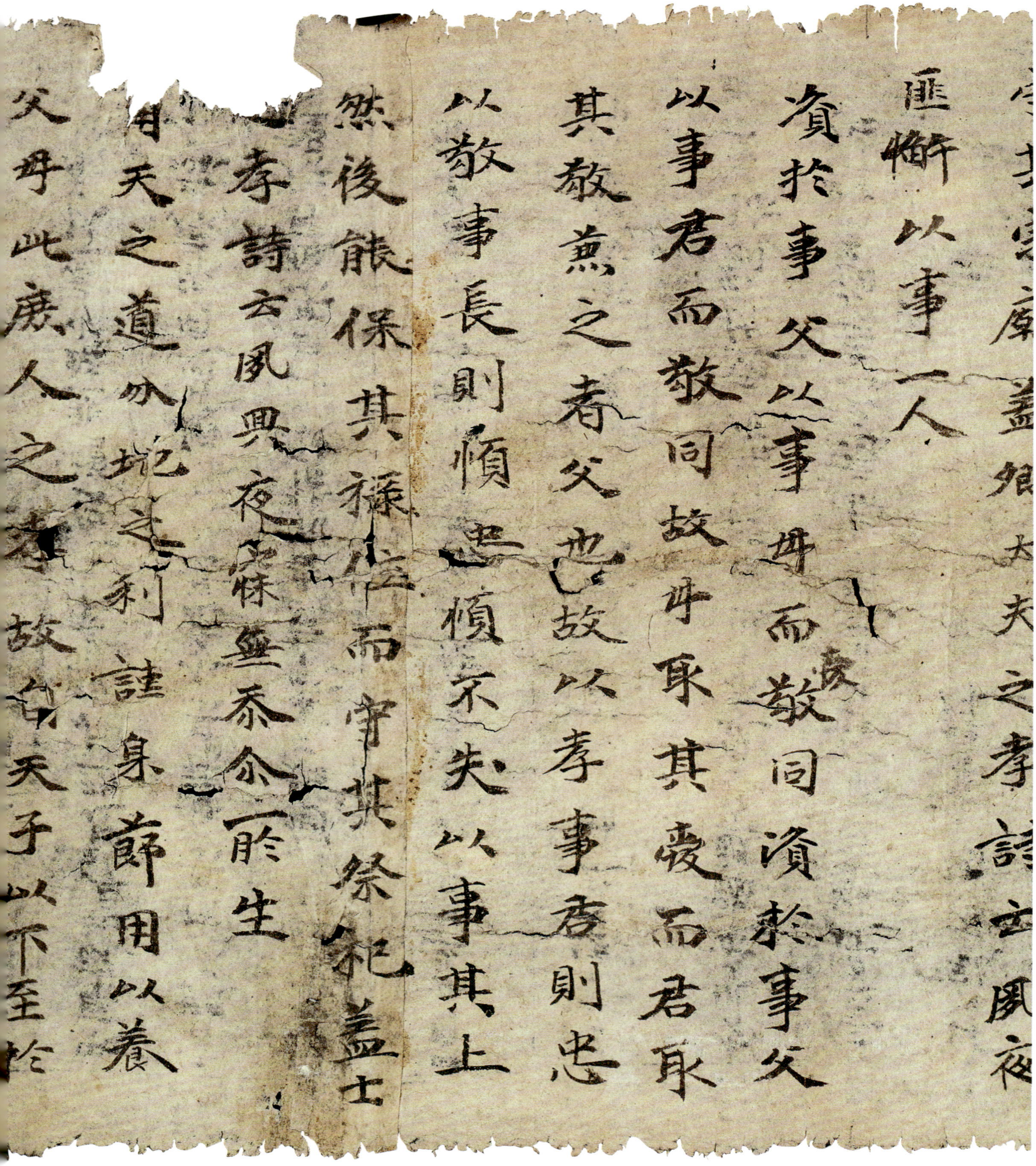

守其宗廟蓋卿大夫之孝詩云夙夜
匪懈以事一人
資於事父以事母而愛敬同資於事父
以事君而敬同故母取其愛而君取
其敬兼之者父也故以孝事君則忠
以敬事長則順忠順不失以事其上
然後能保其祿位而守其祭祀蓋士
孝詩云夙興夜寐無忝尒於生
用天之道分地之利謹身節用以養
父母此庶人之孝故自天子以下至於

八六　古寫本《孝經》　十六國（之二）

庶人孝無終始而患不及者未之有也

曾子曰甚哉孝之大子曰夫孝天之經地之義民之行天地之經而民是則之則天之明因地之利以訓天下是以其教不肅而成其政不嚴而治先王見教之可以化天下是故先之以博愛而民莫遺其親陳之以德義而民興行先之以敬讓而民不爭導之以禮樂而民和睦示之以好惡而民知禁詩云赫赫師尹民具爾瞻

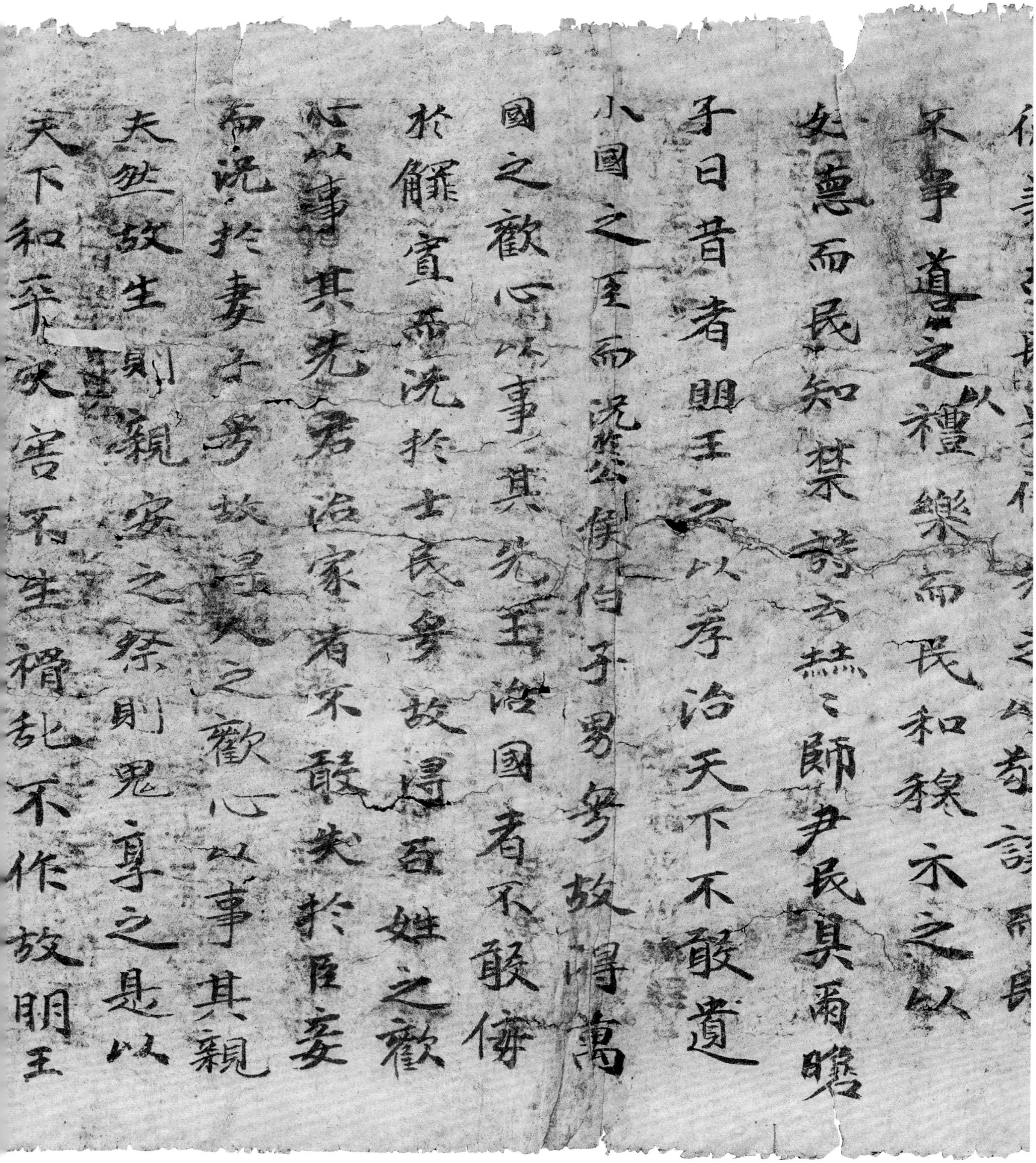
……之以敬讓而民
不爭導之以禮樂而民和穆示之以
好惡而民知禁詩云赫赫師尹民具爾瞻
子曰昔者明王之以孝治天下不敢遺
小國之臣而況於公侯伯子男乎故得萬
國之歡心以事其先王治國者不敢侮
於鰥寡而況於士民乎故得百姓之歡
心以事其先君治家者不敢失於臣妾
而況於妻子乎故得人之歡心以事其親
夫然故生則親安之祭則鬼享之是以
天下和平災害不生禍亂不作故明王

八六　古寫本《孝經》　十六國（之三）

之以孝治天下如此詩云有覺德行四國順之
曾子曰敢問聖人之德無以加於孝乎子曰
天地之性人為貴人之行莫大於孝孝莫
大於嚴父嚴父莫大於配天則周公其
人也昔者周公郊祀后稷以配天宗祀
明文王於明堂以配上帝是以四海之内
各以其職來祭夫聖人之德又何以加
於孝乎故親生之膝下以養父母日嚴聖人
因嚴以教敬因親以教愛聖人之教不肅
而成其政不嚴而治其所因者本父子之道
君臣之義
天性父母生之續莫大焉君親臨之厚莫

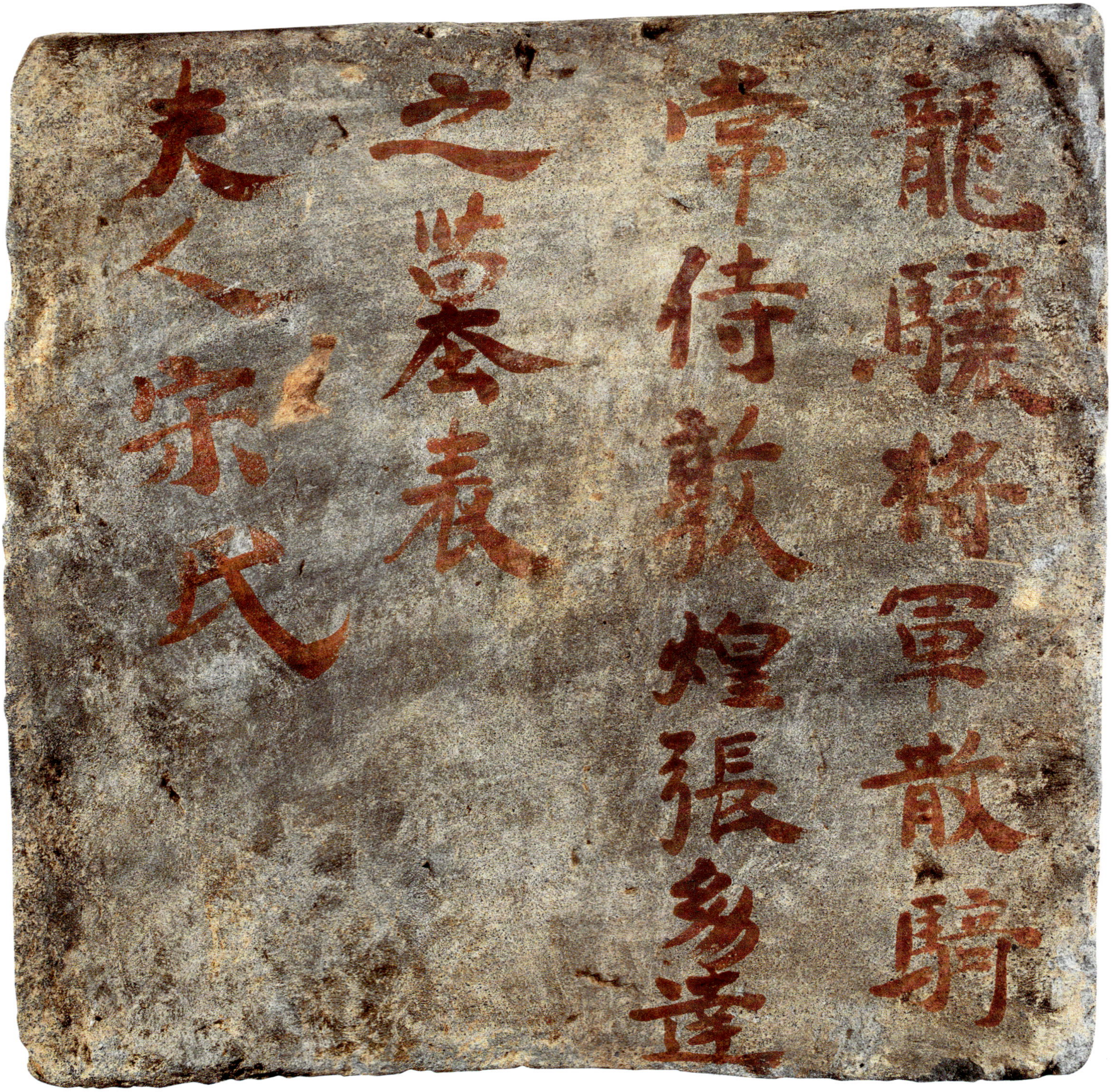

八七　張幼達及夫人甯氏墓表　十六國

八八　張文智及夫人馬氏、鞏氏墓表　十六國

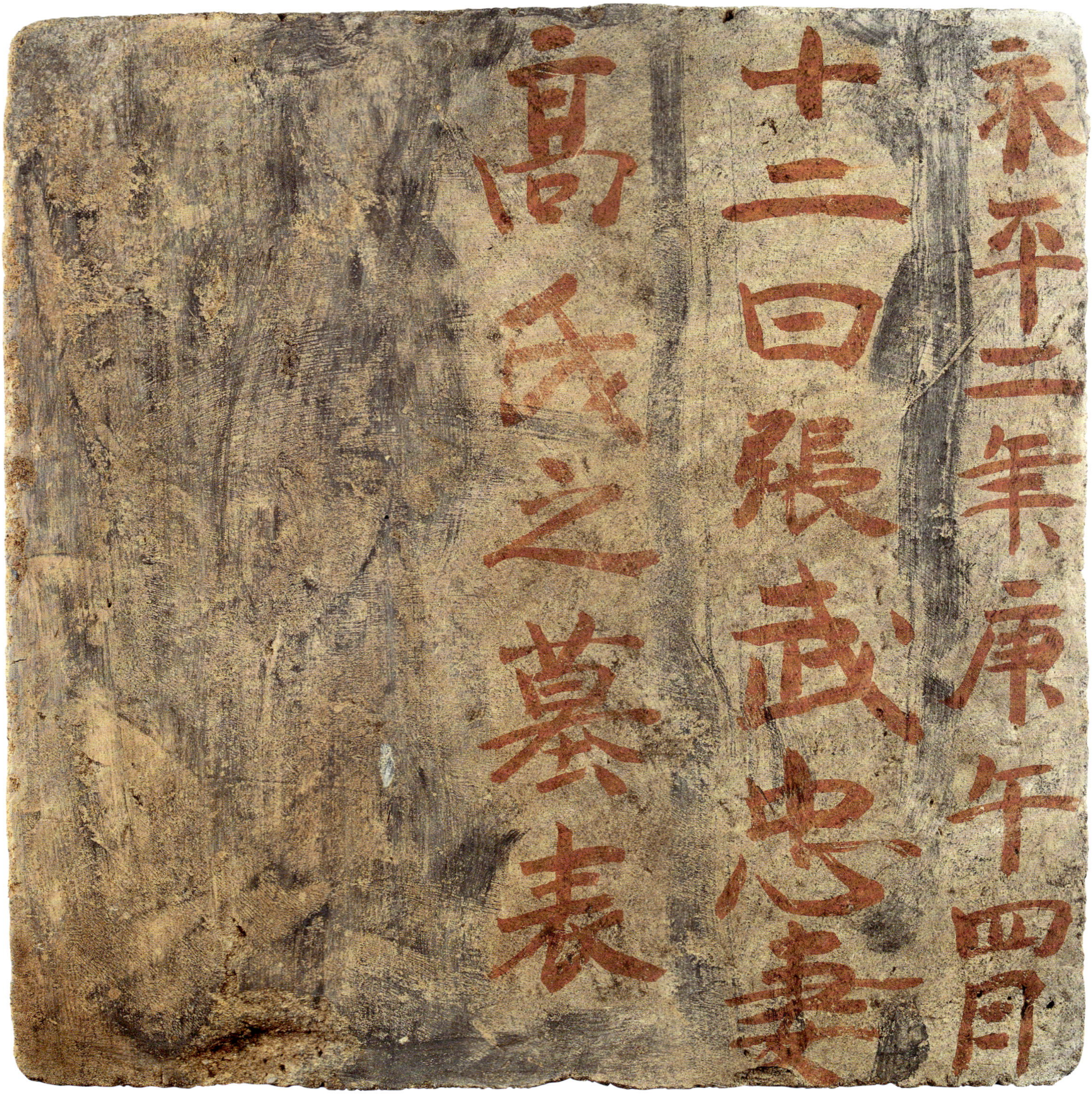

八九　張武忠妻高氏墓表　十六國

九〇　將孟雍妻趙氏墓表　十六國

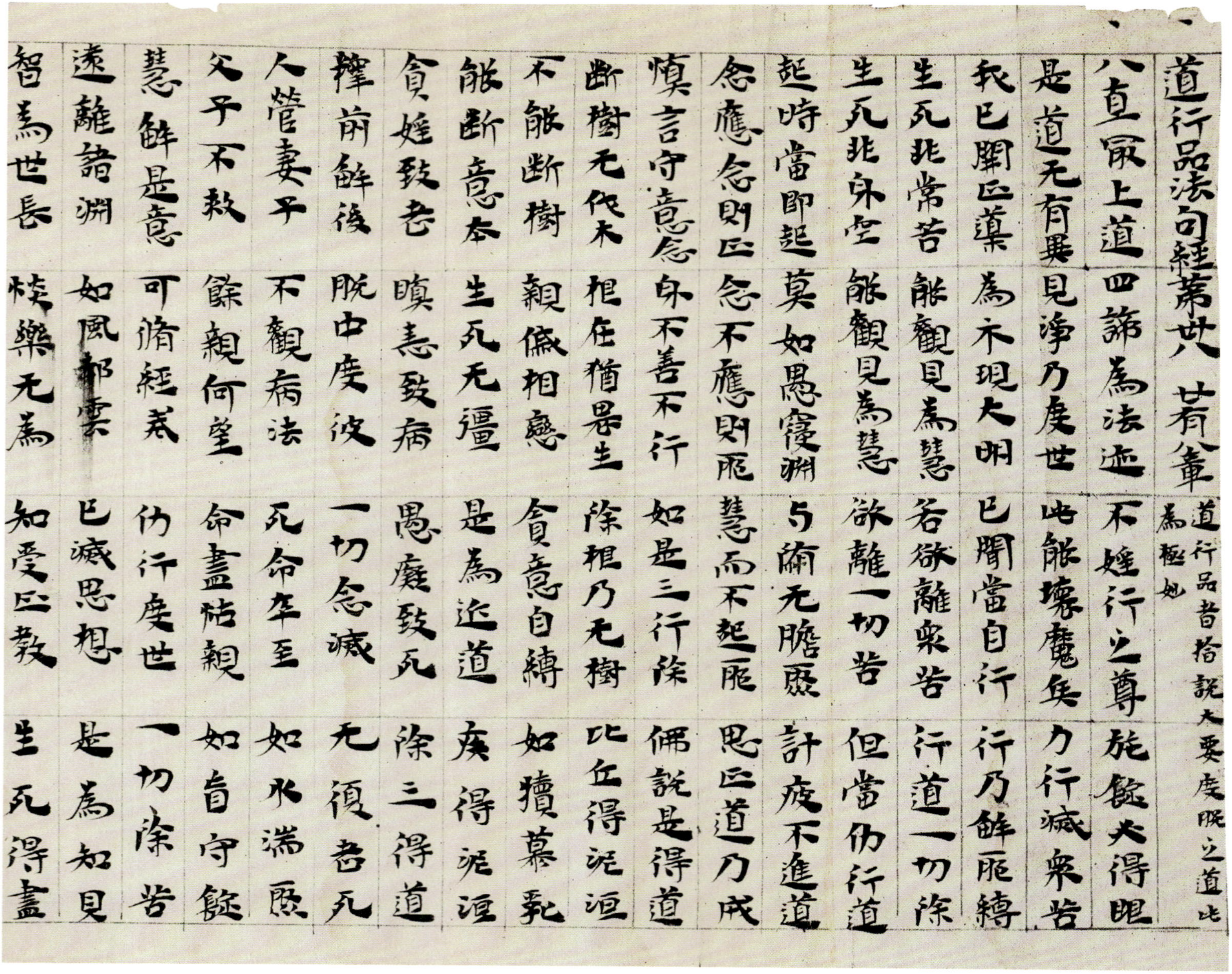

道行品法句經第廿八 廿有八章

道行品者旨說大要度脫之道此為極妙

八直最上道 四諦為法迹 不婬行之尊 施燈大得眼
是道无有異 見淨乃度世 此能壞魔兵 力行滅衆苦
我已開正藥 為示現大明 已聞當自行 行乃解邪縛
生死非常苦 能觀見為慧 若欲離衆苦 行道一切除
生死非身空 能觀見為慧 欲離一切苦 但當勤行道
起時當即起 莫如愚覆淵 與墮无聰叡 計疲不進道
念應念則正 念不應則邪 慧而不起邪 思正道乃成
慎言守意念 身不善不行 如是三行除 佛說是得道
斷樹无伐本 根在猶復生 除根乃无樹 比丘得泥洹
不能斷樹 親戚相戀 貪意自縛 如犢慕乳
能斷意本 生死无彊 是為近道 疾得泥洹
貪婬致老 瞋恚致病 愚癡致死 除三得道
釋前解後 脫中度彼 一切念滅 无復老死
人營妻子 不觀病法 死命卒至 如水湍驟
父子不救 餘親何望 命盡怙親 如盲守燈
慧解是意 可修經戒 勤行度世 一切除苦
遠離諸淵 如風却雲 已滅思想 是為知見
智為世長 惔樂无為 知受正教 生死得盡

九一　道行品法句經第三十八、泥洹品法句經第三十九　前涼（之一）

智為世長　惔樂无為　知受正教　生死得盡
知眾行空　是為慧見　疲猒世苦　從是道除
知眾行苦　是為慧見　疲猒世苦　從是道除
眾行非身　是為慧見　疲猒世苦　從是道除
吾語汝法　愛箭為射　宜以自勖　受如來言
吾為都以滅　往來死生盡　非一情以解　所演為道眼
使流注于海　潘水漾疾滿　故為智者說　可趣服甘露
前未聞法輪　轉為哀眾生　於是事奉者　禮之度三有
三念可念善　三亦難不善　從念而有行　滅之為正斷
三定為轉念　棄猗行无量　得三三窟除　解結可應念
智以戒禁惡　思惟慧樂念　已知世成敗　自意一切解

泥洹品法句經第廿九　廿有五章　泥洹品者　叙道大歸　恬惔寂滅　度生死畏

忍為最自守　泥洹佛稱上　捨家不犯戒　息心无所害
无病最利　知足最富　厚為最友　泥洹最快
飢為大病　行為最苦　已諦知此　泥洹最樂
少往善道　趣惡道多　如諦知此　泥洹最安
從因生善　從因墮惡　由因泥洹　所緣亦然
麋鹿依野　鳥依虛空　法歸其要　真人歸滅
始无如不　始不如无　是為无得　亦无有思

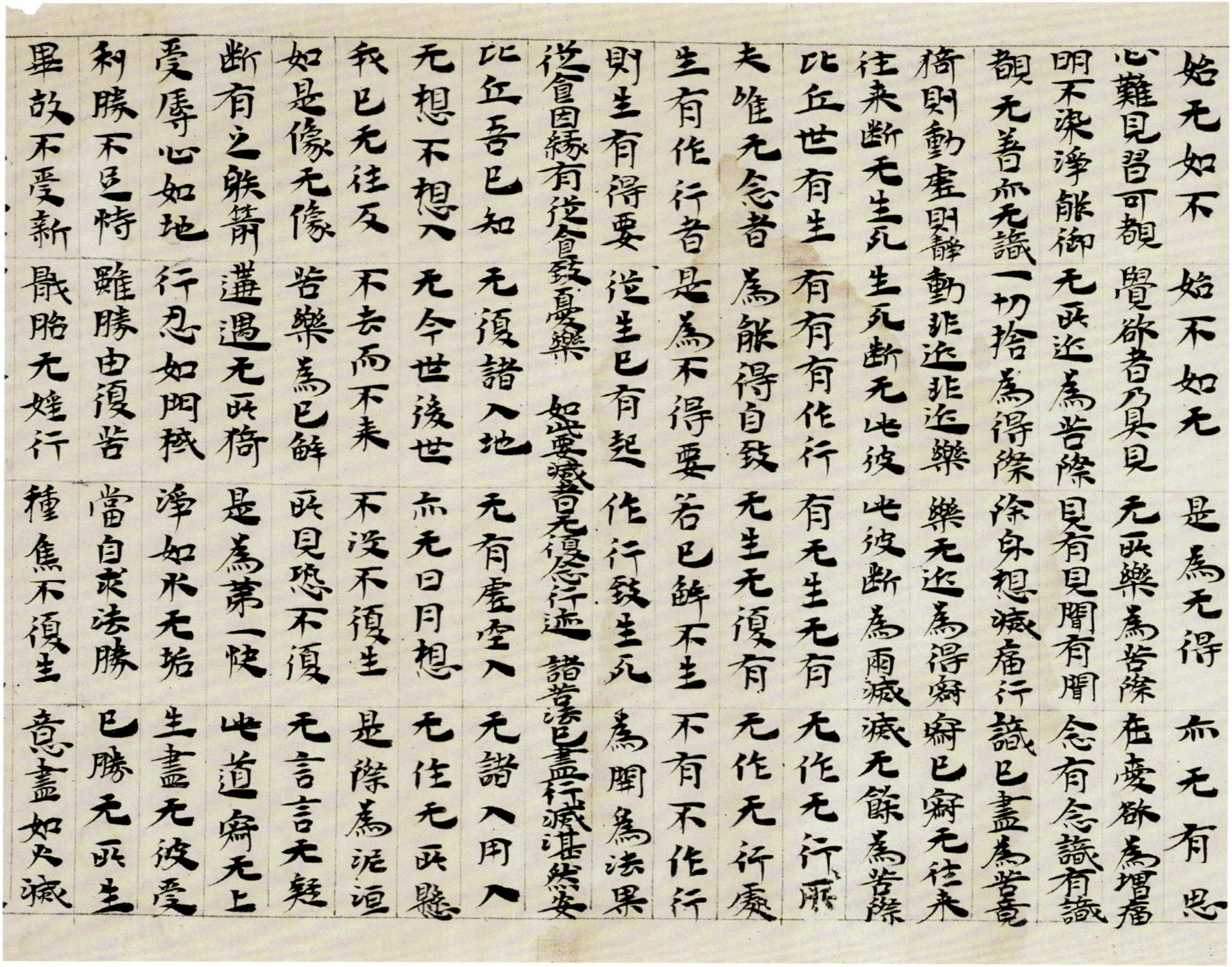
始无如不 始不如无 是為无得 亦无有思
心難見習可覩 覺欲者乃具見 无所樂為苦際 在愛欲為增痛
明不染淨能御 无所近為苦際 見有見聞有聞 念有念識有識
覩无著亦无識 一切捨為得際 除身想滅痛行 識已盡為苦竟
猗則動虛則靜 動非近非近樂 樂无近為得寂 寂已寂无往来
往来斷无生死 生死斷无此彼 此彼斷為兩滅 滅无餘為苦際
比丘世有生 有有有作行 有无生无有 无作无行處
夫唯无念者 為能得自致 无生无復有 无作无行處
生有作行者 是為不得要 若已解不生 不有不作行
則生有得要 從生已有起 作行致生死 為聞為法果
從食因緣有 從食致憂樂 如此要滅者无復念行迹 諸苦法已盡行滅湛然安
比丘吾已知 无復諸入地 无有虛空入 无諸入用入
无想不想入 无今世後世 亦无日月想 无往无所懸
我已无往反 不去而不来 不沒不復生 是際為泥洹
如是像无像 苦樂為已解 所見恐不復 无言言无疑
斷有之射箭 遘過无所猗 是為第一快 此道寂无上
受辱心如地 行忍如門閾 淨如水无垢 生盡无彼受
利勝不足恃 雖勝由復苦 當自求法勝 已勝无所生
畢故不受新 猒胎无婬行 種焦不復生 意盡如火滅

九一　道行品法句經第三十八、泥洹品法句經第三十九　前涼　（之二）

畢故不受新　厭胎无婬行　種無不復生　意盡如火滅
胞胎為穢海　何為樂婬行　雖上有善處　皆莫如泥洹
悉知一切斷　不復著世間　都棄如滅度　衆道由斯勝
佛已現諦法　智勇能奉承　行淨无瑕穢　自知度世安
道務先遠欲　早服佛教戒　滅惡極苦際　易如鳥逝空
若已解法句　至心體道行　是度生死岸　苦盡而无患
道法无親疏　正不問羸彊　要在无識想　結解為清淨
上智饜腐身　危脆非實真　苦多而樂少　九孔无一淨
慧以危貿安　棄猗脫衆難　形腐消為沫　慧見捨不貪
觀身為苦器　生老病死痛　棄垢行清淨　可疾得大安
依慧以却邪　不受漏得盡　行淨致度世　天人莫不禮

咸安三年十月廿日沙彌淨明誦習法句起

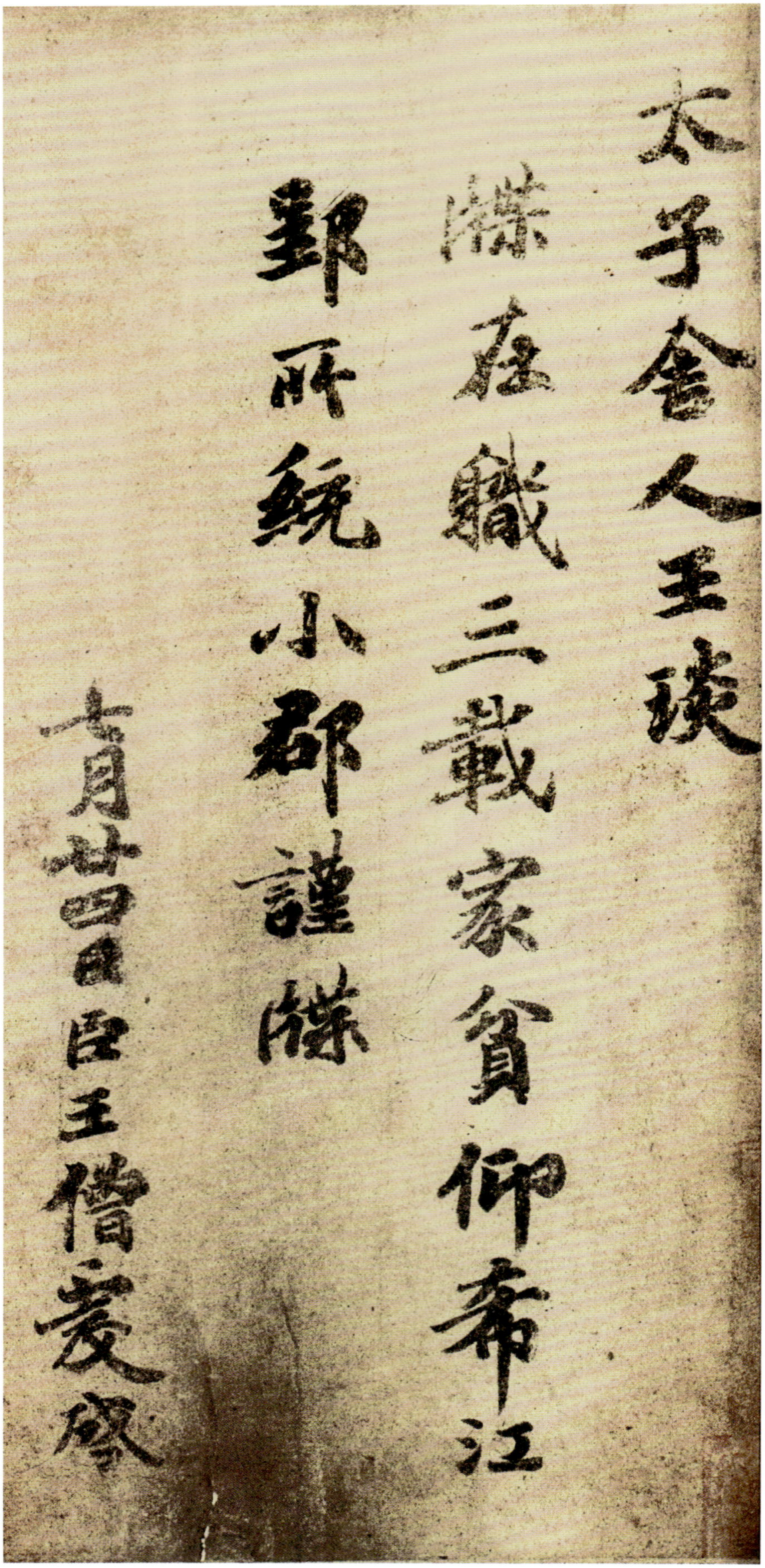
太子舍人王琰
牒在職三載家貧仰希江
郢所統小郡謹牒
七月廿四日臣王僧虔啓

九二　太子舍人帖　齊　王僧虔

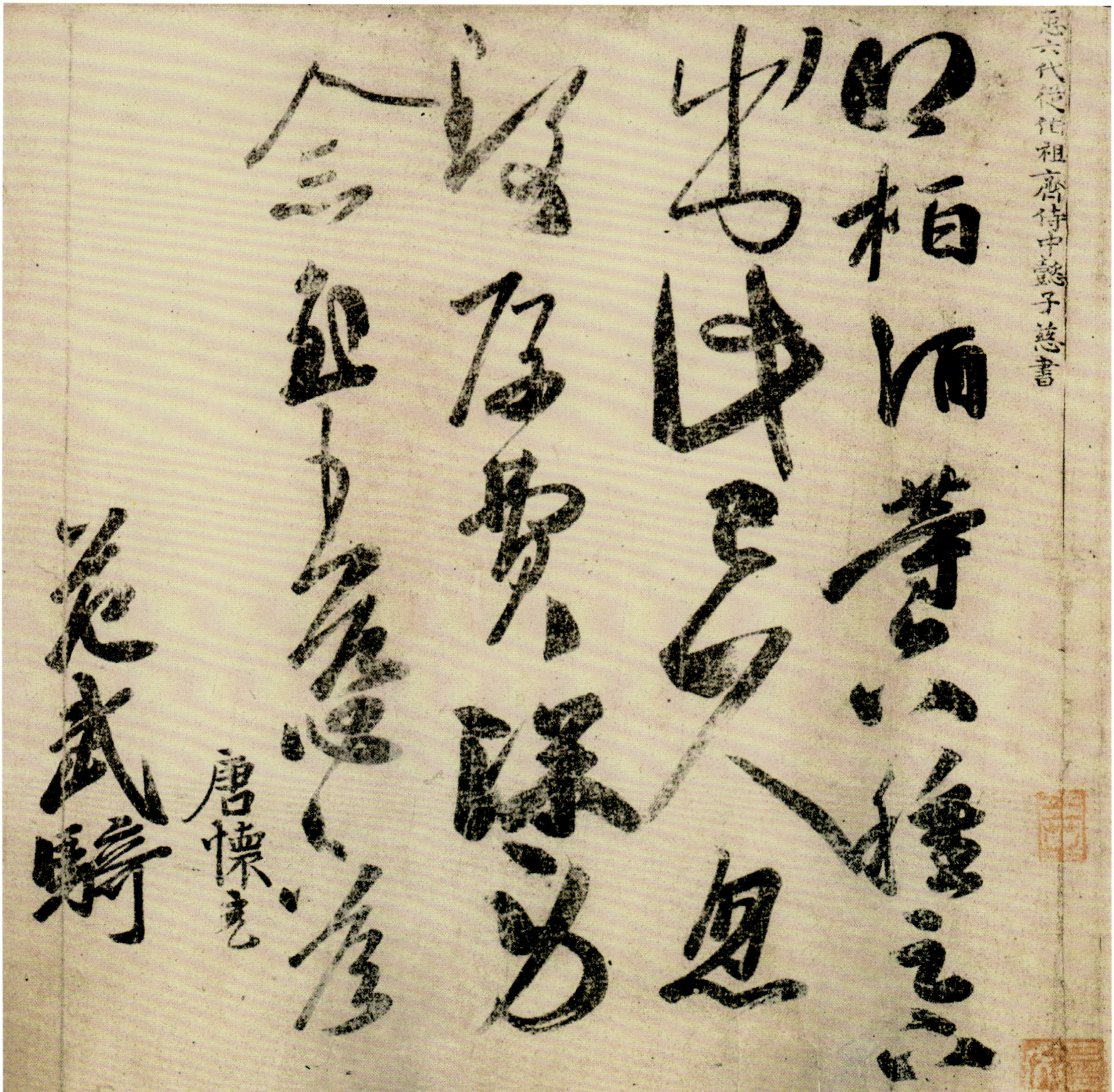

九三　得栢酒帖・尊體安和帖・郭桂陽帖　齊　王慈（之一）

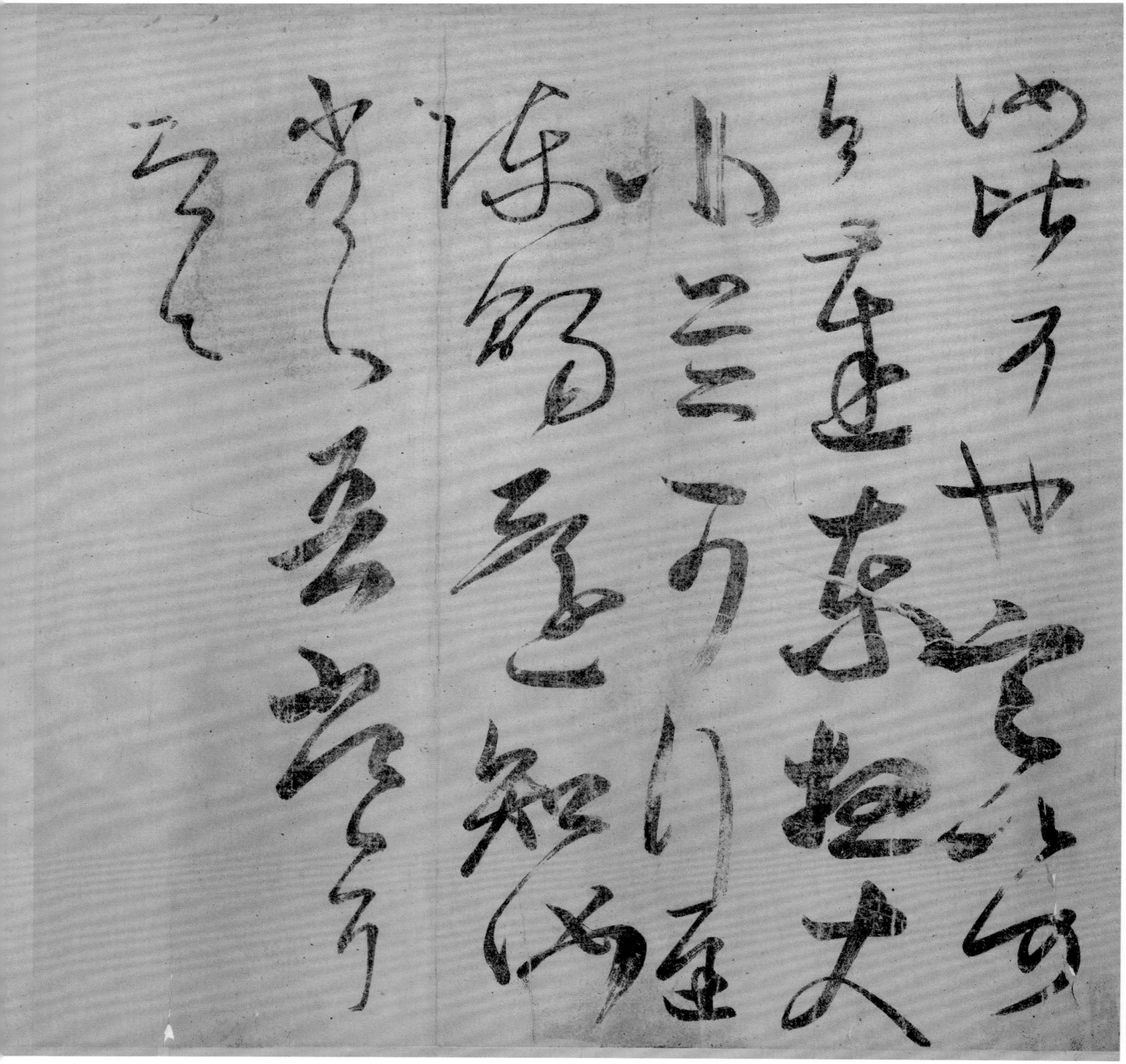

九三　得栢酒帖·尊體安和帖·郭桂陽帖　齊　王慈（之二）

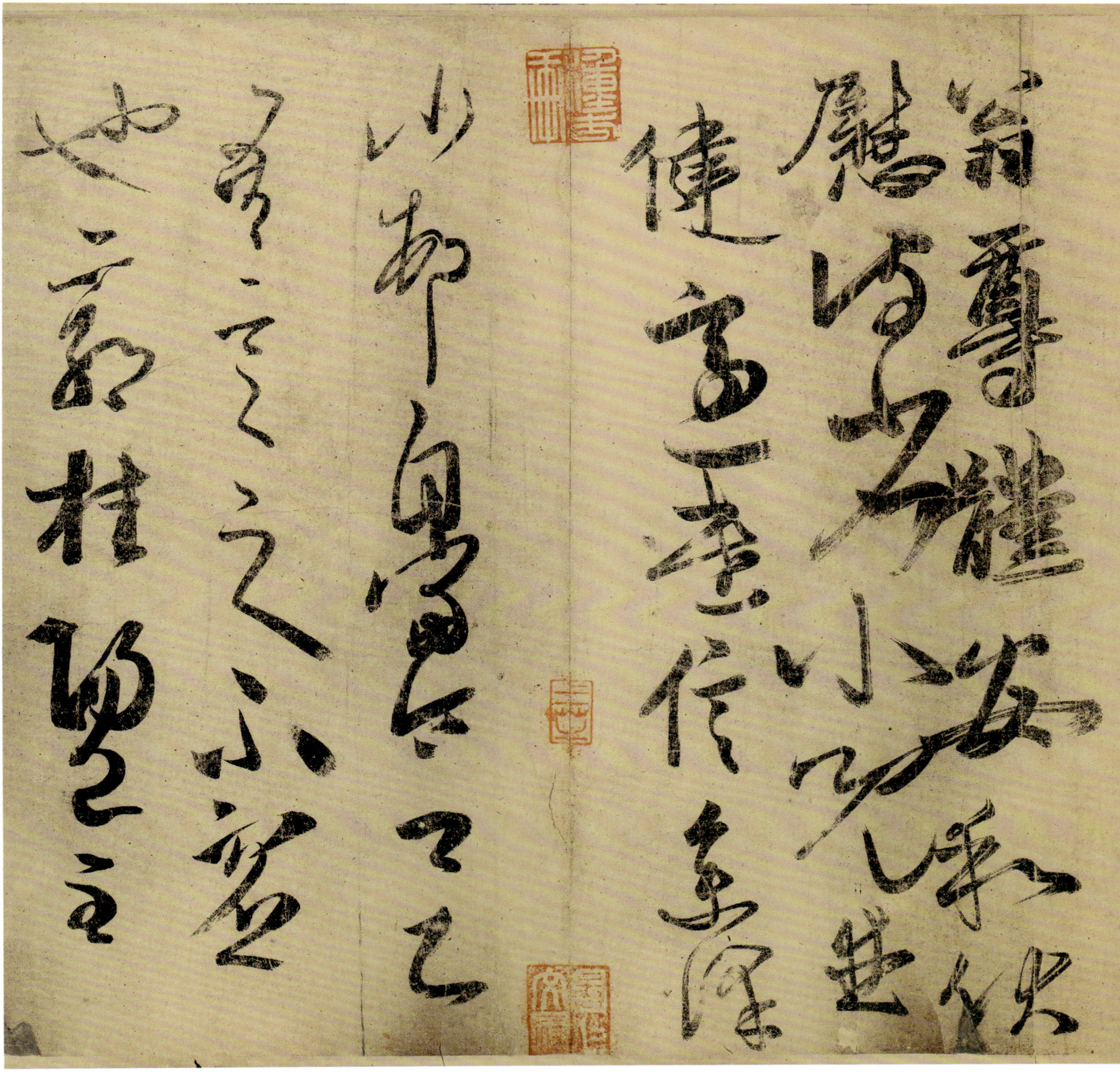

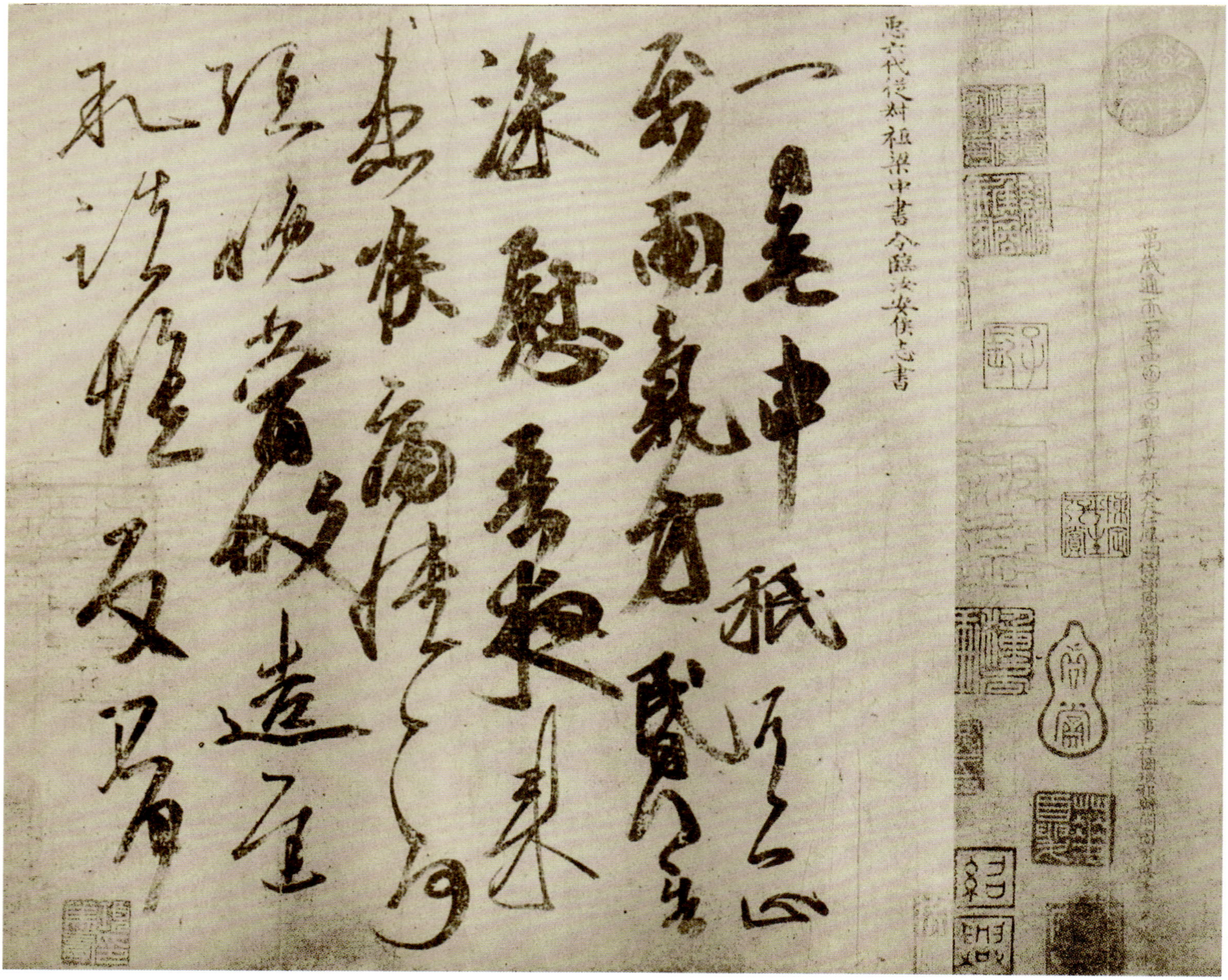

九四　一日無申帖　梁　王志

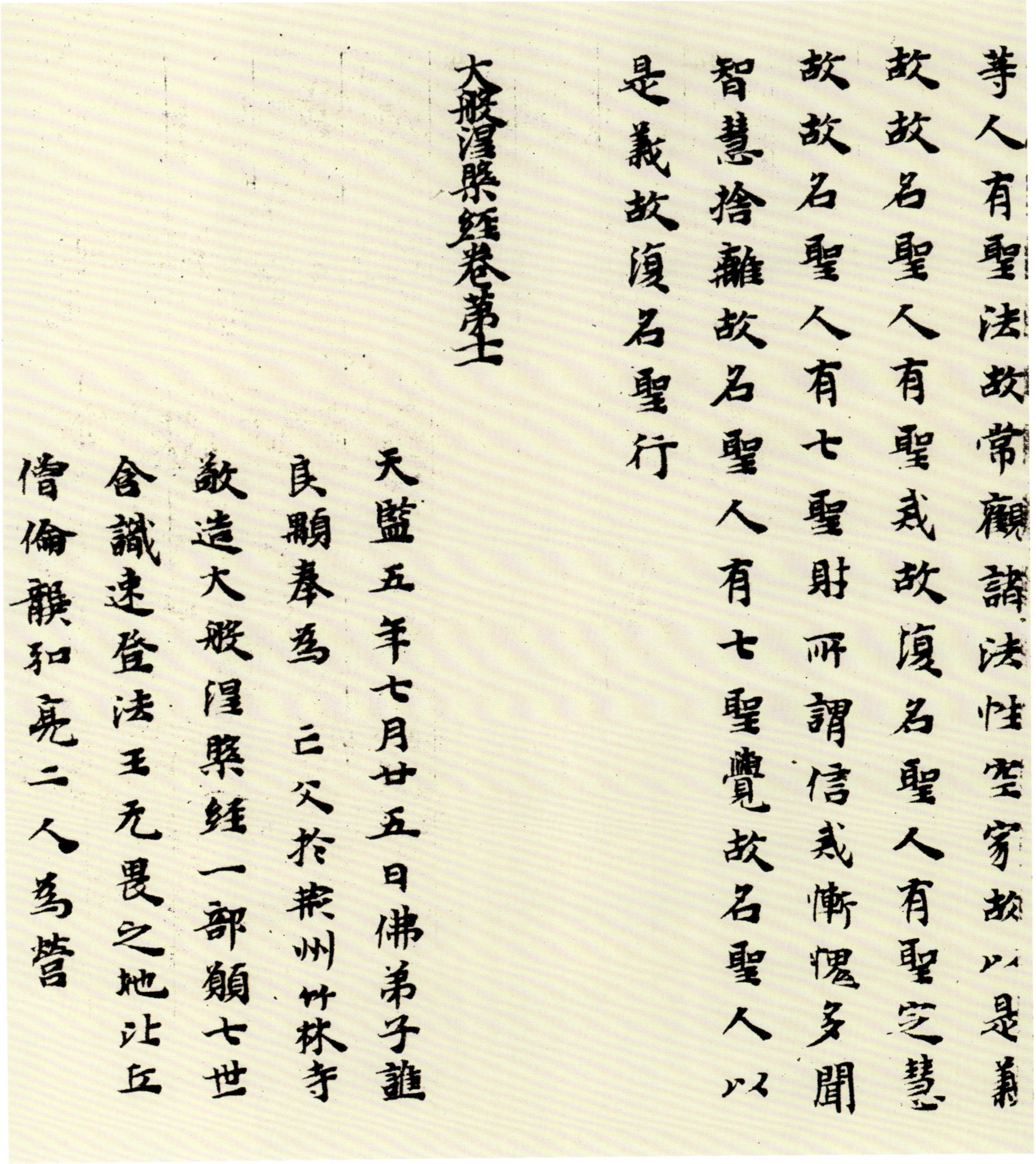
等人有聖法故常觀諸法性空寂故以是義
故故名聖人有聖戒故復名聖人有聖定慧
故故名聖人有七聖財所謂信戒慚愧多聞
智慧捨離故名聖人有七聖覺故名聖人以
是義故復名聖行

大般涅槃經卷第十一

天監五年七月廿五日佛弟子譙
良顒奉為　亡父於荊州竹林寺
敬造大般涅槃經一部願七世
含識速登法王无畏之地比丘
僧倫龥和亮二人為營

九五　大般涅槃經卷第十一　梁

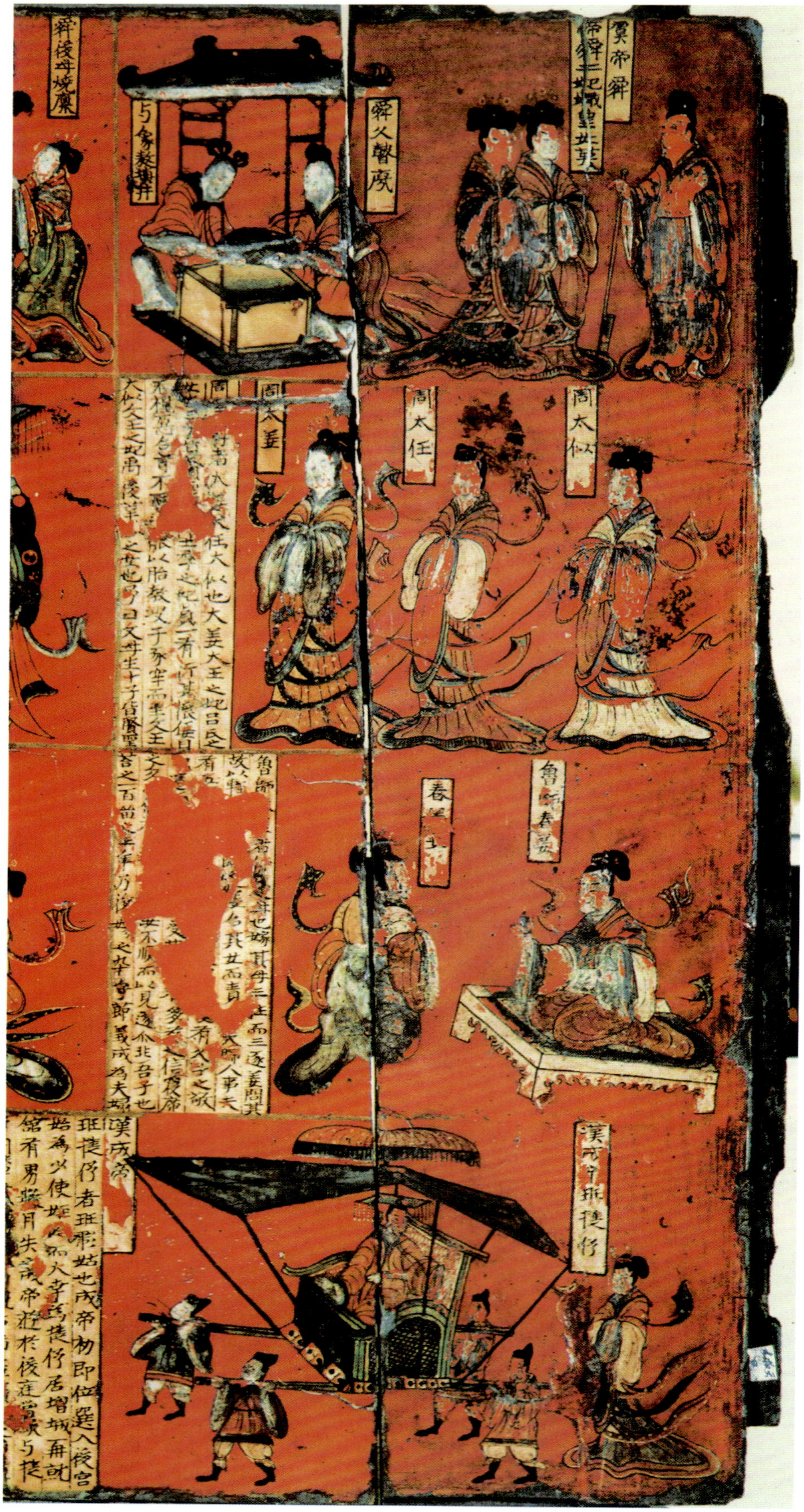

九六　司馬金龍墓木板漆畫題記　北魏

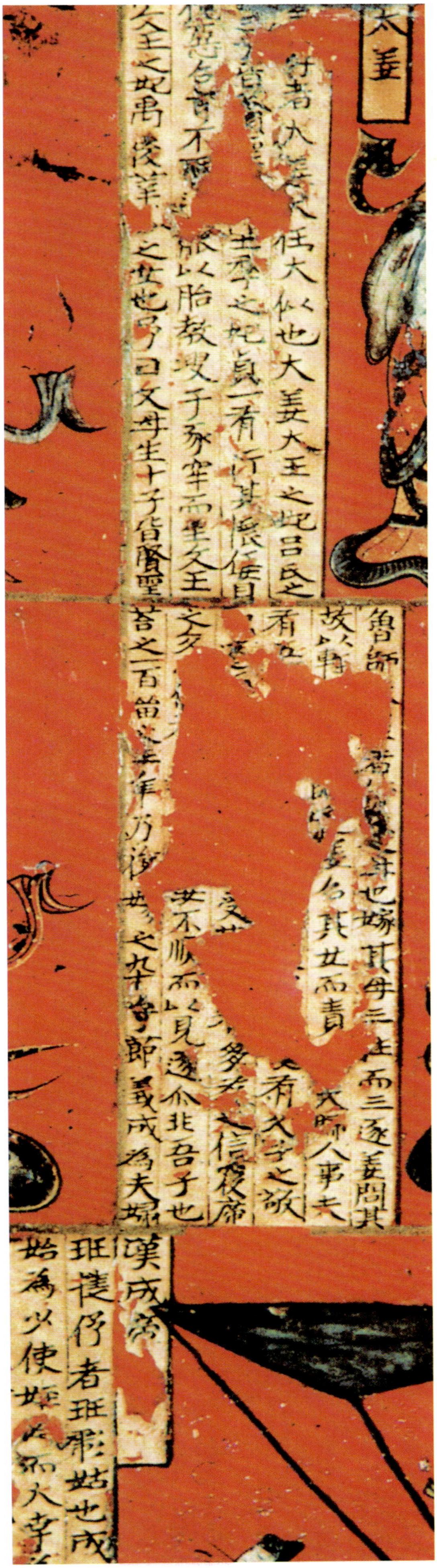

大姜
大任大似也大姜大王之妃吕氏之
王季之妃貞一者行其
能以胎教溲于豕牢而生文王
大王之妃禹後有莘之女也号曰文母生十子皆賢聖
魯師
也嫁其母三往而三逐姜問其
其女而責
大師人事夫
者文字之誼
世不服而以見遂介非吾子也
節義成為夫婦
漢成帝
班倢伃者班彪姑也成
始為少使

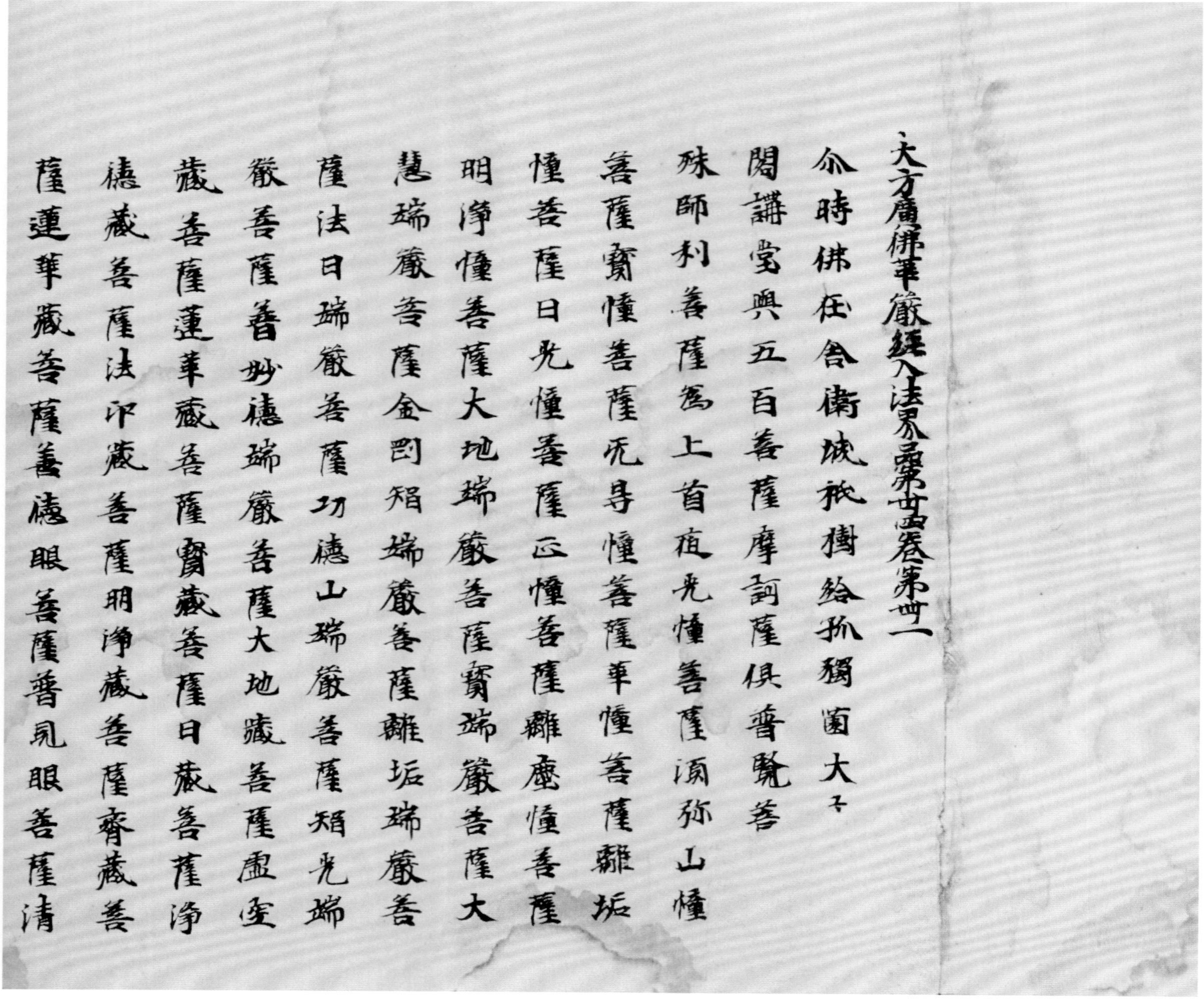
大方廣佛華嚴經入法界品第卅四卷第卌一
尒時佛在舍衛城祇樹給孤獨園大々
閣講堂與五百菩薩摩訶薩俱普賢菩
殊師利菩薩爲上首焰光幢菩薩須弥山幢
菩薩寶幢菩薩无导幢菩薩華幢菩薩離垢
幢菩薩日光幢菩薩正幢菩薩離塵幢菩薩
明淨幢菩薩大地端嚴菩薩寶端嚴菩薩大
慧端嚴菩薩金剛焰端嚴菩薩離垢端嚴菩
薩法日端嚴菩薩功德山端嚴菩薩焰光端
嚴菩薩普妙德端嚴菩薩大地藏菩薩虛空
藏菩薩蓮華藏菩薩寶藏菩薩日藏菩薩淨
德藏菩薩法印藏菩薩明淨藏菩薩齊藏菩
薩蓮華藏菩薩善德眼菩薩普見眼菩薩清

九七　華嚴經卷第四一　北魏　曹法壽（之一）

薩蓮華藏菩薩善德眼菩薩普賢眼菩薩清
淨眼菩薩離垢眼菩薩无导菩薩普眼菩薩
善觀眼菩薩青蓮華眼菩薩金剛眼菩薩寶
眼菩薩虛空眼菩薩善眼菩薩天冠菩薩普
照法界慧天冠菩薩道場天冠菩薩普照十
方天冠菩薩生諸佛藏天冠菩薩一切世間
最上天冠菩薩明淨天冠菩薩无量寶天冠
菩薩受一切如來師子坐天冠菩薩普照法
界虛空天冠菩薩梵王罔羅菩薩龍王罔羅
菩薩一切佛化光明罔羅菩薩道場罔羅菩
薩一切願海音摩尼寶王罔羅菩薩出生如
來光衆寶自在罔羅菩薩莊嚴一切虛空摩
尼寶王罔羅菩薩一切如來自在光幢摩尼
王網普覆罔羅菩薩一切佛音轉法輪罔羅
菩薩三世慧音罔羅菩薩大光菩薩離垢光
菩薩寶光菩薩離塵光菩薩夜光菩薩法光
菩薩寂靜光菩薩日光菩薩自在光菩薩

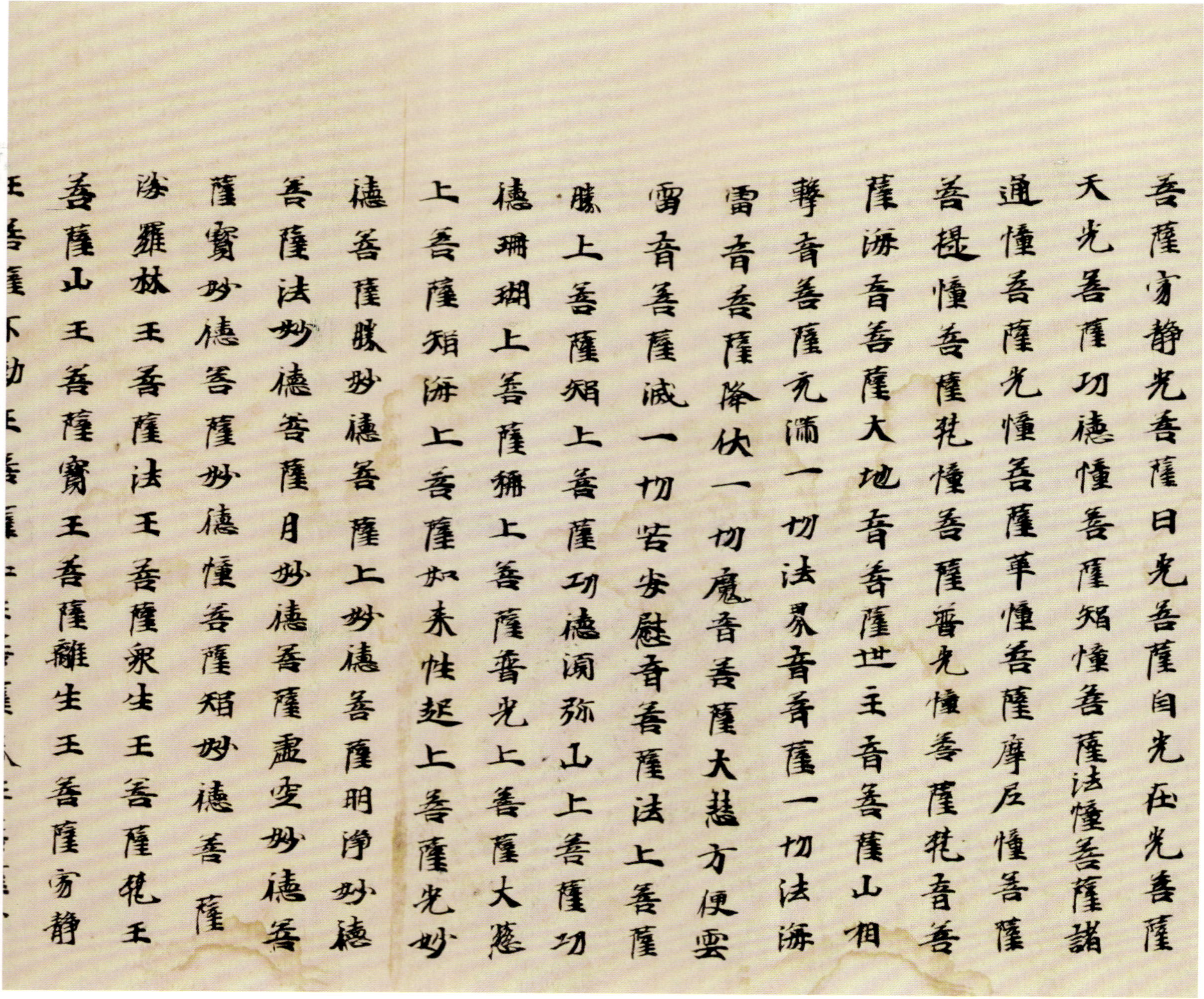
菩薩寂靜光菩薩日光菩薩自在光菩薩
天光菩薩功德幢菩薩焰幢菩薩法幢菩薩諸
通幢菩薩光幢菩薩華幢菩薩摩尼幢菩薩
菩提幢菩薩梵幢菩薩普光幢菩薩梵音菩
薩海音菩薩大地音菩薩世主音菩薩山相
擊音菩薩充滿一切法界音菩薩一切法海
雷音菩薩降伏一切魔音菩薩大慈方便雲
雷音菩薩滅一切苦安慰音菩薩法上菩薩
勝上菩薩焰上菩薩功德須彌山上菩薩功
德珊瑚上菩薩稱上菩薩普光上菩薩大慈
上菩薩焰海上菩薩如來性起上菩薩光妙
德菩薩勝妙德菩薩上妙德菩薩明淨妙德
菩薩法妙德菩薩月妙德菩薩虛空妙德菩
薩寶妙德菩薩妙德幢菩薩焰妙德菩薩
娑羅林王菩薩法王菩薩衆生王菩薩梵王
菩薩山王菩薩寶王菩薩離生王菩薩寂靜
王菩薩不動王菩

九七　華嚴經卷第四一　北魏　曹法壽（之二）

王菩薩不動王菩薩仙王菩薩勝王菩薩寂
靜音菩薩无㝵音菩薩說大地音菩薩大海
雷音菩薩雲音菩薩法光音菩薩盡空音菩
薩一切衆生善根雷音菩薩開悟過去願音
菩薩圓滿道音菩薩智須弥山音菩薩虛空
覺菩薩離垢覺菩薩无㝵覺菩薩善覺菩薩
普照三世覺菩薩廣覺菩薩普光覺菩薩法
界光覺菩薩如是等五百菩薩此諸菩薩皆
悉出生普賢之行境界无㝵充滿一切諸佛
刹故持无量身悉能往詣一切佛故具足无
㝵淨眼見一切佛明自在故至无量處一切
諸佛成正覺時悉能往詣現前見佛无休息
故无量智光普照一切諸法海故於无量劫
說不可盡辯清淨故究竟盡空界智慧境界
悉清淨故无所依心隨其所應現色身故除
滅癡瞖善分別知衆生界故盡空智慧放

大光網普照一切諸法界故復与五百大嚴
闍俱悉覺真諦證如實際深入法性離生死
海安住如來虛空境界離結使縛不著一切
遊行虛空於諸佛所疑惑悉滅深入信向諸
佛大海復与諸天王俱悉已恭敬供養過去
諸佛長夜饒益一切衆生心常行慈未曾忘
失守護羣生入勝智門不捨一切衆生出生
諸佛正法境界守護佛法受持佛性生如來
家專求一切智門尒時諸菩薩大德聞天人及
其眷屬咸作是念如來行如來智境界如來
持如來力如來无畏如來三昧如來住如來
勝妙功德如來身如來智一切天人无能知
无能度无能得處无能受无能思惟无能觀
察无能分別无能開發无能宣明无能爲人
如實解說除佛持力自在力威神力如來本
願力過去善根力親近善知識力清淨信心

九七　華嚴經卷第四一　北魏　曹法壽　（之三）

願力過去善根力親近善知識力清淨信心
方便力樂求勝妙法力清淨正直菩提心力
深心一切智願力又諸大衆種々意種々欲
種々解種々語種々地種々根種々方便種
々心境界種々依如來功德種々樂聞法世
尊往昔發一切智願求一切智菩薩諸願清
淨波羅蜜菩薩諸地菩薩滿足行菩薩莊嚴
菩薩方便莊嚴菩薩道莊嚴菩薩出生方便
海莊嚴菩薩在自莊嚴菩薩本生海菩提門
自在海如來自在轉法輪如來刹清淨自在
如來方便莊嚴衆生界如來法王法如來道
明普照一切如來自在入一切衆生處如來
爲一切衆生作衆上福田如來爲一切衆生
說功德達親三輪化度一切羣生唯願世尊
大悲慈愍具足顯現爾時世尊知諸大衆心
之所念以大悲身大悲門大悲爲首大悲隨

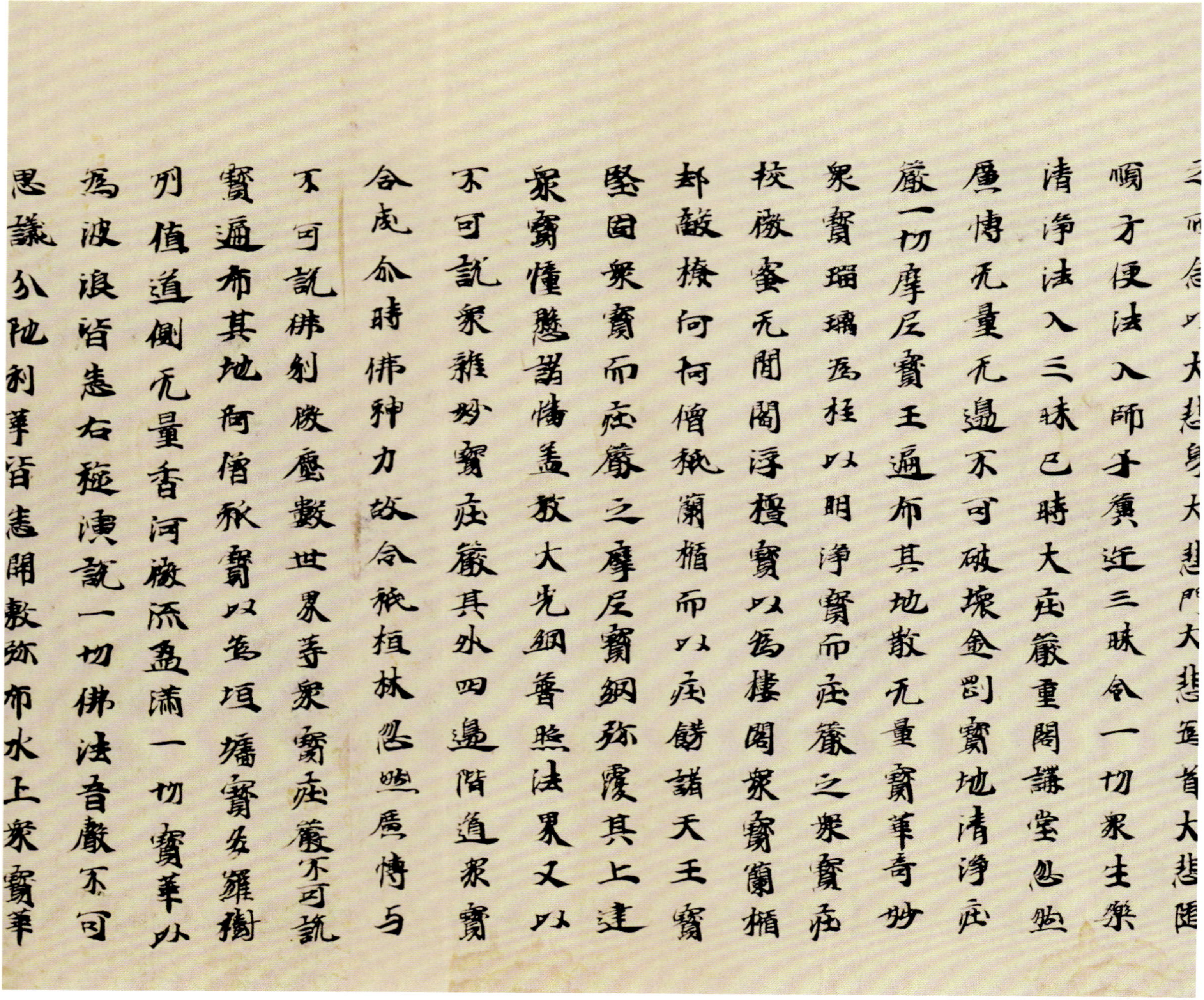

之而念以大悲身大悲門大悲為首大悲隨
順方便法入師子奮迅三昧令一切衆生樂
清淨法入三昧已時大莊嚴重閣講堂忽然
廣博無量無邊不可破壞金剛寶地清淨莊
嚴一切摩尼寶王遍布其地散無量寶華奇妙
衆寶瑠璃為柱以明淨寶而莊嚴之衆寶莊
校微密無間閻浮檀寶以為樓閣衆寶欄楯
却敵櫓向阿僧祇欄楯而以莊飾諸天王寶
堅固衆寶而莊嚴之摩尼寶網彌覆其上建
衆寶幢懸諸幡蓋放大光網普照法界又以
不可說衆雜妙寶莊嚴其外四邊階道衆寶
合成爾時佛神力故令祇桓林忽然廣博與
不可說佛剎微塵數世界等衆寶莊嚴不可說
寶遍布其地阿僧祇寶以為垣牆寶多羅樹
列值道側無量香河微流盈滿一切寶華以
為波浪皆悉右旋演說一切佛法音聲不可
思議分陀利華皆悉開敷彌布水上衆寶華

九七　華嚴經卷第四一　北魏　曹法壽（之四）

思議分陁利華皆悉開敷弥布水上衆寶華
樹高顯榮茂列植其岸不可思議樓閣摩尼
寶網羅覆其上阿僧祇妙寶莊嚴光明普照
阿僧祇摩尼寶王莊嚴其地出衆妙香建立
无量摩尼王幢香幢衣幢幡幢繒幢華幢莊
嚴具幢鬘幢寶瓔帶幢衆寶蓋幢大摩尼幢
普照摩尼寶幢出佛音幢師子寶王幢出一
切佛本生海幢一切法界幢摩尼寶王幢以
爲莊嚴時祇桓林上虛空中有不可思議天
寶宮殿雲不可思議衆香樹雲不可說須弥
山雲莊嚴虛空不ゝ可ゝ說ゝ衆寶樂器演妙法
音讚詠如來不可說寶樹雲弥覆虛空不
可說衆寶生雲覆以寶衣菩薩處上歎佛
功德不可說天寶像雲以爲莊嚴不可說白
淨真珠網雲以爲莊嚴不可說妙解脫樓閣雲
以爲莊嚴不可說妙解脫音樂雲雨以爲莊

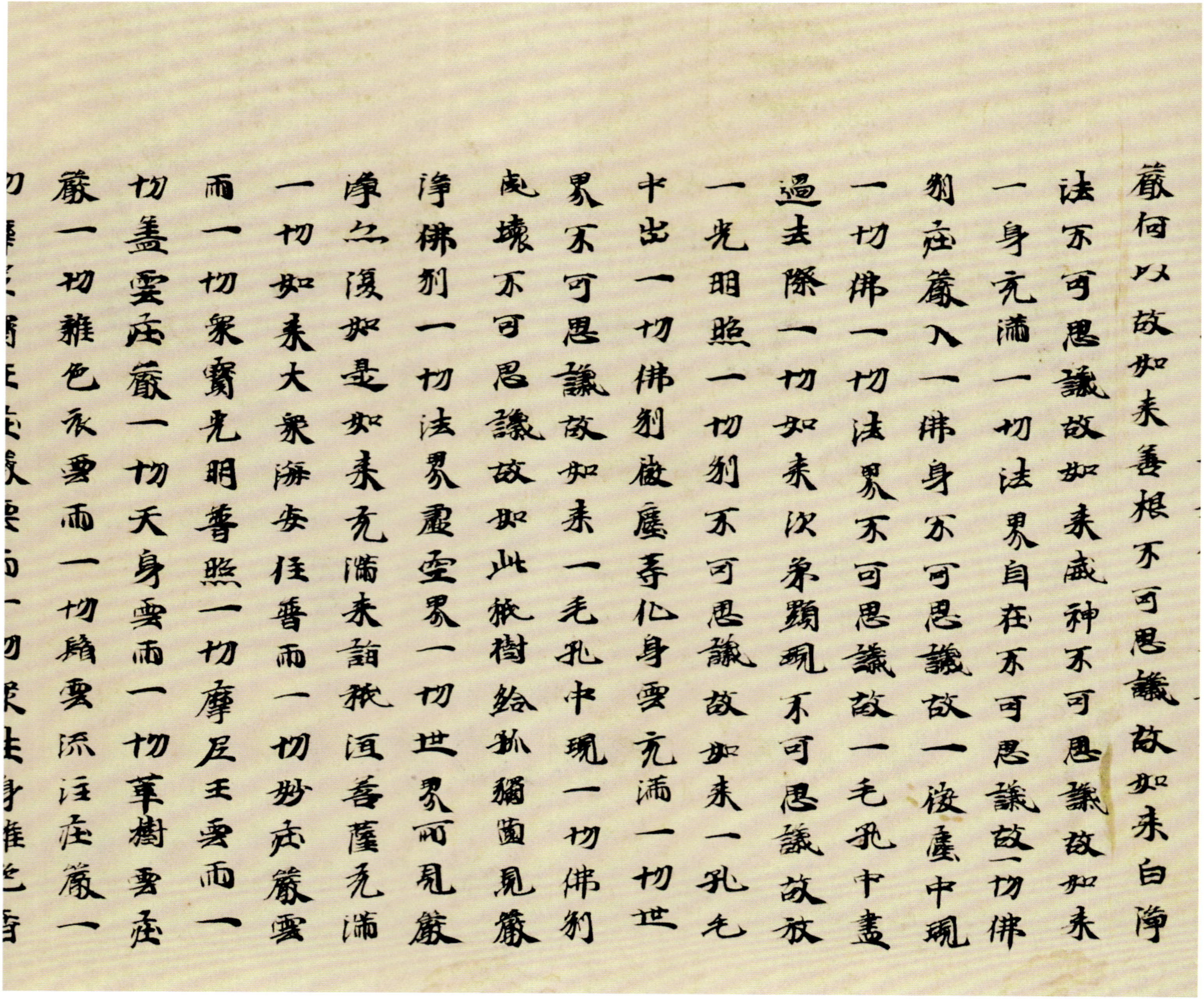
嚴何以故如來善根不可思議故如來白淨
法不可思議故如來威神不可思議故如來
一身充滿一切法界自在不可思議故一切佛
刹莊嚴入一佛身不可思議故一微塵中現
一切佛一切法界不可思議故一毛孔中盡
過去際一切如來次弟顯現不可思議故放
一光明照一切刹不可思議故如來一孔毛
中出一切佛刹微塵等化身雲充滿一切世
界不可思議故如來一毛孔中現一切佛刹
成壞不可思議故如此祇樹給孤獨園見嚴
淨佛刹一切法界虛空界一切世界所見嚴
淨亦復如是如來充滿來詣祇洹菩薩充滿
一切如來大眾海安住香雨一切妙莊嚴雲
雨一切眾寶光明普照一切摩尼王雲雨一
切蓋雲莊嚴一切天身雲雨一切華樹雲莊
嚴一切雜色衣雲雨一切鬘雲流注莊嚴一

九七　華嚴經卷第四一　北魏　曹法壽（之五）

切摩尼寶王莊嚴雲雨一切衆生身雜色香
雲雨寶華雲諸天女雲各持妙寶於虛空中
迴轉莊嚴一切衆寶鉢曇摩華雜寶師子坐
莊嚴虛空尒時東方過不可說佛刹微塵等
世界海有世界名金剛雲明淨燈莊嚴佛号
明淨妙德王彼大衆中有菩薩明名淨鏡光
明與不可說佛刹微塵等菩薩俱來向此土
興種種雲莊嚴虛空所謂興天華雲散天末
香雲盡天鬘帶雲雨天寶雲天莊嚴雲天寶
蓋雲天寶衣雲天幢蓋雲滿虛空以可悅
樂衆寶莊嚴來詣佛所恭敬供養即於東方
化作一切莊嚴樓閣寶蓮華藏師子之坐加
意寶網羅覆其身與其眷屬結跏趺坐南方
過不可說佛刹微塵等世界有世界名金剛
藏佛号普照妙德王彼大衆中有菩薩名不
可壞精進勢王與不可說佛刹微塵等菩薩
俱來向此土

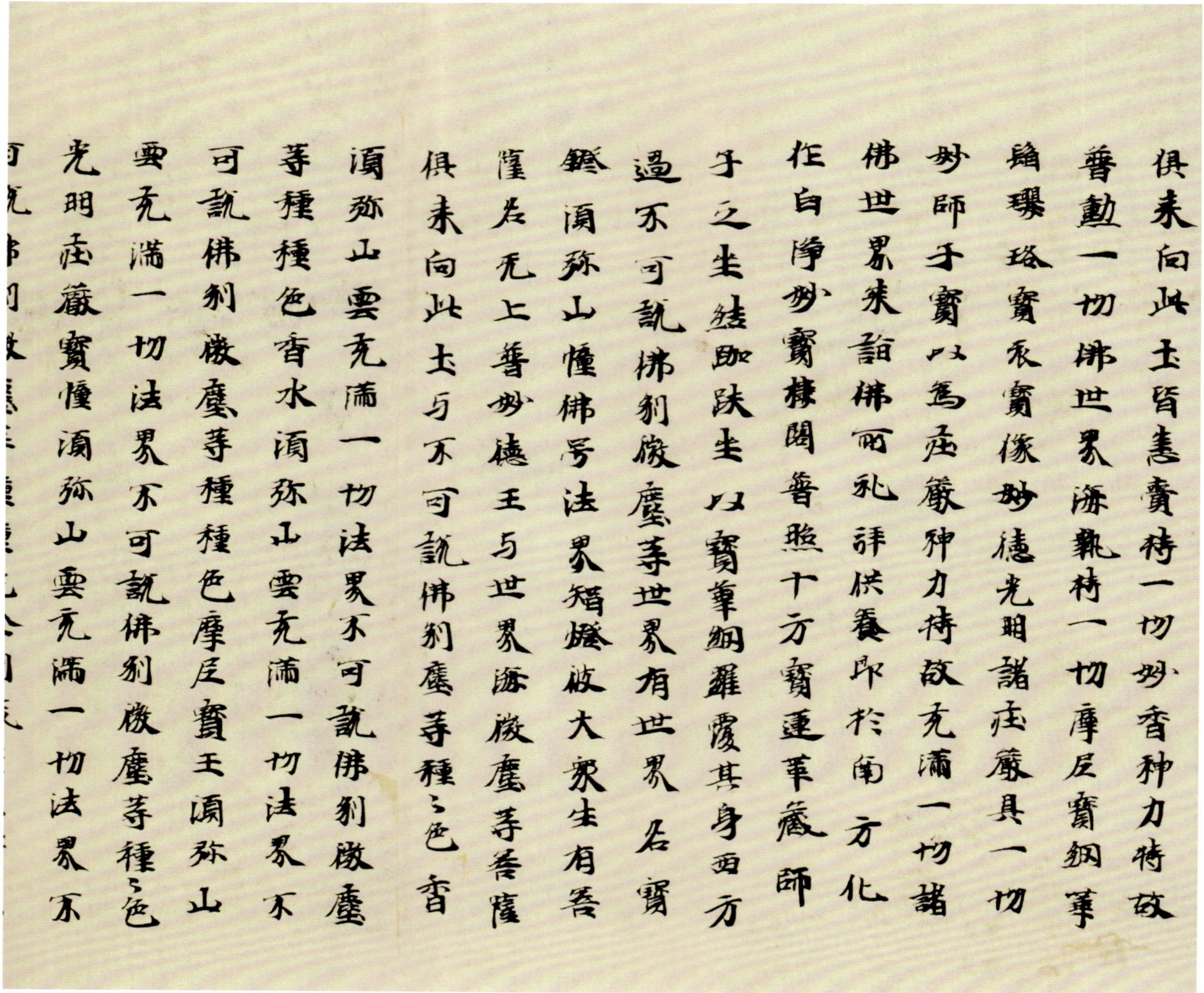
俱來向此土皆悉齎持一切妙香神力持故
普動一切佛世界海執持一切摩尼寶網華
鬘瓔珞寶衣寶像妙德光明諸莊嚴具一切
妙師子寶以為莊嚴神力持故充滿一切諸
佛世界來詣佛所禮拜供養即於南方化
作白淨妙寶樓閣普照十方寶蓮華藏師
子之坐結跏趺坐以寶華網羅覆其身西方
過不可說佛剎微塵等世界有世界名寶
燈須彌山幢佛號法界智燈彼大眾中有菩
薩名無上普妙德王與世界海微塵等菩薩
俱來向此土與不可說佛剎塵等種種色香
須彌山雲充滿一切法界不可說佛剎微塵
等種種色香水須彌山雲充滿一切法界不
可說佛剎微塵等種種色摩尼寶王須彌山
雲充滿一切法界不可說佛剎微塵等種種色
光明莊嚴寶幢須彌山雲充滿一切法界不

九七　華嚴經卷第四一　北魏　曹法壽（之六）

可說佛剎微塵等種種色金剛藏摩尼寶王
須弥山雲充滿一切法界不可說佛剎微塵
等閻浮檀寶幢須弥山雲充滿一切法界不
可說佛剎微塵等摩尼寶王遍照一切法界
須弥山雲普覆虛空一切如來不可說佛剎
微塵等相好摩尼寶王普照須弥山雲充滿
一切衆生境界一切如來為菩薩時不可說
佛剎微塵等所行須弥山雲充滿法界一切
如來示現不可說佛剎微塵等莊嚴道場來
詣佛所礼拜供養即於西方化作一切香王
樓閣以真珠寶網羅覆其上如帝釋幢寶蓮
華藏師子之坐結跏趺坐金色寶網羅覆其
身如意寶王為髻明珠北方過不可說佛剎微
塵等世界有世界名寶衣光明幢佛号法界
虛空妙德彼大衆中有菩薩名无导妙德藏
王与世界海微塵等菩薩俱來向此土以一切

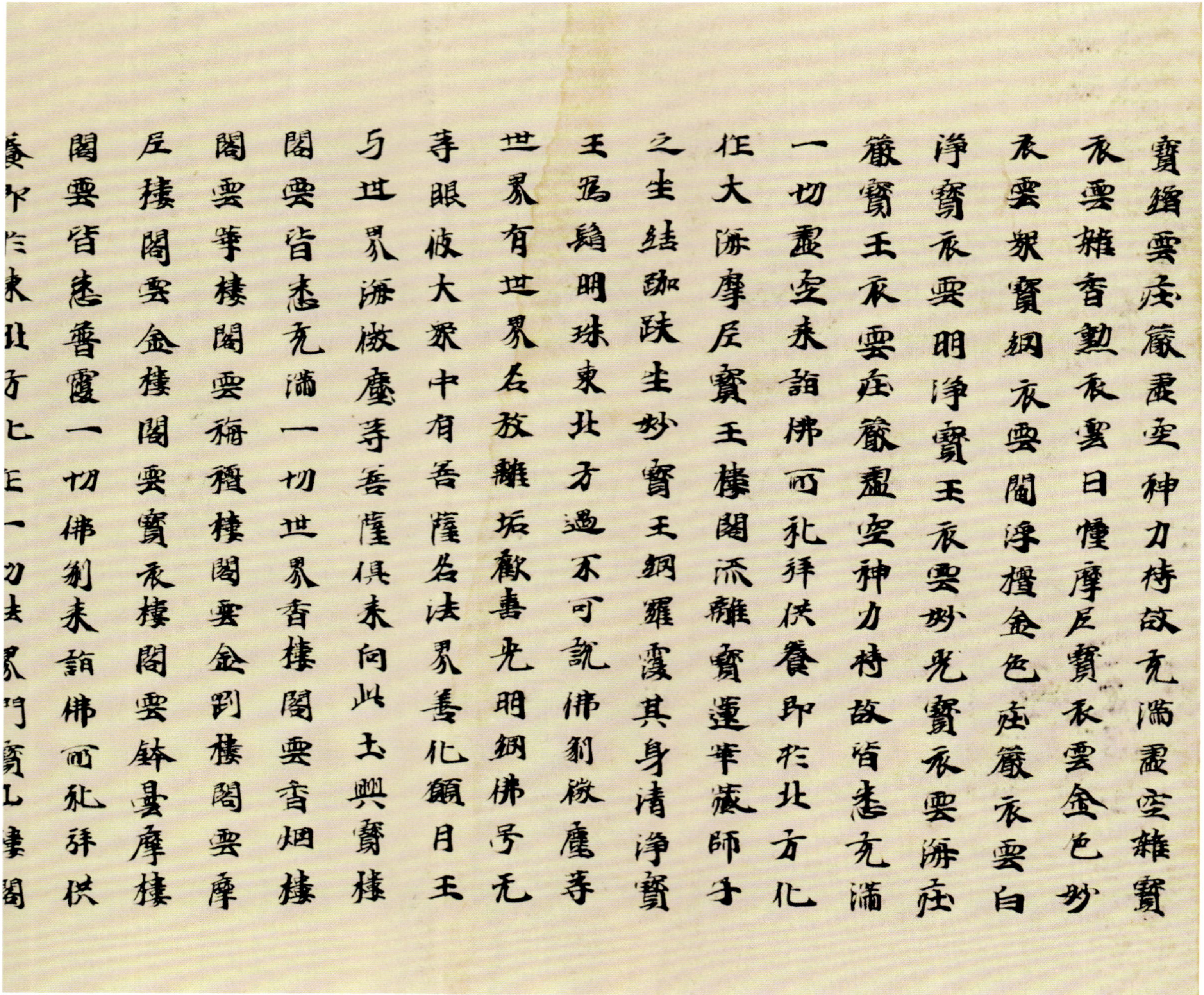

寶鎧雲莊嚴虛空神力持故充滿虛空雜寶
衣雲雜香勳衣雲日幢摩尼寶衣雲金色妙
衣雲衆寶網衣雲閻浮檀金色莊嚴衣雲白
淨寶衣雲明淨寶王衣雲妙光寶衣雲海莊
嚴寶王衣雲莊嚴虛空神力持故皆悉充滿
一切虛空來詣佛所禮拜供養即於北方化
作大海摩尼寶王樓閣流離寶蓮華藏師子
之坐結跏趺坐妙寶王網羅覆其身清淨寶
王為鷄明珠東北方過不可說佛刹微塵等
世界有世界名放離垢歡喜光明網佛号无
等眼彼大衆中有菩薩名法界善化願月王
与世界海微塵等菩薩俱來向此土興寶樓
閣雲皆悉充滿一切世界香樓閣雲香烟樓
閣雲華樓閣雲種種樓閣雲金剛樓閣雲摩
尼樓閣雲金樓閣雲寶衣樓閣雲鉢曇摩樓
閣雲皆悉普覆一切佛刹來詣佛所禮拜供
養即於東北方化作一切法界門寶山樓閣

九七　華嚴經卷第四一　北魏　曹法壽（之七）

養即於東北方化作一切法界門寶山樓閣
不可稱香王寶蓮華藏師子之坐結跏趺坐
摩尼華網羅覆其身妙莊嚴藏摩尼寶王以
為天冠東南方過不可說佛剎微塵等世界
有世界名香雲莊嚴幢佛号龍自在王彼大
衆中有菩薩名法義慧炎王与世界微塵等
菩薩俱來向此土興无量金色圓滿光雲普
覆虛空无量寶色圓滿光雲佛白毫相圓滿
光雲衆寶雜色圓滿光雲寶蓮華藏圓滿光
雲衆寶樹華圓滿光雲如來无見頂相圓滿
光雲閻浮檀金色圓滿光雲日光圓滿光雲
月光圓滿光雲普覆虛空來詣佛所礼拜供
養即於東南方化作明淨摩尼寶王樓閣金
剛寶蓮華藏師子之坐結跏趺坐寶炎光網
羅覆其身西南方過不可說佛剎微塵等世
界有世界名日光藏佛号法月普照智王彼
大衆中有菩薩名壞散一切衆魔智幢王与

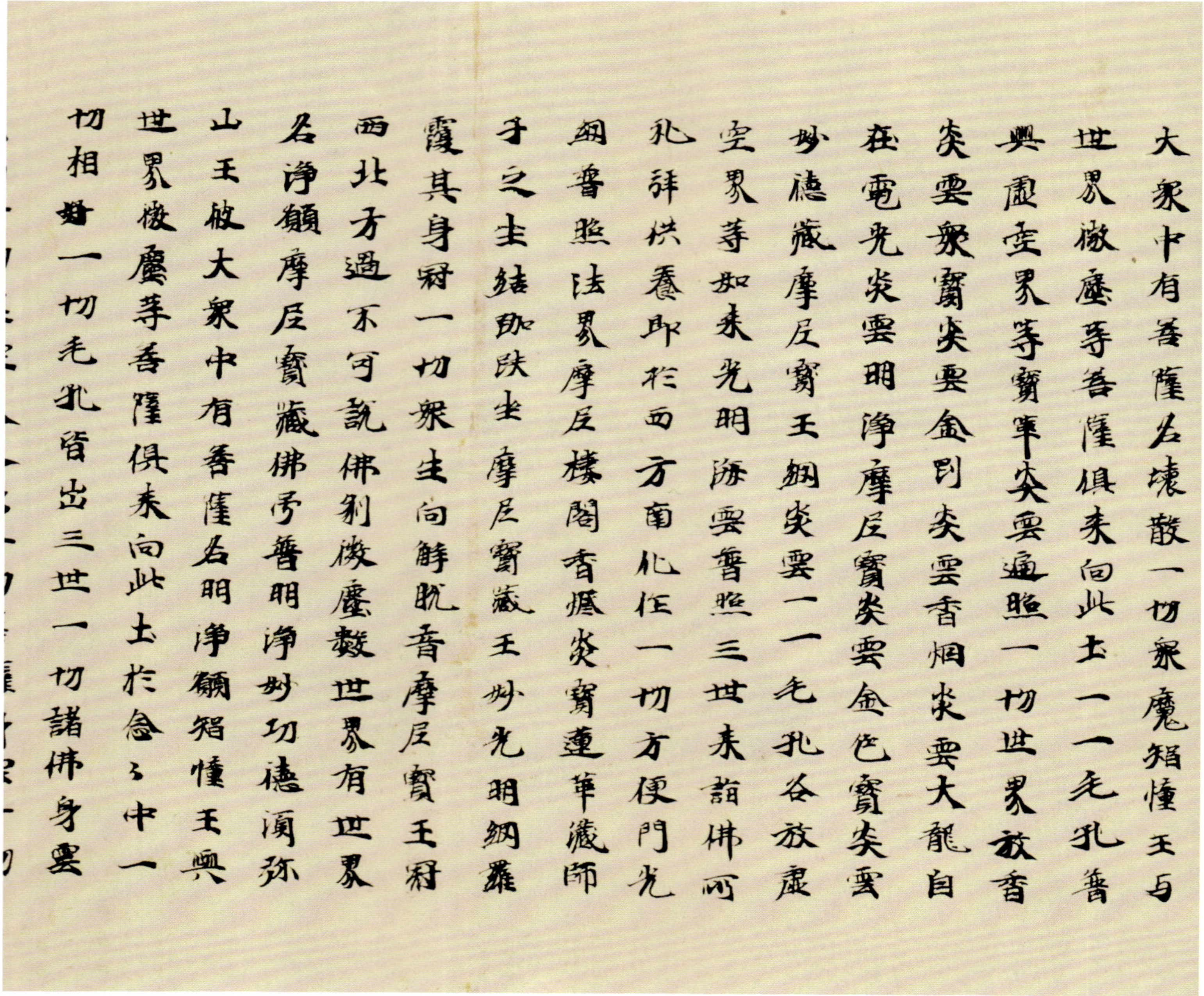
大衆中有菩薩名壞散一切衆魔幢王与
世界微塵等菩薩俱來向此土一一毛孔普
興虚空界等寶華炎雲遍照一切世界放香
炎雲衆寶炎雲金剛炎雲香烟炎雲大龍自
在電光炎雲明淨摩尼寶炎雲金色寶炎雲
妙德藏摩尼寶王網炎雲一一毛孔各放虚
空界等如來光明海雲普照三世來詣佛所
禮拜供養即於西方化作一切方便門光
網普照法界摩尼樓閣香鑪炎寶蓮華藏師
子之座結跏趺坐摩尼寶藏王妙光明網羅
覆其身冠一切衆生向解脫音摩尼寶王冠
西北方過不可說佛刹微塵數世界有世界
名淨願摩尼寶藏佛号普明淨妙功德須弥
山王彼大衆中有菩薩名明淨願焰幢王與
世界微塵等菩薩俱來向此土於念念中一
切相好一切毛孔皆出三世一切諸佛身雲

九七　華嚴經卷第四一　北魏　曹法壽（之八）

充滿一切虛空界又出一切菩薩身雲一切
如來眷屬身雲一切如來變化身雲一切如
來本生身雲一切聲聞緣覺身雲一切如來
道場菩提樹雲一切如來自在雲一切世界
王身雲一切嚴淨佛刹雲於念念中一切相
好一切毛孔皆出如是等雲充滿虛空 來詣
佛所礼拜供養即於西北方化作諸方清淨
摩尼妙寶樓閣清淨一切眾生摩尼寶蓮華
藏師子之座結跏趺坐堅固光明真珠寶網
羅覆其身首冠普覆摩尼寶冠下方過不可
說佛刹微塵等世界有世界名一切如來光
圓滿清淨佛號無等虛空幢王彼大眾中
有菩薩名壞散一切鄣翳慧勢王与世界微
塵等菩薩俱來向此土於一切毛孔出一切
眾生語海音雲三世菩薩行海音雲一切菩
薩願音雲一切菩薩成滿清淨波羅蜜音雲

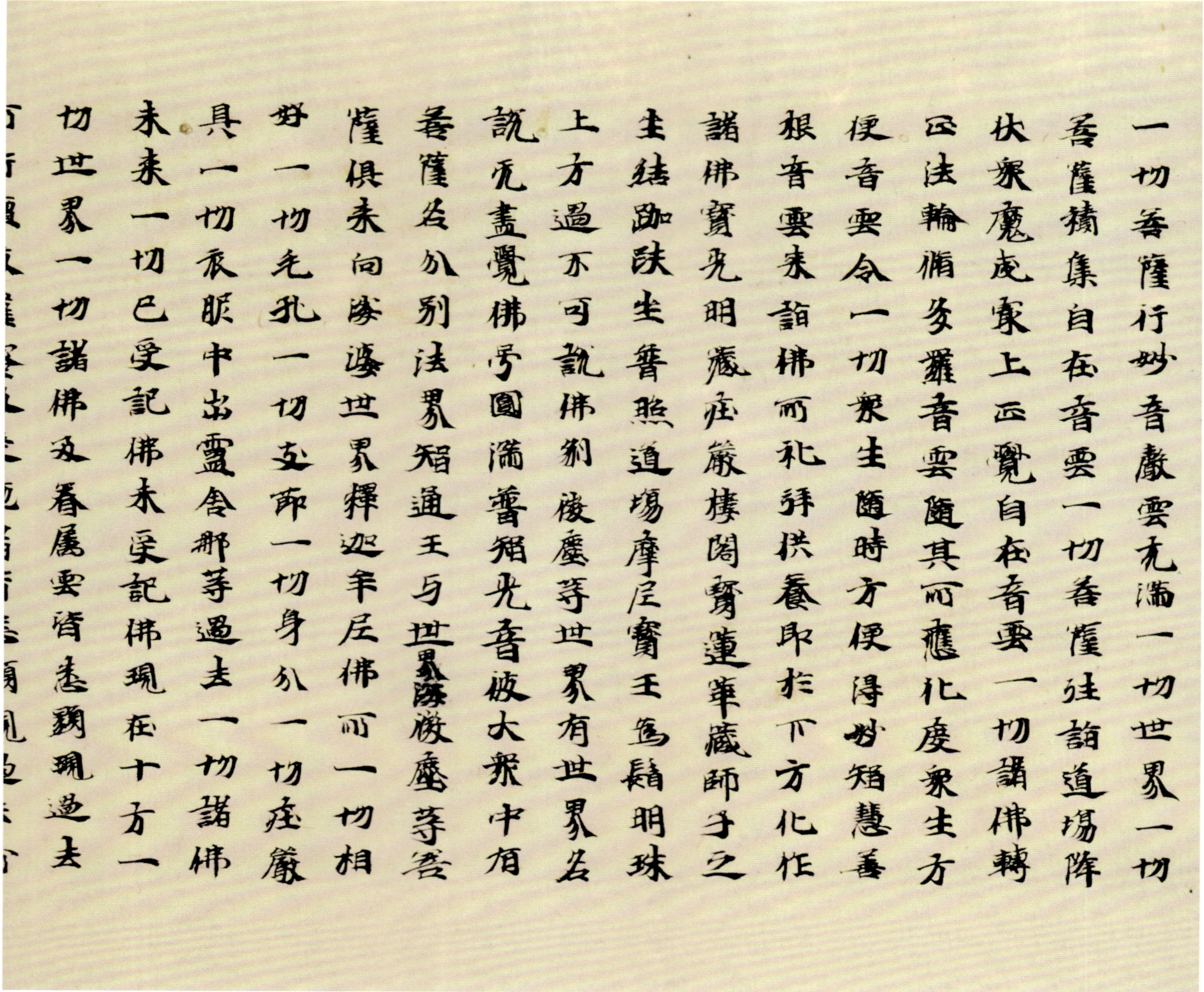
一切菩薩行妙音嚴雲充滿一切世界一切
菩薩積集自在音雲一切菩薩往詣道場降
伏衆魔成無上正覺自在音雲一切諸佛轉
正法輪脩多羅音雲隨其所應化度衆生方
便音雲令一切衆生隨時方便得妙智慧善
根音雲來詣佛所礼拜供養即於下方化作
諸佛寶光明藏莊嚴樓閣寶蓮華藏師子之
坐結跏趺坐普照道場摩尼寶王為髻明珠
上方過不可說佛刹微塵等世界有世界名
說無盡覺佛号圓滿普智光音彼大衆中有
菩薩名分別法界智通王與世界海微塵等菩
薩俱來向娑婆世界釋迦牟尼佛所一切相
好一切毛孔一切支節一切身分一切莊嚴
具一切衣服中出盧舍那等過去一切諸佛
未來一切已受記佛未受記佛現在十方一
切世界一切諸佛及眷屬雲皆悉顯現過去

九七　華嚴經卷第四一　北魏　曹法壽（之九）

所行種波羅蜜及受施者皆悉顯現過去所
循尸波羅蜜持戒清淨過去羼提波羅蜜割截
支節心不動亂過去循習毗梨耶波羅蜜
過去循習一切如來禪波羅蜜海過去循習
一切如來轉淨法輪過去一切悉捨不耆壽
命過去歡喜樂求諸菩薩道過去出生菩薩清
淨大莊嚴願過去一切菩薩力波羅蜜過去一
切菩薩圓滿智慧皆悉具足出如是等諸自在
雲充滿法界皆悉顯現來詣佛所禮拜供養
即於上方化作金剛莊嚴藏樓閣青剛金寶
蓮華藏師子之坐結跏趺坐一切寶網羅覆
其身三世佛号摩尼寶王為髻明珠是諸菩
薩及其眷屬皆悉具足普賢行願成就三世
諸佛清淨智眼轉一切佛淨妙法轉禍承諸
佛勝妙音聲循多羅海具足一切菩薩自在
究竟彼岸於念念中悉詣一切諸如來所現

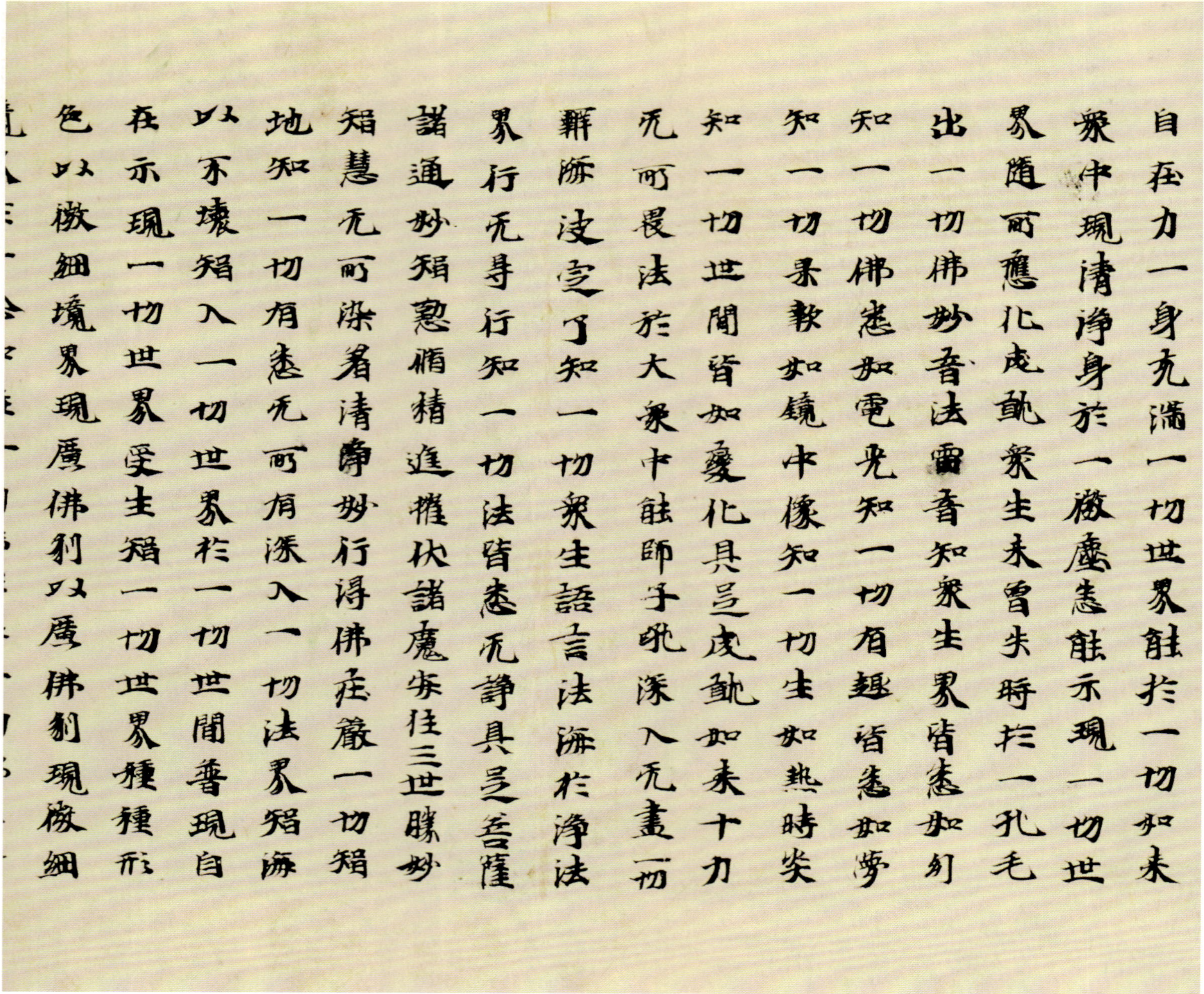
自在力一身充滿一切世界能於一切如來
衆中現清淨身於一微塵悉能示現一切世
界隨所應化成熟衆生未曾失時於一孔毛
出一切佛妙音法雷音知衆生界皆悉如幻
知一切佛悉如電光知一切有趣皆悉如夢
知一切果報如鏡中像知一切生如熱時炎
知一切世間皆如變化具足成熟如來十力
无可畏法於大衆中能師子吼深入无盡一切
辯海波之了知一切衆生語言法海於淨法
界行无身行知一切法皆悉无諍具足菩薩
諸通妙智勇猛精進摧伏諸魔安住三世勝妙
智慧无可染着清淨妙行得佛莊嚴一切智
地知一切有悉无可有深入一切法界智海
以不壞智入一切世界於一切世間普現自
在示現一切世界受生智一切世界種種形
色以微細境界現廣佛刹以廣佛刹現微細

九七　華嚴經卷第四一　北魏　曹法壽（之一〇）

境界於一念中住一切佛住得一切佛住持
報身得清淨慧了知十方一切剎海於一念
中悉能出生无量自在遍滿十方一切世界
海此諸菩薩皆悉成就如是等无量功德滿
祇洹林皆是如來威神力故尒時諸大聲聞
舍利弗目揵連摩訶迦葉離波多須菩提阿
泥盧豆難陀金毗羅迦旃延富樓那彌多羅
尼子如是等諸大聲聞在祇洹林而悉不見
如來自在如來莊嚴如來境界如來變化如
來師子吼如來妙功德如來自在行如來勢
力如來住持力清淨佛剎如是等事皆悉不
見亦復不見不可思議菩薩大會菩薩境界
自在變化菩薩眷屬所隨來方妙寶莊嚴諸
師子坐菩薩宮殿三昧自在周遍觀察菩薩
奮迅懃行精進供養諸佛菩薩受記長養善
根菩薩受身清淨法身報身願身色身相好

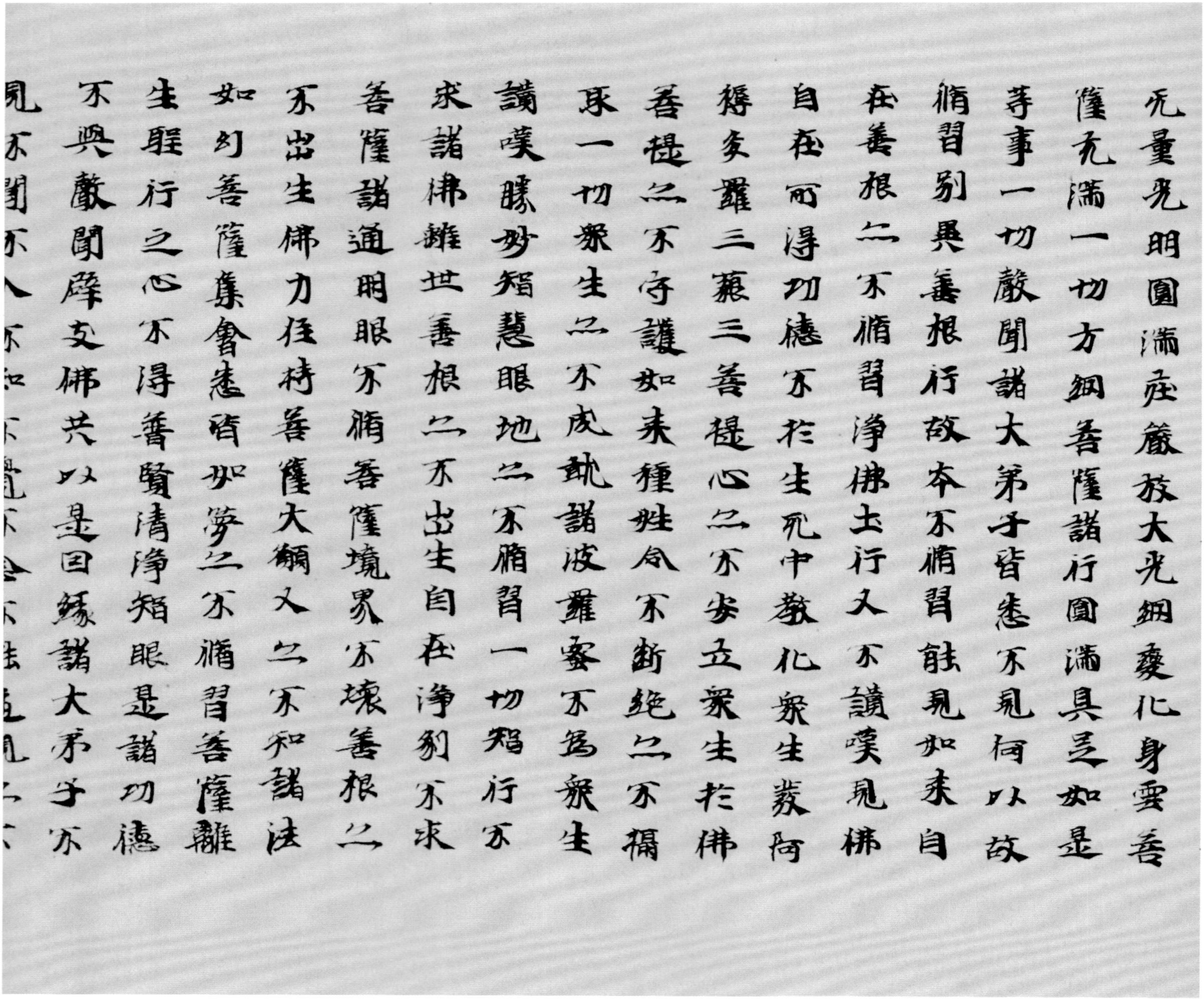

无量光明圓滿莊嚴放大光網變化身雲菩
薩无滿一切方網菩薩諸行圓滿具足如是
等事一切聲聞諸大弟子皆悉不見何以故
脩習別異善根行故本不脩習能見如來自
在善根二不脩習淨佛土行又不讚歎見佛
自在所得功德不於生死中教化眾生發阿
耨多羅三藐三菩提心之不安立眾生於佛
菩提之不守護如來種姓命不斷絕之不攝
取一切眾生之不成就諸波羅蜜不為眾生
讚歎勝妙智慧眼地之不脩習一切智行不
求諸佛離世善根之不出生自在淨剎不求
菩薩諸通明眼不脩菩薩境界不壞善根之
不出生佛力住持菩薩大願又之不知諸法
如幻菩薩集會悉皆如夢之不脩習菩薩離
生歡行之心不得普賢清淨智眼是諸功德
不與聲聞辟支佛共以是因緣諸大弟子不
見不聞不入不知不覺不念不

九七　華嚴經卷第四一　北魏　曹法壽（之一一）

見不聞不入不知不覺不念不能遍觀之亦
生意何以故此是菩薩智慧境界非諸聲聞
智慧境界是故諸大弟子在祇洹林不見如
來自在神力之无三昧清淨智眼於微細象
見諸境界之无法門神力境界之无諸力勝
妙功德之无是處智之无智眼能見聞覺知
及生意念之不樂觀不能讃歎不能顯現不
能施与不能勸化安立衆生於彼妙法何以
故以聲聞乘出三界故又以滿足聲聞之道
住聲聞果不能具足无所有智住真實諦常
樂寂靜遠離大悲常自調伏捨離衆生是故
雖与如來對面而坐不能覺知神變自在辟
如餓鬼裸形飢渴舉身燒燃爲諸虎狼毒獸
所逼往詣恒河欲求水飲或見枯竭或見灰
炭何以者何悉由宿行罪業鄣故一切聲聞
亦復如是雖在祇洹不覩如來自在神力所
以者何无明瞖覆淨眼故辟如有人於大

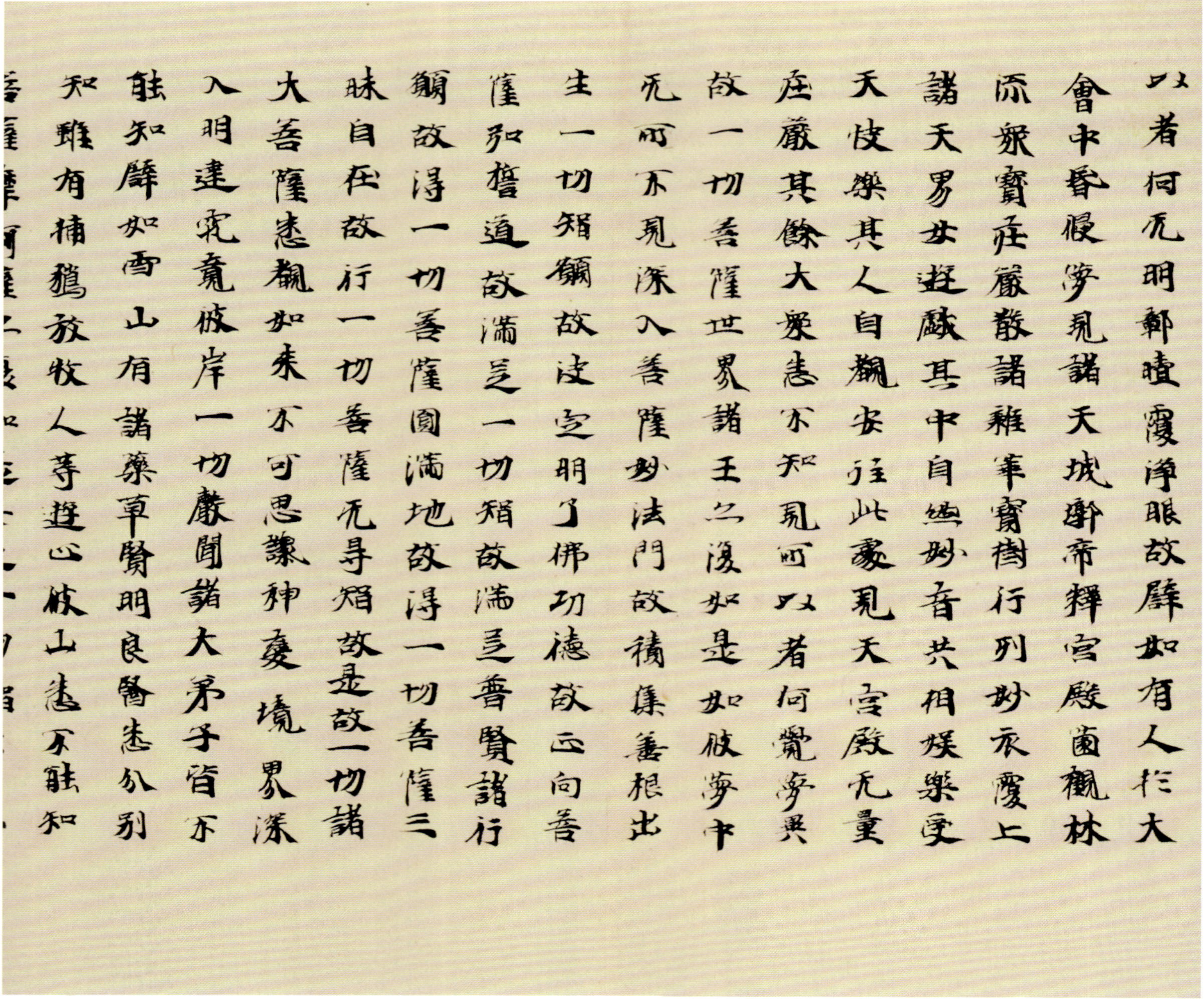
以者何无明翳障覆淨眼故譬如有人於大
會中昏寢夢見諸天城郭帝釋宮殿園觀林
流衆寶莊嚴散諸雜華寶樹行列妙衣覆上
諸天男女遊戲其中自然妙音共相娛樂受
天伎樂其人自觀安住此處見天宮殿无量
莊嚴其餘大衆悉不知見所以者何覺夢異
故一切菩薩世界諸王之後如是如彼夢中
无所不見深入菩薩妙法門故積集善根出
生一切智願故淨空明了佛功德故正向菩
薩智慧道故滿足一切智故滿足普賢諸行
願故得一切菩薩圓滿地故得一切菩薩三
昧自在故行一切菩薩无礙智故是故一切諸
大菩薩悉觀如來不可思議神變境界深
入明達究竟彼岸一切聲聞諸大弟子皆不
能知譬如雪山有諸藥草賢明良醫悉分別
知雖有捕獵放牧人等遊心彼山悉不能知

九七　華嚴經卷第四一　北魏　曹法壽（之一二）

菩薩摩訶薩亦復如是具足一切智出生一
切菩薩自在明了如來神足變化彼諸聲
聞大弟子衆雖處祇洹悉不覺知所以者何常
求自安不廣濟故譬如地中有諸寶藏唯呪
術者悉能別知記錄庫藏以自資給奉養父
母根所親屬憐濟貧乏菩薩摩訶薩亦復如
是以淨慧眼入佛自在不可思議神力境界
普入无量方便大海諸三昧海恭敬供養一
切諸佛守護正法以四攝法攝承衆生諸大
聲聞雖處祇洹不覩如來自在神變譬如盲
人至大寶洲行住坐卧不見衆寶此諸聲聞
亦復如是在祇洹林大法寶洲覩侍世尊不
覩如來自在神變菩薩大衆所以者何不得
菩薩清淨眼故不能次第覺法界故譬如有
人以明淨藥而用治眼於闇夜中處在大衆
悉見衆生人行住坐卧餘人不見如來亦尒
逮得无碍清淨[illegible]

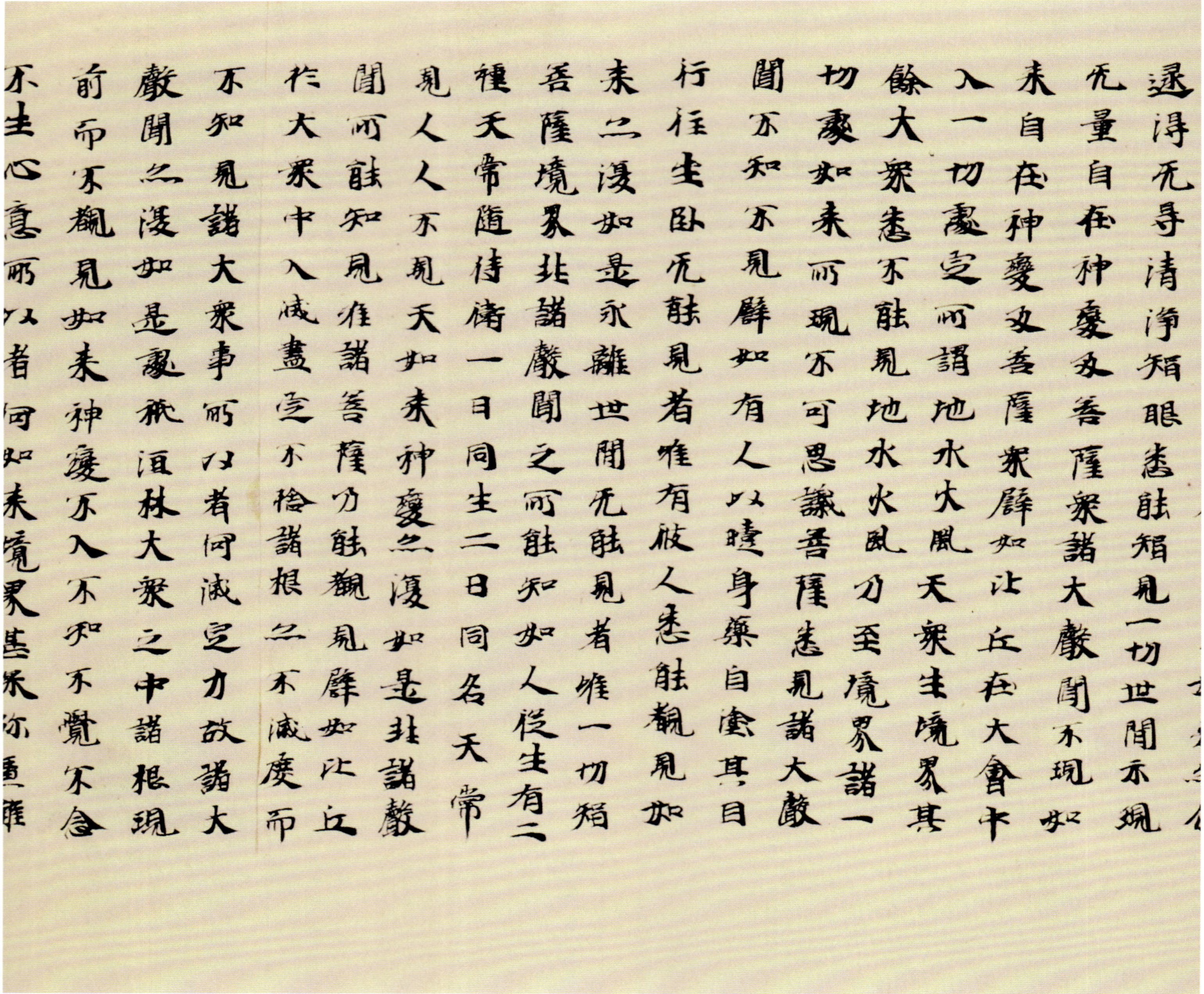

逮得无㝵清淨智眼悉能智見一切世間示現
无量自在神變及菩薩衆諸大聲聞不現如
來自在神變及菩薩衆譬如比丘在大會中
入一切處定所謂地水火風天衆生境界其
餘大衆悉不能見地水火風乃至境界諸一
切處如來所現不可思議菩薩悉見諸大聲
聞不知不見譬如有人以瞖身藥自塗其目
行住坐臥无能見者唯有彼人悉能覩見如
來亦復如是永離世間无能見者唯一切智
菩薩境界非諸聲聞之所能知如人從生有二
種天常隨侍衛一日同生二日同名天常
見人人不見天如來神變亦復如是非諸聲
聞所能知見唯諸菩薩乃能覩見譬如比丘
於大衆中入滅盡定不捨諸根亦不滅覺而
不知見諸大衆事所以者何滅定力故諸大
聲聞亦復如是處祇洹林大衆之中諸根現
前而不覩見如來神變不入不知不覺不念
不生心意所以者何如來境界甚深難

九七　華嚴經卷第四一　北魏　曹法壽（之一三）

不生心意所以者何如來境界甚深彌廣難
知難見難得源底无有限量遠離世間不可
思議无能壞者非諸聲聞緣覺境界尒時明
淨願光明菩薩承佛神力觀察十方以偈頌
曰

聽察堅固人　菩提難思議　祇洹林顯現　无量自在法
如來神力持　顯現无量德　世間悉迷惑　不知諸佛法
法王甚深法　无量難思議　顯現大變化　一切莫能測
如來莊嚴相　讚嘆不可盡　以法无相故　宣明一切佛
最勝於祇洹　顯現自在力　甚深不可議　遠離言語道
觀察无量德　菩薩衆雲集　不思議剎來　供養於最勝
悉滿諸大願　常脩无导行　一切諸世間　莫能知其心
一切諸緣覺　无量大聲聞　皆悉不能知　菩薩行境界
菩薩大智慧　一切莫能壞　遠離諸癡惑　究竟深智地
最大名稱人　深入无量定　顯現自在力　充滿諸法界

尒時不可壞精進勢王菩薩承佛神力觀察
十方以偈頌曰

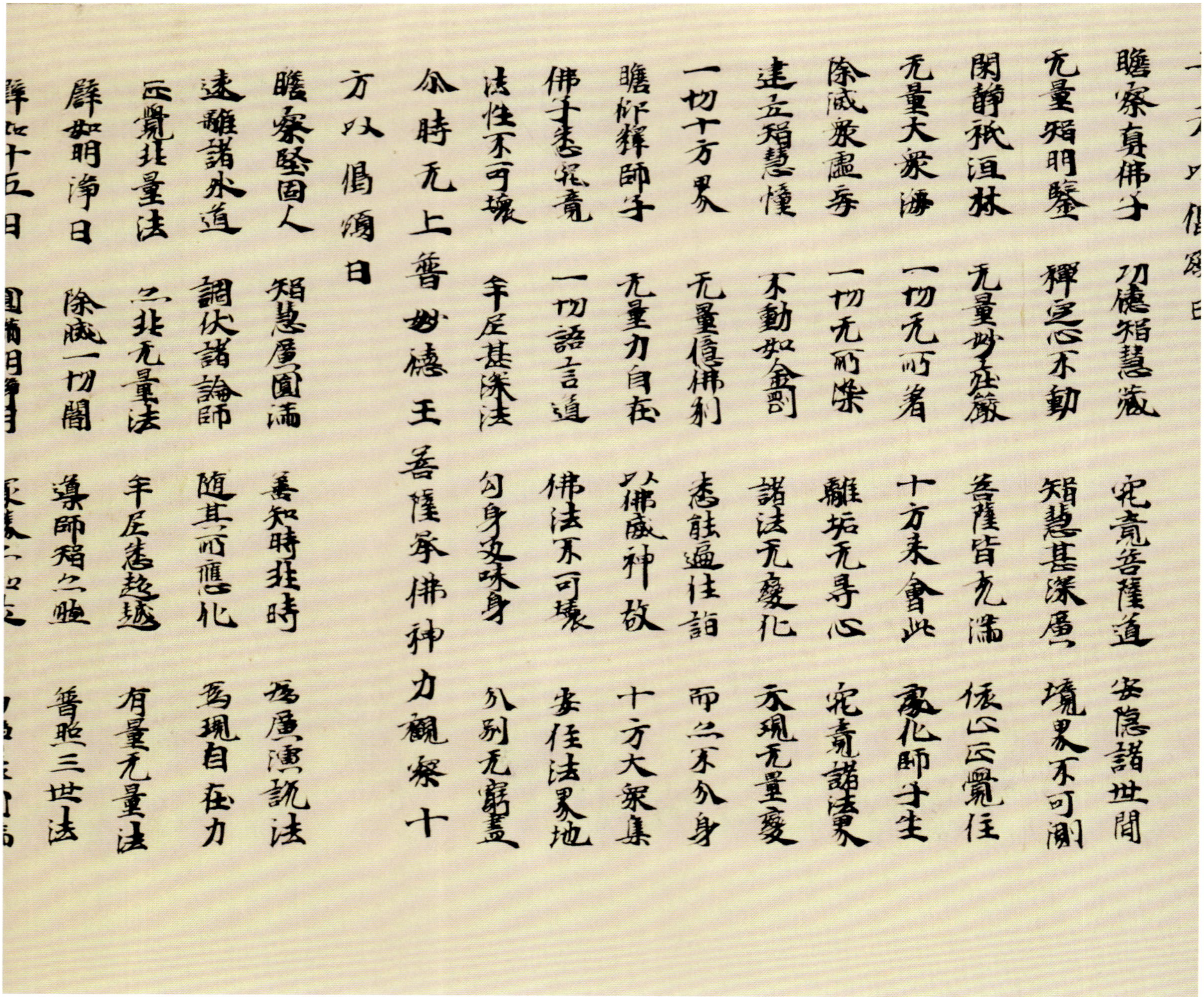

十方以偈頌曰

瞻察真佛子　功德智慧藏　究竟菩薩道　安隱諸世間
无量智明鑒　禪定心不動　智慧甚深廣　境界不可測
閑靜祇洹林　无量妙莊嚴　菩薩皆充滿　依止正覺住
无量大衆海　一切无所著　十方來會此　變化師子坐
除滅衆塵勞　一切无所染　離垢无盡心　究竟諸法界
建立智慧幢　不動如金剛　諸法无變化　示現无量變
一切十方界　无量億佛刹　悉能遍往詣　而亦不分身
瞻仰釋師子　无量力自在　以佛威神故　十方大衆集
佛子悉究竟　一切語言道　佛法不可壞　安住法界地
法性不可壞　具足甚深法　句身文味身　分別无窮盡
爾時无上普妙德王菩薩承佛神力觀察十
方以偈頌曰
瞻察堅固人　智慧廣圓滿　善知時非時　為廣演說法
遠離諸外道　調伏諸論師　隨其所應化　為現自在力
正覺非量法　亦非无量法　具足悉超越　有量无量法
譬如明淨日　除滅一切闇　導師智亦爾　普照三世法
譬如十五日　圓滿月

九七　華嚴經卷第四一　北魏　曹法壽（之一四）

譬如十五日　圓滿明淨月　最勝亦如是　白淨法圓滿
譬如虛空中　淨日光明曜　普照於一切　佛自在亦然
譬如虛空性　一切无鄣㝵　世間燈如是　自在无鄣㝵
譬如大地性　能持諸群生　世間燈法輪　能持亦如是
譬如大風性　飄疾无鄣㝵　佛法亦如是　速遍諸世間
譬如大水輪　世界所依住　智慧輪亦然　三世佛所依
尒時无㝵妙德藏王菩薩承佛神力觀察十
方以偈頌曰
譬如大寶山　饒益諸群生　如來功德山　饒益亦如是
譬如大海水　清涼而澄淨　如來亦如是　能除熱渴愛
譬如須弥山　安峙於大海　如來山亦然　安住深法海
譬如大海中　能出一切寶　无師智亦然　覺難覺无難
導師深甚智　无量无有數　顯現自在力　无能思議者
譬如工幻師　示現種種事　佛智亦如是　現諸自在力
譬如如意珠　能滿一切意　最勝亦如是　悉滿諸淨願
譬如明淨寶　悉能照一切　導師智如是　普照一切法
譬如隨方寶　正任諸方現　无㝵燈亦然　諸法於中現

譬如淨水珠　澄清諸濁水　見佛之如是　諸根悉清淨
尒時法界善化願月王菩薩承佛神力觀察
十方以偈頌曰
譬如青寶珠　能青一切色　若有見佛者　皆悉同菩提
一一微塵中　眾勝現自在　悉能淨無量　無邊諸菩薩
逮得甚深法　種種莊嚴事　唯諸菩薩境　世間莫能測
具足諸莊嚴　如來淨妙行　成就菩提道　深入諸法界
正覺所示現　不可思議剎　一切現在佛　菩薩悉充滿
釋師子成就　無量自在法　示現大神變　無量無有邊
菩薩種種行　無量無有邊　如來自在力　為之悉顯現
佛子善脩學　甚深諸法界　成就無𢤱智　明了一切法
如來威神力　為眾轉法輪　出生勝功德　令世悉清淨
如來淨境界　甚深圓滿智　寶智大龍王　度脫一切眾
尒時法義慧焰王菩薩承佛神力觀察十方
以偈頌曰
眾勝有三世　聲聞諸弟子　皆悉不能知　如來舉足事
去來今現在　一切諸緣覺　亦復不能知　如來舉足事

九七　華嚴經卷第四一　北魏　曹法壽　（之一五）

去來今現在　一切諸緣覺　亦復不能知　如來舉足事
何況世凡夫　結使所纏縛　愚闇覆淨眼　而能知導師
最勝无量德　具足諸智慧　超出語言道　一切莫能知
譬如明淨月　光明无能知　導師亦如是　功德不可識
如來一方便　出生无量化　无數劫思量　不知能少分
如來一方便　出生无量德　一切殊正法　皆悉无能知
若有求菩提　脩習菩薩行　是彼之境界　所能分別知
不思議方便　超度生死海　若滅吾我心　是則能究竟
清淨心无量　大願悉成滿　逮得佛菩提　最勝之境界

華嚴經卷第廿一

延昌二年歲次水巳四月十五日敦煌鎮經生曹法壽
所寫此經成訖
用紙廿三張
典經師令狐崇哲
校經道人

羅香華深法並曰主大苦惱各各賫持供養之
具載以寶車香木幢幡寶蓋餅食疾往佛所稽
首佛足以其所持供養之具供養如來遶百千
帀舉聲號泣哀動天地椎胸大叫淚下如雨復
相謂言苦哉仁者世、間、虛、空、便自舉身投如來
前而白佛言唯願如來哀受我等最後供養世
尊知時嘿然不受如是三請悉皆不許諸優婆
塞不果所願心懷愁惱嘿然而住猶如慈父唯
有一子卒病喪亡送其屍骸置於冢間還歸悵
惟愁憂苦惱諸優婆塞憂愁苦惱亦復如是以
諸供具安置一處却在一面嘿然而坐
爾時復有三恒河沙諸優婆夷受持五戒威儀
具足其名曰壽德優婆夷德鬘優婆夷毗舍佉
優婆夷等八万四千而為上首悉能堪任護持
正法為度無量百千眾生故現女身呵責家法
自觀己身如四毒蛇是身常為無量諸蟲之所
唼食是身臭穢貪欲獄縛是身可惡猶如死狗

九八　大般涅槃經第一壽命品第一　北魏（之一）

是身不淨九孔常流是身如城血肉筋骨皮裹
其上手足以為却敵樓櫓目為竅孔頭為殿堂
心王處中如是身城諸佛世尊之所棄捨凡夫
愚人常所味著貪婬瞋恚愚癡羅剎止住其中是
身不堅猶如蘆葦伊蘭水沫芭蕉之樹是身無
常念念不住猶如電光暴水幻炎亦如畫水隨
畫隨合是身易壞猶如河岸臨峻大樹是身不
久當為狐狼鵄梟鵰鷲烏鵲餓狗之所食噉誰
有智者當樂此身寧以牛跡盛大海水不能具
說是身無常不淨臭穢寧丸大地使如棗等漸
漸轉小猶葶藶子乃至微塵不能具說是身過
患是故當捨如棄涕唾以是因緣諸優婆夷以
空無相無願之法常循其心深樂諮受大乘經
典聞已亦能為他廣說護持本願毀呰女身甚
可患厭性不堅牢心常循集如是正觀破壞生
死無際輪轉渴仰大乘既自充足復能充足餘

渴仰者涅槃大乘守護大乘雖現女身實是菩
薩善能隨順一切世間度未度者解未解者紹
三寶種使不斷絕於未來世當轉法輪以大莊
嚴而自莊嚴堅持禁戒皆悉成就如是功德於
諸衆生生大悲心平等无二如視一子亦於晨
朝日初出時各相謂言今日宜應至雙樹間諸
優婆夷所設供具倍勝於前持至佛所稽首佛
足遶百千帀而白佛言世尊我等今者為佛及
僧辦諸供具唯願如來哀受我供如來默然而
不許可諸優婆夷不果所願心懷惆悵却住一
面
尒時復有四恒河沙毗舍離城諸離車等男女
大小妻子眷屬及閻浮提諸王眷屬為求法故
善脩戒行威儀具足摧伏異學壞正法者常相
謂言我等當以金銀倉庫為令甘露无盡正法
深奧之藏久住於世願令我等常得脩學若有
誹謗佛正法者當斷其舌復作是願若有出家

九八　大般涅槃經第一壽命品第一　北魏（之二）

誹謗佛正法者當斷其舌復住是復若有出家
毀禁戒者衆當驅令還俗策使有能深樂護持
正法衆當敬重如事父母若有衆僧能循正法
衆當隨喜令得勢力崇欣樂聞大乘經典聞已
亦能為人廣說皆悉成就如是功德其名曰淨
无垢藏離車子淨不放逸離車子恒水无垢淨
德離車子如是等名相謂言仁等今可速往佛
所所辦供養種種具足一貴離車名叢八万四
千大為八万四千四馬寶車八万四千明月寶
珠天木旃檀沈水薪來種種名有八万四千一
一為前有寶幢幡蓋其蓋小者周帀廣縱一
由句幡最短者長卅二由句寶蓋卑者高百由
句持如是等供養之具往至佛所稽首佛足遶
百千帀而白佛言世尊我等今者為佛及僧辦
諸供具唯願如來哀受我供如來嘿然而不許
可諸離車等不果所願心懷愁惱以佛神力去
地七多羅樹於虛空中嘿然而住

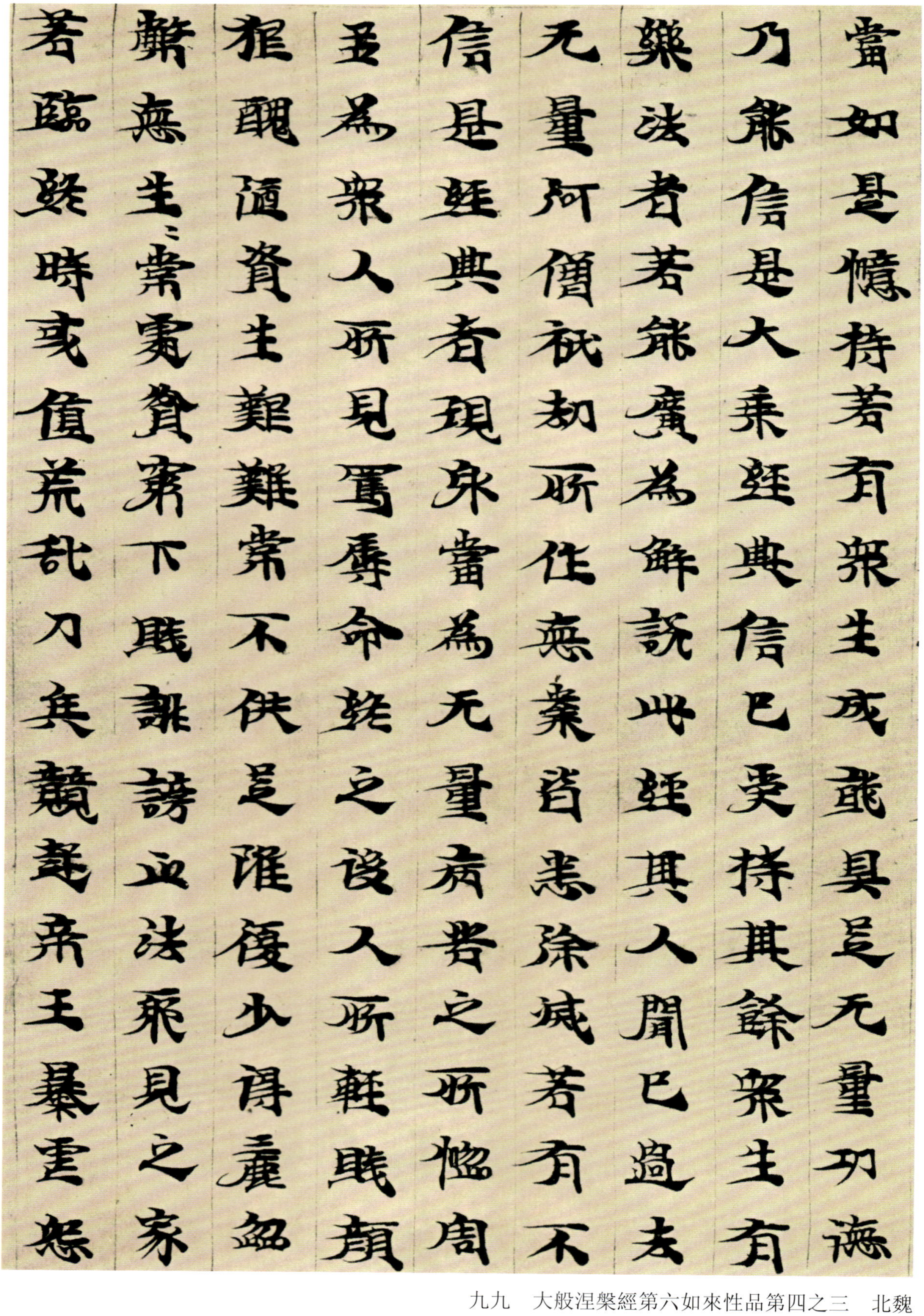
當如是憶持若有衆生成就具足无量功德
乃能信是大乘經典信已受持其餘衆生有
樂法者若能廣為解說此經其人聞已過去
无量阿僧祇劫所作惡業皆悉除滅若有不
信是經典者現身當為无量病苦之所惱害
多為衆人所見罵辱命終之後人所輕賤顏
狼醜陋資生艱難常不供足雖復少得麤澁
弊惡生生常處貧窮下賤誹謗正法邪見之家
若臨終時或值荒亂刀兵競起帝王暴虐怨

九九　大般涅槃經第六如來性品第四之三　北魏

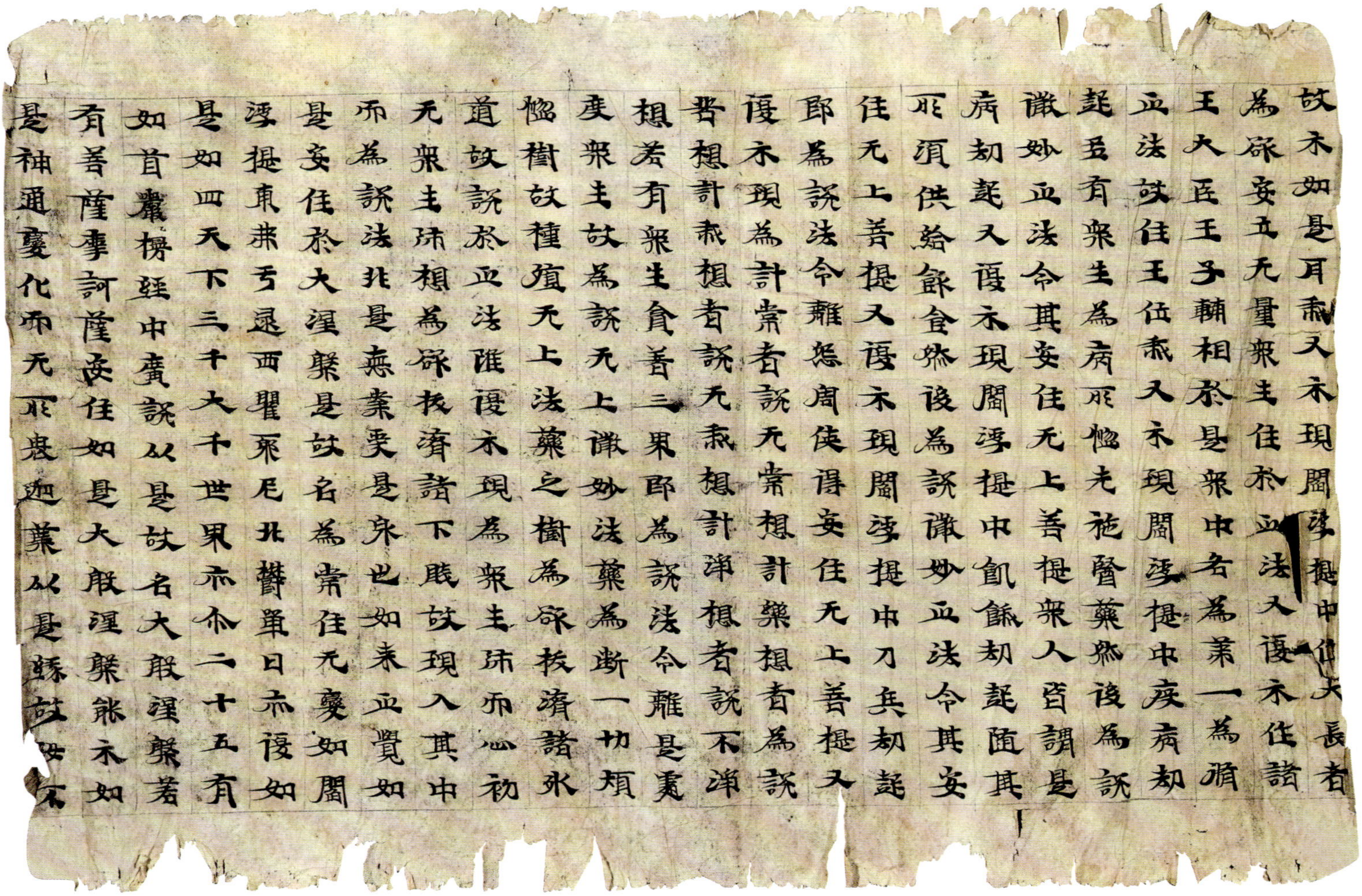
故示如是有刹又示現閻浮提中作大長者
為欲安立無量眾生住於正法又復示作諸
王大臣王子輔相於是眾中名為第一為脩
正法故住王位亦又示現閻浮提中疾病劫
起多有眾生為病所惱先施醫藥然後為說
微妙正法令其安住無上菩提眾人皆謂是
病劫起又復示現閻浮提中飢餓劫起隨其
所須供給飲食然後為說微妙正法令其安
住無上菩提又復示現閻浮提中刀兵劫起
即為說法令離怨害使得安住無上菩提又
復示現為計常者說無常想計樂想者為說
苦想計我想者說無我想計淨想者說不淨
想若有眾生貪著三界即為說法令離是處
度眾生故為說無上微妙法藥為斷一切煩
惱樹故種殖無上法藥之樹為欲拔濟諸外
道故說於正法雖復示現為眾生師而心初
無眾生師相為欲拔濟諸下賤故現入其中
而為說法非是惡業受是身也如來正覺如
是安住於大涅槃是故名為常住無變如閻
浮提東弗于逮西瞿耶尼北鬱單曰亦復如
是如四天下三千大千世界亦爾二十五有
如首楞嚴經中廣說以是故名大般涅槃若
有菩薩摩訶薩安住如是大般涅槃能示如
是神通變化而無所畏迦葉以是緣故不

一〇〇　大般涅槃經第八如來性品第四　北魏

大慈如来十月廿四日　告疏

告閻浮地内諸象人民長各區

九其頭應著勾蘭加以瘴渡

散住高繩鍊坐及等人民盡受吾

帝施一浪憂我者盡聽見吾刀慈曹

衣欣胃八日常出教化諸象生类叩

昆歎著得吾書隱而不傳者死入地

有脫期著傳与他人者皆得无量无

賢者見之莫亭吾不庭遠

勅佛心敬祇孂十方諸佛一心爭尼佛自伊

稱世尊一心礼拜督首和事言吾去世後一

坐好為此門婢為尼僧五道應上留

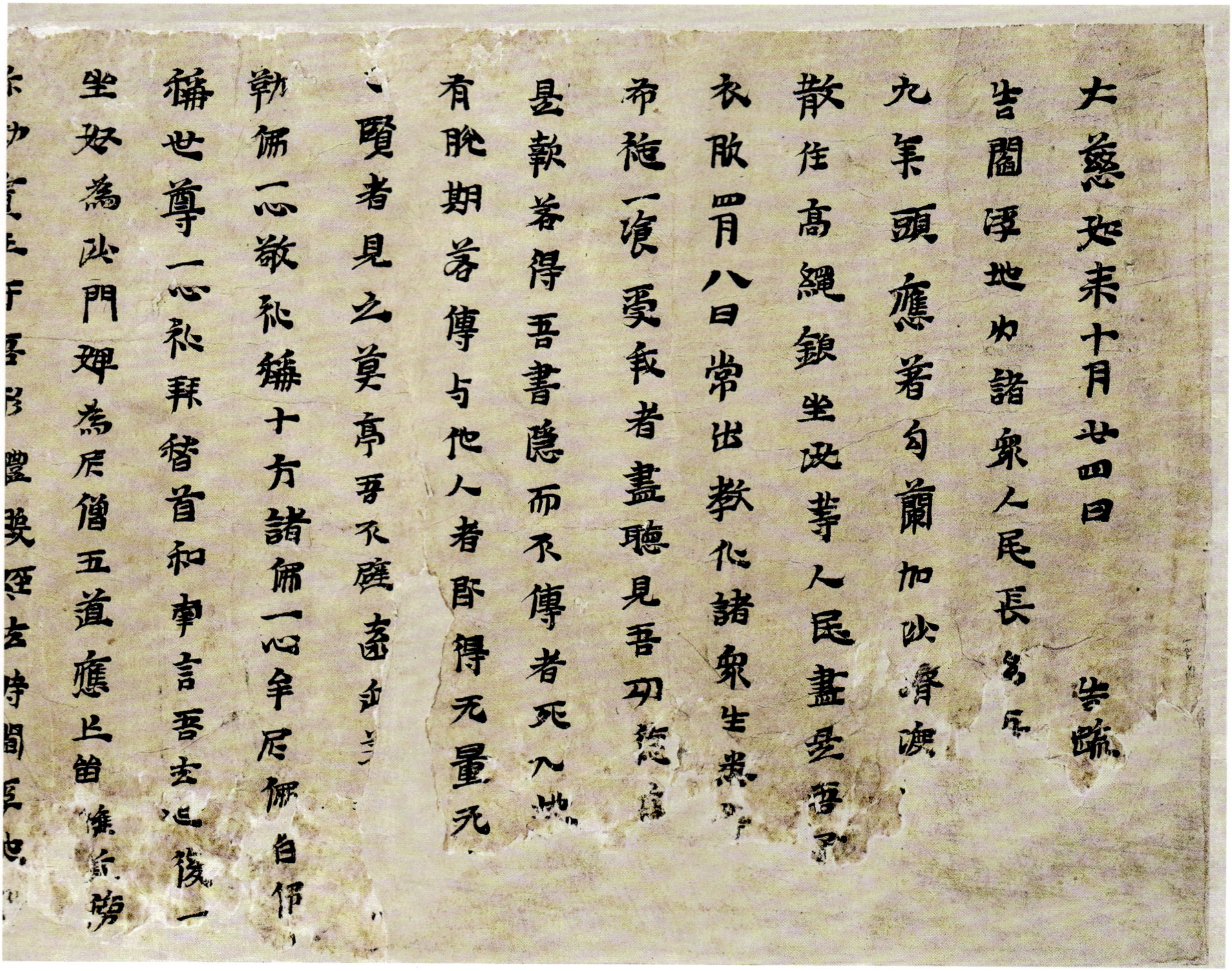

一〇一　大慈如來十月二十四日告疏　北魏　譚勝

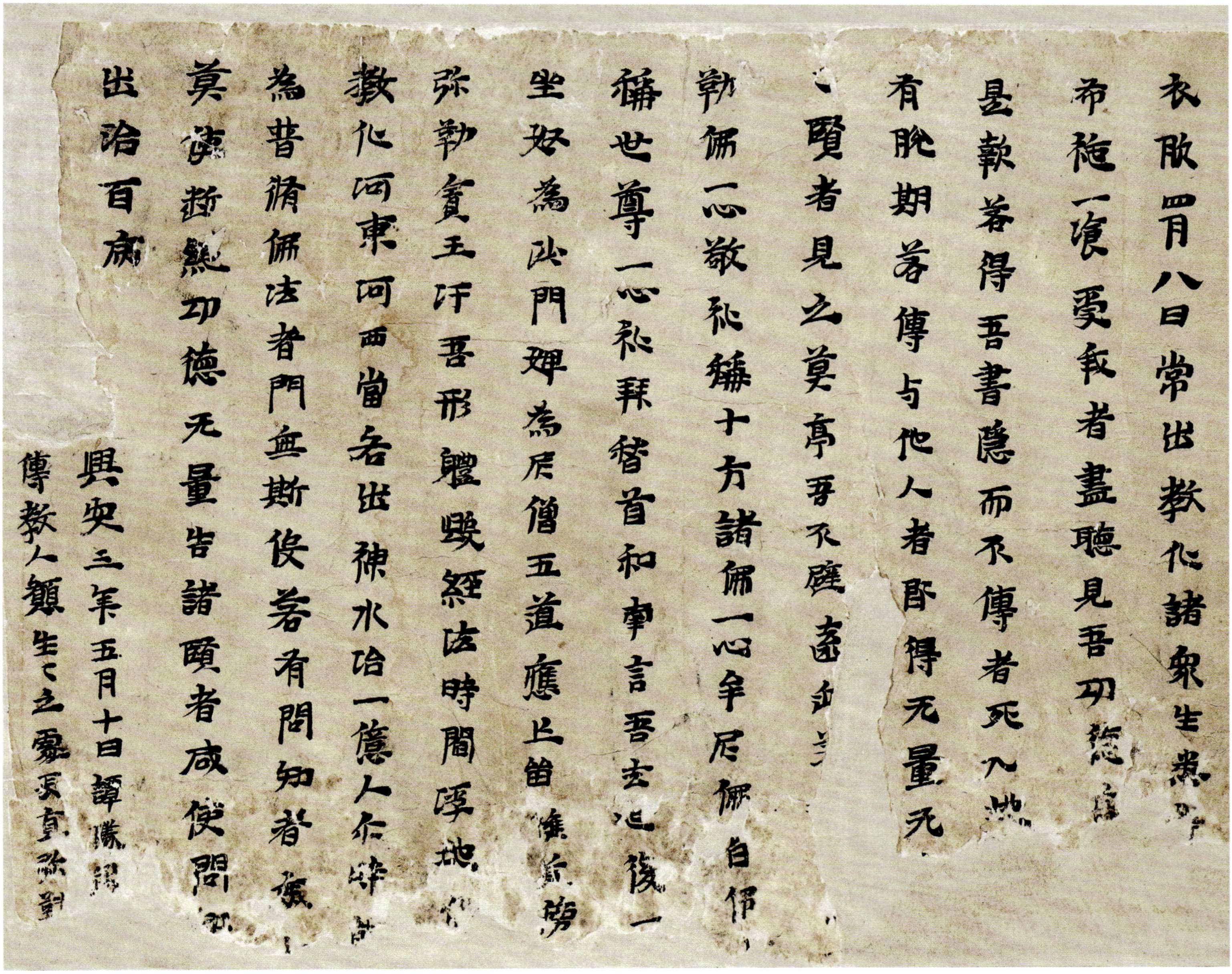
衣服四月八日常出教化諸衆生衆
布施一億愛敬者盡聽見吾功德
是歡喜得吾書隱而不傳者死入地
有脫期若傳与他人者皆得无量无
、賢者見之莫亭吾不避遠
勒佛一心敬礼稱十方諸佛一心牟尼佛自佛
稱世尊一心礼拜稽首和南言吾去之後一
坐娛為沙門婢為尼僧五道應止留
弥勒賓王汗吾形軀毀經法時閻浮地
教化河東河西當告出神水治一億人作
為昔諸佛法者門無斷後若有問知者
莫虛斷絶功德无量告諸賢者咸使問
出治百病
興安三年五月十日譚勝寫
傳教人顗生々立纂頁

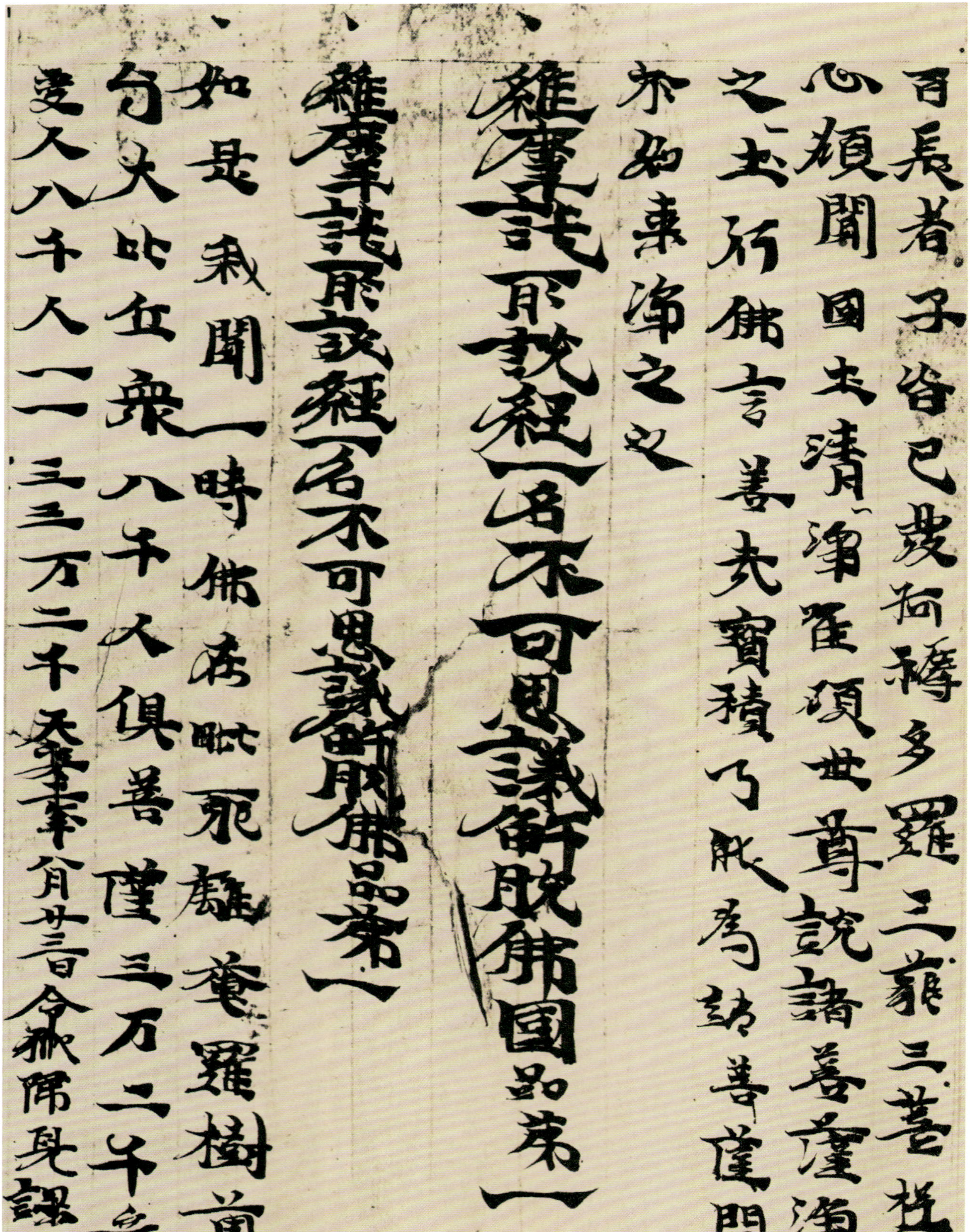
百長者子皆已發阿耨多羅三藐三菩提
心願聞國土清淨唯願世尊說諸菩薩淨
之土行佛言善哉寶積乃能為諸菩薩問
於如來淨之之
維摩詰所說經名不可思議解脫佛國品第一
維摩詰所說經名不可思議解脫佛品第一
如是我聞一時佛在毗耶離菴羅樹薗
與大比丘衆八千人俱菩薩三万二千衆
受人八千人一一三三万二千天安二年八月廿三日令狐歸兒課

一〇二　維摩詰所說經　北魏

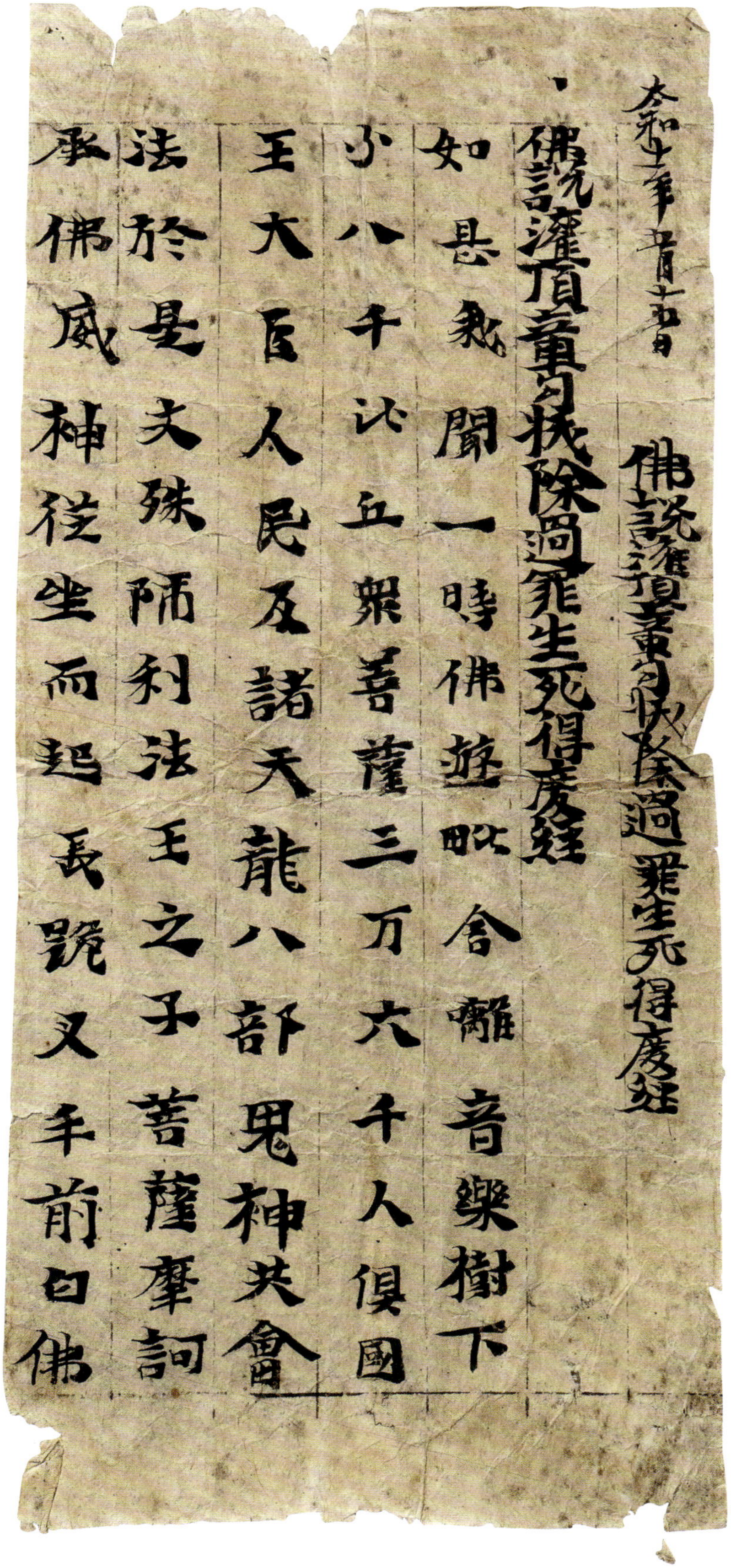
太和十一年五月十五日
佛說灌頂章句拔除過罪生死得度經
佛說灌頂章句拔除過罪生死得度經
如是我聞一時佛遊毗舍離音樂樹下
与八千比丘衆菩薩三万六千人俱國
王大臣人民及諸天龍八部鬼神共會
法於是文殊師利法王之子菩薩摩訶
承佛威神從坐而起長跪叉手前白佛

一〇三　佛說灌頂章句拔除過罪生死得度經卷第十二　北魏

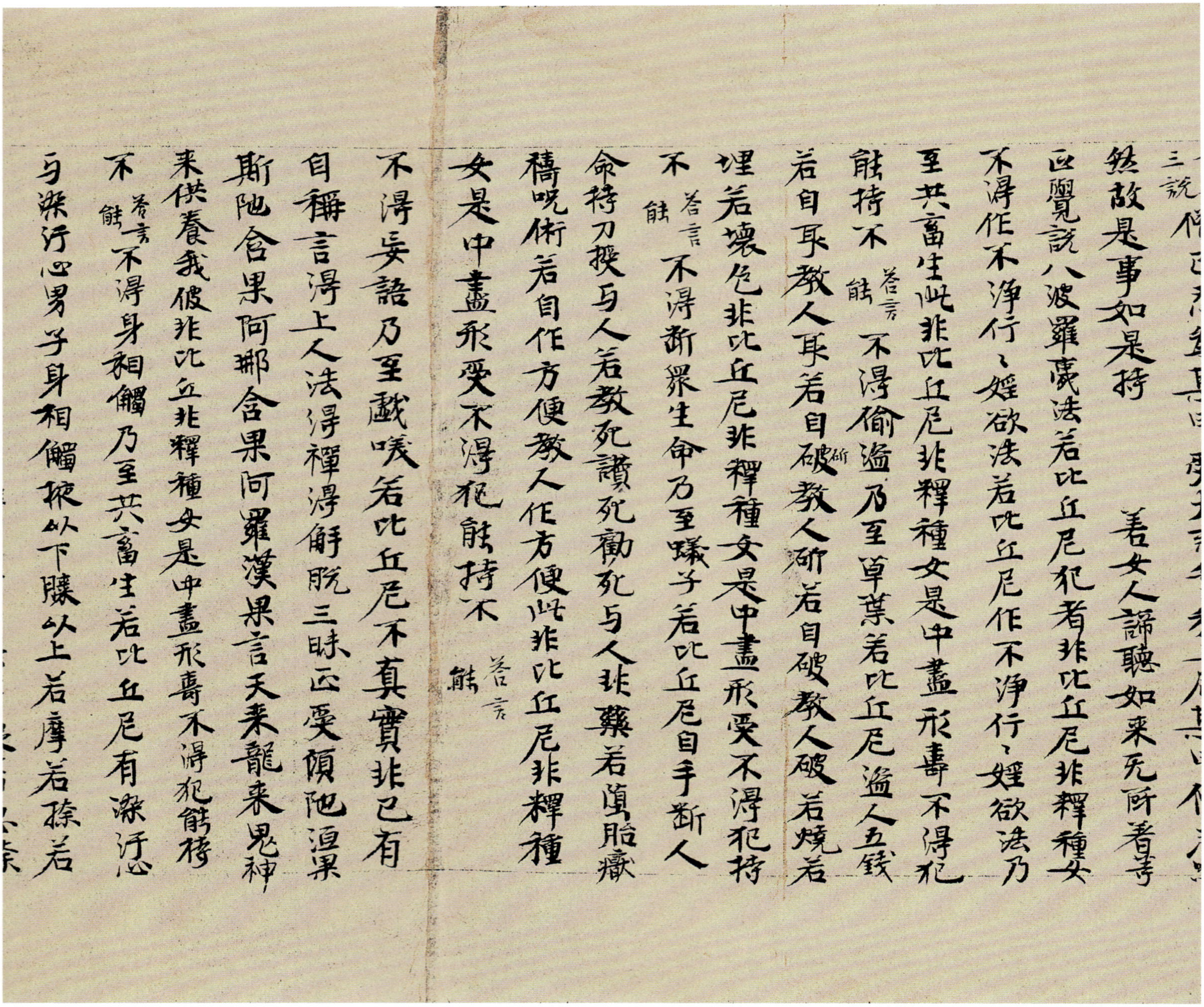

三說
然故是事如是持 善女人諦聽如来无所著等
正覺說八波羅夷法若比丘尼犯者非比丘尼非釋種女
不得作不淨行、婬欲法若比丘尼作不淨行、婬欲法乃
至共畜生此非比丘尼非釋種女是中盡形壽不得犯
能持不 答言能 不得偷盜乃至草葉若比丘尼盜人五錢
若自取教人取若自破教人破若自破教人斫若燒若
埋若壞色非比丘尼非釋種女是中盡形受不得犯持
不 答言能 不得斷衆生命乃至蟻子若比丘尼自手斷人
命持刀授與人若教死讚死勸死與人非藥若墮胎厭
禱呪術若自作方便教人作方便此非比丘尼非釋種
女是中盡形受不得犯能持不 答言能
不得妄語乃至戲咲若比丘尼不真實非已有
自稱言得上人法得禪得解脫三昧正受須陁洹果
斯陁含果阿那含果阿羅漢果言天来龍来鬼神
来供養我彼非比丘非釋種女是中盡形壽不得犯能持
不 答言能 不得身相觸乃至共畜生若比丘尼有染汙心
與染汙心男子身相觸捺以下膝以上若摩若捺若

一〇四　羯磨經卷　北齊（之一）

逆摩若順摩若牽若推若舉若下若捉若急捺
彼非比丘尼非釋種女是中盡形壽不得犯能持不
若言能 不得犯此八事乃至共畜生若比丘尼有染污心
身染污心男子若捉手捉衣若至屏處立屏處語若
共行若身相近若共期行犯此八事彼非比丘尼非釋種
女是中盡形壽不得犯能持不 若言能 不得應覆藏他
重罪乃至突吉羅惡說若比丘尼知比丘尼犯波羅夷
不自舉亦不白僧不語人令知後於異時此比丘尼若休
道若滅擯若作不共住若入外道後作如是言我先知
此人作如是如是事覆藏他重罪彼非比丘尼非釋種
女是中盡形壽不得犯能持不 若言能 不得隨彼舉比丘
語乃至沙彌若比丘尼知比丘為僧所舉知法如毗尼
如佛所教犯威儀未懺悔不作共住便隨順彼比丘
彼比丘尼諫此比丘尼言大姊彼比丘為僧所舉如法
如毗尼如佛所教犯威儀未懺悔不作共住莫隨順
彼比丘彼比丘尼諫此比丘尼時堅持不捨彼比丘尼
應乃至三諫捨此事故乃至三諫捨者彼非比丘尼非釋
種女犯隨舉是中盡形壽不得犯能持不 若言

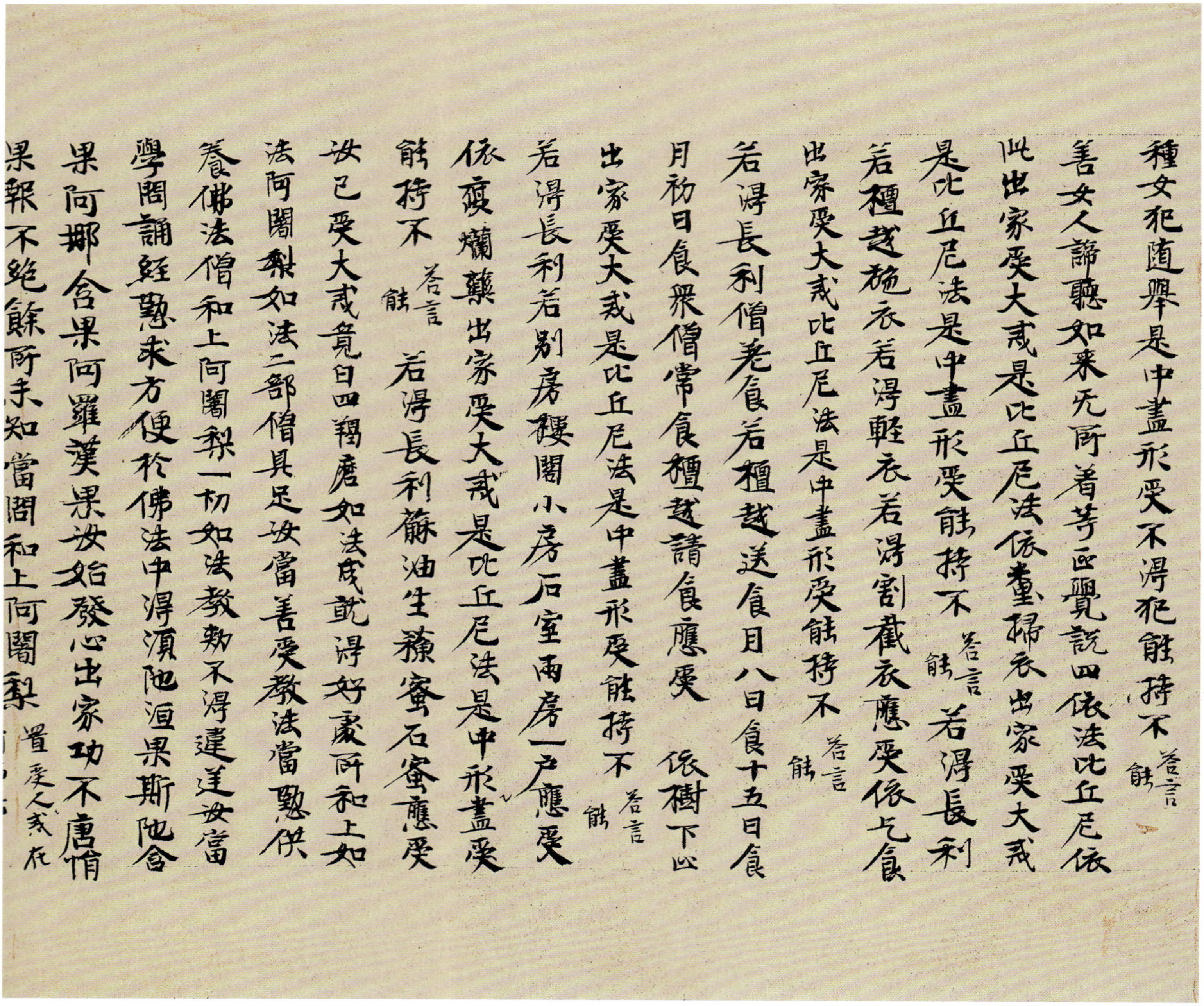
種女犯隨舉是中盡形受不得犯能持不 答言能
善女人諦聽如来无所著等正覺說四依法比丘尼依
此出家受大戒是比丘尼法依糞掃衣出家受大戒
是比丘尼法是中盡形受能持不 答言能 若得長利
若檀越施衣若得輕衣若得割截衣應受依乞食
出家受大戒比丘尼法是中盡形受能持不 答言能
若得長利僧差食若檀越送食月八日食十五日食
月初日食眾僧常食檀越請食應受 依樹下坐
出家受大戒是比丘尼法是中盡形受能持不 答言能
若得長利若別房樓閣小房石室兩房一戶應受
依腐爛藥出家受大戒是比丘尼法是中形盡受
能持不 答言能 若得長利蘇油生穌蜜石蜜應受
汝已受大戒竟白四羯磨如法成就得好處所和上如
法阿闍梨如法二部僧具足汝當善受教法當懃供
養佛法僧和上阿闍梨一切如法教勅不得違逆汝當
學問誦經懃求方便於佛法中得須陀洹果斯陀含
果阿那含果阿羅漢果汝始發心出家功不唐捐
果報不絕餘所未知當問和上阿闍梨 置受人戒衣

一〇四　羯磨經卷　北齊（之二）

果報不絕餘所未知當問和上阿闍梨置受人衣在前而去

受衣鉢文

長老一心念此僧伽梨若干條割截成今受持不離宿如是三說

欝多羅僧安陁會僧祇枝覆肩衣亦如法作今受持不離宿此之五衣各稱衣名為異不能煩文

受鉢文

長老一心念此鉢多羅應量器今受持常用故三說

請依止文

大姊一心念我某甲請大姊作依止阿闍梨願大姊為我作依止阿闍梨我依大姊故得住慈愍故如是三說師應語言莫放逸荅言爾

除罪法

比丘尼從二部僧乞摩那埵羯磨文治比丘尼僧殘罪无覆藏唯有半月在部僧中行摩那埵竟与出罪羯磨作摩那埵羯摩時大僧滿四人已上尼僧亦尒出罪時要二部僧各廿人彼尼來至僧中脫革屣偏露右肩礼僧足已合掌胡跪從二部僧乞半月摩那埵應作如是乞

大德僧聽我比丘尼某甲犯某甲僧殘罪從二部僧乞半月摩那埵願僧与我半月摩那埵慈愍故如是三說

与摩那埵羯磨文

大德僧聽比丘尼某甲犯某甲僧殘罪今從二部僧乞

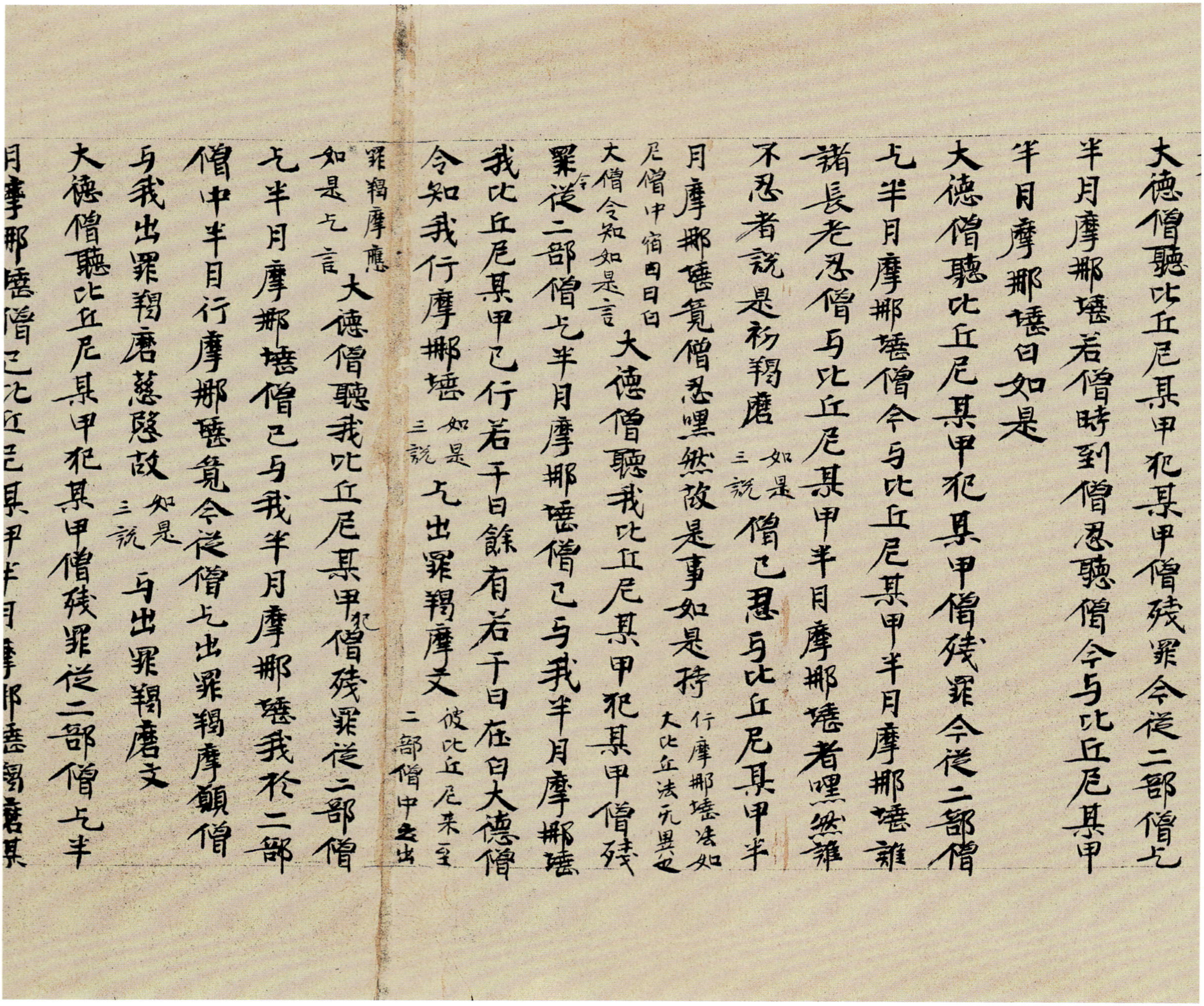
大德僧聽比丘尼某甲犯某甲僧殘罪令從二部僧乞
半月摩那埵若僧時到僧忍聽僧令與比丘尼某甲
半月摩那埵白如是
大德僧聽比丘尼某甲犯某甲僧殘罪今從二部僧
乞半月摩那埵僧今與比丘尼某甲半月摩那埵誰
諸長老忍僧與比丘尼某甲半月摩那埵者嘿然誰
不忍者說是初羯磨（如是三說）僧已忍與比丘尼某甲半
月摩那埵竟僧忍嘿然故是事如是持（行摩那埵法如大比丘法无異也）
（尼僧中宿四日白大僧令知如是言）大德僧聽我比丘尼某甲犯某甲僧殘
罪從二部僧乞半月摩那埵僧已與我半月摩那埵
我比丘尼某甲已行若干日餘有若干日在白大德僧
令知我行摩那埵（如是三說）乞出罪羯磨文（彼比丘尼來至二部僧中乞出
罪羯磨應如是乞言）大德僧聽我比丘尼某甲犯僧殘罪從二部僧
乞半月摩那埵僧已與我半月摩那埵我於二部
僧中半月行摩那埵竟今從僧乞出罪羯磨願僧
與我出罪羯磨慈愍故（如是三說）與出罪羯磨文
大德僧聽比丘尼某甲犯某甲僧殘罪從二部僧乞半
月摩那埵僧已與比丘尼某甲半月摩那埵羯磨某

一〇四　羯磨經卷　北齊（之三）

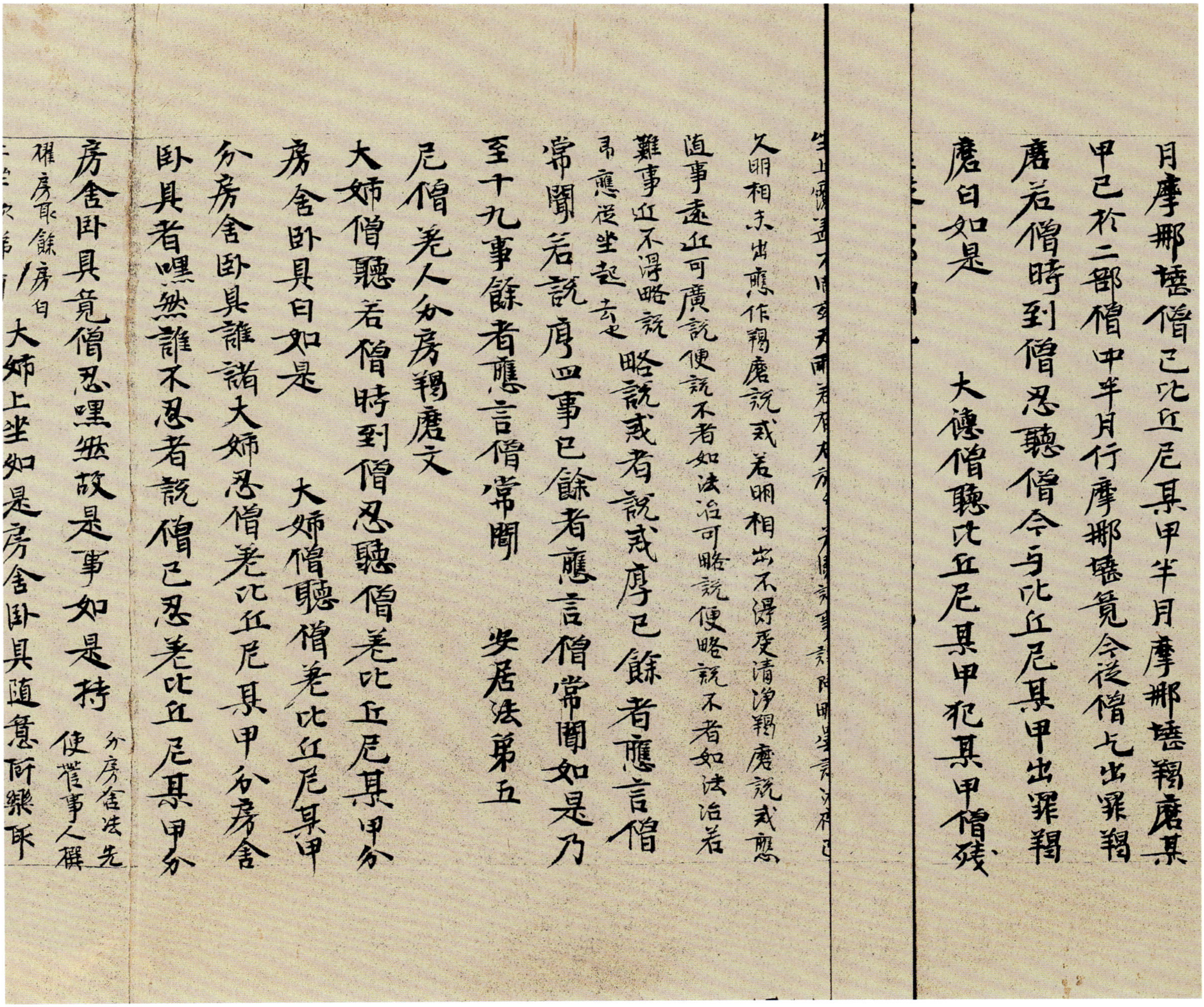

月摩那埵僧已比丘尼某甲半月摩那埵羯磨某
甲已於二部僧中半月行摩那埵竟今從僧乞出罪羯
磨若僧時到僧忍聽僧今与比丘尼某甲出罪羯
磨白如是　大德僧聽比丘尼某甲犯某甲僧殘

夂明相未出應作羯磨說戒若明相出不得受清淨羯磨說戒應
隨事遠近可廣說便說不者如法治可略說便略說不者如法治若
難事近不得略說　略說戒者說戒序已餘者應言僧
弟應從坐起去之
常聞若說序四事已餘者應言僧常聞如是乃
至十九事餘者應言僧常聞　安居法第五

尼僧差人分房羯磨文
大姊僧聽若僧時到僧忍聽僧差比丘尼某甲分
房舍臥具白如是　大姊僧聽僧差比丘尼某甲
分房舍臥具誰諸大姊忍僧差比丘尼某甲分房舍
臥具者嘿然誰不忍者說僧已忍差比丘尼某甲分
房舍臥具竟僧忍嘿然故是事如是持　分房舍法先
使攬事人撰
擢房取餘房白　大姊上坐如是房舍臥具隨意所樂取

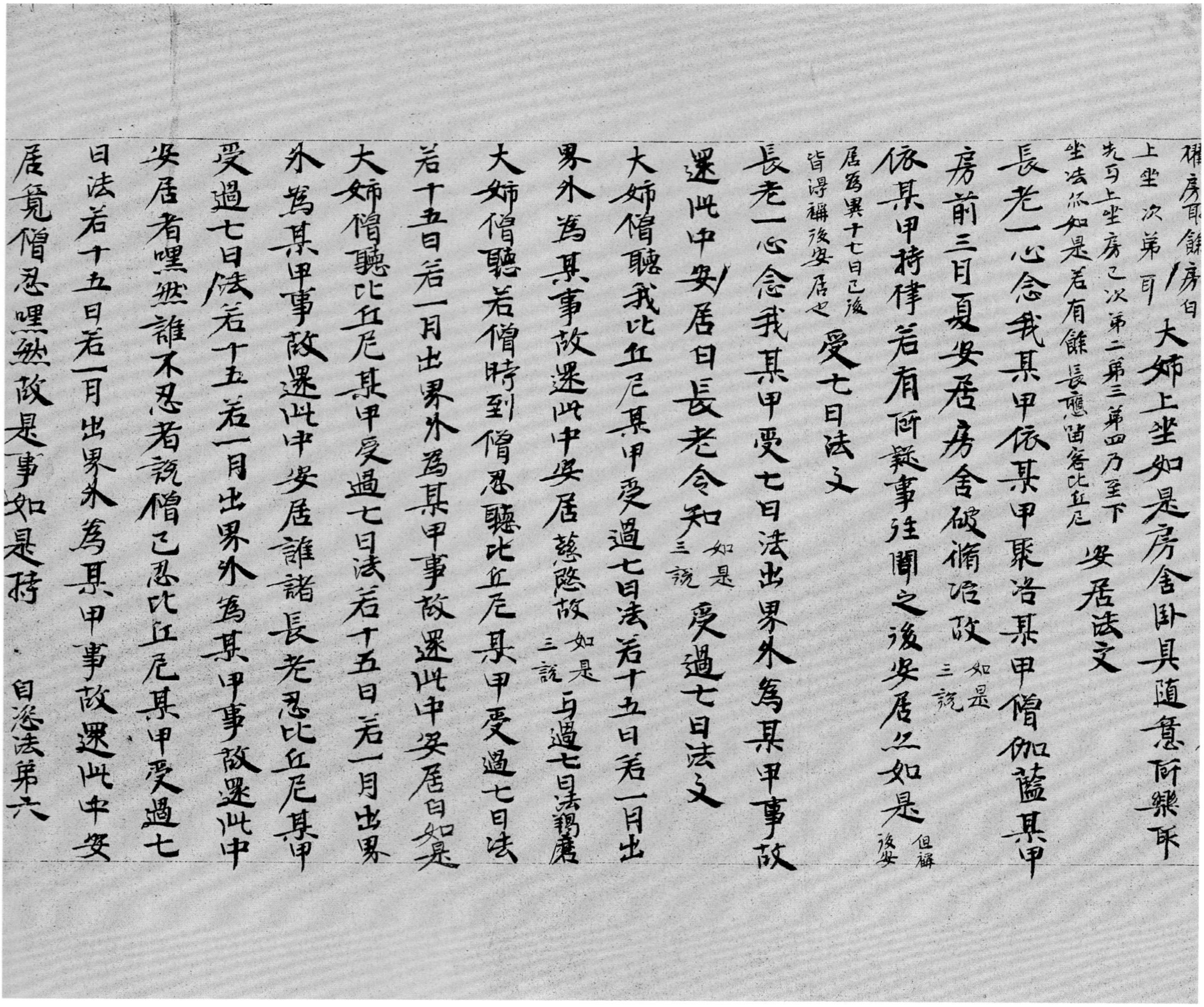
權房取餘房白 大姊上坐如是房舍卧具隨意所樂取
上坐次第取 先取上坐房已次第二第三第四乃至下坐法亦如是若有餘長應留客比丘尼 安居法文
長老一心念我某甲依某甲聚落某甲僧伽藍某甲
房前三月夏安居房舍破脩治故 如是三說
依某甲持律若有所疑事往問之後安居亦如是 但稱後安
居為異十七日已後皆得稱後安居也 受七日法文
長老一心念我某甲受七日法出界外為某甲事故
還此中安居白長老令知 如是三說 受過七日法文
大姊僧聽我比丘尼某甲受過七日法若十五日若一月出
界外為某甲事故還此中安居慈愍故 如是三說 與過七日法羯磨
大姊僧聽若僧時到僧忍聽比丘尼某甲受過七日法
若十五日若一月出界外為某甲事故還此中安居白如是
大姊僧聽比丘尼某甲受過七日法若十五日若一月出界
外為某甲事故還此中安居誰諸長老忍比丘尼某甲
受過七日法若十五日若一月出界外為某甲事故還此中
安居者嘿然誰不忍者說僧已忍比丘尼某甲受過七
日法若十五日若一月出界外為某甲事故還此中安
居竟僧忍嘿然故是事如是持 自恣法第六

一〇四　羯磨經卷　北齊（之四）

居覓僧忍嘿然故是事如是持

自恣法第六

尼僧差人僧中求自恣羯磨文
大姊僧聽若僧時到僧忍聽差比丘尼某甲爲比丘尼
僧故往大僧中說三事自恣見聞疑白如是
大姊僧聽僧差比丘尼某甲爲比丘尼僧故往大僧
中說三事自恣見聞疑誰諸大姊忍僧差比丘尼某甲
爲比丘尼僧故往大僧中說三事自恣見聞疑者嘿然
誰不忍者說僧已忍差比丘尼某甲爲比丘尼僧故
往大僧中說三事自恣見聞疑竟僧忍嘿然故是事
如是持（二比丘尼爲伴往大僧中礼足已曲身低頭合掌作如是說）比丘尼僧夏安居竟比
丘僧夏安居竟比丘尼僧記三事自恣見聞疑大德
慈愍故語我我若見罪當如法懺悔（如是三說彼即比丘僧自恣日便自恣而皆）
疲極佛言不應尓若比丘僧十四日自恣比丘尼僧十五日自恣若
大僧病若衆不和若不滿比丘尼應遣信礼拜問訊不者安吉羅
若比丘尼衆病若衆不和合若不滿比丘尼但當遣信訊問礼拜
不者安吉羅

与欲自恣文

大姊一心念今僧自恣我某甲亦自恣我有病患不
堪往我与自恣及欲（病人有事与自恣若言汝自恣若言我說自恣若言爲我說自恣若現身）

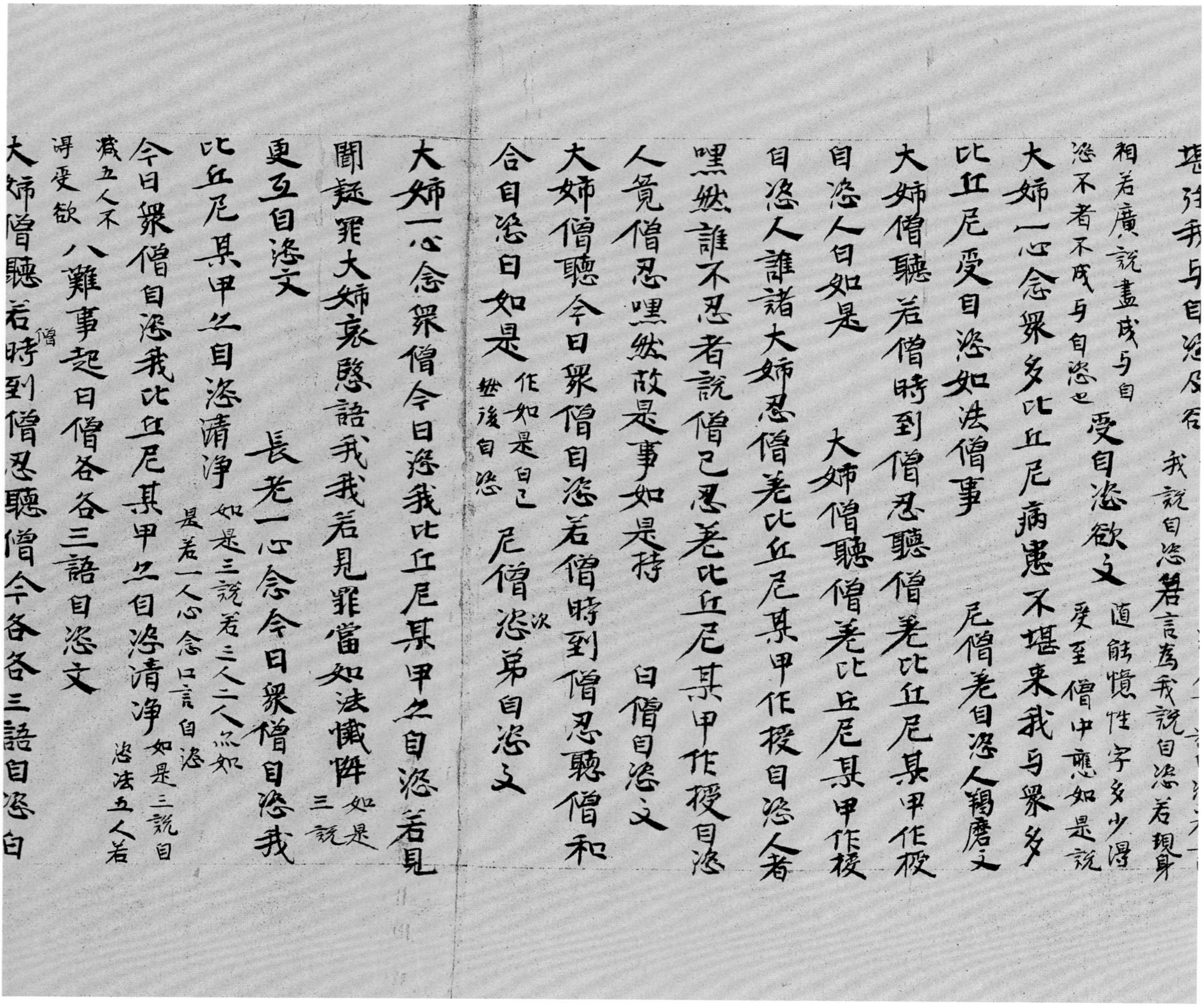

堪[illegible]我与自恣及否　我說自恣若言為我說自恣若現身[illegible]
相若廣說盡成与自恣不者不成与自恣也　受自恣欲文　隨能憶性字多少得受至僧中應如是說
大姊一心念眾多比丘尼病患不堪來我与眾多
比丘尼受自恣如法僧事　尼僧差自恣人羯磨文
大姊僧聽若僧時到僧忍聽僧差比丘尼某甲作授
自恣人白如是　大姊僧聽僧差比丘尼某甲作授
自恣人誰諸大姊忍僧差比丘尼某甲作授自恣人者
嘿然誰不忍者說僧已忍差比丘尼某甲作授自恣
人竟僧忍嘿然故是事如是持　白僧自恣文
大姊僧聽今日眾僧自恣若僧時到僧忍聽僧和
合自恣白如是　作如是白已然後自恣　尼僧恣次第自恣文
大姊一心念眾僧今日自恣我比丘尼某甲亦自恣若見
聞疑罪大姊哀愍語我我若見罪當如法懺悔　如是三說
更互自恣文　長老一心念今日眾僧自恣我
比丘尼某甲亦自恣清淨　如是三說若三人二人亦如是若一人心念口言自恣
今日眾僧自恣我比丘尼某甲亦自恣清淨　如是三說自恣法五人若減五人不得受欲
八難事起白僧各各三語自恣文
大姊僧聽若僧時到僧忍聽僧今各各三語自恣白

一〇四　羯磨經卷　北齊（之五）

大姊僧聽若時到僧忍聽僧今各各三語自恣白
如是（如是白已各各三説自恣再説一説亦如是若難事近不得各各三語自恣乃不得白比丘尼亦應以此事故起去）

尼僧受功德衣文

大姊僧聽今日衆僧受功德衣若僧時到僧忍聽衆
僧和合受功德衣白如是（僧應問誰能持功德衣者若有能者應差）差持衣人
羯磨文　大姊僧聽若僧時到僧忍聽僧差比丘
尼某甲持功德衣白如是
大姊僧聽差比丘尼某甲為僧持功德衣誰諸長老
忍僧差比丘尼某甲為僧持功德衣者嘿然誰不忍者
説僧已忍差比丘尼某甲為僧持功德衣竟僧忍嘿然
故是事如是持以功德衣与持衣羯磨文
大姊僧聽此住處僧得可分衣現前僧應分若僧時到
僧忍聽僧持此衣与某甲比丘尼此某甲當持此衣為
僧受作功德衣於此住處持白如是
大姊僧聽此住處僧得可分衣現前僧應分僧今持
此衣与比丘尼某甲此比丘尼某甲當持此衣為僧受作
功德衣於此住處持離諸大姊忍僧持此衣与比丘尼
某甲受作功德衣於此住處持者嘿然誰不忍者説僧已

某甲受作功德衣於此住處持者嘿然誰不忍者說僧已
忍与比丘尼某甲衣此某甲持此衣於此住處持竟僧
忍嘿然故是事如是持　持衣持人功德衣衆僧前羯文
此衣衆僧當受作功德衣此衆僧今受作功德衣此
衣衆僧已受作功德衣　如是三說　衆僧各受功德衣文
某受者已善受此中所有功德名稱屬我彼應　答言尒
出功德衣文　僧集和合未受大戒者出不
来者說欲僧今何所作為　應答言出功德衣　大姊僧聽今日衆
僧出功德衣若僧時到僧忍聽僧今和合出功德
衣白如是　分衣物及分亡者衣物第八
僧分物羯磨文　大姊僧聽此住處若衣若非衣現
前僧應分若僧時到僧忍聽僧今与比丘某甲彼比
丘尼某甲當還与僧白如是
大姊僧聽此住處若衣若非衣現前僧應分僧今与比
丘尼某甲彼比丘尼某甲當還与僧誰諸長老忍此
住處若衣非若衣現前僧應分僧今与比丘尼某甲
彼比丘尼某甲當還与僧者嘿然誰不忍者說僧已忍
与比丘尼某甲彼比丘尼某甲當還与僧竟僧忍嘿然

一〇四　羯磨經卷　北齊（之六）

与比丘尼某甲彼比丘尼某甲當還与僧竟僧忍嘿然
故是事如是持（若住處有三人二人得施衣物應各〻相向作如是說言）長老一心念是
住處得可分衣物現前僧應分是中无僧此衣物屬我
及長老我受用（如是三說若有一人應心念口言）是住處得可分衣物現
前僧應分是中无僧此衣物屬我〻受用（如是三說）
瞻病人持亡者衣物至僧中白文　大姊僧聽比
丘尼某甲此住處命過所有衣鉢坐具鍼筒盛衣襵
器此住處現前僧應分（如是三說）羯磨亡者衣物与瞻病人文
大德僧聽比丘尼某甲命過所有衣鉢坐具鍼筒
盛衣襵器現前僧應分若僧時到僧忍聽僧今与
比丘尼某甲看病人白如是　大姊僧聽比丘尼某甲
命過所有衣鉢坐具針筒盛衣襵器現前僧應分
僧今与比丘尼某甲看病人誰諸大姊忍僧与比丘尼
某甲看病人衣鉢坐具針筒盛衣襵器者嘿然誰不
忍者說僧已忍与某甲看病人衣鉢坐具針筒盛衣襵
器竟僧忍嘿然故是事如是持　僧分亡者餘衣物羯磨
大姊僧聽比丘尼某甲命過所有若衣非衣現前僧應
分若時到僧忍聽僧今与比丘尼某甲比丘尼某甲當

分若時到僧忍聽僧今与比丘尼某甲比丘尼某甲當還与僧白如是　大姉僧聽比丘尼某甲命過所有若衣若非衣現前僧應分僧今与比丘尼某甲比丘尼某甲當還与僧誰諸大姉忍比丘尼某甲命過所有若衣若非衣現前僧應分僧今与比丘尼某甲比丘尼當還与僧者嘿然誰不忍者説僧已忍与某甲比丘尼當還与僧竟忍嘿然故是事如是持

若三人二人分亡者衣物文　若住處有二三人欲分亡者衣物應各相向作如是言　大姉一念心比丘某甲命過所有若衣若非衣現前僧應分此處无僧是衣屬我ヽ及大姉大姉及我受用　如是三説若獨一人應心念言　比丘尼某甲命過所有若衣若非衣現前僧應分此處无僧是衣物應屬我ヽ受用　如是三説

作淨法第

結作淨地文　淨有四種一者檀越若經營人作僧伽藍時處分二者若僧房作僧伽藍未施僧者伽藍都无籬墻及塹若墻及塹四者僧作白二羯磨結　大姉僧聽若僧到僧忍聽僧今結某處作淨地白如是　大姉僧聽僧今結某處作淨地誰諸大姉忍僧結某處作淨地者嘿然誰不忍説僧已忍結某處作淨地竟僧忍嘿然故是事如是持

若故僧伽藍疑先有　使如法飲食草

[illegible]結尼僧差人鑒淨文

一〇四　羯磨經卷　北齊（之七）

若故僧伽藍地先有淨地應解已然後結尼僧差人鑒淨文使如法飲食草菓楊枝如是等事
大姊僧聽若僧時到僧忍聽比丘尼某甲能為僧作
淨地法人白如是　大姊僧聽比丘尼某甲能為僧
作淨地法人誰諸大姊忍比丘尼某甲作淨地法人者
嘿然不忍者説僧已忍比丘尼某甲作淨地法人竟僧
忍嘿然故是事如是持若作維那穀僧卧具分僧粥分餅雨衣處分沙彌守僧薗人如是等
諸羯磨文同但稱事為異真實淨施文
長老一心念我某甲有此長衣未作淨為淨故捨与
長老為真實淨作真實施者應問受施主後得用展轉淨施文
長老一心念我比丘尼某甲有此長衣未作淨為淨故
施与長老使受淨者應語言如是也長老一心念汝有此長衣未
作淨為淨故与我我受之受已語彼比丘尼言汝施主与誰彼應語言施
主某甲受請者應語如是言長老一心念汝是長衣未作淨為淨故
施与我我已受之是衣某甲已有汝為某甲守護故
用時隨意展轉淨施者若問若不問隨意用受七日藥文先從淨人取已持至大比丘尼所作如是言也
長老一心念我比丘尼某甲有病因緣是七日藥為共
宿七日故今於長老受如是三說受盡形壽藥文先從淨人受已持至大比丘尼所作如是言
長老一心念我比丘尼某甲有病此盡形壽藥

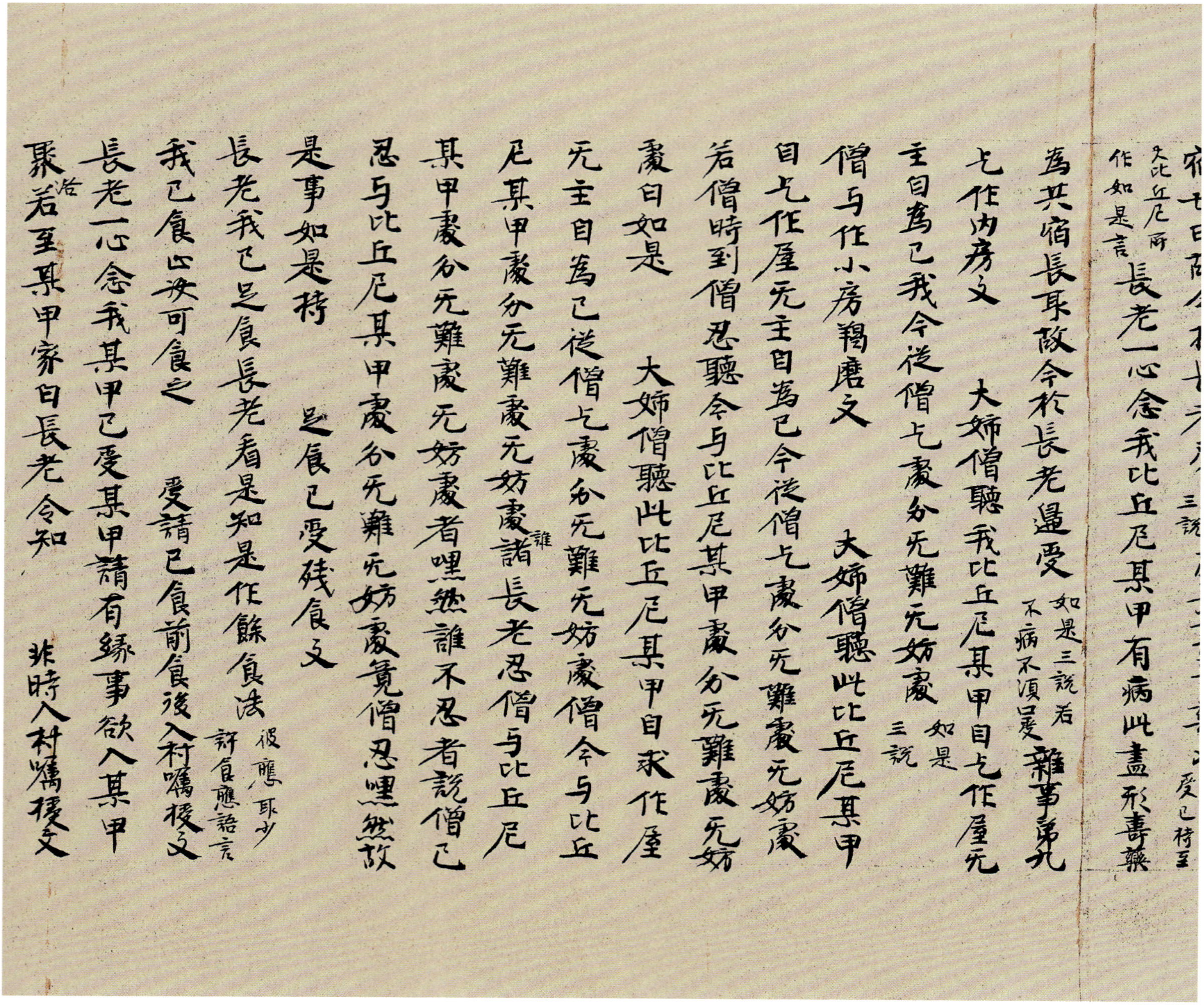
宿七日……三說……受已持至
又比丘尼所作如是言 長老一心念我比丘尼某甲有病此盡形壽藥
為共宿長畜故今於長老邊受 如是三說若不病不須口受 雜事第九
乞作內房文 大姊僧聽我比丘尼某甲自乞作屋无
主自為已我今從僧乞處分无難无妨處 如是三說
僧与作小房羯磨文 大姊僧聽此比丘尼某甲
自乞作屋无主自為已今從僧乞處分无難處无妨處
若僧時到僧忍聽令与比丘尼某甲處分无難處无妨
處白如是 大姊僧聽此比丘尼某甲自求作屋
无主自為已從僧乞處分无難无妨處僧今与比丘
尼某甲處分无難處无妨處諸（誰）長老忍僧与比丘尼
某甲處分无難處无妨處者嘿然誰不忍者說僧已
忍与比丘尼某甲處分无難无妨處竟僧忍嘿然故
是事如是持 足食已受殘食文
長老我已足食長老看是知是作餘食法 彼應取少許食應語言
我已食止汝可食之 受請已食前食後入村囑授文
長老一心念我某甲已受某甲請有緣事欲入某甲
聚（治）落至某甲家白長老令知 非時入村囑授文

一〇四 羯磨經卷 北齊 （之八）

某甲處分无難處无妨處者嘿然誰不忍者說僧已
忍与比丘尼某甲處分无難无妨處竟僧忍嘿然故
是事如是持　足食已受殘食文
長老我已足食長老看是知是作餘食法　彼應取少許自應語言
我已食止汝可食之　受請已食前食後入村囑授文
長老一心念我某甲已受某甲請有緣事欲入某甲
聚若（洛）至某甲家白長老令知　非時入村囑授文
長者一心念我某甲非時入某甲聚落至某甲家為
如是緣事白長老令知

羯磨一卷
天保九四月廿五日比丘法慧敬造羯磨供養願〻從心

故名爲父母復次善男子如人生子始十六
月雖復語言未可解了而彼父母欲教其語
先同其音漸漸教之是父母語可不正耶不
也世尊善男子諸佛如來亦復如是隨諸衆
生種種音聲而爲說法爲令安住佛正法故
隨所應見而爲示現種種形像如來如是同
彼語言可不正耶不也世尊何以故如來所
說如師子吼隨順世間種種音聲而爲衆生
嘆說妙法

大般涅槃經卷第九

天和元年歲在辰巳十二月七日比丘法宣敬顯造涅槃經一部

一〇五　大般涅槃經卷第九　北周

隨所應見而爲示現種種形像如來如是同
彼語言可不必耶不也世尊何以故如來所
説如師子吼隨順世間種種音聲而爲衆生
嘆説妙法

大般涅槃經卷第九

天和元年歲在辰巳十二月七日比丘法宣敬願造涅槃經一部
上爲天帝釋四天大王龍王八神部軍王國主七世父母現在所
生父母師僧眷屬下及三塗地獄一切衆生普同此福
大願法定捨身之後不經三塗不經八難不生惡國不生
邊地不生耶見不見惡王不生貧窮不生醜陋生生世世
值仏聞法聰明生生世世遇善知識所作從心

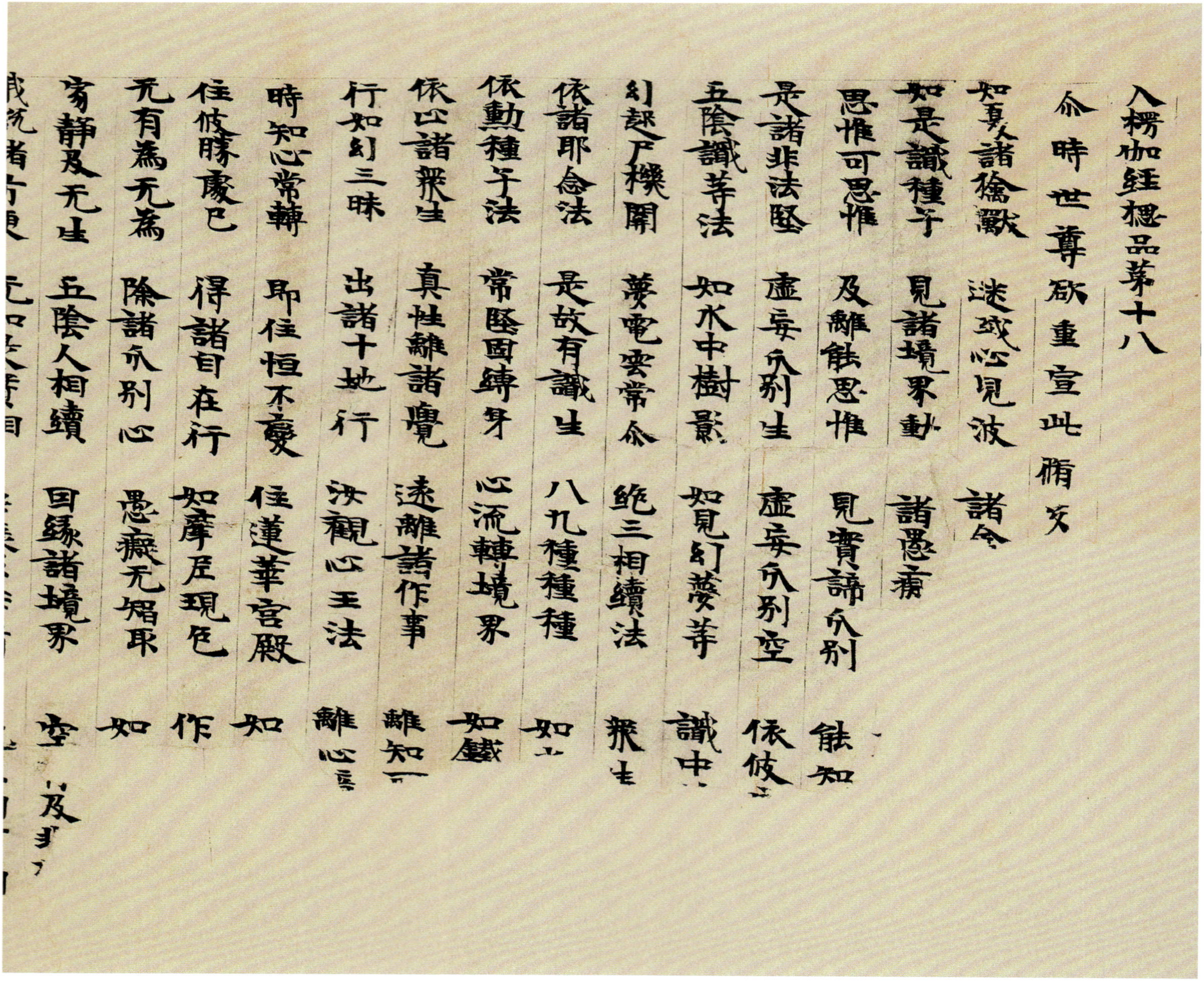
入楞伽經總品第十八
爾時世尊欲重宣此偈言
如夏人諸論獸　迷惑心見波　諸念
如是識種子　見諸境界動　諸愚癡
思惟可思惟　及離能思惟　見實諦分別　能知
是諸非法堅　虛妄分別生　虛妄分別空　依彼
五陰識等法　如水中樹影　如見幻夢等　識中
幻起尸機關　夢電雲常爾　絕三相續法　衆生
依諸邪念法　是故有識生　八九種種種　如
依動種子法　常堅固縛身　心流轉境界　如鐵
依心諸衆生　真性離諸覺　遠離諸作事　離知
行如幻三昧　出諸十地行　汝觀心王法　離心
時知心常轉　即住恒不變　住蓮華宮殿　知
住彼勝處已　得諸自在行　如摩尼現色　作
無有為無為　除諸分別心　愚癡無智取　如
寂靜及無生　五陰人相續　因緣諸境界　空　及
[illegible]

一〇六　入楞伽經總品第十八　北周　（之一）

寂靜无生　五陰入相續　因緣諸境界　空及我
我說諸方便　无如是實相　愚癡取實有　无能相可相
我覺一切法　而不覺一切　我有一切知　而无一切知
凡夫愚分別　自言世智者　我未曾覺知　亦不覺衆生
一切法唯心　諸陰如毛輪　諸相畢竟无　何處有分別
本无始生物　諸緣中亦无　石女兒空華　若能見有爲
尒時見可見　見迷法即住　我不入涅槃　不滅諸相業
滅諸分別識　此是我涅槃　非滅諸法相　愚癡妄分別
如暴水竭盡　尒時彼不生　如種種識滅　滅而不復生
空及无體相　如幻本不生　有无離有无　此諸法如幻
我說一實法　離於諸覺觀　聖人妙境界　離二法體相
如見焚火相　種種而无實　世間見四大　種種亦如是
如依草木石　亦現諸幻相　彼幻无是相　諸法體如是
无取者可取　无解脫无縛　如幻如陽炎　如夢眼中瞖
若知是實見　離諸分別垢　則住如實定　彼見我无疑
此中无心識　如虛空陽炎　如是知諸法　而不知一法

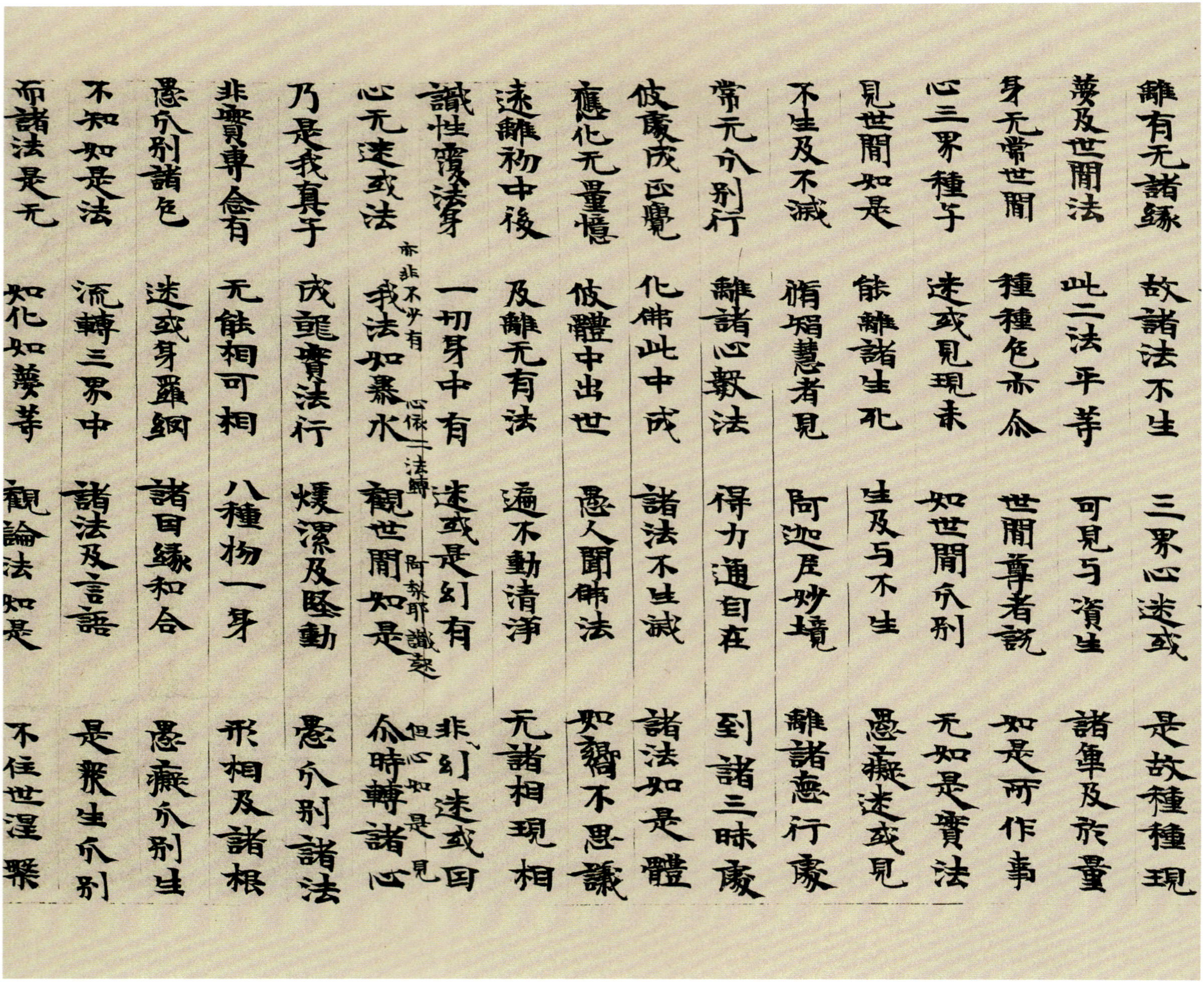
離有无諸緣　故諸法不生　三界心迷惑　是故種種現
夢及世間法　此二法平等　可見与資生　諸隼及於量
身无常世間　種種色亦爾　世間尊者説　如是所作事
心三界種子　迷惑見現來　如世間分別　无知是實法
見世間如是　能離諸生死　生及与不生　愚癡迷惑見
不生及不滅　脩智慧者見　阿迦尼妙境　離諸惡行處
常无分別行　離諸心數法　得力通自在　到諸三昧處
依處成正覺　化佛此中成　諸法不生滅　諸法如是體
應化无量億　依體中出世　愚人聞佛法　如翻不思議
迷離初中後　及離无有法　遍不動清淨　无諸相現相
識性實法身　亦非不少有　一切身中有　迷惑是幻有　非幻迷惑因　但心如是見
心无迷惑法　我法如暴水　心体一法轉　觀世間如是　阿梨耶識起　分時轉諸心
乃是我真子　成熟實法行　煖濕及堅動　愚分別諸法
非實尊念有　无能相可相　八種物一身　形相及諸根
愚分別諸色　迷惑身羅網　諸因緣和合　愚癡分別生
不知如是法　流轉三界中　諸法及言語　是衆生分別
而諸法是无　知化如夢等　觀論法如是　不住世涅槃

一〇六　入楞伽經偈品第十八　北周（之二）

而諸法是无　如化如夢等　觀論法如是　不住世涅槃
心種種種子　現見心境界　可見分別生　愚癡樂二法
无始愛及業　是心心法因　依他力法生　故說他力法
依法分別事　心迷惑境界　故不成分別　迷惑邪分別
心依因緣縛　是故生諸身　若離諸因緣　我說不見法
離諸因緣法　離於諸法相　不住諸法中　我說不見境
如王長者等　以種種禽獸　會集宅野中　以示於諸子
我如是諸相　種種鏡像法　內身智爲子　說於實際法
如大海波浪　從風因緣生　能起舞現前　而无有斷絶
阿梨耶識常　依風境界起　種種水波識　能舞生不絶
能取可取相　衆生見如是　可見无諸相　毛道如是見
阿梨耶本識　意及於意識　離可取能取　我說如是相
五陰中无我　及无人衆生　生即諸識生　滅即諸識滅
如畫中高下　可見无如是　如是諸物體　見无如是相
如乾闥婆城　禽獸渴愛水　如是可見見　智觀无如是
離可量及根　非因亦非果　離能覺所覺　離能見可見
依陰因緣覺　无人見可見　若不見可見　云何循彼法

依陰因緣覺　无人見可見　若不見可見　云何循彼法
因緣田辟喻　立意及因緣　蔓乾闥婆輪　陽炎及日月
光炎幻等喻　我遮諸法生　如蔓幻迷惑　空分别衆生
不依於三界　內外亦皆无　見諸有不生　乃得无生忍
得如幻三昧　及於如意身　諸通及自在　力心種種法
諸法本不生　空无法體相　彼人迷不覺　隨因緣生滅
如愚癡分别　心見於自心　見外種種相　實无可見法
見骨相佛像　及諸大離散　善覺心能知　住持世間相
身住持資生　可取三種境　識取識境界　意識分别三
分别可分别　所有字境界　不能見實法　彼覺迷不見
諸法无自體　智慧者能覺　行者分乃息　住於无相處
如基畫於雞　愚取是我離　如癡凡夫取　三乘同是一
无諸聲聞人　亦无辟支佛　所見聲聞色　及見諸如來
諸菩薩大慈　示現是化身　三界唯是心　離二種體相
轉變依諸相　彼取是真如　法及人行相　日月光炎熾
大諸摩尼寶　无分别作事　諸佛法如是　如瞎取毛輪
如是分别法　愚癡虛妄取　離於生住滅　及離常无常

一〇六　入楞伽經摠品第十八　北周　（之三）

如是分別法　愚癡虛妄取　離於生住滅　及離常无常
可見深淨法　如空中毛輪
如中蘊瘖人　見諸像大地　一切如金色　彼不曾有金
如是愚癡人　无始心法染　幻陽炎生有　愚人取為實
一子及无子　大海是一子　亦是无量子　如觀心種子
一子如清淨　轉於无種子　平等无分別　起即是生亂
能生種種子　是故說種子　因緣不生法　因緣不滅法
生法唯因緣　心如是分別　三界唯假名　實无事法體
妄覺者分別　取名為實
觀諸法實體　我不遮迷惑　實體不生法　觀是得解脫
我不見幻无　說諸法是有　顛倒迷如電　是故說如幻
非本生如生　諸因緣无體　无有處及體　唯有於言語
不遮緣生滅　不遮緣和合　遮諸愚癡見　分別因緣生
實无識體法　无事及本識　愚癡生分別　如死尸惡覺
三界但是心　諸佛子能見　即得種類身　離作有為法
得力通自在　及共相應法　現諸一切色　心法如是生
亦无心及色　无始心迷惑　爾時脩行者　得見於无相

而无心及色　无始心迷惑　尒時脩行者　得見於无相
智慧中觀察　不見諸衆生　相及事假名　意取諸動法
我諸子過是　无分別脩行　乾闥婆城幻　毛輪及陽炎
无實而見實　諸法體如是　如心見諸法　无如是體相
一切法不生　但見迷惑法　毛道迷分別　以住於二法
初識生分生　種種動種子　識如暴水起　斷彼則不生
種種念觀法　若但心中生　如虛空辟中　何故而不生
若有少相觀　心則從緣生　若從因緣生　不得言唯心
心取於自心　无法无因生　心法體清淨　虛空中无動
虛妄取自心　是故心現生　外法无可見　是故說唯心
本識但是心　意能念境界　能取諸境界　故我說唯心
心常无記法　意二邊取相　取現法是識　彼是善不善
離二種識相　是第一義門　說三乘差別　寂靜无是相
若心住寂靜　及行於佛地　是過去佛說　現未亦如是
初七是心地　寂靜第八地　二地是行處　餘地是我法
自内身清淨　是我自在地　自在究竟處　阿迦尼他現
如諸火炎等　而出諸光明　種種心可樂　化作於三界

一〇六　入楞伽經摠品第十八　北周（之四）

如諸水炎等　而出諸光明　種種心可樂　化作於三界
或有先有化　而化作三有　彼處說諸法　是我自在地
諸地无時節　國土轉亦然　過諸心地法　是住寂靜果
實无而謂實　而見於種種　愚人顛倒取　是種種顛倒
如无分別智　有事不相應　以心非諸色　是故无分別
諸禪及无量　及无色三昧　諸相畢竟滅　是故心中无
須陁洹果法　往來及不還　及諸羅漢果　一切心迷惑
空无常刹那　愚分別有為　何種子譬喻　分別刹那義
刹那无分別　離諸所作法　一切法不生　我說刹那義
有无說於生　僧佉等妄說　一切法无記　亦是彼人說
有四種記法　一往荅及問　分別差別荅　默荅遮外道
世諦一切有　第一義諦无　而實體无相　是第一義諦
見於虛妄法　是故說世諦　因於言語生　无如是實體
无事有言語　世諦中實无　是則顛倒事　可見亦是无
若事顛倒有　寂靜畢竟无　依於顛倒事　及見諸法生
畢竟妄是无　即是无轉相　所見諸種種　動習煩惱生
心見外迷惑　見取於何境　分別无分別　是空實用法

心見外迷惑　現取於前境　分別无分別　是空實相法
如幻像諸相　如樹葉金色　是可見人見　心无明動習
聖人不見迷　中間不見實　迷惑即是實　以實即中間
遠離諸迷惑　若能生諸相　即是其迷惑　如眼瞖不淨
如瞖見毛輪　依迷取諸法　於諸境界中　愚癡取是法
諸法如毛輪　陽炎水迷惑　三界如夢幻　脩行得解脫
分別可分別　能生於分別　縛可縛及因　六種解脫因
无地及諸諦　无國土及化　佛辟支聲聞　唯是心分別
人體及五陰　諸緣及微塵　勝人自在作　唯是心分別
心遍一切處　一切處皆心　以心不善觀　心性无諸性
五陰中无我　我中无五陰　分別无邊法　而彼法非无
如愚癡分別　有諸一切法　如是見實有　一切應見實
一切法若无　无染亦无淨　愚癡見如是　彼法不如是
迷惑分別相　是他力分別　彼相所有名　是名分別相
名相是分別　因緣事和合　若不生彼心　是第一義相
報相佛實體　及所化佛相　眾生及善薩　并十方國土
習氣法化佛　及作於化佛　是皆一切從　阿彌陀國出

一〇六　入楞伽經總品第十八　北周　（之五）

習義法化佛　及化於化佛　亦說一切法　隨所說
應化所說法　及報佛說法　脩多羅廣說　汝應知密意
所有佛子說　及於諸如來　是皆化佛說　非淳熟者說
是諸法不生　而彼法非无　乾闥婆城幻　如夢化相似
種種隨心轉　唯心非餘法　心生種種生　心滅種種滅
衆生妄分別　无物而見物　无義唯是心　无分別得脫
无始世戲論　依心於煩惱　諸分別動脩　是故邪見生
識无分別義　真如是智境　轉彼是寂靜　是諸聖境界
觀察義思惟　諸凡夫思惟　念真如思惟　諸佛淨思惟
分別諸法體　一切法不生　依他力因緣　衆生迷分別
他力若清淨　離分別相應　轉彼即真如　離分別是行
莫分別分別　分別是无實　分別迷惑法　取可取不盡
見外分別境　分別實是體　心分別分別　彼法因緣生
邪見見外義　无義但是心　觀勘量相應　能滅取可取
无諸外境界　愚癡妄分別　勳習增長心　似生於諸法
滅二種分別　真如智境界　生於无法相　不思議聖境
名相及分別　實體二種相　正智及真如　是成就實體

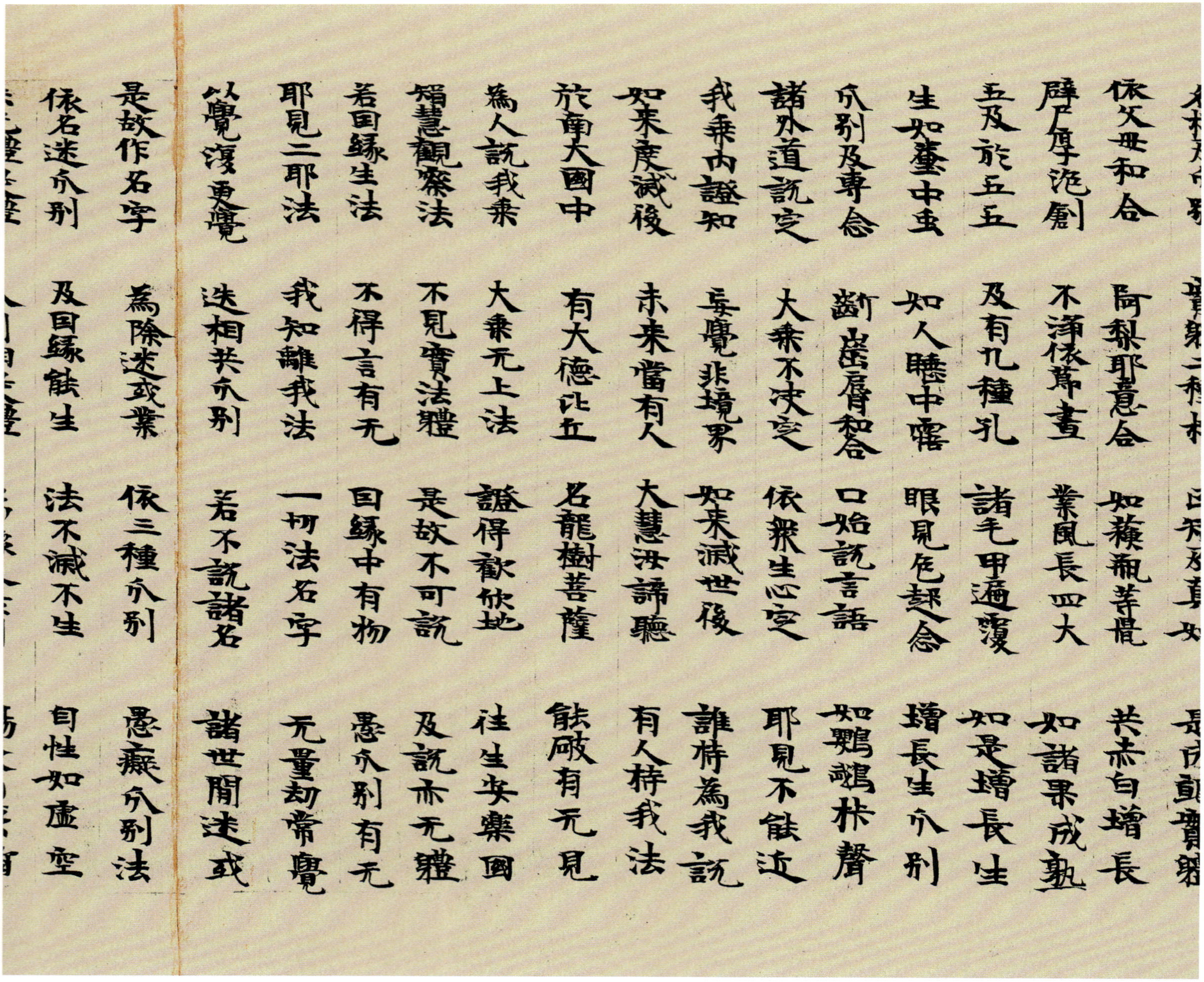

名相及分別　實覺二種相　正智及真如　是成真實相
依父母和合　阿梨耶意合　如蘇瓶等鼠　共赤白增長
辟尸厚泡創　不淨依業畫　業風長四大　如諸果成熟
五及於五五　及有九種孔　諸毛甲遍覆　如是增長生
生如糞中虫　如人睡中寤　眼見色起念　增長生分別
分別及專念　齗齒脣和合　口始說言語　如鸚鵡林聲
諸外道說定　大乘不決定　依眾生心定　邪見不能近
我乘內證知　妄覺非境界　如來滅世後　誰持為我說
如來度滅後　未來當有人　大慧汝諦聽　有人持我法
於南大國中　有大德比丘　名龍樹菩薩　能破有无見
為人說我乘　大乘无上法　證得歡喜地　往生安樂國
智慧觀察法　不見實法體　是故不可說　及說亦无體
若因緣生法　不得言有无　因緣中有物　愚分別有无
邪見二邪法　我知離我法　一切法名字　无量劫常覺
以覺復更覺　迷相共分別　若不說諸名　諸世間迷惑
是故作名字　為除迷惑業　依三種分別　愚癡分別法
依名迷分別　及因緣能生　法不滅不生　自性如虛空

一〇六　入楞伽經摠品第十八　北周　（之六）

法无體是體 分別相是體 影像及於幻 陽炎与夢綺
火輪乾闥婆 諸法如是生 不二真如空 實際及法體
我說无分別 成就彼法相 口心境界虛 實及立虛妄
心墮於二邊 是故立分別 有无墮二邊 以在心境界
遠離諸境界 爾時正滅心 以離取境界 彼滅非有无
如聖人境界 愚人不能知 有滅住真如 智慧者能見
如彼諸法住 智慧者能見 法體不如是 以諸法无相
愚癡人見鐵 分別以為金 非金而見金 外道取法爾
本无言始生 始生後還滅 從因緣有无 此說非我教
无始无終法 无如是住相 似世間住相 耶覺者不知
過去法是有 未來法非无 現在法亦有 不應言法生
轉時及行相 諸大及諸根 虛妄取中陰 若取非覺者
一切佛世尊 不說因緣生 因緣即世間 如乾闥婆城
但法緣和合 依此法生法 離諸和合法 不滅亦不生
鏡及於中水 眼及器摩尼 而見諸鏡像 諸影像是无
如獸愛空水 見諸種種色 種種似如有 如夢石女兒
我乘非大乘 非聲亦非字 非諦非解脫 非寂靜境界

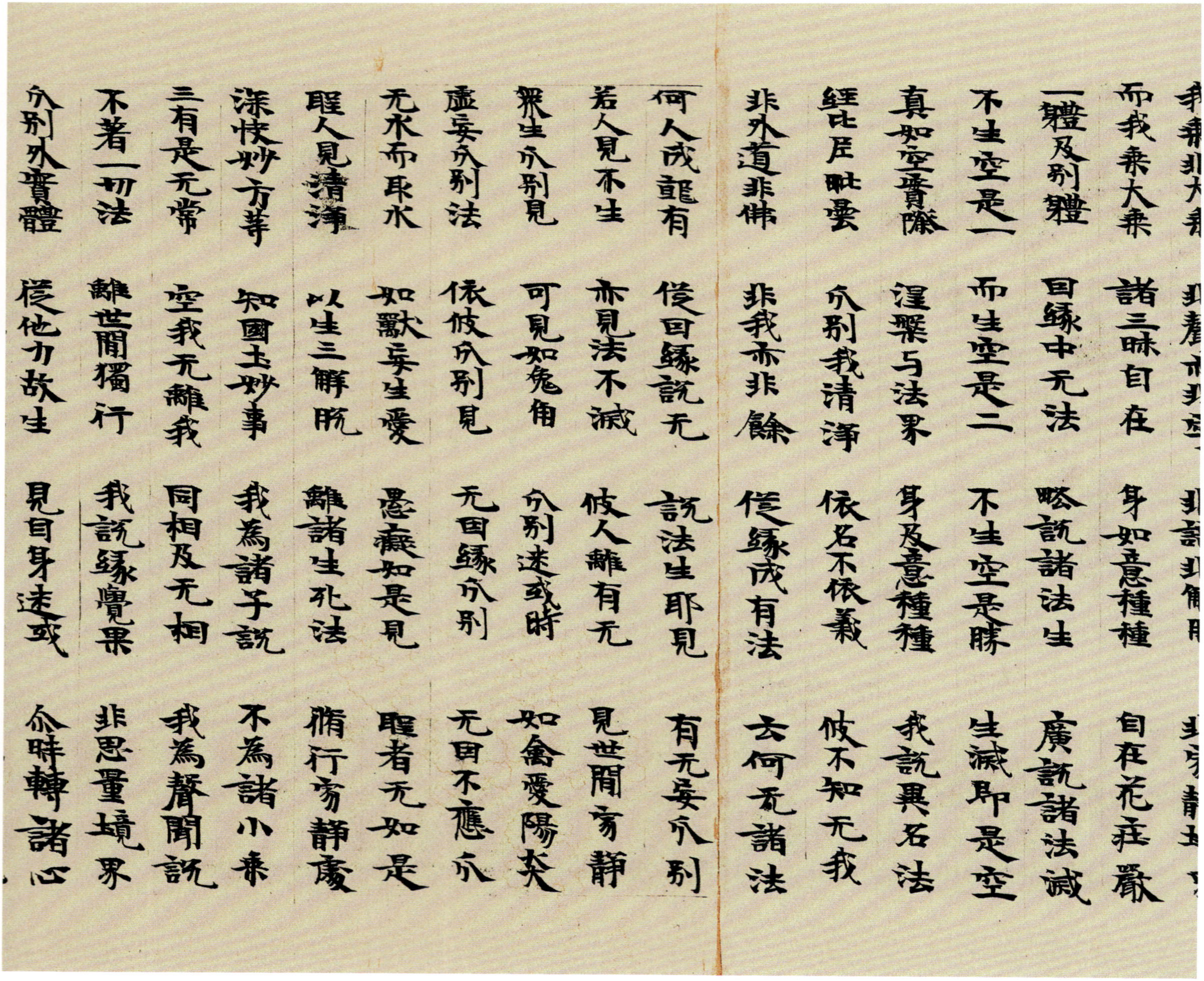

我乘非大乘　非聲亦非字　非諦非解脫　非寂靜境界
而我乘大乘　諸三昧自在　身如意種種　自在花莊嚴
一體及別體　因緣中无法　略說諸法生　廣說諸法滅
不生空是一　而生空是二　不生空是勝　生滅即是空
真如空實際　涅槃与法界　身及意種種　我說異名法
經比尼毗曇　分別我清淨　依名不依義　彼不知无我
非外道非佛　非我亦非餘　從緣成有法　云何无諸法
何人成龍有　從因緣說无　說法生邪見　有无妄分別
若人見不生　亦見法不滅　彼人離有无　見世間寂靜
衆生分別見　可見如兔角　分別迷惑時　如禽愛陽炎
虛妄分別法　依彼分別見　无因緣分別　无因不應分
无水而取水　如獸妄生愛　愚癡如是見　聖者无如是
聖人見清淨　以生三解脫　離諸生死法　脩行寂靜處
深快妙方等　知國土妙事　我為諸子說　不為諸小乘
三有是无常　空我无離我　同相及无相　我為聲聞說
不著一切法　離世間獨行　我說緣覺果　非思量境界
分別外實體　從他力故生　見自身迷惑　爾時轉諸心

一〇六　入楞伽經揔品第十八　北周（之七）

分別外實體　從他力所生　見自身迷或　尒時[illegible]

十地即初地　初地即八地　九地即七地　七地即八地

二地即三地　四地即五地　三地即六地　寂靜无次第

諸法常寂靜　脩行者无法　有无法平等　尒時證得果

諸法无體相　云何於无法　而能作平等　寂靜无分別

若不見諸心　内及外動法　尒時滅諸法　已見平等心

愚无始流轉　取法如懷抱　誑凡夫而轉　如因楔出楔

依彼因及觀　共意取境界　依於識種子　能作於心因

脩得及住持　隨種類身得　及夢中　是通有四種

夢中所得通　及於佛諸恩　取種類身得　彼通非實通

動種子動心　似有法生轉　愚癡不覺知　為説生諸法

分別於外物　諸法相成就　尒時心悶沒　不見自迷或

何故説於生　何故説无見　不可見而見　顛倒為我説

為於何等人　説何等法有　為於何等人　説何等法无

心體自清淨　意起於諸濁　意及一切識　能作動種子

阿梨耶出身　意去來諸法　意識取境界　迷或見貪取

自心所見法　外法无外法　如是觀迷或　常憶念真如

自心所見法　外法无外法　如是觀迷惑　常憶念真如
脩禪有境界　業諸佛大事　此三不思議　是脩者境界
過現及未來　涅槃人虛空　我依世諦説　真諦无名字
二乘及外道　等著於耶見　迷沒於心中　分別於外法
緣覺佛菩提　羅漢見諸佛　菩提堅種子　及夢中成就
何處為何等　去何為何因　何所為何因　唯願為我説
幻心去寂靜　有无朋黨説　心中迷堅因　説有幻无幻
生滅相相應　相可相有无　分別唯是意　共於五種識
鏡像水波等　從心種子生　若心及於意　而諸識不生
時得如意身　乃至於佛地　諸緣及陰界　是法自體相
假名及人心　如夢如毛輪　世間如幻夢　見依心得實
諸相實相應　離諸斷量因　諸聖人内境　常觀諸妙行
迷覆斷量因　令世間實解　離一切戲論　脩不住迷惑
諸法无體相　空及常无常　心住於愚癡　迷惑故分別
説見諸法者　非説於无生　一二及於二　忽然自在有
依時勝微塵　緣分別世間　世種子是識　依心彼因生
如依壁畫像　智實即是滅　如人見於幻　見生死亦爾

一〇六　入楞伽經摠品第十八　北周　（之八）

如依壁畫像　智實即是滅　如人見於幻　見生死亦尒
愚癡人依闇　縛及解脫生　內外諸種種　諸法及因緣
如是觀脩行　住於寂靜處　薰習中无心　心不共薰習
心无差別相　薰習纏於心　如垢見薰習　意從於識生
如帛心亦尒　依薰習不顯　如物非无物　我說虛空然
阿梨耶身中　離於有无物　意識轉滅已　心離於於法
覺知一切法　故我說心佛　斷絕於三世　離於有无法
世法四相應　諸有悉如幻　是二法體相　七地從心生
餘地亦成就　二地及佛地　色界及无色　欲界及涅槃
一地心境界　不離於身中　若見諸法生　是生迷或法
覺自心迷惑　是不生諸法　无生法體相　生即著世間
見諸相如幻　法體相如是　自心虛妄取　莫分別諸法
為癡无知說　三乘与一乘　及說於无乘　諸聖人寂靜
我法有二種　相法及於證　四種勘量相　立量相應法
形及相勝種　見迷或分別　名字及行處　聖行實清淨
依分別分別　故有分別相　離分別分別　實體聖境界
[illegible]

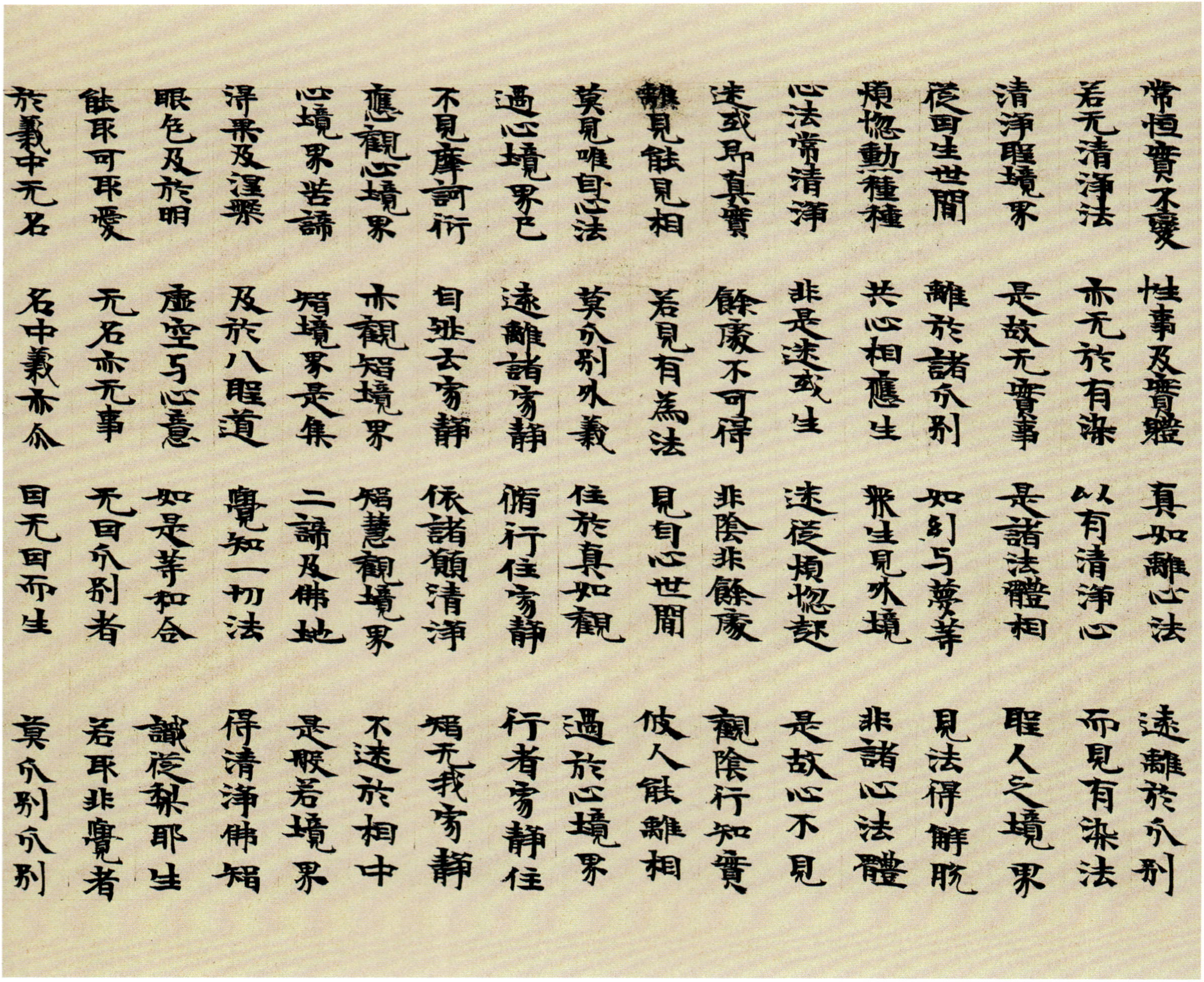

常恒實不變 性事及實體 真如離心法 遠離於分別
若无清淨法 亦无於有染 以有清淨心 而見有染法
清淨聖境界 是故无實事 是諸法體相 聖人之境界
從因生世間 離於諸分別 如幻与夢等 見法得解脫
煩惱動種種 共心相應生 衆生見外境 非諸心法體
心法常清淨 非是迷惑生 迷從煩惱起 是故心不見
迷惑即真實 餘處不可得 非陰非餘處 觀陰行知實
離見能見相 若見有為法 見自心世間 彼人能離相
莫見唯自心法 莫分別外義 住於真如觀 過於心境界
過心境界已 遠離諸寂靜 脩行住寂靜 行者寂靜住
不見摩訶衍 自雖去寂靜 依諸願清淨 智无我寂靜
應觀心境界 亦觀智境界 智慧觀境界 不迷於相中
心境界苦諦 智境界是集 二諦及佛地 是般若境界
得果及涅槃 及於八聖道 覺知一切法 得清淨佛智
眼色及於明 虛空与心意 如是等和合 識從梨耶生
能取可取愛 无名亦无事 无因分別者 若取非覺者
於義中无名 名中義亦尒 因无因而生 莫分別分別

一〇六　入楞伽經總品第十八　北周（之九）

於義中无名　名中義亦尒　因无因亦生　莫分別分別
一切法无實　言語亦復然　空不空義尒　愚癡見法走
妄相於實住　耶見說假名　一法成五種　智實能遠離
五種是魔法　超越過有无　非脩行境界　是外道之法
不來有耶法　亦无相見我　以作自常法　唯從言語生
實諦不可說　寂滅見語法　依心阿梨耶　能轉生意識
依心依心意　能生於轉識　依虛虛妄成　真如是心法
如是脩行者　能知心性體　分別常无常　意相及於事
生及与不生　行者不應取　莫分別二法　識從梨耶生
一義二心法　不知如是生　取一二之法　是凡夫境界
无說者及說　不空以見心　不見於自心　故生見羅網
諸因緣不生　諸根亦如是　界及五陰无　无貪无有為
本无於作業　不作非有為　无除亦无縛　无縛无解脫
无无記无物　无法无非法　无時无涅槃　法體亦是无
无佛无實諦　无因无亦果　无顛倒无滅　无滅亦无生
十二支亦无　遍无遍亦尒　離於諸耶見　是故說唯心
煩惱及業身　作者与果報　如陽焰及夢　乾闥婆城等

煩惱及業身　作者与果報　如陽炎及夢　乾闥婆城等
住於心法中　而生諸法相　住於心法中　而見於斷常
涅槃中无陰　无我亦无相　能入唯是心　解脫不取相
見地何過失　諸衆生見外　非心有非无　由動習不顯
垢中不見白　白中不見垢　如雲蓋虛空　是故心不見
心能作諸業　智於中分別　慧能觀寂靜　得大妙法體
心依境界縛　智依覺觀生　寂靜勝境界　慧能於中行
心意及意識　於相中分別　得无分別體　二乘非諸子
寂靜勝人相　諸佛智慧淨　能生於勝義　已離諸行相
分別法體有　他力法是无　迷惑取分別　不分別他力
非諸大有色　有色非諸大　夢幻乾闥婆　獸渴愛无大

我有三種慧　依止依聖名　心无法中生　是故心不見
身資生住持　衆生依動見　依彼分別相　而說於諸法
離二乘相應　慧離現法相　虛妄取法故　聲聞見於法
能入唯是心　如來智无垢　若實及不實　從因緣生法
一二是取見　畢竟能取著　種種諸因緣　如幻无有實
如是因種種　不能成分別　依三種相目　皆唯是心生

一〇六　入楞伽經偈品第十八　北周（之一〇）

如是相種種　不能成分別　依於煩惱相　諸縛從心生
不知分別法　他力是分別　所有分別體　即是他力法
種種分別見　於他力分別　世諦第一義　第三无因生
分別說相續　斷即聖境界　脩行者一事　唯心種種見
彼无處心體　如是分別相　如人眼中瞖　分別種種色
瞖非色非色　愚見他力尒　如金離塵垢　如水離泥濁
如虛空離雲　如是淨分別　聲聞有三種　應化及願生
離諸貪瞋垢　聲聞從法生　菩薩亦三種　諸如來无相
衆生心心中　見佛如來像　分別无如是　他力法體有
見有无二邊　是故見分別　若无分別法　他力云何有
遠離有法體　實有法體生　依止於分別　而見於他力
依名相和合　而生於分別　常无所成就　他力分別生
尒時知清淨　第一義實體　分別有十種　他力有六種
真如是内身　是故无異相　五法是實法　及三種實相
如是脩行者　不壞真如法　星宿雲形像　似於日月體
諸衆生見心　可見勲集生　諸大无自體　非能見可見
若色從大生　諸大生諸大　如是不生大　大中无四大

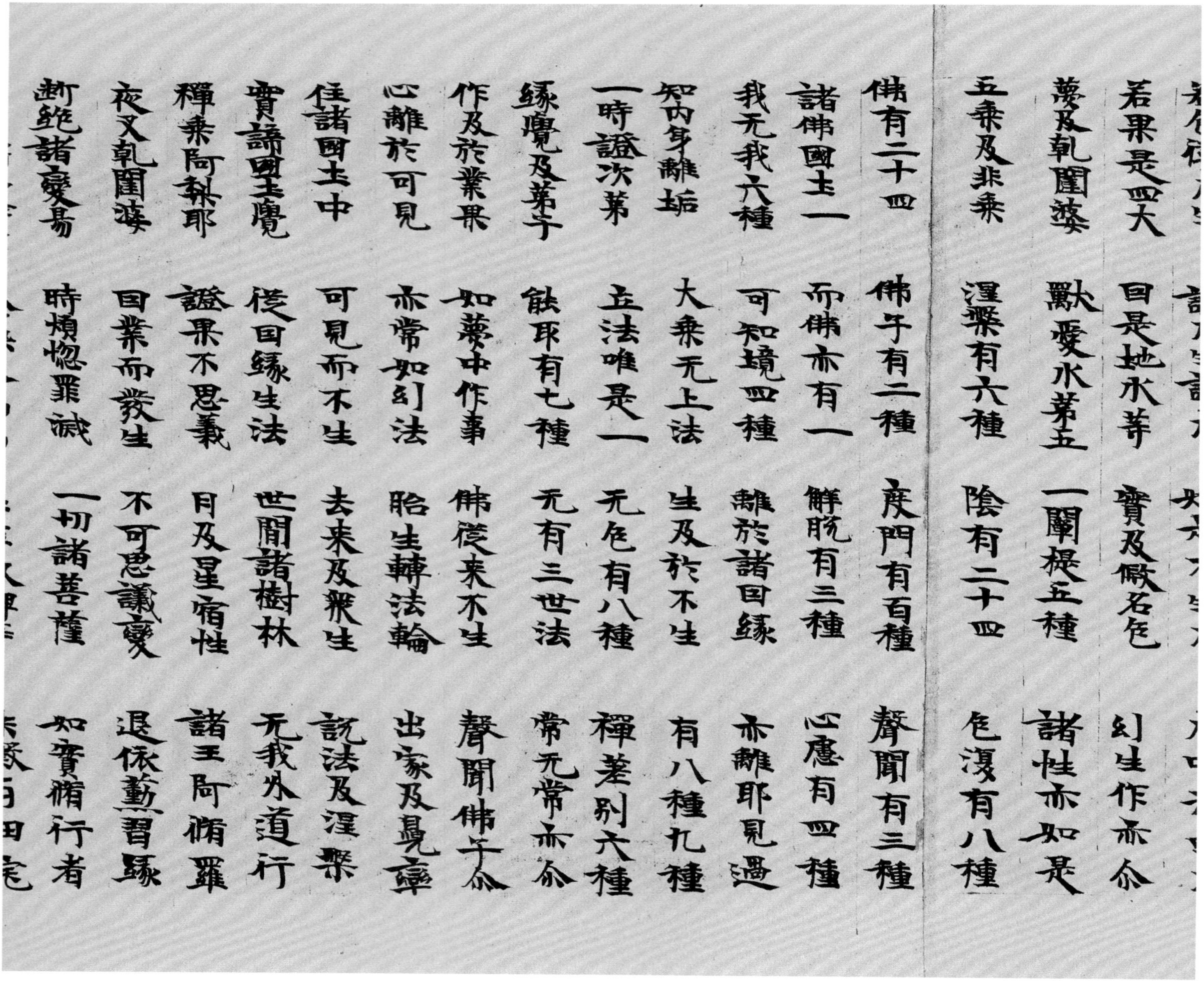
若果是四大　因是地水等　實及假名色　幻生作亦尒
夢及乾闥婆　獸愛水第五　一闡提五種　諸性亦如是
五乘及非乘　涅槃有六種　陰有二十四　色復有八種
佛有二十四　佛子有二種　度門有百種　聲聞有三種
諸佛國土一　尒佛亦有一　解脫有三種　心惑有四種
我无我六種　可知境四種　離於諸因緣　亦離耶見過
知內身離垢　大乘无上法　生及於不生　有八種九種
一時證次第　立法唯是一　无色有八種　禪差別六種
緣覺及弟子　能取有七種　无有三世法　常无常亦尒
作及於業果　如夢中作事　佛從來不生　聲聞佛子尒
心離於可見　亦常如幻法　胎生轉法輪　出家及鼻障
住諸國土中　可見而不生　去來及衆生　說法及涅槃
實諦國土覺　從因緣生法　世間諸樹林　无我外道行
禪乘阿梨耶　證果不思義　月及星宿性　諸王阿脩羅
夜叉乾闥婆　因業而發生　不可思議變　退依薰習緣
斷絕諸憂易　時煩惱罪滅　一切諸菩薩　如實脩行者

一〇六　入楞伽經摠品第十八　北周（之一一）

不畜諸財寶　金銀及象馬　牛羊奴婢等　米穀与田宅
不卧穿乳床　亦不得塗地　金銀赤白銅　鉢盂及諸器
脩行淨行者　一切不得畜　憍奢耶衣服　一切不得著
欽婆羅氀毯　牛薑草藥葉　青赤泥土汁　染壞於白色
后泥及与鐵　珂及於琉璃　如是鉢聽畜　滿足摩陀量
為割截衣故　聽畜四寸刀　刃如半月曲　不得學技術
如實脩行人　不得市販買　所須青白衣　及諸優婆塞
常護於諸根　知於如實義　讀誦脩多羅　及學諸比丘
不与白衣雜　脩行人如是　空處与塚間　窟中林樹下
尸陀林草中　乃至於露地　如實脩行人　應住如是處
三衣常隨身　不畜餘錢財　為身須衣服　他自与聽受
為乞食出行　亦不左右視　視前六尺地　安詳而直進
如蜂採諸花　乞食亦如是　比丘比丘尼　眾中眾所雜
我為佛子說　此是惡命活　如實脩行者　不聽此處食
王小王王子　大臣及長者　為求於飲食　一切不得住
孤家及生家　親家所愛家　比丘雜等眾　脩行者不食
寺舍因不斷　常作種種食　[illegible]

寺舍烟不断　常作種種食　故為人所作　行者不應食
雜有无别黨　能見可見縛　行者觀世間　離於生滅法
三昧力相應　及諸通自在　若不生分别　不久得如法
從微塵勝人　緣中莫分别　諸因緣和合　行者不分别
分别諸世間　種種從動生　行者如實觀　三有如幻夢
莫分别三有　身資生住持　離於有无謗　亦離有无見
飲食如服藥　身心常正直　一心専恭敬　佛及諸菩薩
如實脩行者　應知諸律相　及諸脩多羅　簡擇諸法相
五法體及心　脩行无我相　清淨内法身　諸地及佛地
如實脩行者　住於大蓮華　諸佛大慈悲　如意手摩頂
去來於六道　諸有生厭心　發起如實行　至尸陁林中
日月形體相　及於花海相　虚空火種種　脩行者見法
見如是諸相　取於外道法　亦隨聲聞道　及緣覺境界
遠離如是等　住於寂靜處　時佛妙光明　住於諸國土
摩彼菩薩頂　此摩頂妙相　隨順真如法　尒時得妙身
有无因法體　離於斷常法　謗於有无法　是分别中道
分别无諸因　无因是斷見　見種種外法　是人滅中道

一〇六　入楞伽經總品第十八　北周（之一二）

不捨諸法相 悉有斷絶相 有无是謗法 知是說中道
覺但是內心 不滅於外法 轉虛妄分別 即是中道法
唯心无可見 離於心不生 即是中道法 我及諸佛說
生及於不生 有物无物空 諸法无自體 莫分別二法
分別是有法 愚分別解脫 不覺心分別 離於二取相
覺知自心見 時離於二見 知實知遠離 不滅分別相
實知可見心 時知分別生 不生諸分別 是真如離心
離諸外道過 若見生諸法 彼智者應取 涅槃而不滅
知此法是法 我說及餘佛 若異見諸法 是說外道事
不生現於生 不退常現退 同時知水月 万億國土見
一身及无量 然火及注雨 心心體不異 故說但是心
心中但是心 心无心而生 種種色形相 所見唯是心
佛及聲聞身 辟支佛身等 及種種色身 但說是內心
无色界无色 色界及地獄 色現為衆生 但是心因緣
如幻三昧法 而身如意生 十地心自在 菩薩轉復彼
自心分別名 戲論而擾動 依見聞生知 愚癡依相知
相是他力體 彼依名分別 分別是諸相 依他力法生

相是他力體　彼依名分別　分別是諸相　依他力法生
智慧諸觀法　无他力无相　畢竟无成就　智依何分別
若有成就法　離於有无法　離於有无體　二體云何有
分別二種種　二種體應有　分別見種種　清淨聖境界
分別是種種　分別是他力　若異分別者　是墮外道法
分別是分別　見是因體相　分別說分別　見是因相生
離於二分別　是即成就法　國土佛化身　一乘及三乘
无涅槃一切　空離一切生　佛三十差別　別復有十種
一切國土器　依諸衆生心　如分別法相　現見種種法
彼法无種種　佛法世間尒　法佛是真佛　餘者依彼化
衆生自種子　見一切佛相　依迷惑縛心　能生於分別
真不離分別　及不離於相　實體及受樂　化復作諸化
佛衆三十六　是諸佛實體　如青赤及鹽　珂乳及石蜜
菓諸花菓　如月諸光明　非一亦非異　如水中洪波
如是七識種　共於心和合　如大海轉變　是故波種種
阿梨耶亦尒　名識亦如是　心意及意識　分別外相義

一〇六　入楞伽經楒品第十八　北周　（之一三）

八无差別相 非能見可見 如大海水波 无有差別相
諸識於心中 轉變不可得 心能造諸業 意是能分別
意識能知法 五陰虛妄見 青赤白種種 衆生識現見
水波相法對 年尼爲我說 青赤白種種 水波中无是
愚見(癡)諸相 說於中心轉 心中无是體 離心无外見
若有於可取 應有於能取 身資生住持 說水波相似
衆生現識見 水波共相似 大海水波起 如舞轉現見
本識如是轉 何故知不取 愚癡无智慧 本識如海波
水波轉相對 是故說譬喻 如日出世間 平等照衆生
如是世尊濟 不爲愚說法 住於真如法 何故說不實
若說於實法 心中无實法 如海中水波 如鏡及於夢
如自心境界 等見无前後 无一時境界 是故次第生
識能知諸法 意復能分別 三識現見法 寂靜无次第
如世間畫師 及畫師弟子 我住於妙法 爲實脩行說
離分別分別 是內身實知 我諸佛子說 不爲於愚人
亦如幻種種 可見无如是 說種種亦尒 說亦尒不尒
爲一人說法 不爲餘人說 如人病不同 醫師處藥別
諸佛爲衆生 隨心說諸法 依外法種子 分別說現法

諸佛為衆生　隨心說諸法　依外法種子　分別說現法
心取他力法　可取是分別　依心心種子　觀取外境界
二種轉迷惑　更第無三因　以迷惑不生　依何不法生
六十十八法　是故唯說心　自心見外法　見彼離於我
若入心分別　離能諸法相　依於阿梨耶　能生於諸識
愚癡內身入　心見於外入　取星宿毛輪　如夢中見色
有為无為常　分別无如是　乾闥婆城幻　如旃獸愛水
无知是見有　他力法亦尒　我諸根形相　我說三種心
心意及意識　離心自體相　无我无二體　五法自體相
是諸佛境界　能相有三種　依於一薫因　如綵色一種
譬上見種種　二種无我心　意及諸識相　五種法體相
遠離諸心相　識離於意相　諸法體如是　是我之境界
離於諸法體　是諸如來性　身口及意業　彼不作白法
如來性清淨　離於諸行病　自在淨諸通　三昧力莊嚴
種種意生身　是淨如來性　內身智離垢　離於諸因相
八地及佛地　是諸如來性　遠行善慧地　法雲与佛地
是諸佛之生　餘地三乘雜　衣衆生身別　及為愚癡相

一〇六　入楞伽經摠品第十八　北周　（之一四）

是諸佛之性餘地二乘離依衆生身別及為愚癡相
為說七種地故佛說心地口身心諸鄣七地中无是
八地中妙身如夢暴水相八地及五地學種種伎術
一切諸佛子三有中作王生及与不生不分空不空
實及於不實心中无如是此實此是實莫分別此實
緣覺及聲聞非為佛子說有无有非實亦无有空相
假名及實法心中一切无依世諦有法第一義悉无
无實法迷惑是諸世諦法一切法无法我說於假名
言語及受用愚癡見是實從於言語法是實有境界
從言語生法見法无如是如離壁无畫亦如影離像
本淨識亦尒為水波不現如幻心亦尒意如狡猾者
識共於五種分別見如緣說是真法習所有集作化
是諸佛根本餘者應化像心迷可見中可見心中无
身資生住持即阿梨耶現心意及意識實體五種法
二種无我淨諸佛如來說虛妄覺非境及聲聞亦尒
是內身境界諸佛如來說長短等相待彼此相依生
有能成於无无能成於有及分別微塵色體不分別

有能成於无　无能成於有　及分別微塵　色體不分別
說但是於心　邪見不能淨　是中分別空　不空亦如是
有无但分別　可說无如是　功德微塵合　愚癡分別色
一微塵无　是故无是義　自心見形相　衆生見外有
外无可見法　是故无是義　心如毛輪幻　夢乾闥婆城
火輪禽獸愛　實无而人見　常无常及一　二及於不二
无始過所縛　愚癡迷分別　我不說三乘　但說於一乘
爲攝取衆生　是故說一乘　解脫有三種　亦說法无我
平等智煩惱　依解脫分別　亦如水中木　爲波之所漂
如是癡聲聞　爲諸相瀰蓋　彼无究竟處　亦復不還生
得寂滅三昧　无量劫不覺　見聲聞之定　非我諸菩薩
離諸隨煩惱　依習煩惱縛　三昧樂境醉　住彼无漏界
如世間醉人　酒消然後寤　彼人然後得　我佛法身體
如象溺深泥　身東西動搖　如是三昧醉　聲聞深亦尒

入楞伽經卷第九

歲次戊寅十月卅日比丘尼天英敬寫大集經
一部楞伽經一部爲七世師宗父母法界衆

一〇六　入楞伽經摠品第十八　北周　（之一五）

入楞伽經總品第十八

尒時世尊欲重宣此脩文

如夢諸禽獸　迷惑心見彼　諸令

如是識種子　見諸境界動　諸愚癡

思惟可思惟　及離能思惟　見實諦分別　能知

是諸非法堅　虛妄分別生　虛妄分別空　依彼

五陰識等法　如水中樹影　如見幻夢等　識中

幻起尸機關　夢電雲常尒　絕三相續法　衆生

依諸邪念法　是故有識生　八九種種種　如

依動種子法　常堅固縛牙　心流轉境界　如鐵

依心諸衆生　真性離諸覺　遠離諸作事　離知

行如幻三昧　出諸十地行　汝觀心王法　離心

圖版説明

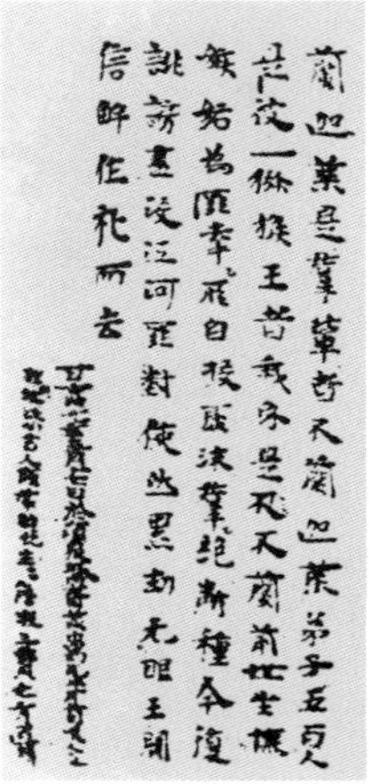

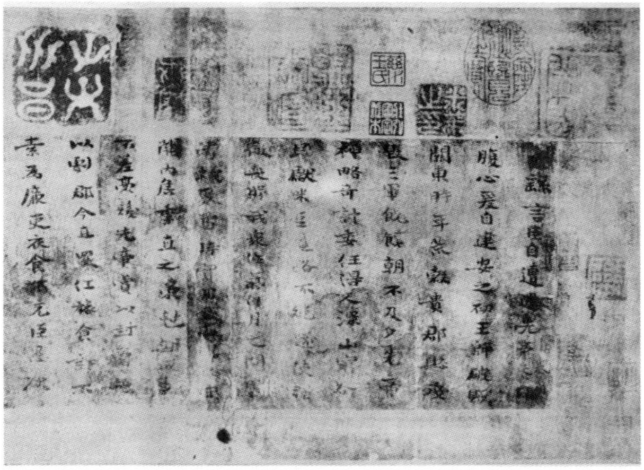

一　嘉峪關魏晉墓朱書題字　三國・魏晉

魏晉時期嘉峪關壁畫墓，其中有一些磚上朱書題榜字，其體勢樸拙、蒼勁、渾厚，屬當時的新隸體。

（李萍）

二　譬喻經　三國・魏

紙本
日本藏

《譬喻經卷》是魏甘露元年（三五九）的一件寫經作品，作者不詳。此經卷是傳世寫經墨蹟中年代較早的一件。其風格率直，渾古奇偉；結構欹側奇正相生，不求齊整；筆勢可與《廣武將軍碑》相參證。字體從整體上顯示出由隸書向楷書的過渡。

（李萍）

三　薦季直表　三國・魏　鍾繇

鍾繇（一五一——二三〇），中國三國時魏書法家。字元常，潁川長社（今河南省長葛縣）人。魏初為相，明帝時進太傅，封定陵侯，人稱鍾太傅。謚成侯。

此表寫于魏黃初二年（二二一）。內容是推薦舊臣關內侯季直的表奏。據記載，《薦季直表》墨蹟紙本，縱一二．六厘米，橫四十．四厘米。楷書，十九行，墨色沉厚如漆。卷上有貞觀、淳化、大觀宣和及米芾、賈似道、陸行直、高士奇、清宮內府等藏家印記。明代刻入《真賞齋帖》，清代刻入《三希堂》，列諸篇之首。

《薦季直表》墨蹟本原藏於圓明園長春書屋，咸豐十年（一八六〇）英法聯軍侵入北京時為英兵所劫。後輾轉落入一藏家手中，又被偷竊埋入地下，挖出時已腐爛。幸有一照片留存。

此表學者或有疑議，但其書法古雅茂密，佈局空靈，結體疏朗，體勢橫扁，尚留隸意。鍾繇是楷書早期的代表性的書家。張懷瓘《書斷》評曰：「真書絕世，剛柔備焉，點畫之間，多有異趣，可謂幽深無際，古雅有餘。秦漢以來，一人而已。」

（范紅娟）

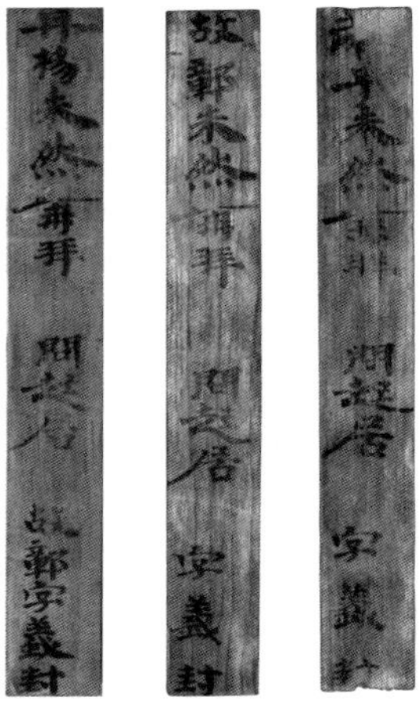

四　朱然名刺　吴

木質　楷書　長二四・八厘米　寬三・四厘米　厚〇・六厘米

安徽馬鞍山出土

釋文：（右起）

弟子朱然再拜，問起居。字義封。

故鄣朱然再拜，問起居。字義封。

丹楊朱然再拜，問起居。故鄣字義封。

朱然（一八二—二四九）吴國名將。丹陽、故鄣是其原籍，義封為朱然的字。「問起居」則是古代問候之語。「名刺」則相當於現代的名片。

此名刺正面直行墨書，字體已具備了成熟的三過折筆法。其中「居」字等完全是楷書的結體。

（李萍）

五　史綽名刺　吴

木質　楷書　長二四—二五厘米　寬三・三厘米

湖北鄂城出土

釋文：

童子史綽再拜，問起居。廣陵高郵字澆瑜。

此名刺書體雖然還保留少許隸意，但其字型和筆劃的頓挫已是較成熟的楷書，從中可以窺見早期楷書的演變足蹟。

（李萍）

六　謝達木牘　吴

木質　長二三・七厘米　寬七厘米　厚六厘米

湖南省博物館藏

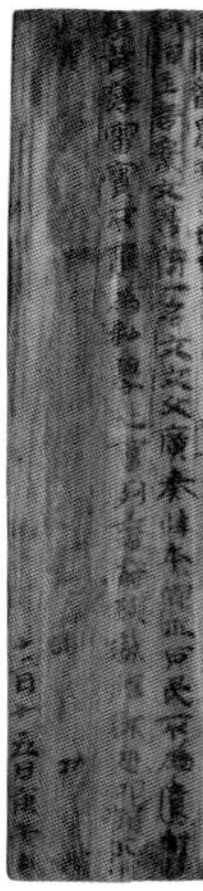

釋文：

私學長沙劉陽謝達，年卅一，居臨湘都鄉立沂丘。十一月十五日，右郎中竇通舉。

此木牘書體與朱然、史綽等名刺略有不同，自然流暢，有些許行書意味。

（麥茹）

七　奏陳晶所舉私學木牘　吳

木質　長二三·四—二五厘米　寬六—九·六厘米　厚〇·六—〇·九厘米

湖南省博物館藏

釋文：

東鄉勸農掾番琬叩頭死罪白：被曹敕，發遣吏陳晶所舉私學番倚詣廷言。案文書：倚一名文。文父廣奏辭：本鄉正戶民，不為遺脫。輒操黃簿審實，不應為私學。乞曹列言府。琬誠惶誠恐，叩頭死罪死罪。詣功曹。十二月十五日庚午白。

此木牘書體與朱然、史綽等名刺相類，均具楷書的特點。

（麥茹）

八　奏許迪賣官鹽木牘　吳

木質　長二五·二厘米　寬九·六厘米　厚〇·六厘米

湖南省博物館藏

釋文：

錄事掾潘琬叩頭死罪白：過四年十一月七日，被督郵敕，考實吏許迪。輒與核事吏趙譚、部典掾丞若、主者史李珠，前後窮核考問。迪辭：賣官餘鹽四百廿六斛一斗九升八合四勺，偪米二千五百六十一斛六斗九升已。二千四百卅九斛一升，付倉吏鄧隆、谷榮等。餘米一百一十二斛六斗八升，迪割用飲食不見。為廖直事所覺後，迪以四年六月一日，偷如所割用米畢，付倉吏黃瑛。□□錄見督尉，知罪深重，詣言：不割用米。重復實核，迪故下辭，服割用米。審前後榜押，凡□不加五毒，據以迪□□

服辭結罪，不枉考迪。乞曹重列言府。傳前解，謹下啟。琬誠惶誠恐，叩頭死罪死罪。二月十九日戊戌。

此木牘書寫流暢，書風自然純樸，可窺見隸楷遞變時期的字體面貌。

（孫霞）

九　黃朝名刺　吳

木質　楷書　長二四·二厘米　寬三·二厘米　厚〇·五厘米

湖南省博物館藏

釋文：

弟子黃朝再拜，問起居。長沙益陽。字元寶（正面）。

弟子黃先再拜（背面）。

此名刺書體與朱然、史綽等名刺相類，均具楷書的特點。

（麥茹）

一〇　書信木牘　吳

木質　草書

釋文：（略）

此木牘書風瀟灑流暢，如行雲流水，自然生動。為研究當時的草書的書寫風格和水平提供了寶貴資料。

（孫霞）

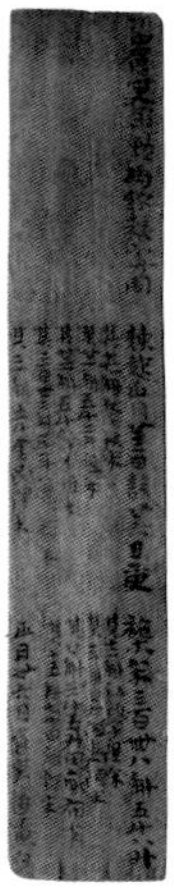

一一　賦稅總帖木牘（之一）　吳

木質　楷書　長二四·五厘米　寬七·五厘米　厚〇·四厘米

湖南省博物館藏

釋文：

州中倉吏郭勳、馬欽、張曼、周棟，起正月廿三日，訖廿六日，受雜米三百卅八斛五斗八升。其十七斛九斗稅米，其廿一斛五斗二升租米，其廿二斛五斗餘力租米，其二百卅二斛一斗一升八億錢米，其三斛五斗金民限米，其十二斛私學限米，其三斛四升佃吏限米，其廿斛三斗五升田畝布米，其十五斛七斗田畝錢米。正月廿六日，倉吏潘慮白。

此木牘為一九九六年湖南長沙走馬樓出土。書體雖有隸意，但字形和筆劃的頓挫已是較為成熟的楷書。

（麥茹）

一一　賦稅總帖木牘（之二）　吳

木質　楷書　長二四・五厘米　寬七・五厘米　厚〇・四厘米

湖南省博物館藏

釋文：（略）

此木牘為一九九六年湖南長沙走馬樓出土。書體字形和筆劃的頓挫有濃鬱的楷體書風，已是較為成熟的楷書。

（麥茹）

一二　木牘（五枚）　吳

木質　楷書　長二四・二厘米　寬一・五—一・九厘米　厚〇・四—〇・五厘米

湖南省博物館藏

釋文：（略）

三國時代是我國書法處在承前啟後、推陳出新的重要時期，書體豐富多樣，楷、隸、行、草並行。此五枚木牘書體以楷書為主。

（麥茹）

一三　中倉籤牌　吴

木質　楷書　長七·五厘米　寬三·三厘米　厚〇·四厘米

湖南省博物館藏

釋文：

中倉。所受三州倉運。嘉禾元年雜米莂。（正面）

中倉。吏黄諱起。嘉禾二年三月。（背面）

此楷書尚留隸書意味，顯示出隸書向楷書過渡的痕蹟。

（麥茹）

一四　兵曹籤牌　吴

木質　楷書　長一一·二厘米　寬三·二厘米　厚〇·三厘米

湖南省博物館藏

釋文：

兵曹。徒作部工師及妻子本事。

書寫用筆飽滿，已脱隸書筆意，從字形、結體而言，是較為成熟的楷書。

（李萍）

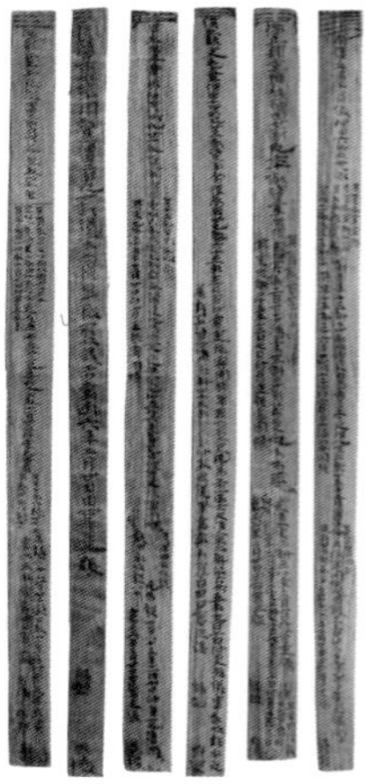

一五　木簡（六枚）　吴

木質

湖南省博物館藏

釋文：（略）

此六枚木簡是一九九六年在湖南長沙走馬樓出土的三國吴簡。這些簡牘為三國吴嘉禾元年至六年長沙郡的部分檔案。内容包括券書、司法文書、名刺帳簿等。具有重要的文獻价值。

此六枚木簡書體以楷書為主，真實再現了隸楷遞變時期的書法狀態。

（李萍）

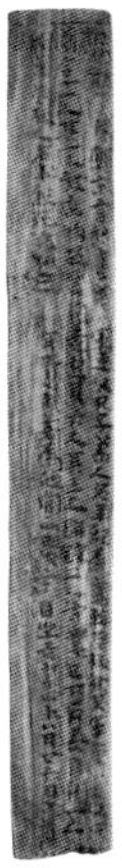

一六　嘉禾四年吏民田家莂木簡　吳

木質

湖南省博物館藏

釋文：（略）

這些木簡為一九九六年湖南長沙走馬樓出土。長二五—二九、寬一·二—一·五、厚〇·一五—〇·一八厘米。是官府受田家輸納的凭證或收據，反映了當時田家租佃官府土地時的契約內容和書寫形式。

此木簡書體字形和筆劃的頓挫已是較為成熟的楷書。

（李萍）

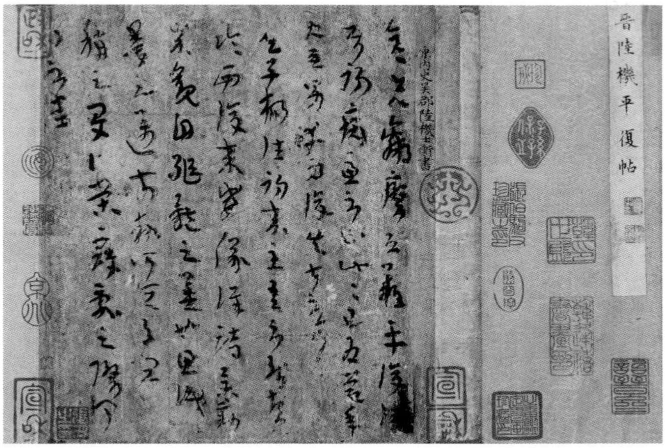

一七　平復帖　西晉　陸機

紙本　縱二三·七厘米　橫二〇·六厘米

故宮博物院藏

釋文：

彥先羸瘵，恐難平復。往屬初病，慮不止此，此已為慶。承使（唯）男，幸為復失前憂耳。（吳）子楊往初來主，吾不能盡，臨西復來，威儀詳跱，舉動成觀，自軀體之美也。思識□量之邁前，執所恒有，宜□稱之。夏（伯）榮寇亂之際，聞問不悉。

陸機（二六一—三〇三），字士衡，吳郡華亭（今上海市松江區）人，出身世宦。二十歲時吳國滅，北上，先後于吳王司馬晏、趙王司馬倫處為官，又被成都王司馬穎重用，官平原內史。參與成都王討伐長沙王司馬乂軍事，為後將軍、河北大都督，兵敗被殺。陸機少有異才，文章冠世，以《文賦》最知名。書法能章草，但為文學才華所掩。

此帖尾紙董其昌、溥偉、傅增湘、趙椿年題跋。宋代入宣和內府，明萬曆間歸韓世能、韓逢禧父子，再歸張丑。清初遞經葛君常、王濟、馮銓、梁清標、安岐等人之手歸入乾隆內府。清吳其貞《吳氏書畫記》、顧复《平生壯觀》、安岐《墨緣彙觀》等書著錄。

此帖乃一短文，內容談及彥先、吳子揚、夏伯榮三個人物。筆意生動，書風平淡質樸，反映了西晉時期的書法風貌，是流傳有緒的名家法書跡。

（華寧）

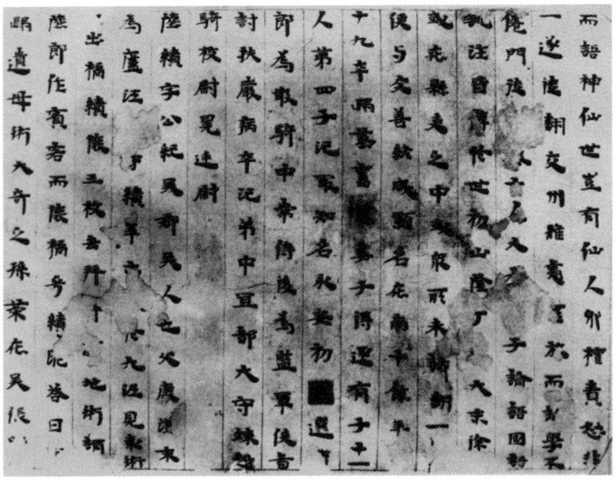

一八 《三國志·吴書·虞翻傳》殘卷 西晉

紙本

新疆維吾爾自治區博物館藏

釋文：（略）

在中國歷史上自魏文帝黄初元年到晉武帝太康元年（二二〇—二八〇），是魏、蜀、吴三國鼎立的時期。西晉初年陳壽著《三國志》一書，記載了這六十年歷史。在公元一九二四年和一九六五年，于新疆先後發現了寫本《三國志》兩種殘卷。這些殘卷不僅對這部史書有校勘作用，而且還是研究晉代書法的重要資料。

此殘卷一九二四年在新疆鄯善縣出土，寫有《三國志·吴志》。起自《吴書·虞翻傳》中「權於是大怒」句的「怒」字，終於《張溫傳》中「臣自入遠境」句的「境」字，共八十行，計一千零九十餘字，中間有殘損。

此卷書法以隸作楷，捺筆極重，但結體方正，於拙中見巧。

（王海燕）

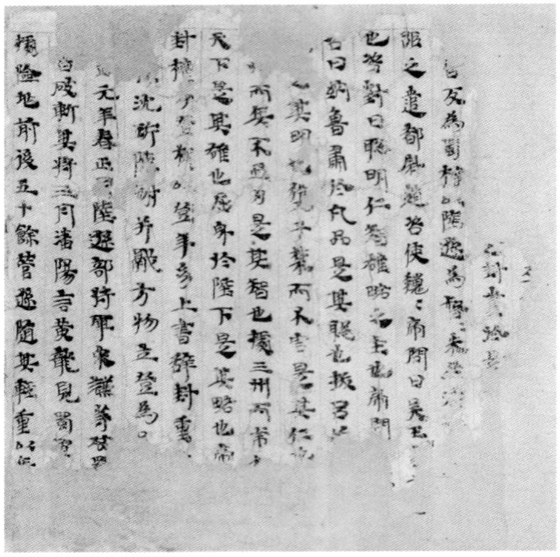

一九 《三國志·吴書·孫權傳》殘卷 西晉

紙本　烏絲欄　縱二三厘米　横七二·六厘米

新疆維吾爾自治區博物館

釋文：（略）

此卷一九六五年吐魯番安樂故城南佛塔遺址陶罐中出土，同時出土的還有時代稍晚的《魏書·藏洪傳》殘卷，南北朝時代的寫本佛經《金光明經》等十三卷。墨書，殘存四十行，五百餘字。內容與傳世宋刊本《三國志》完全相同。第一行僅存「巫」字的左側殘筆，是原文「是歲劉備帥軍伐至巫山秭歸」的「巫」字。最後一行至「敕諸軍但深溝高壘」的「高」字止。《三國志》作者陳壽卒于元康七年（二九七），殘卷有着明顯的半隸半楷的過渡型書體，且捺筆極重，偏向於隸書，有着晉代書法的特點，是最早的抄本之一。

（王明芳）

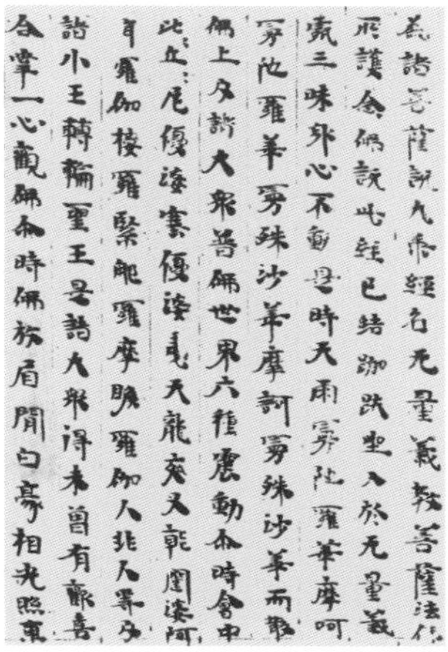

二〇　法華經殘卷　西晉

紙本　楷書　縱二三·五厘米　橫四一·三厘米

國家博物館藏

釋文：（略）

此經卷為《妙法蓮華經》卷第一，序品一。為晉經生所書，其書體顯示出中國書法從隸書發展成為楷書的轉折時期的書體特徵。

（王海燕）

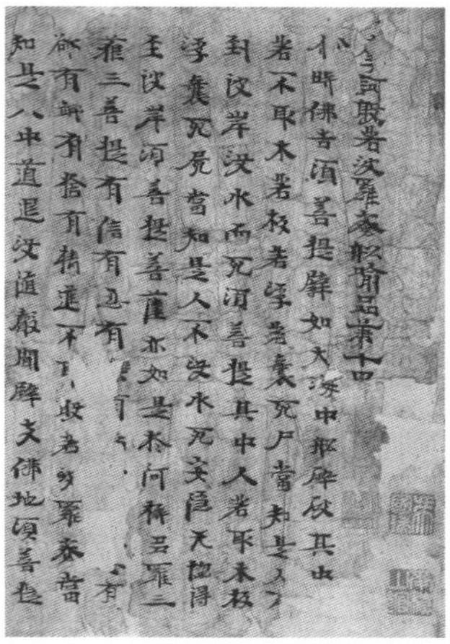

二一　摩訶般若波羅密經卷十四　西晉

紙本　縱二八厘米　橫二三六厘米

國家圖書館藏

釋文：（略）

此為甘肅敦煌藏經洞發現《摩訶般若波羅密經》卷第十四。書法茂密淳樸，筆劃仍保留濃厚的隸書意味，當為兩晉間寫經。

（王海燕）

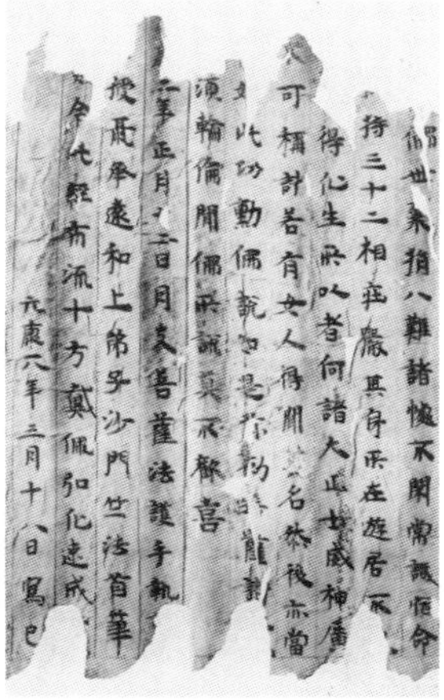

二二　諸佛要集經殘卷　西晉

紙本

日本藏

釋文：（略）

此殘卷於一九一二年在新疆吐魯番盆地吐峪溝發現。殘卷末題：「元康六年三月十八日寫已」，當是西晉惠帝元康六年（二九六）所書寫。

此殘卷書體橫畫下筆用尖鋒，收筆則滯重無波勢，捺筆有波，體現了當時流行的新隸體的藝術特點，同時也能看到西晉時期隸楷的遞變之蹟。

（王海燕）

二三　朱書墓券　西晉

拓本　鉛質　縱三三·四厘米　橫四·三厘米

日本藏

釋文：（略）

墓券是我國漢後古墓中常見的一種隨葬明器，從目前發現的實物來看，大致有鉛、木、玉、石和陶等質地。墓券古時又稱「幽契」。其字體大都草率，但也有書法可觀的。這對文字的發展演化、書法藝術時代特徵的研究，都是較為珍貴的。

此朱書墓券是直接寫在鉛片上，筆觸明顯，書風樸拙，字體與近年來發現的晉人所書簡牘上的字蹟相類。可以看出字的波折挑勢已不明顯，橫畫右端也與隸書波挑上揚不同，而是下垂，字形也由隸書的扁平形狀變為方形，雖隸意還存，但已具楷書規模，是隸書向楷書遞變過程中的重要實物資料。

（王海燕）

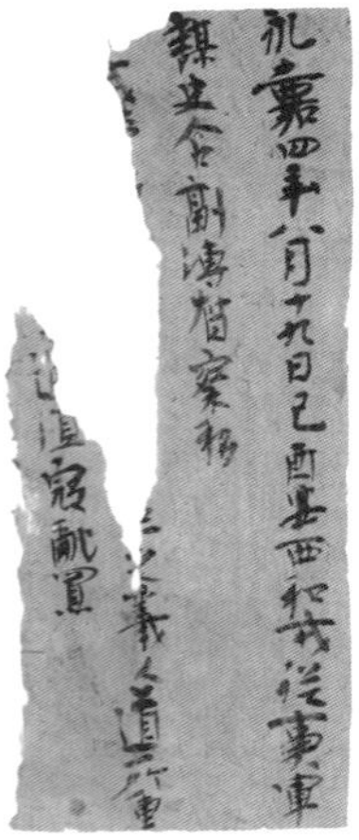

二四　永嘉四年八月十九日殘紙　西晉

紙本

日本藏

釋文：

永嘉四年八月十九日己酉安西和戎從事軍

諜史令副溥督察移

□之義人道所重

□值寇亂置。

此紙書體為楷書，用筆、結體皆在規矩之中，然輕重變化自然。是研究魏、晉、十六國書法的寶貴資料。

（孫霞）

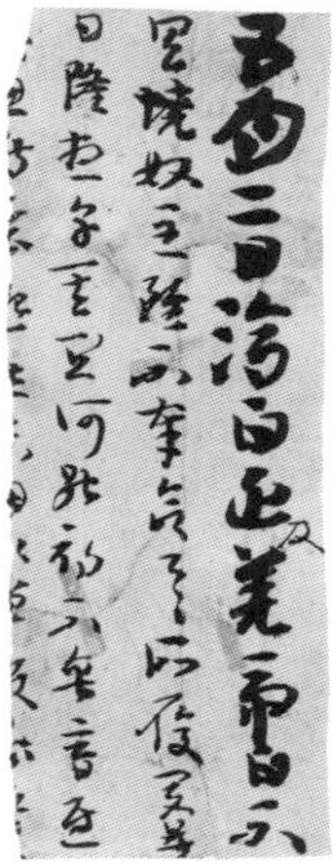

二五　五月二日濟白近及羌帝等字殘紙　西晉

紙本
日本藏

釋文：

五月二日濟白近及羌帝白不
具燒奴至雖不奉命足所履□□
日隆想亨其宜何能初不垂音慰。

此紙為行草書體，運筆暢達從容，灑脱生動，頗為可觀。

（孫霞）

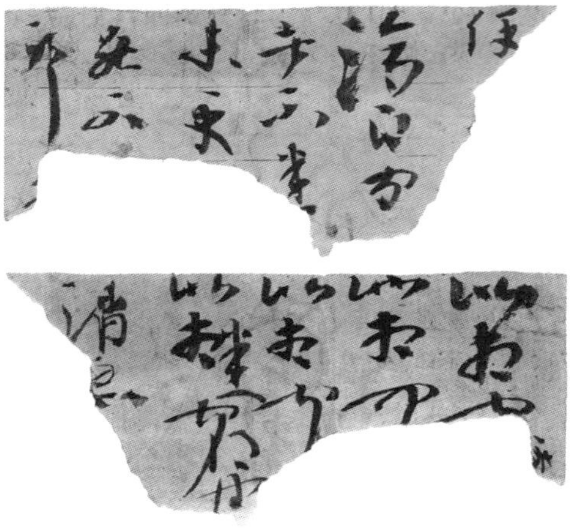

二六　濟白守等字殘紙　西晉

紙本
日本藏

釋文：

便
濟白守
者不迷
未更
能不
邪（正面）
以相聞
以相聞
悉得□
以相聞
以相聞
消息（背面）

此紙為草書體，用筆流利，無鈍滯躓象，是研究魏、晉、十六國書法的寶貴資料。

（孫霞）

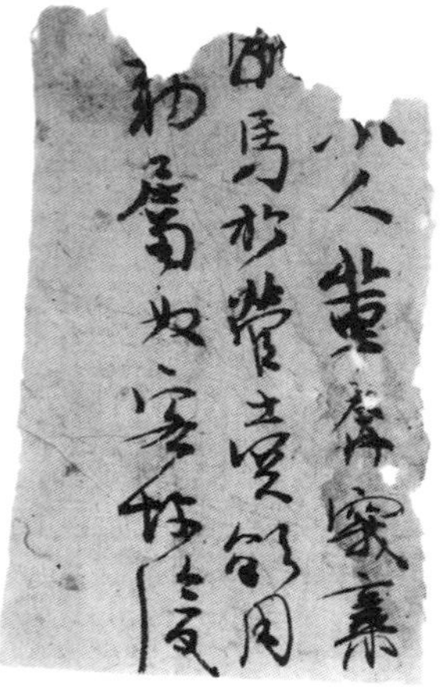

二七　小人輩奔等字殘紙　西晉

紙本

日本藏

釋文：

小人輩奔窫棄
□馬於營賣欲用
勅屬奴客故復

此紙為行書體，運筆流暢自然，是研究魏、晉、十六國書法的寶貴資料。

（孫霞）

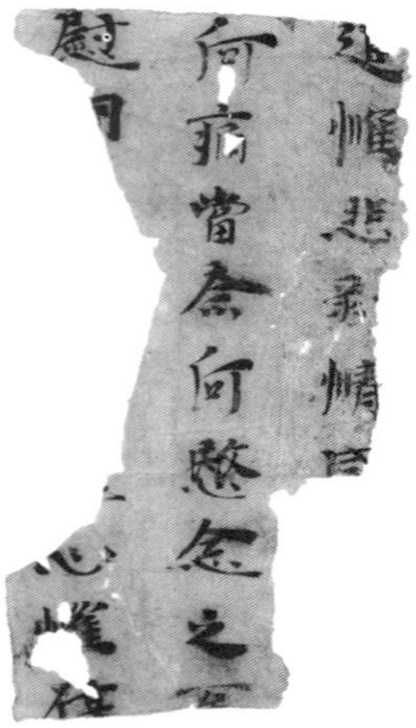

二八　追惟悲剝情感等字殘紙　西晉

紙本

日本藏

釋文：

追惟悲剝情感
何痛當奈何愍念之至
慰□□□□心慛傷

此紙書體為介乎隸楷間的楷書，是研究魏、晉、十六國書法的寶貴資料。

（孫霞）

二九　悼痛當等字殘紙　西晉

紙本
日本藏

釋文：

悼痛當
萬不任來顧因荅憂
□□郭揖休讓頓首

此紙書體為介乎隸楷間的楷書，是研究魏、晉、十六國書法的寶貴資料。

（孫霞）

三〇　泰始五年七月廿六日木簡　西晉

木質
日本藏

釋文：

泰始五年七月廿六日從掾位張鈞言敦煌大守

此簡為楷書，書風圓潤雅致，於端妍之中含清勁爽健之勢。

（孫霞）

三一　黑粟三斛六斗粟等字木牘　西晉

木質
日本藏

釋文：

黑粟三斛六斗粟督戰車成輔
出　咸熙三年二月一日監倉
一人日食一斗一升起二月一盡卅日

此木牘為楷書，書寫流暢，結體亦在規矩之中。

（孫霞）

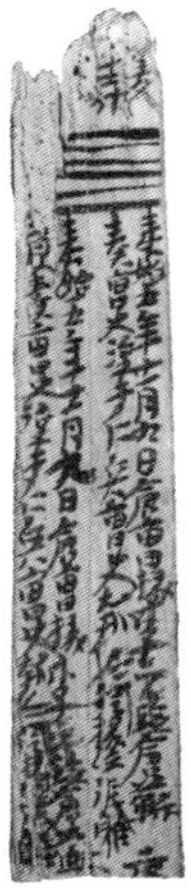

三二　泰始五年十一月等字木牘　西晉

木質
日本藏

釋文：

麥　泰始五年十一月九日倉曹掾李足監倉蘇□
十二升　奏曹史淳于仁兵曹史瓠仁從掾位張雅
□□　泰始五年十一月九日倉曹掾李足監倉蘇
良奏曹史淳于仁兵曹史瓠仁從掾位張雅

此木牘為楷書，書寫流暢，結體亦在規矩之中。

（孫霞）

三三　書不得卽日等字木簡　西晉

木質
日本藏

釋文：

書不得卽日前期胡閆那適到□城如右消息得動靜

此簡為草書，筆法純熟，奔放灑脫，頗具今草風神。

（孫霞）

三四　姨母帖　東晉　王羲之

紙本　行書　縱二六・三厘米

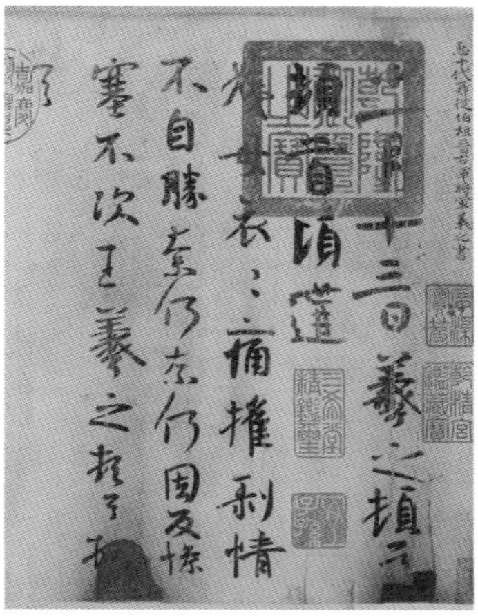

遼寧省博物館藏

釋文：

十一月十三日羲之頓首頓首：頃遘姨母哀，哀痛摧剝，情不自勝，奈何奈何。因反慘塞，不次。王羲之頓首頓首。

王羲之（三〇三—三六一）字逸少，瑯琊臨沂（今山東臨沂）人。司徒王導之從子，祖王正，官尚書郎。父王曠，官淮南太守。羲之初爲秘書郎，遷寧遠將軍，江州刺史，最後至右軍將軍，會稽內史。永和中稱病去官。王羲之是我國傑出的書法家，草書學張芝，正書學鍾繇，並博取衆長，每自稱：「我書比鍾繇當抗行，比張芝草，尤當雁行也。」羲之書法，載譽千年，有千古「書聖」之稱。

《姨母帖》是《萬歲通天帖》中的第一帖。唐武則天萬歲通天二年（六九七），王羲之家族後裔王方慶進王氏一門書翰十通，武則天命以真蹟爲藍本，用鈎填法摹之以留內府，通稱《萬歲通天帖》，原本仍還王方慶，早已散佚。

《萬歲通天帖》鈎摹精妙，可與唐摹王羲之《喪亂帖》等媲美，有下真蹟一等之譽，爲我們研究東晉書法提供了可靠的依據。此摹本在流傳過程中兩次遭火劫，一次是明代無錫華氏真賞齋大火，一次是清乾隆年間乾清宮大火，猶存火燒的痕蹟。重裝後，次序錯亂，現存王羲之等七人書翰。卷前後鈐唐宋間諸舊藏印。曾刻入宋《元祐祕閣續法帖》《戲魚堂帖》《汝帖》，明《停雲館帖》《鬱岡齋帖》《真賞齋帖》，清《三希堂法帖》等帖內。

此帖字體端莊凝重，筆鋒圓渾遒勁，尚存隸書痕蹟。如以晉人的簡牘與之比照，就可看出此帖最具晉人書法的特點。

（范洪娟）

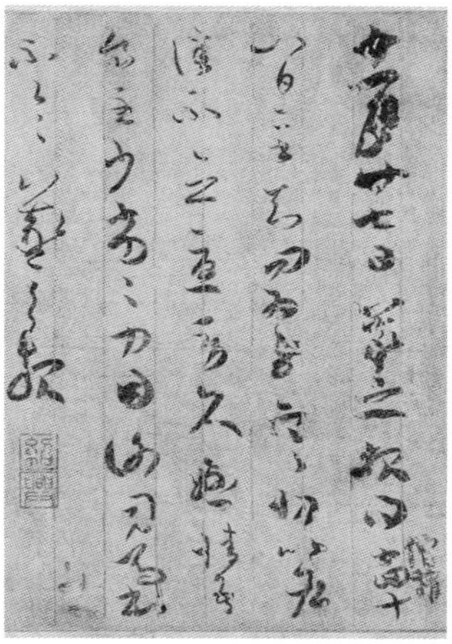

三五　寒切帖　東晉　王羲之

紙本　草書　縱二六厘米　橫二一·五厘米

天津博物館藏

釋文：

十一月廿七日羲之報：得十四、十八日二書，知問爲慰。寒切，比各佳不？念憂勞，久懸情。吾食至少，劣劣。力因謝司馬書，不一一。羲之報。

唐摹本。又名《謝司馬帖》《廿七日帖》。帖前後有南宋「紹興」、「內殿秘書之印」和王錫爵、王衡、王時敏、李霨等明清人藏印。帖上還有梁時人「僧權」題名。

此帖書法遒勁妍媚、沉著流動，不激不厲而風規自遠。明婁堅在帖後跋中說：「尋懌再三，往往得其異趣，真所謂從容中道者。」是研究王羲之書法風貌的重要作品之一。

（孫雅坤）

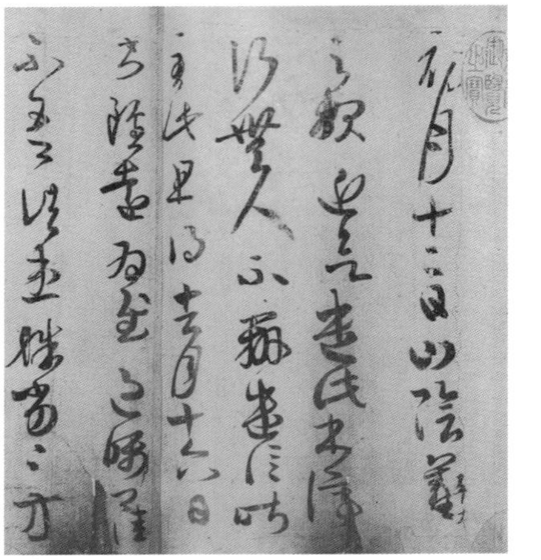

三六　初月帖　東晉　王羲之

紙本　草書　縱二六・三厘米　橫三二厘米

遼寧省博物館藏

釋文：

初月十二日山陰羲之報：近欲遣此書，停行無人，不辦。遣信昨至此。且得去月十六日書，雖遠爲慰。過囑，卿佳不？吾諸患殊劣殊劣！方涉道，憂悴。力不具。羲之報。

此帖是《萬歲通天帖》中第二帖，有平和灑脫，秀媚流暢之美，與《姨母帖》的書風不同，而與《王略帖》風神相近。前人評曰：「逸少自吳興以前諸書猶未稱，凡厥好蹟，皆是向會稽時，永和十許年中者。」（見陶弘景《論書啓》）。

（孫雅坤）

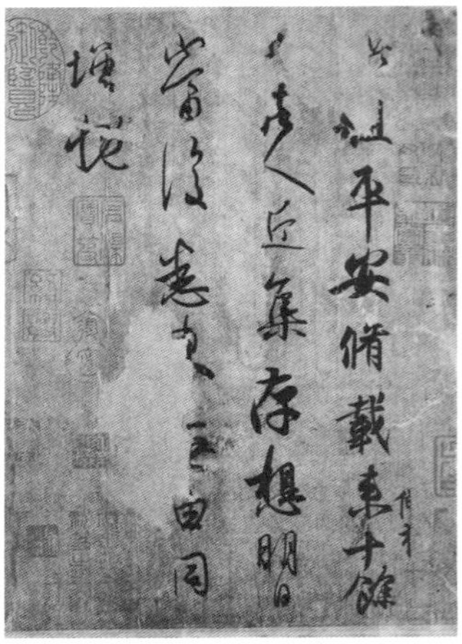

三七　平安帖・何如帖・奉橘帖　東晉　王羲之

紙本　行書　縱二四・七厘米　橫四六・八厘米

臺灣藏

釋文：

此粗平安。修載來十餘日。諸人近集，存想明日當復悉。無由同，增慨。

羲之白：不審尊體比復何如？遲復奉告。羲之中冷無賴。尋復白。羲之白。

奉橘三百枚，霜未降，未可多得。

《平安帖》《何如帖》《奉橘帖》三帖共一紙。《平安帖》四行，二七字；《何如帖》三行，二七字；《奉橘帖》二行，一二字。前隔水綾本，上有「晉王羲之奉橘帖」瘦金書題籤。下鈐「宣龢」朱文連珠璽。本幅後有開皇年諸葛穎等題名，拖尾有歐陽修等題名，張靖等記語。張孝思、孫承澤、張覲宸、項元汴等題記。前後有「李璋圖書」、「政和」、「宣和」、「三」、「紹興」等印。

此帖摹寫精妙，姿態萬千，用筆峻利，沉著瀟灑，體式豐滿。尤其是《平安帖》中尖筆的起迄牽帶，豐富多彩，實為行書楷則。加之此帖流傳有緒，爲歷代鑑定家所贊許。

（范洪娟）

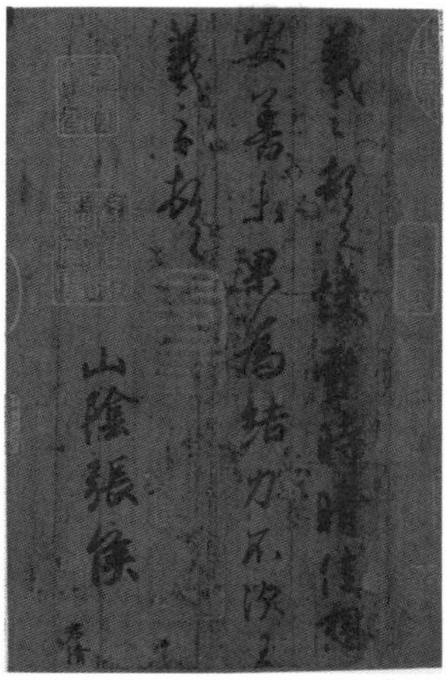

三八　快雪時晴帖　東晉　王羲之

紙本　行書　縱二三厘米　橫一四·八厘米

臺灣藏

釋文：

羲之頓首：快雪時晴，佳想安善，未果爲結，力不次。王羲之頓首。山陰張侯。

《快雪時晴帖》四行。本幅前後有南宋「紹興」、金章宗「明昌御覽」、南宋賈似道「秋壑珍玩」等鑑賞收藏印，及清皇帝璽印多方。乾隆弘曆將此帖與王獻之《中秋帖》、王珣《伯遠帖》存放書齋，稱「三希堂」，《三希堂法帖》由此而得名。此帖《墨池堂選帖》《快雪堂帖》《三希堂帖》都有摹刻。

此帖行筆流暢，以側取妍，結體方整沉厚，是王書中的精品。《石渠寶笈》《清河書畫舫》《式古堂書畫彙考》等書著録。

（陳俠）

三九　頻有哀禍·孔侍中帖　東晉　王羲之

紙本　行書　縱二四·八厘米　橫四一·八厘米

日本藏

釋文：

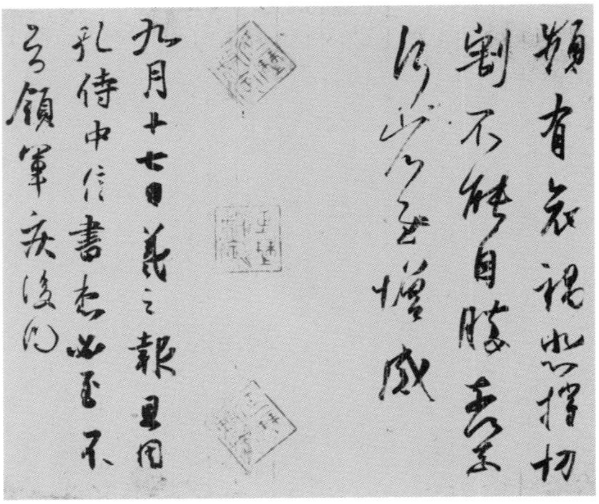

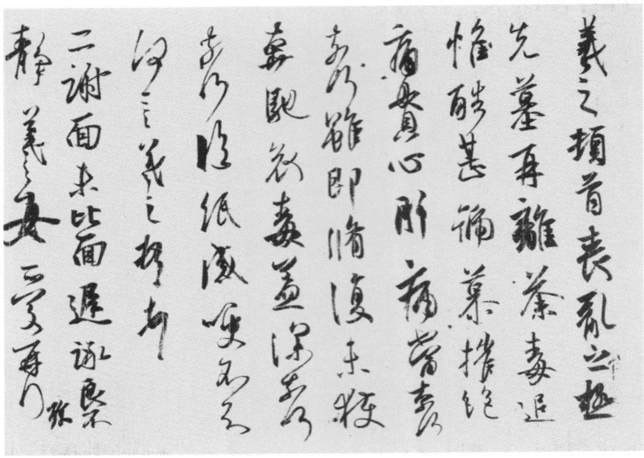

頻有哀禍，悲摧切割，不能自勝，奈何奈何！省慰增感。

九月十七日羲之報：且因孔侍中信書，想必至。不知領軍疾後問。憂懸不能須臾忘心，故旨遣取消息。羲之報。

唐摹本。此二帖連為一紙，《右軍書目》有載。帖上有日本「延歷御府」三印，上下兩印爲斜角鈐。據日本《支那墨寶集》中云：「昔我國光明皇后舉聖武天皇之遺，獻於東大寺大佛，藏正倉院。唐天寶十一年（七五二），其中晉王羲之書搨本（應是雙鈎廓填本）頗多焉。天應（爲我國唐德宗建中二年，七八一）、延歷（爲唐建中三年至唐順宗永貞元年，七八二至八〇五）、弘仁（唐憲宗元和五年至唐穆宗長慶三年，八一〇—八二三）之間，漸復盡獻於大內。奈世既德久，大半散佚，片斷僅存。此所藏者，蓋其一。接帖之處，有『延歷御府』之璽。」故此帖唐時卽傳入日本。

此二幅筆意活潑而兼有凝重之感，章法結體欹側取妍，筆畫輕急圓轉，流暢自然。

（陳俠）

四〇　喪亂帖・二謝帖・得示帖　東晉　王羲之

紙本　行草書　縱二八・七厘米　橫六三厘米

日本藏

釋文：

羲之頓首：喪亂之極，先墓再離荼毒，追惟酷甚，號慕摧絕，痛貫心肝，痛當奈何奈何！雖卽脩復，未獲奔馳，哀毒益深，奈何奈何！臨紙感哽，不知何言！羲之頓首頓首。

二謝面未？比面遲□良不靜。羲之女愛再拜，想邵兒悉佳。前患者善。所送議當試，尋省。左邊劇。

得示，知足下猶未佳，耿耿。吾亦劣劣。明日出乃行，不欲觸霧故也。遲散。王羲之頓首。

摹本。三帖連在一紙上，均爲王羲之信牘。其鈎摹甚佳，筆法鋒芒畢露，帖上有徐僧權等題名。鈐有朱文「延歷敕定」三印，延歷相當唐德宗時代，可見，三帖流傳於日本已一千餘年。

三帖鈎摹精妙，字體結構緊勁內擫，筆法未脫隸意，但險勁沉著。《晉書·本傳》中稱：「羲之善隸書，爲古今之冠。」因此他的行書，運筆含隸法，字的體勢也保持着「隸欲精而密」的特點。《喪亂》等三帖，再現了王羲之書體變化之妙。

《支那墨寶集》記：「此幅久藏御府，後西院天王崩後，購於堯恕親王，親王爲妙法院教皇，經該院保存至今，後獻爲帝室寶藏。」

（李萍）

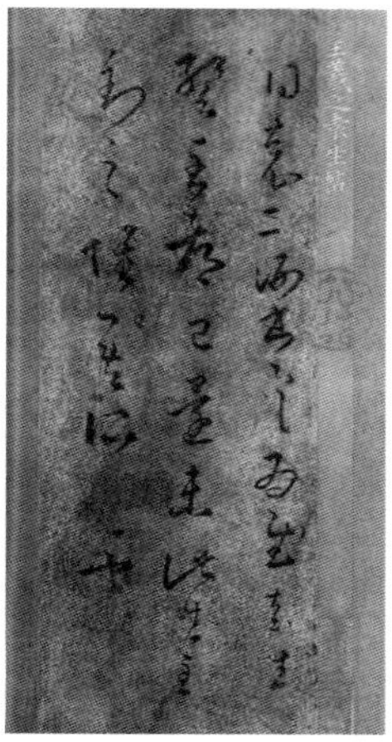

四一　袁生帖　東晉　王羲之

紙本　行草書　縱二七厘米　橫一〇·三厘米

日本藏

釋文：

得袁、二謝書，具為慰。袁生暫至都，已還未？此生至到之懷，吾所（盡）也。

唐張彥遠《法書要錄》卷十《右軍書記·產婦帖》著錄：「產婦兒萬留之，月盡遣，甚慰心。得袁、二謝書，具為慰。袁生暫至都，已還未？此生至到之懷，吾所盡也。弟預須遇之。大事得其書，無已已。二謝云秋未必來，計日遲望。萬羸，不知必俱不？知弟往別停幾日，決其共為樂也。尋分旦與江、姚女和別，殊當不可言也。」此帖當是《產婦帖》的片斷。帖中末句「吾所盡也」之「盡」已損泐，諸刻本少此字。該帖至宋時入宣和內府，《宣和書譜》著錄。此卷鈐有「政和」、「宣和」、雙龍等印多方。泥金書標籤「王羲之袁生帖」出自宋徽宗之手。帖後有明文徵明、民國褚德彝題跋。明時藏吳興嚴震直家，散失後由沈維時購得，轉藏華中甫，並刻於《真賞齋帖》中，後入清內府。約在一九二五年左右流入日本，現藏日本。

此帖筆勢遒勁爽利，環轉紓結，富於變化。點畫沉穩厚重，字態雄秀天然，具有王羲之書法的典型特徵。

（李萍）

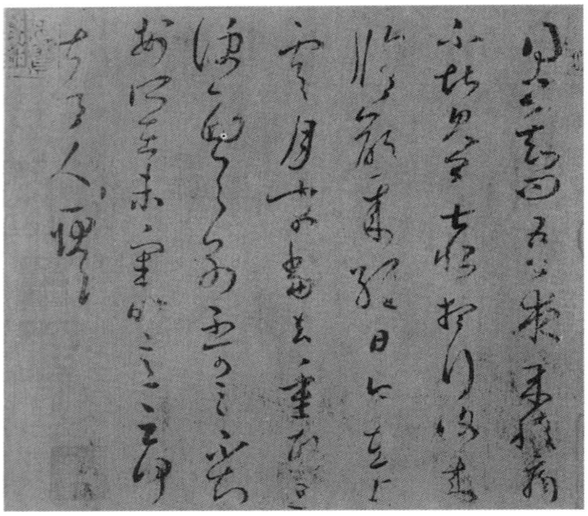

四二　上虞帖　東晉　王羲之

麻紙本　草書　縱二三厘米　橫二六厘米

上海博物館藏

釋文：

得書知問。吾夜來腹痛，不堪見卿，甚恨！想行復來。修齡來經日，今在上虞，月末當去。重熙旦便西，與別不可言。不知安所在。未審時意云何，甚令人耿耿。

此帖為王羲之的一通行草書手劄，為唐摹本，共七行五十八字，因帖間有「今在上虞」云云而得名。前隔水有宋徽宗瘦金書「晉王羲之上虞帖」月白絹籤。鈐有南唐「集賢院御書印」墨文半印、「內合同印」朱文印，北宋「政和」、「宣和」、雙龍、「內府圖書之印」、「政龢」、「宣龢」連珠等朱文鑑藏印記。曾經南唐內府、北宋宣和內府、明晉王府、清梁清標等遞藏。《宣和書譜》《墨緣彙觀》等書著錄，《淳化閣帖》摹刻。

此帖筆致清勁，姿態妍麗，運筆法度森嚴，不少字中間尚可見章草書法的餘韻。靈動綽約，豐肌秀骨的體勢之中，猶可見王字俊逸流美的書風特點。

（陶喻之）

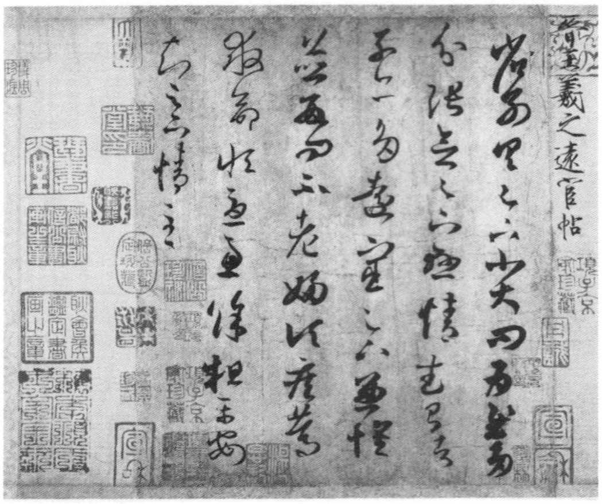

四三　遠宦帖　東晉　王羲之

紙本　草書　縱二四·八厘米　橫二一·三厘米

臺灣藏

釋文：

省別具，足下小大問，爲慰。多分張，念足下，懸情。武昌諸子亦多遠宦。足下兼懷，並數問不？老婦頃疾篤，救命，恒憂慮。余粗平安。知足下情至。

前隔水有宋徽宗瘦金書「晉王羲之遠宦帖」題籤，上鈐雙龍方璽。本幅前後押縫上鈐「宣龢」、「宣和」、「大觀」三璽。後隔水押縫鈐「羣玉中秘」印，拖尾上鈐「明昌御覽」、「秋壑圖書」等印，有「項子京家珍藏」、「信公珍藏」、「儀周珍藏」等鑑定收藏印。此帖無前人題跋，入清內府後未鈐清帝鑑藏諸璽印，《墨緣彙觀》等書著錄。

此帖筆緻雍容典雅，流暢自若，偶有章草筆意，頗具鍾繇、張芝之遺韻。

（孫雅坤）

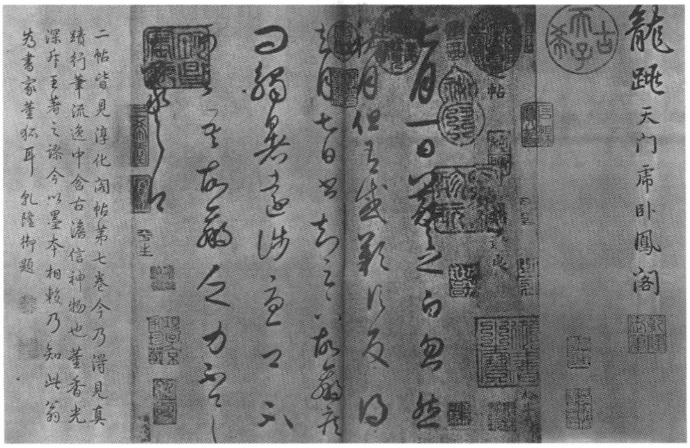

四四　七月帖・都下帖　東晉　王羲之

紙本　草書　縱二七・七厘米　橫二五・八厘米

臺灣藏

釋文：

七月一日羲之白：忽然秋月，但有感歎。信反，得去月七日書，知足下故羸疾問。觸暑遠涉，憂卿不可言。吾故羸乏，力不具。王羲之白。

得都下九日書。見桓公當陽去月九日書。久當至洛，但運遲可憂耳。蔡公遂危篤，又加癖下，日數十行，深可憂慮。得仁（祖廿六日問，疾更危篤，深可憂！當今人物眇然，而艱疾若此，令人短氣。）

《七月帖》又稱《秋月帖》，與《都下帖》裝為一卷。帖上有「紹興」朱文聯璽，及「明昌寶玩」，可知此帖曾經南宋內府收藏，也曾歸金章宗（一一八九—一二〇八）收藏。此帖行筆流暢散逸，卻乏遒勁。

《都下帖》又稱《桓公當陽帖》，與《七月帖》裝為一卷。帖末行有幾字僅存其半，與《右軍書記》相校，此帖「仁」字下裁去二十七字。帖中所提桓公是指桓溫，蔡公為蔡謨。此帖與《七月帖》行筆相類，雖流暢散逸，卻乏遒勁。

（孫雅坤）

四五　行穰帖　東晉　王羲之

硬黃紙本　草書　縱二四・四厘米

美國藏

釋文：

足下行穰九人還示，應決不？大都當任

唐人鈎摹本。據《右軍書記》，下還有「縣，量宜，其令□□因便任耳。立俟。王羲之白。」此帖僅存片段，恐鈎摹時已缺損，故只草書二行。帖前有宋徽宗趙佶金書標籤，並鈐雙龍等璽印，帖後有明董其昌釋文及跋識。此帖最早爲宣和內府藏，後爲明吳廷，清安岐遞藏，又歸清內府。咸豐、同治間爲人以摹本換出，輾轉流入國外。《宣和書譜》《墨緣彙觀》《式古堂書畫彙攷》等書著錄。

此帖鈎摹精妙，書體圓渾，筆法肥厚遒勁，可以想見羲之風神。

（孫雅坤）

四六　大道帖　東晉　王羲之

紙本　行草書　縱二七・七厘米　橫二五・八厘米

臺灣藏

釋文：

大道久不下，知先未然耶。

此帖雖寥寥數字，然筆勢瀟灑超逸，酣暢淋漓，氣勢雄渾，讓人眼前明亮。

（孫雅坤）

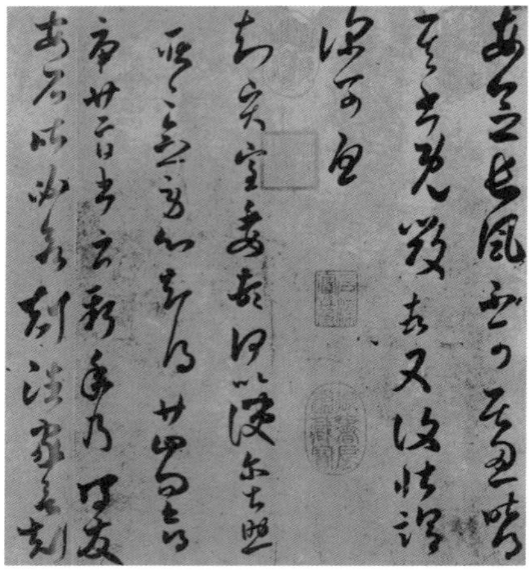

四七　長風帖　東晉　王羲之

紙本　草書　縱二七・五厘米　橫四〇・九厘米

臺北藏

釋文：

每念長風，不可居忍。昨得其書，既毀頓，又復壯溫，深可憂。

知賢室委頓，何以便爾，甚助，耿耿，念勞心。知得廿四日書，得（叔）虎廿二日書，云新年乃得發。安石昨必欲克潘家，欲克，廿五日也。足下以語張令未？前所經由，足下近如似欲見。今送致此四紙飛白，以為何似？能學不？

此帖別稱《長風帖》《賢室委頓帖》《四紙飛白帖》。全篇筆意自然流暢，韻味淳厚，牽絲帶筆處揮灑自如，神采飛揚，一派大家風範。

（孫雅坤）

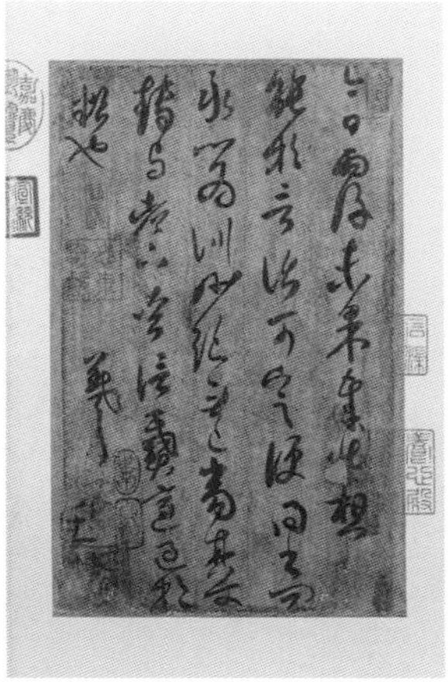

四八　雨後帖　東晉　王羲之

紙本　行草書　縱二五・七厘米　橫一四・九厘米

釋文：

今日雨後，未果，奉此。想□能於言話可定便。得書問，永以為訓。妙絕無已，當其復轉與都下，豈信，戴適過於粗也。羲之。

署款下一草押不識，又「禹民」二字題名，傳王羲之書。鑑藏印有「世南」、「貞觀」（畫描墨印），以及「四代相印」（朱文，偽）、「志東奇玩」（朱文，偽）、「紹興」（朱文聯珠），清乾隆、嘉慶、宣統內府諸印。帖後有元鄧文原，明董其昌題跋各一段，明鄒之麟題跋兩段。

《雨後帖》傳為王羲之所書的一通信劄，五行，四十四字。所談之事不可考，書字不夠規範，個別字難於辨認。從此帖的墨色濃淡變化觀察，與運筆的啟收、頓挫轉折的徐疾和用力相吻合，無鈎摹痕蹟，再從其所用唐以後生產的細橫簾紋竹紙判定，故研究專家定為此帖並非王羲之之親書原蹟，應是古臨本，書寫年代在北宋至南宋紹興以前。

清吳其貞《書畫記》、顧复《平生壯觀》、安岐《墨緣彙觀續錄》、內府《石渠寶笈初編》等書著錄。

（李豔霞）

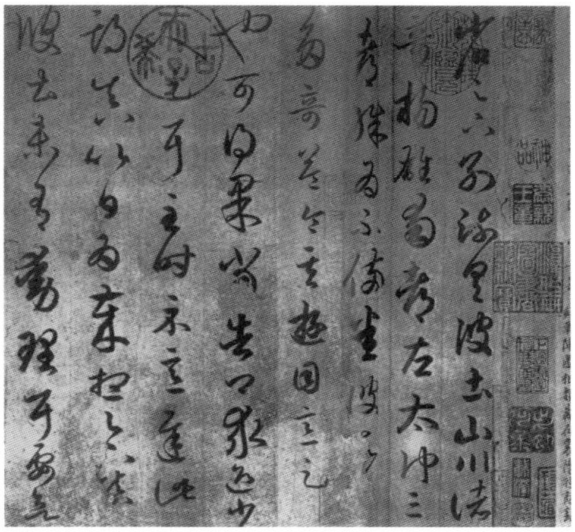

四九　遊目帖　東晉　王羲之

紙本　草書

日本藏

釋文：

省足下別疏，具彼土山川諸奇，揚雄《蜀都》，左太沖《三都》，殊為不備。悉彼故為多奇，益令其遊目意足也。可得果，當告卿求迎。少人足耳。至時示意。遲此期真，以日為歲。想足下鎮彼土，未有動理耳。要欲及卿在彼，登汶領、峨眉而旋，實不朽之盛事。但言此，心以馳於彼矣。

此帖又名《蜀都帖》，一百零二字，是王羲之信劄中字數較多的一件。《右軍書記》著錄。宋、明兩朝此帖皆在民間，清乾隆十二年（一七四七）入內府，咸豐、同治年間賜予恭親王，後歸日本安達萬藏所有，內藤湖南曾為安達氏書跋。後毀於火災，現只有照片存世。

此帖書縱逸蹈厲而多變化，妍美矯捷，法度森嚴，線條間極富張力。明方孝孺稱贊云：「《遊目帖》寓森嚴於縱逸，蓄圓勁於蹈厲，其起止屈折，如天造神運，變化倏忽，莫可端倪，令人驚歎自失。」

（范紅娟）

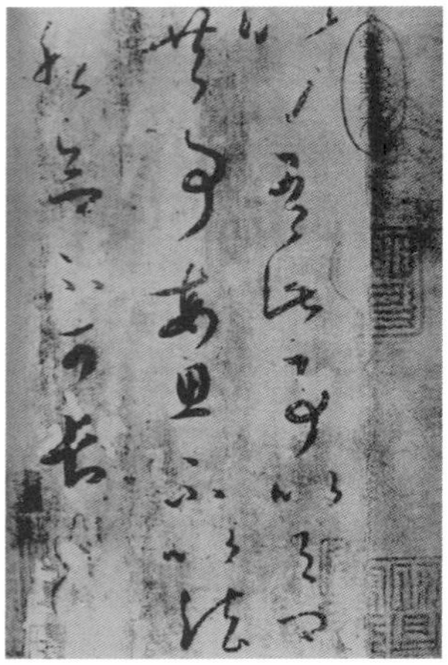

五〇　此事帖　東晉　王羲之

紙本　草書

銅山張伯英藏

釋文：

昨□有此事。以與卿共事，每念不以法。然欲不可長。

此帖明陳繹贊曰：「右軍《此事帖》三行，筆如遊龍，所謂筆書也。」

（李萍）

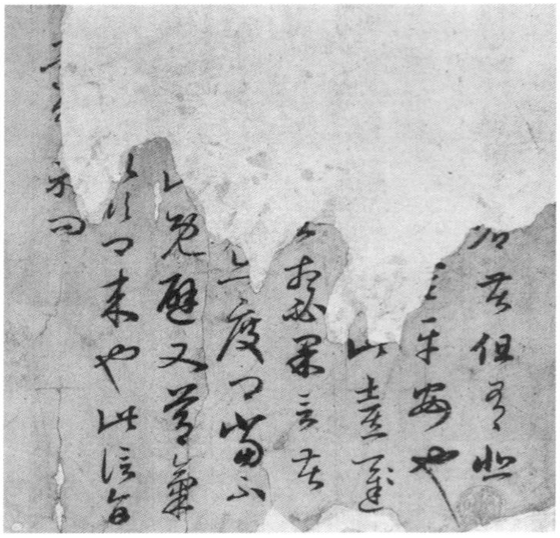

五一　瞻近帖・龍保帖　東晉　王羲之

紙本　草書　縱二五厘米　橫三七・五厘米

英國藏

釋文：

（瞻近無緣省）告，但有悲（歎。足下小大悉）平安也。（雲卿當來居）此，喜遲（不可言，）想必果言，告（有期□耳。）亦度卿當不（居京。此）僻，又節氣（佳，是以）欣卿來也。此信旨（還具）示問。

龍保等平安也。謝之。甚遲見。

此二帖是在流傳到英國博物館的敦煌卷子中被發現，是唐人臨寫的墨本，原蹟已佚。是王羲之草書《十七帖》中的第三、四兩帖，可見於宋拓館本《十七帖》等中。全文見《右軍

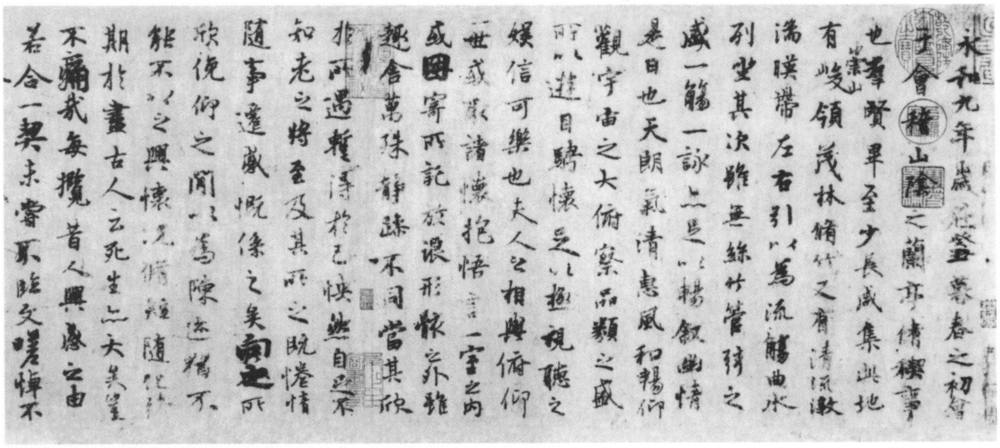

書記》。

二帖筆法鋒芒畢現，行筆自如流暢，使轉靈活，行款、結字與宋拓刻本稍有不同。可惜已殘損，但仍保留了原作的風神，為研究王羲之書法提供了寶貴資料。

（李萍）

五二　蘭亭序（蘭亭八柱第一本　唐虞世南摹）　東晉　王羲之

紙本　行書　縱二四・八厘米　橫五七・七厘米

故宮博物院藏

釋文：

永和九年，歲在癸丑。暮春之初，會於會稽山陰之蘭亭，修禊事也。群賢畢至，少長咸集。此地有崇山峻嶺，茂林修竹；又有清流激湍，暎帶左右，引以為流觴曲水，列坐其次。雖無絲竹管弦之盛，一觴一詠，亦足以暢敘幽情。是日也，天朗氣清，惠風和暢，仰觀宇宙之大，俯察品類之盛，所以遊目騁懷，足以極視聽之娛，信可樂也。夫人之相與，俯仰一世，或取諸懷抱，悟言一室之內；或因寄所託，放浪形骸之外。雖取捨萬殊，靜躁不同，當其欣於所遇，暫得於己，快然自足，不知老之將至。及其所之既倦，情隨事遷，感慨系之矣。向之所欣，俛仰之間，已為陳迹，猶不能不以之興懷。況修短隨化，終期於盡。古人云：「死生亦大矣。」豈不痛哉！每攬昔人興感之由，若合一契，未嘗不臨文嗟悼，不能喻之於懷。固知一死生為虛誕，齊彭殤為妄作。後之視今，亦由今之視昔。悲夫！故列敘時人，錄其所述，雖世殊事異，所以興懷，其致一也。後之攬者，亦將有感於斯文。

虞世南（五五八—六三八），字伯施，越州余姚（今浙江余姚）人。官至秘書監，封永興縣子，人稱「虞永興」。精書法，擅真、行體，親承智永傳授，繼承二王傳統。真書體方筆圓，外柔內剛，筆致圓融遒麗；行書遒媚不凡，筋力稍寬。與歐陽詢、褚遂良、薛稷並稱「唐初四家」。

此帖是由元代張金界奴進呈給元文宗的，鈐印「天歷之寶」，後稱其為「天歷蘭亭」或稱「蘭亭張金界奴本」。明代董其昌鑑定為虞世南摹本，由於此帖是鈎摹，墨色入紙浮淺，紙上又帶有油、蠟，所以筆劃多是填湊描補，又經裝裱時沖洗，墨色脫落很多，僅有個別字中還保留着一些濃墨痕蹟，但筆劃未損，字形完整。通篇的筆勢、結體、章法等藝術特色並沒有因墨色暗淡而失去光彩，它反映出了初唐時期的書法風尚。

此帖無署款，傳虞世南摹本。卷後有宋代魏昌、楊益，明代宋濂、董其昌、王祐、徐尚賓、張弼、蔣山卿、吳廷、朱之蕃、王衡、王制、楊鼎熙、王應侯、陳繼儒、楊嘉祚，清乾隆皇帝題跋和觀款十七則。鑑藏印：宋「內府圖書」朱文、「紹興」朱文連珠、「御府之印」，明楊明時、吳廷、董其昌、茅止生、楊宛、馮銓，清梁清標、高士奇、安岐、乾隆內府諸印（一百零四方）此卷經南宋高宗內府、元天歷內府、明楊士述、吳治、董其昌、茅止生、楊宛、馮銓，清梁清標、安岐、乾隆內府等遞藏。

明董其昌《畫禪室隨筆》、張丑《真蹟日錄》《南陽法書表》、汪砢玉《珊瑚網·書錄》，清吳升《大觀錄》、安岐《墨綠彙觀》、阮元《石渠隨筆》及《石渠寶笈續編》等書著錄。清代刻入「蘭亭八柱」，列為第一。

（李豔霞）

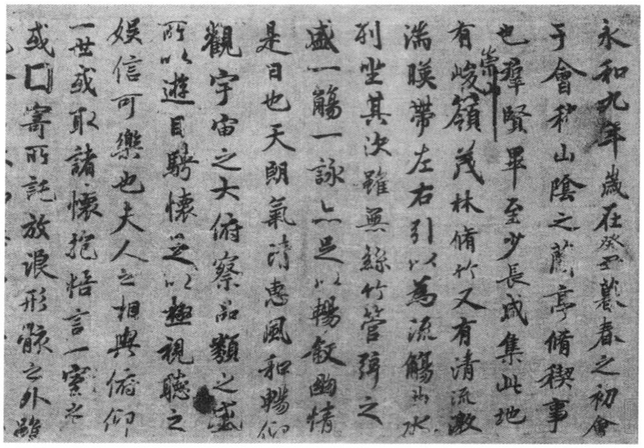

五三　蘭亭序（黃絹本　唐褚遂良摹）　東晉　王羲之

絹本　縱二四·五厘米　橫六五·六厘米

湖南省博物館藏

釋文：（略）

唐摹本，因其正文質地為黃褐色絹本，故稱「黃絹本」。在正文末行「斯文」之下有「芾印」、「子由」二朱文印，印文已模糊不清晰。卷前引首有明代著名書畫家、鑒賞家董其昌題書「墨寶」二字（殘存）。卷中有明代書畫鑒賞家項元汴藏印甚多。卷尾依次有明代許初，清代王澍、賀天鈞、唐宇肩、顧蓴、梁章鉅、梁同書、孫星衍、石韞玉、李佐賢、韓崇諸跋。

褚遂良（五九六—六五八或六五九），字登善，浙江錢塘（今杭州市）人。貞觀中，歷任諫議大夫、中書令等職，又任河南縣令，人稱褚河南。博涉經史，工於隸楷。其書體取法王羲之、虞世南、歐陽詢諸家，並融會漢隸，獨創風貌，自成體系，深得唐太宗李世民的賞識。李世民曾以內府所藏王羲之墨蹟示褚，讓他鑑別真偽，他無一誤斷，足見他對王的書法

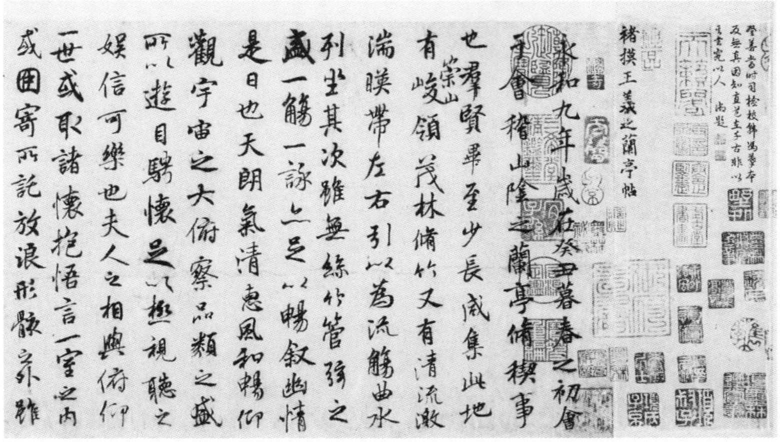

研習之精熟。傳世墨蹟有《倪寬贊》《陰符經》，碑刻有《雁塔聖教序》《伊闕佛龕碑》《房玄齡碑》等。

此卷筆法飛舞，神采奕奕，筆勢于圓轉如意中寓沉厚淵穆之勢。王澍評此卷：「筆墨之外別有一種超逸變滅之趣，當時醉態仿佛可見。」此卷不僅展現了王羲之書法藝術的魅力，同時也展示了當時的書法風尚。

（范紅娟）

五四 蘭亭序（蘭亭八柱第二本 唐褚遂良摹） 東晉 王羲之

紙本 行書 縱二四厘米 橫八八·五厘米

故宮博物院藏

釋文：（略）

此帖無署款，傳褚遂良摹，故卷前項元汴標題「褚摹王羲之蘭亭帖」。卷後有宋米芾、蘇耆、范仲淹、王堯臣、劉涇、巨濟，元龔開、羅源、王申、朱葵、羅應龍、楊載、白珽、仇幾、舒穆、張翥、朱方、吳霖、張澤之、程嗣翁，明陳敬宗，清卞永譽、卞巘題跋和觀款。鑑藏印：宋「太簡」白文、「滕中」朱文、「機暇清賞之印」朱文、「紹興」朱文連珠、「內府書印」朱文、「睿思東閣」白文、「機暇珍賞」白文、「御府圖書」朱文、「秋壑圖書」朱文、「忠孝之家」白文、「子固」白文、「彝齋」朱文，元「趙孟頫印」朱文、「松雪齋」朱文，明蒲江鄭氏、項元汴，清卞永譽、安岐、乾隆內府諸印（二百一十五方）。

清王澍《竹雲題跋》評其帖：「此本筆力縱橫排奡，有不可控勒之勢，與尋常褚本不同，疑米老（芾）所作，託諸褚公以傳者。」故今人亦有持此說者。又有認為是以臨為主的臨摹結合本，出自米芾同時代人所作。

清顧复《平生壯觀》、卞永譽《式古堂書畫彙攷》、安岐《墨緣彙觀》、清《石渠寶笈·續集》、阮元《石渠隨筆》等書著錄。清乾隆時刻入「蘭亭八柱」，列為第二。

（李豔霞）

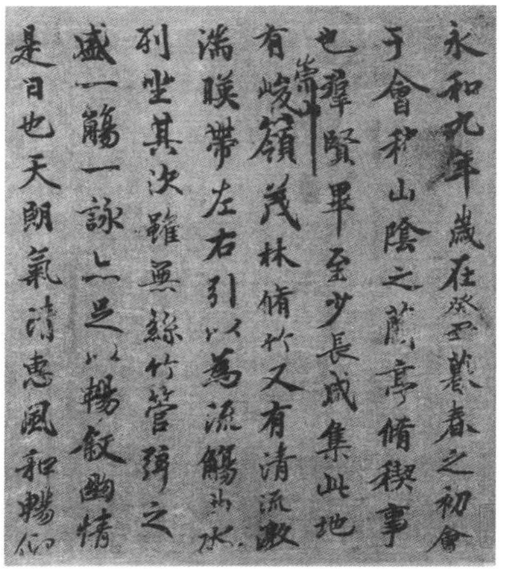

五五　蘭亭序（梁章鉅藏本　唐褚遂良摹）　東晉　王羲之

絹本　行書　縱二四・四厘米　橫六五・七厘米

湖南省博物館藏

釋文：（略）

此卷後紙有明許初跋。又清王澍、賀天均、唐宇肩等跋。明末，曾藏項元汴家，前後有項氏藏印。清代輾轉歸於梁章鉅手，時在嘉慶、道光年間。

此本舊摹，字形筆法，略近所謂「馮承素本」而稍瘦，用筆稍柔弱，筆力不及。前人題記，稱為褚摹，今暫仍舊稱。

（李萍）

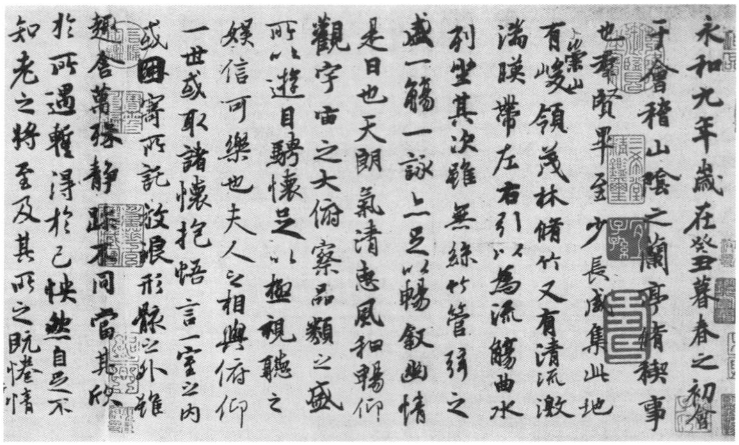

五六　蘭亭序（神龍本　唐馮承素摹）　東晉　王羲之

紙本　行書　縱二四・五厘米　橫六九・九厘米

故宮博物院藏

釋文：（略）

馮承素，唐代書法家，太宗貞觀年間（六二七—六四九）時任內府供奉搨書人。唐太宗曾出王羲之《樂毅論》真蹟，令馮摹以賜諸臣。馮又與趙模、諸葛貞、韓道政、湯普澈等人奉旨勾摹王羲之《蘭亭序》數本，太宗以賜皇太子諸王，見於歷代記載。時評其書「筆勢精妙，蕭散樸拙。」

此帖無署款，傳馮承素摹。因卷首有唐中宗李顯神龍年號小印，故亦稱「神龍本」。本卷後紙有宋許將、王安禮、李之儀、仇伯玉，元趙孟頫、郭天錫、鮮于樞、鄧文原、吳彥輝、王守誠，明李廷相、項元汴、文嘉等題跋和觀款二十四則，鈐印一百八十餘方。但題跋只有第三跋紙上的元郭天錫、鮮于樞、鄧文原，第四跋紙上的明李廷相、文嘉、項元汴的跋才是本帖原題（《古書畫偽訛攷辨》）。其餘，有的是從所謂的元吳炳（彥輝）藏石刻定武《蘭亭》上移剪過來、有的是從另外的本子（無從考證）移剪過來。此帖經南宋高宗、理宗內府、駙馬都尉楊鎮，元郭天錫，明洪武朝內府、王濟、項元汴，清陳定、季寓庸、乾隆內府等收藏。

此卷前紙十三行，行距較鬆，後紙十五行，行距趨緊，然前後左右映帶，攲斜疏密，錯落有致，通篇打成一片。唐初，臨摹《蘭亭序》風行，摹刻本種類繁多，在衆多臨摹本中，尤以馮承素摹本最為精美，為古今之冠，有史以來，從沒有第二件書蹟能與之相比。它體現了王羲之書法遒媚多姿，神情骨秀的藝術風神。不管是間架結構，還是行筆的蹤蹟、墨彩的濃淡，十分清楚，極為自然生動，為接近原蹟的唐摹本，具有一定的「存真」性。符合古人所謂「下真蹟一等」的評價。

明汪砢玉《珊瑚網·書錄》、吳其貞《書畫記》，清卞永譽《式古堂書畫彙攷·書攷》、顧复《平生壯觀》、吳升《大觀錄》、阮元《石渠隨筆》《石渠寶笈·續編》等書著錄。清代刻入「蘭亭八柱」，列為第三。

（李豔霞）

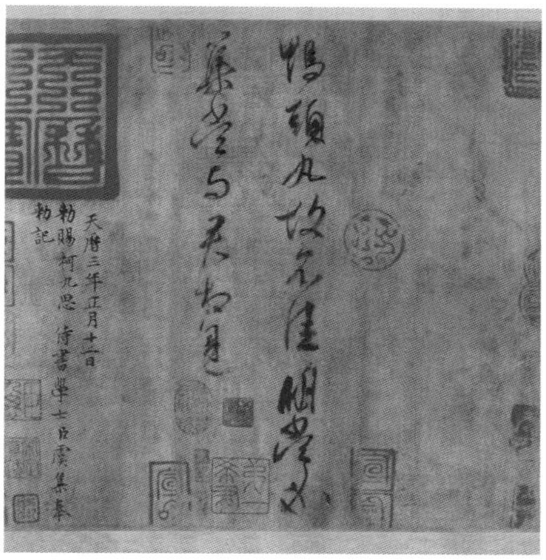

五七　鴨頭丸帖　東晉　王獻之

絹本　行草書　縱二六·一厘米　橫二六·九厘米

上海博物館藏

釋文：

鴨頭丸故不佳。明當必集。當與君相見。

王獻之（三四四—三八六），字子敬，東晉琅琊臨沂人。祖籍山東臨沂，生於會稽（今浙江紹興），王羲之第七子。官至中書令，為與後世書法家王珉區分，人稱王大令。虞龢《論書表》說王獻之學父書「正體乃不相似。至於絕筆章草，殊相擬類，筆蹟流懌，宛轉妍媚，乃欲過之。」世論其書功力不及父，而秀媚過之，與父並稱「二王」。

此帖草書二行十五字，全文為王獻之寫給親朋的短箋。鴨頭丸為一味中藥丹丸。此帖為唐人摹本，行筆舒展流暢，結體質樸妍美。筆蹟轉折清晰，起落分明，氣脈相連。是其「極草縱之致」，變通古法，於神馳之際寄興於萬象，遺心於筆端的真趣流露。帖間有元代書法家虞集題記。帖後有南宋高宗趙構題贊，北宋柳充等觀款，另有明王肯堂、董其昌等跋。曾經北宋宣和內府，元天歷內府、柯九思，明內府、項元汴等遞藏。《宣和書譜》《清河書畫舫》《書禪室隨筆》《妮古錄》《吳氏書畫記》《式古堂書畫彙攷》等書著錄，《淳化閣帖》《大觀帖》等摹刻。

（陶喻之）

五八　中秋帖　東晉　王獻之

紙本　行草書　縱二七厘米　橫一一·九厘米

故宮博物院藏

釋文：

中秋。不復不得相還為即甚，省如何。然勝人何慶等大軍。

此帖無署款，傳王獻之書。卷前引首清高宗弘历行書題「至寶」兩字及題記一段、題籤「晉王獻之中秋帖」一行。卷後有明董其昌、項元汴，清乾隆題跋，其中附乾隆帝、丁觀鵬繪畫各一段。卷前後及隔水鈐有北宋「宣和」內府、南宋「紹興」內府，明項元汴、吳廷，清內府等鑑藏印。

《中秋帖》傳為王獻之所書，行書三行，共二十二字，與王羲之的《快雪時晴帖》、王珣的《伯遠帖》被乾隆皇帝譽為「三希」。此帖為宋代米芾舊藏，刻入《寶晉齋法帖》中的《十二月割帖》的不完全臨本，原帖「中秋」之前還有「十二月割至不」六字。帖用竹料紙書寫，這種紙到北宋時方出現，不可能為王獻之所用。從行筆中可知，所用毛筆是柔軟的無心筆，而晉朝使用的是有心硬筆，吸水性較差，筆的提、按、轉折往往不能靈活自如，常出賊毫。本帖那種豐潤圓熟、線條連貫、行氣貫通、瀟灑飄逸的效果是寫不出來的。清吳升《大觀錄》云：「此蹟書法古厚，墨采氣韻鮮潤，但大似肥婢，雖非鈎填，恐是宋人臨仿。」據當今書畫鑑定家研究，認為《中秋帖》的運筆顯露出米芾的書法特色，很似其書《秋深帖》真蹟，此帖應是宋米芾「不經意」的臨仿作品。曾經宋代宣和、紹興內府，明項元汴，清內府遞藏。解放後入藏故宮博物院。

宋內府《宣和書譜》、明張丑《清河書畫舫》《清河見聞表》《清河秘篋表》、汪砢玉《珊瑚網·書跋》，清顧复《平生壯觀》、卞永譽《式古堂書畫彙攷》、吳升《大觀錄》、清內府《石渠寶笈·初篇》等書著錄。

（李豔霞）

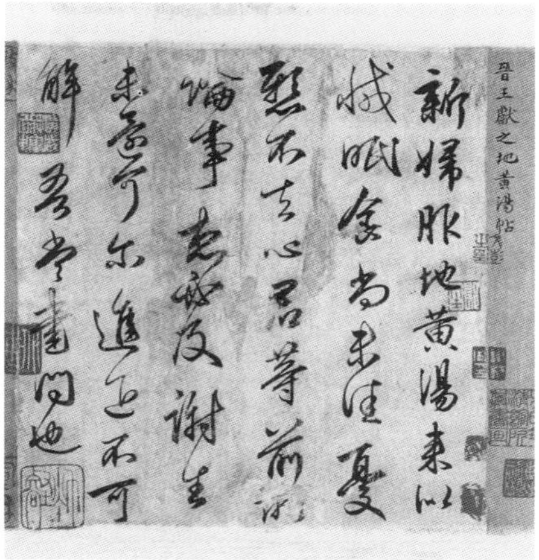

五九　新婦地黃湯　東晉　王獻之

紙本　行草書　縱二五·三厘米　橫二四厘米

日本藏

釋文：

新婦服地黃湯來，似減。眠食尚未佳，憂懸不去心。君等前所論事，想必及。謝生未還，可（何）爾。進退不可解，吾當書問也。

「地黃湯」是一種中藥名，這是一篇談及此藥的尺牘，與王獻之《鴨頭丸帖》同。原珍藏于宋內府，高宗趙構題籤。為《淳化閣帖》卷第十所收。經賈似道，明代文徵明、王寵、文彭，清代孫承澤、吳榮光、羅振玉遞藏後，於明治四十四年（一九一一）十二月三日，通過文求堂歸中村不折（一八六六—一九四三）所有。卷末有文彭、常生、成親王、英和等六家觀記題跋。吳榮光獲此帖時，模刻於所輯集帖《筠清館帖》。

此帖首行「新婦服地黃湯」六字為行楷，體勢較工整豐腴。自第二行起筆法轉入外展，縱放自如，任情而書，不拘一則。全篇書風柔韌兼備，沉著軒昂，一氣呵成。

（李萍）

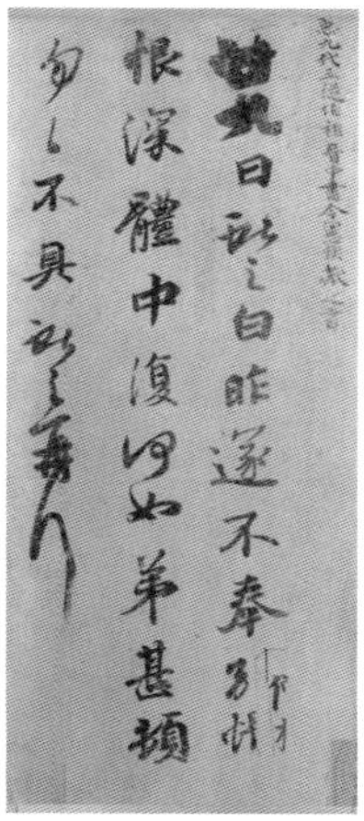

六〇　廿九日帖　東晉　王獻之

硬黃紙本　行楷書　縱二六·三厘米　橫一一厘米

遼寧省博物館藏

釋文：

廿九日，獻之白。昨遂不奉別，悵恨深。體中復何如？弟甚頓，匆匆不具。獻之再拜。

此帖載入《萬歲通天帖》。唐武則天萬歲通天二年（六九七），王羲之家族後裔王方慶進王氏一門書法真蹟，武則天命弘文館用勾填法摹之以留內府，原本賜還王方慶。此摹本在流傳過程中曾遭火劫，重裝後，次序錯亂，現存王羲之、王獻之、王徽之、王薈、王僧虔、王慈、王志七人書翰共十通。卷中有梁武帝時唐懷充、姚懷珍、滿騫、徐僧權四人鑑題，帖中有王方慶標題多處及其進獻款識，其中多用武周新體。王羲之墨蹟遠在北宋就不易獲致，唐摹本日漸稀少。此卷勾摹精妙，有下真蹟一等之譽，為研究東晉書法提供了可靠的依據，並能從中看出自晉以下南朝書風的銜接延續。

此帖結體端正嚴整，楷、行、草共處一紙，自然協調，毫無牽強之感。書寫自由，不拘體式，由此可見東晉士人寄情翰墨，自由書懷的風尚。

（戴立強）

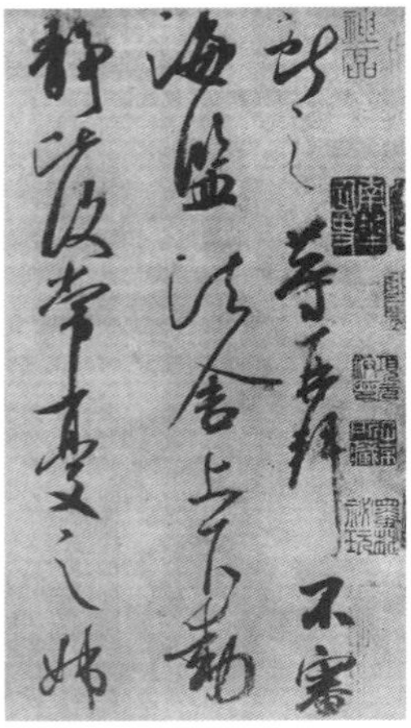

六一　鵝群帖　東晉　王獻之

紙本　行草書

釋文：

獻之等再拜。不審海鹽諸舍上下動靜，比復常憂之。姊告，無他事。崇虛劉道士鵝群並復歸也。獻之等當須向彼謝之。獻之等再拜。

此帖為《淳化閣帖》卷十收刻，亦為南宋曹之格摹刻入《寶晉齋法帖》中，兩刻本類同，所據底本相同，或《寶晉齋法帖》摹自《淳化閣帖》。此墨本鈐有「叡思東閣」、「項墨林鑑賞章」、「平生真賞」、「南華僊史」、「神品」等鑑藏章。其行款、章法皆與刻本一致。

此帖八行，五十字。用筆粗細變化，連綿起伏，跳躍流動，如行雲流水。

（陳俠）

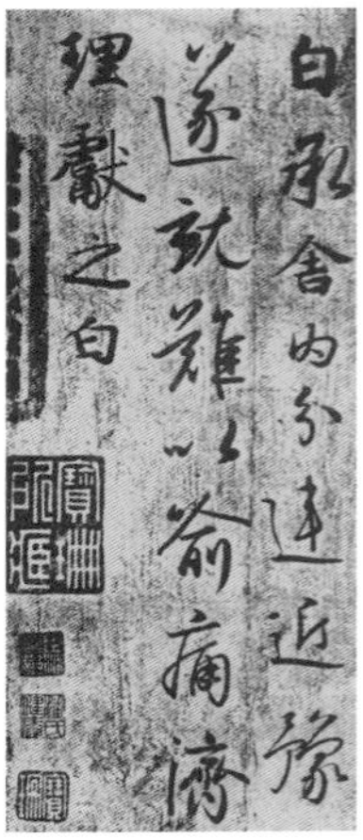

六二　舍內帖　東晉　王獻之

紙本　行草書

釋文：

白：承舍內分連近豫遂就，難以喻痛濟理。獻之白。

此帖首刻於《淳化閣帖》，曾入宣和內府，《宣和書譜》著錄。二十世紀三十年代為張學良收藏，後入偽滿奉天博物館。目前此帖藏地不詳。

（陳俠）

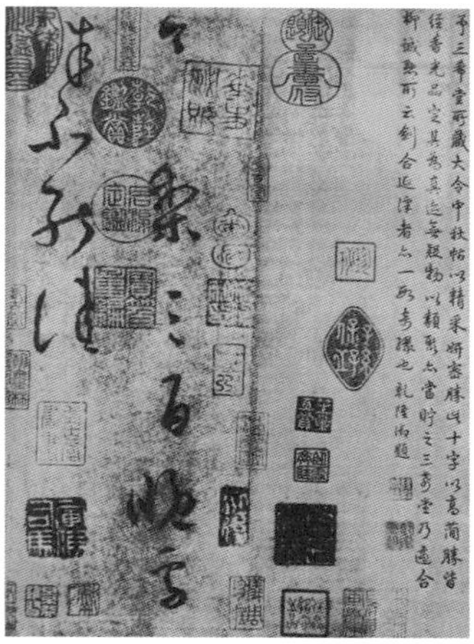

六三　送梨帖　東晉　王獻之

紙本　草書

釋文：

今送梨三百，晚雪，殊不能佳。

此帖二行，十一字。筆劃雖收筆分明，但氣勢卻如山泉出谷，奔騰傾瀉，不可遏止。不拘一格，字忽大忽小，字距忽寬忽窄，或肥厚飽滿，或形斷意連，筆法變化靈動，寥寥十一個字構成空靈的意境，頗耐人品味。

（陳俠）

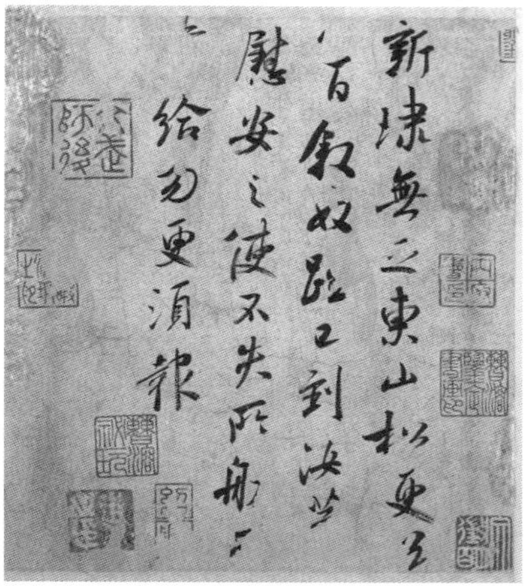

六四　東山帖　東晉　王獻之

紙本　行草書　縱二二·八厘米　橫二二·三厘米

故宮博物院藏

釋文：

新埭無乏，東山松更送八百。敘奴□已到，汝等慰安之，使不失所。□□□給，勿更須報。

此帖無款署和題跋，傳王獻之書。鑑藏印：南宋「紹興」連珠印、「內府書印」，明文徵明、劉承禧、吳廷及清曹溶等印。另有兩方古印（文不辨）。原有清乾隆內府諸印和乾隆題語，已被刮去。

《東山帖》傳為王獻之寫的一通信劄，四行，三十三字，為斷劄，有四字磨滅。「埭」（音帶）即堵水的堤。「東山松更送八百」應是一句，其意是需再植松八百棵作護堤、美化之用。宋內府《宣和書譜》《中興館閣錄》，明董其昌《容台集》，清孫承澤《庚子消夏記》、安岐《墨緣彙觀》等書著錄。刻入明吳廷《餘清齋法帖》、董其昌《戲鴻堂法帖》、清《三希堂法帖》。

此帖下筆婆娑，百態橫生，蕭散秀逸。

（李豔霞）

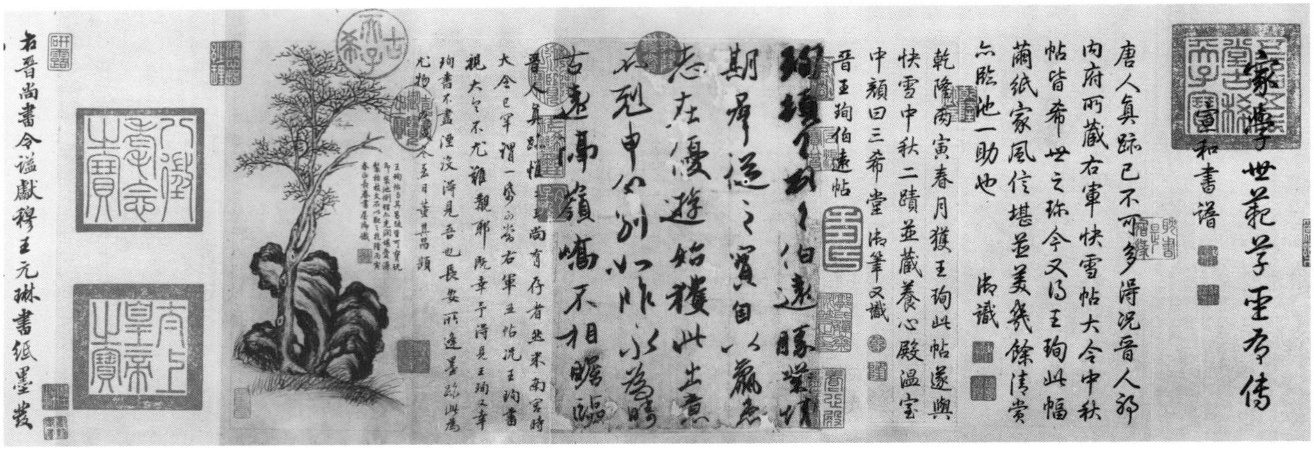

六五　伯遠帖　東晉　王珣

紙本　行書　縱二五·一厘米　橫一七·二厘米

故宮博物院藏

釋文：

珣頓首頓首，伯遠勝業情期群從之寶。自以羸患，志在優遊。始獲此出，意不剋申。分別如昨，永爲疇古。遠隔嶺嶠，不相瞻臨。

王珣（三五〇—四〇一）字元琳，小名法護，臨沂琅琊（今屬山東）人。出身於名門望族，為東晉著名書法家王導之孫，王洽之子，王羲之族侄。受封東亭侯，累官輔國將、吳國內史、尚書僕射、尚書令等，卒贈車騎將軍，謚獻穆。工文章，善行草書，《宣和書譜》稱其「草聖」，是東晉時著名的書法家。

此帖署款「珣」。卷前乾隆皇帝題籤和跋語，卷尾明董其昌、王肯堂題記，清董邦達繪圖，又有沈德潛書「三希堂歌」等。曾經北宋宣和內府收藏，明、清兩代由董其昌、吳新宇、安岐等收藏。

此帖為一通劄信，五行，凡四十七字。與王羲之的《快雪時晴》、王獻之的《中秋帖》皆為希世之珍，被乾隆皇帝譽為「三希」，並一同藏於宮中養心殿西暖閣里間，該藏處命名為「三希堂」。清朝滅亡時，溥儀將其攜出宮外，輾轉流落民間，建國前和《中秋帖》一起被人典當於香港一家外國銀行中。一九五一年底，典當期將滿時，國外有人意圖購獲，周恩來總理聞訊，當即指示有關部門購回，從此這件古代法書珍品才回到人民手中，入藏故宮博物院。此帖是「三希」中僅存的一件晉人法書真蹟，是晉人墨蹟中最為可信、最具有時代特色的法書珍品。其餘兩件系後人鈎摹本和臨本。

此帖行筆峭勁秀麗，自然流暢，無造作、板滯痕蹟，帶有較濃厚的隸書筆意，與王羲之《姨母帖》的結體極為接近，具有典型的晉人書法風韻，曾刻入《三希堂法帖》。在王氏家族書風的基礎上自具面目，在中國書法史上具有崇高的地位。

宋內府《宣和書譜》、明董其昌《畫禪室隨筆》、清顧复《平生壯觀》、安岐《墨緣彙觀》、卞永譽《式古堂書畫彙考》、內府《石渠寶笈·初編》等書著錄。

（李豔霞）

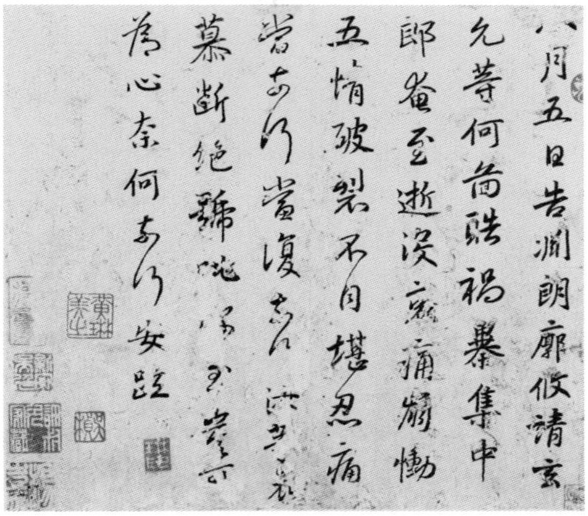

六六　中郎帖　東晉　謝安

紙本　行書　縱二三·三厘米　橫二五·七厘米

故宮博物院藏

釋文：

八月五日告淵、朗、廓、攸、靖、玄、允等。何圖酷禍暴集，中郎奄至逝沒。哀痛崩慟，五情破裂，不自堪忍，痛當奈何！當复奈何！汝等哀慕斷絕，號咷深至，豈可為心。奈何！奈何！安疏。

謝安（三二〇—三八五），字安石，陳郡陽夏（今河南太康）人。聰慧過人，器度不凡，名重於時。早年無意宦遊，朝廷屢征，皆以病辭。隱居於會稽之東山，縱情聲色，出行必攜妓。後出仕，為尚書僕射，加後將軍，威儀外著，時人比之王導。太元八年（三八三）符堅攻晉，謝安為征討大都督，指揮「淝水之戰」，以少勝多，大敗符堅而名垂青史。謝安善行、草書，唐李嗣真《書後品》贊曰：「縱任自在，有螭盤虎踞之勢。」卒贈太傅，謚文靖。《晉書》有傳。

此帖又稱《八月五日帖》。帖前鑑藏印有兩半方，印文均不辨。帖後鑑藏印有南宋「德壽」，明「吳楨」、「黃琳美之」、「新安吳廷」、「許叔次家藏」、「楊嘉」、「堵氏」等印，以及清乾隆內府、宣統內府諸印。其中「德壽」璽印，為南宋高宗之印（高宗趙构做太上皇時曾退居德壽殿）。另據此帖紙、墨等判斷，可確認它為南宋紹興御書院中人所臨摹的古帖，雖然不是謝安的真蹟，依然寶貴。

此帖行筆圓轉流暢，筆法純熟，具有典雅豐腴、氣度雍容的特點。

宋內府《宣和書譜》、周密《雲煙過眼錄》，明《東圖玄覽》、張丑《清河書畫舫》、清卞永譽《式古堂書畫彙攷》、顧复《平生壯觀》、吳升《大觀錄》、安岐《墨緣彙觀》、內府《石渠寶笈》等書著錄。

（李豔霞）

六七　新月帖　東晉　王徽之

紙本　行楷書

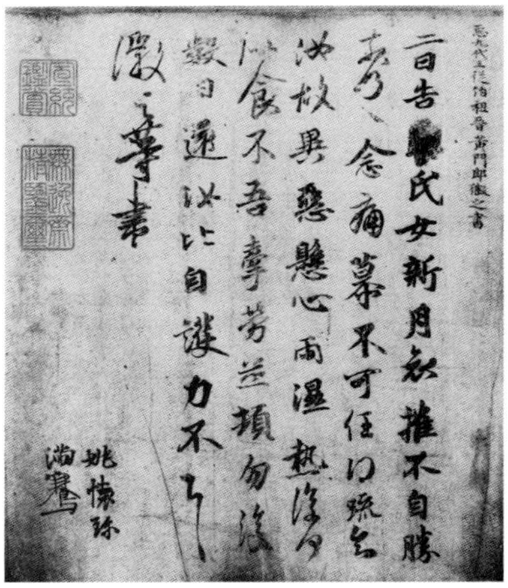

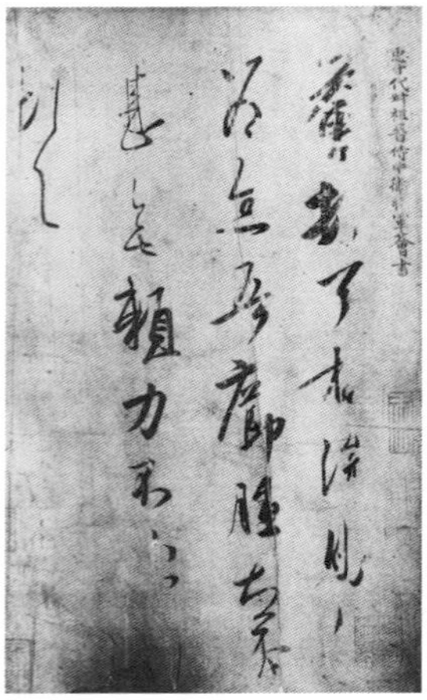

遼寧省博物館藏

釋文：

二日告，□氏女新月，哀摧不自勝。奈何！奈何！念痛慕不可任。得疏，知汝故異惡懸心，雨濕熱復何似。食不，吾牽勞並頓，勿復數日還，汝比自護。力不具。徽之等書。

王徽之（？—三八八），字子猷，羲之第五子。官至黃門侍郎。《宣和書譜》載，「徽之作字，亦自韻勝」。羊欣謂「尤長於行草，律以家法，在羲、獻間」。

此帖載入《萬歲通天帖》。字體稍偏斜，骨肉亭勻，筆鋒圓潤，獨具風貌。其中有些字的結體和用筆明顯的具有北朝書的特點，與北朝碑版中的《司馬景和妻墓誌》相近。其中夾雜的一些行草書，秀勁新奇，自然和諧。可以看出王徽之在繼承家法的同時，也吸取了北朝書法的特點。

（戴立強）

六八　癤腫帖　東晉　王薈

紙本　行楷書

遼寧省博物館藏

釋文：

薈頓首，□□□□為念。吾癤腫□□，甚無賴，力不□□。頓首。

王薈，生卒年不詳，字敬文，王導之子，官至左將軍、會稽內史、鎮軍將軍，加散騎常侍、贈衛將軍。史書稱其擅書。

此帖載入《萬歲通天帖》。書法筆鋒挺拔剛健，神韻清和秀雅，獨具一格，與其恬虛守清，不競榮利的人品一致。

（戴立強）

六九　曹娥誄辭卷　東晉　佚名

絹本　楷書　縱三二·三厘米　橫五四·三厘米

遼寧省博物館藏

釋文：

孝女曹娥碑

孝女曹娥者，上虞曹盱之女也。其先與周同祖，末冑景沇，爰来適居。盱能撫節安歌，婆娑樂神。以漢安二年五月時，迎伍君逆濤而上，為水所淹，不得其屍。時娥年十四，號慕思盱，哀吟澤畔，旬有七日，遂自投江死。經五日抱父屍出。以漢安迄於元嘉元年，青龍在辛卯，莫之有表。度尚設祭之，誄之辭曰：伊惟孝女，曄曄之姿。偏其反而，令色孔儀。窈窕淑女，巧笑倩兮。宜其家室，在洽之陽。待禮未施，嗟喪蒼伊何，無父孰怙，訴神告哀。赴江永號，視死如歸。是以眇然輕絶，投入沙泥。翩翩孝女，乍沉乍浮。或泊洲嶼，或在中流。或趨湍瀨，或還波濤。千夫失聲，悼痛萬餘。觀者填道，雲集路衢。流淚掩涕，驚動國都。是以哀姜哭市，杞崩城隅。或有剋面引鏡，剺耳用刀。坐臺待水，抱柱而燒。於戲孝女，德茂此儔。何者大國，防禮自修。豈況庶賤，露屋草茅。不扶自直，不鏤自雕。越梁過宋，比之有殊。哀此貞厲，千載不渝。嗚呼哀哉！辭曰：銘勒金石，質之乾坤。歲數曆祀，丘墓起墳。光于後土，顯照夫人。生賤死貴，利之義門。何長華落，雕零早分。葩豔窈窕，永世配神。若堯二女，為湘夫人。時效髣髴，以昭後昆。

漢議郎蔡雍聞之來觀，夜闇手摸其文而讀之。雍題文云：黃絹幼婦，外孫齏臼。又云：三百年後，碑冢當墜江中，當墜不墜逢王叵。升平二年八月十五日記之。

《曹娥誄辭卷》書寫內容是東漢時上虞縣長度尚為孝女曹娥所立碑文，其事見於南朝宋范曄撰《後漢書·列女傳》，原碑已佚。因書寫於東晉升平二年，故又名《升平帖》，是現存署年最早的小楷書墨蹟。關於書者多有爭議，宋高宗趙构定為晉無名氏所書，後人多從此說。

其字體結構多為扁方，磔筆尚存隸意，與鍾書尚有聯繫。然其起筆多為露鋒，運筆過程有提按，已見今書風貌，從中可以看到早期楷書筆法結構，為研究書法發展提供佐證。

（戴立強）

七〇 大智度論殘卷 北涼 安弘嵩

紙本 隸楷 縱三五·一厘米 橫三四二·五厘米

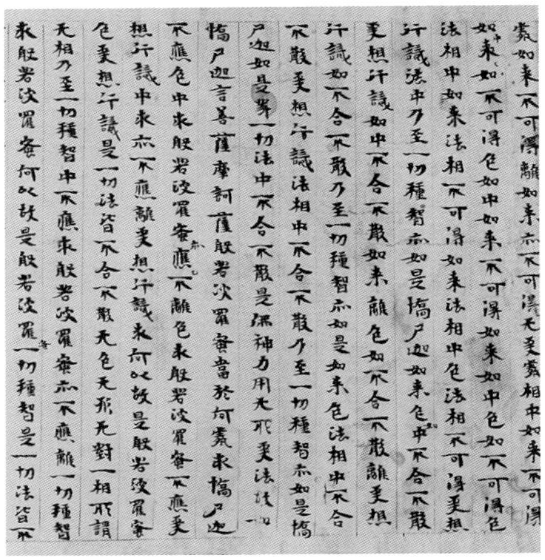

故宮博物院藏

釋文：（略）

此卷末署安弘嵩寫，安弘嵩出武威安氏，本安息胡人，漢時來歸，以國為姓，是從事佛典翻譯的西域僧人。

本卷所書為《大智度論》。《大智度論》是論釋《大品般若經》的論書。古印度龍樹著，後秦鳩摩羅什譯，共一百卷，本卷是其中一部分。內容為五十五卷「釋幻人聽法品」的後半部分。是研究大乘佛教的重要資料。卷首殘，失標題。

本經書法為隸楷體，書風峻拔，常見於張掖、敦煌地區的北涼、西涼書蹟中，故被稱為「北涼體」。本卷無紀年，據題記和書法可斷為四世紀末、五世紀初所寫。

（華寧）

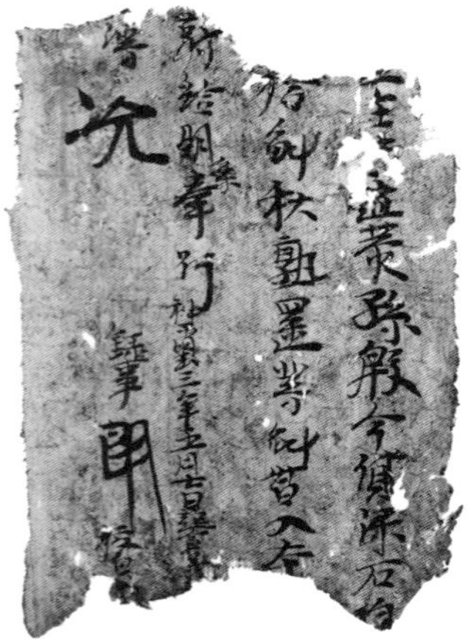

七一 倉曹貸糧文書殘紙 北涼

紙本 縱一三厘米 橫一九·五厘米

新疆維吾爾自治區博物館藏

釋文：（略）

一九六六年吐魯番阿斯塔那五九號墓出土。墓葬中出土文書二十二件，出土的缺名隨葬衣物疏沒有紀年，紀年文書六件：北涼神璽三年倉曹貸糧殘文書、西涼建初十五年殘文書、西涼嘉興四年殘文書、北涼玄始十二年失官馬責賠文書一、北涼玄始十二年失官馬責賠文書二、北涼玄始十二年翟定辭為僱人耕事。起北涼神璽三年（三九九），止玄始十二年（四二三）。神璽三年倉曹貸糧文書，分墨書和朱書，字有大、小，殘存六行，四十六餘字。官方文書，是趙恭、孫殷貸糧至秋熟尚還的契約，上面有簿、録事的籤名。

此文書書體屬早期楷書，略顯行楷。

（王明芳）

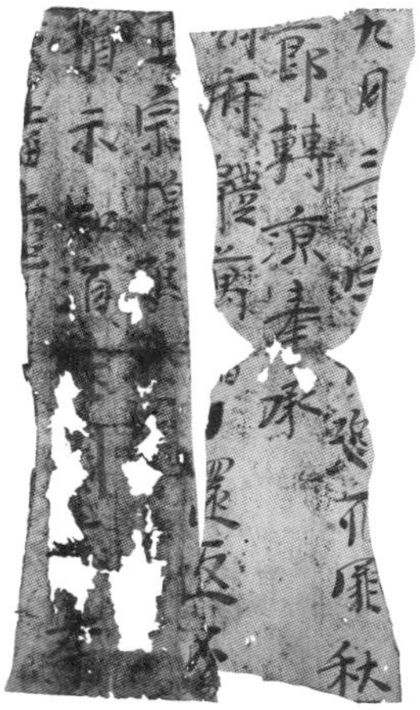

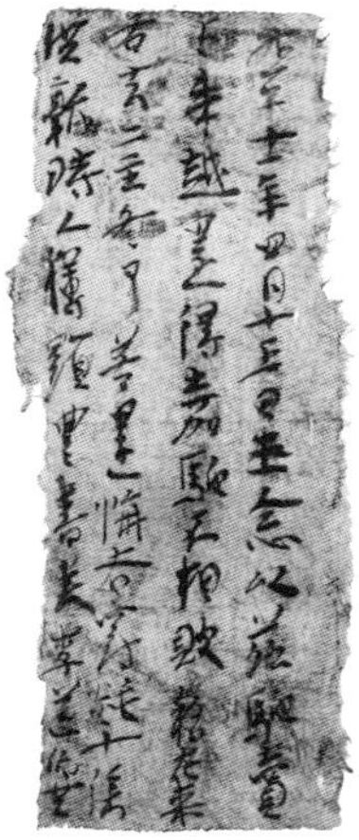

七二　王宗上太守啟　前涼

紙本　縱二三·三厘米　橫一二·五厘米

新疆維吾爾自治區博物館藏

釋文：（略）

一九六四年吐魯番哈拉和卓三號墓出土。兩片綴合。墓葬為斜坡墓道洞室墓，一男一女兩人合葬。男屍穿涼鞋，上蓋麻布；女屍用布纏腰。墨書，殘存八行，三十四餘字。墓葬出土文書二件，皆沒有紀年。墓葬中出土了建興三十六年絹質柩銘，建興是西晉愍帝年號，僅存四年（三一三—三一六）。高昌當時是前涼所屬郡，故承用建興紀年。

文書內容與法律有關，是王宗上太守的書信。書體屬早期楷書，略顯行楷。

（王明芳）

七三　王念賣駝卷殘紙　前涼

紙本　縱二四厘米　橫九·五厘米

新疆維吾爾自治區博物館藏

釋文：（略）

一九六五年吐魯番阿斯塔那三九號墓出土。墓葬為長方形豎穴墓道土洞墓，出土文書三件，紀年文書有：前涼升平十一年（三六七）王念賣駝券和前涼升平十四年（三七〇）殘券。藍書，殘存四行，五十六餘字。內容是，升平十一年王念以茲駝賣與朱越，還得嘉駝一事。反映了當時高昌本地的貿易還是實物直接交換，同時券文還明言「還悔者罰毯十張」，所以毯也是實物貨幣。

此卷書體有着半楷半行的特點，也留有隸書的痕蹟，用筆較靈活。

（王明芳）

七四　韓甕自期殘紙　前秦

紙本　縱二四·二厘米　橫一〇·二厘米

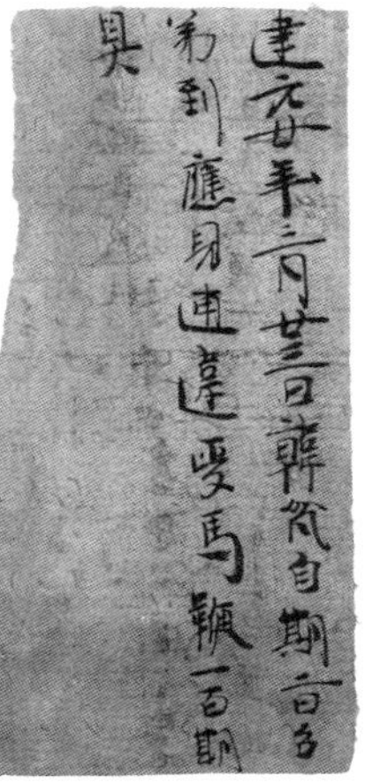

新疆維吾爾自治區博物館藏

釋文：（略）

一九五九年吐魯番阿斯塔那三〇五號墓出土。墓葬為斜坡墓道洞室墓，室頂呈覆斗式。保存干屍，為一男一女兩人合葬。本墓出土文書四件，有紀年的僅本件文書一件。墨書，三行，二十九字。內容是在建元二十年三月二十三日，有一名叫韓甕的人稱：如果他的弟弟在規定的二日期限內不到，自願「受馬鞭一百」的處罰。內容與法律制度有密切的關係，說明當時的朝廷對應召「逋違」的人有一些相應的刑罰。

此書體具早期行楷的特點，運筆較自由。

（王博）

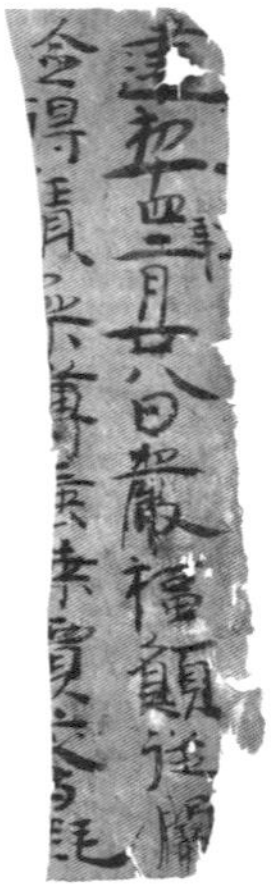

七五　嚴福願賃蠶桑券殘紙　西涼

紙本　縱二四·五厘米　橫五厘米

新疆維吾爾自治區博物館藏

釋文：（略）

一九六三年吐魯番阿斯塔那一號墓出土。墓葬出土文書十四件，紀年文書三件：西涼建初十四年（四一八）隨葬衣物疏、西涼建初十四年韓渠妻隨葬衣物疏和西涼建初十四年嚴福願賃蠶桑券。蠶桑券，墨書，殘存二行，二十六字。內容是：建初十四年二月二十八日嚴福願從闞僉得租三簿蠶桑的事。

此券書體有早期行楷的特點。

（王博）

七六　兵曹牒為補代差佃守代事殘紙　北涼

紙本　縱二五厘米　橫三七厘米

新疆維吾爾自治區博物館藏

釋文：（略）

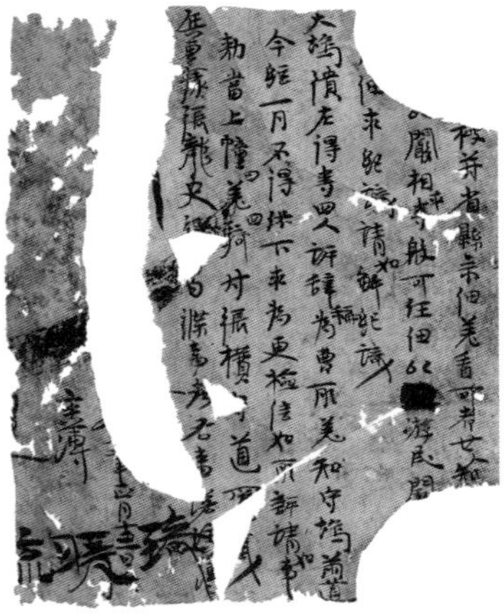

一九七五年吐魯番哈拉和卓九六號墓出土。兩件綴合。墓葬為斜坡墓道洞室墓，出土文書三十件，紀年文書八件：北涼真興七年（四二五）宋泮妻隗儀容隨葬衣物疏、龍興□年宋泮妻翟氏隨葬衣物疏、玄始十二年（四二三）北涼十二年兵曹牒為補代差佃守代事、北涼義和二年（四三二）殘文書等。起北涼玄始十二年（四二三），止北涼義和二年（四三二）。真興，為夏赫連勃勃年號，其時北涼稱臣于夏，故用夏年號。有鈎勒、墨書和朱書，十九行，二百一十餘字。屬官府文書，反映了官田人民任佃調整的情況，顯示在兵曹所管的屯田中，亦有主佃關係的存在。

此書體有早期楷書的特點，有隸書的痕蹟。

（王博）

七七　文書殘紙　北涼

紙本　縱九厘米　橫七厘米

新疆維吾爾自治區博物館藏

釋文：（略）

一九七五年吐魯番哈拉和卓九六號墓出土。墓葬為斜坡墓道洞室墓，出土三十件文書，紀年文書有：北涼真興七年（四二五）宋泮妻隗儀容隨葬衣物疏、龍興□年宋泮妻翟氏隨葬衣物疏、玄始十二年（四二三）北涼十二年兵曹牒為補代差佃守代事等八件。起北涼玄始十二年（四二三），止北涼義和二年（四三二）。墨書。字蹟較清晰，二行，八字。官方文書。

此書體有早期楷書的特點，略帶行書。

（王博）

七八　隨葬衣物疏殘紙　北涼

紙本　縱二四·九厘米　橫一一厘米

新疆維吾爾自治區博物館藏

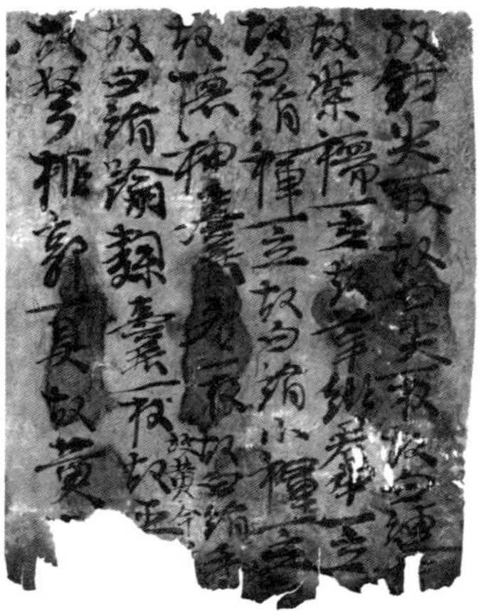

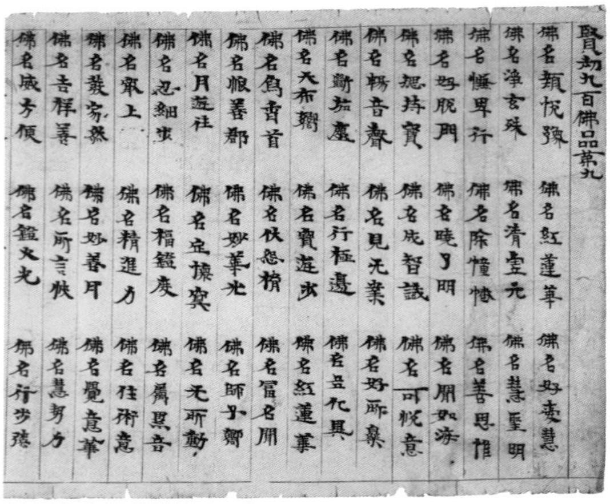

釋文：（略）

一九六六年阿斯塔那五九號墓出土。墓葬為長方形豎穴墓道土洞墓，出土文書二十二件，紀年文書有北涼神璽三年倉曹貸糧殘文書、西涼建初十五年殘文書、西涼嘉興四年殘文書、北涼玄始十二年失官馬責賠文書一、北涼玄始十二年失官馬責賠文書二等六件。起北涼神璽三年（三九九），止玄始十二年（四二三）。墨書，五行，六十七字。衣物疏是為死者列的隨葬物品清單，本件缺名，也缺紀年。

屬早期楷書體，書寫比較靈活，書體屬行書，明顯有隸書的痕蹟。

（王博）

七九　賢劫九百佛品第九、第十　北涼

紙本
安徽省博物館藏

釋文：（略）

此經卷為敦煌遺書，入選第二批《國家珍貴古籍名錄》。它寫於北涼神璽三年（三九九），經卷上有題記曰：「神璽三年太歲在卯，正月廿日，道人寶賢于高昌寫此千佛名，願使衆生禮敬奉侍，所生之處，歷奉千佛。」從題記中可知寫經人是一位法號寶賢的僧人，寫經的地點是高昌，也就是吐魯番。此卷曾經廷棟、張廣建收藏，後由安徽省博物館收藏至今。

此卷書法端莊肅穆，沉雄樸茂，保存有隸書餘韻，是隸楷合體，展現出「經書體」特有的風姿。為研究中國書法書體演變過程及其特點提供了寶貴資料。

（李萍）

八〇　千佛名經卷　北涼

紙本
安徽省博物館藏

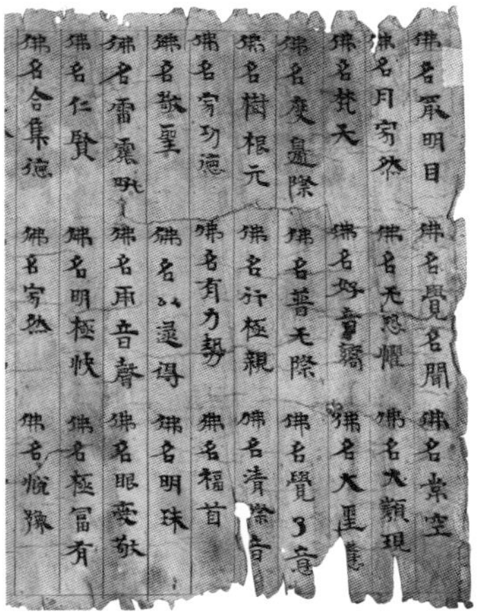

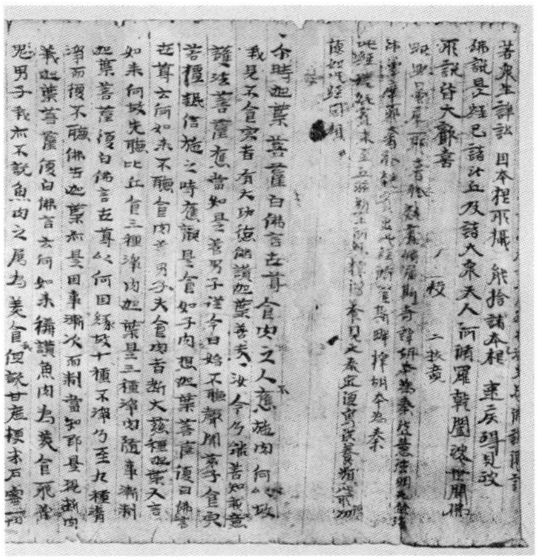

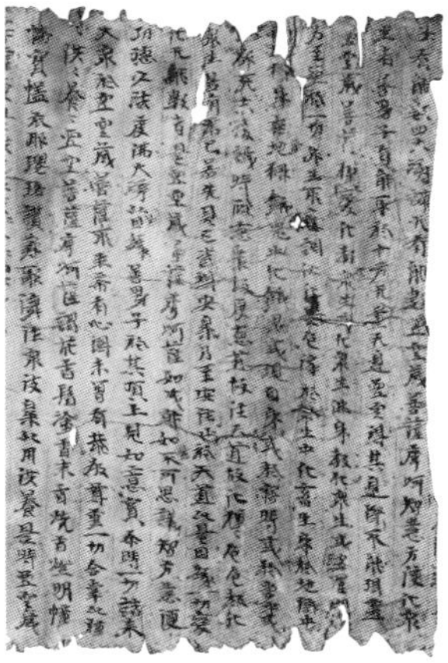

釋文：（略）

此經卷為敦煌遺書。自東晉以來，唱禮佛名、祈求懺悔滅罪的法會頗為盛行，陸續翻譯、編纂了《賢劫千佛名經》《佛名經》等多種佛名經典。佛名懺悔、佛名懺禮在敦煌也非常盛行，沙州歸義軍節度使張承奉曾下令沙州境內「諸寺禮懺不絕，每夜禮《大佛名經》壹卷。」此卷印證了古代敦煌地區佛名禮懺的盛行。

此經卷書寫工整，字形方正嚴謹，排列規整。書風淳厚樸實，除字劃中稍含隸意外，已具成熟楷書規模，具有顯明的時代特徵。

（李萍）

八一　秀才對策文　西涼

紙本

安徽省博物館藏

釋文：（略）

此文書為新疆吐魯番哈拉和卓九一號墓出土。寫於西涼建初四年（四〇八），首尾文字殘缺，可辨部分為古代選舉的策問及其三人的對策。為研究西涼政權的選舉制度提供了珍貴的實證資料。

此文書寫流暢自由，隸、楷、行交相錯雜融和一體，各具情態。用筆方圓相容，於率意之中猶見法度。

（陳俠）

八二　古寫本佛說七女經　十六國

紙本

安徽省博物館藏

釋文：（略）

此經卷為新疆吐魯番阿斯塔那一三號墓出土。無紀年。收入《吐魯番出土文書

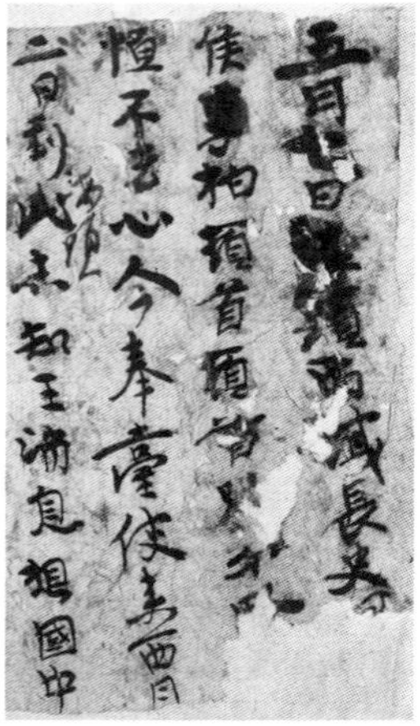

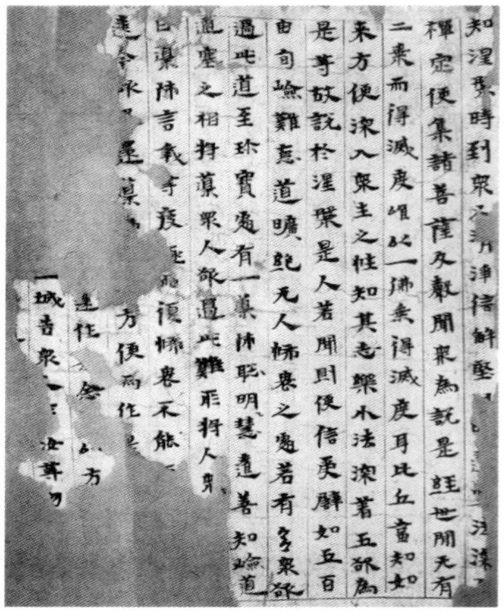

（壹）》中。經卷書體隸楷結合，雖其結體尚不夠整飭，然字體頗顯凝重，體現了當時書法的基本面貌。

（陳俠）

八三　李柏文書　前涼

紙本　（一）縱二四·二厘米　橫四〇·〇厘米

（二）縱二三·六厘米　橫二八·五厘米

日本藏

釋文：（略）

《李柏文書》新疆出土，是唯一有史書可證的重要人物的文書遺蹟。此文書的出土，為研究東晉時代的書法提供了可靠的實物資料。

李柏是前涼時期的西域長史。《晉書·張軌傳》載，李柏向涼州牧張駿獻計曰：「請擊叛將趙貞。」為貞所敗。時間當在東晉咸和至永和年間（三二六—三五六年左右）。這個年代也是王羲之進行書法活動的年代，因此，它為研究王羲之等晉代書法家提供了重要資料。

此文書共有三紙。似是一封信劄的三次草稿，寫于前涼永樂元年。字體筆劃雖尚存較濃的隸書筆意，但已屬於行楷書的範疇。同流傳王羲之等人的行草書相較，結字相當接近。

（陳俠）

八四　優婆塞戒經殘片　北涼

白麻紙　烏絲欄　縱二七厘米

國家博物館藏

釋文：（略）

此殘片沒有年款，和羅振玉《漢晉墨影》收錄的寫經殘片，乃是同一寫本的前後部分。此殘片是該經卷《五戒品第廿二》最後一段，存三百餘字。另一殘片為卷六《屍婆羅密品第廿三》最前一段，存二十餘字。羅振玉印本所收殘片是卷七的最後一段，亦即全經的最後一段。

此殘片書體接近漢代的章草，有濃厚的隸書意味。是我國書法從隸書發展成為楷書這一轉折時期極為有價值的研究參考資料。

（陳俠）

八五　寫本《毛詩鄭箋》殘卷　十六國

紙本

新疆維吾爾自治區博物館藏

釋文：（略）

一九七三年吐魯番阿斯塔那五二四號墓出土。五片綴合。墓葬為令狐孝忠及其二妻的合葬墓，出土文書九件，紀年文書六件：高昌章和五年（五三五）令狐孝忠妻隨葬衣物疏、高昌建昌三年（五五七）令狐孝忠隨葬衣物疏、高昌章和五年（五三五）取牛羊供祀帳、高昌永平元年（五四九）十二月十九日祀部班示為知祀人上名及謫罰事、高昌永平元年（五四九）十二月廿九日祀部班示為明正一日知祀人上名及謫罰事、高昌永平二年（五五〇）十二月三十日祀部班示為知祀人名及謫罰事。義熙年號見於出土文書有三，干支與東晉安帝義熙不符，待考。墨書，八十二行，一千一百二十一餘字。《毛詩》是儒家經典，東漢經學家鄭玄為《毛傳》作「箋」。寫本由「五人共寫之」，所以書體有差異。

書體具早期楷書的特點，殘存隸書痕蹟。

（王博）

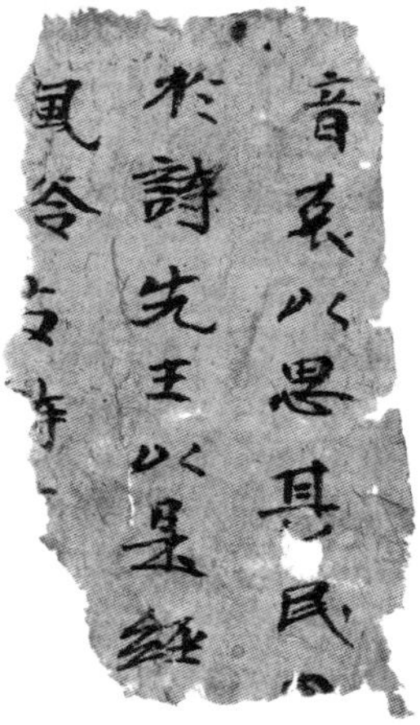

八六　古寫本《孝經》　十六國

紙本　縱二四·六厘米　橫一二〇厘米

新疆維吾爾自治區博物館藏

釋文：（略）

一九七二年阿斯塔那一六九號墓出土。墓葬為斜坡墓道洞室墓，一男一女兩人合葬，皆

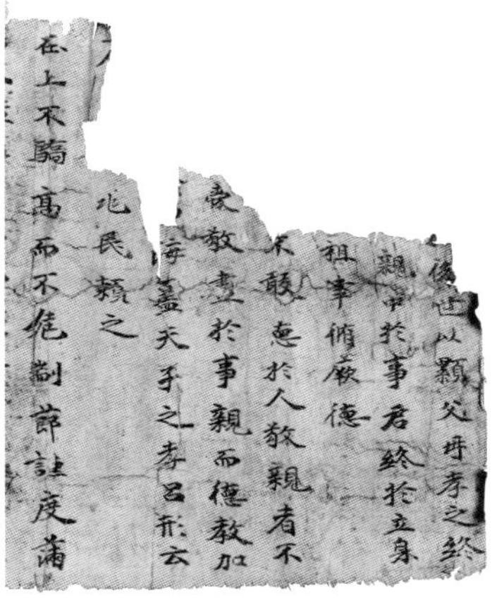

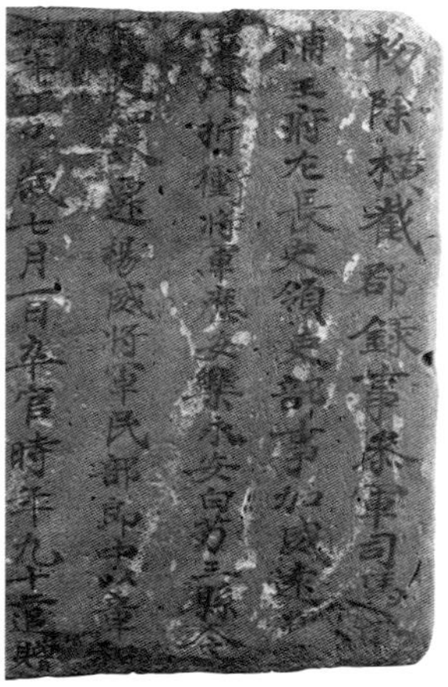

仰身直肢。墓葬出土文書七件，紀年文書二件：高昌建昌四年（五五八）張孝章隨葬衣物疏、高昌延昌十六年（五七六）信女某甲隨葬衣物疏。墨書，殘存五五行，七五一字。因墓葬中出土了高昌建昌四年（五五八）張孝章隨葬衣物疏，所以寫本寫成時間不會晚於建昌四年。《孝經》作為隨葬品埋入了墓葬，張孝章隨葬衣物疏中稱：「《孝經》一卷」。《孝經》是中國古代儒家的倫理學著作，很早就流傳到了高昌，《周書·高昌傳》稱：高昌「文字亦同華夏……有《毛詩》《論語》《孝經》」。高昌國上至官民，下至學童都在習學。

寫本有着明顯的半隸半楷的過渡時期書體。

（王博）

八七　張幼達及夫人甯氏墓表　十六國

灰色方磚　邊長三六厘米　厚四·五厘米

新疆維吾爾自治區博物館藏

釋文：（略）

一九六九年吐魯番哈拉和卓五二號墓出土 。墓葬為斜坡墓道洞室墓。墓表朱書四行，二十字。系敦煌人龍驤將軍散騎常侍張幼達墓表，無紀年：一說屬且渠無諱、且安周大涼高昌政權建立之「承平元年（四四三）前」；一說屬且渠氏大涼高昌時期。《晉書·職官志》龍驤將軍屬上品將軍，「散騎從乘輿車後，中常侍得入禁中，皆無員，亦以為加官」。有人認為散騎常侍初置東漢，三國魏置員客四人，西晉增置員額。

墓表字蹟清晰，屬早期楷書體。

（王博）

八八　張文智及夫人馬氏、鞏氏墓表　十六國

紅色方磚　邊長三七厘米　厚四厘米

新疆維吾爾自治區博物館藏

釋文：（略）

一九六九年吐魯番哈拉和卓五四號墓出土。墓葬為斜坡墓道洞室墓。墓表灰地，朱書七行，一百零三餘字。章和是麴氏高昌國第三位王麴堅的年號，計十八年（五三一—五四八）。張氏是麴氏高昌國的大姓，墓表記述張文智的任職甚多，如橫截郡錄事參軍、司馬，王府左長史兼領吏部事、威遠將軍銜、折沖將軍，安樂、永安、白芳縣令，揚威將軍、吏部郎中等。這對研究高昌國官制具有史料價值。

墓表字蹟清晰，屬早期楷書體。

（王明芳）

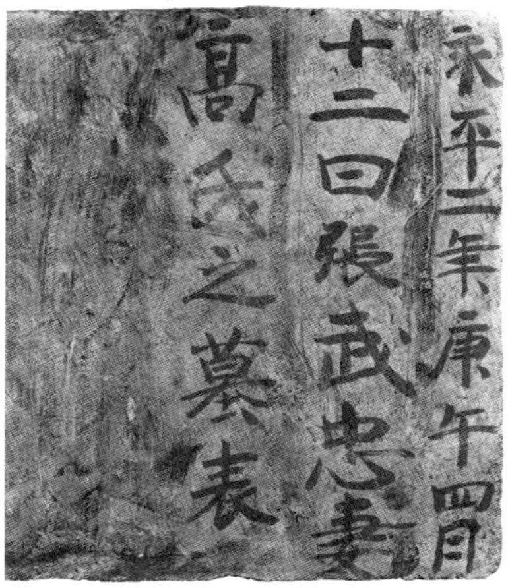

八九　張武忠妻高氏墓表　十六國

紅色方磚　邊長三五厘米　厚五·三四厘米

新疆維吾爾自治區博物館藏

釋文：（略）

一九六九年阿斯塔那一一四號墓出土。墓葬為斜坡墓道洞室墓，為一男四女合葬，皆有棺木，出土墓誌兩方：一為高昌永平二年（五五〇）張武忠妻高氏墓表；一為高昌延和六年（六〇七）張氏忠之墓表。張武忠妻高氏墓表，朱書三行，二十字。

墓表字蹟清晰，屬早期楷書體。

（王明芳）

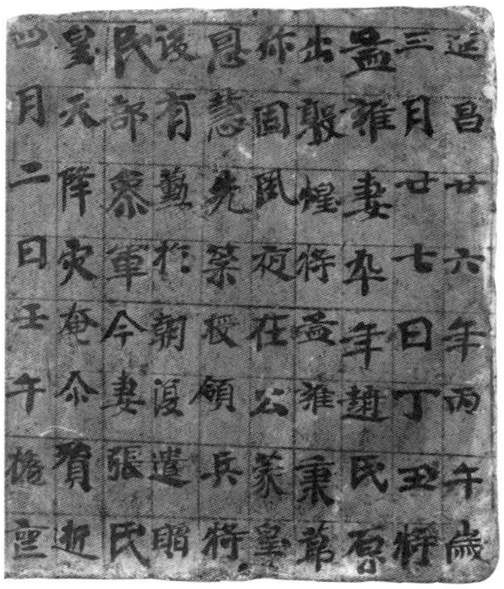

九〇　將孟雍妻趙氏墓表　十六國

灰色方磚　邊長三四厘米　厚四厘米

新疆維吾爾自治區博物館藏

釋文：（略）

一九六〇年阿斯塔那三二六號墓出土。墓葬為斜坡墓道洞室墓，三人合葬，墓葬擾亂嚴重，個體性別、年齡、葬式不清。墓室西壁有壁畫，繪畫羊、馬和騎者等。隨葬器物有陶器、木器和銅器，集中在墓室的西北部。墓表出自墓道，稍殘，繪朱方格十一行，八十五字。延昌是麴氏高昌國第七位王麴乾固的年號，計四十一年（五六一—六〇一）。趙氏是敦煌人，是將孟雍之妻，死于延昌廿六年。

墓表字蹟清晰，字體較正規，屬早期楷書體。

（王博）

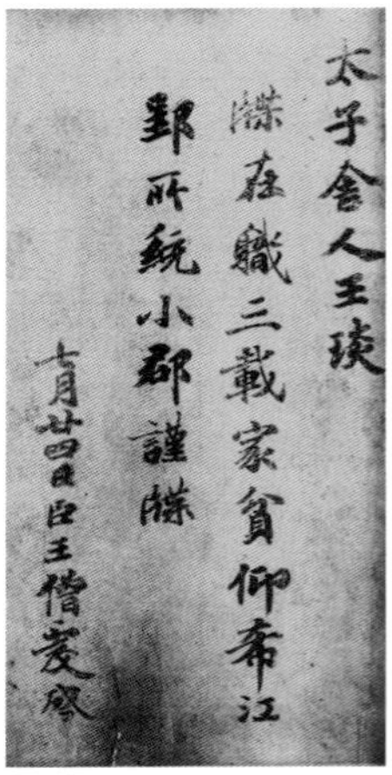

九一　道行品法句經第三十八、泥洹品法句經第三十九　前涼

黃麻紙　縱二四·九厘米　橫一三五厘米

甘肅省博物館藏

釋文：（略）

全卷六十七行，每行一十六、二十、二十四字不等。全卷存道行品法句經第三十八、泥洹品法句經第三十九兩章。卷尾有（前涼）「升平十二年（三六八）沙彌淨明」，（東晉）「咸安三年（三七四）十月二十日沙彌淨明誦習法句起」兩則題記。此卷書寫時間接近敦煌莫高窟建窟時間，也是國內外所見最早寫本之一。

此卷書體存較濃隸書意味。

（王楠）

九二　太子舍人帖　齊　王僧虔

紙本　行書

遼寧省博物院藏

釋文：

太子舍人王琰牒。在職三載，家貧，仰希江郢所統小郡，謹牒。七月廿四日，臣王僧虔啓。

王僧虔（四二六—四八五），琅琊臨沂人，王曇首之子。初為太子舍人，累遷吏部尚書轉右僕射，最後至侍中特進光祿大夫。自幼習書善行草，尤擅隸書，是位有成就的書家。

此帖載入《萬歲通天帖》中。其書法結體嚴謹，勻稱適中，流暢樸拙，用筆沉穩工致，韻意蒼勁老到，凝重中流露幾分秀逸的神趣。

（戴立強）

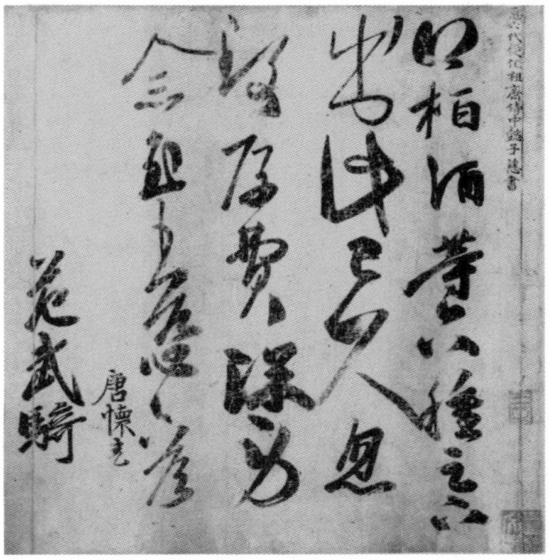

九三　得栢酒帖・尊體安和帖・郭桂陽帖　齊　王慈

紙本

遼寧省博物館藏

釋文：

得栢酒等六種，足下出此已久，忽致厚費，深勞念慰。王慈具答。

唐懷充。

范武騎。

汝比可也，定以何日達東，想大小並可行。遲陳賜還。知汝劣劣，吾常耳。卽具。

翁尊體安和，伏慰侍省，小兒並健。適遣信集澤。□郵，自當令卿知吾言之不虛也。郭桂陽已至，將甲甚精。唯王臨慶軍馬小不稱耳。比病告皆差耶，秋冬不復憂病也。遲更知問。七月廿七日。

王慈（四五一—四九一）字伯寶，臨沂（今山東臨沂）人。王僧虔子，亦工書。卒贈太常，謚懿子。慈少與從弟儉共研書學，善行書、隸書。張懷瓘《書斷》云：「慈亦善隸書。」馬宗霍《書林紀事》卷二云：「謝鳳子超宗詣慈，慈正學書，未即放筆，超宗曰：『卿書何如虔公？』慈曰：『慈比之大人，如鷄比鳳。』超宗狼狽而退。」

此三帖皆在《萬歲通天帖》。書法筆勢雄強豪縱，體勢奇偉，縱橫姿肆。其書與王羲之書法迥別，卻與獻之的行草相近。梁陶弘景曾云：「比世皆高尚子敬，不復有元常，逸少亦然。」（見《與梁武帝論書啓》）王慈生當宋齊之際，不能不受時代的影響。

（戴立強）

九四　一日無申帖　梁　王志

紙本　行草書

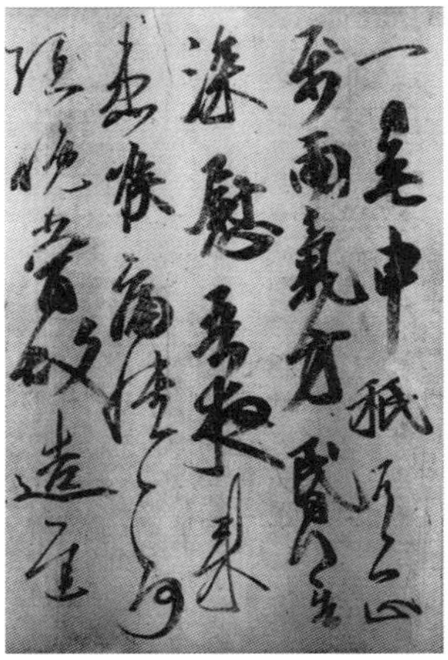

遼寧省博物館藏

釋文：

一日，無申秪□，正屬雨氣方昏，得告深慰！吾夜來患喉痛，憒憒何□。晚當故造，遲敘諸懷。反不具。

王志（四六〇—五一三），王慈之弟。官至散騎常侍，為政清靜。善草、隸，當時以為楷法，齊遊擊將軍徐希秀嘗推崇王志為書聖。

此帖載入《萬歲通天帖》中，又稱《雨氣帖》。行筆峭勁，疏密有致，融行草於一體，瀟灑流便，表現其新奇矯健的自家風貌。

（戴立強）

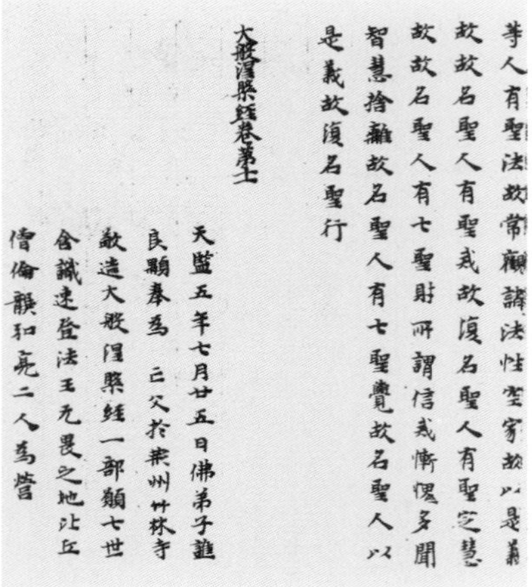

九五　大般涅槃經卷第十一　梁

紙本

英國藏

釋文：（略）

此經卷寫于梁天監五年（五〇六年）。卷尾題「天監五年七月廿五日，佛弟子譙良顒奉為亡父于荊州竹林寺敬造大般涅槃經一部，願七世含識速登法王無畏之地，比丘僧倫龔弘亮二人為營」。

此卷書法結構勻整，已完全脫離晉人寫經捺筆滯重的風格，具有南朝秀麗的書風。

（李萍）

九六　司馬金龍墓木板漆畫題記　北魏

木版漆書　縱八一·五厘米　橫二〇·五厘米

山西省大同市博物館藏

釋文：（略）

一九六五年十一月山西大同市東南十三里的石家寨村司馬金龍墓出土。出土時共有五塊，這是其中的一塊。這是一組人物故事彩繪描漆屏風，木板漆畫內容采自漢劉向《列女傳》，描繪的是帝王、忠臣、孝子、烈女的故事。繪畫採用渲染和鐵線勾描的手法，板面塗朱漆地，用黑漆勾線條，色彩非常濃豔。這組彩繪屏風的出土是北魏繪畫史的重大發現。

此畫筆法細膩，鬚眉衣帶一絲不苟，線條勾描與顧愷之筆法相似。木板漆畫的出土，在書法和繪畫方面為人們提供了極有價值的研究材料。每幅畫上都有文字題記，如「漢成帝班」「衛靈公」等。像這樣具有明確紀年，保存這樣完好的書法墨蹟實屬少見。它是現在能夠見到的北魏書法中難得的佳品，應該佔有重要地位。因系墨蹟，就更加可貴。

其墨書筆劃方嚴勁挺，結字平正寬博。如「有」「男」等字下部非常舒展，形成剛健、雄渾的基本特色。有些字如「漢成帝」等，還可看出隸書的遺意。

（李萍）

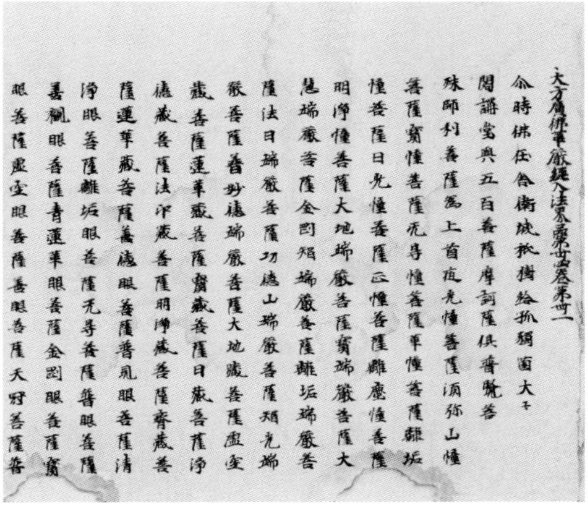

九七　華嚴經卷第四一　北魏　曹法壽

紙本　縱二四·六厘米　橫八一七·五厘米

故宮博物院藏

釋文：（略）

曹法壽為北魏時敦煌經生。

本卷《華嚴經》，全稱《大方廣佛華嚴經》，是華嚴宗藉以立宗的重要經典。有三種譯本，本卷為六十卷本，含三十四品，稱《六十華嚴》。東晉義熙十四年（四一八）至劉宋永初二年（四二一年）間，佛陀跋陀羅所譯。本標籤題為「法界品」第卅四卷第四一。書於延昌二年（五一三）。

書法用筆飽滿，體勢茂密，頓挫痕蹟明顯，橫畫仍殘留隸捺餘波。表現出北魏至隋代以前的書法時代特徵。

（華寧）

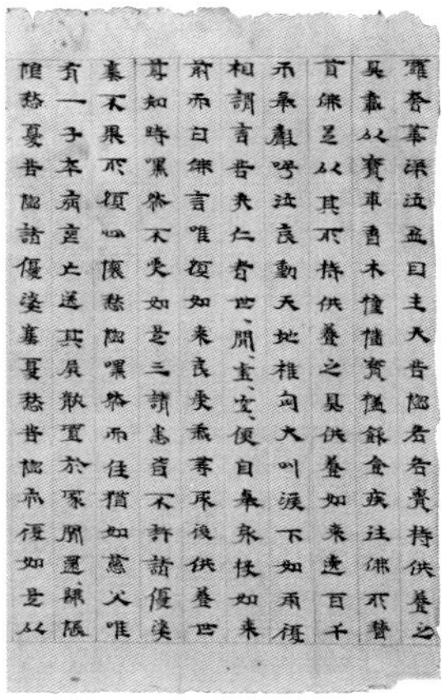

九八　大般涅槃經第一壽命品第一　北魏

白麻紙　縱二八厘米　橫一一一·五厘米

甘肅省敦煌市博物館藏

釋文：（略）

此經卷字形方整，排列規整；用筆方中見圓，以圓破方；筆力遒勁，給人莊嚴肅穆之感。體現出北魏時隸楷結合的「經書體」的特征。

（李萍）

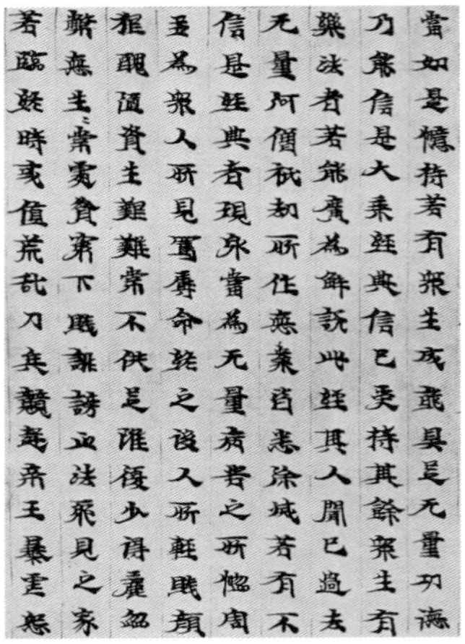

九九　大般涅槃經第六如來性品第四之三　北魏

白麻紙　縱二七·五厘米　橫三二二厘米

敦煌文物研究院藏

釋文：（略）

敦煌佛教寫經，一般分為「一切經」、「日常用經」、「供養經」三大类。其中「一切經」即「大藏經」，属官方寫經，格式標準，字體工整，行款有秩紙製良好，謬誤較少。「日常用經」属教徒、信衆為修行、持誦所抄，字體、形款、形製不拘，僅供文字辯識而已。「供養經」則是信衆發願供養之經，經種多同，复本流行。這些流傳至今的敦煌寫經，為研究魏晉時期中國書法的書體由隸書向楷書嬗變提供了寶貴的文獻資料。

此卷敦煌縣莫高窟土地廟出土。字形方整，排列規整；用筆方中見圓，以圓破方；筆力遒勁，給人平穩和諧之感。筆畫間往來顧盼，筆斷而意連，氣脈順暢。整幅經卷透露出靈動和瀟灑。

（李萍）

一〇〇　大般涅槃經第八如來性品第四　北魏

白麻紙　縱二七·五厘米　橫四五·五厘米

敦煌文物研究院藏

釋文：（略）

此卷在結體上變圓斜樸密為平正方直，字形方整，疏密相合。排列規整；用筆頓挫分明，起筆多用尖鋒，然後鋪毫，收筆多滯重，結構綿密，隸意較濃。筆畫勻細圓潤，將字中的横、撇、捺刻意夸張加長，明顯有隸書燕尾挑撥的運筆方法。

（李萍）

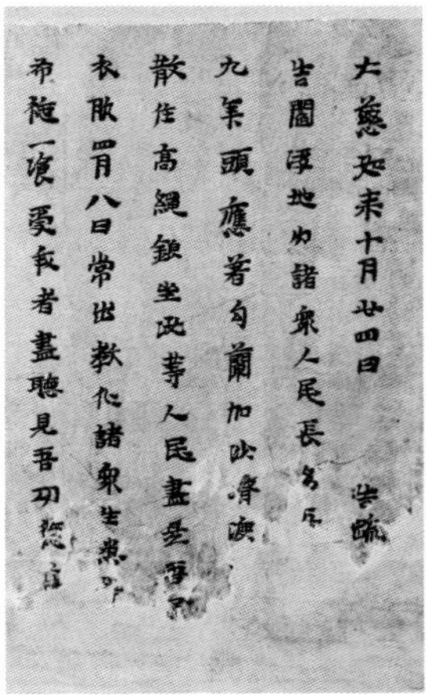

一〇一　大慈如來十月二十四日告疏　北魏　譚勝

黄麻紙　縱二一·七厘米　横三七·二厘米

敦煌文物研究院藏

釋文：（略）

此卷字形由斜角相呼中取平穩之勢，於不平穩中求得平衡。横筆已見唐楷端倪，而豎筆仍留有隸書筆意，在體勢和字形結體上多有隸書韻味。其厚重多變的用筆藏于頗見稚意的字形結體之中，以拙寓巧，相映成趣。

（陳俠）

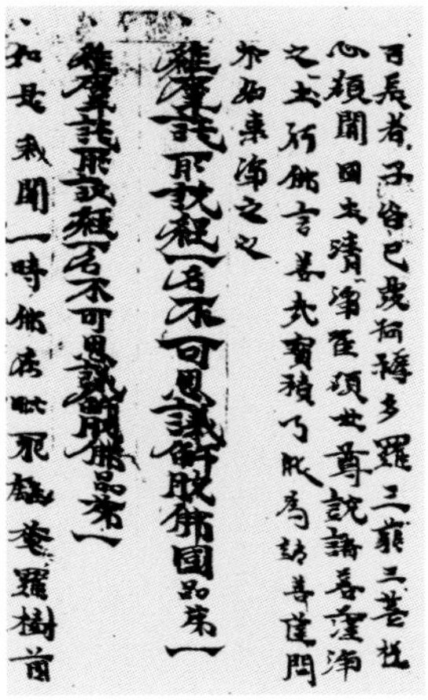

一〇二　維摩詰所説經　北魏

白麻紙　縱二七·六厘米　横二九厘米

敦煌文物研究院藏

釋文：（略）

此卷字體初看拙笨，不合成法，然久觀則童真之趣自溢。書情真切，飽含有北朝藝術的野趣。与敦煌石窟北魏時期的壁畫藝術有異曲同工之妙。

（陳俠）

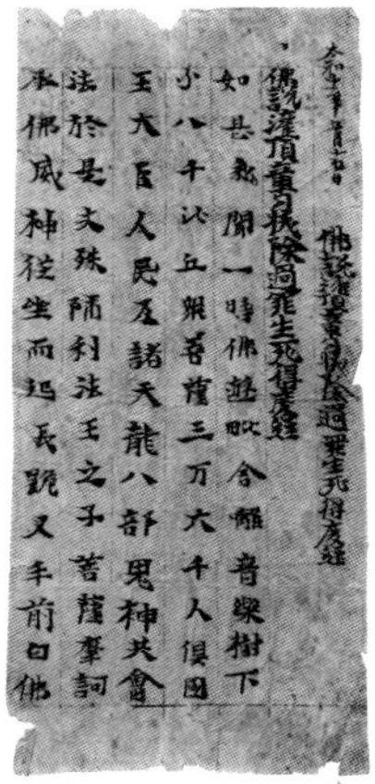

一〇三　佛説灌頂章句拔除過罪生死得度經卷第十二　北魏

白麻紙　縱二六·七厘米　横一二厘米

敦煌文物研究院藏

釋文：（略）

此卷敦煌縣莫高窟土地廟出土。書風敦厚樸實，雖字體稍欠靈動，然通觀整篇用筆與結體洋溢着稚拙之美。

（李萍）

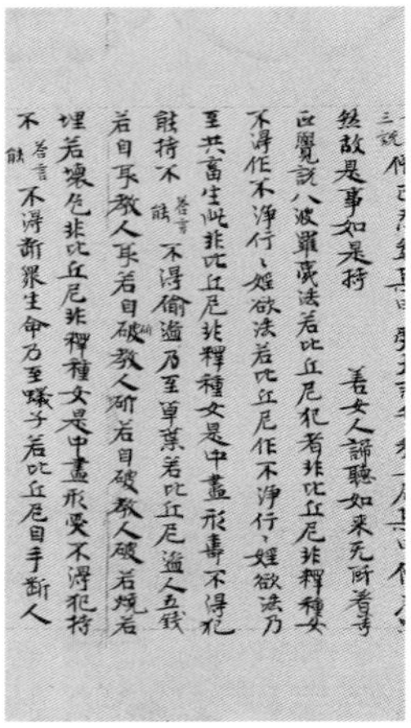

一〇四　羯磨經卷　北齊

紙本

天津博物館藏

釋文：（略）

此卷為敦煌遺書，其書寫風格隸楷合體，捺筆滯重，方正穩健，明顯可見中國書法由隸書向楷書過渡的軌跡，是研究中國書法發展演變的重要資料。

（陳俠）

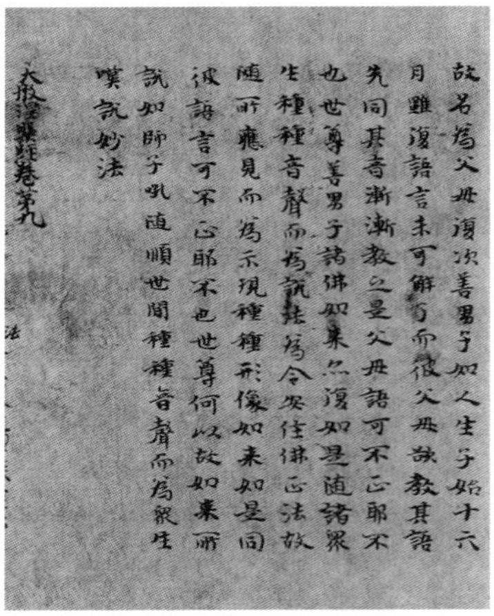

一〇五　大般涅槃經卷第九　北周

紙本　縱二六厘米　横一一一五厘米

國家圖書館藏

釋文：（略）

此為甘肅敦煌藏經洞發現《大般涅槃經》第九，卷末有「天和元年比丘法定發願造涅槃經一部」題記，當為北周時所寫。

此卷書法已漸趨工整秀逸，與北魏寫經淳樸風格略有不同。

（陳俠）

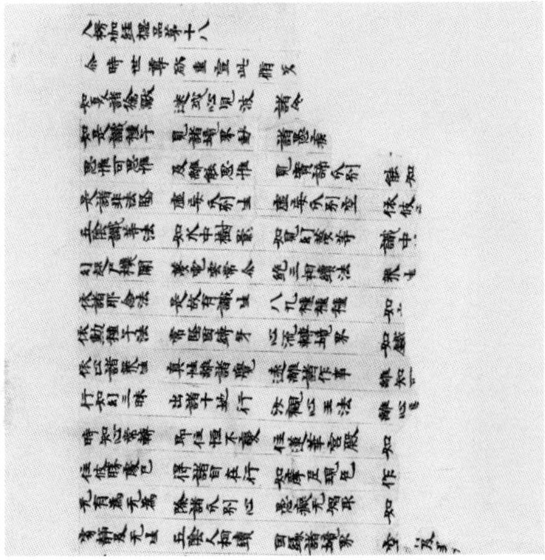

一〇六　入楞伽經㯹品第十八　北周

黄麻紙　縱二八厘米　横八〇八·五厘米

甘肅省博物館藏

釋文：（略）

題記：歲次戊寅十月三十日，比丘天英敬寫大集經一部，楞伽經一部，為七世宗師父母、法界衆生三途八難，速令解脱，一時成佛。

全卷用紙十九張連綴而成；單張長四二厘米，書二一無行，行二十字。首題入楞伽經㯹品第十八，尾題入楞伽經卷第九。書體多方筆，用筆沉著，剛勁有力，結體緊湊尚存隸書意味。

（王楠）

收藏單位

國家博物館
國家圖書館
上海博物館
故宮博物院
天津博物館
湖南省博物館
遼寧省博物館
安徽省博物館
甘肅省博物館
敦煌文物研究院
甘肅省敦煌市博物館
新疆維吾爾自治區博物館
山西大同文管會博物館

本卷主編
王靖憲

責任編輯
孫　霞

封面設計
周小瑋

責任印製
陸　聯

攝　影
孫之常
劉小放
鄭　華
司　斌
馮　輝
孫志運
周耀卿
刘志崗
郝勤建
汪雪梅
薛皓冰
劉士剛
李振石
林　利

圖書在版編目（CIP）數據

中國法書全集.第2卷，魏晉南北朝/中國古代書畫鑑定組編.—北京：文物出版社，2009.8
（中國美術分類全集）
ISBN 978-7-5010-2718-7

Ⅰ.中... Ⅱ.中... Ⅲ.漢字—法書—中國—魏晉南北朝時代 Ⅳ.J292.21

中國版本圖書館CIP數據核字（2009）第034960號

中國美術分類全集
中國法書全集
第2卷 魏晉南北朝

中國古代書畫鑑定組 編

出版發行 文物出版社
（北京東直门内北小街二號楼）

本卷主編 王靖憲

責任編輯 孫 霞
製版者 北京文博利奥印刷有限公司
印刷者 文物出版社印刷廠
經銷者 新華書店
二〇〇九年八月第一版第一次印刷
書號 ISBN 978-7-5010-2718-7
印張 三〇・二五
定價 三九〇圓